FOLIO SCIENCE-FICTION

Stephen R. Donaldson

L'APPEL DE MORDANT, I

Le miroir de ses rêves

Traduit de l'américain
par Valérie Dayre

Gallimard

Titre original :

THE MIRROR OF HER DREAMS

Né à Cleveland en 1947, Stephen R. Donaldson a passé son enfance en Inde, où son père soignait les lépreux. Objecteur de conscience lors de la guerre du Vietnam, il fait ses débuts littéraires en 1977 avec *Les chroniques de Thomas l'incrédule*, œuvre unanimement saluée par la critique, devenue depuis lors un classique de la *fantasy* contemporaine. Au travers d'œuvres aussi brillantes que *Le cycle des seuils* ou *L'appel de Mordant*, Donaldson cultive une *fantasy* intimiste et introspective qui le place au côté des plus grands maîtres du genre : Marion Zimmer Bradley, Ursula Le Guin ou Tad Williams.

Noyé dans le néant de ses rêves
Un miroir vide attend
Qu'un cavalier passe

JOHN MYERS MYERS
Silverlock

PROLOGUE

Térisa et Géraden

L'histoire de Térisa et de Géraden commence à la manière d'un conte. Elle était princesse en une haute tour. Il était le héros venu la délivrer. Elle était fille unique de la richesse et du pouvoir. Il était le septième fils du Seigneur du Septième Fief. Elle était belle, depuis la couronne de cheveux auburn qui auréolait son visage jusqu'à la pointe de ses pieds menus d'ivoirine. Il avait beau visage et grand courage. Un enchantement tenait prisonnière la belle. Le briseur d'enchantement était sans peur.

Comme dans tous les contes, ils étaient faits l'un pour l'autre.

Par grand dommage, leurs vies n'étaient pas si simples.

Pour preuve, la haute tour était un luxueux immeuble d'habitation sur Madison Avenue, à quelques rues de Central Park. L'appartement comportait deux chambres (l'une baptisée « chambre d'amis », où nul invité n'entrait jamais), un spacieux salon offrant une vue superbe sur le couchant, une salle à manger complètement occupée par une longue table laquée noire où les bougies auraient été du plus bel effet si Térisa avait eu quelque raison de les allumer, et enfin une cuisine du dernier cri.

Le père de la jeune femme ne regrettait pas un centime de la petite fortune que lui coûtait ce logis. Service de sécurité, circuit vidéo veillaient sur Térisa ; à vivre là, elle ne venait pas traîner chez lui sa passivité, poser sur lui, sur ses associés, sur ses maîtresses ses grands yeux bruns qui, bien que morts, inertes, exprimaient la conscience d'un manque d'amour qui transformait soins et dépenses paternelles en une forme de négligence. Il était soulagé d'être débarrassé d'elle.

Et Térisa s'estimait satisfaite de vivre dans sa tour. Les factures étaient payées, et elle pouvait se dévouer au seul emploi qui lui semblait à sa portée, à la seule tâche qui donnait un peu de sens à son existence : elle était secrétaire dans un hospice pour indigents situé à un quart d'heure de marche de la luxueuse tour de verre et d'acier. Elle tapait le courrier suppliant et désespéré du vieil homme perdu qui dirigeait l'asile.

Elle avait décoré elle-même son appartement. Lente et laborieuse victoire sur son inaptitude à tant de liberté, d'indépendance. Pour résultat, toutes les pièces s'étaient retrouvées tapissées de miroirs. Térisa aimait la séduisante beauté de ces objets mais là ne résidait pas leur principale qualité. Leur perfection tenait dans le fait que n'existait plus de recoin, d'angle de son appartement duquel elle ne pût se voir.

Ainsi, elle savait qu'elle existait.

Dans le sommeil, son esprit était vide, aussi dénué de rêves qu'une plaque de verre. Éveillée, elle traversait la vie sans que personne la remarque, pas même les hommes aux yeux desquels elle aurait dû paraître belle ou désirable. Ils ne la voyaient pas plus qu'elle ne les regardait. Ni hors d'elle ni en elle, elle ne trouvait son image. Elle n'avait même aucune preuve d'être une forme vivante dans son propre monde. Seuls les miroirs lui signifiaient qu'elle était *présente ;* qu'elle possédait un visage capable d'expression, des yeux bruns à la douceur réprimée, un nez à la ligne précise et un soupçon de fossette au menton ; que son corps ressemblait à ceux qui s'étalaient sur les pages des magazines ; que son visage comme ses membres remplissaient leurs fonctions.

Elle n'avait aucune conscience d'être la proie d'un enchantement. Elle s'y était accoutumée.

Le sort de Géraden n'était guère plus enviable.

Il n'était qu'Aspirant au Congrégat des Imageurs — en termes moins choisis, un apprenti. Pour des raisons diverses et parfois obscures, les Maîtres lui avaient confié une mission décisive. Certains affirmaient que la tâche lui revenait car les augures semblaient le désigner comme l'unique choix possible, le seul parmi tous susceptible de réussir. D'autres l'envoyaient purement et simplement au sacrifice, car sans valeur ni intérêt pour quiconque.

Quant à ceux qui jugeaient immoral, dans son essence même, l'acte d'aller quérir un champion, on les considérait secrètement comme les lécheurs de bottes du vieux gâteux, le Roi Joyse ; de toute façon, ils étaient minoritaires au Congrégat. Les augures avaient parlé : le royaume n'échapperait au péril que grâce à l'intervention du champion amené par Imagerie. Mais comment s'effectuerait la translation et qui serait le champion ? Les réponses à ces questions-là étaient plus douteuses.

Les Maîtres qui traitaient Géraden en quantité négligeable avaient pour cela de bonnes raisons. Il n'était pas seulement le plus vieil Aspirant au Congrégat, il battait le record d'ancienneté au service des Maîtres sans avoir jamais acquis l'habileté qui lui aurait permis de devenir Maître à son tour. Il n'avait que vingt-cinq ans, mais cela ne lui épargnait pas le ridicule de ne pas encore arborer la chasuble des Maîtres.

Il était si maladroit qu'on ne pouvait lui confier le mélange du sable et de la poudre d'émail sans qu'il en renverse et ruine le savant dosage ; si incertain dans la marche qu'il ne pouvait traverser le grand laborium sans trébucher dans les précieux appareils et installations des Maîtres. Même le sage Maître Quillon qui avait surpris tout le monde en sortant de sa réserve pour parler bien haut (comme l'aurait fait le Roi Joyse s'il n'avait dormi la moitié du temps) contre l'acte immoral qui consistait à arracher le champion à sa propre existence pour les besoins de Mordant ; même Quillon avait laissé entendre que si Géraden tentait et échouait, le Congrégat aurait au moins gagné d'être débarrassé de lui.

Incapable de la plus simple translation, Géraden ne pourrait se contenter de façonner le miroir, de l'ouvrir et de donner vie au champion : comme l'aurait exigé le Roi Joyse, il devrait franchir le verre pour rencontrer le champion et lui demander aide et protection.

Ses qualités étaient un cœur serviable, une prompte détermination et une loyauté sans limites, celle qu'on dit être l'apanage des chiots. De courtes boucles châtain effleuraient ses sourcils droits et épais ; il avait la physionomie la plus noble ; la fréquentation de ses six frères l'avait rendu brave, peu enclin aux plaintes et doléances. Mais son expression se voyait déparée par les quasi perpétuels regards d'embarras ou d'excuse que lui causaient ses petites mésaventures et les tours que lui jouaient ses pieds folâtres. Sa violente attirance pour l'Imagerie s'alliait curieusement à l'inlassable confusion qui enténébrait son esprit et menaçait de s'y installer à demeure. Jusqu'au jour où le Congrégat, grâce aux augures et à un bon sens partagé, choisit de l'expédier au secours de Mordant.

Dès cet instant, il recouvra son enthousiasme. En lui la volonté de servir les Maîtres fit place à une toute nouvelle ardeur dans le travail. Ses gestes furent ceux qu'exigeait l'art de l'Imagerie. Il mêla de ses mains le sable, la poudre d'émail, les oxydes, pour que le miroir se prépare à l'accueillir, débita le bois et entretint le four, façonna et refaçonna le moule jusqu'à le rendre aussi parfait que celui d'où était sorti le miroir dans lequel ses Maîtres avaient vu leur champion ; il y versa le liquide bouillant. Le sang battait violemment dans ses veines. Au cours de son labeur, il accueillait chaque inattention, erreur ou malchance par des gémissements, des insultes à lui seul adressées, suivies d'excuses à qui voulait l'entendre. Puis, il retournait à son ouvrage, palpitant d'espoir, la peau moite et brûlante, les muscles douloureux.

Il ignorait qu'il existait quelque part une jeune femme prisonnière d'un enchantement. Et s'il l'avait su, il ne s'en serait pas soucié, tout à l'opportunité que lui offraient les Maîtres — opportunité qui risquait de s'avérer dangereuse, sinon fatale.

Térisa n'était pas le champion choisi par le Congrégat.

Elle n'évoluait même pas dans l'univers du champion.

En théorie, tout au moins, le miroir de Géraden n'aurait pas dû être ce qu'il fut.

1

L'appel

La nuit qui précéda la venue de Géraden, Térisa Morgan fit un rêve, l'un des rares dont elle devait se souvenir. Elle entendit le son du cor ; atténué par la distance, il volait pourtant jusqu'à elle, pourfendait l'air glacé par-delà des collines enneigées, comme le signal qu'en son cœur la jeune femme avait toujours attendu. Le vent portait, emportait le son. Elle tendait l'oreille. Mais il ne s'approchait pas d'elle.

Elle voulait s'élancer vers lui, quitter le bois où il lui semblait être assise ou couchée, insensible au froid, d'où elle apercevait la crête des collines. Peut-être ceux qui soufflaient dans les cors se trouvaient-ils sur l'autre versant. Malgré sa velléité elle ne bougeait pas. Jamais elle n'avait vu le décor de son rêve, bien qu'elle s'y reconnût telle qu'elle avait toujours été.

Apparurent trois cavaliers qui se frayèrent chemin le long de la crête au blanc manteau. Au fur et à mesure que les chevaux gagnaient en vitesse, leurs narines dilatées vomissaient des rafales de brouillard, et leurs pattes fouettaient la neige qui volait autour d'eux en paillettes sèches et légères qui semblaient brûler dans la lumière. Térisa entendait gémir le cuir des selles, haleter et jurer les cavaliers. Elle souffrait de ne pouvoir étouffer ces bruits parasites pour écouter à nouveau le cor quand, brusquement, les hommes tournèrent bride et dévalèrent la pente glacée vers la lisière du bois — vers elle.

Visibles maintenant, leurs visages reflétaient une haine farouche, la soif du carnage. Tirées de leurs fourreaux, de longues épées flamboyaient au poing des cavaliers. Ils allaient la tailler en pièces, là, dans la neige.

Elle demeurait immobile, elle attendait. L'air froid la transperçait de ses mille esquilles. Elle n'était pas certaine de se soucier d'être tuée. Ce ne serait jamais que le point final à une existence vide et vaine. Son seul regret était qu'elle n'entendrait plus jamais le cor, ne saurait jamais pourquoi son cœur lui répondait si avidement.

Alors, d'entre les noirs troncs des arbres, surgit un homme qui s'interposa entre elle et les cavaliers. Sans arme, sans armure — il ne portait qu'un pourpoint, un pantalon épais et des bottes de cuir —, il n'hésitait pas à faire face aux chevaux. Le premier cavalier brandit sa lame, l'homme bondit, se saisit des rênes de la monture ; le cheval perdit l'équilibre, désarçonna son maître qui tomba sous les fers de la bête du deuxième assaillant. Ce dernier chuta à son tour, éjecté par l'animal qu'il montait. Des tourbillons de neige les noyèrent.

Quand la bise sourde eut dissipé les flocons, Térisa vit son défenseur s'emparer de l'épée du premier cavalier et en transpercer la poitrine du second. Sa gaucherie trahissait son manque d'entraînement au combat, mais il ne faillit pas. En un furieux assaut, il plaqua le premier cavalier contre un arbre avant que celui-ci n'ait eu le temps de faire usage de son poignard.

Soudain, Térisa vit le troisième assaillant, debout sur ses étriers, l'épée aux deux poings, se dresser au-dessus du jeune homme qui luttait pour elle. Elle ne comprenait rien à ce qui se déroulait sous ses yeux mais elle savait qu'il lui fallait agir. Ne serait-ce que par gratitude envers son défenseur, elle aurait pu s'élancer vers le cavalier, le saisir à la ceinture, le faire basculer.

Elle n'en fit rien. Une ride chagrine altéra son front tandis qu'elle assistait, rêvant, à sa terrible passivité. C'était l'histoire de sa vie, de ce néant muet qui seul qualifiait son incertaine existence. Comment agir ? L'action était pour ceux qui ne doutaient pas de leur présence au monde. En quelque vingt années, les occasions d'agir avaient été si rares pour elle qu'elle n'avait su les reconnaître.

Pourtant, un inconnu se battait pour elle. A cet instant, il tournait le dos au danger, occupé à extirper son fer du corps inerte à ses pieds.

Paralysée par la frayeur, le froid, elle hurla enfin :

— Attention !

Elle se retrouva assise dans son lit, gorge déchirée par son cri, cœur harcelé par la peur.

Dans la pénombre, les multiples miroirs de sa chambre lui renvoyaient l'image d'une ombre multipliée à l'infini ; mais ce n'était qu'elle-même, l'ombre qu'elle avait toujours été.

Tandis que son pouls ahanait, qu'une sueur froide perlait à ses tempes, elle crut entendre, par-delà les rumeurs rassurantes de la ville, l'appel lointain du cor, trop indistinct pour être certain, et trop prégnant pour être ignoré.

Bien sûr, rien n'avait changé. Elle se leva au matin, quand retentit la sonnerie du réveil. Son image dans les miroirs était chiffonne et pâlotte comme à l'ordinaire. Elle chercha néanmoins sur ses traits l'imperceptible signe qui aurait donné réalité à la haine violente des trois cavaliers, mais son visage restait vide de sens, d'expérience, de la moindre trace, au point qu'elle s'étonna de produire encore un reflet. Sans doute s'effaçait-elle peu à peu. Sans doute s'éveillerait-elle un jour pour ne rien voir dans la glace. Mais aujourd'hui, elle se retrouvait pareille à son souvenir — joliment faite mais pour aucun but, aucun dessein, et empreinte de chagrin.

Comme d'habitude, elle prit une douche, se vêtit d'une jupe sans chic et d'un chandail discret, comme son père aimait la voir habillée. Comme d'habitude, elle croqua ses toasts en se regardant dans les miroirs, puis elle enfila un imperméable. Rien ne sortait de l'ordinaire, ni elle, ni l'appartement qu'elle quittait, ni l'ascenseur qui la conduisit dans le hall de l'immeuble. Seuls ses sentiments, ses sensations sortaient de l'ordinaire.

Pour elle seule, sans en rien trahir, elle se souvenait de son rêve.

Dehors, la pluie fouettait violemment le bitume, le toit des voitures, couvrant le bruit de la circulation. Ramenée au présent par la grisaille humide, Térisa se couvrit la tête d'une capuche en plastique, passa devant le gardien (qui l'ignora, comme d'habitude) et franchit la porte de verre.

Tête baissée, pas pressé, elle partait travailler.

Soudain, il lui sembla entendre à nouveau le cor.

Elle s'arrêta, jeta un regard effrayé autour d'elle. Non, elle n'avait pas confondu avec les klaxons, mais était-il possible que dans cette ville envahie par la circulation, sous cette pluie, elle ait entendu l'appel déchirant des trompes de chasse ? La certitude secrète de n'avoir pas rêvé dota tout à coup son environnement d'un relief, d'une existence qu'elle ne leur avait jamais prêtés : la pluie avait vertu de purifier, les immeubles striés de traînées grisâtres se départaient de leur désespoir pour offrir l'incertaine mais vivante couleur de l'entre chien et loup ; les êtres qui la dépassaient sur le trottoir n'étaient plus des employés peureux et frileux, le courage et la foi les animaient. Tout, autour d'elle, vibrait d'une vitalité qu'elle n'avait jamais soupçonnée.

Puis la sensation s'évanouit ; avec elle, le souvenir du long appel du cor, et la saveur vivante qui avait transpercé son cœur.

Triste et déroutée, elle se remit en marche.

La journée à l'hospice fut plus pénible que d'habitude. Dans son bureau Térisa trouva, posé sur son antique machine à écrire, un mot de son patron, le Révérend Thatcher : le coût des photocopies étant trop élevé, elle était priée de taper deux cent cinquante fois la lettre ci-jointe, en sus de ses tâches courantes. La missive était adressée à toutes les associations philanthropiques de la ville ; le Révérend Thatcher y noyait sa demande de subsides sous son fatras verbal coutumier. Elle supportait difficilement de lire et relire cette prose, mais elle y était obligée.

Tandis qu'elle tapait, il lui sembla s'abîmer, se

dissoudre lentement dans l'inutilité de ce qu'elle faisait. A midi, elle connaissait la lettre par cœur. Elle gardait les yeux braqués sur sa machine comme si chaque caractère qui s'inscrivait devait lui prouver qu'elle était encore à son poste.

En général, elle déjeunait avec le Révérend Thatcher — le vieil homme en avait décidé ainsi. Sans doute prenait-il son silence, son regard attentif pour les qualités d'un interlocuteur compréhensif. La plupart du temps, elle ne l'écoutait même pas. Sa conversation ressemblait à son style épistolaire. Elle ne pouvait rien pour lui. Elle était silencieuse à défaut de savoir dire ou faire autrement, attentive car elle guettait chez son vis-à-vis quelque indice de la réalité de son existence, une lueur d'intérêt, l'imperceptible signe qu'elle était bel et bien présente face à un autre être vivant. Aussi prit-elle encore place ce jour-là à une table de la petite cantine de l'asile, face au vieux pasteur.

De loin, il avait l'air chauve, car ses courts cheveux sans couleur, trop fins et clairsemés, ne couvraient pas le rose luisant d'un crâne rond. Les veines proéminentes et fragiles de ses tempes menaçaient d'éclater à la moindre agitation. Térisa s'attendit à ce qu'il remanie la lettre qu'elle avait déjà dactylographiée une centaine de fois. Il en était souvent ainsi : le frugal repas était pour le vieil homme prétexte à ressasser ses griefs, le sentiment de sa vacuité. Sa voix se mettait à trembler quand il évoquait l'inutilité de sa tâche. Cette fois pourtant, il la surprit :

— Mademoiselle Morgan, fit-il sans la regarder, vous ai-je déjà parlé de ma femme ?

— Non, Révérend Thatcher, pas précisément.

— Voilà près de quinze ans qu'elle est morte, reprit-il tristement. C'était une bonne personne, chrétienne, forte. Dieu ait son âme. Sans elle, j'aurais été trop faible, mademoiselle Morgan, trop faible pour accomplir ma mission.

Bien qu'elle n'y ait jamais réfléchi, Térisa songea qu'elle le trouvait pourtant faible, même en cet instant, alors qu'il ne ressassait pas son impuissance à obtenir davantage pour l'asile, qu'il n'était que doux et affligé.

— Je me souviens du temps... c'était il y a longtemps, vous n'étiez pas née, mademoiselle Morgan... où j'achevais mon vicariat dans l'une des plus riches paroisses de la ville. Le pasteur me proposa de rester auprès de lui. J'en fus flatté, mais pour quelque obscure raison mon âme n'était pas en paix. J'avais le sentiment que Dieu essayait de me dire quelque chose. Dans le même temps, j'avais appris que cet hospice recherchait un directeur. Je ne désirais pas postuler. De tempérament peu volontaire, je me satisfaisais de mon travail facile et bien rétribué dans la paroisse. Malgré cela, l'idée de cet hospice me harcelait. Qu'attendait Dieu de moi ? Ce fut Mme Thatcher qui résolut mon dilemme. Elle se planta devant moi, les poings sur les hanches : « Ne sois pas idiot, Albert Thatcher. Notre Seigneur n'est pas venu sur terre pour servir les riches. Cent autres se proposeront pour te remplacer à ta place actuelle, et aucun de ces cent-là ne voudrait s'occuper d'un hospice. » Alors, je vins ici, conclut le vieil homme. Mme Thatcher se moquait d'être pauvre, elle voulait simplement que nous servions Dieu de notre mieux. Et je l'ai fait, mademoiselle Morgan, quarante ans durant...

A ce prélude aurait dû succéder la litanie habituelle des plaintes, des difficultés, des vains efforts pour maintenir l'institution charitable hors de l'eau. En général Térisa pouvait sentir ces discours venir, et s'isoler à l'avance, pour éviter de se noyer elle-même dans son irréalité et sa propre inutilité face aux besoins de la mission, pour ne plus entendre les éternels regrets.

Or cette fois, ce fut le lointain appel du cor qu'elle entendit.

Un son qui commandait une meute et à la fois attaquait une symphonie : deux sons qui se mêlaient en son cœur, jaillissaient en elle, hors d'elle, réclamant une réponse.

La petite cantine perdit son aspect terne et pauvre pour briller d'un éclat valeureux, presque sacré. Les hommes et femmes grisonnants, éreintés, ne furent plus de pauvres hères puisant réconfort à la soupe populaire, mais des êtres à l'avenir ouvert, sur la route des espoirs et des possibles. Même l'arête métallique du bord des tables en Formica se dessinait lumineuse, distincte, tangible. Le Révérend Thatcher lui aussi fut métamorphosé. Le sang ne martelait plus ses tempes par lassitude, épuisement, mais pour lui imprimer le rythme puissant, déterminé de la certitude de bien faire. Ses prunelles ne fixaient plus le désert de son inutilité et de sa futilité ; elles étaient dardées sur Dieu.

Cela ne dura qu'un moment. Térisa n'entendit plus le cor, aussi fort qu'en fût son désir. Et la chape plombée de la défaite recouvrit tout autour d'elle.

Éperdue, il lui sembla qu'elle allait fondre en larmes si le Révérend Thatcher repartait sur l'un de ses sujets favoris. Heureusement, il s'en abstint. Il avait des coups de téléphone à donner, des gens influents à joindre à l'heure du déjeuner, aussi s'excusa-t-il et laissa-t-il Térisa, inconscient d'avoir été, l'espace d'un instant, un être fascinant à ses yeux. Elle retourna en hâte à son bureau.

L'après-midi s'écoula lentement. La pluie dégoulinait le long des fenêtres sans rideaux, brouillait les images de la rue. Térisa dactylographiait les mêmes inepties. Elle voulait que le cor revienne, et avec lui le sentiment de vie palpitant, aigu. Mais ce n'avait été que le reliquat d'un rêve. Elle ne le retrouverait pas.

Au moment de partir, elle hésita et, sur une impulsion soudaine, frappa à la porte du réduit que le Révérend Thatcher utilisait comme bureau.

— Entrez, répondit faiblement le vieil homme.

L'alcôve contenait tout juste une table et un siège coincé entre le mur et les fichiers devant lesquels le Révérend se frayait difficilement passage quand il allait et venait. Térisa trouva son employeur les yeux fixés sur le téléphone.

— C'est l'heure de partir, mademoiselle Morgan ?

Elle acquiesça d'un signe de tête. Il ne parut pas remarquer son silence.

— Vous savez, j'ai appelé quarante-deux personnes aujourd'hui. Trente-neuf m'ont envoyé promener.

Si elle oubliait l'élan qui l'avait conduite ici, elle douterait à jamais de son existence.

— Je suis désolée pour Mme Thatcher, dit-elle abruptement.

— Elle me manque. J'aurais besoin qu'elle me dise que j'agis comme il faut.

— Oui, vous agissez bien, rétorqua Térisa, parce qu'elle le pensait et parce qu'elle voulait qu'il lève les yeux sur elle. Je n'en étais pas certaine auparavant, mais maintenant je le sais.

A défaut d'autre chose, le son du cor aurait au moins changé cela dans sa vie.

Le regard du vieil homme resta sur le téléphone.

— Peut-être devrais-je appeler... Oui, lui m'écoutera peut-être... Je dois continuer.

Comme il composait un numéro, Térisa quitta l'alcôve en refermant sans bruit la porte. Elle avait l'impression qu'elle ne reverrait jamais le Révérend. Elle ne se laissa pas troubler par ce pressentiment ; elle l'éprouvait fréquemment.

Elle rentra chez elle sous les rafales de pluie et de vent. Son imperméable ne leur opposait qu'un faible rempart. L'eau s'écoulait en rigoles glacées dans son cou. Elle pataugeait dans ses souliers, ses vêtements humides lui collaient à la peau. Elle ne voyait même plus où elle allait.

La force de l'habitude la guida vers sa tour de verre et d'acier. L'éclat noir de la surface lisse de l'immeuble évoquait une eau dormante à la profondeur de mort. Les gardiens virent arriver la jeune femme mais ne daignèrent pas lui ouvrir les portes. A l'abri du hall, elle s'arrêta pour essuyer son visage trempé puis, sans lever les yeux, se dirigea vers les ascenseurs.

Maintenant qu'elle ne courait plus, le froid l'envahissait. Dans la cabine de métal, elle ôta sa capuche et se regarda dans le miroir fixé sur la cloison moquettée. Ses yeux étaient immenses et vulnérables dans son visage livide aux lèvres bleuies par le froid. Ainsi elle était réelle puisque le vent savait la mordre et la pluie la glacer. Mais cela ne suffisait pas à la rassurer. Le froid lui avait aussi pris l'âme.

Elle se dit qu'elle allait passer une mauvaise nuit.

Chez elle, porte verrouillée, rideaux tirés pour chasser l'image de mort qu'elle avait vue dans les vitres multipliées, elle alluma toutes les lampes et commença à se déshabiller. De la tête aux pieds, sa chair semblait de cire pâle.

Les bougies étaient en cire. Parfois les poupées. Pas les gens.

La nuit allait être affreuse.

Jamais Térisa n'avait pu puiser dans ses sensations physiques la preuve qu'elle cherchait. Elle pouvait aisément concevoir qu'une ombre fût sensible au froid, ou au chaud, ou à la douleur, et cela sans exister. Elle prit une douche brûlante pour tenter de se réchauffer. Elle se sécha les cheveux et passa une chemise de flanelle, un pantalon de velours côtelé, enfin des mocassins en peau de mouton. Dans un ultime effort, elle se força à prendre un repas.

Mais les soins et attentions qu'elle se dispensait n'eurent pas plus d'effet que d'ordinaire. Rien ne savait chasser le froid qui lui emprisonnait le cœur — détail sans importance à ses yeux. Rien n'avait d'importance. Si elle mourait d'une pneumonie, son père ou le Révérend Thatcher en éprouveraient plus de désagrément qu'elle-même.

Cette nuit, comme d'autres nuits, elle aurait la sensation de s'effacer du monde des vivants à la manière d'un rêve saugrenu.

Il suffisait qu'elle reste assise là et ferme les yeux. D'abord, elle entendrait son père parler, comme si elle n'était pas là. Puis elle remarquerait l'attitude des serviteurs qui la regarderaient comme une invention du maître de maison, quelque chose qui ne vivait et respirait que parce qu'il l'avait ordonné. Ensuite, sa mère...

Sa mère avait toujours été aussi passive que possible, poursuivant son inexistence avec détermination, expérience et un certain talent.

En pensée, paupières closes, Térisa redeviendrait une enfant de six ou sept ans. Elle arriverait en boitant dans l'immense salon où ses parents donnaient une réception. Elle se montrerait parce qu'elle était tombée dans les escaliers et s'était ouvert le genou ; elle avait peur de tout ce sang qui coulait. Sa mère la regarderait sans la voir, sans plus d'expression qu'un masque de cire. « Retournez dans votre chambre, enfant », dirait-elle d'une voix atone. « Votre père et moi recevons. » Apprends à être comme moi, avant qu'il soit trop tard.

Pendant des années, Térisa avait lutté pour croire en elle-même. Elle ne ferma pas les yeux. Au contraire, elle alla dans le salon et s'installa sur une chaise, tout près de l'un des murs tapissés de miroirs, genoux appuyés contre la surface réfléchissante, le visage si proche de son reflet que le léger brouillard de son souffle risquait de les séparer. Alors, elle s'observa. Elle détailla chacun des traits, des ombres, et des imperceptibles mouvements de son image. Peut-être saurait-elle ainsi se garder entière et bien réelle. Si elle échouait, elle serait aux premières loges pour se voir se dissoudre.

Elle interprétait son rêve de la nuit dernière comme l'annonce de sa prochaine disparition. Déjà elle croyait voir s'estomper les contours de son visage.

Soudain, elle vit un homme dans le miroir.

Il ne s'y reflétait pas, il était... dedans, derrière le reflet de la physionomie stupéfaite de Térisa. Et il avançait, comme s'il luttait contre un torrent tumultueux.

C'était un jeune homme, quelques années de plus qu'elle tout au plus, vêtu d'un pourpoint, de pantalons bruns et de bottes de cuir. Il avait un visage attirant, malgré une expression rendue hagarde par la surprise et l'espoir.

Il regardait Térisa.

Sa bouche remua puis ses bras s'agitèrent. On aurait dit qu'il allait perdre l'équilibre, mais il continua à progresser.

Instinctivement, Térisa enfouit la tête entre ses bras.

Le miroir ne fit pas un bruit quand il se brisa.

Elle sentit le souffle de l'explosion. Les éclats de verre volèrent jusqu'au mur opposé et retombèrent sur la moquette. Un vent froid comme l'hiver s'engouffra brièvement dans la brèche.

Térisa releva les yeux pour voir le jeune homme s'étaler tête la première près de sa chaise. La poussière de verre étincelait dans sa chevelure. Son élan donnait l'impression qu'il avait plongé à travers le mur. Il était entier ; seul son pied droit manquait à l'appel, coupé net à mi-hauteur de la botte. Il n'était pas resté dans le mur puisque l'extrémité de la jambe amputée se trouvait à plusieurs centimètres de la cloison.

Pas trace de sang. Il ne paraissait pas souffrir.

Avec un soupir, il se redressa sur ses avant-bras. Sa jambe droite restait un peu paresseuse mais, à part cela, il se mouvait normalement.

Il arborait une mine sombre mais quand son regard croisa celui de Térisa son visage s'éclaira d'un faible sourire.

— Je suis Géraden, dit-il. Il n'était pas du tout prévu que j'arrive ici.

2

Le son du cor

Sans réfléchir, Térisa s'était levée, repoussait sa chaise en un mouvement de fuite involontaire. Les éclats de verre crissèrent sous les semelles de ses mocassins. Taché, sans couleur, le mur sur lequel avait été fixé le miroir semblait malade. Térisa continua à fixer l'homme.

La stupéfaction de celui-ci égalait la sienne. Il ne cessa pas de sourire, ne fit pas mine de se relever.

— Toujours pareil, murmura-t-il. Pourtant, je jure d'avoir fait tout ce qu'il fallait. N'importe quel Maître est capable de cette sorte de translation... Mais je me suis encore trompé.

Térisa aurait dû avoir peur devant cette apparition aussi violente qu'incroyable. Non, elle n'était que déconcertée, curieuse. Cet homme dépassait la logique, l'entendement. Dans son rêve, elle n'avait pas craint la mort...

— Comment êtes-vous entré ? souffla-t-elle d'une voix à peine audible. Pourquoi dites-vous qu'il n'était pas prévu que vous arriviez ici ?

— Je suis désolé. J'espère ne pas vous avoir effrayée, répliqua-t-il d'un ton aimable mais où vibrait une sourde tension. J'ignore ce qui n'a pas marché. Je ne devrais pas me trouver ici. Je cherche quelqu'un...

Pour la première fois, il détourna les yeux.

— ... de complètement différent.

Son regard qui se promenait alentour flamba soudain d'une inquiétude qui se mua en panique lorsqu'il se découvrit reflété par les miroirs multiples. De sa gorge jaillit un cri étouffé. Il se ramassa sur lui-même en un mouvement convulsif.

Puis il releva lentement la tête et sur sa physionomie la crainte se mua en étonnement. Il observa son image comme s'il se jugeait métamorphosé.

Ébahie, Térisa le regardait sans parler.

Au bout d'un long moment, il reporta son attention sur elle, s'éclaircit la gorge.

— Je vois que vous usez vous aussi des miroirs, fit-il d'un ton qui se voulait détaché.

Un frisson parcourut la jeune femme.

— Je ne sais pas de quoi vous parlez. Je ne sais pas ce que vous faites ici. Comment savez-vous que je ne suis pas la personne que vous cherchez ?

— Bonne question, répondit-il en souriant. Bien sûr, ce n'est pas vous. Ce serait impossible. A moins que nous nous soyons tous trompés sur l'interprétation des augures. Peut-être ai-je été détourné de ma destination initiale. Saviez-vous où j'essayais de me rendre ?

Térisa n'entendait rien à ce discours mais jugea inutile de réitérer sa question.

— Levez-vous. Il est un peu ridicule de rester par terre.

Une chose lui plaisait chez l'inconnu. Il l'entendait quand elle parlait, et pas seulement quand ses paroles venaient alimenter le cours de ses propres idées.

— J'aimerais bien, fit-il, légèrement honteux, mais je ne puis. Il désigna sa jambe amputée.

— Ils ne lâcheront pas ma cheville. D'ailleurs, ils font bien, sinon je ne pourrais revenir. Quoique j'ignore l'accueil qu'ils me réservent, ajouta-t-il en s'assombrissant. Ils ne voudront pas croire que je me suis encore trompé.

Désireuse de discerner quelque sens à ses paroles, Térisa demanda :

— Avez-vous déjà connu ce genre de problème ?

— Pas tout à fait. C'est la première fois que je tente de me translater moi-même. Nous le faisons rarement. La dernière fois, ce fut quand l'Adepte Havelock se rendit fou. Mais c'était particulier. Il avait utilisé un miroir plat et s'était translaté pour aller nulle part, vous comprenez ? Oui, bien sûr, vous comprenez, répéta-t-il en regardant à nouveau autour de lui. Des miroirs plats... murmura-t-il émerveillé. C'est extraordinaire, vous n'avez pas perdu l'esprit. Pas plus que moi. J'ignorais qu'il existait des Imageurs tels que vous. Certes, en théorie, la translation inter-Image est possible et nous avons recensé quelques cas, mais personne ne désire s'y risquer. Puisque j'ai fait mon propre miroir... si je me translatais tout entier ils seraient incapables de me ramener. Seul un Adepte peut utiliser le miroir des autres... Et Havelock est fou. Enfin qu'importe, conclut-il. J'ai échoué. J'échoue toujours. C'est en partie pour cette raison qu'ils m'ont choisi. Si je ne reviens pas, ce ne sera pas une grande perte pour eux.

Atterrée, Térisa fit appel à son expérience avec le Révérend Thatcher. Elle avait appris à poser les questions qu'attendait l'interlocuteur.

— Où auriez-vous dû arriver ? Qui aurais-je dû être ?

Il hésita à répondre, se décida.

— Autant vous le dire. Les augures ont sans doute été faussement interprétés. Peut-être avons-nous besoin d'un Imageur tel que vous. Si cela est...

Son regard se fit plus brillant.

— Chacun s'est penché sur les augures. Ceux-ci recèlent forcément une vérité. Nous avons conclu que le seul recours pour sauver Mordant était que quelqu'un traverse un miroir pour quérir de l'aide. Curieusement, ce « quelqu'un » fut moi. L'augure s'est bien gardé de dévoiler la nature du secours qu'il m'incombait d'aller chercher. Il montrait un homme à la puissance extraordinaire, armé de la tête aux pieds... un guerrier, un champion d'un autre monde. Détruirait-il ou sauverait-il Mordant ? Impossible de le savoir. A peine l'augure l'avait-il désigné qu'il apparut dans l'un des miroirs de Maître Gilbur. Il était grand deux fois comme vous, caparaçonné, et son arme magique pouvait abattre les montagnes. Il semblait parfait.

» Certes, Maître Gilbur aurait pu le translater dans notre monde. Plusieurs Maîtres le souhaitaient, prêts à défier le Roi. Mais l'augure était explicite : je devais être envoyé quelque part. On a disputé, discuté. Maître Quillon était pour que je parte. Maître Erémis affirmait que c'était m'envoyer à la mort... Il n'a pas l'habitude de se soucier de ce genre de chose. Je fus surpris. Je n'aime pas plus Maître Erémis qu'il ne m'apprécie. A la fin, le Congrégat a décidé de me laisser essayer.

» J'ai fait le miroir... fait et refait, jusqu'à ce que le champion s'y dessine parfaitement et que les Maîtres me donnent leur aval. J'ai travaillé si durement... Je m'étais juré de parvenir à l'exacte copie de l'original. Mais lorsque je passai... j'arrivai ici.

Térisa avait attendu qu'il se taise mais sa réplique était prête.

— Aussi en concluez-vous que l'augure fut mal interprété. Il était dit que vous deviez aller quérir quelqu'un mais sans précision quant à l'identité de ce sauveur.

Il la regarda comme si elle détenait une vérité.

— Cette fois, le Congrégat peut s'être trompé.

Il hocha doucement la tête.

— Aussi en obéissant aux augures avez-vous désobéi à l'ordre tacite du Congrégat, à ce qu'il avait décidé.

— Cela n'a aucun sens, c'est impossible, argua-t-il d'une voix sourde. Un miroir ne peut translater ce qu'il n'a pas montré. Mais bien que j'aie tout gâché, je ne puis m'empêcher de penser que vous avez agi de votre côté. Vous m'avez amené ici, affirma-t-il avec conviction. Vous devez avoir une raison.

Sa certitude balaya l'espèce de délire où la jeune femme s'était laissé embarquer. L'illusion céda devant la logique. Non, elle n'avait pas une conversation sensée avec un homme jailli de nulle part au milieu de son salon, et ce en faisant voler un miroir en éclats. Je n'ai rien à voir dans cette histoire, avait-elle envie de protester. Mais elle n'avait jamais su parler si franchement. Quand bien même des pensées aussi catégoriques lui traversaient l'esprit, elle frémissait de honte et de timidité. Il fallait fuir, se dérober à l'intensité du regard brun de Géraden.

— Je vous offre une tasse de thé ? s'entendit-elle proposer.

— Ce serait avec plaisir, mais j'ignore ce que « thé » veut dire.

Elle regardait la cuisine comme un refuge. Mais avant qu'elle ait fait trois pas, elle entendit Géraden l'appeler, d'une voix claire, paisible, mais où vibrait une supplication :

— Ma dame, m'accompagnerez-vous à Mordant pour sauver le royaume de la destruction ?

Elle s'arrêta, se retourna. Devant sa stupeur, le jeune homme parut embarrassé.

— Pardon. Je suis mal placé pour vous adresser une prière. Mais j'ai soudain la certitude que si vous quittez cette pièce vous ne reviendrez jamais.

En l'entendant elle s'aperçut que son intention était en réalité d'atteindre le téléphone pour appeler la sécurité. Il y a un dingue chez moi qui délire à propos de miroirs, de translation et de champion.

— Avez-vous souvent ce genre de certitude ? questionna-t-elle pour gagner du temps.

— Non. De surcroît, je me trompe toujours. Cela ne m'empêche pas de m'y fier. C'est une certitude qui m'a fait apprenti au Congrégat. J'ignore pourquoi... je n'en ai reçu ni donné grand bien. Je suis Aspirant depuis bientôt dix ans, sans espoir d'aller plus avant.

Sa voix recélait plus de colère contre lui-même que d'apitoiement.

— Je n'en ai pas moins la certitude que je dois devenir un Maître. Je m'obstine.

— J'allais faire du thé, vous en vouliez.

— Je n'avais pas peur avant que vous vous dirigiez vers la porte.

— Je ne pars pas, je reviens dans quelques instants, assura-t-elle lentement.

Oui, il fallait prévenir le service de sécurité. La plaisanterie n'avait que trop duré.

— Ma dame ! appela-t-il avec une autorité nouvelle. Je vous en prie.

Malgré elle, elle ralentit le pas et s'immobilisa au seuil de la cuisine.

— Si je me démène, ma dame, assura-t-il, je parviendrai à libérer ma cheville. Alors, je serai tout entier ici, sans espoir de retour. Les Maîtres ignoreront où je suis, ils ne voient que le champion dans le miroir. Je serai perdu à moins que par chance ou miracle ils ne façonnent un miroir qui révèle le lieu où je me trouve. Si tant est que je me trouve quelque part, murmura-t-il pour lui seul, et non perdu dans le miroir même, comme le prétend Maître Erémis. Mais je prendrai le risque, affirma-t-il avec force, plutôt que vous laisser partir sans m'avoir entendu.

Un instant, Térisa demeura sans voix, sans mouvement. Elle aurait voulu franchir l'ultime étape qui lui aurait permis de se réfugier dans la cuisine, mais c'était comme si Géraden l'avait physiquement retenue.

Après tout, que se passerait-il si elle alertait les gardiens ? Ils viendraient chercher Géraden et l'emmèneraient... s'ils parvenaient à libérer sa cheville. Plus tard, remis en liberté, il pourrait venir la harceler. A moins qu'elle ne porte plainte, auquel cas il lui faudrait aller jusqu'au bout, accuser, s'expliquer, face à un tribunal et face à celui qu'elle condamnerait. Dans tous les cas de figure, elle se retrouvait liée à lui.

Sans compter qu'elle n'avait nullement l'intention d'expliquer à un juge — ou à son père — qu'un homme qu'elle n'avait jamais vu auparavant avait jailli d'un miroir au beau milieu de son salon pour la supplier de sauver quelque chose qui avait nom Mordant.

Lentement, elle tourna la tête vers le jeune homme. Elle avait peur, pour la première fois depuis qu'il était si curieusement apparu dans sa vie. Décidément, appeler la sécurité ne résoudrait rien. D'une voix qu'elle s'efforçait de contrôler, elle avoua :

— Rien de ce que vous dites n'a de sens pour moi. Que devrais-je entendre de plus ?

— Ma dame, commença-t-il, l'embarras le disputant au soulagement, pardonnez-moi. J'ai de nouveau échoué. Ma façon de parler vous donne sans doute à penser que vos miroirs m'ont rendu fou. Ils auraient dû. Je ne comprends pas mais, s'il vous plaît...

Il s'était agenouillé au milieu des débris de verre et s'attachait à recouvrer un semblant de dignité malgré son attitude piteuse.

— Ne jugez pas Mordant à travers moi. Le péril nous guette, il est urgent que nous y portions remède. Le royaume déjà connaît la mort. La mort d'innocents qui ne se mêlent ni d'Imagerie ni de pouvoir, qui souhaitent seulement vivre en paix. Et la menace croît chaque jour. Alend et Cadwal guettent l'instant propice et forment leurs armées. Le Roi Joyse ne réagit pas, comme si son âme l'avait abandonné. Les plus avisés flairent partout la traîtrise.

» Mais le pire danger ne vient ni du Haut Roi de Cadwal ni du Monarque d'Alend. Il vient de l'Imagerie, souffla-t-il avec une fièvre croissante. Quelque part dans le royaume, en un lieu que nous ne savons découvrir, se terrent des Imageurs renégats, Maîtres des miroirs, qui par leur talent donnent naissance au mal, à toutes les horreurs et les infamies. Ils ont fait de Mordant leur terrain d'expérience pour mettre au point les maux les plus virulents contre la paix et la stabilité que le Roi Joyse avait établies par son règne. Ces Maîtres-là ne craignent pas le chaos que suscitera leur pouvoir débridé, incontrôlé.

» Avant la fin de l'hiver, le royaume se craquellera de toutes parts. Les guerres de toutes sortes dévasteront tout ce qui était bien et bon.

Il fixa Térisa droit dans les yeux.

— Ma dame, je n'ai pas le pouvoir de vous contraindre, et si je l'avais je n'en userais pas. Vous n'êtes pas le champion qu'attend le Congrégat. Je n'ai commis que des erreurs ma vie durant et ma présence ici n'est qu'une catastrophe de plus. Mais je n'ai peut-être pas si mal agi. Vous comprenez les miroirs. Le secours nous viendra peut-être de vous. Sans vous nous sommes perdus. Je vous en prie... Viendrez-vous avec moi ?

Elle était au comble de la confusion. *Mort. Guerre. Toutes les horreurs et les infamies. Sans vous nous sommes perdus.* Qui, moi ? Jamais elle n'avait entendu parler de Mordant, Cadwal ou Alend. Les seuls pays auxquels elle connaissait des rois étaient à des milliers de kilomètres. Et jamais elle n'avait entendu évoquer les miroirs comme des portes ouvertes sur d'autres réalités. *Le secours nous viendra peut-être de vous.*

— Je ne comprends rien, avoua-t-elle avec prudence. Vous essayez de m'expliquer quelque chose qui n'a aucun sens pour moi. Je n'ai rien à voir dans votre histoire. Je ne peux pas vous aider.

Vous ne connaissez même pas mon nom.

Géraden dédaigna sa protestation.

— Qu'en savez-vous ? Vous ignorez...

Il s'interrompit et son regard dardé sur la jeune femme se fit plus perçant.

— Êtes-vous heureuse ici ?

— Si je suis...

Elle reçut l'indiscrète question comme une insulte ou une honte et tout à coup sa peur céda devant l'envie de pleurer. Très vite, elle se tourna vers un miroir intact mais Géraden était présent partout, multiplié. Pas une facette où elle puisse le fuir. Et malgré son étrangeté, il se parait sur les surfaces lisses de plus de réalité qu'elle-même.

— Êtes-vous utile ?

La belle question. Elle se vit dans la glace retenir ses larmes. Le Révérend Thatcher avait peut-être besoin d'elle mais elle était remplaçable du jour au lendemain. Si elle disparaissait, le vieil homme ne se soucierait d'elle que le temps de trouver une autre secrétaire. Et des jours, des semaines, risqueraient de s'écouler avant que son père remarque son départ. Alors, il déclencherait le grand jeu, offrirait des récompenses, accuserait la police de négligence, ferait renvoyer les gardiens — tout pour cacher qu'il se fichait éperdument de ce qu'elle pouvait devenir. Elle n'était chère à personne. Elle n'était à personne.

Géraden était partagé entre la douleur évidente qu'il lui causait et le besoin de savoir. Il se lança.

— J'ai la certitude que vous n'êtes pas heureuse, vous ne le paraissez pas. Et je ne vois personne auprès de vous, vous êtes seule. Êtes-vous mariée ?

Il ménagea un temps tout diplomatique avant d'ajouter :

— Êtes-vous amoureuse ?

La surprise fit rire Térisa. Elle riait parce qu'elle n'osait pleurer devant lui. Avoir réussi à déguiser sa peine l'aida à quitter des yeux sa propre image pour adresser un regard direct à son curieux visiteur.

— Excusez-moi, fit-elle en réprimant son rire. Je n'aimerais pas être à votre place. Vous auriez dû leur conseiller de vous attacher par une corde à la taille. Au moins, vous pourriez vous tenir debout.

— Ma dame, reprit Géraden qui ignora sa diversion, vous n'êtes pas heureuse ici. Nul n'a besoin de vous. Nul ne vous aime. Venez avec moi.

Il lui tendit la main.

— Vous êtes Imageur. C'est pour vous qu'a été fait mon miroir, fruit du sable et des rêves.

— Je ne suis pas Imageur. Et je rêve si rarement...

Machinale, faible était sa protestation. Pour être rares ses rêves la marquaient d'une empreinte indélébile.

Dans son rêve, elle était demeurée passive, inerte, tandis que trois cavaliers se ruaient pour la tuer, et tuer un homme qui risquait sa vie pour elle. Un homme qui ressemblait à Géraden. Tout ce qu'elle détestait d'elle-même la retenait — son irréalité, la crainte de son père et des punitions, son impuissance à agir sur sa propre vie. Géraden continuait à lui tendre la main.

Une main qu'elle trouva belle et forte, et fiable, avec les cicatrices, les souvenirs de blessures qui l'abîmaient.

Une main qui lui rappelait le son du cor.

Ce souvenir chassa toutes ses peurs.

Elle fut la première étonnée des mots qui franchirent ses lèvres au rythme des douloureux battements de son cœur :

— Mais il ne me déplairait pas de découvrir ce qui se cache de l'autre côté des miroirs.

Un sourire radieux illumina le visage du jeune homme.

3

Translation

— J'ai peine à le croire, murmura Géraden pour lui seul. Vite, dépêchons-nous avant que vous ne changiez d'avis. Prenez ma main.

Térisa n'y croyait pas davantage. Que s'apprêtait-elle à faire ? L'excitation joyeuse du jeune homme lui donnait envie de rire. Et les cors l'appelaient, si distinctement malgré l'étendue de neige glacée et le rempart des collines... l'appelaient.

Alors, rapide elle s'approcha de Géraden et confia sa main à la sienne.

— C'est tout ? s'enquit-elle. Pas de mots magiques, rien ?

— C'est tout, fit-il avec un sourire de pur bonheur. Les invocations et les gestes ont déjà été faits. Il vous suffit de bouger avec moi. Accrochez-vous.

Se balançant sur le genou de sa jambe amputée, il prit appui au sol sur son pied gauche et dans un mouvement de balancier se propulsa vers l'arrière, entraînant Térisa. Il ne reculait pourtant que progressivement, comme si son pied invisible tâtonnait pour retrouver la piste vers un lieu qui n'existait pas.

Son mollet disparaissait peu à peu. Il fut bientôt

capable de se redresser et attira Térisa vers lui, lui sourit.

— Ce sera plus aisé si vous fermez les yeux.

Il s'appuya sur sa jambe gauche et son visage trahit une seconde d'effarement lorsqu'il chuta vers l'arrière.

Le mur parut l'absorber. Il s'évanouissait. Prise de panique, Térisa voulut se dégager mais il tenait solidement sa main et ni ses protestations ni ses secousses violentes ne purent lui rendre la liberté.

Un cri resta larvé dans sa gorge quand elle se vit si près du mur au plâtre abîmé, elle tenta de se protéger en jetant son bras en avant, puis toute sensation de réalité, d'existence, s'effaça.

Il lui sembla franchir des frontières où temps et distance s'annihilaient. L'espace d'un instant, elle perçut ce qu'était l'éternité, la même seconde qui durait à jamais. Elle ne sut pas si elle chutait ou si elle s'élevait vers le vide des confins du monde ; pourtant elle n'avait fait qu'un seul pas. L'obscurité était totale.

Ensuite, saisie par cette même sensation paradoxale d'éternité instantanée, d'interminable brièveté, elle vit Géraden, ramené à la vie par une chaude et violente illumination de torches.

Mais il avait mal estimé son pas en arrière.

Il continuait de tomber et la consternation crispa ses traits. Leurs mains ne s'étaient pas lâchées, il entraînait Térisa avec lui vers de froides dalles grises. Elle ne put rien faire pour éviter la chute.

Elle lui fit mal en heurtant ses côtes d'un fort coup d'épaule. Il avait, par son corps, amoindri sa chute ; elle roula à son tour sur les dalles et resta allongée près de lui, sur le dos, visage tourné vers une vieille et imposante voûte de pierres.

Aveuglée par le changement dans ses perceptions, elle n'assimila pas immédiatement la différence entre son appartement et ce lieu inconnu. Non loin d'elle se dressait un immense miroir dans un cadre de bois sculpté. Le verre en était coloré sur les bords, mais au lieu d'être plat, se trouvait légèrement incurvé et parcouru d'une ondulation figée. De là où elle était Térisa vit bien que le miroir ne reflétait ni l'austère salle éclairée par les torches ni son appartement. Mais elle ne prit pas plus conscience de ce détail que de la dureté de la pierre sur laquelle elle demeurait couchée.

La voix qui résonna sous la voûte était parfaitement distincte.

— Où êtes-vous allé *la* chercher ?

— Vous étiez invisible dans le miroir, fit une autre voix. Comment avez-vous fait ?

— Où étiez-vous ?

Lentement, Térisa tourna la tête. Des hommes l'encerclaient et se penchaient vers elle.

Ils étaient vingt, trente, certains vieux, d'autres plus jeunes. Tous portaient les plus chauds vêtements : des manteaux, de longues robes qui évoquaient des soutanes, d'épais gilets sans manches, et tous arboraient une chasuble de satin jaune rassemblée en une sorte de longue écharpe qui leur couvrait le cou et les épaules.

La plupart posaient sur Térisa un regard de stupeur et d'horreur, le même que celui qu'elle leur renvoyait.

— Imbécile, lâcha l'un d'eux.

— C'est impossible, marmotta un autre.

Il s'en trouva quelques-uns pour rire.

Le front empourpré, Géraden cherchait à reprendre souffle.

— Eh bien, Aspirant, déclara l'un des rieurs, voilà une nouvelle catastrophe à votre actif.

L'homme était grand, solidement bâti en dépit de sa minceur. Son nez trop volumineux, ses pommettes curieusement aplaties jusqu'à la naissance des oreilles et sa crinière noire plantée loin sur son crâne dotaient son visage d'une disgrâce que compensait dans ses yeux pâles une lueur d'humour et d'intelligence qui suffisait à le rendre attirant. Il se drapait dans son manteau noir en une attitude de grandeur et d'insouciance. Les plis de sa chasuble oscillaient.

— Nous vous envoyons quérir un champion pour sauver le royaume et vous en profitez pour vous livrer au badinage. Ma dame, poursuivit-il, s'adressant à Térisa, sans doute avez-vous trouvé Géraden à votre goût pour vous laisser entraîner, mais maintenant que vous voilà parmi nous, vous n'allez pas tarder à découvrir que Mordant a des hommes d'une autre trempe à vous offrir.

Avec un rire sourd, il s'inclina galamment vers elle et lui tendit la main pour l'aider à se relever.

Mordant, se répéta-t-elle, abasourdie. Il l'a fait, il m'a emmenée à Mordant.

Dans un élan instinctif, elle se tourna vers Géraden. Un autre homme s'était accroupi près de lui, l'un de ceux que sa mésaventure n'avait pas fait rire, un homme au visage sans couleur, parcheminé, qui n'avait pour tous poils sur la tête que de formidables sourcils. Sa corpulence égalait presque sa hauteur.

— Honte à vous, Maître Erémis, murmura-t-il en soulevant Géraden sous les épaules. Trouvez d'autres sujets de raillerie. Ce qui vient de se produire est un désastre ou un miracle. En tout cas, l'absence de précédent exige de nous le plus grand sérieux.

— Un peu d'humour, Maître Barsonage, répliqua Erémis avec un large sourire. Que faire d'autre que rire des bévues de l'Aspirant Géraden ?

Il reporta son attention sur Térisa, comme si le sujet ne valait pas même la peine d'être discuté.

— Nous pourrions pleurer, Maître Erémis, répondit une voix gutturale. Vous avez vous-même admis que nous étions condamnés si nous ne trouvions le champion annoncé par l'augure. Je me moque du Roi Joyse et de son royaume, et je me moque de le répéter à qui veut l'entendre. Que notre souverain sombre dans la sénilité, qu'Alend et Cadwal combattent pour prendre sa place, mais nous, nous le Congrégat des Imageurs, n'avions pas d'autre espoir. L'Aspirant a manqué à son devoir.

Quand il avait parlé du peu de cas qu'il faisait du Roi, l'homme qui soutenait Géraden avait grincé des dents. Térisa aurait aimé voir celui qui venait de s'exprimer si durement mais le sourire, le regard, la main tendue de Maître Erémis l'emprisonnaient. Il la regardait... elle... comme si elle était vraie, comme si sa présence était réelle dans cette salle de pierres froides où l'air vif de l'hiver menaçait les lampes à huile et les torches. Elle était présente envers et contre tout, alors que son seul droit aurait dû être de se regarder s'effacer peu à peu dans l'un des multiples miroirs de son appartement sans vie, sans âme.

Le magnétisme de ce regard masculin la fascinait, qui lui donnait l'existence tangible dont elle avait toujours douté. Stupéfaite, émerveillée, elle posa sa main sur celle du Maître et se releva.

— Vous vous trompez, affirma Géraden d'une voix altérée. Tous. Cette femme est notre champion.

La réaction dans l'assemblée ne se fit pas attendre.

— Quoi ? Une femme ? Impossible !

— Êtes-vous aveugle ? Regardez-la, elle n'est même pas armée.

— Nous croyez-vous aussi fous que vous, Aspirant ?

— Mais la preuve est faite ! Réfléchissez. Le Roi Joyse et l'Adepte Havelock ont raison. *Ils sont vivants.*

— Laissons ce garçon se remettre de ses émotions. Ce n'est jamais qu'un accident de plus.

— Bêtises ! tonna la voix gutturale, vibrante de colère contre Géraden. Ne vous montrez pas irresponsable. Vous avez trahi notre confiance et vous essayez de déguiser votre échec en succès.

Maintenant, Térisa voyait le furieux : un homme trapu au dos rond, aux mains si larges et si fortes qu'elles auraient pu broyer des pierres, une barbe poivre et sel, une expression qui ne devait guère se départir de son aspect renfrogné.

— J'ai pourtant assez dit et répété, continua-t-il à l'adresse des Maîtres, qu'il ne fallait pas confier nos espoirs à un chiot maladroit, mais vos voix ont couvert la mienne. Et voici le résultat ! conclut-il en pointant un doigt accusateur sur Térisa.

Maître Erémis se remit à rire et eut un geste d'apaisement. Géraden prit la parole avant lui :

— Non, Maître Gilbur, cette fois ce n'est pas ma faute. Pensez que...

Sa faiblesse après la chute eut raison de son agitation. Maître Barsonage ne le soutenait plus, aussi s'écroula-t-il contre deux des Maîtres. Ceux-ci ne purent le soutenir qu'avec peine, et manifestèrent une lassitude qui fit comprendre à Térisa que ce genre d'incident finissait par être trop fréquent de l'avis des hommes en chasuble.

Quand il reprit son équilibre, Géraden était cramoisi de confusion.

— Aspirant Géraden, déclara Maître Erémis, vous n'avez pas ménagé votre peine, mais l'épreuve est un échec et ce qui est fait est fait, nous n'avons pas plus de champion que lorsque vous êtes parti le quérir. Ayez au moins la sagesse de ne point offenser le Congrégat en essayant de défendre l'indéfendable.

Géraden tentait de rectifier le désordre de son pourpoint.

— Certes, concéda-t-il sourdement, mais je n'ai pas échoué de la façon dont vous le pensez. Vous ne prenez pas en compte...

— Modérez vos paroles, enfant, intervint Maître Barsonage. Les Maîtres ne sont pas là pour écouter vos insolences.

— Pardonnez-moi, murmura le jeune homme, partagé entre la colère et l'embarras. Mes paroles ont dépassé ma pensée. Il est si important que...

— Nous savons ce qui est important ou non, l'interrompit l'épais Maître Gilbur. Reconnaissez-nous ce minimum de discernement.

Térisa ne prêtait que vaguement l'oreille à la dispute. Dès qu'Erémis avait cessé de la regarder, elle s'était laissé submerger par une puissante sensation d'irréalité. Elle voguait dans l'impossible. Où était-elle ? Vivait-elle l'étape ultime de son effacement ? Dans un sursaut de volonté, elle s'attacha à détailler les lieux.

Elle tournait le dos à un miroir surélevé par une marche de pierre, miroir qu'elle préférait ne pas regarder... D'un geste de propriétaire, Maître Erémis l'avait placée à son côté. Les autres Imageurs entouraient Géraden, Barsonage et Gilbur. Tout ce monde et le miroir lui-même occupaient le milieu d'une vaste salle dallée de forme arrondie. Murs et plafonds étaient faits de blocs de granit gris grossièrement taillés. Les torches étaient glissées dans des anneaux fixés à la muraille mais la lumière venait surtout des multiples lampes à huile suspendues aux quatre épais piliers qui soutenaient la haute voûte. Ces colonnes délimitaient un périmètre à l'intérieur duquel étaient ordonnés en arc de cercle de sobres bancs de bois qui pouvaient recevoir quarante ou cinquante personnes.

Elle comprit qu'elle devait se trouver dans le lieu d'assemblée officiel du Congrégat des Imageurs. C'était vraisemblable, et donc rassurant, car, du vraisemblable au réel, il n'y avait peut-être qu'un pas...

Elle aurait aimé s'éclipser pour pousser plus avant son exploration. C'était impossible, et elle prêta une oreille plus attentive à la discussion. Une supplique sourdait dans la voix de Géraden. Maître Gilbur répondait par le sarcasme. Bien qu'elle ne connût le jeune homme que depuis... dix minutes — vingt, tout au plus —, elle nourrissait déjà à son endroit une confiance instinctive. Il lui avait parlé, l'avait écoutée, lui avait souri comme à un être vivant. Croisant son regard où brillait l'urgence et la détresse, elle s'adressa aux Maîtres.

— Je crois que vous devriez lui laisser une chance. Il doit bien y avoir une raison pour que j'aie accepté de le suivre.

Le rire narquois d'Erémis lui donna immédiatement envie de s'excuser auprès de Géraden.

— Bien sûr, ma dame, ricana le Maître. J'ai eu tort de parler de badinage. Notre Aspirant n'est pas dépourvu de vertus, mais ni l'élégance ni l'esprit ne comptent parmi elles. Aussi, puisque nous ne saurions croire que vous êtes venue ici par la force, la raison doit bien exister de votre présence auprès de notre maladroit.

Quelques rires firent écho à ces paroles blessantes. Géraden baissait la tête.

— Parlez, Géraden, reprit le Maître. Qu'aurions-nous négligé de si important à vos yeux ?

Térisa crut un instant que Géraden refusait de répondre, comme souvent elle avait vu sa mère se réfugier dans le silence quand son père l'embarrassait volontairement. Mais l'Aspirant passa outre l'humiliation et parcourut l'assemblée d'un regard brillant.

— Maître Erémis, Maître Gilbur, vous savez que je ne suis qu'apprenti et mes nombreuses erreurs vous permettent de rire de moi. Mais que signifie à votre avis la présence de cette femme ? Comment est-elle ici ? Maître Gilbur, vous m'avez enseigné la fabrication d'un miroir semblable à celui que vous aviez vous-même façonné. Vous savez, n'est-ce pas, qu'ils sont parfaitement identiques puisque les deux images révélées étaient les mêmes. Maître Erémis, avez-vous déjà entendu parler d'un miroir capable de translater ce qu'il n'a pas montré ?

Cette question laissa interdits plusieurs des auditeurs. Gilbur se renfrogna, Erémis pinça les lèvres, songeur. Barsonage haussa ses spectaculaires sourcils. Un petit homme à figure de lapin opinait vigoureusement du chef.

— Les plus grands Maîtres, poursuivit Géraden avec davantage d'assurance, n'ont jamais façonné un miroir qui révèle une chose et en translate une autre. Même l'Adepte Havelock à l'apogée de son talent n'y serait parvenu. Même les rumeurs les plus curieuses qui courent sur l'ArchI-Mage Vagel ne font allusion à aucun pouvoir de cette sorte. Pensez-y, Maîtres, d'une façon ou d'une autre j'ai découvert par accident l'aboutissement suprême de l'Imagerie. Soit je suis d'ores et déjà le plus grand Maître depuis que le premier miroir fut façonné, soit...

Il fixa Erémis droit dans les yeux et se tut.

— Soit, Aspirant ? maugréa Gilbur. Vous n'espérez quand même pas notre acquiescement ?

— Soit, reprit lentement le jeune homme sans quitter Erémis du regard, un autre pouvoir est intervenu. Le même peut-être qui présida à l'augure. Une puissance qui m'a emmené là où je n'aurais pas dû pouvoir me rendre avec ce miroir, en un lieu où se trouvait le champion désigné par l'augure et non celui que vous aviez choisi. Cette femme est le champion que je devais quérir. Elle est celle qui nous sauvera.

Sa voix n'était plus qu'un murmure, auquel succéda un profond silence.

— Je l'avais dit, fit la voix fluette de l'homme à

figure de lapin. Je le fis depuis le début. La preuve est faite : ils sont *réels*.

— Par exemple ! aboya Gilbur. L'Aspirant ne parle pas sans intelligence mais son discours défie la raison. *Elle* serait notre sauveur ? *Elle* saurait passer outre la folie d'Imagerie ? Regardez-la, Maîtres. Où sont ses prétendus pouvoirs ? Comment œuvrera-t-elle pour nous défendre ? En quoi est-elle supérieure à notre champion ?

Il désigna le miroir derrière Térisa. Plusieurs hommes y jetèrent un œil, Maître Erémis lui-même se détourna pour le regarder. Malgré elle, la jeune femme les imita.

Sa première et pénible impression se vit confirmée. Le miroir ne reflétait rien de la salle austère et rien de ce qu'elle connaissait.

Le verre teinté, irrégulier à sa surface, montrait une scène, assez distante pour être embrassée dans son ensemble mais assez proche pour se prêter à un examen précis. Dans un étrange paysage baigné de la lumière écarlate d'un soleil rouge trônait une forme métallique que Térisa identifia pour un vaisseau spatial. Des hommes en armures brillantes étaient placés en périmètre de défense autour de l'engin. Ils étaient assaillis mais les tirs ennemis qui pourfendaient le champ de vision ne faisaient que rebondir sur leurs carapaces de métal. Ils envoyaient eux aussi des faisceaux meurtriers qui pour n'avoir pas de cible visible n'en devaient pas moins être efficaces, puisque les guerriers ne battaient pas en retraite vers leur vaisseau.

Néanmoins, le centre de l'image n'était ni l'engin spatial ni la calme et belle ordonnance des soldats.

C'était un autre individu d'acier qui levait de temps en temps les bras et portait son attention de part et d'autre en semblant diriger le combat. Il était fortement armé lui aussi. Les engins les plus étranges pendaient à ses hanches ; un fusil de la taille d'un petit canon était fixé sur son dos. Mais plus que cette panoplie, c'était sa posture, sa tenue qui vibrait de force et de puissance à travers le miroir. Il semblait prêt à décimer des populations entières pour conquérir cette terre étrangère.

Térisa comprit que cet être de force et de violence n'était autre que le champion vers lequel Géraden avait été envoyé.

Voilà donc le secours qu'espérait Mordant ? Le royaume était-il donc en si grand péril ? Et Géraden, dans sa naïveté, espérait que ses Maîtres troqueraient leur foudre de guerre contre une femme impuissante ? Dans un éclair de lucidité, elle comprit que Maître Gilbur avait raison : Géraden devait être fou pour la considérer comme la réponse au mal qui rongeait Mordant.

Un charme l'avait-il enivrée, circonvenue pour qu'elle lui donne la main ? Elle aurait dû se ruer sur le téléphone, appeler la sécurité et assumer les conséquences ; affronter son père aurait encore été préférable. Maintenant, elle se retrouvait dans une impasse.

Elle en éprouva une sorte d'étourdissement. Que faisait-elle ici ? Vacillante, elle se détourna du miroir et posa sur Maître Erémis un regard qui appelait à l'aide. Sans le connaître, elle s'en remettait à son intelligence, à sa force, à son efficacité, à son humour même, preuve de la grande confiance qu'il avait à juste titre en lui-même.

Il comprit le message muet et ses yeux se plissèrent comme s'il allait rire à nouveau. Il n'en fit rien. Une ride creusa son front.

— Maîtres, fit-il comme s'il réfléchissait à voix haute, il s'agit d'un problème délicat. Ne le traitons pas à la légère. L'Aspirant Géraden a émis une hypothèse qui mérite réflexion.

Le soupir exaspéré de Gilbur ne l'arrêta pas.

— Que son choix d'un champion soit suspect, je vous l'accorde. Mais il a énoncé une vérité très simple : soit il est plus grand que nous tous, soit nous sommes en face d'un miracle. Soit encore, nous avons affaire à un pouvoir incompréhensible. Je propose, poursuivit-il en élevant la voix pour couvrir les murmures de protestation, que nous ajournions la séance. Il nous faut réfléchir. Le danger qui guette Mordant nous presse mais la hâte est mauvaise conseillère. Retrouvons-nous demain, la nuit nous aura peut-être éclairés. Qu'en dites-vous, Maître Barsonage ?

Térisa fut étonnée. Elle avait considéré Frémis comme le chef, l'arbitre des débats, or elle découvrait que ce rôle incombait au gros homme chauve à la peau jaune. Du regard celui-ci quêta un accord de ses pairs avant de statuer.

— La suggestion me paraît sage. Non que nous ayons à gagner quoi que ce soit en tentant de décider si l'Aspirant Géraden a été l'instrument du hasard, du génie ou d'un pouvoir inconnu, mais nous devrons déterminer notre action. Prenons donc du repos avant de nous lancer dans un nouveau débat. A demain.

Maître Erémis manifesta son approbation puis se tourna vers Térisa pour lui offrir sa main.

— M'accompagnerez-vous, ma dame ? Vous voilà l'invitée d'Orison. Je vais veiller à ce que vous soyez correctement logée, en hôte de marque, comme il convient, précisa-t-il avec une once d'ironie. J'aimerais, de surcroît, vous entretenir de divers sujets.

Son regard pâle avait le don de défier les refus ou les hésitations. Il jouait d'une séduction irrésistible. Gorge sèche, jambes incertaines, Térisa avait l'impression qu'un homme la regardait pour la première fois de sa vie. Oui, c'était la première fois.

Mais alors qu'elle tendait la main, Géraden intervint avec solennité.

— Ma dame, je préfère que vous veniez avec moi.

Le silence se fit parmi les Maîtres, qui tous regardèrent l'Aspirant comme s'il venait d'insulter Erémis. La rougeur qui lui empourpra le front prouvait qu'il avait pleine conscience de son audace. Qu'importait. Pas un tressaillement, pas un battement de cils ne trahit une faiblesse sur son visage.

Le Maître haussa un sourcil hautain, curieux, puis reporta toute son attention sur Térisa.

— Venez, dit-il avec autorité. L'Aspirant a joué son rôle, qu'il laisse à présent la solution des problèmes à ceux qui sont capables de les résoudre. Vous ne vous plaindrez pas de ma compagnie, ma dame.

Elle faillit le suivre. Elle le souhaitait — ou croyait le souhaiter. Plus exactement, elle n'avait pas la moindre idée de ce qu'elle désirait et était prête à laisser cet homme choisir pour elle.

Géraden ne l'entendait pas de cette oreille.

— Ma dame, déclara-t-il à haute et intelligible voix, Maître Erémis ne croit pas en votre existence.

Son assertion figea témoins et acteurs, comme s'il venait de lancer un défi personnel au Maître.

Un tressaillement craintif parcourut Térisa.

Cette fois, Erémis n'arborait plus son expression narquoise. Il eut fugitivement l'air batailleur, vengeur, d'un homme vexé, mais un profond soupir suffit à lui faire retrouver son contrôle.

— Ce n'est pas tout à fait vrai, ma dame, protesta-t-il avec un froid détachement, sans regarder Térisa. Je crois que vous n'existiez pas avant d'être translatée par le miroir.

— Par conséquent, renchérit Géraden, il vous considère comme un objet, ma dame, quelque produit de l'Imagerie : une chose dont on peut user, non une femme que l'on se doit de respecter.

C'en fut trop pour le Maître.

— Foutaises ! lâcha-t-il les dents serrées. Je ne m'abaisserai pas à débattre d'Imagerie avec un marmot trop maladroit pour porter la chasuble et trop stupide pour respecter ses supérieurs. Allez avec lui, conclut-il en abandonnant la main de Térisa. Sinon, il me rendra fou.

Il tourna les talons et passa, hautain, devant ses pairs avant de disparaître derrière un pilier. Térisa entendit se refermer une lourde porte.

Géraden ne la regardait pas mais tenait les yeux fixés sur les dalles. Des gouttes de sueur perlaient à son front.

4

Le vieux gâteux

— Arrogance, murmura l'un des Imageurs.

Un autre se délectait, tout sourire, de la défaite d'Erémis. Maître Gilbur haussa les épaules d'un air dégoûté. L'homme à tête de lapin plissa le nez.

Tous observaient Géraden.

Tremblante, Térisa avait elle aussi les yeux rivés sur le jeune homme.

— Qu'avez-vous voulu dire par « il ne croit pas en votre existence » ? questionna-t-elle doucement. Je n'existais pas avant d'être translatée par le miroir ?

Cette idée la blessait trop profondément. De parfaits étrangers pouvaient donc deviner son incertitude d'être.

— Cela n'a aucun sens. Rien ici n'a de sens. Vous ne savez même pas qui je suis.

— Pardonnez-moi, ma dame, répondit Géraden. Je continue malgré moi à vous maltraiter, alors que c'est la dernière chose que je souhaite. J'aurais dû vous laisser aller avec Maître Erémis. Je ne sais pas ce qui m'a pris.

Il affichait à la fois un désarroi total et une forte détermination à faire face aux conséquences de sa maladresse chronique. Térisa n'eut pas le temps de le rassurer. Maître Barsonage intervenait :

— Aspirant Géraden, vous comprendrez que nous soyons présentement peu enclins à compatir à vos regrets.

— Je suis désolé, s'excusa encore le jeune homme.

— Nous allons finir par le savoir, trancha sévèrement le Maître. Taisez-vous et écoutez-moi plutôt. Inutile que je vous ordonne de ne pas parler au Roi, vous me désobéiriez. Néanmoins, je vous rappelle que cette femme est ici à cause de vous, qu'elle est sous votre responsabilité. Elle mérite l'hospitalité d'Orison aussi bien que le respect du Congrégat. Elle est pour nous un mystère et nous devons bien la traiter. Mais, conclut-il en posant une main autoritaire sur l'épaule de Géraden, je vous interdis de répondre à ses questions, Aspirant.

Les pupilles de Géraden se dilatèrent. La voix de Barsonage se fit plus métallique ; sans regarder Térisa, il poursuivit :

— Elle est mystère, elle est aussi danger. Ne lui livrez ni Mordant ni le Congrégat avant que nous soyons sûrs d'elle.

Silencieux, Géraden détourna la tête.

— Me comprenez-vous, Aspirant ? poursuivit le gros homme. En qualité de médiateur, j'ai le pouvoir de briser à jamais votre espoir de porter un jour la chasuble.

Aucun des Imageurs ne soufflait mot. Le froid ambiant semblait avoir figé sur leurs visages qui une respiration retenue, qui une expression de dépit.

Géraden se redressa malgré la pression de la main du Maître sur son épaule.

— Je comprends, Maître Barsonage, murmura-t-il d'une voix lointaine, abattue. Je suis responsable de cette femme.

— En toutes situations.

— En toutes situations.

— Admirable, commenta le Maître en allégeant sa pression sur l'épaule du jeune homme. Le bon sens vous sied à merveille.

— Admirable, en effet ! aboya Maître Gilbur en jetant un regard haineux à Géraden. Mais vous, vous perdez l'esprit avec les années, Barsonage, si vous croyez qu'il tiendra parole.

Le médiateur tourna son imposante masse vers le protestataire. Ses larges poings plantés sur les hanches, il répliqua :

— Permettez-moi de vous mettre en garde contre ce genre d'affirmation, Maître Gilbur. La confiance est une denrée d'autant plus précieuse qu'elle est rare, et votre mépris nous en prive. L'Aspirant Géraden descend de l'honnête et estimée lignée du Domne. Les fils du Domne n'ont jamais failli à la loyauté.

Sans plus regarder quiconque, il enchaîna :

— Que de temps nous perdons en bavardages. Me voilà de nouveau en retard pour ma collation de midi. Maîtres, vous joindrez-vous à ma table ?

Certains des Imageurs acquiescèrent ; d'autres, avec Gilbur, déclinèrent plus ou moins courtoisement l'invitation. L'assemblée se dispersa. Les hommes en chasuble quittaient la salle dans un discret brouhaha. Térisa et Géraden se trouvèrent bientôt seuls.

Le jeune homme s'entêtait à fixer les dalles du sol, comme s'il avait honte.

Térisa était perdue. Personne ne répondrait à ses questions ? Personne ne lui expliquerait pourquoi Maître Erémis ne croyait pas à son existence ? Et elle ne s'insurgeait pas ?

Enfant, elle s'était essayée à la révolte. *Ce n'est pas juste ! Je ne veux pas aller au lit ! Vous ne voulez jamais de moi !* Elle avait rapidement compris la folie de ses éclats. Ignorée, à peine tolérée, elle avait porté sa passivité de la demeure paternelle aux multiples écoles privées où continuaient à sévir les dures consignes parentales. On ne s'occupait pas d'une enfant éteinte et l'on punissait une enfant insurgée. Des punitions était né en Térisa ce sentiment d'irréalité. Au cours des années, elle s'était disciplinée, dressée pour bannir d'elle-même toutes les émotions qui l'auraient encore mieux conduite aux demandes à peine formulées et immédiatement rejetées.

Alors elle se taisait, se contentant de regarder le rouge de la honte colorer le visage de Géraden. Celui-ci arborait l'air le plus malheureux du monde quand il la regarda :

— Je suis désolé, ma dame. Je ne pensais pas que cela se passerait ainsi. Je savais qu'il me faudrait les convaincre, en particulier Maître Gilbur, mais j'ignorais qu'ils seraient... Je souffre de vous avoir conduite ici et de devoir me taire. Ce n'est pas juste, et, bien entendu, c'est ma faute.

— Comment cela ? fit-elle, simplement pour qu'il continue à parler.

— Je ne leur ai rien dit de vos miroirs, murmura-t-il d'un ton contrit.

Inutile de lui rappeler qu'elle n'était pas en mesure de comprendre un traître mot de ce qu'il racontait.

— Et pourquoi l'avoir caché ?

— Je n'en avais pas l'intention. Pourtant, à la dernière minute, j'ai eu la certitude que... Je ne me fie pas à Maître Erémis, poursuivit-il d'une voix raffermie. Ni à Maître Gilbur. Je ne veux rien leur confier.

— Mais vous ne répondrez pas à mes questions.

Merci aux années d'entraînement : sa voix ne trahit pas sa profonde amertume.

— Je n'en ai pas le droit, fit Géraden avec un imperceptible tressaillement. Vous avez entendu Maître Barsonage. Je pense qu'il se trompe mais je ne puis aller contre ses ordres. Je m'efforce de devenir Maître depuis l'âge de quinze ans. Je ne puis abandonner. Pardonnez-moi.

Sa confusion lui donnait un air de grande jeunesse, presque enfantin. Térisa s'étonna de n'éprouver à son endroit aucune colère, pas l'ombre d'un ressentiment. Géraden la comprenait, compatissait. Elle n'avait pas été habituée à tant de considération et de sympathie.

— Croyez-vous que j'existe ? demanda-t-elle soudain.

Toute trace de honte déserta le visage de Géraden quand il posa sur elle un regard droit et franc.

— Bien sûr. N'est-ce pas évident ? Vous êtes la preuve de ce que le Roi Joyse et l'Adepte Havelock affirment depuis longtemps. Certains Maîtres comme Erémis et Gilbur croient que les miroirs créent ce qu'ils nous donnent à voir, que ces choses, ces êtres n'existent que lorsque nous les translatons hors du verre. Cette théorie n'a jamais eu de sens à mes yeux. Aujourd'hui, preuve est faite de son absurdité puisque je suis passé dans le miroir et que je vous ai rencontrée. Quel choc, poursuivit-il avec une passion qui le métamorphosait. Je m'attendais à trouver le champion et ce fut vous... Mais cela m'a convaincu de votre réalité, de la réalité de tout ce qui paraît dans les miroirs.

Il se rembrunit soudain.

— Pardon... Je ne dois pas répondre à vos questions.

Térisa eut envie de rire. En dépit de tout, elle se sentait bien auprès de Géraden, bien comme elle n'avait pas le souvenir de l'avoir été depuis longtemps. Déjà elle devinait qu'à le faire parler elle n'essuierait pas de refus ou rejet ; il la prenait trop au sérieux pour la repousser.

— Aspirant Géraden, si je suis réelle, je suis peut-être quelqu'un d'important, même si je me trouve ici par accident. Ne pensez-vous pas qu'il serait bienvenu de me poser à votre tour quelques questions ?

Elle était mutine, mais Géraden fut atterré. Tout au mystère de la translation et à sa querelle avec les Imageurs, il avait purement et simplement négligé la moindre des politesses qui aurait consisté à demander son nom à la jeune femme. Un instant, Térisa crut devoir se préparer à une cascade de regrets et d'excuses.

Elle y échappa cette fois, et toute la stupeur confuse de son compagnon se mua en un sourire, puis en un formidable éclat de rire.

Il fit un pas en arrière, adopta une posture de dignité narquoise et s'inclina jusqu'à terre. Son précaire équilibre manqua le trahir une fois de plus.

— Gente dame, je me prosterne humblement à vos pieds. Daignerez-vous m'accorder l'insigne honneur de me dévoiler vos nom et titre ?

— Arrêtez de faire l'idiot, s'exclama-t-elle en réprimant sa gaieté. Je n'ai pas de titre. Et mon nom est Térisa Morgan.

— Vous êtes trop bonne, ma dame Térisa de Morgan, reprit-il, sentencieux. Ferez-vous à votre indigne serviteur la joie d'accepter de rencontrer le Roi Joyse, fondateur du Congrégat, Seigneur du Demesne et Roi de Mordant ?

Puis il abandonna toute emphase moqueuse pour redevenir lui-même.

— Il serait bien que vous le voyiez tout de suite, qu'il sache que vous êtes ici, quoi qu'en pensent certains Maîtres. Lui comprendra que vous êtes importante pour nous, et peut-être souhaitera-t-il vous expliquer ce qui se passe ici.

La belle humeur de Térisa s'évanouit à l'évocation de sa supposée « importance ». L'absurdité de la situation lui sauta aux yeux. Elle était en porte-à-faux, elle était... une erreur. Elle rechignait à l'idée de rencontrer le Roi qui peut-être rirait, comme son père, quand il entendrait qu'elle était « importante ».

— Est-ce vraiment utile, Géraden ? Vous ne vous livrez pas à quelque expérience sur moi, n'est-ce pas ? Ce n'est pas un simple exercice de translation avec vos miroirs ?

Le regard acéré de Géraden perça ses peurs secrètes et aussitôt l'empathie l'adoucit.

— Ma dame, je vous jure du fond du cœur que nous sommes en péril et qu'il devient urgent d'agir. Le Roi Joyse punirait de mort l'Imageur qui se livrerait à une expérience de cette sorte. Certains en seraient capables si le Congrégat ne les retenait. J'ajoute que, si votre translation fut un accident, une faute, je ferai tout ce qui est humainement possible pour vous rendre à votre monde. Aussi, ma dame, fit-il avec un regard et une voix soudain plus durs, je trouverai moyen de vous reconduire si le Roi Joyse, Barsonage ou quiconque ne décident pas très vite de vous traiter avec plus de respect.

Térisa eut foi en sa promesse. Elle s'étonnait secrètement qu'un homme, aussi maladroit fût-il, la regarde ainsi et lui prodigue un serment si grave. Elle détourna légèrement la tête pour voiler son trouble puis, aussi froidement qu'elle le put, déclara :

— Vous devriez m'appeler Térisa. Je ne suis la « dame » de personne. Il ne faudrait pas que le Roi se méprenne.

Elle devina plus qu'elle ne vit l'approbation de Géraden.

— Merci. Je crois que vous agissez bien. J'ai un bon pressentiment. Y allons-nous ?

Il lui effleura le bras. A la façon dont il la contemplait, il semblait qu'il eût voulu lui faire d'autres promesses. En guise de réponse, Térisa lui décerna le sourire poli, sans risque, dont, adolescente, elle s'était fait un masque. Intérieurement, elle tempêtait contre elle-même, contre sa froideur, sa vanité, son vide, sans commune mesure avec la chaleur et la sympathie dont Géraden venait de faire preuve.

Elle lui sut gré de ne pas la toucher pour la guider entre les énormes piliers.

Ils arrivèrent devant une haute et large porte de bois massif renforcée de traverses de fer et de lourds verrous — comme si l'on avait voulu garder les gens loin de cette salle, ou les y calfeutrer. Les y calfeutrer, décida-t-elle en constatant que, bien que virant sur ses gonds vers l'extérieur, la porte ne pouvait se verrouiller que de l'intérieur.

A peine dans le couloir, ils croisèrent deux gardes. Deux hommes aussi trapus et rudes l'un que l'autre, mal rasés, le visage marqué par des années de vie militaire. Ils portaient des cottes de maille et des jambières sur leurs vêtements de cuir, des casques ronds très ajustés sur la tête. Une longue épée pendait à leur côté ; dans la main droite, ils tenaient une pique. La face de l'un d'eux était sillonnée d'une longue cicatrice qui partait du front, passait entre les yeux et suivait l'arête du nez presque jusqu'à la bouche. L'autre avait perdu plusieurs dents.

Celui-là regarda Térisa d'une façon fort peu rassurante, mais le premier accueillit Géraden comme un camarade et s'inquiéta de savoir si des Maîtres étaient restés dans la salle.

— Repos pour un moment, décréta-t-il quand Géraden lui eut répondu par la négative. Un tonnelet de bonne ale nous attend, Argus et moi. Aimerais-tu avec... ta compagne te joindre à nous ?

— J'ai l'impression, Ribuld, répliqua Géraden en souriant, qu'Argus et toi avez perdu l'esprit le jour où vous avez décidé de vous faire soldats. Pour votre information, ma « compagne » se nomme dame Térisa de Morgan et elle n'a pas de temps à perdre à boire avec des soudards de votre espèce. Elle est attendue par le Roi.

— Trop bien pour nous, hein ? marmonna Argus.

Le coup de coude que Ribuld lui envoya dans les côtes le fit taire ; il fit un pas en arrière, le visage congestionné.

En riant, Géraden entraîna Térisa.

— Ne vous laissez pas impressionner, lui glissa-t-il à l'oreille. Ils ont l'air terribles mais sont braves au fond. Ce sont les compagnons d'armes de mon frère Artagel. Je vais m'arranger pour qu'ils soient chargés de veiller sur vous.

— Pourquoi aurais-je besoin de gardes ?

— Parce que... Pour la raison que je ne dois pas répondre à vos questions. Mordant a trop d'ennemis. Le Congrégat a trop d'ennemis. Et le Roi Joyse...

Une détresse inconsciente se peignit sur son visage.

— Vous-même, que vous soyez ici par accident ou non, avez déjà vos ennemis. Puisque me voilà responsable de vous, je préfère veiller à votre protection. Ribuld et Argus s'acquitteront sérieusement de leur tâche pour la bonne raison que je suis le frère d'Artagel.

Après un long silence, il ajouta :

— Maître Barsonage a commis une grave erreur en m'interdisant de répondre à vos questions.

Térisa le suivit sans parler dans le sombre corridor.

Celui-ci était de ce même granit qui formait murs et voûtes de la salle du Congrégat. Ils dépassèrent quelques portes, un escalier, jusqu'à ce que le couloir débouche sur un hall carré, aussi vaste qu'une salle de bal.

Là, les dalles plus petites, parfaitement jointes, rendaient le sol uni et lisse. Les hauts murs étaient ponctués de balcons agencés en galeries, où pouvaient se tenir des musiciens, ou prendre place seigneurs et dames pour regarder les danses. Quand le feu y crépitait, les nombreuses et gigantesques cheminées devaient dispenser une bienheureuse chaleur. A chaque angle, de larges escaliers s'échappaient en colimaçon vers la pénombre des hauteurs. Malgré ce faste apparent, la salle était dépourvue de vie. On la devinait abandonnée, négligée en l'absence de convives, de musiciens, de la gaieté et de la couleur dont elle avait dû autrefois se parer. Les âtres étaient morts, sans lumière. Au-dessus de l'une des galeries, d'étroites fenêtres laissaient filtrer un éclairage trop avare pour dissiper les ombres, et ne permettaient d'apercevoir que de mornes nuages.

Térisa frissonna quand Géraden la conduisit vers l'un des escaliers.

— Nous n'avons pas pris le chemin le plus court, mais vos vêtements auraient souffert si nous étions passés par la cour.

Elle se félicita d'être chaudement habillée. Le ciel terne au-dehors lui disait que l'hiver sévissait à Mordant.

En haut de l'escalier, Géraden la guida encore le long de plusieurs couloirs. Les embranchements multiples, les quelques marches de-ci de-là donnaient l'impression d'avancer à l'aveuglette dans un dédale construit au petit bonheur, par adjonctions successives. Mais Géraden connaissait parfaitement ce labyrinthe.

Ils croisaient de plus en plus de gens. Certains étaient des gardes, en faction ou chargés de quelque mission, mais la plupart semblaient être les habitants du château. Des vieillards rassemblaient avec diligence les petits tas de poussière que drainaient leurs balais de genêts. Des filles s'affairaient, les bras chargés de piles de linge, ou portant seaux, éponges. De jeunes garçons feignaient de courir à l'ouvrage histoire que nul ne les intercepte pour les expédier vers quelque tâche plus utile. Passaient également des hommes et des femmes oisifs.

Térisa devinait leur rang à leurs vêtements. Tout le monde était chaudement habillé mais les servantes arboraient des jupes de laine, un châle sur leur blouse et de lourds sabots, quand les dames portaient des robes de taffetas ou de satin qui descendaient jusqu'à leurs chevilles finement bottées de cuir. Des bijoux scintillaient à leur cou ou dans leurs cheveux. Les valets n'étaient guère vêtus différemment de Géraden : gilets de peau, pantalons de grosse toile et bottes, avec parfois un poignard engainé dans la ceinture. Les nobles se distinguaient d'eux par une tunique de beau tissage jetée sur une ample chemise. De longs sabres glissés dans des fourreaux précieusement ouvragés pendaient jusqu'à leurs chausses. Les rangs intermédiaires se devinaient par la présence ou non d'une épée, d'un décolleté, la longueur d'une robe ou la richesse des broderies d'un manteau.

En dépit de leur élégance, même les grands seigneurs et grandes dames n'affichaient aucune gaieté, ils semblaient n'avoir jamais été à aucune fête et se comportaient comme s'ils avaient toujours vécu sous quelque ombre terrible.

Plusieurs saluèrent Géraden par son nom ou par son titre et tous dévisagèrent ouvertement Térisa.

Au bout d'un moment, celle-ci prit conscience qu'on n'avait sans doute jamais vu à Mordant de femme qui lui ressemblât. L'idée en était assez surprenante et plutôt désagréable.

Bientôt, Géraden l'entraîna dans un escalier qui tournait sur lui-même comme à l'intérieur d'une tour. Ils parvinrent à une porte de bois sculpté, de part et d'autre de laquelle se tenaient deux gardes qui, pour arborer meilleure tenue que Ribuld et Argus, n'en paraissaient pas moins redoutables. Ils accueillirent cependant Géraden avec familiarité.

— Voici dame Térisa de Morgan, expliqua le jeune homme. Annoncez-nous au Roi. Je pense qu'il souhaitera faire sa connaissance.

Les gardes réprimèrent à grand-peine leur désir de faire les yeux doux à la belle étrangère. L'un d'eux frappa à la porte sculptée, l'ouvrit et la referma derrière lui. Il revint un instant plus tard.

— Vous pouvez entrer. Mais prenez garde, le Roi et l'Adepte Havelock jouent à saute-contre. L'Adepte risque de montrer les dents s'il estime que vous le troublez dans sa concentration.

— Je comprends, fit Géraden avec un sourire amer.

Ses doigts effleurant à peine son bras, il invita Térisa à passer la porte.

La richesse de la pièce où elle pénétra la surprit. Bien que vaste, la salle était chaude. Un immense et riche tapis tissé dans les tons bleus et rouges les plus profonds couvrait presque tout le sol. Des lambris de bois blond cachaient les murs de pierres grises ; certains panneaux étaient sculptés, d'autres magnifiquement incrustés de marqueterie. Des dizaines de bougies se consumaient dans les chandeliers de cuivre disposés en appliques. De petits candélabres à cinq branches étaient posés sur des guéridons aux quatre coins de la pièce, comme de part et d'autre de l'immense cheminée où de grosses bûches crépitaient sous la caresse vorace des flammes.

Deux vieillards étaient assis face à face à une petite table au centre de la chambre royale. L'un d'eux paraissait noyé dans un immense manteau de velours pourpre qu'il ne remplissait plus de ses prestance et magnificence passées. L'impression de déchéance était accrue par la blancheur de ses cheveux et de sa barbe, une peau translucide veinée de bleu, la torsion arthritique des articulations de ses phalanges et l'azur trop pâle de ses iris. Un fin serre-tête d'or dégageait son visage des mèches blanches de sa chevelure.

— Le Roi Joyse, murmura Géraden à Térisa.

L'autre vieillard avait perdu presque tous ses cheveux, et ceux qui lui restaient se dressaient sur son crâne nu en touffes désordonnées. Son nez pareil à un bec de vautour dotait son expression d'une férocité que démentait le tremblement constant de ses lèvres charnues. Son regard trahissait un léger strabisme. Il portait, à même la peau crut constater Térisa, un ample manteau défraîchi qui avait dû être blanc. Sur ses épaules s'enroulait une chasuble jaune.

— L'Adepte Havelock, souffla Géraden. Certains Maîtres l'ont baptisé le Fourbe du Roi.

Les deux hommes se concentraient sur une sorte d'échiquier aux cases rouges et noires, mais seules les cases noires supportaient des pions plats et ronds : blancs ceux du Roi, rouges ceux de l'Adepte. Ce dernier fit passer l'un de ses jetons par-dessus deux pions blancs, qu'il écarta du jeu.

Ils jouaient aux dames.

Reconnaître ce jeu troubla fort Térisa. Lorsqu'elle avait dix ans, l'un des valets de son père lui avait dispensé quelques leçons de dames à ses moments perdus. Ils avaient joué régulièrement pendant près d'un an, jusqu'à ce que le serviteur soit congédié. Térisa se souvenait de l'exceptionnelle gentillesse empreinte dans les yeux du jeune homme trapu et de la rareté de ses sourires. A dire vrai, elle n'avait jamais goûté le jeu de dames, elle jouait par affection débordante pour celui qui l'avait apprivoisée avec ses petites attentions, les marques de politesse qu'il lui témoignait. Quand il avait été renvoyé, la fillette avait rassemblé tout son courage pour en demander la raison à son père. « Cela ne vous regarde pas, Térisa. Allez donc jouer. Je suis occupé. »

A ce souvenir, elle éprouva un douloureux sentiment de perte. A l'époque, il lui avait semblé qu'un deuil bouleversait son univers restreint. Un caprice de son père avait brisé une douce habitude, et nul n'avait jugé utile de lui en fournir l'explication.

Le jeu la troublait aussi pour la raison qu'il était l'unique élément familier dans un monde où tout lui était étranger. Ce détail reconnaissable accentuait encore l'impression d'irréalité de toute l'aventure.

Géraden fit un pas en avant mais aucun des deux joueurs ne leva les yeux du damier. Au bout d'un moment, le jeune homme s'éclaircit la gorge. Sans plus de résultat.

— Seigneur Roi, commença-t-il enfin, je vous présente dame Térisa de Morgan. Vous serez, je crois, heureux de faire sa connaissance, je lui ai dit que vous deviez la rencontrer.

L'Adepte Havelock resta à moitié vautré sur le damier, abîmé dans le jeu, mais le Roi leva la tête et posa ses yeux bleu pâle sur les jeunes gens.

Il lui fallut un temps pour concentrer son attention sur eux puis, lentement, il sourit.

Un sourire merveilleux, pensa aussitôt Térisa. Un sourire qui ne recelait ni l'artifice ni le calcul qu'elle se serait attendu à rencontrer chez un monarque. Non, le sien était une lumière de plaisir, d'innocence toute enfantine qui éclairait le vieux visage, pareil à celui d'un jeune garçon qui se découvre un ami secret. De façon incohérente, Térisa se surprit à penser que, si quelqu'un lui avait auparavant souri ainsi, le cours de sa vie en eût été changé. Elle ne put réprimer un sourire radieux en retour.

— Si vous avez affirmé que je le devais, Géraden, répliqua le Roi avec un soupçon de chevrotement dans la voix, qu'il en soit ainsi. Il serait horriblement discourtois de mentir à une si belle dame, et tout à fait grossier de vous détromper.

A gestes mesurés, prudents, il repoussa son fauteuil et se leva. Debout, il paraissait encore plus perdu dans son trop grand manteau de pourpre mais son sourire demeurait pur comme un éclat solaire.

— Jouez-vous à saute-contre, ma dame Térisa de Morgan ?

Du coin de l'œil, elle crut voir Géraden grimacer, ce qui lui parut, sur le coup, de la dernière inconséquence.

— Je n'ai pas joué depuis mon enfance.

Elle disait vrai, si elle faisait abstraction des multiples parties qu'elle avait livrées contre elle-même après le renvoi du serviteur, dans le louable effort de se satisfaire de sa propre compagnie.

— Nous appelons cela le jeu de dames.

— Dames ? répéta le Roi. Voilà qui est curieux. Mais qu'importe. Accepterez-vous de disputer une ou deux parties avec moi quand l'Adepte Havelock m'aura infligé l'habituelle défaite ? Je me ferais une joie d'espérer, même brièvement, une honnête victoire.

— Seigneur Roi, intervint Géraden d'une voix tendue, je pensais que vous deviez rencontrer dame Térisa de Morgan car elle est venue ici par translation.

Ce rappel à l'ordre attrista le Roi, dont le lumineux sourire se mua en rides lasses et mélancoliques.

— Je sais, Géraden. Je ne suis pas aveugle.

— Pardonnez-moi mais je me dois d'insister sur son importance. Le Congrégat m'a envoyé ce matin dans le miroir pour tenter de ramener le champion. Mais je n'ai pas trouvé celui que les Maîtres avaient choisi. Je suis revenu avec elle. Peut-être est-elle la réponse aux augures.

L'Adepte Havelock continuait à ignorer ce qui se passait près de lui et scrutait le damier. Enfin, il tendit le bras, se saisit d'un jeton du Roi qu'il fit passer par-dessus l'un des siens. Puis, triomphalement, il répondit en démolissant une entière rangée de pions chez son adversaire absent, se retrouva sur la dernière ligne et fit une dame qu'il couronna avec emphase.

Malgré son embarras, Géraden se força à poursuivre :

— Elle est la preuve que vous avez toujours eu raison. Les miroirs ne créent pas ce que nous voyons à travers eux. Les Images existent réellement.

Le Roi contempla silencieusement Géraden avant de soupirer profondément et de se tourner vers Térisa.

— Ma dame, je vous en prie, acceptez mes excuses. Tout porte à croire que ce fringant jeune homme ne nous laissera pas la liberté de faire une partie de saute-contre. Soyez raisonnable, Géraden, invita-t-il en reportant son attention sur l'Aspirant, vous savez que je suis d'accord avec vous, mais quelle preuve la présence de notre invitée apporte-t-elle réellement ?

Sa voix continuait à trembler mais plus frappante encore était sa profonde lassitude, comme si les mêmes mots franchissaient ses lèvres pour la millième fois et qu'il n'en attendait pas plus de résultat qu'à l'habitude.

— Certes, j'entends que vous l'avez trouvée à la place du champion, mais ne serait-ce pas là le résultat de l'une de vos multiples mésaventures ? Ou peut-être avez-vous éveillé en vous une force obscure, et l'avez-vous trouvée si grand était votre désir d'aller quérir cette femme plutôt que le champion. En quoi sa translation démontre-t-elle la nature fondamentale de l'Imagerie — ou des miroirs ?

— J'ai *vu*... protesta Géraden. Ce n'était pas le même...

Il s'interrompit. Visiblement, l'argument du Roi l'avait ébranlé.

— J'ai façonné moi-même le miroir, j'y ai vu le champion. Il était là, devant moi, quand j'ai franchi la surface de verre. C'est au cours de la translation que tout a changé. Je suis arrivé dans une pièce en tout point différente des Images. *Elle* est absolument différente. Vous tentez de me suggérer que je l'aurais créée par accident — parce que j'aurais commis une faute ou parce que je posséderais quelque pouvoir insoupçonné ? Comment serait-ce *possible* ?

Le Roi eut un haussement d'épaules, un peu triste pensa Térisa.

— Qui sait ? Voilà des siècles, nul ne croyait en l'Imagerie. Il y a à peine cent ans, nul n'aurait cru que l'Imagerie risquerait de menacer l'existence des royaumes qui lui avaient donné vie et asile. Géraden, ajouta doucement le souverain devant la douleur manifeste de l'Aspirant, je ne prétends pas qu'elle n'existe pas. Je fais simplement observer que sa présence parmi nous ne résout aucune question.

— Si l'on suit ce raisonnement, argua Géraden en secouant la tête, rien n'est preuve de quoi que ce soit. Vous ne pouvez prouver que je sois là, en train de vous parler. Vous ne pouvez prouver que vous jouez à saute-contre avec un autre que vous-même. Peut-être ne jouez-vous nulle part ailleurs que dans votre esprit.

Le Roi sourit puis grimaça, non sans humour.

— Malheureusement, je suis certain de la réalité de mes parties de saute-contre — et de mon adversaire, du même coup. Mes défaites sont trop douloureuses pour que j'y voie une autre explication.

— Voilà une parole sensée, commenta l'Adepte Havelock sans lever les yeux du damier.

Tout à sa lugubre concentration, il fit bouger trois jetons du Roi vers d'autres cases. Puis, de sa dame, il n'en fit qu'une bouchée.

— Le saute-contre seul est réel. Demandez à n'importe quel philosophe. Rien d'autre n'a de sens, conclut-il avec un geste de dédain.

L'affectueuse grimace du Roi vers son « fou » n'échappa pas à Térisa. Certes, l'Adepte avait l'esprit dérangé — sa seule façon de jouer aux dames le trahissait. Et, à les regarder, la jeune femme en oubliait presque que la conversation eût quoi que ce soit à voir avec elle.

Mais Géraden était trop vexé et malheureux pour se laisser adoucir par l'attitude ludique de son souverain.

— Seigneur Roi, il ne s'agit pas d'une plaisanterie. Le royaume est chancelant et tout Mordant attend vos décisions.

Sa foi dissipait ses maladresses, sa timidité, son anxiété.

— Je ne sais pourquoi vous n'avez encore rien décidé mais les Maîtres ne souffrent plus aucune attente. Ils... Nous faisons de notre mieux pour apporter une réponse. Et nous l'avons trouvée. Je le crois. Dame Térisa n'est pas le champion que nous attendions, mais cela importe-t-il ? Il y a une raison à cette substitution et je ne pense pas qu'il s'agisse d'un accident. Je ne suis pas un ArchI-Mage camouflé. Et les miroirs ne possèdent pas de volonté ou d'esprit propres.

Sa ferveur troublait autant Térisa que les facettes multiples de sa personnalité. Sa propension aux maladresses semblait directement venir du choc en lui entre le garçon, l'homme et tous les stades intermédiaires d'une maturation rarement sereine. Elle le trouvait attirant tel qu'il était. Mais cette constatation l'attrista instantanément. Si Géraden avait trop de facettes, elle en possédait si peu...

Le Roi observait lui aussi le jeune homme et sur le visage ridé se mêlaient la nostalgie, l'intérêt et peut-être une once de fierté.

— Tant de confiance est remarquable, commenta-t-il avec une nonchalance que son chevrotement rendait malhabile et comme feinte. Parlez-moi de ce que vous avez vu, Géraden, qui vous donne cette assurance.

L'Aspirant hésita, parut quêter appui auprès de Térisa, comme si elle savait ce qu'il allait dire, comme s'il la priait de prendre la parole pour que les mots aient plus de poids. Malheureusement, elle n'avait pas la moindre idée de ce qu'il avait à l'esprit. Il revint au Roi Joyse.

— Seigneur Roi, déclara-t-il d'un ton précipité, Térisa de Morgan est un Maître de l'Imagerie.

Le Roi darda un regard indéchiffrable sur la jeune femme, regard qui pouvait celer la surprise ou le plus parfait ennui.

Havelock avait fait table rase sur le damier et disposait les jetons pour une nouvelle partie.

— Je crois, reprit Géraden, que son pouvoir m'a dévié de ma translation initiale.

L'assertion était si absurde qu'il fallut plusieurs secondes à Térisa avant de comprendre qu'elle était censée intervenir. Déroutée, elle ne sut que rougir sous l'intensité du regard des deux hommes.

— Non. Non, bien sûr que non, balbutia-t-elle, saisie de panique. C'est idiot. Je ne sais même pas de quoi vous parlez.

— Je l'ai trouvée dans une pièce entièrement tapissée de miroirs, insista Géraden.

— Et alors ? s'exclama-t-elle, effrayée malgré elle par le grotesque de la situation. Tout le monde a des miroirs. Beaucoup de gens s'en servent comme décoration. Ce ne sont que des morceaux de verre... avec derrière quelque chose qui les rend réfléchissants. Ils ne signifient rien.

— Dans votre monde peut-être, murmura le Roi comme s'il essayait de la réconforter, mais il en est autrement ici.

Géraden trancha, d'un ton définitif :

— Tous ses miroirs montraient sa propre Image, exactement. Et *mon* Image, exactement. Je devrais délirer en ce moment, ou souffrir d'un vide total de l'esprit. Or, je me porte bien et elle se porte bien. C'étaient *ses* miroirs.

Consternée, Térisa ne put prononcer un mot. Il lui était si difficile déjà de saisir le sens des paroles qu'elle entendait. *Tous ses miroirs montraient sa propre image, exactement.* Et il n'en allait pas de même dans ce monde-ci. A peine eut-elle assimilé ce qui venait d'être dit qu'elle entrevit également que son quotidien — la petite ruse qui était son unique point d'ancrage dans le réel — se trouvait menacé, nié.

Le Roi Joyse dardait sur elle un regard dont l'éclat acheva de lui faire peur.

— Tout cela est-il exact, ma dame ? s'enquit-il avec la précision patiente d'un entomologiste penché sur un insecte rare. On raconte qu'un Imageur façonna un jour par hasard un miroir plat à l'image du lieu même où il se tenait. Alors, il se vit et ce fut sa fin. Son corps ne bougea pas jusqu'à ce qu'il tombe, mais son esprit avait cessé d'exister. Il s'était perdu dans la translation. Comment dans votre monde échappe-t-on à ce destin ?

Elle recouvra un semblant de bon sens.

— C'est impossible. Les miroirs ne font pas de mal. Ils se contentent de nous refléter tels que nous sommes. Sauf que l'image est inversée, comme à la surface d'un plan d'eau. Vous êtes-vous déjà regardé dans l'eau ?

Les deux hommes l'observaient comme le plus étrange animal.

— Dès l'enfance, expliqua le Roi d'une voix douce et rêveuse, on nous apprend à nous méfier des Images. Nous n'allons pas au devant d'elles.

Sans crier gare, Havelock frappa du poing sur la table, puis se saisit du damier et l'envoya en l'air. Les jetons heurtèrent le plafond avec un bruit de grêle et retombèrent sur l'épais tapis.

— Horreur et chaos ! s'écria-t-il avec de féroces regards vers le Roi et Géraden. C'est une *femme* ! Vous et ces faibles d'esprit du Congrégat êtes donc aveugles ? Elle est femelle. Femelle.

Il agitait une main frénétique vers Térisa. Dans la colère, des taches rouges marbraient son visage agité de tremblements nerveux. La salive coulait aux coins de ses lèvres.

— Regarde-toi, lança-t-il en direction du Roi. Et toi, cria-t-il à l'adresse de Géraden. Des hommes ! Vous êtes des hommes !

Il se laissa tomber au sol, ramassa une poignée de jetons épars, se redressa, frappa les deux hommes tour à tour pour appuyer ses mots, mais sans réelle force.

— Par le bouc chenu de l'ArchI-Mage ! s'exclama-t-il reculant comme si on l'avait insulté, piétiné. *Elle est femme.*

Dans un ultime assaut d'une véhémence que supportaient difficilement ses jambes débiles, il se projeta vers la porte, trébuchant, trépignant, l'ouvrit et la claqua sans quitter la chambre royale. Puis, à gestes plus mesurés, il alla ramasser le damier, le posa délicatement sur la table de jeu et s'assit devant, comme s'il étudiait avec une concentration extrême une partie des plus difficiles.

Le Roi Joyse soupira discrètement.

— Je suis désolé, murmura Géraden.

Térisa ne savait pas de quoi ; la crise passée, elle s'efforçait de réprimer les battements affolés de son cœur.

— Je vous en prie, mon garçon, fit distraitement le Roi.

Il posa la main sur l'épaule de Géraden, comme on pardonne une offense mineure à un être affectionné.

Un instant, son regard ne fut plus fixé nulle part, comme s'il avait réfléchi, ou bien s'était livré à une brève sieste, ainsi, debout. Il finit par hocher la tête et darda un sourire innocent sur Térisa.

— Géraden, je m'étonne que le Congrégat ait laissé dame Térisa en votre compagnie. Elle est venue ici par Imagerie et certains Maîtres, je le sais, sont jaloux de leurs secrets. Ceux-là mêmes qui préfèrent me tenir à l'écart de leurs agissements. Pourtant vous voici tous deux en ma présence. Comment l'expliquez-vous ?

Géraden ne put dissimuler son embarras.

— Avez-vous dit aux Maîtres qu'elle était peut-être Maître elle-même ? interrogea le souverain.

— Non, et Géraden avala difficilement sa salive.

— Ah, souffla le Roi. Ceci explique cela. Bien sûr, ils vous ont laissés partir pensant que votre dame n'était qu'une autre de vos bévues. Dites-moi seulement pourquoi vous vous êtes tu en leur présence.

Géraden s'abîmait dans une confusion totale. Il faisait peine à voir, Térisa en eut les larmes aux yeux. Devant son silence buté, le Roi poursuivit, avec une étonnante douceur :

— Ce fut peut-être une folie de votre part, mon garçon. Vous postulez depuis... Combien maintenant ? Dix ans ?... pour devenir Imageur, membre du Congrégat. Comment espérez-vous y parvenir si vous allez au-devant de la colère des hommes qui contrôlent la connaissance, la dextérité, la place que vous sollicitez ?

Géraden tourna volontairement vers le vieil homme un regard où brillait une douleur que combattait sa dignité.

— Seigneur Roi, fit-il d'une voix rauque, si je leur avais dit ce que je savais, ils m'auraient ordonné de vous le celer. Ma désobéissance alors m'eût à jamais privé de l'espoir de porter la chasuble. Car je ne supporterai pas d'être déloyal envers mon souverain, ni de renoncer à mon rêve. Aussi ai-je feint l'innocence. Ils croiront que je n'ai pas remarqué les miroirs de dame Térisa... ou que je n'ai pas compris leur signification.

Pour réponse, le Roi eut ce sourire qui avait une première fois déjà bouleversé Térisa. Son âge, sa faiblesse, son indécision, s'effacèrent un instant devant l'expression d'une joie pure et lumineuse.

— Merci, Géraden. Je vous sais gré de cette fidélité. Surtout qu'elle m'est manifestée par un fils de mon vieil ami le Domne. Je ferai le nécessaire pour que vous n'ayez pas à souffrir de votre loyauté. Reste à savoir comment... poursuivit-il d'un ton songeur.

Il alla se rasseoir face à l'Adepte Havelock et son manteau de pourpre l'enveloppa comme une toile de tente.

— Dites-moi, comment les Maîtres ont-ils réagi à l'arrivée de dame Térisa de Morgan ?

— Vous le devinerez aisément, répondit Géraden, rassuré par l'attitude de son Roi. Chacun fut surpris lorsqu'elle sortit du miroir. Maître Gilbur était furieux. Je crois qu'il me soupçonne d'une perversité criminelle et non de... malchance. Maître Erémis était... amusé.

— Je n'en doute pas, commenta le Roi à l'adresse de Térisa. Erémis ne saurait porter un œil sombre sur les charmes du beau sexe.

Géraden acquiesça avant de poursuivre :

— Maître Quillon interprète son apparition de la même façon que moi, comme une preuve qui vient conforter toutes vos affirmations. Mais personne ne lui a prêté attention. Maître Barsonage m'a confié la responsabilité de dame Térisa, m'enjoignant de lui offrir l'hospitalité d'Orison, mais il m'a interdit de répondre à ses questions. La voilà parmi nous pour la simple raison que je l'ai ravie à son monde, précipitée dans un lieu qu'elle n'a pas les moyens de comprendre, et nous n'aurons pas la décence de lui fournir la moindre explication.

Depuis qu'il avait fait mention d'Erémis, Térisa écoutait à peine. Est-ce pour cette raison qu'il me regardait comme si j'étais réelle ? L'idée, tellement nouvelle, lui semblait chargée de la plus mystérieuse importance. A-t-il pensé que j'étais... aimable ? Me trouvez-vous jolie ? Cela est-il possible ?

— A moins, évidemment, soulignait le Roi, qu'elle soit Maître Imageur et nous ait choisis avant que vous la rencontriez.

— Quelle différence cela ferait-il ? s'enhardit Géraden qui avait à cœur de faire lever un interdit absurde. J'affirme depuis le début qu'elle est Imageur. Ne mérite-t-elle pas cependant... ?

— Non, trancha le souverain. Votre affirmation n'est nullement vérifiée ou justifiée. L'ordre de Maître Barsonage n'a rien de déraisonnable. Quand le Monarque d'Alend envoie son ambassadeur pour négocier un traité et pour éprouver mes intentions, il connaît aussi bien mon univers que le sien ; nous avons cela en commun. Et pourtant, je ne le mets pas dans le secret de tout ce que je sais, pense ou espère, ni par politique, ni par politesse. Il ne pénètre pas plus les secrets d'Orison que ceux de mon cœur. Si je l'y invitais, je nous mettrais en danger, sans excuse ni justification possibles. Ignorant ses propres secrets, je ne puis préjuger de l'usage qu'il ferait des miens. J'agirais avec une prudence décuplée face à l'ambassadeur du Haut Roi de Cadwal. Le même principe s'applique à dame Térisa...

Il se tourna vers la jeune femme.

— Pardonnez-moi de parler de vous comme si vous étiez absente, fit-il avant de revenir à Géraden. Si, comme elle l'affirme, elle vient d'un monde où les miroirs n'ont pas de signification, d'un monde qui, par conséquent, ignore notre existence, alors il est cruel de notre part de répondre à ses questions par le silence. Mais si c'est le cas — entendez-moi bien, Géraden —, c'est pure folie que de l'avoir amenée ici. Et je ne soulève pas une question morale mais pratique. Si elle n'est pas Imageur, de quel secours nous peut-elle être ?

Géraden s'était raidi et ne répondit pas.

Sourd à tout ce qui se disait, Havelock restait en contemplation devant son damier vide.

— En cas contraire, si elle est Imageur — un Maître des miroirs assez puissant pour avoir détourné votre translation de l'Image apparente —, elle est venue à nous dans un dessein qui lui est propre, un but que nous ignorons. Elle devient alors une sorte d'ambassadeur et, à ce titre, doit être respectée aussi bien que crainte. Estimez-vous, ma dame, questionna-t-il à brûle-pourpoint, que j'ai exposé le dilemme de la plus juste façon ?

Térisa le dévisagea, incapable de suivre son raisonnement. Il aurait d'abord fallu qu'elle prête un pouvoir magique à des miroirs qui ne reflétaient pas le monde mais proposaient plusieurs univers, plusieurs réels. Ensuite, il aurait fallu qu'elle admette que les miroirs de son propre appartement l'avaient dotée, elle, Térisa Morgan, de pouvoirs étranges sur la réalité et même sur l'esprit d'autres êtres. Dans la confusion où elle se trouvait, tout aboutissait à une absurdité et elle était à mille lieues de pouvoir acquiescer à ce brillant exposé royal.

Instinctivement, elle se tourna vers Géraden. Il était son seul lien avec sa véritable vie, une vie ponctuée de petits faits sans importance et bornée de frontières très précises. Vous m'avez vue, eut-elle envie de protester. Vous avez vu mon appartement. Il ne contient rien de magique. Vous n'avez pas perdu l'esprit. Je n'ai rien à voir dans vos histoires.

— Mais, si elle est si puissante, contre-attaqua Géraden, un Imageur plus puissant que nous ne sommes capables de l'imaginer, ne courons-nous pas le risque absurde de l'offenser ? Nous ignorons ses desseins ; ils sont peut-être en notre faveur, peut-être en notre défaveur, mais ils se retourneront contre nous si nous ne la traitons pas correctement. Nous avons besoin de son amitié, pas de sa colère. L'honnêteté et la droiture sont nos seuls atouts vis-à-vis d'elle.

— Votre raisonnement n'est pas dépourvu de valeur, commenta le Roi Joyse qui avait continué de sourire, les yeux alternativement posés sur Térisa et sur Géraden. Il est heureux que seul un souverain soit tenu de prendre ce genre de décision.

— Seigneur Roi...

Il continua doucement, mais cette fois son ton trahissait une étrange tristesse :

— Aspirant Géraden, et ceci est un ordre, vous n'êtes plus responsable de dame Térisa de Morgan. Votre Roi vous remercie de ce que vous avez fait, et vous allège à l'avenir de toute responsabilité en la matière. Votre devoir est auprès du Congrégat auquel vous devez obéissance. Vous n'avez plus aucune raison de voir dame Térisa de Morgan ni de lui parler, encore moins de répondre à ses questions. Vous pouvez disposer. Dame Térisa reste auprès de moi.

Le visage de Géraden devint livide, comme s'il allait perdre connaissance. Pourtant l'éclat flamboyant de ses yeux menaçait de consumer tout ce contre quoi s'élancerait sa rage.

— Vous me jugez indigne, fit-il d'une voix blanche.

Les traits du Roi s'abîmèrent en une grimace. Il eut un geste vif et sec de la main.

— Oh, sortez ! s'exclama-t-il, laissant paraître, pour la première fois depuis que Térisa était en sa présence, une acrimonie de vieillard. Vous me brisez le cœur.

Les muscles de la mâchoire de Géraden se crispèrent.

— Bien, Seigneur Roi, à vos ordres, grinça-t-il entre ses dents. Il se tourna vers Térisa, s'inclina avec raideur.

— Ma dame.

Elle fut incapable de répondre, comme si la blessure de Géraden était la sienne, ou que des années de passivité apprise lui scellaient les lèvres.

En se dirigeant vers la porte, Géraden marcha sur l'un des jetons qui jonchaient le tapis, se tordit la cheville et faillit tomber. Ses oreilles étaient écarlates lorsqu'il quitta les appartements royaux.

Havelock assista à son départ et commença à rire, d'un rire aigu, un rire que n'atteignaient ni raison ni compassion.

Quand il s'apaisa, nul ne parla pendant un moment.

— Eh bien, ma dame, fit enfin le Roi avec un faux détachement, nous nous devons de prendre soin de vous. Jouissez de toute l'hospitalité qu'Orison est en mesure d'offrir à une personne de votre rang. Ensuite, peut-être consentirez-vous à jouer une ou deux parties de saute-contre. Je suis si las de toujours me faire battre par Havelock.

Géraden avait enduré une vaine blessure. Nul n'avait besoin de se prémunir ou de se méfier d'elle. A son grand étonnement, elle s'entendit répondre avec sécheresse.

— Je ne suis pas votre dame. Mon nom est Térisa Morgan et je ne suis la dame de personne. Vous n'aviez pas à lui faire mal.

Un vague sourire ne chassa pas la tristesse empreinte sur le visage du Roi.

— Ma dame, n'oubliez pas que je suis Roi. Je puis vous appeler de n'importe quel nom, à ma convenance. J'espère qu'un jour vous comprendrez.

— Cela, sans que vous me fassiez l'aumône d'une seule explication, fit-elle d'un ton sarcastique dont elle ne se souvenait pas d'avoir jamais usé. Il m'a semblé comprendre que vous refusiez de m'éclairer.

En guise de réponse, le Roi Joyse plia lentement sa frêle silhouette jusqu'au sol, et là se mit à ramper sur le tapis, à la recherche des jetons rouges et blancs.

5

Armoires secrètes

Térisa secoua la tête, battit des paupières. Elle eut beau faire, l'aberrant tableau qui s'offrait à sa vue ne changea pas. L'Adepte Havelock demeurait penché sur son damier, à fomenter stratégies et victoires futures. Progressant à quatre pattes, le Roi traquait les jetons.

La panique de Térisa se raviva. Elle n'aurait pas dû se laisser aller à la raillerie, à cet éclat d'autorité. Elle était dépendante de ces gens. Un mot de trop et l'on pouvait la faire disparaître. Le Roi ordonnerait qu'on la jette dans un miroir quelconque et elle se retrouverait dans un autre monde encore plus impossible. L'image de l'univers glacé et rouge du champion lui traversa l'esprit. Soit encore elle n'arriverait nulle part, elle se dissoudrait dans le gris, l'inconnu, le néant qu'elle avait frôlé et combattu toute sa vie.

Je suis désolée, pensa-t-elle involontairement, éperdue de crainte. Laissez-moi rester. Je serai sage, promis.

A ce moment, le Roi se ramassa, se déplia et, vacillant, regagna la table de jeu pour déposer devant

Havelock tous les jetons récoltés. Puis il adressa son bon et pur sourire à Térisa.

— Pardonnez-moi, ma dame. A quoi étais-je donc en train de réfléchir ? Je vous ai négligée de la façon la plus brusque. La translation a dû vous fatiguer, sans doute aimeriez-vous vous reposer, vous rafraîchir. Avez-vous quelque requête particulière relative à votre alimentation ou à votre confort ? Non ? insista-t-il, pour la forme. Bien, alors je vais appeler pour que l'on vous conduise à vos appartements.

Sans cesser de sourire, il regarda autour de lui comme s'il cherchait un objet, finit par glisser la main dans la poche de son manteau et en retira une petite cloche d'argent à manche de bois qu'il secoua vigoureusement. La porte s'ouvrit aussitôt.

— Seigneur Roi ? fit le garde.

— Ah, merci... répondit le souverain.

Il parut avoir oublié la cause de son appel et contempla la clochette comme un objet insolite.

— Une servante pour dame Térisa de Morgan, ordonna-t-il abruptement.

— Tout de suite, Seigneur Roi, fit le garde qui porta la main à sa poitrine et s'inclina avant de sortir.

Havelock s'appliquait à remettre les jetons sur le damier bien que le Roi ne les eût pas tous rapportés.

— Je vous prie une fois encore de me pardonner, murmura le Roi sans regarder Térisa.

Il passa une main noueuse sur son visage, soupira et se laissa tomber sur son siège. Son sourire avait disparu.

— Mon esprit n'est plus ce qu'il était. Soyez franche avec moi, ma dame. Avez-vous une famille ? Sera-t-on peiné de votre absence ? Je ne souhaite pas les laisser souffrir pour satisfaire nos propres nécessités. J'ordonnerai à Géraden de trouver un moyen de leur translater un message pour les rassurer sur votre sort. Qu'aimeriez-vous dire aux vôtres, ma dame ?

— Il n'y a...

Sa voix mourut. Il n'y a personne. Cependant, elle ne l'exprima pas à haute voix. Elle était perdue entre sa peur et son ignorance. Et malgré cela, de façon parfaitement inhabituelle, la colère vibrait en elle pour la façon dont on la traitait.

— Il n'y a que mon père.

— Comment peut-on lui faire parvenir de vos nouvelles ?

Elle se trouva forcée de dire la vérité.

— Il ne remarquera pas que je ne suis plus là.

Le Roi lui jeta un regard brillant et elle oublia sa faiblesse sénile, le blanc de ses cheveux, la transparence de sa peau.

— Alors peut-être... suggéra-t-il d'une voix un peu rauque, serez-vous heureuse d'être venue parmi nous.

— Je l'ignore. Je manque d'éléments pour en juger. Quand cesserai-je d'être un objet de méfiance pour vous et consentirez-vous enfin à m'éclairer ?

Sa témérité la laissa pantelante. Le souverain soupira, croisa ses mains trop blanches en un geste de lassitude.

— Ah, ma dame, cela dépend de vous. Quand nous dévoilerez-vous vos origines, vos talents en Imagerie, vos desseins ?

Térisa fut prise d'une faiblesse qui confinait au vertige. Non que sa tête fût vide, ou que la peur la paralysât ; elle avait simplement envie de s'allonger.

— Vous voulez dire que... vous ne me direz rien tant que je n'aurai pas prouvé que j'existe... que je ne suis pas la création d'un miroir... tant que je ne vous aurai pas dit tout ce que je sais de l'Imagerie... que je n'aurai pas avoué pourquoi j'ai détourné Géraden de sa translation initiale... tant que vous ne me croirez pas ?

Bref, tout ce qu'elle était incapable de dire dans cette situation folle. Ce monde était fou. En elle s'éleva une irrésistible envie de rire.

Le Roi ne fuyait pas son regard. Néanmoins, ses traits s'alourdirent de tristesse. Térisa lui causait un chagrin dont il refusait d'expliquer la cause. Au bout d'un moment, ce fut elle qui détourna les yeux, incapable d'éprouver davantage la vulnérabilité du vieillard. Elle accueillit avec soulagement les coups frappés à la porte.

Le garde revenait, accompagné d'une femme.

A la vue de la nouvelle venue, le souverain fronça les sourcils, comme s'il regrettait une erreur. Mais son expression s'éclaira tout à coup, factice.

— Saddith. Justement celle qu'il vous fallait.

Plus petite que Térisa, la jeune femme était des plus avenantes avec ses yeux facétieux, son nez hardi, ses longs cheveux bruns qui dévalaient en souples cascades sur ses épaules rondes, son sourire spontané. Sa jupe couleur de feuille morte lui arrivait aux chevilles. Du même ton, le châle épais qui couvrait son dos semblait bien chaud comme l'exigeait la température ambiante. Sa blouse dans l'échancrure des boutons largement défaits révélait la naissance d'une poitrine généreuse. Le genre de femme que remarquent les hommes, songea Térisa, de celles qui n'ont aucune raison de douter de leur réalité. La courbe coquine de ses sourcils comme l'éclat mutin de ses yeux disaient assez qu'elle était passée maître dans l'art de plaire.

Elle étudia rapidement Térisa, parut surprise par l'étrange vêture, fronça un instant les sourcils à l'examen du visage et de la silhouette de la jeune femme. Très vite, elle s'inclina devant son souverain.

— Seigneur Roi, vous avez demandé une servante.

— Nulle mieux que toi ne s'acquittera de cette tâche, rétorqua le Roi avec une fausse jovialité. Saddith, voici dame Térisa de Morgan, invitée d'Orison. Ma dame, Saddith sera à votre service. Je ne doute pas qu'elle vous donne entière satisfaction.

— Ma dame, murmura la femme de chambre en baissant les yeux, j'espère remplir parfaitement mes devoirs auprès de vous.

Déroutée, Térisa se réfugia dans son silence coutumier. Elle ne s'était pas attendue à ce qu'on lui donne une domestique, quoi qu'elle s'entendît assez bien avec les gens de maison, habituée à les déranger le moins possible, à garder secrètes ses requêtes pour réduire au minimum leur service.

— Notre invitée occupera la chambre aux paons, précisa le Roi qui affichait une attitude de plus en plus distante. Elle aura besoin d'une garde-robe. Dame Eléga pourra vous venir en aide. Ou plutôt dame Myste — elles sont de la même taille, je crois. Qu'elle souhaite se restaurer ou se rafraîchir, servez-la dans ses appartements. Ma dame, conclut-il à l'adresse de Térisa, nous nous reverrons prochainement. J'ai hâte de connaître vos prouesses au jeu de saute-contre.

Il avait déjà détourné son regard et ne portait plus attention qu'aux jetons disposés devant lui.

Le garde se tenait près de la porte ouverte. Saddith attendait. Térisa se savait congédiée mais une extrême lassitude l'empêchait de bouger. A l'étrangeté harassante des dernières heures s'ajoutait sa journée à l'hospice à taper la même lettre indéfiniment. Elle avait su en rentrant chez elle que la nuit serait mauvaise ; elle ne devinait pas alors à quel point...

Heureusement, Saddith vint à sa rescousse en lui prenant le bras pour la guider hors de la chambre.

Le garde referma la porte derrière elles.

— Par ici, ma dame.

Térisa suivit la femme de chambre dans le large couloir. Saddith conservait une attitude respectueuse mais cela ne l'empêchait pas de jeter de furtifs coups d'œil vers sa nouvelle maîtresse.

— Avez-vous fait un long chemin pour venir à Orison, ma dame ?

— Je ne sais. Je suis venue à travers un miroir.

Voilà combien de temps ? Cela lui paraissait si loin.

— Imagerie ! souffla Saddith avec un étonnement poli. Êtes-vous un Maître, ma dame ? Je n'ai jamais entendu parler d'une femme Maître d'Imagerie.

En dépit de sa fatigue, Térisa saisit l'opportunité.

— Les femmes ne se livrent-elles pas à l'Imagerie ici ?

— Pas à ma connaissance, ma dame. Les hommes affirment que le don d'Imagerie est inné, et que seuls ceux qui sont nés avec peuvent travailler le verre ou effectuer des translations. Ils croient, je le gage, qu'aucune femme ne peut naître avec le don. D'ailleurs, en quoi est-ce nécessaire ? Pourquoi une femme désirerait-elle se mêler d'Imagerie quand n'importe quel homme est prêt à exaucer tous ses vœux ? conclut-elle avec un sourire timide.

Un autre grand escalier les conduisit dans une aile du château que Térisa n'avait pas encore traversée. Les portes de part et d'autre semblaient ouvrir sur des appartements réservés, si l'on en croyait l'apparence des passants, aux individus de condition moyenne — marchands, scribes, dames de compagnie, surveillants. Térisa poursuivit son petit interrogatoire.

— Ainsi, vous ne savez rien des miroirs — ni de l'Imagerie ?

— Non, ma dame. Je sais simplement que n'importe quel Maître me dira exactement ce que je souhaite — si je formule un souhait de sa connaissance.

— Ce doit être agréable.

Térisa pensait comprendre, mais l'idée était trop abstraite à son esprit pour sembler vraie. Aucun homme ne l'avait jamais trouvée à ce point attirante. Peut-être Saddith devina-t-elle le cours de ses pensées ; elle jaugea de nouveau sa silhouette :

— Ma dame, il en irait de même pour vous, si vous le vouliez.

Si je déboutonnais ma chemise, le Roi Joyse répondrait à mes questions ? L'idée la fit rire.

— Peut-être que là d'où vous venez les femmes n'ont pas besoin d'exercer ce pouvoir, risqua Saddith, déroutée par cette perspective.

— Mon manque d'expérience m'empêche de vous répondre.

La femme de chambre détourna très vite les yeux mais Térisa avait eu le temps d'y reconnaître une lueur soit de joie soit de dédain.

Elles parvinrent bientôt devant une autre série de marches, vraisemblablement une autre tour. En haut de l'escalier, elles débouchèrent sur un petit hall devant une large porte de bois ciré. Saddith l'ouvrit et s'effaça pour laisser Térisa pénétrer dans ses appartements.

La chambre aux paons portait bien son nom. Une profusion de plumes de paon l'ornaient ; certaines disposées en bouquets composaient de rutilantes aigrettes au-dessus des tables d'acajou, d'autres étaient agencées sur les murs en véritables tableaux là où un autre décorateur aurait choisi de placer une toile de maître ou une belle tapisserie. D'autres encore formaient un dais splendide en surplomb de la large et profonde couche couverte de satin que Térisa entrevoyait par l'entrebâillement de la porte de la chambre. De taille respectable, la première pièce semblait un salon ou une sorte de boudoir. Le sol de dalles froides était recouvert de tapis dont le savant tissage reprenait les variations lumineuses du plumage du paon. La banquette garnie de coussins et les chaises étaient d'un bleu paon et d'un pourpre qui tirait sur le noir. Sur la droite, la porte en ogive de la chambre. Une autre porte, sur la gauche, laissait deviner la présence d'une salle d'eau.

Les lampes à huile fixées aux murs n'étaient pas allumées, non plus les bougies qui foisonnaient sur les tables et guéridons, mais la pièce baignait dans la lumière d'après-midi que déversaient sans avarice les fenêtres vitrées du petit salon et de la chambre.

C'était d'ailleurs, nota Térisa, le seul usage que l'on fit du verre dans les chambres d'Orison ; elle ne découvrit aucun miroir, ni sur la coiffeuse ni dans le cabinet de toilette.

Elle frissonna. Les cheminées de belle taille étaient sans feu et le ciel au-dehors avait la teinte pâle d'un azur glacé par l'hiver. Les rayons du soleil semblaient seuls faire brûler joyeusement les couleurs des tapis. La température ambiante ajouta à sa détresse. En l'absence de miroir, comment pourrait-elle savoir qu'elle était toujours là, réelle ?

— Brrr ! s'exclama Saddith. Orison ne vous attendait pas, ma dame, et nul n'a songé à réchauffer ces pièces.

Elle se mit en devoir d'allumer le feu dans le salon, à l'aide de la réserve de bûches et de brindilles près du foyer.

Térisa visita plus en détail ses nouveaux quartiers. Dans la salle de bains, bassine, bac et seaux (tous apparemment de fer-blanc galvanisé) étaient alimentés par un ingénieux dispositif de tuyaux de cuivre qui fournissaient l'eau courante (froide). Dans le salon, elle tâta le moelleux des coussins, dans la chambre elle visita les deux grandes armoires à la bonne odeur de cèdre — mais qui étaient vides. Volontairement, elle ne s'approcha pas des fenêtres. Tout lui était trop étranger pour qu'elle souhaite déjà découvrir le monde au-delà d'Orison.

Elle ne s'était pas trompée : rien dans les appartements ne pouvait faire office de miroir.

Le feu crépitait quand elle revint dans le salon. Saddith se releva.

— Avec votre permission, ma dame, je vais vous laisser. Le Roi a raison, vous êtes à peu près de la taille de dame Myste. Sauf, précisa-t-elle avec un sourire mutin, que vos formes sont plus avantageuses que les siennes. Je m'en vais la trouver afin qu'elle nous aide à vous constituer une toilette digne d'une dame de votre rang. Je suis sûre qu'elle le fera volontiers.

Un moment s'écoula avant que Térisa comprenne que la femme de chambre attendait qu'elle la congédie.

Jamais elle n'avait bénéficié de tels égards de la part des domestiques de son père. Elle en fut surprise et presque reconnaissante.

— N'utilisez-vous jamais les miroirs en dehors de l'Imagerie ? se risqua-t-elle à demander. Pas même du métal poli ?

De façon inattendue Saddith frissonna.

— Les Maîtres le proposent aussi, mais comment leur faire confiance ? Leurs intentions n'ont pas toujours été des meilleures. Les Images sont peut-être toutes dangereuses. Chacun sait que se voir soi-même est pire que la mort. Même si le danger n'est pas dans le verre, seulement dans l'Image. Alors nous ne prenons pas le risque.

— Mais comment faites-vous pour vous voir ? Comment savez-vous à quoi vous ressemblez ? Comment savez-vous que vous existez ?

La soubrette laissa échapper un rire clair.

— Les yeux des hommes me le disent assez, ma dame.

Elle sortit sur un signe de tête de Térisa.

Pour la première fois depuis qu'elle avait quitté son appartement et ses miroirs, la jeune femme se retrouvait seule.

Elle n'avait pas envie de réfléchir même si elle en ressentait la nécessité. L'étrangeté des dernières heures ne lui suscitait qu'une terrible envie de s'échapper. Evitant toujours la proximité des fenêtres, elle revint dans la chambre. Il ne faisait pas assez chaud pour se dévêtir, et elle ôta seulement ses mocassins avant de s'enfoncer dans le lit.

La courtepointe de satin serrée autour des épaules, roulée en boule, elle s'endormit aussitôt.

Le réveil la projeta sans transition d'une torpeur inconsciente à un état de crise.

Il n'y avait pas de miroirs. Pas de miroirs. Seules les plumes de paon recouvraient les murs, elle ne se voyait nulle part. Son corps avait laissé une empreinte chaude sur le lit mais qui ne lui disait pas qui elle était. N'importe qui aurait pu creuser ainsi la couche moelleuse. Peut-être ne se reconnaîtrait-elle pas si elle se voyait... Oh, il lui fallait à l'instant traquer son image pour se prouver que...

La nuit était tombée et la pénombre empêchait Térisa de rassembler ses maigres souvenirs des lieux. Après un effort, elle eut la vague impression que quelque chose avait changé, comme si la réalité avait été insidieusement réagencée. La lumière fut le premier détail auquel elle se raccrocha, détail raisonnable, rassurant, qui ne portait indication que du simple passage du temps.

Puis elle prit conscience qu'un feu brûlait dans l'âtre de la chambre. Non pas un feu vif, récemment allumé ; petites et bleues étaient les flammes sur l'épais lit de braises, et sans doute avait-il bien brûlé les heures passées car la température avait monté de plusieurs degrés.

Des heures de sommeil. Des heures au cours desquelles quelqu'un était entré.

L'idée, simple pourtant, avait de quoi effrayer Térisa.

Elle se redressa, descendit du lit. L'épais tapis sous ses pieds nus lui rappela qu'elle avait ôté ses mocassins. Elle les remit, déchiffonna un peu sa chemise de flanelle, et se tint debout, immobile.

Rien de terrible n'était survenu. Son corps paraissait normal. La pierre grise, l'acajou, les plumes de paon, tout était en place, ordonné, ne trahissant aucun signe de dissolution ou de translation. La panique qui s'était emparée d'elle recula et elle commença à respirer plus librement.

Bien. Quelqu'un était entré pendant qu'elle dormait. Probablement Saddith. Rien de plus facile à vérifier.

Malgré des mouvements qui exigeaient d'elle un véritable courage, elle s'approcha de l'une des armoires, l'ouvrit.

Elle était pleine de vêtements.

Surtout des robes. Mais aussi des robes de chambre, des jupes, des blouses, des châles, et une étagère ou deux de lingerie. C'était là le genre d'habits que Térisa avait vus porter dans Orison par les femmes d'un rang élevé.

L'autre armoire était également pleine. Et sur la coiffeuse Térisa découvrit un attirail impressionnant de peignes, de brosses, de petits pots de terre cuite contenant toute une gamme de crèmes et de fards, tout un assortiment de petites fioles de cristal offrant plusieurs parfums.

La peur de Térisa recula à grands pas devant le sourire d'une ancienne petite fille qui avait aimé jouer avec les robes et le nécessaire de maquillage de sa mère. Tout ceci pourrait être amusant après tout, se surprit-elle à penser.

Mais à l'instant, elle perçut, venus du salon, le rire d'une femme mêlé au murmure d'une voix d'homme. Comme surprise en plein milieu de quelque acte interdit, elle se rua hors de la chambre.

Devant l'apparition de sa maîtresse, Saddith faillit lâcher le plateau qu'elle tenait à deux mains. Ses yeux s'agrandirent de façon comique.

— Je vous croyais encore endormie, ma dame !

L'homme n'était autre que Ribuld, l'un des gardes que Géraden avait présentés à Térisa. Elle reconnut sa longue cicatrice. Lui aussi fut surpris par cette arrivée inopinée. Ses mains encore posées sur les épaules de Saddith trahissaient la cause du désordre des cheveux et du châle de la servante. Il adressa à Térisa un sourire qui, pour être terrible sur ce visage coupé en deux, n'en avait pas moins l'intention d'être rassurant.

Sur le seuil du salon, derrière Saddith et Ribuld, se tenait Argus.

— De mieux en mieux, marmonna ce dernier sans chercher à dissimuler un regard grivois. Une pour chacun.

Térisa se figea.

Mais Saddith avait repris contenance et eut pitié de sa peur.

— Un peu de manières, espèces de rustres. Votre humour n'amuse pas ma dame.

Sans effort apparent ni malice, elle décocha au tibia de Ribuld un solide coup de son petit pied lourdement chaussé.

Avec une exclamation de douleur, le garde battit en retraite. Il se tint le mollet un moment puis s'efforça d'adopter plus digne attitude. La douleur, la colère et l'amusement mêlés plissaient curieusement sa cicatrice.

Derrière lui, Argus pouffait comme un enfant.

— Ma dame, ne laissez jamais ces lourdauds vous mettre en difficulté, reprit Saddith. Ils sont moins féroces et virils qu'ils voudraient le faire croire. Ils n'oseraient pas courir le risque de vous déplaire. Bien que très lents d'esprit, ils ont à eux deux tout juste assez d'intelligence pour savoir qu'ils verront de quel bois je me chauffe s'ils vous causent du désagrément...

Elle adressa un sourire radieux aux deux gardes déconfits.

— ... Aucun d'eux ne marcherait plus normalement.

Argus et Ribuld firent un effort surhumain pour ne pas réagir.

— Je vous ai apporté de quoi vous restaurer, ma dame, reprit la soubrette avenante. Ignorant ce que vous avez coutume de prendre au dîner, j'ai préféré vous proposer des mets simples. S'ils ne sont pas à votre goût, je serai heureuse de vous porter autre chose.

L'assurance de Saddith aida Térisa à se détendre. Géraden avait parlé de lui attacher ces deux hommes pour gardiens mais faisait-il là preuve d'un jugement sûr ? Par ailleurs il s'était vu relever de sa responsabilité auprès d'elle — cela signifiait-il qu'Argus et Ribuld ne se trouvaient pas ici à sa demande ?

— Que font-ils ici ? s'enquit-elle d'une voix mal assurée.

— Ces deux-là ? fit Saddith avec mépris. Je n'en ai pas la moindre idée. En ce qui me concerne, ils pourraient très bien aller courir le guilledou ailleurs. Le Roi aura sans doute demandé au capitaine des gardes de vous assigner quelqu'un pour vous protéger ou pour vous honorer, et le capitaine est assez sot pour avoir désigné ces deux grossiers personnages.

— Hé, Ribuld, maugréa Argus de sa voix sourde, on ne devrait pas la laisser parler de nous de cette façon. Elle chanterait une autre chanson si elle était seule avec nous.

— Seule avec nous, espèce de porc déguisé, répliqua Ribuld sur le même ton, elle n'aurait pas besoin de pousser ce refrain puisque tu n'aurais pas fait peur à dame Térisa avec tes intentions lubriques.

Il se tourna vers Térisa et s'inclina avec un respect maladroit.

— La vérité, ma dame, est que nous ne sommes pas en service.

— Non ? fit Saddith à peine surprise.

— Le capitaine ignore que nous sommes ici, comme le Roi. Nous le faisons pour Géraden. Il est venu nous demander de veiller sur vous. Une faveur personnelle. Il n'a pas dit à quel sujet il s'inquiétait mais il était très préoccupé. Si vous ne voulez pas de nous, précisa-t-il avec un haussement d'épaules, nous partons. Mais il serait préférable que vous en parliez d'abord à Géraden. Il est trop jeune pour son âge et probablement le garçon le plus maladroit de tout Mordant, mais on ne voudrait pas risquer de le décevoir.

— Explique que c'est parce qu'il vient d'une bonne famille, intervint Argus en amenant un sourire hypocrite sur sa bouche édentée.

Ces explications n'aidaient guère Térisa à se décider. Elle jeta un regard perdu vers Saddith.

— Oh, qu'ils restent, ma dame, résolut la servante en coulant une œillade narquoise vers les deux gardes. Ils sont moins méchants qu'ils en ont l'air. Et je doute qu'ils souhaitent insulter Géraden à travers vous. Comme le dit ce rustaud d'Argus, la famille du Domne est fort bien considérée dans tout Mordant — surtout Artagel qui est connu pour être la plus fine lame du royaume, entre autres avantages, souligna-t-elle d'un clin d'œil entendu. Même l'homme le plus brave ne souhaiterait se retrouver au bout de son épée pour avoir insulté Géraden.

Après avoir voulu répondre à ses questions, après s'être fait du souci pour elle, Géraden désobéissait à présent aux ordres du Roi en lui fournissant une garde officieuse. Ce fut pour Térisa presque un vote de confiance lorsqu'elle murmura :

— D'accord. Qu'ils restent.

— Qu'est-ce que je t'avais dit ? s'exclama Argus en assénant une grande claque dans le dos de son compagnon. Tu vois bien qu'elle nous veut. Une femelle n'est jamais qu'une femelle quand elle a ce qu'il faut au bon endroit. Elle est seulement encore trop occupée à jouer à la ma-dame-Térisa.

Saddith fit prestement volte-face, prête à faire ravaler ses paroles au garde discourtois mais, plus rapide, Ribuld saisissait son camarade par le col pour l'entraîner sans ménagement dehors.

— La ferme, pauvre d'esprit. Pas une femme dans tout Mordant ne serait assez en peine pour te laisser poser tes grosses pattes sur elle.

Projeté dans le couloir, l'intéressé n'eut pas le loisir de protester. Avant de disparaître à son tour, Ribuld lança par-dessus son épaule, d'un ton qui essayait de restaurer un semblant de bonnes manières :

— Nous serons à la porte toute la nuit, ma dame, au cas où vous auriez besoin de quoi que ce soit.

La porte close coupa court au rire d'Argus.

Les yeux rieurs, Saddith posa enfin son plateau sur une table.

— Voilà de quoi vous sustenter, ma dame. Si ceci ne vous convient pas, n'hésitez pas à me le dire. Les cuisiniers d'Orison ne sont que paresseux, mais je saurai aller leur extirper des mets plus à votre convenance. Mais d'abord, il vous faut de la lumière.

Elle alla à la cheminée, saisit une brindille de bois sec qu'elle alluma aux braises avant de la promener sur les bougies et les lampes.

Au fur et à mesure, le triste gris derrière les vitres se mua en obscurité. Térisa éprouva une légère déception. Maintenant, elle aurait volontiers jeté un coup d'œil dehors pour découvrir les environs d'Orison. Mais il était trop tard. Pour qu'elle ait ce désir, il fallait que sa longue sieste lui ait fait du bien, ce que lui confirmait son appétit.

Délaissant les fenêtres, elle s'approcha de la table dressée par Saddith.

Elle fut surprise de reconnaître les aliments, aussi familiers que la langue parlée par les habitants de ce pays étrange. L'assiette ne contenait pas autre chose qu'une tranche de jambon accompagnée d'une salade de feuilles de bourrache, de pain noir, de fromage à pâte cuite et de haricots verts. Dans une timbale, un clair vin rouge. Après examen plus minutieux, il s'avéra que le jambon était bel et bien du jambon, le pain du vrai pain. Par contre, la salade avait un parfum de thym, les haricots étaient de forme et de couleur légèrement différentes de ce qu'elle connaissait et, en dépit de sa fermeté, le fromage évoquait plutôt le tofou. Le vin était agrémenté d'un délicat parfum de cannelle.

Peut-être aurait-elle dû redouter quelque méfait sur son organisme de la nourriture de ce monde étranger. Peut-être, si elle en croyait les inquiétudes de Géraden, aurait-elle dû craindre que ces mets aient été empoisonnés. Mais ce genre de considération était par trop invraisemblable. Tous ceux qu'elle avait croisés jusqu'alors étaient des êtres humains à peu près normaux, qui parlaient sa langue, et à bien y réfléchir, elle n'était pas assez importante pour être l'objet de quelque méchante tentative. Sans hésiter, elle goûta un haricot. Il avait goût d'asperge. Mise en appétit, elle s'attaqua au pain et au vin.

— Cela vous plaît-il, ma dame ? s'enquit Saddith qui avait fini d'allumer les chandelles et les lampes des autres pièces.

— C'est très bon, fit Térisa en sage petite fille.

La soubrette sourit avec satisfaction.

— Alors, je vous laisse, ma dame. Si vous ne

souhaitez plus vous reposer et que la soirée vous paraît longue, appelez-moi.

Elle écarta du mur un motif en plumes de paon et désigna un cordon de sonnette.

— Nous trouverons bien un moyen de vous distraire. Sans doute aimeriez-vous essayer vos robes. Certaines d'entre elles vous iront à merveille. Si vous préférez meilleure compagnie, dame Eléga et dame Myste ont hâte de vous rencontrer. Elles ne sont pas accourues malgré leur impatience pour vous laisser vous rétablir après votre translation. Toutes deux brûlent de faire la connaissance d'une femme Maître en Imagerie.

Térisa ignora l'allusion.

— Qui sont Eléga et Myste ?

— Les filles de notre Roi. Il en a trois. Eléga est l'aînée, Myste la plus jeune. La deuxième, dame Torrent, vit avec sa mère, la Reine Madin, à Romish dans le Fief de Fayle. La Reine est la fille du Seigneur du Fayle.

Cela répondait à la question de Térisa, même si elle ignorait où se trouvaient Romish, le Fayle, comme le Domne ou Orison. Elle savait au moins qu'elle préférait ne pas rencontrer ce soir les filles du Roi. Elle ne voulait voir personne qui risquât de la noyer de questions sans répondre aux siennes. Elle aurait aimé voir Géraden ou — si cela avait été possible — Maître Erémis, et ce dernier désir lui sembla piquant, tant celui-ci lui avait fait sentir son intérêt. Mais comme elle ne tenait pas à faire courir plus de risques à Géraden, elle déclina l'offre de Saddith.

— Je crois que je préfère me reposer.

— Très bien, ma dame.

Saddith s'inclina et se dirigea vers la porte. Au moment de sortir, elle se retourna, indiqua à sa maîtresse les deux gardes dans le couloir puis, avec une discrétion appuyée, lui montra comment l'on fermait le verrou de la lourde porte.

— Merci, fit Térisa avec un sourire de gratitude, je m'en souviendrai.

La femme de chambre lui rendit son sourire et disparut en refermant doucement derrière elle.

Térisa alla aussitôt verrouiller la porte. Malgré l'épaisseur du bois, elle entendit Saddith s'entretenir joyeusement avec les gardes. Elle fut tentée d'écouter, pour la simple raison que le genre de relations qu'entretenait la soubrette avec les hommes lui était absolument étranger. Mais elle n'en fit rien et regagna la table où l'attendait son dîner. Trois pas loin de la porte et les rires devinrent inaudibles.

Elle était seule.

Contre toute attente, la présence d'Argus et Ribuld dans le couloir la rassurait. Non qu'ils lui inspirent grande confiance mais, depuis qu'elle avait traversé le miroir, ils étaient, avec Saddith, les seuls à être réapparus après une absence. Géraden l'avait tirée de sa propre vie pour la jeter au milieu des Maîtres. L'assemblée des Maîtres s'était bientôt dispersée. Géraden l'avait quittée chez le Roi. Une fois entre les mains de Saddith, elle avait perdu de vue le souverain et l'Adepte Havelock. Elle aurait pu penser que tous ces êtres n'étaient que de fugitives réalités qui ponctuaient son incroyable aventure et disparaissaient sitôt chaque rencontre.

Elle pouvait aisément concevoir que rien de tout cela ne fût réel.

Cependant, Ribuld et Argus avaient parlé de Géraden comme d'un individu à existence continue, indépendante d'elle. Les deux gardes avaient eux-mêmes avec Saddith une relation qui prouvait un passé, des habitudes, sans lien aucun avec Térisa. Cela impliquait une continuité, une solidité des choses. Donc, si elle était capable de retourner sur ses pas, elle trouverait le Roi dans ses appartements, et la salle du Congrégat ; elle découvrirait que Géraden vivait non loin de là, agissait peut-être pour elle, par souci d'elle. Elle en conclut que, aussi folle que parût sa situation, elle devait croire en la réalité de ce monde autant qu'elle avait cru en celle de son monde antérieur. Ni plus ni moins.

C'était tirer une conclusion bien grave d'un simple petit fait. Qu'importait. Elle se l'appropriait provisoirement pour avoir moins peur.

Une inquiétude plus concrète la fit se lever et faire le tour de ses quartiers pour vérifier s'il n'y avait pas d'autre issue que la lourde porte. Puis elle se rassit et acheva son dîner non sans un sentiment qui ressemblait à du plaisir.

Le vin ne tarda pas à l'étourdir mais elle n'avait nulle envie de se mettre au lit et préféra l'exploration de sa garde-robe.

Beaucoup de vêtements la frustrèrent : ils se laçaient ou se boutonnaient de manière si peu commode qu'elle ne pouvait espérer les mettre seule. En dépit de ce défaut, ils lui plurent par leur élégance et la qualité de leur façon. Elle en enfila d'autres et se dit qu'il était bien dommage qu'elle ne dispose pas de miroir pour jouir de sa métamorphose en princesse. Etait-il possible que ce profond décolleté, cette taille prise, ces manches bouffantes, ce savant laçage ou cette délicate dentelle sachent la rendre belle ? Absorbée par ses essayages, elle ne vit pas le temps passer.

Elle venait de se décider à quitter une longue robe de chambre en velours carmin, serrée à la taille par une large ceinture noire et dotée d'une capuche dont elle aurait pu se couvrir la tête jusqu'à se dissimuler le visage, quand le pan de bois qui constituait le fond de l'armoire bougea, imperceptiblement, avant de se mettre à glisser sur le côté.

Gémissant l'un contre l'autre, les panneaux s'effacèrent pour révéler un trou noir.

Une silhouette sortit de l'obscurité.

Si l'avance avait dû être discrète, c'était à recommencer. Bruits de heurts, traînements de pieds annoncèrent à grand fracas l'arrivée de celui qui écarta sans cérémonie les robes et manteaux qui lui obstruaient le passage.

— Doucement, doucement, entendait murmurer Térisa d'un filet de voix chevrotant. Hé, hé, se glisser dans la chambre des jolies femmes. Tentation, tentation, tu me tiens encore... Les miroirs ne sont que verre, concupiscence et débauche sont éternelles...

Il ne se tut qu'en s'apercevant qu'il avait émergé de l'armoire, que Térisa le regardait, une main sur la bouche, les yeux écarquillés, brillants soit de terreur soit d'hilarité.

— Que faites-vous ici ? Que voulez-vous ?

Les lèvres tremblantes, l'Adepte Havelock se ramassa sur lui-même comme si elle avait menacé de le frapper.

Malgré son alarme, Térisa ne manqua pas de remarquer combien le visage du vieil homme affichait de passions contradictoires, conflictuelles. Un nez d'ascète, une bouche de sybarite, jusqu'à ses yeux brûlants qui refusaient de regarder dans la même direction. L'aspect sauvage de sa physionomie était accentué par la rareté des touffes de cheveux qui se dressaient sur son crâne. Et pourtant, il paraissait vouloir faire tout son possible pour apaiser les craintes de Térisa. Ses mains prodiguaient des gestes apaisants. Il n'y avait nulle menace dans son attitude qui confinait à la déférence.

— Savoureuse, souffla-t-il, comme il aurait dit « Pardonnez-moi ». Toutes les femmes sont chair mais vous en êtes la perfection.

Comme s'il disait : « Je ne voulais pas vous effrayer. »

— Hé, hé, se glisser dans les chambres à coucher...

Elle comprit : « Je ne vous ferai aucun mal. »

— Concupiscence et débauche !

Elle entendit : « Vous pouvez me faire confiance. »

Il était fou — aucune erreur possible. Térisa n'avait pas la moindre idée de la façon dont il fallait agir. Circonspecte, elle recula de deux pas.

— Il y a deux gardes à la porte, déclara-t-elle. Ils sont tous deux très forts et armés. Il suffit que je crie et...

Et la porte était verrouillée !

— Ils seront là avant que vous puissiez me toucher, promit-elle d'une voix tremblante.

L'Adepte continuait à prodiguer ses gestes apaisants. Une moitié de son visage exprimait une crainte que niait l'autre moitié. Ses yeux roulaient, ses lèvres dégoulinantes révélaient des dents jaunâtres, mais son nez et ses pommettes trahissaient une détermination certaine.

— Cet hiver me glace les os, confia-t-il comme s'il se soulageait d'un grand secret. Nul ne comprend le jeu de saute-contre.

Posant un doigt sur ses lèvres, il se retourna vers l'armoire et fit signe à Térisa de le suivre.

— Pourquoi irais-je avec vous ? demanda-t-elle d'une voix aussi mal assurée que celle du fou.

Derrière les vêtements, l'obscurité était d'une profondeur insondable.

— Le Roi s'efforce de protéger ses pièces, répondit l'Adepte d'un ton persuasif. Les individus. Parce qu'ils lui sont chers ? Erreur. Er-r-r-reur. C'est une question de stratégie. Sacrifier ceux qu'il faut sacrifier pour piéger l'adversaire.

Tout en parlant, il continuait à faire de grands gestes pour inviter la jeune femme à lui emboîter le pas.

— Non, je regrette, fit-elle, effrayée surtout à l'idée de s'enfoncer dans l'obscurité du passage plutôt qu'à celle d'accompagner le fou. Il fait trop noir.

Elle connaissait le noir, les espaces clos. En dépit de ses efforts, elle n'avait pas oublié l'époque où ses parents la punissaient en l'enfermant dans le réduit le plus sombre de leur maison. C'était là qu'elle avait commencé à douter de sa réalité. Bouclée dans le placard, elle s'était sentie disparaître, quitter l'existence pour le noir vorace et sans fin.

Havelock se mit à gémir, dardant sur elle un œil, puis l'autre.

— Obscurité et concupiscence. Soufflons la lampe

pour que nul ne nous voie nous satisfaire. La chair n'a pas besoin de lumière pour se révéler.

Fouillant la poche de son manteau, il sortit un morceau de verre irrégulièrement taillé, de la taille de sa paume. Térisa ne put bien le voir mais devina qu'il s'agissait d'un miroir.

L'Adepte murmura quelques mots incompréhensibles, passa la main sur le verre, et une chaude lumière jaune, aussi brillante qu'un rayon de soleil, en jaillit.

Il dirigea le faisceau vers le fond de l'armoire et Térisa put voir un couloir de pierres grises, le début d'un passage qui longeait la chambre, puis s'enfonçait vers les étages inférieurs.

Havelock promenait la lampe magique de haut en bas pour montrer qu'il n'y avait rien à craindre. De nouveau, il agita la main avec véhémence.

— Non, répéta Térisa. Je ne puis. Je ne comprends pas ce que vous voulez, ce que vous essayez de faire de moi. Le Roi Joyse sait-il que vous êtes ici ? questionna-t-elle dans l'espoir d'obtenir un éclaircissement sur les intentions du dément.

A ces paroles, Havelock redevint le vieux furieux qui avait envoyé le damier au plafond. Rouge écarlate, il eut du mal à se garder de hurler :

— Que m'importent Joyse et ses scrupules ! Il joue aussi mal que ses filles ! Femmes et bêtise !

Battant des bras, il eut des gestes de plus en plus frénétiques et autoritaires, qui vociféraient : Venez avec moi !

— Géraden m'a prévenue que le Roi Joyse avait des ennemis, fit Térisa pour se défendre. Êtes-vous en train de trahir votre souverain ?

Havelock s'arrêta net, la dévisagea comme si elle venait de le frapper. Un instant, son visage n'exprima qu'étonnement et déception.

Puis une lueur sournoise vint danser dans ses yeux.

Térisa éprouvait une sensation croissante de danger. Elle ne savait comment réagir. Elle restait là, immobile, les bras ballants, sans défense, quand Havelock leva son petit miroir et le darda sur elle.

Un éclair aveuglant comme le soleil lui fit porter les mains à ses yeux.

Acculée contre le lit, elle faillit perdre l'équilibre mais le vieil Adepte refermait déjà une main osseuse sur son poignet et l'entraînait vers l'armoire.

Il n'était pas si fort qu'il le paraissait. Si elle avait pu se retenir à une prise, s'arquebouter au sol, Térisa lui aurait échappé. Mais il avait pour lui la rapidité. Il la tira si vite qu'elle glissa sur le plancher et tomba directement dans l'armoire et l'ouverture du passage.

6

Quelques leçons d'histoire

De sa main libre, Térisa tâtonnait à la recherche d'une prise où se retenir. Mille soleils aveuglaient encore sa vision. Elle se cogna à la pierre rugueuse du passage et l'insondable profondeur lui souffla son air froid au visage. Havelock ralentit, la laissant reprendre son équilibre avant de la faire descendre un escalier.

Argus et Ribuld l'auraient probablement sauvée de ce vieux fou mais la porte était verrouillée et elle n'avait pas eu le temps d'appeler à l'aide.

Elle retrouva la vue, le miroir de l'Adepte ne lui avait pas causé grand mal. Elle cessa de heurter la muraille, de tituber de marche en marche. Son ravisseur s'entêtait à la tenir solidement mais elle pouvait à présent contrôler sa progression.

La lumière du petit miroir leur montrait la route. L'escalier était aussi étroit que bas de plafond, il fallait quasiment courber la nuque pour s'y faufiler. Tous les trois ou quatre mètres, les marches débouchaient sur un coude ou sur un embranchement avec, sur le côté, un conduit plus étroit encore qui menait sans doute, supputa Térisa, à d'autres portes dérobées, dans d'autres chambres. L'artère principale du passage demeurait cependant cet escalier sans fin.

L'absence de toiles d'araignées ou de trop de poussière donnait à penser que l'on usait de ces galeries secrètes avec régularité.

L'air devenait plus froid au fur et à mesure de la descente.

Peu habituée à ce genre de course, Térisa, jambes tremblantes, commençait à redouter que l'escalier ne s'arrête jamais. Enfin, l'Adepte Havelock s'immobilisa devant une porte en bois bardée de ferrures. Le verrou n'était pas tiré mais il ne la poussa pas immédiatement. Il tira Térisa plus près de lui, puis lâcha son poignet.

Le faisceau lumineux de sa glace portait sur son visage les ombres les plus curieuses.

— Souvenez-vous de saute-contre, murmura-t-il fiévreusement. Rien d'autre n'a de sens.

Un geste et quelques mots éteignirent son miroir. Dans l'obscurité soudaine Térisa l'entendit enfouir l'objet au fond de la poche de son manteau, puis il poussa la porte et s'avança dans la pièce faiblement éclairée, sans se soucier que la jeune femme le suive ou non.

Du seuil elle découvrit une grande salle carrée.

L'encombrement du mobilier évoquait quelque bureau ou salle d'études. Un épais pilier jaillissait du sol au milieu de la pièce. Les dalles n'étaient réchauffées par aucun tapis. Autour du pilier central plusieurs tables, certaines hautes et inclinées comme des pupitres ou des tables à dessin, d'autres plates, étaient couvertes de piles de papiers et de rouleaux de parchemin. Les hauts tabourets qui les accompagnaient semblaient davantage destinés à supporter des monceaux de vieux grimoires que des fessiers d'élèves. Sous les tables, des troupeaux de moutons de poussière témoignaient de la rare fréquentation des lieux ou de leur mauvais entretien. Face à Térisa, au fond de la salle d'études, une ouverture sans porte distribuait d'autres pièces. A côté se trouvait un lit en désordre, couvertures roulées en boule sur des draps grisâtres, sans oreiller.

Les lampes à huile rivées au pilier central et sur les quatres murs dispensaient une lumière suffisante sans être généreuse. Térisa put apercevoir dans un angle deux sièges et une table de jeu avec un damier aussi richement ouvragé que celui qu'elle avait vu chez le Roi. Mais ce damier-là n'avait pas de jetons.

Et la pièce en son entier était ponctuée de portes de bois aux lourds verrous tirés semblables à celle qui venait de leur donner passage. Orison devait décidément fourmiller de secrets.

Havelock s'était approché du damier et s'y assit, dos à la jeune femme, l'ignorant complètement.

Celle-ci s'apprêtait à lui parler quand elle se rendit compte qu'ils n'étaient pas seuls. Un homme fit demi-tour sur son haut tabouret, appuya nonchalamment son coude au bureau le plus proche, posa la joue sur son poing fermé.

— Ah, vous voilà.

Contrairement à l'Adepte, il semblait être vêtu de façon à endurer le froid ambiant — bien qu'à la réflexion celui-ci ne parut pas en souffrir. Son lourd manteau gris muraille avait empêché Térisa de le voir immédiatement. Il portait sur les épaules la chasuble jaune des Maîtres.

Térisa l'avait déjà vu. Ses yeux brillants, son nez petit et frémissant, ses dents en avant, le faisaient ressembler à un lapin. Sans erreur possible, c'était lui qui avait soutenu avec Géraden que l'apparition de la jeune femme devant le Congrégat prouvait la préexistence des Images.

— Géraden a finalement condescendu à révéler votre nom, fit-il d'un ton que le sarcasme ne savait rendre sévère. Dame Térisa de Morgan, je suis Maître Quillon. Son ton était poli sans être affecté, de façon évidente il ne cherchait pas à l'offenser.

Il marqua une pause pour regarder le joueur de saute-contre.

— Nous sommes chez l'Adepte Havelock, non dans mes appartements. Je crois qu'il me faudra organiser un grand nettoyage des lieux, dussé-je le faire moi-même. Quoi qu'il en soit, poursuivit-il en revenant à Térisa, notre hôte m'a prié de vous dispenser quelques enseignements sur l'histoire de Mordant, autrement dit sur la source de nos problèmes actuels.

A ces mots, Térisa respira plus librement. L'espoir et le soulagement la remplirent d'allégresse. Enfin, on allait lui parler, lui expliquer.

Mais... *Havelock* avait demandé à Maître Quillon... Espoir et soulagement sombrèrent comme plomb au fond de son estomac.

— Comment ? questionna-t-elle vivement.

— Comment ? retourna le Maître interloqué.

— Comment vous l'a-t-il demandé ? Comment savez-vous ce qu'il veut ?

Maître Quillon plissa son nez de lapin.

— Il a des moments de lucidité. Et il en va ainsi depuis des années. Nous avons eu le temps de nous accoutumer à ses manières. Il est capable, occasionnellement, de se faire comprendre.

Elle l'admettait en connaissance de cause — dans la mesure où « se faire comprendre » consistait à entraîner quelqu'un de force dans des escaliers obscurs. L'explication ne lui suffit pourtant pas.

— Alors, pourquoi ? Si vous dites vrai — plus exactement, si vous n'avez pas mal interprété sa volonté — pourquoi vous pliez-vous à sa demande ? Maître Barsonage (elle trébucha quelque peu sur le nom) comme le Roi ont ordonné à Géraden de ne répondre à aucune de mes questions. Vous leur désobéissez à tous deux. De quel côté êtes-vous ?

Où puisait-elle cette audace incroyable chez elle, et dangereuse ? Depuis quand s'adressait-elle aux gens sur ce ton ?

La joue toujours appuyée sur la main, Quillon fut un peu long à répondre, même si tout cela lui paraissait d'une logique évidente.

— Ce n'est pas aussi simple. En dépit de sa... de son affliction, l'Adepte est encore nominalement le chef du Congrégat. Et bon nombre d'Imageurs continuent à lui vouer reconnaissance, respect, soumission même, pour les services qu'il nous a rendus, qu'il a rendus à tout Mordant. Feriez-vous fi de l'autorité de votre père s'il commençait à se conduire bizarrement sur ses vieux jours ?

Heureusement pour Térisa, la question n'était que rhétorique. Le Maître poursuivit sans attendre de réponse.

— De surcroît, il est des moments où l'on est appelé à choisir ses loyautés. Maître Barsonage est un homme honorable qui s'essaie à l'impartialité mais son cœur pusillanime tremble à l'idée des conséquences de toute décision ou action. Autant pour le Roi Joyse, soupira l'Imageur. Voilà des années qu'il ne saisit plus très bien ce qui se passe autour de lui et son jugement est devenu suspect.

Mal satisfaite, Térisa ne s'entêta pourtant pas dans sa témérité. Ses vieux réflexes de distance déférente, de protection contre toute émotion la retinrent. Maître Quillon semblait déterminé à lui parler et elle craignait déjà que ses quelques paroles n'aient rebuté le Maître. Elle opta pour une attitude plus neutre.

— Pourquoi appelle-t-on l'Adepte le Fourbe du Roi ?

Quillon soupira de nouveau, se redressa sur son tabouret et d'un geste las désigna un escabeau libre près du sien.

— Asseyez-vous, ma dame.

Elle obéit. Elle n'était pas habituée à des robes aussi longues, et s'asseoir sur le haut siège se transforma pour elle en escalade. Une fois parvenue à ses fins elle se cala contre la table et ne bougea plus.

— Je partirai du principe que vous ne savez rien, ni de nous ni de nos ennuis, commença le Maître tandis que son nez de lapin s'agitait avec frénésie. Ne le prenez pas comme une insulte si je me trompe. Je me contente de respecter vos secrets, si vous en avez. Il est donc malaisé de savoir par où débuter. Nous avons, d'une certaine façon, deux histoires : celle du royaume et celle de l'Imagerie. Elles ne firent qu'une à une date relativement récente, en fait lorsque le Roi Joyse et l'Adepte Havelock les unifièrent. Vous ne le croiriez pas à les voir aujourd'hui mais, dans leur jeunesse, ils furent les héros qui tenaient Mordant et le reste du monde dans le creux de leur main, le refaçonnant simplement parce qu'ils pensaient que cela devait être fait. Il n'en demeure pas moins que nos deux histoires sont des histoires fragmentées. Ni Mordant ni le Congrégat n'existaient avant que le Roi Joyse ne les crée.

» Oh, il y avait bien une région appelée Mordant mais elle n'était constituée que de petites principautés prises entre le pouvoir séculaire de Cadwal à l'est et la nouvelle force d'Alend au nord et à l'ouest. Ces principautés étaient ce que nous nommons aujourd'hui les Fiefs : le Fief d'Armigite, le Fief de Perdon, etc. Mais ils étaient beaucoup moins puissants que ce que la féodalité d'Alend baptisait ses baronnies. Les petites seigneuries de Mordant ne survivaient qu'en jouant un rôle de tampon entre Alend et Cadwal qui se livraient une guerre incessante.

» Alend et Cadwal ont une frontière commune sur le Fleuve Enflé mais ses abords la rendent infranchissable : des marécages à des lieues à la ronde, jusqu'à la mer et le long de la côte.

Maître Quillon regarda autour de lui et son discours se tarit.

— Havelock, appela-t-il comme s'il se parlait à lui-même, sans vraiment attendre de réponse, auriez-vous une carte ? Il doit bien s'en trouver une dans ce fatras. Je voudrais montrer à dame Térisa la disposition des territoires.

L'Adepte ne leva pas les yeux de son damier. Il fit mine de corriger la disposition de jetons invisibles et se replongea dans sa concentration.

— Qu'importe, murmura le Maître. Vous comprendrez qu'à cause de ces paludes, le seul moyen pour

Alend et Cadwal de s'envahir était de passer par Mordant, qui est essentiellement une plaine fertile entre les fleuves Pestil et Vertigon. Alors qu'Alend est trop montagneux, et Cadwal trop aride. Par conséquent, ils convoitèrent Mordant pendant des siècles, et pour eux-mêmes, et pour s'arroger une base propre à infliger défaite à l'adversaire.

» Les principautés survécurent, génération après génération, conquises une fois par l'un, une fois par l'autre, toujours sous domination — et faisant chaque fois alliance avec celui des deux conquérants qui n'était pas l'occupant présent. Mordant étant découpé en morceaux, il était facile de croquer les morceaux un à un, mais autrement difficile de les garder. Par exemple, Cadwal conquérait le Fief de Perdon ou de Tor. De son côté, Alend prenait le Termigan ou le Domne. Alors, le Perdon — Seigneur du Fief en question — ou le Tor, ou le Termigan ou le Domne, jurait allégeance éternelle à son nouveau prince. Simultanément, il mettait tous les moyens en œuvre pour trahir ce prince. Alors, Cadwal s'emparait du Fief de Termigan, ou Alend du Fief de Tor et ainsi la population était libérée au milieu d'une grande liesse, pour retomber aussitôt sous la coupe du nouveau prince qui remplaçait le vaincu. Et le processus se répétait, avec quelques variantes quand Cadwal et Alend se lançaient fiévreusement à la conquête de toute la région. C'était autant de douleurs pour les Fiefs, mais ils survivaient.

» Bien sûr, le sang coulait à flots. Quelques hommes se levaient d'eux-mêmes pour se battre et risquer leur vie, mais ils demeuraient minoritaires parmi les victimes. Les paysans de Mordant étaient taillés en pièces, ou enrôlés par leur maître du moment. Ils connurent le viol, le vol de leurs terres, et toutes les brutalités qu'engendre la tyrannie. La seule raison pour laquelle Mordant ne se retrouva pas dépeuplé fut que Cadwal comme Alend avaient besoin que ces terres fertiles fussent cultivées, aussi y importaient-ils de la main-d'œuvre — généralement des esclaves venus de Cadwal — pour remplacer les paysans décimés. Ces esclaves goûtaient davantage la vie paysanne que l'existence de bête de somme qu'ils avaient connue, aussi épousaient-ils la cause du Fief qui les accueillait. C'était à la terre, leur nouvelle terre, qu'ils juraient secrètement fidélité. Ainsi la population de Mordant était-elle régulièrement renouvelée.

» Mais tout revient au carnage et à la tyrannie. La condition de Mordant devint pire encore du fait de l'Imagerie. Est-ce que je vous ennuie, ma dame ?

Térisa éprouva grande honte à avoir laissé échapper un bâillement. Le vin, une longue journée, l'inquiétante apparition de Havelock l'avaient jetée dans un état second. Elle secoua la tête.

— Je me demande seulement en quoi votre récit me concerne ?

— Il vous concerne, rétorqua sèchement le Maître, pour la simple et bonne raison que vous êtes ici. Tout ce qui vous arrivera tant que vous serez parmi nous en sera la conséquence.

— Je suis désolée. Veuillez poursuivre, s'il vous plaît.

— Bien, fit Quillon sèchement, mais son nez remua fébrilement quelques instants. En ce temps-là, tout homme de condition avait à son service, ou employait, un Imageur — ou bien servait un Imageur.

Cadwal était parvenu à la grandeur par l'action du premier ArchI-Mage. Et pas plus tard qu'au siècle dernier, le Monarque d'Alend se servit de l'art de toute une batterie d'Imageurs pour regrouper ses baronnies en confédération.

» Là encore, la situation était fragmentée. Le don d'Imagerie n'est ni courant ni rare. Il se trouve qu'en temps de guerre, il se multiplie à une vitesse stupéfiante. Il est arrivé que Cadwal forme des armées dont chaque capitaine était secondé par un Imageur. Alend n'avait pas grand-chose à lui envier en la matière. Et, comme il se doit, chaque Seigneur de Mordant était défendu par un Imageur, en échange de son appui, de sa protection et de toutes les facilités matérielles qui lui permettaient d'exercer son art.

» Vous concevrez certainement que le verre des miroirs ne se fabrique pas dans le bac à sable de l'arrière-cour d'une modeste demeure. L'étude, le développement et l'usage des miroirs requièrent un équipement sophistiqué, des poudres savantes, des fours. Aussi un Imageur qui n'est pas né dans la richesse se voit-il contraint de s'allier d'une façon ou d'une autre avec elle. Mais je m'égare...

» Je me demande, ma dame, fit-il lentement, si vous possédez la connaissance ou l'expérience pour imaginer les ravages que peuvent engendrer des douzaines d'Imageurs en lutte les uns contre les autres, aussi bien sur des armées que sur des hommes et femmes innocents, qui simplement se trouvaient sur leur chemin. Imaginez, si vous le pouvez : ici se tient un Imageur dans le miroir duquel brûle un fleuve de lave. A son signal, la matière en fusion jaillit du miroir et recouvre tout sur son passage. Là, se tient un autre

Imageur, dont le miroir révèle un monstre ailé capable de réduire en charpie le bétail de toute une vallée. Un mot, et la bête s'élance hors du verre pour semer terreur et destruction jusqu'à ce que le Maître la rappelle — ou jusqu'à ce qu'un autre Imageur conçoive un moyen de tuer ce monstre. Et ce ne sont que deux hommes. Imaginez quand ils sont cinquante ou cent, tous voués à user de leurs miroirs comme d'instruments de carnage.

» Peut-être, dans votre monde, l'Imagerie sert-elle un tout autre dessein. Peut-être fournit-elle la nourriture en cas de famine, l'eau en cas de sécheresse, l'énergie et la puissance pour le grand bien des hommes. Ce ne fut pas notre histoire.

» L'une des conséquences fut que la connaissance de l'Imagerie — l'art et la manière de s'en servir — progressa peu d'une génération à l'autre. Les Imageurs en guerre gardaient jalousement leurs secrets, il en allait de leur vie, aussi fallait-il plusieurs décennies pour que se propagent les idées nouvelles, les finesses, les techniques. En vérité, cela ne se serait même jamais fait si la fabrication des miroirs n'avait pas nécessité l'aide d'Aspirants. Un Imageur ne pouvait se passer d'un jeune apprenti qui possédât le don, et dût être initié pour seconder son Maître. Ainsi se fit un lent progrès.

» Notre histoire est barbare, ma dame. L'humanité ou le scrupule n'étaient pas les caractéristiques fondamentales de notre peuple.

» Le Roi Joyse se mit en devoir de nous changer du tout au tout.

» Havelock ! un peu de vin serait le bienvenu. Parler donne soif.

Aussitôt, Havelock se leva de son siège et passa derrière le pilier. Il revint avec un pot en grès et un gobelet en argile qui semblait n'avoir pas été lavé depuis dix ans.

Sans cérémonie, il posa le pichet près de Quillon et lui colla le gobelet entre les mains.

— Notre histoire est barbare, répéta l'Adepte en coulant un œil torve vers Térisa, car nous buvons trop de vin. Vin et fornication ne vont pas ensemble.

Il retourna à son damier pour continuer sa partie invisible.

Maître Quillon plongea un regard morose dans le verre et entreprit de le nettoyer avec sa manche. Maugréant, il le remplit et le tendit à Térisa. Lui se saisit du pichet et le porta à ses lèvres.

Térisa se serait volontiers désaltérée mais les traces noires sur la manche du Maître l'en dissuadèrent.

— Comme je vous le disais, reprit Quillon en s'essuyant la bouche du revers de la main, le Roi Joyse décida de tout changer. Ses actions peuvent aisément se résumer. D'abord, il conquit toutes les principautés de Mordant, certaines par la force, d'autres par la persuasion. Puis quand il eut constitué un royaume autonome, souverain, il se livra à une étrange guerre simultanément contre Alend et Cadwal. Pendant près de vingt ans, bataille après bataille, attaque après attaque, il ne s'empara d'aucune terre, n'enrôla aucun soldat, ne massacra aucun paysan. Il ne fit rien qui eût renversé le pouvoir dans l'un ou l'autre des deux pays ennemis. Il se contenta de faire prisonnier chaque Imageur et de conduire tous ses captifs ici, à Orison. En même temps, il offrait sa protection à tous les Imageurs qui se soumettraient volontairement. Au bout du compte, il les rassembla tous — du moins le pensions-nous. Des montagnes d'Alend aux déserts de Cadwal, d'est en ouest, il n'y eut plus d'Imageur hors d'Orison.

» Quand il les eut tous en son pouvoir, il ne fit pas ce que craignaient désespérément Cadwal et Alend. Il n'essaya pas d'utiliser toute cette puissance à des fins personnelles, pour se rendre invincible. Non. Il créa le Congrégat. Et il lui donna une mission, une œuvre de paix qui impliquait l'étude de problèmes spécifiques : l'Imagerie pouvait-elle lutter contre la sécheresse ? Les miroirs pouvaient-ils éteindre un incendie ? Les Imageurs sauraient-ils construire des routes, extraire le granit des carrières, rendre le sol fertile ?

» Joyse laissait à Alend et Cadwal la dispute des richesses. Alend avait de l'or, Cadwal des pierres précieuses. Mordant n'en avait pas besoin. Les champs et le bétail, les productions alimentaire, textile et vinicole, voilà où gisaient la force et la richesse de Mordant.

» Mais, par-dessus tout, le Roi Joyse chargea le Congrégat de définir une éthique de l'Imagerie. Il demanda aussi aux Imageurs de répondre à la grande question : les forces, les choses, les êtres sont-ils créés par l'Imagerie, ou lui pré-existent-ils et ne sont-ils que déplacés par translation ? Rien que de très simple, n'est-ce pas ? commenta Quillon.

Il renversa à nouveau le pichet de vin vers sa bouche, s'essuya les lèvres et continua.

— Vous devinez, ma dame, qu'il est plus difficile de vous narrer *comment* le Roi parvint à ses fins.

» Si ce que l'on raconte est vrai, sa réussite tint

essentiellement dans le fait qu'il était de ces êtres pour qui hommes et femmes sont prêts à mourir.

» Il était né dans la principauté qui est aujourd'hui le Fief de Demesne, et il devint le Seigneur d'Orison — le château était plus petit alors — à l'âge de quinze ans, quand son père fut convaincu de trahison à l'égard du tyran de Cadwal qui régnait alors sur le Demesne, et écartelé sous les yeux du jeune Joyse et de toute sa famille, comme si ce spectacle devait leur apprendre la soumission. Il était encore adolescent mais il avait déjà les qualités qui lui firent trouver force et... sagesse...

A cet instant, Quillon regarda Havelock.

— Un Imageur devint son ami le plus loyal. Et tout ce que fit ensuite le jeune Seigneur, lui et l'Imageur l'accomplirent ensemble.

» D'abord, ils s'échappèrent d'Orison en pleine nuit, laissant la famille de Joyse essuyer la colère du prince de Cadwal. Sur le coup, cette fuite ne le fit pas monter dans l'estime de son peuple. Aussi fut-on stupéfait de le voir revenir à la tête d'une armée du Fief de Tor, jeter l'occupant dehors et se charger personnellement de séparer le prince de Cadwal de sa tête.

» A l'époque, le Tor jouissait d'un répit. Il était plus accoutumé que les autres à l'indépendance de par sa situation à flanc de montagne et par le fait que le Perdon, l'Armigite, le Domne et le Termigan l'entourant, il était plus difficile à conquérir. Le jeune Joyse avait insisté auprès du Tor — qui lui-même était encore assez jeune pour se montrer audacieux — pour finir par le convaincre que le seul espoir de son peuple, de tout le peuple de Mordant résidait dans l'union des Fiefs contre Alend et Cadwal. L'idée avait plu au Tor. Il avait ressenti de l'affection pour Joyse. Néanmoins, il ne prit qu'un risque mesuré en lui donnant deux cents hommes pour combattre les deux mille de Cadwal.

» Il ne fallut pourtant que trois jours à Joyse, à son Imageur et aux deux cents hommes pour libérer le Demesne. Avant le coucher du soleil le troisième jour, un nouveau drapeau flottait sur Orison : l'étendard de Mordant.

» Comment y parvinrent-ils ? Je puis seulement vous dire que Joyse et ses hommes firent bon usage des passages secrets qui faisaient la renommée d'Orison. Il semble que le château ait été le berceau d'intrigues et de conspirations dès l'érection de sa première tour, commenta-t-il. D'autre part, les forces de Joyse s'en prirent d'abord aux Imageurs de Cadwal plutôt qu'aux soldats. Il épargna d'ailleurs autant les soldats que cela lui fut possible. Le combat fini, il leur offrit le choix entre la liberté ou servir sous ses ordres. Ceux qui se rangèrent sous sa bannière devinrent le noyau armé qui par la suite unifia Mordant, et qui depuis plusieurs décennies défie avec succès Alend et Cadwal.

» Comme il se doit, le peuple du Demesne revint sur la fallacieuse opinion qu'il avait de Joyse pour se livrer à l'enthousiasme.

» Le Tor lui ayant envoyé un nombre d'hommes plus conséquent, le jeune Joyse partit libérer le Perdon. Ensuite, les trois Fiefs unis tournèrent leur attention vers l'Armigite et le Termigan. Le Domne tomba entre leurs mains sans gros efforts — il avait toujours été le dernier des Fiefs, bien que le Demesne fût encore plus petit. Enfin, par la bataille la plus sauvage et la plus meurtrière qu'il lui ait été donné jusqu'alors de livrer, Joyse libéra le Fayle de la domination d'Alend et devint Roi.

» Je n'entrerai pas dans le détail des lendemains immédiats. Vous pouvez supposer que tous les Fiefs jurèrent fidélité au Roi Joyse, mais ne tinrent pas tous leur serment avant que le souverain ne leur ait montré de quel bois il se chauffait en cas de trahison ; que ses premières victoires avaient tenu dans ce que ni Alend ni Cadwal ne s'étaient attendus à cette soudaine résistance ; et que la vraie guerre d'indépendance de Mordant fut livrée par la suite, quand Alend et Cadwal comprirent de quoi il retournait et rassemblèrent leurs forces en conséquence. Il vous suffit de savoir que vingt ans passèrent avant que notre Roi puisse transformer Mordant en un royaume assez sûr pour commencer à y rassembler les Imageurs.

» C'était il y a trente ans, murmura le Maître en plongeant les yeux dans la cruche de vin. Période de grâce pour tous ceux d'entre nous qui s'en souviennent. Même les enfants, comme je l'étais alors, pensaient que tout ce que touchait le Roi devenait sacré, marqué du sceau de l'héroïsme.

Son récit — ou peut-être l'absorption du vin — avait jeté sur Maître Quillon un voile de chagrin. Il se mordit l'intérieur de la joue, indécis, soit qu'il hésitât à en raconter davantage, soit qu'il s'attristât du peu de vin de reste au fond de la cruche.

— Continuez, invita doucement Térisa. Que se passa-t-il ensuite ?

Elle avait besoin d'entendre comment ce Roi du récit de Quillon était devenu l'homme frêle qu'elle avait rencontré, un homme de si peu de poids que même ceux qui l'avaient idolâtré dans leur jeunesse lui désobéissaient aujourd'hui.

— Évidemment, reprit le Maître après une grimace, avec son ami pour le conseiller, le guider, l'assister, son premier souci fut de rassembler les Imageurs. Et ceux-ci étaient tellement habitués à protéger jalousement leurs secrets, à regarder les autres comme des ennemis qu'ils rechignèrent à cette union. De leur côté, Alend et Cadwal faisaient tout ce qui était en leur pouvoir pour continuer à profiter des ressources de l'Imagerie. Les trois royaumes étaient en état de guerre permanent — guerre larvée mais guerre réelle — et le Roi Joyse devait de temps en temps frapper un grand coup contre ses ennemis. Pour parvenir à ses fins il ne dédaigna aucune ruse et aucune méthode. Il se servit de la corruption, livra des attaques éclair, suborna des messagers, des conseillers, des capitaines, quiconque évoluait dans l'entourage direct de celui qu'il voulait atteindre. Il alla jusqu'à enlever les familles de certains Imageurs et les garda en otage pour que l'Imageur se rende. Ce combat fut plus complexe et plus hasardeux que celui à l'issue duquel il avait fait un royaume uni de Fiefs éclatés. Cela lui prit deux autres décennies.

Quillon se tut une nouvelle fois, avala une courte rasade de vin.

— Le gros de la tâche était cependant accompli depuis cinq ans quand se dressa un obstacle de taille. Vous ne serez pas surprise d'apprendre que le Monarque d'Alend et le Haut Roi de Cadwal ne faisaient pas confiance au Roi Joyse. Ils le craignaient, bien qu'au cours de ses batailles il eût toujours pris soin de laisser leur royaume à peu près en état. A leurs yeux de tyrans, il était fou, et la folie n'est pas pour inspirer confiance... surtout à des ennemis mortels. Être privés d'Imageurs équivalait pour eux à être privés de toute défense, surtout si lui les avait tous.

» Le Haut Roi de Cadwal fut à la fois plus prompt et moins scrupuleux que le Monarque d'Alend face à la menace. Le Haut Roi Festten — qui continue à régner sur Cadwal depuis sa grande cité côtière de Carmag où les minarets dressent leurs flèches au-dessus de la mer et des rocs, et où les vices humains les plus raffinés puisent leur sève dans le sol de la richesse et du pouvoir —, Festten donc, rassembla autour de lui ses propres Imageurs. Il constitua un groupe d'une trentaine d'entre eux, les plus puissants, et mit à leur tête l'ArchI-Mage Vagel. Il leur donna en sus son propre champion, celui que l'on baptise le Bras-Vif du Haut Roi, pour les protéger. Forte des prouesses sans pareilles du Bras-Vif, cette cabale se dédia toute aux arts de la violence, à la défense de Cadwal et à défier le Roi Joyse.

L'Adepte Havelock leva la tête de son damier comme s'il s'était soudain décidé à écouter Quillon.

— Cinq ans passèrent avant que notre souverain trouve le moyen de briser cette conjuration. La plupart de ses membres durent être exterminés ; ils s'étaient trop bien... acclimatés au désert moral de Cadwal et à ses plaisirs délétères. Ils n'acceptèrent pas de voir s'achever leur règne de mort. A l'époque, l'on crut que l'ArchI-Mage avait péri lui aussi. Aujourd'hui, on le soupçonne d'être toujours en vie. En vie et caché quelque part, fomentant un complot.

» Le Bras-Vif fut naturellement exécuté pour avoir échoué. Un autre prit sa place.

D'un geste brutal, Havelock renversa son damier, comme s'il jetait tous ces hommes sombres à terre. Puis il se leva, vint vers Térisa, lui désigna d'un geste impératif la porte entrebâillée par laquelle elle était arrivée. Elle le regarda. La détermination de son expression donnait à penser qu'il était dans l'une de ses phases lucides.

— Le temps ni les saisons n'attendent les hommes mais chacun sait attendre une femme.

— Non, Havelock, protesta fermement Quillon. Tu sais sans doute mieux que moi mais je termine le récit.

Un éclair féroce brilla fugitivement dans les yeux de l'Adepte. Il ferma l'une de ses paupières pour ne darder qu'une seule prunelle meurtrière sur Maître Quillon. Celui-ci ne cilla pas et l'humeur de Havelock se transforma aussitôt. Il eut le sourire béat d'un enfant.

— Attends-moi, Vagel, cria-t-il. Attends-moi. Je viens.

Clignant de l'autre œil vers Térisa, il commença à fouiller dans le fourbi de l'un des pupitres.

Le Maître haussa les épaules puis renversa la tête en arrière pour vider définitivement la cruche de vin qu'il reposa avec un bruit sec. Son regard commençait à se faire trouble et deux taches rouges étaient apparues sur ses joues pour rivaliser avec le bout écarlate de son nez frémissant.

— Cela se passait voilà dix ans, ma dame. Pendant cinq années, nous fûmes à peu près en sécurité. Mordant connut une paix relative grâce aux défenses qu'avait installées le Roi. Le Congrégat se débarrassa de ses conflits internes pour goûter une unité...

relative elle aussi, au fur et à mesure que disparaissaient les plus vieux Maîtres, ceux qui se souvenaient avec regret de ce qu'avait été la vie avant le Roi Joyse. En créant le Congrégat, le Roi ne prétendait pas contrôler ou limiter la naissance du talent d'Imagerie ailleurs dans le monde, mais il avait le contrôle sur la *connaissance* de cet art. Un enfant né avec le don avait toujours la possibilité de venir à Orison et d'accepter la servitude d'Aspirant pour se former.

» Alend et Cadwal se tenaient relativement tranquilles. La plupart d'entre nous, précisa Quillon d'une voix où sourdait à nouveau le sarcasme, préféraient ignorer le désordre des affaires domestiques du Roi. Cinq ans durant, nous ne remarquâmes rien, car nous ne voulions pas voir que son étincelle était en train de mourir. Peut-être fût-ce parce qu'il ne lui restait rien de grand, d'héroïque à accomplir qu'il cessa d'être celui que nous avions adoré...

» Force nous fut cependant de comprendre, continua Quillon d'un ton lourd d'amertume. Oui, force... Nous ne pûmes ignorer plus longtemps qu'une puissance mauvaise sapait les fondements de Mordant.

» Un Imageur avait commencé à translater de ses miroirs les pires horreurs et abominations et à les lancer à travers le pays, partout où elles pouvaient trouver des victimes.

Dans la pièce froide, Térisa sentit un frisson désagréable lui courir depuis la nuque tout le long de la colonne vertébrale.

— L'œuvre de Vagel. Ce n'était pas difficile à deviner. Du moins la supposition semblait-elle fondée. Il avait toujours fait naître de ses miroirs des monstres, hommes ou bêtes ; toutes forces de destruction. Et il n'était pas de ceux dont l'œuvre mauvaise trouble la conscience. Au demeurant, nul ne sait où il a pu trouver appuis et ressources pour fabriquer de tels miroirs.

» Nous avons supposé qu'il s'était réfugié en terres d'Alend ou de Cadwal — mais toutes ses Images frappent au cœur de Mordant et il est inconcevable que de tels miroirs soient fabriqués ailleurs puis conduits à Mordant, sur de longues distances, sans que le bruit en parvienne aux oreilles d'Orison.

» Mais s'il n'est ni en Cadwal ni en Alend, où alors ? Qui à Mordant complote contre le royaume ? Et pourquoi le Roi Joyse reste-t-il sans agir ?

» Sans doute dans les premiers temps du péril, patience et prudence étaient-elles de mise. Les attaques étaient rares. Nous les croyions venues d'Alend ou de Cadwal et concevions que le Roi attendît des nouvelles de ses espions pour, une fois le secret découvert, décider d'une contre-offensive.

» Or, les attaques ne tardèrent pas à se multiplier, sans qu'aucune explication ne surgisse. Au contraire, les espions rapportèrent qu'Alend et Cadwal, ayant eu vent de ce qui se passait par leurs propres espions, commençaient à rassembler leurs forces pour tirer avantage du péril que courait Mordant. Leurs armées s'installèrent sur les rives des fleuves Pestil et Vertigon et livrèrent plusieurs attaques contre les Fiefs pour éprouver leurs défenses. Furieux de devoir faire face sans l'appui du Roi Joyse, quelques Fiefs se mirent à comploter contre lui. Les abominations translatées contre nous croissaient en vigueur et en fréquence. L'archI-Mage, s'il s'agit de lui, façonne ses miroirs à une vitesse incroyable et dans un parfait secret. Le Roi ne fait rien... Si, il joue de plus en plus à saute-contre !

» Le Congrégat n'est pas demeuré aveugle au problème. Quand bien même nous n'aurions pas eu vent des rapports qui arrivaient à Orison, nous avions nos augures.

» Nous assistons à l'agonie de Mordant, ma dame, harcelés par des forces que nous comprenons mais contre lesquelles notre Roi, en fondant le Congrégat, a omis de nous faire travailler. Il ne nous permettra pas de nous transformer en combattants. Bien qu'il ne fasse rien pour sauver Mordant, il est encore capable de venir dans notre laborium pour briser tous les miroirs destinés à notre défense. Il nous a seulement permis d'aller quérir un champion, après que nous lui avons promis, à l'issue de débats interminables, que, quel qu'il soit, ce champion ne serait pas translaté contre sa volonté. Nous aurions à le convaincre de nous venir en aide et lui offririons la possibilité de refuser.

» Bref, notre Roi nous a conduits au bord du gouffre. A moins que d'autres hommes désobéissent... et le plus vite sera le mieux... Mordant retournera aux temps où il n'était que le champ de bataille d'Alend et de Cadwal. Et si Vagel atteint d'ici là à plus de puissance, il s'alliera à l'un des deux royaumes pour détruire l'autre, et régnera finalement sur tout notre monde.

Brusquement, Quillon s'empara du gobelet auquel Térisa n'avait pas touché et le vida d'un trait.

— Je n'aime guère cette perspective, marmonna-t-il dans le verre.

Térisa l'écoutait avec tant d'attention qu'elle ne prit pas conscience de l'approche de l'Adepte Havelock avant qu'il pose une main sur son bras.

Il avait un sourire de satyre.

— Je me souviens, fit-il en lui soufflant au visage une haleine âcre. Je me souviens de tout.

— Il se souvient de tout ! répéta Quillon, narquois. L'art des miroirs nous garde verts !

— Oui, insista Havelock avec un sourire de plus en plus lascif, je me souviens, c'était... sanglant.

Quillon soupira tristement.

— Tu te souviens, Adepte Havelock, murmura-t-il comme en réponse à une liturgie connue.

— De tout.

L'Adepte effectua un saut gigantesque. Son manteau à même la peau s'ouvrit pour découvrir ses genoux cagneux. Une pirouette et il se retrouvait devant Térisa, arborant toujours son inquiétant sourire.

— Je me souviens de Vagel. Il avait un miroir qui crachait le feu. J'en avais un empli d'eau. Il avait un miroir avec une bête furieuse. Mais la bête ne respirait pas l'eau. Il avait une arme qui lançait des éclairs capables de traverser les murs et de faire cendres la chair. Ses éclairs ne firent que changer mon eau en vapeur. Je me souviens.

» Je me souviens de la chambre où je l'ai acculé. Vous dirai-je combien de bougies brillaient sur la table ? Compterai-je pour vous les pierres de la muraille ? Mesurerai-je les ombres qui noircissaient les angles ? Vous décrirai-je tout ce que je vis dans son dernier miroir ?

» Il était parfaitement plat, mais grâce à sa forme et à sa composition il montrait un lieu au milieu des montagnes et des rocs d'Alend. Un haut soleil d'été faisait flamboyer l'herbe de prairies pentues et une cascade qui volait en paillettes scintillantes dans le lointain. J'ai vu des papillons d'une espèce inconnue à Mordant, qui voletaient de pâquerette en pissenlit. Au-dessus de la cascade se dressaient de hauts sapins. J'ai tout vu.

» Écoutez-moi, ma dame, fit-il avec ardeur, la fixant d'un œil, l'autre braqué sur le pilier, je me souviens fort bien de Vagel. Je l'ai entendu rire de moi avec mépris puis je l'ai vu passer dans le verre comme s'il n'avait rien à en redouter. J'ai d'abord vu une botte fouler l'herbe grasse, l'autre botte écraser les fleurettes. J'ai vu luire dans le soleil son manteau couleur d'ébène. A peine avait-il fait deux pas à flanc de montagne que j'ai vu son épaule me cacher la cascade.

» Alors, il s'est retourné et m'a fait signe de le suivre.

» Il m'appelait, ma dame ! Et le mépris était toujours sur son visage. Aussi l'ai-je suivi, bien que tout Imageur sache qu'une translation qui ne va nulle part est folie. Attends-moi, Vagel ! se mit-il de nouveau à appeler de sa voix d'enfant. J'arrive. J'arrive. Ah !

Sa voix s'étrangla dans un cri.

— Je suis un Adepte. J'ai ouvert son miroir. J'y suis entré. Mais dès le seuil franchi, poursuivit Havelock d'un ton de fausset, il cueillit un rayon de soleil, là dans le ciel, et le dirigea sur mes yeux pour m'éblouir. Je ne vis plus que de la lumière, jusqu'au fond de moi, que de la lumière, ma dame. Hé, hé, lumière...

De sa gorge jaillissaient de petits bruits semblables à ceux que produit une petite fille enfermée dans un placard pour essayer de se rassurer.

Maître Quillon toussa. Le vin ou le chagrin lui avait rougi les yeux.

— Vous demandiez, ma dame, fit-il d'une voix rauque, pourquoi certains l'appellent le Fourbe du Roi. C'est parce qu'il est considéré comme traître aux siens — traître aux Imageurs.

» C'est vrai, il a trahi bon nombre d'Imageurs pour le bénéfice de son Roi. Dans son esprit, le dessein du Roi l'emportait sur leur droit à la liberté. Mais sa pire traîtrise s'exerça à l'encontre des Imageurs qui entouraient Vagel à Carmag. Briser leur cabale fut son œuvre. Dissimulant son identité et la cause qu'il servait, il rejoignit l'ArchI-Mage en se faisant passer pour un vulgaire fabricant de miroirs assoiffé de pouvoir. Pendant trois ans — constamment en danger de mort s'il était découvert — il servit et observa Vagel, jouant le disciple empressé et avide, en réalité pénétrant les défenses et les plans de la cabale. Quand il eut compris comment les combattre, il tendit son piège : il fit entrer le Roi Joyse et ses soldats dans la forteresse où les Imageurs vivaient et tissaient leur œuvre de mort.

» Malheureusement, poursuivit Quillon, Vagel avait un pouvoir que ne possédait pas Havelock. Il était capable — nous le savons à présent mais à l'époque nous considérions cela comme impossible — de se translater lui-même à l'intérieur de notre monde au moyen d'un miroir plat. Lorsque Havelock essaya de le suivre, la violence de la translation lui coûta l'esprit et la raison, comme elle les aurait coûtés à quiconque s'y fût risqué, à l'exception de Vagel. Ce fut ce qui nous fit croire que Vagel était mort, quand Havelock revint dément vers son Roi et que l'on ne trouva pas trace de son ennemi.

» Je vous le disais, soupira le Maître, il connaît des instants de lucidité, mais voilà dix ans que le meilleur ami et le conseiller du Roi est devenu fou.

L'Adepte était resté étonnamment paisible tandis que Quillon racontait son histoire. Il agita soudain ses bras décharnés comme pour déchirer un voile devant lui, saisit violemment le poignet de Térisa et la tira de son tabouret en direction de la porte.

— Venez, femme. Je ne supporte pas le mystère !

Mystère ? Les pensées de la jeune femme étaient trop bouleversées par ce qu'elle venait d'entendre pour qu'elle se rappelle sa passivité apprise. Elle se surprit à ne pas supporter d'être ainsi traînée comme une gamine désobéissante. Elle garda les pieds solidement plantés au sol et tenta de se dégager de l'étreinte de l'Adepte.

Ce fut plus aisé qu'elle ne s'y attendait. Les doigts noueux se desserrèrent, sans force. Le vieillard faillit tomber en la lâchant.

Son cœur battait à tout rompre — à cause non de la fatigue de la lutte mais de la stupeur de son audace. Elle se retourna vers Maître Quillon.

Celui-ci l'observait avec intérêt, tête inclinée, nez frémissant.

— Je tiens à vous remercier, fit-elle. Vous m'avez été d'une grande aide. Je ne vous trahirai pas.

Il inclina la tête, gravement, comme si la promesse de Térisa avait plus grand prix qu'elle ne le pensait

— Je vous en saurai gré, ma dame.

— Je ne sais rien de vos miroirs, reprit-elle. Je ne suis pas Imageur. Je pense néanmoins que ce que vous voyez dans vos miroirs est réel. Je ne viens pas d'un univers inventé par Géraden à l'aide d'un morceau de verre.

Cette ultime assertion assombrit le Maître.

— Je souhaite que vous ayez raison, ma dame. Je le crois. Mais les arguments contraires sont difficiles à réfuter. Si votre monde existe — et si vous n'êtes pas Imageur — comment est-il possible que la translation de Géraden ait à ce point manqué son but ?

— Je ne sais pas. Tout ceci est nouveau pour moi. Mais, s'entendit-elle ajouter, je vais essayer de le découvrir.

Sans doute pour ne pas surenchérir sur une attitude si peu conforme à l'image qu'elle se faisait d'elle-même, elle rejoignit Havelock qui s'impatientait près de la porte, et s'engouffra derrière lui dans le passage secret.

— Rien d'autre, murmura sombrement l'Adepte. Seul le jeu de saute-contre a du sens.

Il referma la porte derrière elle et il lui fallut quelques secondes pour retrouver son morceau de verre, en faire jaillir la lumière. Puis il s'élança dans l'escalier, aussi rapidement que le lui permettaient ses vieilles jambes.

Gravir les interminables marches fut moins pénible à Térisa que les descendre. Elle voyait à peu près où elle posait les pieds, même si Havelock s'entêtait à promener sa lumière d'une paroi à l'autre et loin en avant. Tendu, le souffle court et rageur, il refusait de ralentir le pas.

— Qu'est-ce qui vous presse ? s'enquit Térisa qui avait trop l'habitude des ascenseurs de son immeuble pour ne pas s'épuiser rapidement à cette course.

Havelock s'arrêta sur un palier, envoya sa lumière dans toutes les directions, puis la fixa de ses yeux égarés.

— L'ennui avec les femmes est qu'elles ne savent pas se taire, souffla-t-il entre deux profondes aspirations.

Il repartit de l'avant. Le conduit devenait plus étroit. Le martèlement des pieds sur les marches se confondait pour Térisa avec les battements de son cœur qui auraient trouvé leur écho sur la muraille. La voûte s'abaissait. Havelock était fou ; folle était la façon qu'il avait de faire comprendre les choses sans les dire. D'où lui venait cette urgence, cette panique ? Elle ne comprenait même pas pourquoi elle s'entêtait à suivre son rythme, ou pourquoi elle essayait d'étouffer le bruit de sa propre respiration.

Ils avaient dû dépasser sa chambre. Avait-elle perdu jusqu'à la notion de distance ?

Elle faillit se cogner dans son guide lorsqu'il s'arrêta.

— Que... ?

Il lui imposa silence d'un battement furieux de ses bras et demeura immobile, la lumière braquée sur ses pieds, le visage dans l'ombre, l'oreille tendue. Grâce au faible éclat réverbéré par la pierre grise, Térisa put voir que ses lèvres tremblaient.

Alors elle entendit le bruit, loin, affaibli. Des heurts métalliques, un cri étouffé.

Havelock lâcha une obscénité des plus compréhensibles et s'élança dans l'escalier après avoir éteint sa lampe-miroir.

Paniquée par l'obscurité qui envahit soudain le passage, Térisa resta un instant figée avant de se jeter à la poursuite de l'Adepte, essayant désespérément de l'atteindre pour qu'il ne la laisse pas seule dans les ténèbres.

Son souffle rauque la précédait, elle le touchait presque. Elle tendit le bras, tendit les doigts, tant et si bien qu'elle parvint à accrocher le pan de son manteau.

Ainsi entraînée, elle put suivre quand son guide vira brusquement.

Au détour du virage, ils se retrouvèrent dans la lumière. Térisa vit trop tard le décor, les pieds d'Havelock passèrent de la pierre au bois, elle trébucha sur le seuil de l'armoire de sa chambre, traversa celle-ci en vol plané et atterrit sur le sol près de son lit.

Des plumes de paon jonchaient le tapis, d'autres volaient, tourbillonnaient et retombaient en douces volutes partout autour du grand lit. L'une arriva sur ses yeux à l'instant où elle entendait un cri.

— Ma dame !

La voix de Ribuld. Un bruit de fers entrechoqués.

Quand elle se débarrassa de la plume, elle vit le garde qui brandissait une épée, parait une attaque qui fit jaillir des étincelles de la lame.

Argus et Ribuld se battaient contre un troisième homme qui tenait le seuil de la pièce, leur bloquant le passage.

Les plumes de paon s'envolaient d'un tableau décoratif que l'inconnu avait décroché en guise de bouclier.

Des pieds à la tête, l'homme était vêtu d'un cuir si noir qu'on avait l'impression de ne voir qu'une ombre, sans rien pouvoir distinguer à sa surface. Ses mouvements même étaient ceux d'une ombre, rendus irréels par la cape qui couvrait ses épaules. Seule sa lame accrochait et retenait la lumière.

Plus petit et plus mince que ses adversaires, il portait des coups aussi forts que les leurs.

Les deux gardes n'avaient pas l'avantage.

Tous deux étaient déjà blessés. Argus avait une plaie à vif sous l'œil et ses phalanges saignaient. Une blessure béait à l'épaule de Ribuld. Si leurs attaques n'avaient pas grand succès, celles de leur opposant touchaient à tous les coups, leurs cottes de mailles étaient marquées et déchirées en maints endroits.

Ribuld chancela sous un nouvel assaut. Il perdit l'équilibre et s'effondra lourdement contre le manteau de la cheminée, tomba sur les genoux, étourdi mais hors de portée de l'assaillant.

Argus tenta une attaque, abattant son épée vers le crâne de l'ennemi. Mais celui-ci était plus adroit : sa lame arrêta sans difficulté le coup. Puis il jeta son bouclier de fortune à la face du garde. Avant qu'Argus ait le temps de réagir, l'homme lança son pied dans son bas-ventre.

Il hurla et tomba roulé en boule, puis commença à vomir.

Vif comme une ombre l'homme en noir se tourna vers Térisa.

A présent, elle voyait son visage. Ses yeux brillaient d'un éclat jaune. Il avait le nez étroit comme la lame d'une hache. Ses dents étaient découvertes par un sourire sauvage, inhumain. Térisa eut l'impression que sa face était sillonnée de cicatrices.

Sa cape ondoya quand il porta les deux mains à la poignée de son épée et leva sa lame droit au-dessus de Térisa.

— Ma dame ! cria encore Ribuld.

Le garde s'était relevé et chargea dans le dos de l'assaillant.

Térisa s'était redressée sur les mains et les genoux mais restait incapable de bouger. Rien de ceci n'avait de sens. Elle ne pouvait que regarder tandis que l'homme en noir faisait face à l'assaut de Ribuld.

Le fer des deux combattants se croisa si violemment qu'elle crut entendre les lames se briser. Cette fois, Ribuld avait le dessus. L'homme en noir se contentait de parer les coups.

Mais il para tant et si bien que Ribuld s'épuisa et dut de nouveau céder du terrain.

L'autre le suivit dans le salon, frappant de droite, de gauche. Ribuld bloquait habilement de son épée. Il ne ressentait apparemment pas la brûlure des étincelles qui retombaient sur ses bras nus. Il reculait encore, de façon plus contrôlée cette fois, cherchant une faille dans l'attaque de son adversaire.

Brusquement, l'homme l'abandonna, bondit vers Argus toujours recroquevillé à terre, les yeux dilatés par la douleur, et fit tourbillonner son épée menaçante au-dessus de sa tête.

— Non ! hurla Ribuld.

Le désespoir le rendit imprudent. Il se trouva sans défense quand l'homme en noir détourna brusquement son coup vers lui. Le plat de sa lame le frappa en pleine face et le mit hors de combat.

— Maintenant, ma dame, fit l'homme d'une voix de velours, finissons-en.

L'épée levée, il revint dans la chambre.

Personne ne viendrait à son secours cette fois, pensa Térisa. Aucun jeune homme né de ses rêves ne risquerait sa vie pour la sauver. Si elle tenait à la vie, il lui fallait se sauver seule — par n'importe quel moyen, appeler à l'aide ou sauter dans le passage secret. Mais non, elle demeurait sans mouvement, perdue, incapable de comprendre pourquoi on l'attaquait avec pareille haine.

Heureusement, à la dernière seconde, l'Adepte Havelock bondit de l'armoire où il était resté caché et darda son miroir vers les yeux de l'homme en noir.

Celui-ci poussa un cri de douleur et recula. Un instant, il garda les bras croisés sur les yeux, l'épée levée. Il gronda, jura puis, bien qu'aveuglé, se mit à fendre l'air de sa lame, au hasard.

Dans la pièce voisine, Argus se redressait avec difficulté et reprenait son arme.

— Maintenant, je te tiens, hurla-t-il, une lueur de meurtre dans le regard.

L'homme en noir se figea. S'il avait pu voir Argus, il se serait su en sécurité : Argus pouvait à peine se déplacer. L'assaillant hésita, l'oreille tendue vers les bruits qu'éructait Argus. Il se détourna de Térisa, prit son élan, effectua un saut acrobatique par-dessus les deux gardes, et gagna la porte. Une seconde plus tard, il avait disparu.

— Cours ! grogna Argus à l'adresse de la forme inerte de son compagnon d'armes. Idiot, ne le laisse pas filer.

Térisa s'efforçait sans succès de rassembler ses esprits. Ribuld et Argus avaient frôlé la mort pour la défendre. Le bois de la porte avait volé en éclats autour de la serrure. Si l'homme recouvrait la vue et revenait... L'Adepte n'avait pas sa tête, certes, mais il avait fort bien compris le danger.

— Havelock, murmura-t-elle, vous saviez ce qui allait se passer, n'est-ce pas ?

Il n'était plus là. Parti, déjà. Au fond de l'armoire, la porte dérobée était close.

7

Les cachots d'Orison

L'état de semi-hébétude dans lequel se trouvait Térisa se prolongea. Durant la demi-heure qui suivit, ses nerfs restèrent tendus comme des cordes de violon, son pouls refusa de ralentir. Malgré l'adrénaline qui courait dans ses veines, elle ne réussissait pas à reprendre ses esprits, elle ne parvenait pas à retrouver prise sur la réalité. S'évanouissait tout ce sur quoi elle portait son attention. La réalité était un sable qui filait entre ses doigts.

— Allez chercher de l'aide, aboya Argus.

Il était resté près de Ribuld inerte, arrivant difficilement lui-même à se tenir sur un coude.

— S'il revient...

Cette injonction trouva un mol écho en Térisa. N'avait-elle pas pensé quelque chose d'approchant ? Elle n'en était plus certaine.

Son instinct était de courir. S'évader par le passage secret, retrouver Maître Quillon. Elle voulait des bras chauds autour d'elle, un peu de tendresse et de soins. Maître Quillon saurait la réconforter. Aussi estima-t-elle qu'elle faisait preuve d'un grand courage lorsqu'elle enjamba les deux hommes pour gagner le salon et tirer le cordon de sonnette derrière le panneau de plumes de paon. En cet endroit la porte grande ouverte l'exposait à de nouveaux dangers, mais elle ne connaissait pas d'autre moyen pour appeler à l'aide.

Sitôt la cordelette tirée, elle regagna la chambre.

Sans trop réfléchir, elle s'empressa de réarranger les vêtements dans l'armoire puis en ferma la porte, effaçant complètement la présence du passage secret.

Assez vite — ou peut-être fut-ce longtemps plus tard mais elle n'avait plus une notion du temps très précise — on répondit à son appel. Ce ne fut pas Saddith qui se montra sur le seuil du salon mais une autre femme de chambre plus âgée, vêtue à la hâte, le regard embrumé de sommeil, et de méchante humeur. Mais dès qu'elle vit les deux gardes, la serrure brisée, les plumes de paon qui jonchaient le sol, elle oublia son irritation et disparut dans le corridor.

— Gardes ! A l'aide ! Au secours ! l'entendit-on crier.

— Femme stupide, grommela Argus les dents serrées.

Ribuld remuait. Reprenant conscience, il porta les mains à son visage, les retira vivement de sa blessure au front.

— Fille de chèvre ! jura-t-il. Qui était ce salaud ?

Il se redressa péniblement, jeta un regard à l'entour. Quand il reconnut Térisa, il poussa un soupir de soulagement et se laissa retomber au sol.

— Je meurs, geignit Argus. Ce pourceau m'a châtré.

— Pour ce que cela changera à ta vie... rétorqua sourdement Ribuld.

Des bruits de bottes résonnèrent dans le couloir — d'une multitude de bottes. L'épée au poing, un garde fit irruption dans le salon. Cinq autres le suivaient, prêts au combat. Ils avaient une aura de violence qui lui fit penser aux trois cavaliers de son rêve. Mais il n'y avait plus rien à combattre. Ils visitèrent rapidement les appartements puis revinrent aux deux blessés.

— Que s'est-il passé ? demanda l'un d'eux d'un ton facétieux. Nos deux débauchés auraient-ils trouvé femme plus forte qu'eux ?

Avant que les intéressés aient pu répondre, un autre homme pénétra en trombe dans la pièce. Depuis ses cheveux ras striés de gris jusqu'à sa mâchoire carrée, de ses larges épaules jusqu'à ses enjambées volontaires, il respirait l'autorité, bien qu'il fût petit, plus petit que tous les autres hommes, plus petit que Térisa. Il était vêtu comme les gardes avec, en signe de distinction, une écharpe fixée à une épaule, et un bandeau, pourpre également, qui lui ceignait le front au-dessus de sourcils gris parfaitement droits. Ses yeux brillaient d'un éclat de violence perpétuel et sa bouche était plissée de colère comme si elle avait depuis longtemps oublié toute autre expression.

Il fit quelques pas dans la chambre, jaugeant la situation, s'approcha ensuite de Térisa et s'inclina devant elle.

— Ma dame, fit-il d'une voix qui pour être calme n'en inspirait pas moins la crainte. Je suis le Gouverneur Lebbick, commandant d'Orison et des gardes de Mordant. J'aurai à vous parler d'ici un moment.

Il se tourna vers les deux blessés.

— Que s'est-il passé ? questionna-t-il d'un ton cinglant.

Péniblement, les deux hommes se mirent debout et ce ne fut pas sans mal qu'ils s'expliquèrent : l'Aspirant Géraden les avait priés, comme une faveur personnelle, de veiller sur dame Térisa de Morgan pour intervenir au cas où elle se trouverait en difficulté. Ils ignoraient de quelle difficulté il pouvait s'agir. N'étant pas de service, ils avaient accepté. Il ne s'était rien passé pendant un moment. Et puis un homme en noir était apparu dans le couloir, qui leur avait déclaré devoir s'entretenir de toute urgence avec dame Térisa. Quand les gardes lui avaient demandé à quel sujet, il avait sorti son épée, brisé la porte verrouillée, et essayé de tuer la jeune femme. Ayant échoué, il avait fui.

A les écouter, Térisa comprit que ses deux gardiens n'avaient pas su qu'elle s'était absentée de ses appartements, pas plus qu'ils n'avaient remarqué la présence de l'Adepte Havelock durant le combat. De ce fait, ils étaient incapables d'expliquer la fuite de l'assaillant. Regardant Térisa avec un air accusateur, Argus marmonna quelque chose à propos d'une lumière puis tressaillit sous le regard du Gouverneur Lebbick.

Ignorant Térisa, celui-ci envoya aussitôt les six hommes alerter le reste de la garde pour entreprendre une recherche systématique de l'homme en noir.

— Il doit déjà être loin... murmura-t-il pour lui seul.

Il reporta son attention sur Ribuld et Argus.

— Pour résumer, il vous a tenus à l'écart de la porte assez longtemps pour la forcer, puis est allé jusqu'au seuil de la chambre. Là, il a assommé l'un, estropié l'autre. Pour finir par être pris de panique et s'enfuir. Nul doute qu'il fut terrifié par la facilité avec laquelle il avait eu raison de vous ! Peut-être que tous ceux qui servent le Roi vous valent. Je m'étonne qu'il n'en soit pas mort de stupeur.

Ribuld et Argus baissaient piteusement la tête.

— Ma dame ? interrogea le commandant avec un sourire sec.

Térisa ne répondit pas. Elle se félicitait à présent d'avoir refermé l'armoire. Havelock encourrait la fureur du Roi et du Congrégat pour ses enseignements nocturnes, elle ne voulait pas de surcroît trahir son rôle dans la bagarre.

— Bien, bien, conclut le Gouverneur. Nous verrons plus tard. Expliquez-moi plutôt, bestiaux mal dégrossis, pourquoi vous n'avez averti personne de votre présence ici ? Par les étoiles, j'ai passé ma vie à essayer de faire comprendre à des tas de viande sans cervelle l'importance des communications pour l'intervention des renforts ! Si vous accordiez assez de confiance à Géraden pour admettre que votre protégée courait un danger, pourquoi n'avez-vous pas pris la simple précaution de vous assurer un moyen d'appeler de l'aide ?

— Nous n'accordions pas vraiment confiance à Géraden, fit Ribuld, prenant prétexte de sa blessure pour cacher son visage derrière ses mains. Vous le connaissez. Nous lui faisions une simple faveur. Pour Artagel.

— Bave de pourceaux ! s'exclama Lebbick. Je vais vous expliquer pourquoi vous n'avez rien dit à personne. Si vous aviez annoncé à votre capitaine que vous étiez susceptibles d'appeler des renforts, il m'en aurait averti — et j'en aurais référé au Roi. Dans la mesure où le Roi n'a pas jugé utile de faire garder son invitée, conclut-il d'une voix tranchante, il se serait peut-être inquiété de votre ingérance dans ses décisions.

La voix de Lebbick semblait capable de les cingler au sang.

— On ne voulait offenser personne, tenta de répliquer Argus. Seulement...

— Je sais. Epargnez-moi vos excuses, je m'occuperai de Géraden. Quant à vous, allez faire votre rapport à votre capitaine. Racontez-lui votre histoire... et estimez-vous heureux que je ne vous mette pas aux fers. Exécution.

Les deux gardes obéirent sans protester. Ils n'eurent pas un regard pour Térisa. Sous l'œil implacable du Gouverneur, ils ramassèrent leurs épées et quittèrent la pièce.

— A présent, ma dame, reprit Lebbick, parlons un peu plus ouvertement. Je gage que le Roi Joyse sera soulagé d'apprendre que vous avez — seule et sans aucune aide — fait fuir votre assaillant après qu'il ait mis deux de mes gardes hors d'état de nuire. Mais peut-être plaira-t-il à notre souverain d'entendre comment vous vous y êtes prise, comme il aimera savoir ce qui fut cause d'une telle attaque au beau milieu de la nuit.

Il s'approcha d'elle, le menton en avant.

— Qui êtes-vous, ma dame ? Oh, j'ai eu vent de l'histoire, Orison ne tient pas secret ce genre d'événement. L'Aspirant Géraden vous a amenée ici par une translation accidentelle. Mais qui êtes-vous ? A quel jeu vous livrez-vous avec mon Roi ?

Ses yeux, perçants comme des stylets, emprisonnaient ceux de Térisa. Sa colère froide fit trembler la jeune femme.

Un autre pas vers elle. Il suffisait qu'il darde sur elle un index accusateur et elle se mettrait à balbutier : « Pardon — Je ne voulais pas — Je ne recommencerai pas — C'est promis — Je vous en prie — Ne me punissez pas — *Je ne sais même pas ce que j'ai fait de mal.* »

L'intervention fortuite d'un garde brisa à point l'insupportable tension. Des pieds jusqu'à la tête, le jeune soldat se liquéfiait de terreur devant le Gouverneur.

— Pardonnez-moi, monsieur le Gouverneur. Je n'avais pas l'intention de vous interrompre. J'apporte un message du Roi.

Lebbick aspira profondément et ferma les yeux, comme s'il se contrôlait péniblement. Puis il tourna le dos à Térisa.

Le jeune garde était paralysé sous son regard aussi sûrement qu'un moineau sous l'emprise d'un serpent.

— Un message du Roi, disiez-vous, fit Lebbick d'un ton rien moins que venimeux. Alors, avez-vous perdu la mémoire ?

— Oui, monsieur... Non, monsieur le Gouverneur... Un message du Roi... Il a ordonné d'arrêter les recherches.

— *Quoi ?*

La voix de Lebbick cingla comme un coup de fouet.

— Le Roi a fait arrêter les recherches, monsieur.

— Bien, cela se conçoit. Par les temps qui courent,

la présence d'un assassin potentiel dans nos murs est un problème mineur. A-t-il donné une raison ?

— Oui, monsieur, répondit le garde, le visage plus blanc qu'un linge. Il a dit qu'il ne lui plaisait pas d'entendre tous ces bruits de course en pleine nuit.

La colère du Gouverneur semblait prête à exploser. Il se contint.

— C'est tout ? s'enquit-il calmement.

— Non, monsieur. Le Roi a ajouté, poursuivit le garde d'une voix de plus en plus blanche, qu'il exigeait que vous laissiez son invitée seule.

Sa mission accomplie, le jeune homme se protégea de ses mains et plia légèrement ses jambes, comme s'il s'apprêtait à être frappé.

Le Gouverneur leva le bras mais ce fut lui-même qu'il frappa, sur la cuisse. Un coup de poing sans retenue. Un grondement de rage sourdait dans sa gorge.

Il se tourna brutalement vers Térisa.

Pareille au garde, elle frémit, vacilla.

— Ma dame, éructa-t-il, sachez que je suis le Gouverneur d'Orison. Je suis responsable de beaucoup de choses mais principalement de la sécurité du Roi. Il est sujet à une croyance insensée en sa propre immortalité mais je ne souffre pas des mêmes maux que lui. Sachez que je lui obéis jusqu'au point où cela m'est possible. Ensuite, je prends seul les problèmes en main.

Il cracha les derniers mots comme de la mitraille, puis tourna les talons et s'éloigna.

— Je veux que l'on veille sur elle, dit-il au garde en passant devant lui. Et correctement, cette fois.

A la porte, il marqua une nouvelle pause.

— Poussez-la simplement pour le moment. Elle sera réparée demain matin.

Quand il eut disparu, le garde adressa un sourire honteux à Térisa, en partie pour excuser la brutalité du Gouverneur, et il sortit à son tour, refermant la porte derrière lui.

Térisa eut l'impression qu'il emportait avec lui hors de la pièce son ultime sursaut de courage.

Brutalement la panique la saisit. Fébrile, elle resserra autour d'elle les pans de sa robe de chambre et courut à la porte, prêta l'oreille aux multiples voix masculines qui résonnaient dans le couloir. On s'organisait pour sa protection mais elle ne s'en sentait pas moins vulnérable, isolée. Un parfait étranger avait tenté de la tuer. Vite, elle tira un fauteuil devant la porte puis elle plaça une chaise dans l'armoire pour bloquer le passage secret.

Ensuite, elle ne sut plus que faire.

Elle mit longtemps à se détendre et à se concentrer suffisamment pour réfléchir. Le Haut Roi Festten avait ordonné l'exécution de son Bras-Vif pour avoir échoué quand l'Adepte Havelock avait trahi l'ArchI-Mage Vagel et ses condisciples. Havelock était devenu fou en essayant de suivre Vagel dans un miroir plat. Maître Quillon lui avait raconté l'histoire du royaume en dépit des consignes du Roi Joyse et du Congrégat. Pour quelque obscure raison, le Gouverneur Lebbick se méfiait d'elle.

Comment tout cela pouvait-il lui arriver ?

Peu à peu, contre toute attente, un sentiment de joie, presque d'allégresse l'envahit. Géraden l'avait conduite en un monde où elle avait une place, où elle *comptait*. Assez pour que le Gouverneur Lebbick soit en colère contre elle. Assez pour que Maître Erémis l'ait regardée. Elle commençait même à admettre qu'il ait pu la trouver jolie.

Rien d'approchant ne lui était jamais arrivé dans sa vie d'autrefois.

Forte de ce nouvel état d'esprit, elle sut bientôt trouver le sommeil.

Le soleil qui ruisselait dans la chambre à travers les fenêtres l'éveilla au matin. Elle connut d'abord l'égarement de ne plus savoir où elle était, de ne pas reconnaître son lit, son appartement. Mais l'éclat de l'astre diurne sur les tapis, les plumes de paon éparses lui rappelèrent qu'elle n'avait pas rêvé.

Le soleil avait sa pâleur d'hiver et de froid. Et piquant était l'air de la chambre. Avant de se glisser entre les draps, Térisa n'avait pas songé à ranimer le feu et les deux foyers étaient morts. Courageusement, elle s'extirpa de sa couche douillette et courut prendre la robe de chambre qu'elle avait portée la veille. Les dalles sous ses pieds nus lui semblèrent des plaques de glace, et elle se réfugia d'un bond sur un tapis.

Les fenêtres l'attiraient et lui faisaient peur tout à la fois. Comme si la découverte du paysage alentour se devait d'être une épreuve de vérité, qui démentirait ou infirmerait sa vie des dernières heures.

Par ailleurs elle se jugeait idiote de se poser tant de questions. N'importe qui, doué de la plus banale curiosité humaine, se serait empressé de jeter un œil dehors. Que craignait-elle ?

Elle alla vers les fenêtres de la chambre à coucher.

Chaque petit carreau de verre biseauté était fixé

au plomb dans son cadre de bois. Une touche de givre cernait le verre partout où la soudure se révélait imparfaite. Mais chaque vitre en son milieu était claire et lui révéla un monde endormi sous l'hiver.

De la hauteur où elle se trouvait, Térisa pouvait voir à bonne distance. Sous un ciel sans couleur, à peine éclairé par un soleil timide, des collines enfouies sous un manteau de neige ondoyaient jusqu'à l'horizon. La neige semblait épaisse, si lourde que les arbres pris dans son étrave s'étaient figés dans une douloureuse inclinaison vers le sol. Par endroits, ils dévoilaient leur squelette noir, mais si rares étaient les parcelles de tronc ou de branches mises à nu qu'elles n'en rendaient que plus prégnante et plus rude l'affliction hivernale.

Se rendant enfin compte de la hauteur de son point de vue, Térisa baissa les yeux vers les environs plus immédiats.

Elle se trouvait presque au sommet d'une tour, si elle en jugeait par la taille des autres tours qu'elle apercevait. Elle en compta quatre, la sienne comprise, dressées chacune à un angle du bloc immense et désorganisé qu'était Orison. Et ces tours fières, rigides, contrastaient avec le reste du château, comme si elles avaient été construites à une époque différente, conçues par un autre architecte. Elles étaient toutes carrées, de même hauteur, crénelées en leur sommet — quatre poings brandis vers le ciel.

Leur austère régularité rendait le reste d'Orison pareil à un désordre hasardeux, replié sur soi, incohérent, bourré de chausse-trappes.

Extérieurement, Orison affichait une solide structure, rectangulaire, érigée autour d'une vaste cour.

Térisa pouvait la voir car sa fenêtre donnait sur l'un des côtés les plus longs du rectangle. A l'extrémité opposée de la cour, elle localisa ce qu'elle crut reconnaître pour une sorte de bazar, de marché : une accumulation chaotique d'échoppes, de remises, d'éventaires, de tentes, de chariots chargés de fourrage — le tout noyé dans la fumée d'une multitude de braseros, de petits feux brûlant sous des marmites.

L'autre côté de la cour paraissait assez immense pour servir de terrain de manœuvres. Là s'agitaient hommes à cheval, bambins en plein jeu, petits groupes de gens qui couraient au marché ou en revenaient, pataugeant dans la neige et la boue.

Aussi formidable soit-elle en proportions, la cour en son entier baignait dans l'ombre projetée par les hautes structures du château. Le froid devait y être cruel : même les enfants ne s'attardaient pas dehors.

Bien qu'elle fût placée à l'envers de la façade d'Orison, Térisa vit que la forteresse ne possédait pas de défenses extérieures ; elle était à elle seule son rempart. Comme un bloc unique de pierre grise elle se dressait face au monde dans son austérité redoutable.

A l'intérieur de cette régularité solide et dépouillée, le château semblait cependant avoir été construit plus pour la protection de ses secrets que pour la commodité de ses habitants. Accrochés au petit bonheur, des toits d'ardoise couraient tout le long des quatre côtés de la cour. Des douzaines de cheminées dissemblables crachaient leurs fumées dans la bise. Certaines sections de la structure intérieure étaient hautes, carrées, d'autres ramassées et pataudes. De temps à autre, saillaient sans ordre de petits balcons devant les fenêtres. Ailleurs, des cordes à linge pendaient entre de hautes perches. Térisa en tira la conclusion que le Roi Joyse avait hérité les quatre tours pour siège ancestral, bâti les murs pour les relier et faire d'Orison une forteresse, puis s'était désintéressé de l'aménagement intérieur de son domaine, le livrant aux fantaisies d'une poignée de bâtisseurs aux projets anarchiques et sans lien commun.

Au demeurant, elle comprenait à présent pourquoi elle avait eu l'impression de parcourir un labyrinthe quand Géraden ou Saddith l'avaient guidée. Coursives tronquées, intersections brutales, escaliers inattendus et détours obligés résumaient l'architecture intérieure d'Orison.

Autant qu'elle puisse en juger, le seul accès à la cour depuis l'extérieur se faisait par une route qui menait à une porte massive s'ouvrant dans le long côté du rectangle qu'elle surplombait. Celle-ci était apparemment ouverte, comme en témoignait le passage ininterrompu de charrettes tirées par des bœufs. De son promontoire, Térisa ne put cependant voir si cette porte était ou non gardée.

Son haleine avait embué la vitre. Elle la nettoya avec sa manche puis posa l'index sur le verre. Le petit halo de vapeur qui se dessina autour de son doigt, la sensation frileuse qu'elle éprouva sur la peau lui dirent, mieux que l'immensité des murailles d'Orison, que ce qu'elle vivait et regardait était tangible, réel. Quel que soit cet endroit, quel qu'en soit le sens, elle s'y trouvait. Elle était là et bien là.

Ses réflexions furent interrompues par trois coups frappés à la porte du salon. Elle s'éloigna de la fenêtre, prête à aller recevoir le visiteur, hésita. On avait essayé d'attenter à ses jours. L'assassin pouvait se tenir derrière la porte.

Mais avait-elle le choix d'ouvrir ou non ? Elle devait répondre, si elle voulait en savoir plus sur ce qui lui arrivait, ou si elle voulait déjeuner.

Son cœur battait plus vite quand elle tira le fauteuil et ouvrit la porte, comme se devait de battre le cœur d'une femme dont la vie était en danger.

Deux gardes qu'elle n'avait jamais vus la saluèrent. Saddith était avec eux, un plateau appuyé sur la hanche.

La lueur dans ses yeux et le subtil désordre de sa tenue révélaient sans ambiguïté le mode sur lequel elle avait conversé avec les soldats. Son corsage était boutonné encore plus bas qu'à l'habitude, lançant des ondes charnelles à chaque mouvement d'épaules. Devant Térisa, elle afficha prestement une sollicitude compassée.

— Allez-vous bien, ma dame ? Ceux-là m'ont affirmé que oui mais j'hésitais à le croire. J'avais échangé mon poste avec la femme que vous avez vue cette nuit. Je ne savais pas que vous seriez attaquée — ni qu'elle se comporterait de façon aussi stupide. Elle aurait dû rester auprès de vous. Je vous apporte votre petit déjeuner. Vous devez être encore bouleversée mais il faut que vous mangiez. Vous en sentez-vous capable ?

Térisa se sentit débordée par cette cascade verbale. Mais elle était soulagée de revoir Saddith. La vivante et bien réelle Saddith.

— Oui, j'ai faim, répondit-elle. Et j'ai laissé mourir le feu. Entrez, je vous en prie.

Hochant la tête, et non sans couler une œillade vers les deux gardes, Saddith prit son plateau à deux mains et pénétra dans le salon.

En refermant la porte, Térisa entendit rire les deux soldats.

— Ces deux idiots, commenta Saddith avec moquerie, ils ne me croyaient pas quand je leur ai affirmé que le simple fait de vous voir leur mettrait les jambes en coton — et je ne parle pas de ce que cela leur fait ailleurs. A présent ils savent que je disais la vérité.

Elle désigna le siège devant la table qu'elle venait de débarrasser des reliefs du dîner pour y poser son plateau.

— Asseyez-vous et mangez, ma dame. La bouillie d'avoine vous réchauffera en attendant que je ranime le feu. Ensuite, nous nous occuperons de vous vêtir plus chaudement.

Térisa prit place devant son petit déjeuner. Le plateau était appétissant : grappe de raisin, pain noir, un morceau de fromage à pâte jaune, ainsi qu'un bol où fumait une sorte de porridge. Elle s'attaqua au fruit et au fromage doux.

S'activer à la cheminée la plus proche n'empêcha pas Saddith de bavarder comme à son ordinaire.

— A quoi ressemblait-il cet homme tout en noir qui vous a attaquée ? demanda-t-elle avec une excitation manifeste. Les rumeurs les plus folles courent déjà Orison. On dit qu'il était plus grand que Ribuld, et si large de poitrine que mes deux bras n'arriveraient pas à l'enlacer. Il avait sur le visage l'expression d'un chasseur, et dans les yeux ! Et il était assez fort pour que Ribuld et Argus aient l'air de petits garçons face à lui. Voilà ce qu'on raconte, soupira-t-elle, les yeux un instant perdus dans le vague. A quoi ressemblait-il en vérité, ma dame ?

— Il était terrifiant, s'entendit doucement répondre Térisa.

— Dommage que j'aie échangé mon poste, minauda Saddith. J'aurais peut-être eu une chance de l'apercevoir. Non, se contredit-elle aussitôt dans un éclat de rire. J'étais mieux là où j'étais.

Par la force de l'habitude acquise auprès du Révérend Thatcher, Térisa se crut obligée de questionner, poliment :

— Où étiez-vous ?

La gaieté brilla dans le regard de la soubrette.

— Oh ! Je ne dois pas vous le dire.

Et elle passa prestement dans la chambre pour s'y occuper de l'âtre.

Deux secondes plus tard, sa tête réapparaissait dans l'ouverture.

— Vous souvenez-vous de ce que je vous disais hier soir, ma dame ? N'importe quel Maître saurait me dire exactement ce que je souhaite — si je formulais un souhait à sa portée... Peut-être avez-vous cru que je me vantais.

Elle disparut une minute, pendant laquelle Térisa l'entendit s'activer devant la cheminée, et revint bientôt.

— Je serai franche avec vous, ma dame. Je n'ai échangé mon poste avec personne. J'ai demandé à une fille de veiller sur vous pour avoir une nuit à moi... sans être dérangée. Et je n'ai pas perdu mon temps, ajouta-t-elle avec un sourire canaille. J'ai passé la nuit avec un Maître.

Térisa n'avait jamais reçu de confession de ce genre. La nouveauté de l'expérience la poussa à s'enquérir :

— Vous a-t-il appris ce que vous souhaitiez savoir ?

Ce fut au tour de Saddith d'être surprise.

— Ma dame, je n'ai pas partagé sa couche parce que je souffrais de lacunes dans mes connaissances ! s'exclama-t-elle en riant. Mais parce que c'était un Maître.

Elle retourna derechef dans la chambre.

Térisa s'étonna de trouver moins de plaisir à son petit déjeuner. La franchise de la servante la troublait, qui lui rappelait qu'elle ne connaissait rien des hommes — ni ce qu'ils faisaient aux femmes ni ce qui leur plaisait. Jamais elle n'avait inspiré désir et tendresse.

Repoussant son plateau, elle se leva de table et passa dans la salle de bains. Elle se débrouilla comme elle put avec le savon et l'eau froide. Réfrigérée, elle remit sa robe de chambre et rejoignit Saddith devant l'une des deux armoires.

Par hasard apparemment, Saddith n'avait pas ouvert celle qui cachait la chaise. Elle choisit une simple mais ravissante robe écarlate, longue jusqu'à terre.

— Je ne suis pas certaine de pouvoir porter cette couleur, protesta Térisa. Ne serait-il pas plus convenable que je mette mes propres vêtements ?

— Certainement non, ma dame, protesta Saddith, fermement mais gentiment. J'ignore ce qu'il en est là d'où vous venez mais ici ces habits n'ont rien de « convenable ». Et puis vous ne voudriez pas froisser dame Myste qui s'est montrée si généreuse.

Regardez, ajouta-t-elle en plaçant la robe devant Térisa. Non que ce soit la couleur idéale pour vos yeux mais elle sied parfaitement à votre teint. Sans parler qu'elle met votre chevelure à son avantage. L'essaierez-vous ?

Térisa acquiesça, avec l'excitation d'une petite fille en train de commettre une demi-bêtise.

Saddith lui montra comment attacher les agrafes et œillets qui fermaient la robe dans le dos. Elle se dévêtit de sa robe de chambre et enfila la lourde robe écarlate. La taille était parfaite pour elle. En observant que dame Myste avait des formes moins « avantageuses » que les siennes, Saddith avait sans doute voulu dire que les seins de la fille du Roi étaient plus petits, moins mis en valeur par l'échancrure profonde du décolleté. Mais malgré cela la robe était chaude. Et sans pouvoir bien définir ce qu'elle éprouvait tant c'était nouveau, Térisa se sentit belle.

Pas de miroir ! Elle aurait tant aimé se voir, se contempler. Le regard de Saddith — où l'approbation se mâtinait d'incertitude, comme si Térisa apparaissait soudain plus séduisante que sa femme de chambre ne l'avait escompté — pour éloquent qu'il fût ne remplaçait pas un miroir.

Pour la chausser, la servante lui présenta des escarpins en peau doublés de fourrure, à semelle rigide. Ils n'allaient pas parfaitement avec la robe mais ils étaient chauds eux aussi, et le tombant de la jupe agrémenté d'une traîne les dissimulait juste comme il fallait.

Térisa s'apprêtait à remercier sa femme de chambre quand elle entendit frapper de nouveau à la porte.

Saddith courut ouvrir, Térisa la suivant avec moins d'empressement.

C'était Géraden.

S'il avait les traits tirés, le teint pâle, la vue de Térisa lui arracha le sourire désarmé et joyeux dont elle se souvenait depuis leur première rencontre.

Il la contempla un moment, béat comme un chiot amoureux. Elle le contempla en retour. Finalement il s'éclaircit la gorge.

— Ma dame, vous êtes ravissante.

La réaction de Térisa était plus complexe. Elle était heureuse de le revoir. Comme Saddith, Havelock et d'autres, il prouvait la continuité de son existence mais, surtout, pensa-t-elle, parce qu'elle l'aimait bien — dans la mesure où son manque d'expérience pouvait donner sens au mot « aimer ». De plus il était l'un des rares à se soucier de ce qu'elle pensait ou éprouvait. Il n'en resta pas moins que la détresse empreinte sur les traits du jeune homme l'inquiéta. Autant que sa présence. En sus de son interdiction de répondre à ses questions, le Roi Joyse avait précisé qu'il n'était plus tenu de voir l'invitée d'Orison. Géraden avait prouvé sa loyauté à son souverain mais se trouvait là en flagrant délit de désobéissance.

Personne n'avait jamais dit à Térisa qu'elle était ravissante.

Confuse, elle rougit et saisit les volants de sa robe dans ses mains tremblantes.

— J'ai l'impression de me rendre à un bal masqué.

— Un bal masqué, qu'est-ce que c'est ? demanda Saddith d'un ton rieur.

— Une soirée où l'on s'habille avec des vêtements

de fantaisie pour se faire passer pour autre chose que ce que l'on est.

Son explication maladroite amena une nouvelle ombre dans les yeux de Géraden.

— Ce doit être follement amusant, ma dame, s'exclama Saddith qui ne perdait rien de l'échange de regards entre Térisa et Géraden. Mais veuillez m'excuser, je vais rapporter votre plateau aux cuisines. Appelez-moi si besoin est. En cas contraire, je viendrai seulement vous prévenir si dame Eléga ou dame Myste vous demande. Quant à vous, Aspirant Géraden, ajouta-t-elle en se saisissant du plateau, permettez-moi de vous donner un conseil amical. Les femmes ont généralement peu d'estime pour les hommes qui les contemplent bouche bée...

Elle partit en riant et tira la porte du pied pour la refermer derrière elle.

Géraden ignora sa réplique comme sa sortie. Il dévorait Térisa d'un regard aussi brûlant que la couleur qui lui empourprait les joues.

— Prétendez-vous être autre chose que ce que vous êtes, ma dame ? questionna-t-il doucement.

Elle se détourna.

— Je croyais vous avoir demandé de m'appeler Térisa.

Absurde. Pourquoi était-elle si nerveuse ? Et pourquoi lui posait-il des questions idiotes quand il encourait une punition sévère pour infraction à l'ordre royal ?

— Je ne prétends rien du tout. Je porte cette robe car dame Myste me l'a offerte, et Saddith m'a dit que je l'insulterais en la refusant. Géraden, poursuivit-elle en revenant à lui, que venez-vous faire ici ? Vous allez avoir des ennuis.

— J'en ai déjà, assura-t-il avec un sourire sans joie. Ce ne peut être pire. Mais vous avez vu le Roi, il n'a pas le cœur à punir ces temps-ci. D'ailleurs, a-t-il le cœur à quoi que ce soit... Le pire qu'il puisse faire est de me remettre entre les mains du Gouverneur Lebbick. Je tiens Lebbick pour un homme de valeur ; Artagel affirme qu'il l'est. Mais la douceur n'est pas sa caractéristique première. Il m'en veut déjà d'avoir demandé à Ribuld et Argus de veiller sur vous. Il m'a harcelé la moitié de la nuit. Je ne pouvais que m'excuser, bien que nous sachions pertinemment lui et moi que j'avais eu raison.

Il eut un geste soudain d'indifférence.

— Maintenant au moins je n'ai plus rien à craindre de lui. Il ne peut que m'enfermer. Or, il n'infligera pas ce traitement à un fils du Domne, pas sans une meilleure raison.

Progressivement, la tension de ses traits s'apaisait.

— Je n'ai rien à redouter, pour l'instant.

Le cœur de Térisa se serra. Elle avait une petite idée de ce qu'était un interrogatoire du Gouverneur Lebbick.

— Pourquoi pense-t-il que vous avez eu tort ?

— Je suppose qu'il aimerait surtout comprendre pourquoi j'ai eu l'idée que vous risquiez d'être attaquée quand cette éventualité n'avait traversé l'esprit de personne d'autre à Orison. Il est de son devoir de n'ignorer rien de ce qui se passe ici. Je n'ai pas à savoir ce qu'il ignore.

— Que lui avez-vous dit ?

— La vérité. Mordant subit le siège de l'Imagerie. Le Roi Joyse ne permet pas au Congrégat de rendre coup pour coup — et quand il donnerait son aval, les Imageurs sont si divisés qu'ils seraient incapables d'accomplir quoi que ce soit. Cadwal et Alend guettent une chance de fondre sur nous. Et de son côté, le Roi adopte le comportement de celui qui aurait laissé sa tête dans la pièce voisine... Quel homme de bon sens ne tiendrait pas dans ces conditions à ce qu'une personne de votre importance soit gardée ?

Il eut de nouveau un sourire un peu rigide.

— Le Gouverneur Lebbick n'a pas du tout apprécié ma réponse.

Il tentait de faire bonne figure, mais à l'exception des taches fiévreuses sur ses joues, il restait livide. Son visage avait la teinte de la cire.

— Je puis imaginer sa réaction, fit Térisa qui cherchait à le réconforter. Il est venu ici la nuit dernière, quand tout était fini.

— Je sais, acquiesça lugubrement Géraden. Il aurait également aimé que je lui explique comment vous vous êtes sauvée seule, après la défaite d'Argus et de Ribuld. Et pourquoi vous n'avez pas répondu quand il vous a questionnée.

Il se mit à arpenter le salon.

— Vrai, il avait de quoi s'étonner, ma dame. Même Artagel ne pourrait vaincre simultanément Argus et Ribuld. Ils n'en ont pas l'air mais ce sont d'excellents bretteurs. Et vous avez par vos propres moyens échappé au fer d'un homme qui les avait vaincus. Avez-vous la moindre idée des conclusions qu'en peut tirer Lebbick ?

— Non, fit-elle d'une voix altérée.

— Je vais vous éclairer. Il vous pense complice de cet homme. Ou pire, qu'il est votre acolyte. Il s'est frayé un chemin jusqu'à vous car il avait absolument besoin de vous voir — pour vous remettre un message, vous renseigner sur la progression des préparatifs de vos alliés. Mais il est peut-être inutile d'aller si loin dans les hypothèses. Vous pouvez ne pas être complices. Néanmoins, vous vous en êtes tirée sans une blessure. Cela suppose quelque *pouvoir*, conclut-il comme si ce mot était une offense et lui donnait la nausée. J'ai essayé de lui dire que tout cela était impossible. Pour vous protéger. Mais à bien y réfléchir...

Il cessa de faire les cent pas, se planta devant Térisa, les yeux voilés.

— Je n'ai aucune raison de réfuter cette possibilité. A moins que vous me détrompiez.

— Bien sûr ! C'est impossible. Je ne sais rien de l'Imagerie, ni de Mordant, ni de... cet homme qui a essayé de me tuer.

Comment se défendre sans trahir l'Adepte Havelock et Maître Quillon ? Comment ne pas laisser Géraden dans sa douloureuse incertitude ? Comment oublier le rire sauvage de ces yeux jaunes, aussi aigu que sa haine, et le nez en lame de hache de son agresseur ?

— Ma dame, je vous ai trouvée dans une pièce emplie de miroirs ! Une chambre où nulle translation n'aurait dû me mener — à moins qu'elle ne s'effectue de votre fait. Vous étiez assise devant un miroir et vous me regardiez, vous vous concentriez sur moi. Je me suis senti appelé par vous. Je ne demande qu'à vous croire, ma dame. Je veux vous faire confiance, mais j'ignore comment.

Il la suppliait. Tout allait trop vite pour Térisa. Trop de nouvelles règles intervenaient dans le jeu. Trop d'émotions inconnues. La réaction de Géraden la prenait au dépourvu, non par sa logique mais à cause de la détresse du jeune homme.

— Pardon, je ne savais pas... Venez.

Elle marcha rapidement vers la chambre, ouvrit l'armoire au passage secret.

Elle n'avait toujours pas l'intention de trahir l'Adepte et le Maître. Rien ne lui permettait de peser, d'évaluer les conflits, les factions, les exigences, qu'elle devinait déjà dans Orison sans être en mesure de se ranger à un parti. Mais ce que Havelock et Quillon avaient fait valait mieux que l'attitude du Congrégat et du Roi envers elle. Elle ne paierait pas leur bonté par la délation.

Quand Géraden l'eut rejointe, elle ôta la chaise qu'elle avait cachée dans l'armoire et désigna le panneau coulissant.

— Oh, fit-il, mal à l'aise. Il y a donc un passage ici aussi.

— Je l'ignorais, commença-t-elle avec prudence. Mais l'Adepte Havelock est arrivé par-là cette nuit. Je ne crois pas que son intention était de m'effrayer ; il a parlé du jeu de saute-contre et de... luxure jusqu'à ce que j'aie envie de hurler. Il était encore là quand l'homme en noir a attaqué, et il avait sur lui un petit miroir qui diffusait une lumière très violente. Quand l'homme fut venu à bout d'Argus et de Ribuld, qu'il s'approcha de moi pour me frapper, l'Adepte dirigea le faisceau lumineux sur ses yeux. L'autre fut aveuglé et ne put que battre en retraite.

La stupeur de Géraden était totale.

— J'aurais sans doute dû le dire au Gouverneur, cela vous aurait évité ses questions. Mais l'Adepte m'avait sauvée et tout me donnait à penser qu'il préférait que ses agissements restent secrets. Quand j'ai découvert que ni Argus ni Ribuld ne l'avaient vu, j'ai choisi de me taire. J'ajoute que je ne suis pas Imageur, poursuivit-elle vivement pour en finir. Là où vous m'avez trouvée, les miroirs n'ont pas la fonction que vous leur donnez ici.

Elle ne tenait pas à expliquer pourquoi elle avait vécu au milieu de miroirs et elle avait un argument de plus de poids.

— Quand vous êtes arrivé chez moi, vous avez dû remarquer les morceaux de verre qui jonchaient le sol. Vous en aviez même des éclats dans les cheveux. C'était votre œuvre.

— Mon œuvre ?

Sa mâchoire en tombait.

— Deux volumes ne peuvent occuper le même espace au même moment, n'est-ce pas ? Votre translation vous a fait prendre la place de mon miroir. Si j'avais tenté de vous translater, c'eût été un échec : le miroir était brisé et je n'aurais été capable ni de vous renvoyer à Mordant ni de vous y accompagner. Là d'où je viens, les miroirs n'ont pas les vertus des vôtres. Quand vous êtes arrivé, le verre a simplement volé en éclats.

» Comprenez-vous maintenant ? Je dis la vérité. Je vous l'ai toujours dite. C'est vous qui avez effectué la translation.

Géraden réfléchit un moment et bientôt un sourire lumineux éclaira son visage.

— Bien sûr, souffla-t-il. Je n'aurais même pas dû vous questionner. Oui, j'ai vu les débris du miroir. Comment n'ai-je pas pensé... J'aurais dû en tirer seul les conclusions.

Chacune de ses phrases chassait sa détresse et l'allégeait de ses inquiétudes. Dans un élan d'exubérance, il attira Térisa contre lui pour lui embrasser la joue. Mais c'était trop d'enthousiasme pour Géraden le maladroit. Il en faillit perdre l'équilibre et ce fut sa pommette qui alla heurter celle de Térisa.

— Oh... je suis désolé... désolé... balbutia-t-il, chagriné.

Il recula, agitant ses mains devant lui pour lui assurer qu'il ne lui souhaitait aucun mal.

— Je vous en prie, pardonnez-moi, ma dame.

Térisa avait porté la main à sa joue, plus par surprise que par douleur. En secret, il ne lui aurait pas déplu que Géraden essaie encore de l'embrasser. Aussi troublée que lui, elle opta pour une sévérité moqueuse :

— Aspirant Géraden, si vous vous entêtez à ne pas m'appeler Térisa, je raconterai au Gouverneur Lebbick que vous avez forcé la porte de ma chambre et tenté de m'assommer.

Enfin, il se mit à rire. Son rire était fort, pur, de ces rires qui balaient toutes les peines et les incertitudes.

— Ma dame, de ma vie je n'ai jamais appelé une femme telle que vous par son nom. J'ai au moins trois frères qui me jugent encore assez enfant pour me donner la fessée s'ils apprenaient que je vous nomme autrement que « ma dame », et il leur serait égal de savoir que vous m'avez menacé. Soyez patiente, j'ai encore beaucoup à apprendre.

Elle aussi avait beaucoup à apprendre, mais elle en savait assez pour affecter un air légèrement protecteur et sourire mystérieusement.

— J'essaierai, fit-elle.

Le voir plus heureux et s'être tirée de l'histoire de Havelock à bon compte la soulageaient.

Un moment, Géraden resta à la contempler, goûtant son beau sourire, la chute de sa chevelure rousse sur la robe écarlate. Il se ressaisit bientôt, passa la main dans ses boucles brunes.

— A dire vrai, une raison officielle m'a conduit chez vous. On m'a chargé de vous faire parvenir un message. Je pouvais vous le porter moi-même sans trop désobéir. J'ai donc une excuse.

» Le Congrégat vous avise qu'il est inutile de vous préparer à la réunion d'aujourd'hui. Une façon polie de vous signifier que vous n'êtes pas invitée. Ils souhaitent parler de vous sans être... inhibés par votre présence, révéla-t-il avec une grimace pleine d'humour. Je ne suis pas non plus convié à l'assemblée. Les Maîtres refusent de perdre leur temps en discussions avec un simple Aspirant.

Au fur et à mesure qu'il parlait, il devint plus sérieux, plus circonspect aussi, comme s'il doutait de la réaction de Térisa face à ce qu'il s'apprêtait à ajouter :

— Ma dame, je désobéis déjà au Roi, comme vous me l'avez fait remarquer, et, sincèrement, je ne crois pas que ma situation puisse être pire. Aussi ai-je pensé que... puisque les Maîtres sont en assemblée, que nul ne risque de nous interrompre...

L'espoir brillait dans son regard.

— Je vais essayer de répondre à certaines de vos questions en vous montrant notre laborium. Là où le Congrégat conserve ses miroirs.

Térisa eut le souffle coupé par son audace. Il était dangereux de bafouer l'autorité, elle ne le savait que trop. La désobéissance entraînait la punition. La poitrine serrée, elle objecta :

— Est-ce une bonne idée ? Je veux dire... je vous en suis reconnaissante, mais vous encourez déjà trop de reproches et si vous faites encore cela pour moi...

— Je prends le risque, fit Géraden avec une détermination longuement mûrie. J'ai commencé à y penser lorsque le Roi Joyse a fait cesser les recherches de votre assaillant. S'il en est à empêcher les soldats de faire leur office...

Sa voix mourut, étouffée par la déception.

— Ce n'est pas aussi dangereux qu'il y paraît, prévint-il pour chasser l'évocation du mal que lui avait fait le refus du Roi. Après tout, je ne vous livre en cela aucune information qui vous permettrait de nous nuire si vous étiez l'ennemie de Mordant. Si vous êtes Imageur, je ne vous montrerai rien que de très familier. Et, en cas contraire, vous n'aurez aucun moyen de vous servir de ce que vous aurez appris ou vu.

— Alors, pourquoi ?

— Parce que je vous le dois. Je suis responsable de votre présence ici. Si vous n'êtes pas celle qu'il nous faut — ou si vous l'êtes, mais refusez de nous aider — il m'incombe de vous reconduire dans votre monde. Je veux que vous compreniez assez l'Imagerie pour savoir ce que cela signifie.

Il marqua une pause pour puiser un nouveau courage.

— Ce n'est pas tout. Même si vous souhaitez repartir — et si je tiens à vous ramener — les Maîtres ne le permettront pas. Même s'ils décident que vous ne nous êtes d'aucun secours, ils ne pourront ignorer l'importance de ce que vous représentez et, de ce fait, ne vous laisseront pas repartir. Ils sont en assemblée en ce moment, et c'est peut-être notre seule chance de trouver le bon miroir pour essayer de vous renvoyer chez vous.

» Je n'ai pas envie que vous partiez. Je crois que vous êtes celle dont nous avons besoin. Je ne sais ni comment ni pourquoi, mais je le sais. Si vous exprimez le désir de partir, je vous supplierai de rester. Mais... vous avez le droit de vous en aller, si là est votre vouloir. Il serait immoral de vous garder contre votre volonté.

Elle fut confondue par ces paroles. Non qu'elle se demandât si elle voulait ou non retrouver son appartement, son emploi à l'hospice, ses rares dîners avec son père — ces questions-là étaient mineures — mais derrière cette offre, elle entendait que Géraden lui adressait la supplique la plus grave.

Elle baissa les yeux vers la peau nue de sa gorge que soulignait la lisière de la robe écarlate. Déjà ? s'insurgeait-elle. Il est trop tôt. Je ne suis pas prête.

Non. Le risque qu'il s'apprêtait à courir pour elle exigeait une réponse plus précise.

— J'irai avec vous, déclara-t-elle, saisie d'une sorte

de vertige. Autant connaître le choix... si je dois choisir.

— En ce cas, allons-y immédiatement. Remettre à plus tard pourrait nous priver de cette occasion. Impossible de dire combien de temps va durer l'assemblée.

Térisa aurait aimé qu'il la prenne par le bras, pour la rassurer et la guider, mais il se contenta de l'inviter poliment à le précéder au-dehors de la chambre ; ce qu'elle fit.

Une fois dans le couloir, la porte refermée, elle s'étonna d'entendre Géraden échanger des paroles amicales avec ses gardes ; ceux-ci semblaient compatir, comme s'ils étaient déjà au courant de son entretien avec Lebbick. Mais, que ceux qui étaient censés veiller sur elle ne la suivent pas, la surprit plus encore.

Avec un frisson de crainte, elle s'arrêta, hésita.

— N'ayez aucune inquiétude, la rassura doucement Géraden qui l'avait devinée. Personne n'oserait attenter à votre vie en plein jour dans Orison.

Elle ne lui demanda pas la raison de tant de confiance, c'était son monde, elle se devait de le croire. Elle prit donc la direction de l'escalier.

Ils marchèrent tout d'abord sans parler. Térisa crut reconnaître le chemin emprunté la veille avec Saddith. Si elle se fiait à son sens de l'orientation et à la vue d'Orison embrassée de sa fenêtre, Géraden l'emmenait dans l'aile opposée de la forteresse. Il fallait emprunter les interminables corridors pour ne pas affronter la boue et la neige de la cour. Si cette fois encore ils croisèrent maints hommes et femmes de tous rangs, ceux-là qui la veille n'avaient manifesté qu'une vague curiosité à l'égard de l'étrangère, la saluaient avec déférence et respect, comme si sa robe faisait d'elle une grande dame qu'ils n'avaient pas encore eu l'honneur de rencontrer.

Térisa n'était pas habituée à être remarquée, à recevoir tant d'égards. Pour s'en distraire, elle demanda à Géraden si les assassins avaient l'habitude de rôder nuitamment dans Orison.

— A dire vrai, non, répondit-il avec un humour bienvenu. Le Gouverneur Lebbick deviendrait fou furieux ! Il prend sa tâche *très* au sérieux.

— Alors, pourquoi le Roi Joyse a-t-il fait arrêter les recherches la nuit dernière ?

La phrase du messager du Roi ne laissait pas de la surprendre. *Il ne lui plaît pas d'entendre tous ces bruits de course en pleine nuit...* Et pourtant, le souverain connaissait à l'avance la réaction de son Gouverneur — il avait même poussé le souci jusqu'à la soutirer au zèle de Lebbick.

— J'avais l'impression que ce genre d'attaque était fréquent, pour qu'on néglige de rechercher le fauteur de troubles.

— Orison a toujours été un endroit très sûr, rétorqua sombrement Géraden, depuis que Joyse a reconquis le Demesne. J'aurais pensé qu'il donnerait toute la garde au lieu de laisser cet homme disparaître... De toute façon, Orison est un lieu impossible à fouiller de fond en comble. Les pièces y sont si nombreuses que personne n'en sait le nombre exact, ni la façon dont elles sont reliées les unes aux autres. Sans parler des passages secrets. Il eût été miraculeux de retrouver l'homme en noir.

Bien que Havelock l'ait aveuglé ? se demanda-t-elle sans oser poser la question de vive voix.

— Ce qui me tourmente, reprit Géraden, est de savoir comment il vous a trouvée.

C'était une question qui aurait dû lui sauter à l'esprit, pensa Térisa.

— Comment Argus et Ribuld m'ont-ils trouvée ?

— C'est différent. Ils savaient qu'une femme de chambre serait attachée à votre service. Il leur a suffi de se renseigner auprès des servantes ; ne leur restait ensuite qu'à rejoindre Saddith qui s'était portée volontaire. Vous n'étiez pas au secret. Mais comment *lui* a-t-il su est un tout autre problème, il s'agit d'un assassin qui se cache dans Orison. Forcément, en parlant à quelqu'un. Il doit donc avoir un complice en la place, conclut-il d'une voix lente. Un complice qui peut poser des questions sans attirer les soupçons. Ou alors...

— Ou alors ?

Ils descendirent un escalier jusqu'au pied d'une tour, tournèrent et poursuivirent leur chemin.

— Ou bien l'assaillant vit lui-même à Orison. Il sert le Roi — ou feint de le servir — et la nuit il hante les couloirs pour satisfaire son noir dessein. Je le connais peut-être.

— Serait-ce possible ?

— Orison est vaste, expliqua Géraden sans s'émouvoir davantage. Toujours ouvert, particulièrement aux habitants du Demesne. Nul ne songe à surveiller les allées et venues de chacun. A l'exception du Gouverneur Lebbick, évidemment. Ouvrez grand vos yeux, ma dame, et signalez-le si vous croyez reconnaître l'homme en noir parmi la foule qui se presse au château.

Il s'exprimait avec une certaine distance mais son conseil terrifia Térisa. Pendant plusieurs minutes, elle dévisagea tous ceux qu'elle croisait, traquant une lueur d'yeux jaunes, des joues couturées, une trace de violence. Lentement elle se raisonna et finit par s'apaiser. L'homme serait fou de se montrer là où elle risquait de le rencontrer, et de le reconnaître. Car elle avait un parfait souvenir de son visage de mort, il lui suffisait de fermer les yeux pour le revoir.

Un nouvel escalier les ramena dans l'immense salle de bal tombée en désuétude qu'ils avaient déjà traversée la veille. Plusieurs issues y débouchaient et Térisa reconnut le couloir emprunté au retour de la salle du Congrégat. Ils le prirent de nouveau.

L'air devint plus froid.

— Autrefois, expliqua Géraden avec une note de fierté, avant que le Roi Joyse unifie Mordant, et avant qu'Orison prenne les proportions qu'il a aujourd'hui, les cachots étaient nombreux, comme dans la plupart des châteaux. Mais le Roi Joyse donna toutes les chambres de torture, la plupart des cellules, ainsi que l'immense dortoir des gardes au Congrégat. Tout cet espace devint le laborium. Vous avez vu hier l'ancienne salle où l'on mettait à la question : c'est là que les Maîtres se réunissent. Nous nous garderons d'aller rôder dans les parages.

Térisa se souvenait de l'escalier descendant, mais elle fut bientôt désorientée par la succession de portes et de tournants que Géraden lui fit emprunter. Elle n'avait plus la moindre idée du lieu où elle se trouvait quand son compagnon ouvrit une porte lourdement renforcée de métal, semblable à toutes celles de l'ancienne prison. Un éclat de lumière, un souffle de chaleur les accueillirent.

Ce devait être là l'ancien dortoir des gardes, une salle assez grande pour permettre d'y loger une centaine de personnes. A présent cependant les lits avaient disparu. A leur place, occupant tout le milieu de la salle, se trouvaient deux énormes fours qui ronflaient comme des forges ; des piles de sarments ; des bacs du sable le plus fin ; des sacs de chaux et de potasse ; des sortes de conduits en pierre et des moules aux formes et dimensions multiples, polis jusqu'à évoquer la douceur du métal ; des établis chargés de balances, de pots, d'espèces de petits réchauds, de cornues ; des plateaux de fer, des rouleaux à l'usage mystérieux ; enfin, sur d'interminables rayons qui couraient le long des murs s'alignaient d'innombrables vases en grès de toutes tailles et de toutes couleurs.

Plusieurs jeunes gens vêtus pareillement à Géraden s'affairaient dans l'immense atelier : ils alimentaient les fours, polissaient des morceaux de pierre, mesuraient, pesaient d'infimes quantités de poudre qu'ils prenaient dans les pots, nettoyaient les dégâts causés par leur empressement et, pour la plupart, transpiraient sous l'incroyable chaleur ambiante. L'un des apprentis aperçut Géraden et agita la main dans sa direction. Celui-ci lui répondit d'un geste avant de refermer la porte. Le couloir retrouva sa fraîcheur ombreuse et son silence.

— Il ne faut pas entrer, vous abîmeriez votre robe. C'est là que nous fabriquons le verre des miroirs. C'est là que les Aspirants passent le plus clair de leur initiation. L'adolescent qui veut être Imageur mais n'en a pas la force intérieure révèle ici son incapacité, avant d'avoir été réellement initié aux secrets des Maîtres. Les débutants effectuent les tâches les plus ingrates : alimenter le feu et surveiller la constance de sa température. Les plus anciens apprennent à mélanger les poudres et à préparer les moules.

— Voilà à quoi vous passez vos journées quand vous ne désobéissez pas au Roi ?

— Plus maintenant. (Il grimaça puis sourit.) L'avantage d'être le plus vieil Aspirant est de savoir déjà tout ce qu'apprennent les autres. Il semble seulement que je n'arrive pas à le faire correctement. Aussi suis-je devenu une sorte de serviteur pour les Maîtres. D'ordinaire, j'assiste à leurs réunions, non qu'ils se soucient de mon avis, mais ils m'ont sous la main pour courir à la recherche des absents ou délivrer des messages. Ils ne me font pas confiance pour porter le verre, confia-t-il avec une note plus triste cachée derrière son sourire. Ils s'en chargent eux-mêmes.

Il refusa de se laisser aller à l'état morose où le plongeait l'aveu de ses maladresses incessantes.

— Venez, lança-t-il avec plus de gaieté. Je veux vous montrer des miroirs.

Il lui avait effleuré le bras et une fois encore Térisa eut envie qu'il la tienne contre lui, pour lui prodiguer encouragements et appui. Son excitation à la perspective d'approcher les miroirs troublait Térisa. Elle aurait préféré revenir sur ses pas, ne pas courir un risque qu'elle devinait terrible sans en pressentir la nature.

— A quoi les Maîtres travaillent-ils ?

— A la recherche, principalement, répliqua Géraden les yeux brillants. Ils sont censés découvrir la preuve de l'existence ou de la non-existence des Images dans une réalité indépendante de la nôtre. Mais certains préfèrent supputer sur l'Image que créeront telle forme et telle couleur de verre associées. Les découvertes s'effectuent le plus souvent par hasard ou par erreur. Malheureusement, le Congrégat ne brille pas plus par ses intuitions que par ses preuves. Pour se donner un but plus facile, certains Imageurs, comme Maître Barsonage, s'efforcent de déterminer en quoi un miroir doit se différencier d'un autre pour montrer une Image sans rapport avec celle que présente le premier.

» Mais le Congrégat se livre également à des recherches pratiques. C'est aussi l'idée du Roi Joyse. Il veut que l'Imagerie serve d'autres buts que la guerre et la ruine. Il n'y a pas si longtemps, nous faisions d'importants progrès... Plus exactement, se reprit Géraden à contrecœur, Maître Erémis a progressé. Il a façonné un miroir qui ne montre rien d'autre qu'une pluie. Le Congrégat a contrôlé cette eau : il s'agit d'eau douce. Aussi disposons-nous à présent d'une bonne solution locale contre la sécheresse. Ce miroir peut être déplacé partout où les troupeaux meurent de soif. C'est une grande découverte, admit l'Aspirant pour être juste envers un homme qu'il n'aimait pas.

» Récemment, bien sûr, reprit-il avec encore moins d'enthousiasme, nous avons passé la majeure partie du temps à nous inquiéter du Roi...

Il pressa le pas, peut-être pour fuir des pensées qui le mettaient mal à l'aise.

Au bout d'un passage secondaire, ils parvinrent bientôt devant une porte qui évoquait l'huis d'une cellule. Térisa sentit ses jambes faiblir. La porte était gardée. Mais Géraden lui adressa un sourire rassurant et salua normalement les deux gardes. L'un d'eux ne manqua pas de manifester son approbation à la vue de la jeune femme en robe écarlate tandis que l'autre s'occupait d'ouvrir la porte et introduisait les visiteurs dans une sorte d'antichambre très éclairée. Là encore, les murs étaient percés de multiples trouées qui conduisaient à d'autres pièces.

— Les Maîtres ont réaménagé les anciennes cellules de façon à donner une place à chaque miroir, et à les protéger.

Une fois la porte refermée, Térisa s'inquiéta :

— Pourquoi ne nous ont-ils pas arrêtés ? chuchota-t-elle.

— N'ayez aucune inquiétude quant au protocole, souffla Géraden avec un sourire amusé, le laborium est sous le commandement du Congrégat. Maître Barsonage n'a pas interdit notre entrée pour la simple et bonne raison qu'il ne lui est pas venu à l'idée que je vous conduirais ici ! Suivez-moi.

Son excitation allait croissant. Au mouvement qu'il fit pour se diriger vers le plus proche passage, il se prit le pied dans la traîne de Térisa et fut si violemment projeté contre le mur que la jeune femme craignit qu'il s'écrase le crâne sur la muraille grise.

Il eut le réflexe de plier la nuque. Son corps seul cogna. Le choc ne l'empêcha pas de rebondir sur ses pieds — ni de se répandre en excuses.

— Je vous en prie ! protesta Térisa qui retenait un rire. Tout va bien ?

— Ma dame, si je me blessais chaque fois que je fais quelque chose de stupide, j'aurais quitté ce monde à l'âge de cinq ans. C'est tout mon problème de semeur de catastrophes : je commets des désastres pour les autres, pour ce qui m'entoure mais j'en sors toujours indemne. Il y a là quelque chose d'injuste.

Cette fois, Térisa ne put retenir son rire puis s'apaisa.

— Eh bien, je n'ai rien et je suis heureuse que vous ne vous soyez pas fait mal.

Il s'oublia un instant dans son regard.

— Merci, ma dame, murmura-t-il. Essayons encore une fois de passer cette porte.

Prudemment, il contourna la traîne de la robe écarlate et pénétra dans la première chambre.

Les murs de deux ou trois cellules avaient été abattus pour ménager un espace assez vaste. Plusieurs lampes à huile diffusaient une lumière abondante et avaient le bon goût de ne pas fumer. La pièce ne possédait à part ces lampes et les piédestals ouvragés sur lesquels elles reposaient aucun aménagement particulier, aucune décoration sur les murs, aucun tapis au sol. Se dressaient seules trois formes hautes dissimulées sous de riches draps de satin.

Géraden ôta l'un d'eux, révélant un miroir.

Comme celui qu'elle avait vu en arrivant à Orison, ce miroir était aussi grand qu'un être humain ; la surface n'en était ni plate ni limpide et sa forme à peu près rectangulaire ne respectait en rien la rigueur géométrique. Il était enchâssé dans un superbe cadre de bois monté sur des sortes de tréteaux qui lui offraient une base stable au sol tout en permettant toutes les inclinaisons.

Dans le verre ne se reflétaient ni Géraden ni la pierre grise baignée de la lueur des lampes.

Jusqu'à perte de vue s'étirait une étendue marine sous un brillant soleil. Térisa aurait pu croire à un savant tableau en trompe-l'œil, mais les vagues bougeaient. Depuis le lointain elles roulaient leur flot jusqu'à ce que leurs crêtes écumeuses viennent mourir, s'effacer au premier plan du tableau animé.

L'Image était si réelle que Térisa en eut le cœur chaviré.

— Maître Barsonage l'a façonné voilà plusieurs années, expliqua Géraden. C'est le type de miroir que le Roi Joyse aimerait voir le Congrégat étudier. Quelque chose d'utile. Maître Barsonage recherchait un monde d'eau — une Image dont Mordant pourrait se servir en cas de sécheresse ou d'incendie. On dit qu'il extrapola cette Image à partir d'un petit miroir de l'Adepte Havelock. Si c'est vrai, c'est un achèvement étonnant... reproduire exactement chaque inflexion, chaque courbe, chaque teinte du verre et les remouler à une autre échelle.

Le visage illuminé par l'admiration, il promena doucement sa main sur le beau cadre de bois. Quand il recouvrit l'objet, il ajouta :

— Malheureusement, l'eau était trop salée pour le sol ou les bêtes.

L'esprit en déroute, Térisa le suivit dans la pièce voisine.

Elle était de même taille que la première, pareillement éclairée, avec des lampes sur pieds en fer forgé. Elle abritait quatre miroirs drapés de satin.

— Si vous êtes Imageur, je dois vous ennuyer à mourir, remarqua Géraden. Et si vous ne l'êtes pas, je dois semer une parfaite confusion dans votre esprit. Arrêtez-moi si je vous importune.

Il réfléchit un instant puis choisit de découvrir l'un des miroirs.

Térisa poussa un cri involontaire et recula.

Dans le verre s'inscrivaient deux yeux grands comme des mains.

Deux yeux qui la fixaient avec colère. En dessous, une bouche aux crocs voraces desquels gouttait un liquide qui évoquait le venin. Térisa eut l'impression d'un plan rapproché sur une forme gargantuesque tapie dans quelque obscure caverne. Elle eut beau faire, elle ne distingua rien autour, rien que ces yeux avides et cruels...

Géraden toucha le bas du cadre et l'orienta différemment. Les énormes yeux reculèrent assez loin pour que Térisa prenne une mesure plus réelle de l'horreur. Il s'agissait d'une sorte de monstrueuse limace occupant une grotte.

— C'est ainsi que nous réglons la vision, montra Géraden en faisant de nouveau bouger le cadre.

La bête recula encore, puis il poussa un peu le montant du cadre jusqu'à révéler les montagnes sur lesquelles ouvrait la caverne.

— Le champ est limité, bien sûr. Mais quand un miroir est réussi, c'est-à-dire qu'il ne montre pas seulement des distorsions, nous pouvons embrasser toute l'Image — ici, toute la montagne. Il suffit d'avoir la patience de régler la vision.

Soudain sombre, il recouvrit le miroir.

— Le Roi Joyse a pris ce miroir pendant sa guerre pour l'indépendance de Mordant. L'Imageur qui l'avait fabriqué avait déjà translaté ce... cette abomination, qui était occupée à avaler tout un village, hutte après hutte. C'était avant que l'Adepte

Havelock perde l'esprit. Quand le Roi trouva le miroir intact, Havelock sut inverser la translation. Le Congrégat fut créé pour exercer un contrôle sur l'Imagerie, pour que ne soient plus jamais façonnés des miroirs de ce genre.

Térisa serrait frileusement ses bras contre elle.

— Comment... demanda-t-elle d'une voix à peine audible, comment une chose aussi énorme peut-elle passer par le miroir ?

— Oh, la taille n'est pas un problème. Les Imageurs ont depuis longtemps découvert qu'un miroir de taille moyenne, comme tous ceux-là, peut tout translater. Nul n'en sait la raison, mais si vous dirigiez la vision d'un miroir au bon endroit et au bon moment, vous pourriez translater une avalanche. Venez.

Il la précéda dans la chambre suivante.

Térisa s'empressa, certaine que la bête immonde allait jaillir de sous le drap de satin pour la poursuivre. Mordant était donc menacé par ce genre de monstre ? Fous ou criminels, des hommes travaillaient donc à translater pareilles horreurs ? Alors, Géraden se trompait du tout au tout. Mordant n'avait pas besoin d'elle mais bien du champion qui bataillait dans le miroir de Maître Gilbur. Et avec lui, tous ses hommes aux carcans de métal, toutes les armes de son vaisseau.

Cette situation était absurde, il fallait qu'elle s'en sorte.

La pièce suivante s'avéra plus vaste que les précédentes. Elle contenait six miroirs, quatre d'entre eux avaient été repoussés contre la muraille pour laisser les deux autres trôner sur le parterre de dalles grises.

Ils étaient tous deux de taille identique et, au drapé de leurs couvertures, semblaient avoir les mêmes cadres.

— C'est ici que nous gardions d'ordinaire les miroirs plats, fit sombrement Géraden. Ce sont ceux que nous avons en plus grande quantité. Mais les Maîtres ont choisi de réserver la chambre à ces deux-là. Le Congrégat se livre à de multiples expériences avec les miroirs plats, que ce soit pour tenter de les utiliser — ou simplement de les comprendre. Je vais vous montrer ce qui est arrivé à l'Adepte Havelock.

D'un geste coléreux, il arracha le drap de satin de l'un des miroirs relégués contre le mur.

Malgré elle, Térisa frissonna.

Rien de terrible ne se produisit.

En effet, le miroir offrait une surface plane, nette et de ce fait, malgré sa teinte colorée et l'irrégularité dentelée de ses bords, donnait l'impression de révéler une Image appartenant davantage au monde réel qu'à quelque contrée fantastique.

Une impression indéfinissable de familiarité saisit la jeune femme.

— C'est dangereux, souffla Géraden. J'ignore qui a façonné celui-là mais s'il s'agissait d'un accident il était dangereux d'aller jusqu'au bout dans sa fabrication. Et s'il n'est pas le résultat du hasard, il est dangereux de le garder.

Térisa regarda ce qui ressemblait à un carrefour de routes enneigées, marquées par des traces de roues de charrettes. Si épais était le manteau de neige que c'étaient les silhouettes squelettiques des arbres alignés sur les bas-côtés qui délimitaient le tracé des deux routes. Si vive était l'Image que Térisa sentait le froid étreindre les troncs noueux et lassés.

Qu'y avait-il là de dangereux ?

Avait-elle vu cette intersection ce matin de sa fenêtre ?

Géraden lui fournit de lui-même la réponse.

— Vous voyez cet endroit depuis votre chambre. La route unique qui part d'Orison continue au sud vers le Fief de Tor, part au nord-est vers le Perdon, ainsi qu'au nord-ouest pour mener à l'Armigite. Mais pourquoi quelqu'un a-t-il pris la peine de faire une Image que nous pouvons voir d'ici ? Si quelque chose s'y montrait, nous n'en gagnerions que peu d'avance. C'est ce qui fait penser qu'il s'agit d'un accident. Ou alors, du résultat d'une tentative pour mettre Orison en Image... tentative manquée de peu.

— Qui a fait ce miroir ?

— Quelqu'un qui espérait espionner le Roi Joyse, supputa Géraden sans trahir grande émotion. Mais ce qui rend ce miroir plus dangereux que tous les autres miroirs plats est que nous risquons de nous y voir nous-mêmes. Si nous le transportions au carrefour et nous mettions devant, nous nous inscririons dans l'Image... et serions perdus à jamais, effacés, pris dans une translation vers le néant.

Il laissa tomber le drap à terre et recula de quelques pas pour contempler l'étrange objet.

— Estimons-nous heureux que cela ne soit pas arrivé à l'Adepte Havelock. *Lui* peut s'estimer heureux. Il a seulement sombré dans la folie, non dans le néant. Mais si nous essayons d'utiliser ce miroir maintenant, de nous translater jusqu'au carrefour, nous connaîtrons un destin pareil au sien. Le choc abolira notre esprit.

» Nul ne sait exactement pourquoi, continuait Géraden avec une irritation croissante, comme un reproche qu'il s'adressait. Ceux qui croient que les Images n'existent pas et que les miroirs seuls les créent affirment que le choc se produit entre un lieu créé et un lieu réel trop semblables l'un à l'autre. On s'attend à rencontrer la réalité, et ce n'est pas elle que l'on trouve. L'esprit se brise sur l'écueil de l'irréel.

— Et si les Images sont réelles ?

— Alors, ce serait la translation elle-même qui provoquerait la rupture. Le phénomène de translation est trop puissant pour qu'on en use si légèrement. Pour aller d'ici au carrefour, il n'est besoin que d'un cheval, non de l'Imagerie. Si l'on dédaigne de se servir du véritable pouvoir de la translation, celui-ci se retourne contre nous.

» Quelque chose d'approchant est arrivé à l'Adepte Havelock, résuma Géraden et elle s'aperçut enfin que ses yeux brillaient d'une inexplicable rage. Voilà pourquoi les Maîtres s'attachent à comprendre les miroirs plats. Ils sont aussi dangereux qu'essentiels. Mais je vous assomme, passons à autre chose.

Il se dirigea fiévreusement vers les deux miroirs au centre de la pièce.

A présent, Térisa comprenait la cause de sa colère. Sa foi, sa loyauté, ses désirs se mêlaient en un conflit douloureux. Il agissait contre sa volonté propre, contre celle de son Roi, s'obligeant à faire ce qu'il croyait être bien, en dépit de sa certitude que Térisa était celle que Mordant attendait.

Il risquait d'être accusé de trahison pour lui avoir donné une chance de retourner dans son monde.

Elle eut froid malgré sa robe chaude quand Géraden dévoila l'un des miroirs qu'elle reconnut aussitôt pour l'avoir vu la veille dans la salle du Congrégat. C'était celui qui l'avait translatée.

L'Image n'en était ni tout à fait la même ni tout à fait une autre. Le combat avait cessé. Les silhouettes de métal avaient élargi leur périmètre de défense mais le paysage étranger n'était pas différent, baigné de la lumière rouge de son vieux soleil. Le grand vaisseau était toujours au centre de l'Image.

Comme ses hommes, l'être en armure qui dominait l'Image avait bougé. Il arpentait la zone de défense, s'arrêtait à chaque poste pour en vérifier le bon ordre. Comme la veille, il émanait de lui une aura de puissance et de force presque palpable, malgré la distance qui séparait les deux mondes. Il semblait capable de conquérir des continents entiers, sans difficulté et sans effort particulier.

Géraden jeta un bref coup d'œil à sa compagne avant de dévoiler l'autre miroir.

Il était en tous points pareil au premier. Même forme, même teinte, même courbe. Jusqu'aux cadres de bois sculptés que l'on ne pouvait distinguer l'un de l'autre. Pourtant, les Images n'étaient pas semblables. Sous une lumière rouge, contre un fond dépouillé, un casque de métal sans couleur, à la face plate, impénétrable, était tourné dans la direction de Térisa, comme si à l'intérieur un regard dissimulé l'étudiait froidement.

Il fallut un moment à la jeune femme pour comprendre qu'il s'agissait en fait de la même scène : le premier miroir montrait le vaisseau à quelque distance, le second traquait le champion en un plan rapproché. A comparer les deux Images, elle se rendit compte que chacune rendait exactement les mouvements de la tête casquée du commandant ; seule la perspective était différente.

— Dommage que nous ne puissions entendre les pensées à travers le verre, murmura Géraden, ou même la langue. De toute façon, la plupart des Maîtres sont persuadés qu'il n'y a ni pensée ni langage à comprendre.

Il modifia l'angle du second miroir jusqu'à faire de son Image la réplique parfaite de la première. Puis il revint près de Térisa, tout en évitant de croiser son regard.

— J'ai façonné l'un d'eux. Celui dont nous nous sommes servis hier. Une copie de l'original créé par Maître Gilbur. Je ne pouvais me servir du sien. Les Imageurs ont appris depuis longtemps qu'il existe une interaction essentielle entre un miroir et le don de celui qui l'a fabriqué. Aussi ai-je dû faire une copie. Il m'a fallu près de six mois tellement je suis maladroit. Sauriez-vous dire lequel est le mien ?

Elle secoua la tête. La question ne l'avait même pas effleurée. Elle n'avait l'oreille et l'esprit qu'à la détresse de Géraden et à l'occasion qui s'offrait à elle. Réellement, elle allait pouvoir retrouver son monde, son appartement, son métier, son père...

... et l'homme qui était près d'elle désirait qu'elle reste. Il le voulait à en avoir mal.

— En vérité, personne, hors Maître Gilbur et moi, n'est capable de les distinguer. Un Imageur reconnaît toujours son travail. J'éprouve un picotement nerveux quand je m'approche du mien. C'est celui-ci, fit-il en désignant le miroir de gauche.

Il s'obligea à faire face à Térisa qu'il n'avait regardée depuis un long moment. Il croisait les bras, pour les empêcher de le trahir, de se tendre vers elle. L'inquiétude et la peine se peignaient sur son visage.

— Etes-vous certaine, ma dame, de le souhaiter ?

C'était au tour de Térisa de ne pouvoir soutenir son regard. Elle n'avait jamais su opposer un refus à quiconque. Si elle se pliait à ce que l'on attendait d'elle, ce qu'on lui demandait ou suggérait, elle saurait toujours s'adapter aux circonstances. Mais non, cela n'avait aucun sens ; elle n'appartenait pas à ce monde.

— S'il vous plaît, comprenez-moi, fit-elle sourdement. Je ne suis pas Imageur. Je ne suis liée à rien de tout ceci. Vous ne m'avez pas forcée à vous accompagner, vous me l'avez demandé et je suis venue. Je ne sais pourquoi, admit-elle. Sans doute ai-je eu envie de croire que ma vie pouvait changer. Je ne voulais plus rester immobile. Maintenant je sais que j'ai commis une erreur. Vous n'avez nul besoin de moi, mais du champion. Le mieux est que je retourne là d'où je suis venue.

— C'est votre droit.

Derrière la note déçue, résonnaient une sorte de dignité et l'autorité étrange de Géraden. Ses yeux brillaient incroyablement.

— Mais nous avons besoin *de vous*. Nous perdrons d'abord la paix de Mordant — ce ne sera encore qu'un moindre mal. Ensuite le Congrégat sera détruit et Orison sera démoli pierre à pierre. Notre royaume ne sera plus que celui du carnage et de la trahison.

Dans sa voix, dans ses mots, elle perçut le souvenir du cor, l'appel du rêve en son cœur, ce qui avait tout changé dans sa vie.

— Vous nous donnez l'espoir, continua Géraden. Vous affirmez ne pas être Imageur, c'est peut-être vrai ; ou peut-être l'ignorez-vous encore. Peut-être ne savez-vous pas que vous êtes plus puissante que n'importe quel champion. Je ne puis l'expliquer mais... je crois que vous êtes ici parce que vous *devez* l'être. Aussi, avoua-t-il, le regard soudain voilé, vous donnez un sens à ma vie. Tant que je pourrai croire en vous, ma vie aura un sens.

Son insistance aurait dû effrayer Térisa. *Elle* était nécessaire ? *Elle* avait un pouvoir ? *Elle* donnait sens à sa vie ? Non. Il était plus facile de croire qu'elle s'était déjà perdue, dissoute dans ses rêves. Ou qu'elle n'avait jamais existé — que la translation l'avait créée.

Pourtant la volonté généreuse de Géraden la bouleversait. Et son appel qui se mêlait au son du cor.

— Ne sommes-nous pas en train de présumer de nous ? demanda-t-elle, mal à l'aise. Nous discutons sans même savoir si je peux retourner dans mon monde. Essayons avant de nous soucier du reste.

Géraden la dévisagea, tentant de déceler ses sentiments.

— Vous devez avoir raison, finit-il par admettre. Prenez ma main, ordonna-t-il soudain d'un ton décidé. Je passe le premier au cas où cela ne marcherait pas. Prenez ma main, vous serez mon ancrage.

Tout en parlant, il s'était approché de son miroir. Térisa prit conscience qu'il faisait froid. Elle regardait la main de Géraden, l'expression déterminée qu'il affichait maintenant, le miroir... et c'était elle qui hésitait.

— Pas de rituel ? s'entendit-elle interroger. Pas de poudre magique... d'incantations ?

Absurdes son indécision, cette ambiguïté ! Le moindre choix lui avait toujours fait perdre confiance.

— C'est ainsi que l'on pratique l'Imagerie dans votre monde ? l'interrompit Géraden avec dureté.

— Non ! Nous n'avons pas d'Imagerie, je me tue à vous le dire. Pas de magie. Je croyais simplement qu'il fallait une préparation...

Elle rougit. Géraden fit un effort visible pour adopter une humeur plus douce.

— Pardon, je n'ai pas voulu être cassant. L'Imagerie tient dans la façon dont le verre a été mélangé, coulé, coloré : là est la préparation. La suite dépend du don de celui qui l'a fabriqué. Si nous décidions de translater quelque chose vers nous, ce serait différent. Là, des mots, des gestes préludent à la translation. Mais pour ce que nous voulons faire il n'est besoin de rien, simplement de se décider.

Il essaya de sourire, sans succès, et offrit de nouveau sa main à Térisa.

Cette fois elle la prit.

Elle était au bord du malaise.

Géraden se trouvait tout près du miroir à présent. Il en toucha le cadre de sa main libre pour le garder bien droit — ou s'y retenir.

— Je passe d'abord la tête pour jeter un coup d'œil, fit-il d'une voix sourde. Puis je reviens et vous choisissez. Tenez-moi bien. Tant que nos mains se serrent, vous pouvez aller et venir à travers le verre tout comme moi.

Brusquement, il avança son front vers le miroir.

Et sa tête disparut, coupée au cou aussi nettement que par une lame de guillotine. Dans l'Image, sa chevelure bouclée boucha une partie du paysage et du vaisseau.

Instinctivement, Térisa se cambra pour équilibrer son poids.

Il était passé dans un trop bel élan. Il perdait l'équilibre, commençait à chuter. Sa main libre se crispa sur le cadre du miroir, modifiant l'angle de vue. Tandis qu'il tombait, Térisa vit l'un des soldats le viser d'une arme qui lança un rayon lumineux.

Térisa tira violemment vers l'arrière. Géraden sortit du miroir, tituba à reculons, se prit les pieds l'un dans l'autre, tomba sur les genoux.

Toute couleur avait déserté ses joues. Il était plus blanc que neige. La panique et la stupeur dilataient ses pupilles.

— Vous allez bien ? questionna Térisa.

— Il a failli me tuer, répondit l'Aspirant d'une voix rauque.

— J'ai vu.

— Verre et ruine ! Si j'étais arrivé là-bas la première fois, au lieu de vous trouver, ils m'auraient abattu sans me laisser prononcer un mot.

La conclusion logique épouvanta Térisa : si la première fois, il avait détourné Géraden de sa translation, le miroir à présent ouvrait son véritable passage, fermant l'unique porte qui lui aurait permis de retourner chez elle.

— Je ne peux y croire. Je veux essayer.

— Ma dame, vous allez être tuée ! Ils ne manqueront pas deux fois leur cible.

Sans céder, elle lui prit la main avec autorité et l'entraîna vers le miroir. Elle était prisonnière à jamais de ce monde. Elle ne repartirait jamais.

— Je dois essayer.

— Non ! protesta Géraden en la retenant par les épaules. Je ne vous laisserai pas vous faire tuer.

— Je dois essayer ! cria-t-elle. Laissez-moi.

Jamais, de toute sa vie, elle n'avait élevé la voix devant quiconque.

Échappant à son compagnon, elle fit prestement volte-face vers le miroir... et se prit les pieds dans sa traîne. Perdant l'équilibre, elle tomba comme si elle allait directement traverser le verre.

Géraden réussit à la toucher juste à temps et la translation fut possible. Au lieu de briser le verre, elle le traversa.

Cette fois la transition lui parut plus brève. Elle n'éprouva pas le choc de la première fois. Elle ressentit simultanément une impression de rapidité et d'infini temporel, de vastitude et de petitesse : un clin d'œil d'éternité.

Sa chute sur le flanc d'une colline couverte d'herbe grasse et de fleurs sauvages lui coupa un instant le souffle.

Plus exactement, seul le haut de son corps avait atterri dans cette verdure, elle devait se trouver en équilibre, penchée par-dessus le bord inférieur du miroir, dont elle sentait la dureté à hauteur de son estomac, car à partir du nombril son corps n'existait plus. Si elle sentait ses jambes, elle ne les voyait pas. Quelqu'un les retenait mais elle les avait abandonnées dans un autre univers.

Elle voguait en pleine douceur printanière. Une brise tiède berçait les corolles des fleurs et sur ses cheveux roux, Térisa sentait la douceur du soleil. Si bleu était l'azur qu'on l'aurait dit nettoyé, aiguisé. La colline descendait moelleusement à main droite, vers un cours d'eau rapide, presque assez large pour être appelé rivière. L'eau se brisait en éclats de cristal sur des rochers scintillants et sur le sable doré de ses rives, en une mélodie heureuse.

Térisa voyait à présent qu'elle se trouvait dans une vallée encaissée qui, quelques centaines de pieds plus avant, se muait en un étroit défilé, presque une brèche qui s'étirait en une cicatrice sinueuse jusqu'aux montagnes visibles dans le lointain. La rivière se frayait là son cours, écumant entre les deux parois, colonnes naturelles dressées telles des sentinelles de pierre de part et d'autre de la gorge, là où elle livrait passage vers la verdoyante vallée. Ombreux était le défilé, protégé par ses murailles, secret... et attirant aussi ; un lieu où il serait possible de se cacher et de séjourner en toute sécurité.

Le cœur de Térisa se gonfla devant tant de beauté ; élevée dans une ville elle avait rarement connu une telle tranquillité. Un moment, elle demeura simplement où elle était, à inhaler le parfum printanier de l'herbe, la senteur des fleurs sauvages.

Elle se souvint bientôt de Géraden. Elle voulait lui montrer ce paysage merveilleux. Il ne s'agissait pas ici de quelque pays étranger où des gens seraient occupés à lancer des rayons lumineux meurtriers. Elle commença à reculer en rampant.

Son corps disparaissait centimètre par centimètre.

Sa poitrine s'évanouit, puis ce furent ses épaules. Géraden l'aidait sans cérémonie.

Enfin, elle se retrouva à quatre pattes devant le miroir.

La pierre était froide à ses paumes, comme l'air était froid, et froide la lueur des lampes.

Dans le miroir, la scène s'était à peine modifiée. Le commandant s'entretenait avec l'homme de métal qui avait tiré sur Géraden. Sans doute s'interrogeaient-ils sur l'apparition aussi soudaine que brève de la tête bouclée de celui-ci. Peut-être croyaient-ils à un nouveau piège tendu par ceux qu'ils combattaient.

— Ma dame ! s'exclama le jeune homme, encore pantelant d'angoisse, que s'est-il passé ? Allez-vous bien ? Je ne vous voyais plus. Ils ne semblaient pas s'apercevoir de votre présence. Qu'est-il arrivé ?

— Géraden...

Etourdie, glacée, elle ne parvenait même pas à se relever. Le changement était trop abrupt, trop complet. Elle haletait, perdue, désorientée. Le printemps... ? Une rivière cascadant sous le soleil ? Non, non pas ici. Pas dans ces cachots reconvertis. Et pas dans le miroir où s'affairaient des hommes de mort et de violence.

Tout au fond d'elle, la translation perdurait, vivait encore. Mais à présent elle savait ce qu'était cette sensation. Le doute lui torturait les nerfs ; elle était au bord du désastre. L'impression d'effacement, de perte de l'existence atteignait à son paroxysme, se concentrait en cet instant aigu où elle perdait prise sur elle-même, sur le réel, sur la vie. Elle reconnaissait cette atrocité familière qui l'avait taraudée dès les premiers temps où elle avait commencé à douter de son existence.

C'était ce qui se produisait à présent.

Géraden était près d'elle, avide de savoir ce qu'elle avait vu, mais elle se trouvait incapable de fixer son attention sur lui. Elle regardait le miroir qu'il avait laissé découvert tout à l'heure — le miroir plat du croisement des routes sous la neige...

L'Image s'était métamorphosée.

La stupeur visible de Térisa attira l'attention de son compagnon sur le miroir relégué contre le mur.

— C'est impossible, souffla-t-il. Comment avez-vous... ?

Il lutta pour dominer son émotion.

— Je *connais* cet endroit. J'y ai presque grandi. J'y jouais, enfant. Nous l'appelions le Poing Fermé. C'est dans le Fief de Domne, à quelques lieues de Houseldon.

Derrière son trouble vibrait une inflexion de plaisir.

— Cette gorge est un entassement de rocs, un endroit extraordinaire à escalader. Sans parler de la centaine de petites grottes et d'endroits où se cacher. C'était notre terrain de jeu favori...

Elle le croyait sans peine, elle en revenait. Elle reconnaissait parfaitement la vallée, même si sa pente à l'herbe moelleuse était à présent couverte de neige, même si le gel avait figé la rivière, même si les deux piliers naturels, les sentinelles de pierre portaient les griffures du givre, des fils d'argents sur le gris de leur chevelure minérale. Mais le lieu était bien le même. La saison seule avait changé. Le printemps avait fait place à l'hiver.

Géraden regarda la jeune femme avec émerveillement.

— Ma dame, j'ignore comment vous avez fait cela. C'est impossible. Les miroirs ne peuvent pas changer leur Image. Or vous y êtes parvenue ! Vous êtes Imageur, de façon certaine. Rien de tel ne s'est jamais produit auparavant. Il est heureux pour nous que vous soyez là.

La couleur était revenue sur ses joues.

Térisa ne comprenait pas pourquoi il lui imputait l'impossible métamorphose. Sur le coup, cela lui parut secondaire. D'autres questions la harcelaient.

Elle venait de voir le même lieu dans deux miroirs différents. Un lieu que Géraden disait réel. Mais elle l'avait vu à deux saisons différentes. L'un des miroirs se trompait. On était en hiver, non au printemps. Par conséquent, le miroir qui représentait le Poing Fermé au printemps était dans l'erreur. Dans l'erreur.

La sensation d'effacement investit son cœur. Le miroir de Géraden mentait, celui-là même qui l'avait amenée à Orison. Le verre en révélait des Images qui n'existaient pas.

Quand elle comprit qu'elle aussi était une Image sans existence, elle faillit s'évanouir.

8

Rencontres diverses

— Pourquoi est-ce possible ?

Elle se sentait toute petite, et faible, et la tête lui tournait.

Dans son exaltation, Géraden ne s'aperçut pas de son désarroi.

— Personne ne sait comment modifier les Images. L'Image fait partie intégrante du verre. Mais vous l'avez changée. Vous êtes le champion que promettaient les augures.

Il ignorait ce qu'elle avait vu dans l'autre miroir. Son miroir. Il ignorait qu'elle tenait la preuve de sa non-existence. Inconsciemment, elle mit les mains en avant, pour repousser l'affreuse idée.

Malgré ce vertige, elle ne se sentait pas horrifiée, elle avait l'impression de flotter, très loin de là. L'effacement devenait de plus en plus fort, plus évident. Ou peut-être y était-elle plus sensible. Comment se trouvait-elle encore ici, auprès de Géraden ?

Le miroir qui l'avait amenée à Orison reflétait des Images qui n'existaient pas.

— Vous dites que c'est un endroit réel, n'est-ce pas ? Or, je ne l'ai jamais vu auparavant, déclara-t-elle d'une voix où vibrait une hystérie encore sourde. Je n'y suis jamais allée. Je ne puis changer une Image si je ne sais comment faire...

Elle luttait vainement pour recouvrer une certitude.

— Sinon, il me serait facile de retourner dans mon appartement.

L'argument fit réfléchir Géraden, malgré son excitation.

— Mais il faut bien que vous l'ayez fait. Ou alors... il ne reste que moi. Je ne sais même pas effectuer les translations les plus élémentaires. Je n'ai jamais été capable de...

— Avez-vous essayé ?

Elle questionnait machinalement. Sa vie s'en allait, s'en allait. Il la fixa quelques secondes, prenant la question très au sérieux. Puis il secoua la tête.

— Non, évidemment non. C'est un non-sens. Une Image est une partie fondamentale du verre lui-même. C'est ce qui explique que le champ en est limité.

Il se tourna vers l'étonnant miroir plat.

— Mais celui-ci a montré autre chose, murmura-t-il encore incrédule. Il s'est modifié alors que nous étions dans la pièce. L'un de nous a forcément provoqué cette métamorphose.

Il recula à pas rigides. L'intensité de la réflexion figeait ses traits.

— A moins que quelqu'un à Orison ait ce pouvoir. Et il serait ici...

— Absurde, Aspirant Géraden, commenta une voix tranchante. L'impossible est l'impossible. Il doit y avoir une autre explication.

Les deux jeunes gens se tournèrent en même temps.

Maître Erémis se tenait sur l'un des seuils de la pièce.

Il portait sous sa chasuble le même manteau noir que la veille. De nouveau, Térisa fut frappée par sa beauté si peu conventionnelle, si inattendue quand l'on regardait son nez épais, ses pommettes fuyantes, son front haut et dégarni couronné de cheveux noirs. Mais dans son cas les conventions perdaient toute signification. Il était grand, mince et fort ; ses yeux pâles brillaient d'intelligence et d'humour ; le sourire sur ses lèvres dispensait de secrètes promesses. Surtout, la façon dont il *regardait* Térisa lui coupait le souffle.

On lui avait dit qu'il se pouvait qu'il la trouvât jolie.

Son pouls se mit à battre plus vite, sa peau frémit. Inexplicablement, l'affreuse sensation de s'effacer s'atténua.

Reconnaissante comme si on venait de la sauver, elle attendit, paisible.

Erémis contempla longuement le miroir métamorphosé.

— Oui, renchérit-il, c'est impossible. Rafraîchissez-moi la mémoire, Aspirant. Je me trompe peut-être. Maître Barsonage ne vous avait-il pas défendu de révéler quoi que ce soit à notre invitée ?

Géraden baissa les yeux sans répondre.

Avec une sorte d'insouciance, Erémis avança. Dans sa vie antérieure, Térisa avait souvent vu des hommes prétendument puissants parmi les fréquentations de son père, mais jamais aucun qui projetât cette confiance autoritaire. Elle ne savait la comparer qu'à l'aura de son père — aura antipathique, à mille lieues des manières séduisantes du Maître. Son père manquait de cette lueur ludique et passionnée au fond des yeux qui aurait seule expliqué son mariage avec sa mère. Lueur dont elle était sur le moment la seule bénéficiaire car si Erémis s'adressait à Géraden, son attention, son sourire n'étaient dédiés qu'à la jeune femme.

— Qu'importe. Je jugeais cet ordre stupide. La première règle de la courtoisie est de ne rien refuser à une jolie femme. Toujours est-il que vous avez de la chance. Les autres Maîtres sont trop occupés à débattre pour être vigilants. Maître Barsonage risquerait de vous renvoyer définitivement s'il apprenait ce que vous avez fait. Mais ce ne sera pas par moi qu'il le saura.

— Merci, murmura sèchement Géraden.

L'arrivée du Maître semblait l'avoir réduit à l'état de petit garçon boudeur.

Erémis lui jeta un regard dur.

— Mon indulgence n'a pas l'heur de vous plaire ? J'aimerais vous persuader que vous n'avez pas d'ami plus loyal que moi au Congrégat. Vous savez que je m'étais élevé contre la décision de vous envoyer quérir le champion. Croyez-vous que le mépris ou la méfiance me guidaient ? Vous vous trompez. Le champion est dangereux. Je pensais à votre sécurité.

— Je n'aurais pas manqué de vous exprimer ma reconnaissance si je l'avais alors compris, rétorqua Géraden les dents serrées. En quoi ma sécurité vous importe-t-elle ?

— Honte à vous ! s'exclama Erémis en riant. Votre amertume n'est pas de mise.

Il passa derrière Géraden et posa une main paternelle sur son épaule. De là, il adressa à Térisa un sourire de conspirateur.

— Votre sécurité ne m'importe pas à titre personnel. Mais j'estime votre intelligence... autant que votre ténacité. Je n'aimerais pas voir gaspiller pareilles qualités. Aussi, poursuivit-il en pressant l'épaule de l'Aspirant, le fait d'être sain et sauf vous permet de me présenter officiellement à cette...

Volontairement, il suspendit sa phrase pour caresser du regard la gorge de Térisa, s'attarder sans vergogne sur son décolleté.

— ... délectable dame.

— Je pense que vous connaissez déjà son nom, répliqua rudement Géraden.

— Ah, mais je ne l'ai pas entendu de la bouche de son translateur. Comme le faisait observer Maître Barsonage, vous êtes responsable d'elle. Je tiens à lui être présenté correctement.

Sous son regard, la faiblesse de Térisa se muait en un plaisir sourd. Les traits crispés, Géraden se tourna vers elle. Sa bouche se tordit en un rictus, mais il s'exécuta.

— Ma dame, permettez-moi de vous présenter Maître Erémis. Sa demeure est à Esmerel, l'un des manoirs les plus renommés du Fief de Tor, précisa-t-il d'une voix glacée. Maître Erémis, voici dame Térisa de Morgan, invitée du Roi Joyse et placée sous sa haute protection, ajouta-t-il avec férocité. Le Gouverneur Lebbick veille sur elle.

Erémis se mit à rire.

— Géraden, vous êtes aussi gracieux qu'un garnement, commenta-t-il en lui assenant une nouvelle tape sur l'épaule. Je n'en tiens pas moins à vous prouver mon amitié d'une façon qui vous surprendra.

Il reporta son attention sur les miroirs.

— Revenons à cette étrange question de métamorphose des Images. Je doute que nous ayons affaire à une substitution. Parallèlement, un changement fondamental est inconcevable. Ceci exige réflexion.

D'un doigt paresseux, il caressa le cadre de bois du miroir plat. Quoi qu'il ait dit, il ne semblait pas pressé d'accorder réflexion au problème.

— A propos, je me demande bien ce qui a pu vous pousser à conduire dame Térisa en ce lieu. Votre miroir et celui de Gilbur sont découverts... ce qui me fait soupçonner votre intention de nous priver de la charmante présence de notre invitée... Ou aviez-vous l'idée de lui prouver l'impossibilité de son départ ? J'écarte la première hypothèse, elle est absurde. Même vous, Aspirant Géraden, n'auriez pas risqué votre vie, votre avenir au Congrégat et la survie de Mordant pour défaire cet ouvrage le lendemain.

Géraden soutint son regard sans ciller, la mâchoire serrée.

— Par conséquent, je conclus que le départ de dame Térisa est maintenant impossible. Quelque changement a dû se produire dans le miroir. La porte que vous aviez ouverte, d'une façon ou d'une autre, pour nous amener dame Térisa s'est refermée. Ce qui, souligna-t-il comme si l'idée lui était des plus plaisantes, est tout aussi impossible. Où que nous nous tournions, nous ne rencontrons qu'impossibilités. Un beau défi pour vous, Aspirant. Comme j'espère vous en avoir convaincu, j'apprécie votre intelligence. Votre inclination pour les catastrophes s'exerce davantage dans la pratique que dans la théorie. Réfléchissez à ce problème : est-il théoriquement possible de projeter ou de transposer l'Image d'un miroir à un autre ?

Il évoquait un professeur posant à l'élève une question ardue dont il connaît déjà la réponse.

— Ceci expliquerait-il les impossibilités qui semblent entourer dame Térisa ? Réfléchissez et faites connaître vos conclusions. Pour ma part, je soumettrai la question au Congrégat. Vous feriez un grand pas si vous répondiez plus promptement que les Maîtres.

Sans laisser à Géraden le temps de répliquer, il s'adressa à Térisa.

— Maintenant, ma dame, invita-t-il en renouant avec ses manières galantes, me ferez-vous l'amabilité de m'accompagner dans mes appartements ? Mes quartiers à Orison ne sont pas à proprement parler somptueux mais je puis vous offrir hospitalité et confort. Nous tirerions certainement tous deux avantage d'une discussion poussée, murmura-t-il en venant tout près d'elle.

Son sourire suggestif, sa mâle proximité firent rougir Térisa. Elle le regarda, jusqu'à ce que son souffle s'accélère, jusqu'à n'être plus capable de libérer ses yeux des siens.

— Nous ne vous ennuierons pas en sollicitant votre présence, Aspirant, lâcha le Maître par-dessus son épaule. Sans doute avez-vous tâche plus urgente à accomplir ?

Il approcha sa main de Térisa. Ses doigts étaient longs et fins, des doigts d'artiste aux jointures délicates. Des doigts faits pour caresser, pour éprouver, pour connaître. Son index effleura la peau nue de l'épaule de Térisa, à la lisière du tissu écarlate et, très doucement, suivit un lent tracé jusqu'au creux découvert entre les seins.

— Y allons-nous, ma dame ?

Les lèvres de Térisa s'entrouvrirent, comme si elles le réclamaient. Hypnotisée, vaincue par son magnétisme, elle était incapable d'un seul mouvement. S'il avait passé un bras autour d'elle, elle se serait laissé entraîner n'importe où.

— Maître Erémis, intervint Géraden d'une voix tendue à l'extrême, de quoi le Congrégat est-il en train de débattre ? Si les Maîtres s'apprêtent à prendre une décision quant au sort de dame Térisa, nous devrions nous y trouver tous trois. Je sais beaucoup plus de choses qu'hier. Et sans doute notre invitée souhaitera-t-elle parler en son nom.

Il endiguait, autant que faire se pouvait, son désespoir et sa rage. Le Maître haussa un sourcil dédaigneux ; le sourire enjôleur se crispa sur sa bouche.

— Aspirant Géraden, souffla-t-il sans ôter son doigt du décolleté de Térisa, ceci est insupportable. Il me semble vous avoir donné congé. Si vous êtes incapable de grandir, retournez dans votre berceau de Houseldon et priez votre père de vous rendre vos hochets et vos nourrices. Orison n'est pas un lieu pour les enfants.

Géraden répondit sur un ton qui força Térisa à le regarder. Elle lut sur son visage une dureté implacable et une force encore larvée qu'elle n'avait jamais soupçonnées. Une violence secrète vibrait derrière ses paroles :

— Maître Erémis, je me suis souvent trompé. J'ai commis un nombre incalculable d'erreurs, mais je n'ai jamais manqué à mon service auprès du Congrégat. Quelque chose de réputé impossible vient de se produire ici-même. Les Maîtres doivent en être avisés. Dame Térisa doit pouvoir le leur expliquer. De quoi sont-ils en train de débattre ?

— Par l'émail et l'argent, garçon ! gronda Erémis en faisant volte-face. Êtes-vous aussi aveugle que sourd ? Oh, très bien. Autant vous répondre, vous nous quitterez plus vite.

» Parce qu'ils ont l'esprit embrouillé et inefficace, nos pompeux Imageurs arriveront ce soir — non sans moult protestations, réflexions, remontrances et inspiration — à la surprenante conclusion qu'il n'est pas possible d'arriver à une conclusion en ce qui concerne dame Térisa de Morgan ! Vous ne pouvez expliquer si vous l'avez conduite à nous par accident ou par un pouvoir ignoré. Ni si ce pouvoir fut votre fait ou le sien. Et rien de ce qu'elle dira ne pourra être retenu. Si elle est réelle dans son monde, et non pas une création d'Imagerie, elle répondra à sa guise à nos questions pour ses propres raisons. Or, rien ne peut nous assurer qu'elle poursuit les mêmes buts que nous. Et si elle fut le fruit du verre — ce qui me semble évident — toutes les raisons, toutes les réponses auront été échafaudées par l'Imageur qui l'a mise sur votre chemin. Et cet Imageur ne se fera pas connaître puisqu'il est l'ennemi évident du Congrégat et de Mordant. Par conséquent, nulle décision intelligente à l'endroit de dame Térisa ne peut être prise actuellement. Je donne encore une heure ou deux aux Maîtres pour parvenir à cette conclusion profonde — bien avant que Maître Barsonage ne risque de jeûner plus qu'il lui est supportable.

» Demain, ils débattront des actions appropriées à ce dilemme. D'ici là, je leur aurai parlé des dernières... impossibilités surgies autour de dame Térisa. Êtes-vous satisfait, Aspirant ?

Géraden ne le défiait plus. Sa force l'avait déserté. La tête basse, les épaules rentrées, il semblait prêt à donner des coups de pied aux dalles du sol comme un enfant chagrin ou contrarié. Il refusait cependant de partir.

— Abandonnez l'hypothèse de l'accident, fit-il sourdement. Vous le disiez, une porte s'est ouverte puis fermée dans ce miroir. Il y a donc eu intervention d'un pouvoir. Un pouvoir lié à dame Térisa.

» Elle se défend d'être Imageur. Elle affirme qu'il n'existe pas d'Imageurs dans son monde. Elle utilise le mot *magie* — pour dire qu'il n'existe pas de magie là d'où elle vient. Et là-bas, j'ai eu la preuve qu'elle ne m'avait pas attiré à elle.

» Cela n'implique pas pour autant qu'elle n'a pas un pouvoir *ici*.

Térisa frémit devant l'argument. Depuis qu'Erémis ne la regardait plus, elle se retrouvait maîtresse d'elle-même. De nouveau capable de penser, elle regretta de n'avoir pas dit à Géraden ce qu'elle avait vu dans son miroir, avant qu'il discute avec quiconque. Cela aurait pu lui épargner de passer pour insensé.

Il était trop tard pour venir à son secours.

— Je crois, continuait-il gravement, qu'elle est cruciale pour nous. Nous avons besoin d'elle. *Je sais* que je ne possède aucun talent jusqu'alors inconnu. Je ne l'aurais pas trouvée si elle ne devait pas nous être d'une importance vitale.

Il leva les yeux sur le Maître. Il mordait l'intérieur de sa joue pour se donner du courage. Son anxiété évidente se trouvait démentie par l'audace de son regard.

— Maître Erémis, je la crois trop précieuse pour devenir simplement une autre de vos conquêtes.

— Insolent garnement ! cracha Erémis.

Il parut prêt à frapper celui qui se mettait en travers de son chemin puis, soudain, éclata de rire.

— Oh ! Géraden, Géraden ! Est-il tellement incroyable que je sois si bien disposé à votre égard ? Vous êtes extraordinaire. Osez-vous regarder cette femme et croire qu'elle pourrait n'être qu'une nouvelle « conquête » pour un homme quel qu'il soit ?

Il rit de plus belle, à gorge déployée.

Voilà ce qui manquait à son père, Térisa ne l'avait jamais vu rire. Mais curieusement, la joie débordante de Maître Erémis l'attrista. Une perte immense qu'elle constatait rétrospectivement. Si elle avait grandi dans une famille où le rire était naturel, tout aurait pu être différent, elle aurait pu...

Avec la peine revint la sensation d'effacement.

Le regard, la caresse du Maître ne l'avaient pas abolie. Elle prenait de la force, transformait la sensation de sécurité en danger. Elle se sentit contrainte de tourner la tête. Comme si elle avait su ce qui se passait.

Dans un éclair d'horreur, Térisa vit que le verre du miroir plat était en train de changer.

L'impossible Image du Poing Fermé se modulait comme si le miroir avait été un kaléidoscope d'hiver.

La rivière devint route, les parois de la gorge se muèrent en arbres ; le manteau de neige vierge s'abîma d'ornières boueuses. Au bout d'un moment, l'Image retrouva sa clarté et sa familiarité. De nouveau, elle représentait le carrefour à l'extérieur d'Orison. L'Image originelle, réelle.

Cette fois, on voyait des cavaliers sur la route nord-est. Au moins dix hommes qui éperonnaient sauvagement leurs montures, pressés d'atteindre Orison.

On les aurait dit poursuivis.

— Par le verre ! jura Géraden dans un souffle.

Les yeux brillants, Erémis observait lui aussi le miroir, sans rien dire.

Venue de nulle part, une tache noire fondit, tel un prédateur, sur l'un des cavaliers. Pas plus grosse qu'un chiot, inoffensive apparemment, la chose mystérieuse ne s'en mouvait pas moins avec force et fureur. Le cavalier leva des bras impuissants et tomba de cheval, tordu de douleur et d'horreur.

Aucun de ses compagnons ne fit demi-tour pour l'aider. Ils n'en fouettèrent que mieux leurs montures, piquant droit sur le château. Le cheval abandonné quitta la route dans un galop affolé et disparut du champ du miroir.

Effrayée, Térisa ne remarqua pas qu'elle avait cessé de s'effacer.

Une main glacée lui enserrait le ventre, lui tordait les entrailles.

Une autre tache noire apparut, surgie de nulle part.

Le plan se resserra sur la tache qui bondissait. Géraden s'était approché du cadre et l'orientait de façon à focaliser l'Image. La tache s'avéra être de forme ronde et rugueuse, pourvue de quatre membres déployés pareils à des crochets, et de terribles mâchoires qui occupaient la moitié de son corps. Elle avait bondi d'un invisible perchoir pour venir se jeter sur le torse d'un autre cavalier. Ses pattes crochetées lui assurèrent sa prise ; ses mâchoires s'écartèrent et elle commença à dévorer sa victime.

Le miroir n'épargna rien de l'agonie du cavalier renversé en arrière et qui livrait un vain effort pour sauver son cœur prêt à être arraché. Son sang souillait la neige.

Géraden montra soudain du doigt l'un des cavaliers.

— Le Perdon ! Il va être tué !

— Pas forcément, répliqua Maître Erémis. Ils subissent apparemment l'attaque depuis une certaine distance. S'ils dépassent le champ d'influence du miroir qui translate ces abominations, ils seront saufs.

Le Perdon et ses hommes galopaient pour leur vie. Les yeux de leurs chevaux étaient dilatés par la terreur. Le souffle coupé, Térisa guettait avec horreur l'apparition d'une nouvelle tache noire.

Mais Maître Erémis avait vu juste. Dès qu'ils eurent dépassé une frontière mystérieuse, jusqu'à ce qu'ils disparaissent de l'Image du miroir plat, les cavaliers ne subirent plus d'attaque.

— Merci aux étoiles, murmura Géraden. Merci aux étoiles.

Térisa avait envie de vomir.

— Qu'étaient ces choses ?

Les mots étaient insuffisants pour effacer sa nausée.

— Ce genre de créature translatée n'a pas de nom pour nous, répondit fébrilement Erémis. Mais j'ai une question plus intéressante. Aux dernières nouvelles, le Perdon refusait de quitter Scarping, persuadé que les problèmes sur le Vertigon requéraient toute sa vigilance — des rumeurs venues de Cadwal, des infiltrations d'espions, des indices de déplacement d'armées, des razzias dues à des bandits... Or, le voilà. Qu'est-il arrivé pour qu'il se décide à quitter son Fief ?

Il n'attendait pas de réponse des deux jeunes gens. Il s'empara du bras de Térisa, l'entraîna hors de la pièce, l'écartant de l'Aspirant et des miroirs.

— Venez. J'ai l'intention d'aller aux nouvelles.

Géraden les suivit avec un air morne.

Maître Erémis marchait d'un pas rapide ; Térisa avait peine à rester à sa hauteur. Il s'en aperçut au bout d'un moment et ralentit. Souriant, il offrit son bras à la jeune femme pour qu'elle y prenne appui. Elle fut heureuse qu'il ne lui parle pas, toute son attention encore consacrée à lutter contre sa pénible nausée.

Il la guida à travers les anciens cachots, la salle de bal abandonnée et les grands couloirs d'Orison, empruntant le chemin qu'avait suivi Géraden pour la conduire vers la tour du Roi Joyse. Parvenu dans une vaste salle il s'arrêta. Plusieurs personnes faisaient antichambre au pied de l'escalier qui menait aux appartements du Roi, venus mendier quelque faveur — elle le sut à leur attitude, si souvent rencontrée à la mission. Les gardes étaient nombreux, plus nombreux que la veille. A sa demande, ils avisèrent l'Imageur que le Perdon était déjà chez le Roi.

Ils précisèrent que personne d'autre n'était convié à l'entrevue.

Le Gouverneur Lebbick fit bientôt son apparition, se dirigeant vers l'escalier.

Erémis se détacha de Térisa pour aller à sa rencontre.

— Est-ce vrai, Lebbick ? s'enquit-il, sans que sa curiosité altérât le moins du monde son air de supériorité. Le Perdon serait ici ? Quelle étrange nouvelle. Quel événement a donc pu obliger ce rempart de Mordant à abandonner son domaine à la convoitise de Cadwal ?

— Cela concerne le Roi seul, Maître Erémis, répondit le Gouverneur d'une voix cassante.

Il ne s'arrêta même pas, s'élança dans l'escalier et disparut.

— Rustre inconscient, marmonna Erémis. Je veux une explication et je l'aurai.

Térisa jeta un coup d'œil vers Géraden qui se tenait à l'écart, une expression de crainte mêlée d'amertume sur son visage honnête.

Personne ne parlait dans l'antichambre. Les gardes demeuraient immobiles, méditant sur leur devoir, ou bien sur leur déjeuner. Les courtisans, les quêteurs s'absorbaient dans leurs pensées. Térisa s'efforça de contrôler sa respiration et d'oublier les affreuses formes noires aux mâchoires monstrueuses.

L'impatience de l'Imageur atteignait à son comble. Il avait autant de mal à tenir en place qu'à tenir sa langue. Soudain, il déclara, comme si tous autour de lui avaient été avides de connaître son opinion :

— Il y a une crise au sein du Fief de Perdon. C'est évident. Mais je doute que ce soit cela qui nous amène le Seigneur. Il n'est pas homme à fuir les ennuis — ni à admettre une faiblesse. Non, tout me porte à croire que c'est l'attitude de notre illustre Roi qui a provoqué l'arrivée du Seigneur à Orison. Je parie une douzaine de doubles d'or que c'est la fureur qui l'a lancé dans ce périple. Et il sera encore plus en rage en repartant.

Un écho confirma aussitôt ce pronostic. Un cri coléreux :

— Non !

Dans un terrible fracas de métal, un homme apparut sur les marches de l'escalier. Un homme grand, musculeux, rendu plus impressionnant encore par sa cuirasse aux larges épaulières. A sa hanche gauche pendait une épée capable de décapiter un bœuf ; à droite, une dague effilée. Il était parfaitement chauve mais ses sourcils étaient broussailleux et rouges comme les poils de crin qui jaillissaient de ses oreilles, comme l'énorme moustache qui couronnait sa bouche. L'urgence de son arrivée à Orison se voyait à la boue qui tachait encore ses jambières.

Tout le monde se figea dans l'antichambre, face à l'allure menaçante avec laquelle le guerrier dévalait l'escalier.

Une femme courait derrière lui. Une dame de haut rang si l'on en croyait la qualité de sa longue robe bleu ciel rehaussée par de magnifiques bijoux. Elle courait sans égards pour sa traîne, ses parures ou sa dignité. Ses immenses yeux violets brillaient dans son visage au teint pâle auréolé de cheveux blond clair coupés à la garçonne.

— Seigneur Perdon, suppliait-elle non sans une once de révolte. N'abandonnez pas. Il s'agit certainement d'un malentendu. Vous allez lui expliquer de nouveau. Je joindrai ma voix à la vôtre jusqu'à ce qu'il comprenne combien c'est grave. *Seigneur !*

— Non, tonna une nouvelle fois le Perdon, sa voix comme le bris d'un arbre centenaire.

Arrivé au milieu de l'antichambre, il s'arrêta, brandit son bras cuirassé vers le plafond, rugit :

— Il m'a donné sa réponse. *Il ne bougera pas !*

La jeune femme se pétrifia devant tant de rage. Livide, elle ne tremblait pourtant pas.

— Mais il le doit ! *Il le doit.* Il faudra bien finir par organiser la défense de Mordant. Je suis certaine qu'en ce moment même le Gouverneur Lebbick essaie de lui faire entendre raison. Revenez avec moi, Seigneur. Il est vital que vous n'abandonniez pas.

Le Perdon croisa les mains devant lui pour tenter d'endiguer sa fureur. Les pièces de son armure s'entrechoquèrent.

— Non, ma dame, répondit-il lourdement. Je n'endurerai pas cela une seconde fois. Laissez-le jouer à saute-contre jusqu'à ce que le royaume s'effondre. (Son bras balaya l'air brutalement, jetant tout espoir au sol.) Je me suis battu à ses côtés dix ans durant, pour faire de Mordant ce qu'il est. Je ne me mettrai pas à genoux pour demander ce qu'il aurait dû m'offrir.

» Dites-lui ceci de ma part, ma dame. Je lui enverrai *ici* chacun de mes hommes qui tombera ou mourra pour s'être battu pour lui malgré son inertie aveugle. Qu'il voie leurs blessures, leurs familles affligées... Il rendra compte alors de sa passivité ! »

— Seigneur Perdon, intervint Maître Erémis d'une voix suave mais qui forçait l'attention, je devine que notre admirable souverain a commis quelque bêtise. Une de plus. De quoi s'agit-il, cette fois ?

La jeune femme blonde rougit de honte à l'entendre mais se mordit la lèvre pour s'imposer silence. Le Perdon accorda son attention à l'Imageur, ses yeux s'étrécirent, jaugeant son interlocuteur, puis il cracha :

— Cela dépasse l'entendement, Maître Erémis. Je ne l'aurais jamais cru capable de cela. Je ne vous narrerai pas le détail des horreurs qui viennent de décimer mon détachement il y a une heure à peine — horreurs qui se sont produites à moins d'un jet de pierre des portes de « notre admirable souverain ». Elles sont le fait de l'Imagerie et je ne puis en endurer davantage. Je me suis déjà battu aux côtés du Roi en partie pour que cessent ces abominations nées des miroirs. Je ne vous les raconterai pas car il n'y a rien à en dire... sauf peut-être par la bouche de l'Imageur qui les suscite... gronda-t-il, un éclat meurtrier au fond des yeux.

» Mais vous avez dû apprendre que nos frontières sont depuis quelque temps l'objet d'attaques répétées, et cela sur tout le cours du Vertigon, d'un bout à l'autre de mon Fief, du nord au sud. Des bandes de maraudeurs et de pillards s'élancent depuis Cadwal, malgré l'hiver. Ils brûlent et rasent tout ce qu'ils trouvent puis s'enfuient. Mes protestations auprès de ce bellâtre de gouverneur régional de Festten ont été accueillies avec la plus parfaite indifférence. Les bandits ravagent aussi sa zone de contrôle, m'a-t-il affirmé ! Il prétend que depuis la guerre contre Mordant, Cadwal n'a plus assez de forces armées pour lutter contre les brigands. Et moi, Maître Erémis, moi ! cria-t-il en se frappant violemment la poitrine, je dois dresser une garde tout le long du Vertigon avec à peine une poignée d'hommes.

» Laissé sans appui ni conseil d'Orison, railla-t-il amèrement, j'ai résolu le problème dans la mesure de mes moyens.

» Au milieu de mes patrouilles, j'ai placé des cavaliers, éclaireurs et espions, pour qu'à la moindre manifestation de leur part, les bandits soient suivis en secret. Je voulais savoir d'où venait cette racaille. Si je pouvais découvrir leur campement, je n'hésiterais pas à me livrer à une brève incursion sur les terres de Cadwal pour passer mon fer au travers de quelques-uns de ces pillards.

— Sage stratégie, Seigneur Perdon, commenta Erémis. Mais je suppose que les nouvelles vous ont surpris.

— Surpris ! répéta le Perdon. Par les yeux de la mort, nous parlons de Cadwal, Maître Erémis. Rien n'aurait pu me surprendre. Néanmoins, poursuivit-il de plus en plus âprement, j'avoue que je ne m'attendais pas aux rapports qui me furent transmis. Plusieurs de mes éclaireurs furent perdus, découverts sans doute. D'autres revinrent pour mourir de leurs blessures. Mais tous ceux qui survécurent me firent le même récit.

» Il m'avait paru naturel de déduire qu'il s'agissait de bandits sans lois, de simples bouchers sans scrupules : leurs bandes n'étaient guère nombreuses, ils arboraient d'assez piètres équipements, comme en portent ceux qui ont trop vécu dans la misère pour se soucier du sang versé. Ils combattaient sans discipline, sans se parer des coups pour vaincre ou mourir.

En eux-mêmes ils ne représentaient pas une menace sérieuse. Je m'inquiétais seulement qu'ils viennent de Cadwal, et que leurs attaques soient de plus en plus fréquentes.

» Mais je me trompais ! Maître Erémis, s'écria-t-il, sa rage ravivée. Je me trompais. Après des expéditions de deux, quatre ou même dix jours, toutes les bandes que suivirent mes hommes regagnèrent *le même campement.*

Térisa regarda Géraden : il était pâle comme la mort.

— Et dans ce camp, reprit le Perdon, les pillards côtoyaient librement les soldats de Festten, des hommes arborant l'uniforme de Cadwal. Les chariots de vivres étaient marqués du blason du Haut Roi, et les tentes où s'abritaient les officiers... frappées aux armes de Cadwal...

— Votre surprise est légitime, Seigneur Perdon. Je suis *moi-même* étonné, assura Erémis, bien que toute son attitude démente cette assertion. De combien d'hommes est cette armée ?

— Les estimations varient. Mes espions se sont montrés plus ou moins pessimistes. Je pencherais pour quinze mille hommes au moins.

L'un des gardes dans l'antichambre laissa échapper un sifflement.

— Et cela au plus fort de l'hiver. Leur intention est évidemment de nous sauter à la gorge au premier adoucissement du temps.

— Vous voyez ce qu'il en est, Maître Erémis, intervint la jeune femme blonde. Le Roi *doit* entendre raison. On ne peut ignorer cette menace.

— Du nord au sud de mon Fief, reprit le Seigneur,

je dispose au mieux de trois mille hommes. A ma connaissance, Orison en a au moins cinq mille en garnison dans ses environs, sous le commandement du Gouverneur Lebbick, et actuellement en repos dans leurs camps.

— Je dirais plutôt huit mille, corrigea Erémis.

— Huit mille ! répéta le Perdon, les dents serrées. Et le Roi vient de me refuser son renfort. Comme il l'avait fait à plusieurs reprises quand je lui avais envoyé des messagers. J'ai fini par me décider à venir en personne et j'ai perdu sept hommes sur la route, sous les remparts d'Orison. Mais il refuse toujours... avec une armée ennemie prête à nous envahir par l'est, prête à profiter du chaos causé de l'intérieur par l'Imagerie... avec sans nul doute de plus grands périls fomentés en Alend... Il refuse toujours.

— C'est inconcevable, souffla pour elle seule la jeune femme pâle. Il doit donner des ordres.

Ses yeux violets étaient perdus dans le vague. Très concentré, Géraden réfléchissait, mais le fruit de ses pensées semblait le rendre malade.

— J'ai lutté dix ans auprès de lui. Il avait ma confiance. Je m'aperçois aujourd'hui que cela ne signifie rien pour lui, conclut le Perdon.

— Peut-être, fit Maître Erémis, ne serez-vous pas étonné d'apprendre que j'ai le même problème.

Géraden et la jeune femme blonde ne surent cacher leur surprise. Le Perdon haussa un épais sourcil rouge.

— Vous, Maître Erémis ?

Après un regard assuré autour de lui, l'Imageur s'approcha du Seigneur et posa la main sur son épaule cuirassée.

— Nos situations sont étonnamment similaires, Seigneur Perdon. Accepterez-vous de venir en parler dans mes appartements ? Le mal qui ronge votre Fief ne fera guère plus de ravages en une heure ou deux, et j'ai à vous faire goûter une excellente ale de Termigan. Un peu d'apitoiement sur nous-mêmes nous fera le plus grand bien.

Un instant, le Perdon, Géraden et la jeune femme blonde dévisagèrent le Maître avec stupeur. La bouche moustachue du Seigneur forma le mot *apitoiement* comme s'il ne l'avait jamais entendu auparavant. Puis le guerrier adopta une attitude plus indifférente.

— Je vous remercie de cette offre aimable, finit-il par répondre avec prudence. Je noierai volontiers ma colère dans un tonneau de bonne ale, si vous en avez un.

— J'ai même mieux que cela, promit l'Imageur.

— Alors, je suis votre homme, Maître Erémis.

— Parfait. Avec votre permission, mes dames...

Il s'inclina rapidement devant Térisa et la jeune femme blonde. Le salut abrupt d'un homme pressé de s'éclipser. Dès que le Perdon se fut à son tour incliné, Erémis l'entraîna hors de l'antichambre.

Presque involontairement, Géraden et la dame en bleu se regardèrent, avec incertitude, crainte. Mais elle avait un meilleur contrôle d'elle-même et interrogea au bout de quelques instants :

— Où croyez-vous qu'il veuille en venir, Aspirant ?

— Je l'ignore, ma dame, fit Géraden, visiblement mal à l'aise. Le Perdon a le cœur et l'âme d'un soldat, et il a trop longtemps combattu Cadwal — Maître Erémis le sait — pour faire confiance à un Imageur.

Elle détourna les yeux, serra les bras contre sa poitrine.

— Je le *hais* quand il me regarde de cette façon. Derrière ses sourires, son badinage, je ne vois que mépris.

— Je ne l'aime pas vraiment non plus, marmotta Géraden. Mais notre antipathie ne nous explique pas ce qu'il croit avoir en commun avec le Perdon.

Ils s'abîmèrent dans un silence déconcerté. La dame en bleu gardait les yeux braqués sur le corridor par lequel venaient de partir les deux hommes, prête à courir derrière eux. Géraden, qui n'avait plus à croiser son regard, contemplait le sol de pierre. A les observer, Térisa pensa que Géraden et la jeune femme se connaissaient depuis longtemps. Ils étaient à peu près du même âge et une curieuse harmonie se faisait entre eux, entre l'intensité des yeux violets et l'intensité spirituelle de Géraden.

Soudain confuse la dame en bleu se tourna vers Térisa.

— Oh, je suis absolument désolée. Ma grossièreté est impardonnable. Vous êtes là depuis un moment et je n'ai pas encore eu la courtoisie de vous adresser la parole. Vous devez être dame Térisa, fit-elle avec un sourire sincère bien qu'un peu hésitant. Je reconnais la robe. Si l'Aspirant avait de meilleures manières que les miennes, il nous aurait présentées l'une à l'autre. Je suis Eléga. Le Roi Joyse est mon père.

— Oh, oui, bien sûr... souffla Térisa.

Parce qu'elle n'avait jamais rencontré une fille de roi et n'avait aucune idée de l'étiquette, elle dit, comme elle l'avait toujours entendu dire par sa mère :

— Je suis enchantée de faire votre connaissance.

Ce fut affreux, elle crut entendre la voix de sa mère. Mais heureusement dame Eléga n'avait pas connu celle-ci.

— Myste et moi brûlons de vous rencontrer depuis que nous avons appris... puis-je appeler cela votre « arrivée » ? Les circonstances présentes ne s'y prêtent guère. Certains problèmes dont vous venez d'avoir un aperçu me rendent distraite, j'en ai peur.

Sa façon de regarder Térisa n'en trahissait pas moins son plaisir à trouver un baume contre l'épreuve que venait de lui imposer la pénible scène entre son père et le Perdon.

— Mais j'aurais grand plaisir à recevoir votre visite — et Myste en serait ravie. Vous n'avez peut-être pas conscience de l'intérêt que vous avez suscité dans Orison. Ma sœur et moi sommes toujours avides de nouvelles amitiés. Pour vous parler franc, ma dame, chuchota-t-elle, Mordant est un monde d'hommes. Nous les femmes n'avons pas souvent l'occasion d'occuper nos talents. Faire votre connaissance prendrait donc une grande valeur. Voudrez-vous nous rendre visite ?

Térisa demeura un instant pétrifiée. Un dégoût d'elle-même l'envahit. Pourquoi se sentait-elle menacée par la moindre décision à prendre, le moindre acquiescement ? Sa mère en elle l'étouffait, sa mère qui aurait susurré : *Quelle charmante idée. Quelle date vous convient-elle ? Je suis certaine que nous passerons un très agréable moment. Mon époux est tellement occupé ces jours-ci... Puis-je vous rappeler la semaine prochaine ?* Elle regarda Eléga droit dans les yeux.

— Je suis absolument libre pour l'instant.

Sitôt dit, elle imagina comment ces mots pouvaient être reçus par Géraden, et rougit de chagrin. Il ne la regardait pas ; son visage était aussi indéchiffrable qu'un miroir sans reflet. Seul l'éclat attristé de ses yeux prouvait qu'il l'avait entendue. Elle se souvint alors des raisons qui devaient faire craindre n'importe quelle parole, n'importe quelle décision. Tout ne pouvait qu'être source d'ennuis.

Dame Eléga ne s'étonna pas de sa prompte réponse, comme si le simple fait de se trouver avec Géraden impliquait que la jeune invitée n'ait rien à faire, bien qu'on eût pu penser qu'elle était venue jusqu'à l'antichambre du Roi pour une raison précise. Elle eut un sourire sans contrainte.

— Merci, ma dame. Nous pourrions déjeuner ensemble. Nous avons tant de choses à nous raconter.

Elle se raidit légèrement pour se tourner vers Géraden et, d'un ton obligeant, demander :

— Vous joindrez-vous à nous, Aspirant ?

La mâchoire du jeune homme se crispa.

— Non merci, murmura-t-il après un bref regard vers Térisa. Je crois que dame Térisa a suffisamment enduré ma compagnie pour aujourd'hui. Transmettez mes hommages à dame Myste.

Il s'inclina et quitta vite l'antichambre.

Au passage, il se heurta l'épaule au chambranle de la porte et trébucha. Plusieurs des gardes rirent dans son dos. Eléga porta la main à ses lèvres pour dissimuler un sourire.

— Pauvre Géraden. Venez, ma dame. Ma sœur et moi demeurons au-dessus des appartements du Roi. On prétend que c'est pour notre sécurité mais je crois que c'est pour empêcher les affaires d'importance de monter jusqu'à nous... Mordant est un monde d'hommes ! répéta-t-elle avec humour pour atténuer la note cynique que contenaient ses paroles.

— Vous devriez m'appeler Térisa, fit machinalement la jeune femme.

Le cœur n'y était pas. Une part d'elle était restée avec Géraden. Elle souffrait de l'avoir blessé. L'autre part restait malade. Le Perdon avait-il parlé au Roi de ces fatales taches noires ? Bien sûr. Il devait l'avoir fait. Et le Roi avait quand même refusé d'agir. Si au moins il avait *vu*...

— Térisa, d'accord, répondait Eléga avec satisfaction. Mais vous m'appellerez Eléga. J'espère que nous allons devenir amies.

— Le connaissez-vous depuis longtemps ? interrogea Térisa pour oublier la scène sanglante qui la hantait.

— L'Aspirant Géraden ? Vous ne me croirez pas, fit Eléga avec un sourire fragile, mais lui et moi étions promis l'un à l'autre.

— Promis ?

— Étonnant, n'est-ce pas ? Mais son père, le Domne, sans être un guerrier comme le Perdon, est l'un des plus anciens et des plus fidèles amis de mon père.

Elle eut une hésitation et Térisa comprit que sa compagne n'était pas prête à trop en révéler, elle aussi avait dû recevoir des ordres.

— A cause de ses guerres incessantes, mon père s'est marié tard. Bien qu'étant l'aînée, je ne suis née qu'un an avant Géraden, qui lui est le septième fils du Domne. Durant une phase critique de la guerre le Roi envoya toute sa famille chez le Domne. J'ai passé plusieurs saisons dans la demeure seigneuriale de Houseldon, et Géraden et moi étions de bons compagnons de jeu. Naturellement, voyant que nous nous entendions, nos parents arrangèrent une alliance.

Elles avaient dépassé le palier des appartements royaux et continuèrent à gravir l'escalier.

— J'aurais été plus heureuse du choix de l'un de ses frères. Toutes les femmes préfèrent Artagel et trouvent Wester aimable. Mais tous deux manquent d'ambition. Nyle serait davantage à mon goût. Malheureusement, les femmes ont peu la parole sur ces questions.

— Qu'est-il arrivé après vos fiançailles ?

— Oh, j'ai simplement refusé de l'épouser. Il est impossible, Térisa, confia-t-elle sans dissimuler son mépris. On ne peut même pas lui faire confiance pour sortir d'une pièce sain et sauf ! Sans mentionner ses échecs répétés. Il a servi le Congrégat trois ans de plus que tout autre Aspirant, et n'est pas davantage prêt à porter la chasuble que lors de son admission auprès des Imageurs.

» Certes, sa détermination mérite le respect — comme son désir de s'améliorer. Mais je suis la fille du Roi de Mordant et je n'ai nullement l'intention de passer ma vie à faire le ménage dans le Fief du Domne, ou bien à réparer les désastres causés par Géraden.

» Savez-vous, poursuivit-elle en riant soudain, la première fois qu'il a officiellement été présenté à mon père — nous étions allés là-bas en visite voilà douze ou quatorze ans — il était tellement pressé de venir à notre rencontre qu'il ne trouva rien de mieux que prendre un raccourci à travers une souille à cochons. Quand il nous rejoignit, il était plus couvert d'immondices qu'il n'en restait dans la souille !

Si Térisa faillit sourire à imaginer la scène, la boue dégoulinante, les épluchures dans les cheveux, elle fut aussitôt gagnée par une émotion qui lui donna envie de pleurer. Géraden ne méritait pas cette ironie.

— Non, Térisa, concluait Eléga. L'Aspirant Géraden ferait un bon époux pour quelque sotte douée d'un instinct maternel exceptionnel, uniquement occupée à faire des enfants, et d'une infinie tolérance pour tous ses accidents. Quant à moi je ne le prendrai jamais pour mari.

Dommage pour vous, songea Térisa qui ne disait jamais ce genre de chose à voix haute.

En haut de l'escalier, elles trouvèrent une porte aussi imposante que celle des appartements royaux, mais qui n'était pas gardée. L'escalier semblait être le seul moyen d'y accéder, et ainsi les gardes du niveau inférieur veillaient-ils sur toute la famille royale.

Au souvenir des passages secrets, Térisa pensa que nul à Orison n'était à l'abri de celui qui connaîtrait les méandres du labyrinthe obscur.

— Bienvenue à vous, dame Térisa de Morgan, fit Eléga en ouvrant la large porte.

Térisa fut surprise de voir que les appartements des filles du Roi n'affichaient pas le luxe de ceux de leur père. Les tapis au tissage grossier paraissaient plus fonctionnels que décoratifs, comme la robustesse du mobilier confortable mais un peu lourd. Dans la première pièce, un siège était bancal, une table semblait avoir connu de meilleurs jours.

Térisa se demanda pourquoi le Roi laissait ses filles dans ce décor sommaire. Son père à elle... Mais Eléga le lui expliquait déjà :

— A l'origine, ces appartements étaient réservés à notre vie de famille. En dessous, Père réglait les affaires du royaume — réceptions, audiences, dîners en petit comité. La Reine, ma mère, n'avait aucun goût pour l'ostentation mais reconnaissait l'importance d'un certain décorum pour gouverner. C'est ce qui explique que les pièces ouvertes au public affichent plus de richesse que de confort réel.

Apparemment, l'arrangement lui convenait. Sa façon indifférente de porter ses bijoux prouvait d'ailleurs que son intérêt pour les affaires d'État n'avait pour fin ni la richesse ni le luxe.

Térisa faillit demander pourquoi le Roi avait déménagé — ou encore pourquoi la Reine (Madin, lui avait dit Saddith) ne demeurait plus à Orison, mais poser des questions trop curieuses n'était pas son fort. Et avant qu'elle ose prendre le risque, une jeune fille sortit des pièces suivantes, vêtue d'une ample robe de soie jaune.

— Myste ! s'exclama Eléga, nous avons une invitée. Voici Térisa — dame Térisa de Morgan. N'est-elle pas ravissante ? Nous allons déjeuner ensemble. Térisa, je vous présente ma sœur Myste, qui brûlait plus encore que moi de faire votre connaissance, si cela est possible.

Myste rougit de s'entendre ainsi trahir. Eléga s'adressait à elle avec une once de condescendance comme si, tout en l'aimant beaucoup, elle ne la tenait pas en très haute estime. De même taille que Térisa, comme l'avaient annoncé le Roi Joyse et Saddith, elle était plus menue. Si elle ressemblait à sa sœur, elle n'arborait pas ce contraste surprenant entre une peau de neige et de brillants yeux violets. Si Eléga avait des cheveux d'or fin sous la lueur des bougies, elle les avait plus cuivrés ; son teint était de ceux qui reçoivent avec bonheur le moindre hâle. Dans ses yeux, elle portait des paysages éclaboussés de soleil, quand ceux d'Eléga semblaient faits pour percer les secrets de la pénombre ou des conversations intimes.

Dès son entrée dans le salon, Myste avait montré ce regard lointain, aux pensées voguant vers un autre monde, mais cette expression s'accrut quand sa sœur lui présenta Térisa. Bien qu'elle frémît de joie, il parut que Térisa était trop transparente pour contenter l'appétit de ses yeux. Machinalement, Térisa se tourna. Elle avait eu l'impression que quelqu'un se tenait derrière elle tant le regard de la fille du Roi embrassait une immensité qui la dépassait.

— Ma dame, murmura Myste.

Sa révérence produisit un froufroutement soyeux. Sans doute s'inclinait-elle autant pour l'honorer que pour dissimuler sa rougeur.

Térisa jeta un coup d'œil alarmé vers Eléga.

— N'embarrasse pas Térisa par trop d'hommages, ordonna l'aînée un peu sèchement. Je l'appelle Térisa à sa demande ; elle voudra certainement que tu fasses de même.

— S'il vous plaît, renchérit l'intéressée avec sincérité.

Dame Myste se redressa. Sa rougeur était due

davantage à l'excitation qu'à quelque timidité. Son regard lointain se concentra enfin sur Térisa.

— Vous êtes la bienvenue, ma dame, déclara-t-elle d'une voix empreinte de gentillesse. Je parviendrai à vous appeler par votre nom dans un moment... quand mon cœur ne battra plus si fort.

Elle partit d'un joli rire qui rappela à Térisa le sourire bouleversant du Roi Joyse.

— Pardonnez-moi si je vous ai causé de l'embarras. Votre présence nous honore tellement. Et j'ai tant à vous demander !

— Oui, c'est un honneur, acquiesça Eléga sans laisser à l'invitée le temps de protester. D'après les us et coutumes en vigueur à Mordant, nous ne sommes que deux filles vivant encore sous le toit de leur père car il n'a pas trouvé à les marier. Nous sommes d'ordinaire tenues à l'écart de ce qui se passe à Orison et ce fut tout à fait par hasard que je me trouvais auprès du Roi quand... Myste, poursuivit-elle plus fiévreusement, tu ne me croiras pas. Père s'est surpassé.

En quelques phrases lapidaires, elle narra à sa sœur l'entrevue du Perdon avec le Roi Joyse.

— Quinze mille hommes, Myste, conclut-elle. Le Perdon en a à peine trois mille. Et Père a refusé de lui envoyer du renfort. Cette fois, il est allé trop loin.

— Eléga, tu parles de notre père, fit doucement la cadette. Il est évident que nous ne comprenons pas ses intentions. Comment en serait-il autrement quand nous ignorons tout de ce qu'il sait ou craint ?

Contrairement à sa sœur, elle ne se plaignait pas de sa condition, de son ignorance.

— Ne soyons pas trop vives à le juger. Mille problèmes assaillent Mordant. Il semble que la guerre est proche. Un chaos d'Imagerie nous menace et dame...

Elle posa un regard timide sur Térisa, rougit, sourit.

— Et Térisa est venue à nous à travers un miroir. La rumeur court qu'elle serait la réponse promise par les augures. Ne nous empressons pas de juger.

— Myste, tu es incorrigible, rétorqua Eléga d'un air soucieux. Si le Bras-Vif du Haut Roi apparaissait devant nous, me massacrait sous tes yeux et levait tes jupes avec son épée, tu affirmerais qu'il ne faut pas être trop prompte à le juger !

— Je crois, plaida Myste gravement, sans irritation, que même le Bras-Vif du Haut Roi a de l'honneur.

— Oh, tu es folle !

Les yeux violets d'Eléga lançaient des éclairs mais elle prit sa sœur dans ses bras et la serra contre elle jusqu'à ce que son propre agacement fût dissipé. Alors elle recouvra ses manières gracieuses.

— Même une petite folle et une grande dame venue d'un autre monde ont besoin de se restaurer. Je m'en occupe.

Elle alla tirer un cordon puis passa dans une autre pièce.

Bientôt, Térisa l'entendit parler doucement à quelqu'un, vraisemblablement une domestique. Peu après une servante apporta un lourd plateau et entreprit de dresser la table dans la salle à manger.

Entre-temps, Térisa était restée seule avec Myste.

Le regard de la jeune fille la rendait nerveuse, malgré une sympathie immédiate à son endroit. Cette façon qu'avait Myste de voir à travers elle, ou au-delà d'elle, ravivait son impression d'effacement. Malgré elle, elle se souvint que le miroir qui l'avait conduite à Orison mentait.

— Il est tant de choses que je ne comprends pas, commença-t-elle pour ne pas laisser le silence se prolonger. Pourquoi le Roi se montre-t-il si passif ? Pourquoi ne soutient-il pas le Perdon ?

— Ah, ma da... Térisa, vous soulevez là une question qui a frappé notre famille en plein cœur et qui n'a toujours pas trouvé sa réponse. Asseyons-nous, voulez-vous ?

Elles prirent place au milieu des coussins, sur une sorte de long divan, et Myste continua :

— Vous n'êtes pas parmi nous depuis longtemps et la règle semble être de ne point trop vous en dire, avoua-t-elle avec une ride soucieuse au front qui marquait sa désapprobation. Cependant, vous ne savez peut-être pas que notre père a trois filles. Notre sœur Torrent et notre mère, la Reine Madin, ne vivent plus avec nous. Elles se sont installées à Romish — ou dans un manoir proche de Romish, je crois, car je n'y suis jamais allée — avec la famille de Mère dans le Fief de Fayle.

» Il y a encore deux ans, nous vivions tous ensemble, et j'en étais contente, bien que je ne puisse affirmer que nous étions heureux.

Térisa restait silencieuse. Il lui semblait connaître l'histoire qu'elle allait entendre. Son travail à l'hospice lui avait appris à écouter ce genre de récit.

— Vous aimeriez ma mère, ma... Térisa. Elle est femme de tête et de bon sens, ce qui ne manquait pas d'exaspérer fréquemment Père. Si vous écoutez

Eléga, elle vous persuadera qu'il n'y a pas cinq femmes de cette sorte dans tout Mordant. Elle se méprend. Mon opinion est que les femmes manquent simplement de courage pour suivre leurs rêves, murmura-t-elle, fixant le mur comme s'il était transparent. Toujours est-il que la Reine Madin fit toujours preuve de force et de volonté. Elle est de celles qui savent ce qu'elles désirent et qui ont le courage de l'assumer. Ce fut la raison pour laquelle elle permit à Eléga de rompre ses fiançailles avec Géraden de Domne, même si le Roi de son côté en était convenu. Mère était fière d'avoir une fille qui savait ce qu'elle voulait.

Myste coupa court à sa digression et revint à son sujet.

— Madin aimait Joyse depuis sa jeunesse, bien avant qu'il devienne Roi de Mordant, et lui l'aimait en retour. On dit qu'il se lança dans la guerre en partie pour abattre les obstacles qui se dressaient devant sa passion pour elle. Toujours est-il que lorsqu'il eut établi son contrôle sur le Demesne et libéré le Fief de Fayle, il se jeta aux pieds de Madin et la supplia de lui appartenir, à l'exemple de son père le Fayle qui venait de jurer fidélité à son nouveau Seigneur.

» A sa grande surprise, Madin le refusa. Elle ne nia pas son amour pour lui mais déclara qu'elle ne l'aurait ni pour mari ni pour amant. Il s'était mis à la guerre comme le paysan se met à la moisson, et ne pouvait s'en distraire avant que tout le produit n'en fût engrangé. D'ici là, son temps, sa vie appartenaient au sang. Elle était prête à le partager avec beaucoup de choses, dit-elle, mais non avec une maîtresse aussi exigeante et avare que la guerre où chaque flèche, chaque lance, chaque épée en voulaient aux richesses de son cœur. Une fois la guerre terminée, si son désir était le même — et s'il était toujours en vie —, elle le rejoindrait où qu'il fût.

» Joyse n'était qu'un homme, il fut furieux. Mais il était aussi un homme bon. Après quelques jours de colère — Mère affirme que cela ne dura pas si longtemps... — il prit le parti de rire, avoua que Madin était dans tout le royaume la seule femme qui lui convint, et fit le serment que, quoi qu'il arrive, la ténacité de Madin s'userait à la sienne. Puis il repartit en campagne, se vantant comme n'importe quel jeune coq de conquérir Cadwal et Alend avant le prochain hiver.

» Malheureusement il avait été trop optimiste. Plusieurs années passèrent avant qu'il puisse se nommer Roi sans craindre de perdre sa couronne à la bataille suivante. Et cela accompli, il s'engagea dans une guerre d'un autre genre, la lutte pour unifier l'Imagerie par le Congrégat. De temps en temps, il rendait visite à Madin pour l'assurer que ses sentiments n'avaient pas changé. Mais ses guerres n'étaient pas terminées.

» Ce fut elle qui se lassa. Quittant Romish sans autre escorte que celle de sa femme de chambre, elle parcourut les collines et les forêts de Mordant jusqu'à le retrouver. Lui et ses hommes, avec l'Adepte Havelock, venaient de vaincre un Imageur malin, et le Roi était couvert de cendres de la tête aux pieds. Madin galopa jusqu'à lui et, comme s'ils se trouvaient dans la salle d'audience d'Orison, déclara : “Seigneur Roi, combien de temps cela va-t-il encore durer ?”

» Joyse regarda ses hommes, la regarda. Un instant, raconte-t-il, il fut tenté de faire quelque remarque blessante. Elle arrivait seule avec sa femme de chambre, cinq de ses hommes venaient d'être tués. Mais il réfléchit et la fit descendre de sa monture, l'emmena sous sa tente pour lui expliquer son but et tout ce qui lui restait à accomplir.

» Quand il se tut, elle répondit : "Seigneur Roi, cela va vous prendre encore dix années, ou davantage."

» Il acquiesça. L'estimation était juste.

» "C'est trop, dit-elle. J'en ai assez d'attendre. Quelqu'un parmi vos hommes est-il habilité à célébrer un mariage ?"

» Père assure qu'il resta au moins une heure sans comprendre, la bouche béante, mais Mère dit qu'il ne frôla la folie qu'une seconde ou deux. Puis il poussa un hurlement et l'embrassa avec tant de fougue que la tente s'effondra sur eux.

» Ce fut lui qui insista pour qu'ils retournent à Orison pour la véritable cérémonie de mariage que méritait sa promise. Dans l'idée de Mère, il avait surtout à cœur de la soustraire au champ de bataille et de la mettre en sécurité dans le Demesne.

» Leur union, poursuivit Myste avec une joie mêlée de chagrin, fut ce qu'on appelle "allègrement orageuse". Tous deux étaient des entêtés et les observateurs assurent qu'il leur fallait au moins vingt ans pour parvenir au moindre compromis. Mais il fallait voir comme les yeux de Joyse brillaient quand elle le contredisait. Il fallait entendre la chaleur et la foi avec lesquelles elle parlait de lui quand il était absent. J'estime que c'était un mariage heureux, Térisa.

» Sa fin fut à la fois lente et brutale.

— Que s'est-il passé ?

Térisa songeait au mariage de ses propres parents, tentant sans succès d'y trouver quelque similitude avec ce qu'elle venait d'entendre.

— Père devint passif. Son génie le déserta. Le temps nécessaire aux affaires d'État, il se mit à le passer avec Havelock le fou, à jouer à saute-contre. Il prit de moins en moins de décisions, ignora les signes du péril, dédaigna de rendre la justice. Non pas immédiatement, mais avec les années, il devint ce que l'ont baptisé certains — un vieux gâteux. Il conserva juste suffisamment de pouvoir — et de loyauté de la part de ses partisans — pour être assuré de garder son trône. Il a laissé le reste s'enfuir.

» Ce fut une grande peine pour nous tous, mais pour notre mère ce fut un coup mortel au cœur. Si elle connaissait sa propre intelligence, elle connaissait aussi et portait très haut celle de son époux. Il se mit à ne se préoccuper que de vétilles, comme de savoir si ses filles ne devraient pas apprendre à jouer à saute-contre au lieu de faire de la tapisserie. Mère endura tant qu'elle put. Puis elle se mit en colère.

» "Vieil homme, déclara-t-elle en présence de ses trois filles, cela doit cesser. L'Imagerie se déchaîne dans le royaume. Tes ennemis suivent ta trace comme des chacals. L'impatience gronde dans les Fiefs et devient rébellion. Et tu joues à saute-contre avec Havelock le fou. Cela ne peut plus durer."

» "Ma chère, répliqua-t-il comme si elle l'avait insulté injustement, tu as refusé de m'épouser pendant des années parce que j'étais en guerre. Souhaites-tu me voir repartir en campagne ?"

» “J’étais jeune alors, et sans époux, fit-elle. Aujourd’hui, je suis ta femme de mon plein gré. Roi de Mordant, tu es mon mari. J’ai accepté que tu exerces ta souveraineté et j’entends maintenant que tu en assumes les devoirs.”

» “Oui, répondit Père avec l’un de ses anciens accents d’autorité, *je suis* Roi de Mordant. Et nul autre que le Roi ne peut dire où est son propre devoir. Je me suis déjà consulté sur la question, et je suis mon avis à la lettre.”

» Mère se leva de son siège. “Alors, vous continuerez sans moi. Je vous aime à en mourir et je ne supporterai pas d’assister à votre déchéance, à la déchéance de tout ce qui vous était précieux.”

» Père la regarda partir. Seul, il sanglota violemment, comme s’il avait été profondément déchiré. Mais il ne prononça pas un mot pour s’expliquer, ni pour la rassurer, ou bien la rappeler.

» Torrent partit avec elle car elle lui donnait raison. Eléga resta ici...

— Je restai, oui, intervint Eléga qui réapparut dans la pièce, le regard brûlant, car il faut agir pour Mordant — et ce ne serait pas possible depuis Romish. Sauver le royaume n’est possible qu’à Orison. Et j’entends prendre part à l’action, si je le puis.

» Pour sa part, poursuivit-elle non sans mépris, ma sœur reste car elle espère que le Roi se lèvera un jour pour défendre son royaume — si nous lui gardons notre confiance assez longtemps.

— Oui, peut-être, soupira Myste.

Aussi violemment qu’elle s’était enflammée, Eléga se répandit en excuses.

— Pardon, Myste. Je ne devrais pas m'exprimer si durement. La façon dont il a traité le Perdon m'a bouleversée. Peut-être en vérité ne restes-tu ici que pour que Père trouve appui et réconfort au moins auprès de l'une des femmes qui l'aiment.

Ou encore, songea Térisa, elle reste par devoir.

Sa propre mère était restée par devoir auprès de son époux, jusqu'à sa mort, mais ce n'était ni par ténacité ni par constance. Elle en était bien incapable. Elle avait accepté la coupe de celui qui l'avait choisie. C'était peut-être sa façon, la seule qu'elle connût, de croire en elle-même.

Eléga se tourna vers Térisa.

— Nous ne vous avons pas invitée pour vous raconter ces histoires, fit-elle en s'obligeant à paraître gaie. Nous aimerions tant vous connaître et apprendre de vous. Sans compter que le déjeuner est servi. Passons donc à table, nous pourrons parler tout en nous restaurant.

Sans réfléchir, Térisa se défendit.

— Je n'ai pas grand-chose à vous apprendre, ou à vous dire de moi.

Le contraste entre sa propre histoire et le conte d'amour et de guerre qu'elle venait d'entendre la rendait honteuse, qui soulignait sa vacuité, son manque de substance.

— Vous êtes très gentilles mais je ne suis ici que par accident. Je ne suis pas Imageur. Nous n'avons pas d'Imageurs... là d'où je viens. Quelque chose d'anormal s'est produit quand Géraden a façonné son miroir. Ou au cours de sa translation.

Une fois de plus, elle s'entendait parler comme sa mère. Mais que dire d'autre ?

— Je ne sais même pas pourquoi je l'ai laissé me convaincre de l'accompagner. Je devrais déjà être repartie mais le miroir a changé et ce n'est plus possible.

C'était dit. Elle se tut et son cœur palpita comme si elle venait d'énoncer une vérité dangereuse, et elle fut prise de cette même envie de pleurer qui l'avait étreinte en imaginant Géraden dans la souille à cochons.

— Est-ce possible ? Oh, est-ce possible ? murmura Myste comme si on venait de lui faire la révélation la plus extraordinaire au monde.

Au contraire, Eléga posa sur Térisa des yeux brûlants et inquisiteurs. Elle relevait fièrement la tête, comme si quelque inférieur venait de la souffleter.

— Nous dites-vous, ma dame, que vous n'avez nulle raison d'être ici ? Aucun dessein ? Que vous n'êtes pas venue au secours de Mordant ? Espérez-vous nous faire accroire que vous n'êtes rien de plus qu'une femme ordinaire ? Que cet « accident » comme vous le nommez n'aurait pas dû vous arriver ?

Térisa ne souhaitait pas répondre. Les questions pressantes d'Eléga la blessaient. Néanmoins, elle s'était seule mise dans cette situation et décida d'y faire face. En cela au moins, elle ne risquerait pas de ressembler à sa mère.

— Je ne suis pas une dame. Je suis secrétaire dans un hospice, déclara-t-elle en dressant la tête. On a besoin de moi là-bas. Peu de gens pourraient se permettre de faire ce travail pour le salaire qui m'est versé. Mais je le perdrai si je ne reviens pas bien vite.

Le Révérend Thatcher ne peut se passer longtemps d'une secrétaire.

» C'est tout. Je vis dans un appartement. Je mange et je dors. Je vais travailler. Rien d'autre.

Elle crut qu'Eléga la mépriserait pour son aveu. Myste s'entêtait dans son admiration.

— Merveilleux... Merveilleux... J'ai toujours souhaité que de telles choses soient possibles.

En face, Eléga vibrait de fièvre et s'était levée, mue par un élan qu'elle ne contrôlait pas.

— Vous auriez dû courir après le Perdon, fit sourdement Térisa. Vous avez besoin de gens tels que lui et Maître Erémis.

En guise de réponse, Eléga essaya de sourire.

Ce fut un sourire chaviré d'abord mais la fille du Roi sut se recomposer une attitude, une expression et s'adoucir.

— Ma dame, tout ceci est inutile. Myste et moi n'appartenons à aucune des factions du Congrégat. Nous n'avons pas d'amis secrets parmi les ennemis de Mordant. Nous n'essayons ni de vous manipuler ni de vous trahir. Nous sommes des femmes comme vous, et non des hommes assoiffés de pouvoir personnel. Vous pouvez nous faire confiance. Nous sommes peut-être les seuls êtres à Orison que vous découvrirez fiables. Votre mensonge est inutile.

Myste dévisagea sa sœur.

— Eléga, Térisa n'a nulle raison de nous mentir. Je suis certaine qu'elle dit la vérité. Il ne s'agit pas d'une dissimulation.

Eléga répondit avec une violence que n'aurait pas désavouée le Gouverneur Lebbick.

— *Si, nécessairement.*

Aussitôt, elle se ressaisit. Une fois de plus, elle tenta de sourire. Elle évoquait à présent une femme qui endigue bravement une envie de vomir.

— Je suis désolée, fit Térisa. Vraiment désolée.

9

Maître Erémis joue sa partie

Ce fut sans grand succès que dame Eléga et dame Myste s'efforcèrent d'engager Térisa dans une conversation badine au cours du déjeuner. Myste souriait secrètement, le regard lointain, sans pour autant négliger de questionner poliment Térisa sur ce qu'elle avait vu et fait à Orison. Eléga dissimulait une vive impatience en grignotant et en comblant les silences par des aperçus catégoriques de la vie qu'aurait connue Térisa si elle était née et avait grandi à Mordant : une existence surprotégée, insupportable de l'avis de celle qui se cabrait si violemment face à sa destinée. Mais de toute évidence aucune des deux jeunes filles ne révélait le cours réel de ses pensées.

Le bref et vif désaccord qui avait éclaté entre elles un moment plus tôt les incitait à la réserve. Térisa fut soulagée d'entendre Myste suggérer que l'on appelât Saddith pour reconduire l'invitée dans la chambre aux paons.

Elles attendirent dans l'embarras l'arrivée de la femme de chambre qui, heureusement, fut prompte à se montrer. Un instant plus tard, Térisa saluait un peu raidement ses hôtesses et prenait le chemin de ses appartements.

Saddith avait gardé les yeux baissés en présence des filles du Roi. A présent, elle observait ouvertement sa maîtresse, son incertitude remplacée par une lueur d'humour et d'audace.

Quand elles eurent dépassé l'antichambre du Roi, la servante ne jugea plus utile de se taire.

— Vous avez fait la connaissance des deux plus grandes dames d'Orison. Que pensez-vous d'elles ?

Qu'elles sont toutes deux malheureuses, songea Térisa.

Son silence confirma l'opinion de la femme de chambre qui dissimula un sourire moqueur en plongeant son regard vers l'ouverture de sa blouse, dont le tissu était tendu sur ses seins fermes.

— Je crois, fit-elle avec satisfaction, qu'elles ont oublié qui elles sont.

— Que voulez-vous dire ? interrogea Térisa presque distraitement.

Elle dévisageait les gens qu'elles croisaient, cherchant le visage de celui qui l'avait attaquée. C'était encore préférable au souvenir de ce qu'elle avait vu dans les miroirs du laborium.

— Elles sont les plus grandes dames du pays. Elles ont un rang, la richesse, de belles robes, des bijoux précieux. Tous les hommes de Mordant sont à elles, par droit, mais elles négligent les opportunités. Dame Eléga méprise les prétendants. Elle n'a pas envie d'un homme — elle voudrait en être un. Quant à dame Myste, je crois qu'elle ne renoncera jamais à ses rêves puérils d'amour et d'aventure.

Saddith eut un rire sourd.

— Elles ont l'apparat mais non le sang de leur condition. Aucune d'elle n'est assez femme pour régner sur la cour comme elle le devrait. Un jour, ma dame, s'enhardit la servante, je serai sur le même rang qu'elles. Je serai une grande dame de Mordant. Et la comparaison ne sera pas à leur avantage.

Le franc-parler de Saddith surprit Térisa.

— N'aimez-vous pas ce que vous faites ? s'enquit-elle, poussée par la curiosité.

La servante la dévisagea, comme pour juger du sérieux de sa question. L'expression de Térisa lui confirma sa parfaite innocence.

— C'est bien pour ce que c'est, ma dame, répondit-elle avec candeur. Avant de devenir femme de chambre, je travaillais aux cuisines. Et avant, je servais dans une taverne à proximité d'un camp militaire. Encore avant... je nourrissais les poulets et je balayais le sol dans mon village... l'un des plus petits hameaux du Demesne. La condition de femme de chambre à Orison est plus supportable. Mais cela ne me suffit pas.

Ses yeux brillèrent et ses lèvres eurent un sourire lascif.

— C'est au lit, ma dame, que les hommes laissent tomber le masque et deviennent les enfants soumis qu'ils sont dans leur cœur. Le jour où je l'ai compris, mon village natal ne m'a plus suffi. Un soldat de Mordant refusait de se séparer de moi et me trouva une place à la taverne proche de son campement. Puis un cuisinier d'Orison ne supporta pas que mon corps endure les caresses des soldats, et me prit avec lui dans les cuisines du château. Le fils chéri d'un intendant n'osa pas me déplaire et me fit donner une place de femme de chambre. Les lits des hommes m'ont menée là où je suis, et me conduiront plus haut encore.

» Vous souvenez-vous, ma dame, que j'ai passé la nuit dernière avec un Maître ? Déjà mon rang à Orison s'élève.

Sa satisfaction complaisante sonnait comme une langue étrangère aux oreilles de Térisa. Elle n'aurait avoué sous aucun prétexte que Maître Erémis avait caressé la peau nue de sa gorge.

— Il croit avoir couché avec moi pour me remercier d'un service dont je me suis bien acquittée. Mais il s'aveugle lui-même pour préserver ses illusions sur sa volonté et son pouvoir. Il m'a prise dans son lit car il n'avait pas le choix : il a commencé à se confier. Bientôt, il découvrira que son masque tombe aussi bien en public que dans l'intimité. Alors il me trouvera une place pour me hisser plus près de lui. Mais ce sera un emploi de mon choix — non du sien. Et je vous assure, ma dame, que je choisirai la route qui conduit droit aux fils des Seigneurs de Mordant.

Elles approchaient de la tour où se trouvait la chambre aux paons. Térisa resta silencieuse un moment, malgré le regard attentif et amusé de la servante sur elle. Vraiment cela *marche* ainsi ? aurait-elle aimé demander. Pouvez-vous vivre de cette façon ? Espérez-vous être heureuse ? Les mots restèrent dans sa gorge. Sans avoir réfléchi, elle s'entendit murmurer :

— Je n'avais encore jamais rencontré quelqu'un comme vous.

— C'est évident, rétorqua gravement la servante, flattée, avec l'accent d'une tendre sœur. Alors faites-moi confiance, si vous le désirez, nous ferons de vous une femme extraordinaire... avec du temps.

Elle cacha un sourire derrière sa main.

Térisa gravissait l'escalier, l'esprit tourmenté. Pourquoi s'était-elle excusée auprès des filles du Roi ? Pour n'être pas un puissant Imageur venu sauver leur monde ? Ou simplement pour être trop falotte pour mériter leur intérêt, leur amitié ?

Souhaitait-elle que Saddith l'aide à devenir une femme *extraordinaire ?*

— J'y réfléchirai. C'est si nouveau pour moi...

— Certainement, ma dame.

Saddith passa d'un pas dansant devant les gardes en faction à la porte de la chambre aux paons.

— Je vous aide à vous dévêtir, ma dame, puis vous serez seule aussi longtemps que vous le désirerez.

Elle fit un clin d'œil aux gardes qui ricanèrent. Térisa ne put s'empêcher de rougir.

Aussitôt dans ses appartements, elle vérifia que le Gouverneur Lebbick avait tenu son engagement. Oui, la serrure était réparée.

La chambre avait été rangée et nettoyée. Plus une plume ne traînait au sol. Sur un guéridon se trouvait un plateau avec une carafe de vin et plusieurs verres à pied.

Térisa respira plus librement quand Saddith l'eut soulagée de la pression des agrafes et des lacets sur sa poitrine. Elle remit avec bonheur sa chemise de flanelle, son pantalon et ses mocassins. Puis elle attendit, non sans impatience, que Saddith achève de fournir le feu, d'emplir les lampes, et disparaisse enfin.

Une fois la porte verrouillée, elle alla vers l'armoire pour vérifier que la chaise bloquait bien l'ouverture du passage secret. Elle ne serait jamais « extraordinaire ». Elle refusait que les hommes la regardent comme le faisait Maître Erémis.

Excepté Erémis lui-même. Une seule fois. Pour qu'elle apprenne ce que signifiait ce regard.

Contre toute attente, alors qu'elle marchait lentement vers la fenêtre au paysage hivernal, cherchant à donner sens à ses émotions, ce fut le visage de Géraden qui s'imposa à elle — ses traits tels qu'elle les avait vus la dernière fois, indéchiffrables, un peu rigides, pour masquer la blessure qu'elle venait de lui causer.

Au cours de l'après-midi, alors qu'elle observait un escadron à l'exercice dans la cour, et que le soleil déclinant jetait ses lueurs rougeoyantes sur les collines enneigées, elle crut reconnaître la silhouette du Perdon en train de traverser la cour boueuse. Plusieurs hommes l'attendaient, déjà à cheval, drapés dans de lourds manteaux. Le Seigneur enfourcha la monture qu'on lui tenait prête puis les cavaliers s'élancèrent hors d'Orison, aussi vite que le permettait le sol glissant sous les pas de leurs chevaux.

Térisa pensa à son attitude que le Perdon repartait fort de certaines résolutions.

Le lendemain matin, la jeune femme prit un bain après son petit déjeuner, revêtit ses propres vêtements puis réfléchit à la façon d'occuper sa journée. La sensation d'effacement avait cessé de la harceler, alors même qu'elle avait passé une soirée solitaire en l'unique compagnie de ses peurs, alors même qu'elle jugeait son existence plus douteuse que jamais, alors même qu'elle n'avait pas de miroir où se reconnaître.

Le problème demeurait entier de sa présence en ce monde étrange, des mensonges du miroir de Géraden, du péril de Mordant. Elle n'était pas Imageur, elle n'avait pas la force dont avait besoin ce monde, un homme en noir avait tenté de la tuer, d'affreux monstres surgis de nulle part dévoraient le cœur des hommes... Ceux qui comptaient sur elle allaient souffrir.

Elle aurait voulu agir mais n'avait pas la moindre idée d'une action à tenter.

Les coups frappés à la porte la sauvèrent de ses incertitudes. Elle courut ouvrir.

Maître Erémis se tenait devant elle.

Géraden l'accompagnait.

— Bonjour, ma dame, susurra le Maître. Vos yeux encore plus brillants qu'hier me font deviner que vous avez bien dormi. Mais je dois avouer que je vous préférais vêtue comme vous l'étiez hier... Qu'importe. Je vous emmène à l'assemblée du Congrégat.

Tout cela était par trop soudain...

Le cœur de Térisa s'affolait de cette présence inattendue.

— Au Congrégat ? répéta-t-elle comme frappée de stupidité. Suis-je donc invitée ?

Instinctivement, elle se tourna vers Géraden, quêtant de lui la réponse.

L'Aspirant affichait une indifférence volontaire, toutes émotions refoulées, que cette neutralité fût destinée à la jeune femme ou au Maître. Néanmoins c'est à lui qu'elle faisait confiance pour comprendre ce qui se passait.

— En vérité, nous ne sommes ni vous ni moi conviés mais Maître Erémis souhaite nous emmener avec lui, dit-il en évitant son regard.

— Oui, confirma l'Imageur. Je vous l'ai dit, Aspirant, j'ai à cœur de vous prouver mon amitié. Aujourd'hui, le Congrégat va s'efforcer de déterminer son action quant à la présence de dame Térisa et au besoin de Mordant. Le débat devrait vous intéresser, ma dame, n'est-ce pas ?

Parce qu'elle ne savait pas où elle en était avec Erémis ou avec le Congrégat, parce qu'elle l'avait blessé, elle aurait voulu s'entretenir avec Géraden, quêter son avis, même devant le Maître. Le sourire de ce dernier l'en empêcha.

Géraden fit quelques pas dans le salon.

— Ce ne sera pas forcément plaisant, prévint-il avec une parfaite neutralité. La moitié des Imageurs au moins s'offenseront de notre seule présence mais Maître Erémis ne semble pas s'en soucier. A mon avis, ma dame, nous ne devons pas nous dérober à cette opportunité.

A l'entendre, Térisa eut l'impression curieuse qu'il avait pris de l'âge depuis la veille.

— D'accord, convint-elle sans un regard au Maître. Je viens.

Elle s'adressait au jeune homme, pour le remercier d'avoir répondu à sa question muette. Erémis en éprouva une contrariété qui se lut dans le pli vexé de son front. Géraden, lui, ne la regardait pas et ne comprit pas qu'elle s'excusait de l'avoir blessé.

— Puisque vous condescendez, ma dame... souffla Erémis d'un ton moqueur.

Il désigna la porte. La seule caresse de ses yeux rappelait à Térisa la douceur de sa main sur sa gorge. Elle lui renvoya un sourire timide et se surprit à accepter son bras pour sortir.

Géraden suivait.

— Maître Erémis, fit l'un des gardes en se raidissant à leur passage.

— Oui ? lâcha le Maître dédaigneux.

— Ordres du Gouverneur Lebbick. Nous sommes tenus de savoir à tout instant où se trouve dame Térisa. Où l'emmenez-vous ?

Térisa fut stupéfaite. La question n'avait pas été posée la veille à Géraden quand il l'avait conduite au laborium. Elle jeta un œil sur le jeune homme ; lui aussi était étonné, son masque de neutralité avait disparu et l'intérêt éclairait son visage.

— Nous nous rendons à l'assemblée du Congrégat, déclara le Maître de ce ton particulier où il mêlait si bien suavité et acidité. Sans doute le Gouverneur Lebbick — autrement dit, le Roi — sera-t-il intéressé d'apprendre que le Congrégat a choisi de débattre en la présence de notre invitée. Cela pour vous confirmer à l'avance ce que ne manqueront pas de reporter ses espions... Venez, ma dame.

Il l'entraîna avec une dignité grandiloquente.

Par un alliage d'autorité, de déférence et de courtoisie, le Maître établissait entre Térisa et lui une complicité qu'elle subissait sans y prendre part. Il était seul à bavarder ; elle ne savait que dire et regardait tous les visages de ceux qu'ils croisaient, y cherchant toujours les mêmes traits.

— Le Perdon et moi-même nous sommes longuement entretenus de vous hier, annonça l'Imageur.

Elle fut trop stupéfaite pour répliquer. Non, elle n'était pas le genre de femme dont les hommes *s'entretiennent longuement.*

L'Imageur laissa échapper un rire comme si elle avait eu la répartie la plus brillante.

— Le Perdon possède... comment appeler cela ?... susurra-t-il en savourant le mot à l'avance, une *vaste* expérience de la gent féminine, mais lui et moi nous sommes trouvés en désaccord quant à déterminer lequel de vos charmes se révélerait le plus délicieux. Je lui ai promis ma réponse pour son retour à Orison.

Ses paroles la firent frissonner pour ce qu'elles celaient d'intime derrière leur douceur présomptueuse. Son esprit demeurait muet face à ses propres questions. Comment la toucherait-il ? Quelles émotions éveillerait-il en elle ? Elle était trop ignorante, ignorante des hommes autant que d'elle-même.

Inconsciemment, elle se serra contre le bras du Maître.

Une fois passée la salle de bal désaffectée, si elle perdit vite tout sens de l'orientation dans le dédale de couloirs et d'escaliers qui menaient au laborium, elle sut cependant qu'ils arrivaient à proximité de l'ancienne chambre de torture dont les Imageurs usaient à présent pour leurs débats. Les gardes saluèrent avec déférence les trois nouveaux venus et leur ouvrirent la porte.

Une atmosphère lourde pesait autour des Maîtres déjà réunis, comme si les voûtes, les larges piliers, l'ombre hors le halo des lampes les eussent enfermés. Térisa se sentit moins oppressée quand Erémis la guida jusqu'au centre plus éclairé de la salle au milieu du cercle de bancs, son impression d'être prisonnière d'une crypte enfouie sous des tonnes de vieilles pierres se dissipa.

Il y avait là au moins dix Imageurs qui suivirent du regard les nouveaux venus. Certains d'entre eux étaient installés sur les bancs, d'autres debout autour de l'estrade qui aujourd'hui ne supportait aucun miroir et rappelait désagréablement sa fonction d'antan de cœur de la salle de torture, de lieu d'exposition des souffrances des prisonniers.

Térisa n'eut pas de peine à reconnaître Maître Barsonage, à son crâne chauve, ses sourcils broussailleux, son teint jaunâtre, et surtout à sa formidable corpulence. Elle se souvenait vaguement de deux ou trois autres silhouettes. Pour autant, la plupart des Maîtres présents ne se départirent pas de leur apparence étrange et hostile, comme s'ils s'apprêtaient à la juger sans même qu'elle soit présente. C'était bien à la Question qu'on l'avait conduite...

— Qu'est-ce que cela signifie, Maître Erémis ? s'enquit sombrement le médiateur. N'étions-nous pas convenus que ni l'Aspirant Géraden ni la femme ne prendraient part à nos débats ?

Géraden avait les yeux fixés au plafond.

— Certes, certes, Maître Barsonage, rétorqua Erémis d'humeur joyeuse. Mais je suis disposé à persuader autrement le Congrégat.

— Ceci ne me plaît guère. Ne nous laissons pas aller à la frivolité, répliqua le médiateur. Notre survie — et le destin de Mordant — repose sur notre décision d'aujourd'hui. Nous n'avons pas le temps... et je n'ai pas la patience... de débattre à nouveau des questions qui étaient résolues.

Plusieurs Imageurs acquiescèrent. Erémis n'était guère apprécié parmi ses pairs.

— Point tant de hâte, enjoignit une voix familière à Térisa, une voix timide comme si l'intervenant répugnait à attirer l'attention sur lui. Pour ma part, Maître Barsonage, j'aimerais entendre Maître Erémis. S'il se joue parfois de la dignité du Congrégat, il n'a jamais fait preuve de frivolité.

Avant de l'entendre, Térisa n'avait pas vu Maître Quillon assis sur l'un des bancs. Il portait toujours son grand manteau gris qui le confondait avec la pierre d'Orison. Elle chercha son regard, heureuse de retrouver une présence amicale, et craintive aussi de mal celer leur secret. Mais Quillon ne la regarda pas. Ses yeux brillants restèrent fixés sur ses pairs, son nez remuait avec frénésie.

— En tout état de cause, plaida Erémis avec hauteur, je suis juge, au même titre que vous tous, de ce qu'il convient ou non de soumettre au Congrégat. N'est-ce pas l'une de nos règles, Maître Barsonage ?

— C'est vrai, lança l'un des Maîtres.

Un autre renchérit. Le médiateur grogna de façon incompréhensible mais ne discuta pas ce point. Au contraire, il se détourna et reprit la discussion interrompue avec ses voisins.

Erémis sourit dans le dos du médiateur puis guida Térisa jusqu'à un banc au premier rang et l'invita à y prendre place. D'un geste plus brutal mais plein de bonne humeur, il enjoignit à Géraden de s'asseoir également. Lui demeura debout ; il parut immense à Térisa.

La salle austère n'était pas si froide que deux jours auparavant.

Seuls ou par petits groupes, les Imageurs continuaient d'arriver. Quelques-uns, remarqua Térisa, étaient jeunes, de l'âge de Géraden, et n'avaient dû quitter que depuis peu le titre d'Aspirant. Elle reconnut un autre des Maîtres : le redoutable Gilbur, un rictus figé sur ses traits épais, sa barbe blanche tachée de noir, sa silhouette contrefaite équilibrée par la puissance de ses mains. Elle se souvenait de sa voix aussi gutturale que le bruit d'une scie. Mais tous, jeunes ou vieux, connus ou inconnus, la dévisagèrent et froncèrent le sourcil en découvrant Géraden.

— Quelle est encore cette folie ? grinça Gilbur en entrant.

— Bien, nous sommes tous là, commençons, décréta peu après Maître Barsonage.

A son signal, les Maîtres en chasuble jaune s'ordonnèrent sur les bancs. Toutes les portes furent fermées et verrouillées de l'intérieur. Le Congrégat avait à cœur de garder ses secrets. Térisa ne pouvait plus fuir, et ne possédait aucune arme pour battre en brèche l'hostilité ouverte de vingt-cinq ou trente Maîtres.

Quand tous furent assis, le médiateur qui se tenait debout à côté de l'estrade centrale lança abruptement :

— Vous avez la parole, Maître Erémis. Soyez bref, nous avons des questions plus graves à considérer.

Erémis eut un sourire indolent face à ce dédain évident, mais le sang était monté à son visage et ses yeux brillaient dangereusement. Il se leva.

— Maître Barsonage, malgré le respect que je dois à votre âge, votre place et votre expérience, je doute que vos questions soient plus importantes que les miennes.

» Chacun parmi vous a remarqué que je m'étais permis d'amener ici deux personnes qui avaient été bannies de notre assemblée : l'Aspirant Géraden et dame Térisa de Morgan. Ils *sont* les graves questions auxquelles nous devons nous confronter. L'Aspirant nous oblige à nous interroger sur ses pouvoirs, puisque nous n'avons toujours pas compris dans quelle mesure il a contribué à trouver dame Térisa de Morgan dans un miroir qui montrait le champion que nous avions choisi.

Géraden baissa la tête et se couvrit le visage de ses mains.

— Dame Térisa de son côté, par sa seule existence, nous contraint à compter avec elle dans notre décision d'agir pour Mordant. Qui plus qu'eux deux mérite de prendre part à nos débats ?

» Étudions d'abord le cas de l'Aspirant Géraden...

— Foutaises, Erémis, gronda Maître Gilbur. Tout ceci a déjà été dit. Un enfant ne poserait pas autrement les problèmes. Venez-en au fait.

— Au fait, Maître Gilbur ? répéta Erémis avec une hauteur narquoise. Cherchez-vous à me priver du brillant discours que j'ai préparé pour cette occasion solennelle ? Très bien. Je m'en remets à votre intelligence pénétrante et ne m'entêterai pas à justifier par avance ma proposition.

» Je propose, clama-t-il de façon à ce que sa voix se répercute sur la pierre, que l'Aspirant Géraden soit dès aujourd'hui admis à porter la chasuble d'un Maître !

L'écho mourut, les Imageurs contemplaient l'orateur bouche bée. Géraden avait relevé la tête brutalement ; l'émotion voilait son regard. Térisa se souvenait des paroles du Maître : *Je tiens à vous prouver mon amitié...* Voilà donc le sens de ces propos obscurs. Maître Erémis avait-il décidé de récompenser les années de dévouement de l'Aspirant ? Elle ne comprit pas pourquoi sur le visage de Géraden ne se lisait ni plaisir, ni gratitude, que la crainte.

Puis, dans le silence se fit entendre un rire unanime bien qu'étouffé. Maître Quillon tenait la main devant sa bouche pour endiguer ses joyeux hoquets. D'autres avaient moins de talent à retenir leur rire. L'un d'eux le laissa éclater comme une outre trop pleine et bientôt l'hilarité parcourut la moitié des bancs de l'auguste assemblée.

Géraden devint cramoisi.

Maître Erémis ne s'était pas départi de son sourire carnassier, sinistre et fort amusé.

Le médiateur ne riait pas. Il faisait face à Erémis, le menton batailleur. On l'entendit sans qu'il élève la voix, malgré les rires et les hoquets.

— Maître Erémis, il n'est pas très glorieux d'humilier ainsi l'Aspirant.

— *Humilier ?* répéta le Maître outragé, mais sans pour autant se départir de son sourire. Je suis très sérieux.

Les rires décuplèrent. Il leva la voix et dirigea son regard sur ses pairs.

— L'Aspirant Géraden a accompli ce qu'aucun Imageur avant lui n'avait jamais fait ! Même l'ArchI-Mage Vagel n'a jamais su user d'un miroir comme *il* l'a fait ! Cela vous fait rire ? Par le sable pur des rêves, vous ne rirez pas *longtemps* ! Géraden est aussi digne de la chasuble que n'importe lequel d'entre vous, et j'obtiendrai gain de cause !

Sa voix grondait et son terrible sourire demeurait.

— Ah, par exemple ! réagit Maître Gilbur. « J'obtiendrai gain de cause ! » Vous rêvez, Erémis. Il a fallu que vous passiez la tête dans un miroir plat et y laissiez l'esprit comme Havelock. Faire de Géraden un Maître ? Dois-je vous expliquer même cela ?

— Je vous le demande, susurra Erémis. J'oublie l'offense mais j'exige une explication.

Les membres du Congrégat avaient tous les yeux braqués sur lui, incertains, atterrés ou ennuyés.

— La voici, reprit Gilbur. Nous ne pouvons l'admettre au Congrégat, fût-il le plus grand Imageur de tous les temps. Nous n'avons pas sa loyauté. Il nous sert physiquement mais son cœur et son esprit appartiennent au Roi Joyse. Nul n'ignore que, voilà deux jours, quand il partit avec la femme, il la conduisit directement au vieux gâteux. Mais que lui a-t-il dit en chemin ? Demandez-le-lui, Erémis. Et qu'a-t-il dit de nous à son Roi ? Demandez-le-lui *aussi*. Et comment a-t-il servi nos intérêts face à elle depuis ce moment ? Maître Barsonage lui avait ordonné de ne rien lui révéler avant la décision du Congrégat. Je gage que l'ordre fut enfreint avant même que l'Aspirant Géraden et la femme aient quitté cette salle.

Géraden battit des paupières à chacun des mots, mais il ne baissa pas la tête et son regard resta ferme. La pâleur l'envahit comme si toutes ses émotions, aiguisées à la pierre de la médisance dont il était victime, le laissaient à vif, dépouillé. Térisa retint sa respiration ; à présent, quelqu'un allait parler du changement qui s'était produit dans le miroir plat, et Géraden devrait expliquer ce que lui et la jeune femme faisaient au laborium.

— Aspirant Géraden, intervint Barsonage du ton le plus solennel, il vous faut répondre.

Les mâchoires de Géraden se serrèrent, il se leva. Sa neutralité affectée s'était enfuie comme un masque abandonné. Il s'efforça de parler d'une voix sourde pour en cacher le tremblement.

— Maître Barsonage, je suis loyal envers le Roi Joyse, comme nous devrions tous l'être ici. Il a créé Mordant. Il nous a donné la paix. Il a fait le Congrégat. Mais il...

Sa voix se brisa.

— Il n'a pas mon allégeance. J'ai respecté votre ordre, Maître Barsonage, tandis que je conduisais dame Térisa de Morgan au Roi. Il m'accorda aussi peu d'attention que vous et me donna le même ordre, avant de me démettre de toute responsabilité vis-à-vis de dame Térisa. Maître Gilbur insinue que je suis un espion du Roi, poursuivit-il sans endiguer tout à fait son amertume. Je ne le suis pas. Quel dessein servirais-je le cas échéant ? Si j'essayais de lui dire les secrets du Congrégat, il n'écouterait même pas.

Un peu raide, il se rassit.

Térisa ressentit profondément sa douleur, son désarroi. Le souvenir de son rêve d'un paysage hivernal lui traversa l'esprit. Elle se revit immobile, passive, trois cavaliers chevauchant pour la tuer tandis qu'un homme vêtu comme Géraden bataillait pour la sauver. Comme au cours de toute sa vie elle était demeurée inerte. Elle décida de se lever.

Peu lui importait de trembler.

— Il dit la vérité. Il vous a obéi. Et le Roi Joyse l'a congédié, lui a ordonné de ne pas répondre à mes questions.

Fouettée par une soudaine décharge de colère, elle ajouta :

— Le Roi Joyse ne m'a pas renseignée lui non plus. Il est aussi méfiant que vous tous et ne me fait pas confiance.

Maître Quillon promenait dans le vide un regard indifférent.

Le soulagement et la joie éclairèrent brièvement le visage de Géraden, ramenant cette vitalité qui le rendait si aimable, mais le sourire qu'adressa Maître Erémis à la jeune femme était aussi doux et amical que celui d'un oiseau de proie prêt à frapper.

Le courage lui manqua. Elle plia la nuque, essayant sans grand succès de se cacher derrière ses cheveux.

— Merci, ma dame, répondit paisiblement Maître Barsonage. Aspirant Géraden, j'estime que l'on vous doit des excuses — du moins Maître Gilbur vous en doit-il.

Gilbur gronda avant de murmurer :

— Parce que cette bouillie pour chats serait la vérité ?

— Il semble, reprit Barsonage d'une voix plus sèche, que si nul n'est prêt à vous faire d'excuses, ni Gilbur ni un autre, je doive m'en acquitter à leur place. Un fils du Domne mérite meilleur traitement que vous ne recevez ici.

— C'est sans importance, souffla Géraden. Je me satisferais, fit-il en élevant la voix, que le Congrégat se décide simplement à traiter dame Térisa avec plus de considération.

— De mieux en mieux ! enragea Gilbur. Non content d'avoir reçu les excuses du médiateur, voilà qu'il essaie de nous dicter notre devoir.

— Assez, Maître Gilbur ! ordonna Barsonage. Vous vous oubliez. Nous ne sommes pas ici pour discuter de la tenue de l'Aspirant Géraden, mais de son aptitude à porter la chasuble.

Gilbur répondit par un regard assassin. Maître Barsonage soutint un moment cette réplique silencieuse mais ce qu'il lut dans les prunelles de l'Imageur dut le déstabiliser ou l'alarmer ; ce fut lui qui détourna les yeux. Le silence se fit plus lourd dans l'assemblée. Le médiateur s'efforça de recouvrer possession de lui-même.

— Vous avez fait votre proposition, Maître Erémis. Souhaitez-vous parler davantage ?

— Je laisse l'évident mérite de l'Aspirant Géraden parler de lui-même.

Il s'inclina devant ses pairs puis s'assit.

— Fort bien, Maîtres ! résuma formellement Barsonage. Vous avez entendu la proposition. L'accepterons-nous ? Quelle est la volonté du Congrégat ?

Devant l'irritation de Gilbur, devant l'étrange ardeur d'Erémis, Térisa comprit que s'affrontaient là bien d'autres enjeux, bien d'autres motivations. Elle assista au vote à main levée des Imageurs, suspendue au résultat.

Elle crut d'abord que Géraden avait gagné. Bon nombre de mains s'étaient levées en sa faveur, même si elles manquaient de conviction — à l'exception de celle d'Erémis. Maître Quillon n'avait pas voté pour le jeune homme, quand bien même il posait sur lui un regard empli de compréhension ; il leva la main pour déclarer son opposition.

Il faisait partie de la majorité. Le compte achevé, Maître Barsonage déclara la proposition rejetée.

Oh, Géraden, lui dit en silence Térisa. Je suis désolée. Mais elle n'eut pas la force de s'exprimer à voix haute.

— Vous le regretterez, Maîtres, promit Erémis d'une voix aussi douce que distincte.

Gilbur répondit par un rire de dérision.

— Aspirant Géraden, fit le médiateur d'une voix qui trahissait qu'il n'avait pas encore retrouvé son contrôle, le vote a décidé. Je dois à présent vous demander de nous laisser.

Aux yeux de Térisa, Géraden n'avait jamais autant eu l'air d'un homme avec lequel le Congrégat aurait à compter.

— Maître Barsonage, fit-il en se levant, vous devez laisser dame Térisa assister à vos débats. Elle a droit de savoir et de comprendre ce qui sera décidé pour elle. Ce serait folie de le lui dénier. Si elle n'est qu'une simple femme accidentellement translatée, elle ne peut faire aucun mal. Et si elle est secrètement un Imageur — le champion annoncé par les augures en réponse à l'appel de Mordant — vous auriez grand tort d'attiser sa colère contre nous.

Sur ces mots, il s'éloigna de son banc, se dirigea vers la porte et quitta la salle. Elle songea que si elle l'avait blessé la veille, cela n'affectait en rien son sens de la justice.

Maître Erémis secoua la tête et soupira. Il souriait encore, à personne en particulier.

Déroutée par le départ de Géraden, Térisa mit un moment avant de prendre conscience qu'il n'avait pas été fait mention du miroir plat à l'impossible changement d'Image.

— Maître Barsonage, aboya Gilbur, pourrions-nous nous débarrasser également de cette femme et nous mettre enfin au travail ? La hâte nous presse, et je n'aime pas passer des jours entiers à discuter.

— Oui, la hâte, Maître Gilbur, vous rend... hâtif à juger, rétorqua contre toute attente Maître Quillon. Ne soyons pas trop prompts à écarter les questions soulevées par l'Aspirant Géraden.

— Maîtres, intervint Erémis, je puis vous donner une bonne raison pour justifier que nous gardions dame Térisa de Morgan parmi nous. Elle l'a dit elle-même : le Roi Joyse désire qu'elle reste dans l'ignorance. Si c'est là *sa* politique, alors la *nôtre* ne doit-elle pas être d'éclairer notre invitée ? Pourquoi nous réunissons-nous si ce n'est dans le but de rompre avec l'inaction muette que nous impose notre Roi ?

Quillon répondit d'un ton qui lui était peu habituel.

— Maître Erémis, nous invitez-vous à la trahison ?

— Si c'est trahison que de lutter pour notre survie — et pour la défense de Mordant — alors oui, et je défendrai ce point de vue. Pour l'heure, je me contente de me faire l'avocat de la présence de dame Térisa à nos débats.

— Vous rendez la situation complexe, tança Maître Barsonage. Je n'apprécie guère la voie dans laquelle vous nous entraînez. Mais je partage le souhait de Maître Gilbur d'en venir au fait et ne m'attarderai pas à essayer de deviner ce que vous avez en tête.

» Maîtres, vous avez entendu la proposition. L'accepterons-nous ? Quelle est la volonté du Congrégat ?

Cette fois, Quillon et Gilbur se rangèrent dans les camps opposés. L'homme à tête de lapin compta une fois de plus parmi le grand nombre. Avec une franche majorité, le Congrégat vota la présence de Térisa.

Il y eut soudain trop de regards braqués sur elle, trop d'hommes guettant sa réaction. Elle baissa la tête pour dissimuler son désarroi. C'était Géraden qui aurait dû être admis à cette assemblée.

— Très bien, conclut le médiateur d'un ton las. Venons-en à l'ordre du jour.

— Enfin, souffla Maître Gilbur.

— Je ne vous rappellerai pas nos débats antérieurs. Il suffit de savoir qu'il est l'heure de choisir une politique — ou de décider d'une action — consécutive à l'issue inattendue de la tentative de l'Aspirant Géraden pour translater notre champion. Nous avions fait le choix de celui-ci face aux exigences des circonstances, et parce que cela semblait correspondre à l'augure. Et nous avions décidé d'envoyer Géraden dans le miroir par égard... *par égard*, répéta le médiateur face à un nouveau grognement de Gilbur, à la croyance de notre Roi, comme quoi ce qui est vu dans les miroirs ne serait pas créé par l'Imagerie mais posséderait une existence propre hors de notre connaissance.

» Or tout est allé de travers. Et nous avons réalisé qu'il nous est impossible de savoir quel rôle dame Térisa de Morgan jouera dans le destin de Mordant. Donc, nous devons maintenant choisir : accepterons-nous les conséquences de notre acte et en attendrons-nous les effets imprévisibles ? Ou opterons-nous pour une autre action qui résoudrait notre dilemme ?

» Maîtres, vous devez en décider.

Sans se lever, Maître Erémis prit aussitôt la parole.

— Je tiens que nous devons accepter les conséquences de notre acte et en attendre l'issue, énonça-t-il comme s'il voulait, cette fois, ne pas provoquer de réaction adverse. Comme je l'ai déjà fait observer, poursuivit-il sans sarcasme aucun, dame Térisa démontre l'existence d'un pouvoir sans précédent, que nous ne comprenons pas. Ne courons pas plus de risques avant d'en avoir appris davantage à ce sujet.

— Est-ce *vous* qui parlez, Maître Erémis ? questionna la jeune et moqueuse voix d'un Maître de l'âge de Géraden. Vous voilà bien pusillanime. Nous avons d'ores et déjà admis que nous ne pouvions savoir ce que représente dame Térisa. Aussi ne devons-nous pas nous déterminer sur cette base. Que nous importe, dans le péril où nous sommes, que l'Aspirant Géraden ait provoqué un événement sans précédent. Seul compte le fait qu'il a *échoué*. L'augure est clair en soi. Il doit l'être, ou alors nous ne comprenons rien à l'Imagerie. Seul l'Aspirant a échoué. Il faut essayer une nouvelle fois.

Un éclair flamba dans les yeux d'Erémis mais il ne répondit pas.

— N'avez-vous jamais connu l'échec lorsque vous étiez vous-même Aspirant ? s'enquit doucement Maître Barsonage.

— Je n'en avais pas fait une habitude, rétorqua le jeune Imageur. Comme vous le savez.

— En tout cas, fit Gilbur, coupant court à la digression, que les Aspirants soient enclins à l'erreur ne résoud pas notre problème. Je suis d'accord qu'il nous faut tenter à nouveau. *Je* le ferai, en utilisant le miroir original, dont celui de l'Aspirant Géraden était une copie. Je translaterai le champion que nous avons élu... et *qu'importent* les scrupules du Roi ! s'exclama-t-il en brandissant le poing vers Quillon. Il restera assis à jouer à saute-contre avec ce fou de Havelock jusqu'à ce que la terre s'ouvre sous ses pieds et engloutisse Orison. Si c'est là ce qui guette Mordant, *nous devons prendre le pouvoir !*

— Bien parlé, Maître Gilbur ! renchérirent deux ou trois Imageurs.

Mais Barsonage posa sur lui un regard qui ne cachait pas son inquiétude.

Térisa tressaillit comme l'image du champion lui traversait l'esprit. Même dans un monde étranger, l'homme de métal aux armes puissantes savait déployer sa force et vaincre.

— Ainsi, vous aussi défendez ce que Quillon nomme une trahison ? intervint un autre Maître. Ou votre intention est-elle de pénétrer dans le miroir pour demander au champion de venir à notre secours ? Il vous tuera.

— Je n'ai pas peur du mot « trahison », rétorqua Gilbur. Aucun parmi vous ne comprend donc la véritable *raison* de tout ce qui se passe actuellement ? Ce n'est pas Mordant qui est réellement menacé. Mais le Congrégat. Nous sommes en danger car tous les hommes qui haïssent Joyse ou qui cherchent le pouvoir envient ce que nous représentons, aspirent aux connaissances d'Imagerie que nous détenons. Et nos ennemis osent attaquer ce qu'ils convoitent car le Roi Joyse nous a abandonnés. Il a créé le Congrégat, mais l'a entravé de lois qui ne servaient que ses propres desseins, pour aujourd'hui rompre l'amarre et nous livrer à la dérive. Nous devons nous défendre nous-mêmes ou mourir.

— Je suis d'accord, acquiesça Erémis toujours avec la même prudence. Mais comment nous défendrons-nous ? Voilà où nous divergeons.

— Maître Erémis, vous divergez toujours et de tous, résuma Gilbur. Vous manquez de jugement.

Pour apaiser les hostilités, Maître Quillon suggéra, timidement :

— Cela nous aiderait peut-être de consulter à nouveau l'augure.

— Vous seulement, répliqua Gilbur d'un ton désagréable. Avez-vous oublié ce qu'il montre ou pensez-vous qu'il aura changé ?

Quillon ne prit pas la mouche.

— Je préférerais m'en assurer.

— Moi aussi, fit un autre Imageur.

— Reste de surcroît, poursuivit Quillon, la question de l'interprétation. L'expérience des derniers jours nous enseignera peut-être une façon plus limpide de décrypter l'augure.

Une poignée d'hommes dans l'assemblée opinèrent vivement.

Maître Barsonage soupira.

— Cela prendra un moment d'apporter le miroir. Maîtres, nous ne voterons pas cette décision. Chacun a droit d'en faire la demande, s'il est secondé.

— Je souhaite voir le miroir, déclara l'un des partisans de Quillon.

— Moi aussi, fit un autre.

— Très bien, conclut le médiateur.

Il adressa un signe à quelqu'un que Térisa ne put

voir. On entendit la porte de la salle s'ouvrir puis se fermer.

Nul ne parla tandis que le Congrégat attendait. C'était peut-être une question de protocole. Ou alors nul ne souhaitait s'engager plus avant, tant que la requête de Maître Quillon n'aurait pas été satisfaite. Barsonage avait le regard perdu au-delà du cercle des Maîtres. Gilbur serrait ses mains l'une contre l'autre comme s'il broyait quelque chose. Nonchalamment adossé à son banc, Erémis regardait le plafond, trop poli pour siffloter. Et Quillon essayait d'empêcher son nez de remuer, sans succès. Les autres Imageurs affichaient divers degrés d'impatience, de curiosité, d'assurance ou d'inquiétude.

Térisa eut le sentiment fugitif qu'elle aurait dû s'alarmer. Ce débat était tout tramé de courants sourds qu'elle devinait sans les comprendre, de non-dits qui pouvaient être dangereux. Ces gens ourdissaient des intrigues — du mal en perspective. Pourtant, elle aussi subissait cette impatience latente. Elle avait hâte de voir l'augure qui avait conduit Géraden jusqu'à elle.

Deux Aspirants finirent par apporter un beau plateau de bois sculpté, long de près d'un mètre cinquante. Quand les porteurs passèrent près d'elle, la jeune femme vit que le plateau était couvert de morceaux de verre brisé. Ils ne se touchaient pas, ne se superposaient pas mais là résidait leur seule ordonnance.

Si doucement que nul à part elle ne l'entendit, Maître Erémis lui murmura à l'oreille :

— L'Aspirant Géraden a peut-être oublié de vous expliquer nos augures, ma dame. Ils s'élaborent en deux étapes : d'abord, créer un miroir plat approprié ; ensuite, interpréter. Plus simplement, un miroir plat est façonné qui montre une personne, un lieu ou un événement à partir duquel l'augure devra extrapoler. Par exemple, si nous souhaitons savoir s'il y aura une guerre avec Cadwal, nous fabriquons un miroir où figure Carmag — dans le verre duquel on peut voir le Haut Roi Festten. Les miroirs révèlent des lieux, mais ce sont les hommes qui causent les guerres. Puis, on fait tomber le verre. S'il a été fait correctement, il se brise en fragments qui montrent alors le devenir de l'Image originelle du miroir.

» Celui-ci fut façonné par Maître Barsonage. Aussi, fit-il avec moquerie, personne parmi nous ne doute de sa bonne façon... La seconde difficulté, comme vous n'allez pas tarder à vous en rendre compte, consiste en l'interprétation du résultat. J'ai toujours soupçonné les augures de préexister dans l'esprit de celui qui les interprétait...

Quand les Aspirants eurent déposé leur fardeau sur l'estrade, la plupart des Maîtres quittèrent leur banc pour faire cercle autour de l'objet. Chacun voulait jeter de nouveau un regard sur le miroir brisé. Seul Gilbur et ses plus fidèles partisans dédaignèrent de s'approcher. Erémis invita Térisa à suivre le mouvement, la prenant par le bras pour l'accompagner jusqu'à l'estrade. Les Aspirants s'étaient écartés. Le plateau était devant elle.

Le verre était brisé en dizaines de morceaux.

Chacun montrait une Image différente.

Et toutes les Images étaient mouvantes. Au premier regard, Térisa eut l'impression d'un désordre saoulant de rivalité, comme si chaque parcelle bataillait pour la primauté de son Image.

Des fragments qui montrent le devenir.

Leur vue étourdit un instant la jeune femme, qui fut prise de migraine. Elle crut qu'elle allait tomber. Mais elle ferma les yeux et se ressaisit. Quand elle regarda de nouveau, elle s'appliqua à garder les yeux sur une ou deux Images à la fois.

... qui montrent le devenir.

D'abord, elle fut stupéfaite du nombre de scènes qu'elle reconnaissait, et de leur extrême précision malgré la petitesse des morceaux de verre. Dans l'un, le Roi Joyse était absorbé dans une partie de saute-contre, où les pions étaient dispersés sans logique sur le damier. Le souverain paraissait chercher un sens à ce désordre et ses mains s'agitaient au-dessus du jeu. Dans un autre, Géraden avait commencé à franchir un miroir ; mais son corps cachait l'Image dans l'Image. Le jeune homme apparaissait sur un autre fragment, debout cette fois au milieu d'un cercle de miroirs qui tous reflétaient des scènes de violence et de destruction, qui l'assaillaient. Dans un autre morceau, le guerrier caparaçonné du paysage au soleil rouge levait son arme pour viser quelque chose au-delà du cadre de l'Image.

Ce n'étaient là que quelques visions parmi toutes les autres que Térisa ne savait reconnaître. Un éclat montrait un château — qu'elle devina être Orison — percé d'une trouée d'où s'échappait une fumée sinistre. Plusieurs fragments révélaient des scènes de bataille : hommes à cheval qui s'affrontaient si violemment que l'on voyait le sang jaillir de leurs blessures ; silhouettes rampantes ; fantassins transpercés par des lances ; corps disloqués ; carnage. D'autres présentaient des scènes qui ne pouvaient être que le fruit de l'Imagerie : blocs de roches dévalant du ciel comme d'un sommet de montagne ; créatures de braises qui semaient le feu sur leur passage ; vers voraces. Des villages étaient rasés. Des châteaux s'effondraient. Les récoltes brûlaient. Hommes, femmes, enfants agonisaient.

Et de-ci de-là dans la terrible mosaïque, se glissaient quelques scènes de paix, de victoire peut-être : une bannière rouge flottait sur une colline ; une cérémonie, apparemment un mariage, se déroulait dans une grande salle de bal ; des fermiers semaient le grain dans un champ encore marqué par les stigmates du combat.

Une autre Image attira l'attention de Térisa.

Trois cavaliers. Pressant leurs montures de l'avant, droit hors du verre, ils donnaient aux flancs de leurs chevaux d'aussi sauvages coups qu'en promettaient leurs épées brandies vers le ciel, au tranchant aiguisé et brillant. Ils étaient déterminés à l'atteindre, à franchir l'abîme de l'augure et de la translation ; le rythme fou de leurs cavales hâtait l'instant où Térisa et son avenir se rencontreraient.

Les cavaliers de son rêve.

Bien sûr.

Aussitôt, un calme merveilleux et grotesque l'envahit, qui s'attarda seulement un instant. Elle leva la tête, certaine que le son du cor allait gonfler son cœur. Bien sûr. Comment n'y avait-elle pensé plus tôt ?

Non pas aux cavaliers. Elle ignorait ce qu'ils signifiaient. Elle n'était pas loin de s'en moquer. Mais l'*avenir*. Les miroirs ne franchissaient pas seulement les distances ou les dimensions ; ils savaient aussi traverser *le temps. Fragments du devenir*. Voilà pourquoi elle avait vu la même Image à deux saisons différentes, le même lieu au printemps et en hiver : le temps. Ce qu'elle avait vu ne prouvait donc pas que le miroir par lequel elle était venue mentait ; elle avait seulement été témoin du phénomène qui rendait possibles les augures.

Ce qui signifiait...

De l'autre côté de l'estrade, Maître Quillon lui demandait doucement, presque avec une politesse formelle :

— Cela vous apporte-t-il quelque lumière, ma dame ? J'avoue, pour ma part, être dérouté.

— Le secret de l'interprétation, ma dame, murmura Erémis à l'oreille de Térisa, est de décrypter cette cascade d'Images. Leur mouvement n'est en rien le fait du hasard. Il existe ce qu'on pourrait appeler un « courant » qui traverse l'événement interrogé jusqu'à son issue. Malheureusement, ce courant n'est pas aisé à discerner. Nous voyons le danger qui menace Mordant. Nous reconnaissons l'importance de Géraden. Il est en bonne compagnie... Le Roi Joyse, le Haut Roi Festten, le Monarque d'Alend. Et il est le seul individu à paraître deux fois. Le champion est également présent. Restent des scènes qui nous échappent.

Il désigna le fragment où Géraden était entouré de miroirs.

— Et nous voyons des issues à tout cela — destruction et espoir. Mais l'ordre des Images est plus difficile à déterminer. L'Aspirant Géraden nous apporte-t-il l'espoir ou la ruine ? Que médite le Roi Joyse tandis que ses ennemis fondent sur lui ?

— En bref, clama Gilbur depuis sa place, rien n'a changé. L'augure ne nous dit rien que nous n'ayons déjà vu.

— Quand nous avons décidé que l'Aspirant Géraden irait quérir le champion, expliqua Maître Barsonage en ignorant la remarque de Gilbur, la logique de ces scènes nous parut évidente. Il ne pouvait causer le mal, puisque nous sommes déjà sous l'emprise du mal. Donc, il représentait l'espoir. A présent, soupira-t-il, l'interprétation est plus douteuse.

— Par exemple ! « Plus douteuse », gronda Gilbur de nouveau avec colère. Rien n'est moins douteux, oui ! La participation de l'Aspirant à l'affaire est bel et bien ce qui va nous conduire à la ruine. Seul le champion porte un espoir.

— C'est ce qu'il nous faut décider, répliqua le médiateur, les dents serrées.

Les Imageurs demeurèrent encore un moment autour de l'estrade. Certains murmuraient par petits groupes, d'autres désignaient des fragments à leurs compagnons. Peu à peu, ils regagnèrent les bancs. Erémis reconduisit Térisa à sa place.

Quand tout le monde fut assis, le silence se fit dans le Congrégat. Chacun, à l'exception de Gilbur, parut perdu dans ses pensées, déçu peut-être que l'augure n'apporte pas de réponse plus claire, hésitant aussi à adopter la solution radicale de Maître Gilbur. Lui semblait se contraindre à se taire, décidé à ne pas parler le premier.

Enfin, un Imageur que Térisa ne connaissait pas prit la parole.

— N'y aurait-il pas une troisième voie ? Faut-il choisir entre ne rien faire ou risquer d'en faire trop ?

— Non, murmura un autre, le Roi ne nous a pas laissé le choix. Notre situation est grave. A gouverner Mordant comme un homme fou, il a laissé passer la chance d'une voie médiane.

— J'ai eu vent d'une rumeur, intervint un troisième, comme quoi le Perdon serait venu hier pour s'entretenir avec le Roi Joyse. Il a annoncé qu'une armée de trente mille soldats de Cadwal attendait sur la rive du Vertigon et a exigé des renforts. Le Roi les lui a refusés.

L'expression bouleversée de plusieurs Imageurs prouvait qu'ils n'avaient pas eu connaissance de ce dernier événement. Maître Erémis avait un sourire vague.

— Qu'importe, assura Maître Barsonage, plus contraint que sincère. Il est le Roi. Il a ses raisons pour prendre cette décision. Raisons que nous ignorons.

— Exact, renchérit Gilbur. Et pour ma part, je m'en moque. Si un assassin tente de me planter son poignard dans le cœur et que l'homme chargé de ma protection s'écarte, je ne me demande pas quelles sont ses raisons. Je me bats. Une fois que j'ai vaincu l'agresseur, que je les ai enchaînés tous les deux, et leur ai brisé quelques côtes pour faire bonne mesure, *alors*, je m'enquiers des raisons de mon garde du corps pour s'être dérobé à la lutte.

— Maître Gilbur, répliqua le médiateur, agité à la fois de colère et de peur, comment êtes-vous devenu si barbare ? Je comprends vos arguments mais non le ton de haine que vous adoptez pour les exposer. Quoi que nous puissions penser du Roi Joyse aujourd'hui, n'oublions pas qu'il a créé le Congrégat et, par là, nous a faits ce que nous sommes.

— Et que sommes-nous ? railla Gilbur. Des hommes divisés et inutiles.

— Nous ne pouvons prendre une décision sur ce fond de passion aveugle, insista Maître Barsonage sombrement. Que nous vaut votre répugnance à son égard, Maître Gilbur ?

L'Imageur croisa les mains, si serrées que ses phalanges en devinrent blanches.

— Personnellement, intervint Maître Erémis, j'ai dans l'idée que notre bon Maître Gilbur a eu autrefois l'insolence de demander la main de l'une des filles du Roi. Il est assez compréhensible que notre souverain ait ri de lui.

Quelques Imageurs eurent envie de rire eux aussi mais l'intéressé les en empêcha en bondissant sur ses pieds.

— Oui, je suis barbare, Maître Barsonage ! Vous avez perçu la haine dans ma voix ! J'ai fait étalage de mon dégoût ! J'ai mes raisons.

» Comme vous le savez, je fus l'un des derniers Imageurs à rejoindre le Congrégat dans les jours qui précédèrent la défaite de l'ArchI-Mage Vagel. Mais vous n'avez jamais entendu l'histoire de ce qui me mena au Congrégat.

» J'avais voué ma vie à mes recherches et, en ce temps-là, nulle autre question ne me préoccupait, bien que je fusse au courant de l'invitation du Roi à tous les Imageurs de quitter leur laborium privé pour le rejoindre à Orison. J'ignorais cependant qu'un autre Imageur s'était secrètement installé près de mon repaire solitaire dans les collines d'Armigite. Ce misérable corrompu convoitait le fruit de mes études, et m'attaqua pour essayer de m'arracher mes secrets. Je me défendis, mais il m'avait pris par surprise et je ne pus vaincre. Au cours de notre lutte, une partie de la voûte de mon antre s'effondra, me recouvrant de blocs de pierre dont je ne pus me dégager. Mon ennemi s'empara de ce qu'il était venu chercher et disparut.

» Il n'alla pas loin et tomba droit dans les bras du Roi Joyse. Le Roi avait entendu parler de lui avant moi et était accouru pour s'emparer de lui tandis qu'il me défaisait. Aussitôt, mon adversaire usa de son pouvoir contre le Roi, mais il n'était pas de taille face à l'Adepte Havelock de cette époque et fut tué.

» Après le premier éboulement, mon laborium continuait à s'effondrer. Le Roi Joyse risqua sa vie pour y pénétrer, me dégager des éboulis et m'entraîner au-dehors. Il ne put soigner le mal causé à mon dos, dont je souffre encore aujourd'hui, mais il veilla à ma guérison, à la poursuite de mes recherches et me donna une place au Congrégat.

— Et vous le haïssez pour cela ? interrogea Maître Barsonage, incrédule.

— Oui ! s'écria Gilbur en agitant ses grosses mains crispées. Oh ! il fut habile dans la création du Congrégat. Il fut fort et vaillant pour bâtir Mordant. Et il fut bon pour moi. Mais il ne m'enseigna pas à prévoir la faiblesse dont il serait pris, sa folie, son refus d'agir, comme si de nous en prémunir équivalait à une *trahison.*

» Je méprise ce qu'il est *devenu,* Maître Barsonage. Si vous et moi sombrions dans la sénilité, les serviteurs d'Orison nous mettraient au lit et nos responsabilités passeraient en d'autres mains. Notre incontinence ou nos égarements d'esprit ne nuiraient à personne. Mais *lui* reste Roi. Et il ne prend aucune décision, excepté celle de nous empêcher d'agir et d'espérer.

» L'on devient « barbare » à moins. L'homme que nous avions raison d'aimer, entre tous les hommes de Mordant, *nous a trahis* !

Son accusation résonna sous les hautes voûtes. Il se rassit pour ajouter en marmonnant :

— J'ai déjà été attaqué et brisé. Nous devons avoir les moyens de nous défendre.

Puis il se prit la tête entre les mains et ne bougea plus.

Nul ne parla. Maître Erémis se trémoussa sur son banc comme s'il avait voulu répondre puis se ravisa. Maître Quillon parut rétrécir dans un touchant effort pour disparaître sous terre. Le médiateur croisait les bras sur son énorme poitrine comme un homme qui se retient d'exploser. Certains Imageurs étudiaient la réaction de leurs pairs. D'autres au contraire évitaient de croiser un regard.

Térisa prêtait toute son attention à cette lourde tension et s'interrogeait : le fait d'être réelle exigeait-il de sa part une réaction, un acte particulier ?

Tout à coup, Maître Gilbur frappa du poing le dossier du banc devant lui, si fort que l'on entendit craquer le bois.

— Couilles de chien ! tempêta-t-il. Allez-vous rester assis là toute votre vie ? Si vous estimez que j'ai tort, dites-le. Aucun d'entre vous n'a donc assez de tripes pour me dire en face que je me trompe ?

Alors, le jeune Imageur qui s'était moqué d'Erémis parla haut et fort.

— Je soutiens la proposition de Maître Gilbur. Nous devons appeler le champion.

Sa prise de position brisa le silence. L'air vibra soudain de voix, d'imprécations. On réclamait un vote.

Se contenant toujours, Maître Barsonage attendit le retour au calme.

— Très bien, fit-il d'une voix contrainte. C'est folie mais nous devons considérer la question. Je connais mon devoir. Vous avez entendu la proposition. L'acccepterons-nous ? Quelle est la volonté du Congrégat ?

Térisa compta les mains levées aussi rapidement qu'elle le put. Barsonage, Erémis, Quillon et quelques autres votèrent contre.

Ils se trouvèrent en minorité. Maître Gilbur avait gagné.

Le médiateur renifla d'un air de profond dégoût.

Comme choqué par ce qui venait de se produire, le Congrégat retomba dans le silence. Les Imageurs paraissaient douter de ce qu'ils étaient en train de vivre. Un sourire d'anticipation découvrit les dents de Gilbur. Il savourait sa victoire et se taisait. Personne n'osait prendre d'initiative.

Enfin Maître Erémis se leva. Ses manières affectaient plus de nonchalance encore, si tant est que ce fût possible, mais Térisa vit sur son visage, dans l'éclat de ses yeux surtout, une nouvelle excitation, le plaisir de se livrer à un autre jeu.

— Je suis surpris, déclara-t-il. C'est folie, comme l'a fait remarquer Maître Barsonage. Néanmoins, je ne discuterai pas le vote. Il est concevable, je suppose, que je sois dans l'erreur.

Il décocha un superbe sourire que nul ne lui rendit.

— Cela conclu, poursuivit-il, reste à décider *quand* la translation sera tentée. Laissez-moi vous demander un délai. Six jours devraient suffire.

Gilbur renversa convulsivement la tête en arrière comme si l'on venait de le frapper. Maître Quillon posait sur Erémis le regard d'un petit animal face à un serpent.

— Un délai, Maître Erémis ? interrogea Barsonage. Six jours ? répéta-t-il comme si l'impatience maintenant l'avait gagné. Puisque Maître Gilbur a la majorité, pourquoi surseoir ?

— Oui, pourquoi ? fit Gilbur d'un ton cassant. Le péril se resserre autour de nous comme des sables mouvants. Une armée de trente mille hommes s'apprête à fondre sur le Perdon. Le Monarque d'Alend sait seul quelle traîtrise il est en train de tramer. Nous sommes l'objet d'attaques incessantes d'Imagerie, de toutes sortes, en tous lieux, comme si notre ennemi ne connaissait les limites ni du temps ni de la distance. Dans six jours, nous serons peut-être morts. Mais, sans aucun doute, nous céderons devant la sagesse de notre estimable Erémis.

— Maître Gilbur, plaida le nonchalant Imageur, qui paraissait à nouveau beaucoup s'amuser, je vous conseille de tenir votre langue. En cas contraire, je m'en chargerai moi-même et me verrais pour cela obligé de vous l'arracher.

Gilbur répondit par un sauvage éclat de rire.

— Maître Barsonage, reprit Erémis d'un ton égal, je ne vous soumets pas cette requête à la légère. En voici la raison : hier, j'ai parlé au Perdon après son entrevue avec le Roi Joyse. Nous nous sommes entretenus un certain temps, et sommes tombés d'accord sur le fait que la situation de Mordant est néfaste, la passivité du Roi insupportable, et qu'une action doit être décidée en dépit de lui.

» Notre propre dilemme est grave, Maîtres, mais considérez celui des Fiefs. Le Perdon tombera le premier quand Cadwal attaquera, puis le Fayle qui fut de tous temps la première victime des prétentions d'Alend ; ensuite le Termigan, l'Armigite et le Tor verront leurs populations décimées. En conséquence, le Perdon a promis de convoquer tous les seigneurs à Orison — à l'exception du Domne, évidemment, qui est trop proche du Roi — afin qu'ils décident ensemble d'une réponse à leur nécessité commune. Et aussi pour qu'ils forgent avec nous une alliance.

Térisa lut la consternation sur le visage de Maître Quillon. Le médiateur, au contraire, écoutait Erémis avec un enthousiasme croissant.

— Ils se réuniront la nuit, d'ici six jours. J'ai été convié, pour parler au nom du Congrégat.

— Six jours, pour que les messagers préviennent les Seigneurs et que ceux-ci répondent ? protesta un Imageur. A cette époque de l'année ? L'Armigite aurait à la rigueur le temps d'arriver, Batten n'est distant que de quarante miles. Mais le Fayle ? Le Tor ? C'est pure folie. Même dans les meilleures conditions le Termigan n'a jamais accompli le voyage jusqu'à Orison en moins de dix jours !

— Qu'importe, susurra Erémis. Le Perdon a promis. Mettriez-vous sa parole en cause ? Je crois, pour ma part, ajouta-t-il en souriant, qu'il avait déjà décidé cette réunion et dépêché ses envoyés — bien avant de me parler. Je l'ai seulement persuadé de compter avec nous.

» Maîtres, je pense que nous ne devrions pas négliger cette opportunité d'obtenir le soutien dont nous avons besoin. Alliés aux Seigneurs des Fiefs, leur exposant nos propositions, nous ne risquerons pas de nous heurter à leur opposition à notre champion. Et nous nous gagnerons des amitiés dans tout Mordant qui devraient se révéler utiles dans les conflits à venir.

Térisa dévorait le Maître du regard, le souffle court, fascinée par sa témérité à engager une lutte pour Mordant d'une façon qu'elle jugeait hautement valeureuse et pleinement justifiée.

— De surcroît, renchérit promptement Barsonage, les Seigneurs proposeront peut-être une solution qui rendra la présence du champion inutile. Quant à nous, nous jouissons de six jours supplémentaires pour réfléchir. Maître Erémis, je vous félicite de votre sagesse et de cette initiative. Elles sont les bienvenues.

— Vraiment ? interrogea un jeune Imageur. Mais de quel droit Maître Erémis parlerait-il pour nous auprès des Seigneurs des Fiefs ?

— Comme vient de le dire Maître Barsonage, répliqua l'intéressé, une lueur au fond des yeux. Par le droit de la sagesse et de l'initiative.

— Mais vous vous êtes opposé à ce que nous translations le champion, protesta un autre. Comment pouvons-nous être certains qu'il ne s'agit pas là d'une ruse destinée à annuler notre décision ? Comment saurons-nous que vous défendez bel et bien notre savoir et notre position face aux Seigneurs ?

— Maîtres, répondit Erémis de son ton supérieur et narquois, les Seigneurs ne seraient pas d'accord pour dévoiler leur cœur devant l'ensemble du Congrégat. Quelle que soit notre opinion aujourd'hui, nous sommes la création du Roi Joyse, et ceux qui redoutent la politique de notre souverain nous redoutent aussi bien.

— Ma question demeure, insista l'homme qui venait de parler. Comment pouvons-nous vous faire confiance pour traiter d'une alliance qui nous concerne tous, quand vous venez de vous opposer à la majorité d'entre nous ?

Un moment, Erémis parcourut l'assemblée du regard, s'attarda sur Maître Barsonage, sur Maître Quillon dont les yeux effarés trahissaient la détresse, sur les Imageurs qui le défiaient.

— Très bien, finit-il par rétorquer en haussant les épaules. L'un de vous m'accompagnera pour s'assurer que je ne trahis pas votre décision. Mais je cours le risque de mal disposer les Seigneurs.

» Maître Gilbur, serez-vous à mes côtés ?

La surprise parcourut toute l'assemblée. Gilbur resta bouche bée un instant puis s'empressa d'acquiescer.

Maître Barsonage se permit un soupir de soulagement.

— Maître Gilbur, je prends note de votre accord. Maîtres, il est donc proposé que nous différions de six jours la translation de notre champion, jusqu'à ce que Maître Erémis et Maître Gilbur se soient entretenus avec les Seigneurs. Quelle est votre volonté ?

Le vote fut quasiment unanime.

Térisa respira plus librement, comme si une menace venait d'être écartée. Six jours. Tout pouvait arriver en six jours.

Mais Erémis n'en avait pas terminé.

— Un dernier point, déclara-t-il sans se rasseoir. Les Seigneurs entreront au grand jour à Orison, comme il sied à leur rang. Mais ils se réuniront en secret.

Le médiateur hocha la tête. Les récentes propositions paraissaient avoir restauré sa confiance ; il dominait de nouveau la situation.

— Je vous comprends, fit-il. Maîtres, dame Térisa de Morgan, lança-t-il avec autorité, nul ne soufflera mot de ceci. Quelle que soit votre opinion personnelle, vous ne parlerez pas.

Il parcourut toute l'assemblée du regard puis fixa Térisa.

— Les Seigneurs nous refuseront leur confiance si la nouvelle de leur réunion vient à transpirer. Si le Roi Joyse intervenait, tout espoir d'alliance serait perdu. Nous agissons ainsi non pas pour nous grandir nous-mêmes mais pour sauver Mordant. Il ne faut pas que nous soyons trahis. Ma dame, ajouta-t-il doucement en venant se placer devant elle, vous ne direz *rien* de ce que vous avez entendu ici aujourd'hui.

Il s'efforça d'atténuer sa dureté d'un sourire.

— Géraden vous questionnera. Si vous vous liez d'amitié avec elle, vous découvrirez que dame Eléga est d'une curiosité insatiable. Le Gouverneur Lebbick tient à savoir tout ce qui se passe à Orison. Même le Roi Joyse pourrait se prendre d'un intérêt soudain pour vous. Vous devez vous taire.

Elle essaya de soutenir son regard mais ne le put.

Il exigeait d'elle qu'elle fasse un choix et s'y tienne — tacitement, il lui demandait de partager, si légère soit sa part, la responsabilité du succès de Maître Erémis. Rôle passif, certes, mais choix, néanmoins. N'était-ce pas là ce que faisaient couramment les êtres qui croyaient exister : faire des choix et s'y tenir ?

Elle hésita seulement à cause de Géraden ; devait-elle promettre de ne pas lui parler ?

Heureusement, Maître Erémis vint à son secours.

— Maître Barsonage, assura-t-il gentiment, je suis certain que nous pouvons lui faire confiance.

Le médiateur fronça les sourcils comme s'il lui déplaisait de se rendre à la certitude d'Erémis, comme si soudain quelque chose dans les paroles ou le ton de l'Imageur semait le doute dans son esprit. Après un instant de réflexion il préféra cependant ne pas s'entêter.

— Maîtres, fit-il avec distance, avions-nous d'autres questions à débattre ?

Nul ne souffla mot.

— Alors, séparons-nous. Je crois que nous avons assez voté aujourd'hui pour l'avenir de Mordant.

Abandonnant l'estrade, il passa entre les piliers, ouvrit une porte et quitta la salle.

Térisa chercha Maître Quillon. Il n'était plus là, apparemment déjà parti.

— Venez, ma dame, invita Erémis en prenant le bras de la jeune femme. Vous n'êtes parmi nous que depuis trois jours mais j'ai le sentiment d'avoir déjà trop tardé à vous offrir mon hospitalité.

Elle ne put résister au bras qui la frôlait, l'entraînait. Il émanait du Maître une aura de triomphe, d'anticipation secrète, d'enthousiasme aiguisé. Il allait trop vite à multiplier les événements. Sa vitalité confiante, lorsqu'il parada devant ses pairs, Térisa à son bras, donna le vertige à la jeune femme.

Quand il était près d'elle, sa présence physique dominait tout. Son subtil parfum de sueur et de clous de girofle, le jeu de ses muscles perceptible à travers son manteau annihilaient les interrogations et la volonté de Térisa. D'où lui venaient cette confiance, cette puissance ? Et que voyait-il en elle pour la réclamer avec tant d'évidence ? Elle ne le comprenait pas.

Mais cela rendait son attrait encore plus fort. Sa confiance était comme un filtre, un enchantement, si fascinante et si nouvelle pour la maigre expérience de Térisa.

Elle marchait à son côté comme si de ses incertitudes alliées à la force d'Erémis était né un charme qui lui ouvrait des voies nouvelles, insoupçonnées.

Elle avait soif et faim de quelque chose qu'elle ne savait nommer.

Ils cheminèrent de concert à travers le laborium puis le long des passages publics d'Orison. Une fois dans la salle de bal, ils prirent la direction opposée à celle que commençait à connaître Térisa. Erémis lui expliqua qu'ils pénétraient dans la partie du château réservée aux appartements des Maîtres, aile que le Roi Joyse avait fait reconstruire lorsqu'il avait commencé à rassembler le Congrégat, pour que ses Imageurs jouissent de tout le confort, du luxe, de logis dignes du respect où ils devaient être tenus. Mais Térisa ne prêtait attention qu'à la voix de son compagnon, non à ses paroles. A la fois fascinée et inquiète, elle se découvrait la proie de son physique, de son timbre de voix, de son odeur, comme si tous ces éléments, résumés dans la main qui la tenait, allaient enfin résoudre le problème de son existence.

Au sortir de la salle de bal, ils croisèrent de plus en plus de monde. Erémis n'était pas salué dans l'indifférence par les hommes d'un certain rang, qui lui manifestaient soit une complicité admirative, soit une envie jalouse. Les gardes roulaient de gros yeux, allant parfois jusqu'au clin d'œil. Dames et femmes de chambre détaillaient Térisa pour essayer peut-être de comprendre ce qui la rendait désirable.

La sensation d'être à la fois réelle et ravie à elle-même la poussa à l'audace. Indifférente aux regards des passants, elle s'adressa au Maître :

— J'ai apprécié la façon dont vous avez tenté d'aider Géraden.

— Vraiment, ma dame ? répliqua Erémis non sans raillerie. Vous êtes délicieusement naïve. L'esprit d'un enfant dans un corps de femme.

De sa main libre, il lui caressa le bras, dessinant sur sa peau un sillon brûlant.

— Je doute que Quillon partage votre point de vue. A moins de me tromper, je gage qu'il m'a trouvé cruel.

Le nom de Quillon alerta Térisa. A quelque degré qu'elle fût de son doux abandon, elle refusait de trahir Quillon ou l'Adepte Havelock, et elle sentait Erémis prêt à découvrir son secret. Aussi répondit-elle, vite — trop vite ?

— Quillon ? Lequel était-ce ? J'ai été présentée à beaucoup de Maîtres.

— Qu'importe, ma dame, s'exclama Erémis en riant. Il n'a guère plus de poids que d'épaisseur.

D'un geste, il lui désigna la proximité de ses quartiers. Ils se trouvaient dans une sorte de cul-de-sac, avec une porte de chaque côté du couloir, une autre au fond. Si les murs gardaient leur austérité grise et lisse, la porte ne ressemblait pas à toutes les autres portes qu'elle avait vues dans Orison. Elle était en bois de rose, polie de façon éclatante pour bien faire ressortir le bas-relief qui y avait été sculpté. Il représentait Maître Erémis, grandeur nature, arborant un sourire sardonique et dardant sur le visiteur éventuel un regard d'une extraordinaire profondeur — regard, constata Térisa, artificiellement accentué par l'incrustation délicate de morceaux d'ivoire dans le bois de rose.

— Vous saurez toujours me retrouver, je l'espère, ma dame, fit le Maître. Les portes des Maîtres sont toujours marquées de leur sceau ou de leurs signes. Mais Orison est vaste et l'on peut confondre deux sceaux. Celui qui me connaît reconnaît toujours ma porte.

Avec adresse, il ouvrit et l'invita à entrer.

Il avait parlé de luxe mais elle ne s'était pas attendue à une telle somptuosité. Après la pénombre et l'austérité des couloirs de granit gris, l'opulence du mobilier lui parut exquise autant qu'exotique. Des feux parfumés d'essences rares brûlaient dans de larges urnes de cuivre finement ouvragées, dispensant chaleur et lumière. Le meuble principal était un profond divan de satin débordant de coussins ; devant, une longue table basse au plateau de cuivre dentelé et aux pieds de bois de rose ; il y avait aussi deux ou trois fauteuils tapissés de satin assorti à celui du divan. Une table de toilette décorative et une jatte également de cuivre occupaient une petite niche. A côté, un meuble de bois contenait des carafes de vin. La dureté du sol était adoucie par plusieurs épaisseurs de tapis, le plus grand d'un beau tissage carmin qui faisait chanter le bleu profond dominant du mobilier et le jaune vif des riches rideaux qui masquaient les fenêtres. L'espèce de ciel de tente qui couvrait le plafond était jaune lui aussi ; seules les tapisseries au mur réunissaient les trois couleurs vives, usant du rouge sans avarice pour retenir l'attention sur leur sujet : des femmes séduites à divers stades de leur abandon.

Souriant, Erémis lâcha le bras de Térisa et referma la porte.

— Voyez, Joyse traite bien ses Imageurs, ma dame. Mordant néanmoins n'est pas né dans la richesse. Pendant des siècles, les Fiefs ne produisirent rien d'autre que blé, raisin, bétail... et les hommes pour les élever. La richesse de notre Roi — comme sa puissance — lui vint de la guerre. Sans aucun doute, quelque noble de Cadwal a-t-il joui de ces richesses avant moi. J'en suis fort aise.

Il alla vers le bassin de cuivre et se rinça les mains avant de s'asperger d'eau le visage. Quand il revint près d'elle, Térisa sentit encore plus fort le parfum de clou de girofle.

— Mettez-vous à votre aise, invita-t-il en lui désignant le divan. Aimez-vous le vin ?

Son sourire s'évanouit et il y eut une lueur avide dans ses yeux pâles.

Les parfums d'encens, la senteur du clou de girofle, et l'expression sur le visage de son hôte rompirent en Térisa l'équilibre fragile entre plaisir et alarme.

Une panique naissante lui noua la gorge. Elle chercha désespérément à gagner par la conversation le temps de réfléchir.

— Il y a une chose que je n'ai pas comprise dans les miroirs quand Géraden me les a montrés...

Erémis fronça les sourcils au nom de Géraden, ou peut-être agacé par l'incertitude de son invitée. Pour masquer sa vexation, il se dirigea vers le petit meuble, en sortit deux verres à pied qu'il emplit de vin du même rouge profond que celui du tapis. Il revint tendre l'un des verres à Térisa, goûta le contenu du second. Il souriait de nouveau et l'avidité de son regard avait cédé devant plus de circonspection.

— A parler franchement, ma dame, nul ne comprend ce à quoi vous avez assisté. Aucun miroir, plat ou autre, ne peut changer son Image. Dans la mesure où c'est impossible, je ne l'aurais pas cru si je ne l'avais vu de mes yeux.

» Vous aurez remarqué que nous n'en avons pas débattu aujourd'hui. Il n'y a rien à dire sur l'impossible, maintenant qu'il n'est plus visible. La plupart des Maîtres ne m'ont pas cru lorsque je leur ai décrit ce que j'avais vu. Surtout... poursuivit-il d'un ton distrait, que je n'avais pas reconnu la nouvelle Image et ne pouvais la qualifier.

— Oh ! Géraden l'a reconnue, lui. C'est un endroit qui s'appelle le Poing Fermé, quelque part dans le Fief de Domne.

Sitôt ces mots prononcés, elle se dit qu'elle aurait dû se taire. Elle eut l'étrange sensation d'avoir trahi un secret — trahi Géraden. Mais par sa présence virile, Maître Erémis la poussait à parler. Il s'inclina légèrement au-dessus d'elle, prêtant l'oreille, attendant qu'elle ait fini pour la saisir.

Et malgré elle, Térisa s'entendit tout lui raconter. Elle lui confia ce qu'elle n'avait pas dit à Géraden. Elle lui décrivit ce qu'elle avait trouvé dans le miroir qui montrait le champion : ni la violence de la guerre, ni son appartement, mais le Poing Fermé au printemps.

Son aveu hâtif intéressa le Maître, mais moins cependant qu'elle l'avait espéré.

— Étrange, admit-il, songeur.

Doucement, il entraîna Térisa vers le divan, l'invita à s'asseoir, prit place à son côté ; et leurs flancs étaient chauds l'un contre l'autre. Il posa un bras sur le coussin derrière elle, s'avança légèrement.

— Géraden a-t-il eu la même expérience ?

Elle secoua la tête. Ses sens étaient enivrés d'encens, de clou de girofle et de désir.

— Il voulait voir s'il saurait me reconduire chez moi. Ainsi, j'aurais eu le choix entre partir ou rester. Mais, passé dans le verre, il trouva votre champion.

— Ah ? C'est donc pour vous seule que la translation s'est dévoyée ?

Elle refusait d'envisager les choses sous cet angle.

— Ou peut-être est-ce Géraden qui a provoqué ce phénomène pendant mon passage. Sans doute n'a-t-il même pas su ce qu'il faisait. Il ignore détenir ce pouvoir.

Elle le revit quittant l'assemblée, entendit les mots qu'il avait prononcés pour la défendre, se souvint de l'étrange autorité avec laquelle il l'avait suppliée de rester. Pour elle seule, elle murmura :

— Les Maîtres auraient dû l'accepter parmi eux.

— Il est préférable que ce changement d'Images n'ait pas été débattu publiquement, trancha Erémis. Incapables de prêter un tel pouvoir à Géraden, les Maîtres auraient conclu que vous êtes le puissant Imageur qu'ils craignent et appellent à la fois.

» Mais vous n'êtes pas Imageur ; nous le savons vous et moi. J'en référerai discrètement à quelques-uns de mes pairs dignes de confiance et nous tenterons d'expliquer ce que vous ne comprenez pas.

Tandis qu'il parlait, son bras s'était resserré autour de Térisa ; ses lèvres effleuraient à présent les cheveux roux.

— Êtes-vous satisfaite ? Je brûle d'explorer le territoire de votre féminité.

Elle n'avait pas le choix, son corps se languissait sous sa vêture. Elle respira son haleine chaude lorsqu'il couvrit sa bouche de la sienne.

Ce fut à cet instant que l'on frappa à la porte.

Des coups discrets d'abord, que Maître Erémis ignora. Sa langue picorait les lèvres de Térisa, lui donnant à goûter un genre de baiser qu'elle n'avait jamais connu. Les coups à la porte se firent plus insistants. Le bois vibra bientôt sous l'assaut répété.

En jurant, Erémis quitta le divan et alla ouvrir.

Térisa reconnut Géraden sur le seuil.

Elle respirait trop vite et son visage la brûlait.

Géraden ne la regarda... ni ne fixa le Maître. Au lieu de cela, il maintint les yeux rivés sur un point indéterminé entre eux deux.

— Maître Erémis, fit-il d'un ton contrôlé, en quoi puis-je vous servir ?

— Me *servir* ? aboya le Maître. Pourquoi aurais-je besoin de vous ? Disparaissez.

— Je suis votre débiteur. Vous m'avez, sans raison apparente, proposé pour la chasuble. Aucun devoir plus urgent ne me réclame que celui de vous manifester ma reconnaissance.

— Fort bien. Payez-moi donc de retour... suggéra Erémis qui s'efforçait de ne pas élever la voix, en me laissant tranquille.

A cette réponse, Géraden le regarda enfin et répliqua, avec fermeté :

— Dame Térisa mérite mieux.

Puis il tourna les talons et partit.

Erémis jura de nouveau avant de faire mine de claquer la porte. Il la retint cependant et la repoussa doucement, ferma de nouveau le verrou. Quand il revint vers Térisa, il arborait un sourire songeur, qui aurait pu manifester aussi bien une colère retenue que de l'admiration.

— Ce garçon est décidément curieux, murmura-t-il comme s'il se parlait à lui-même, mais ses yeux brillants fixaient Térisa. Il faut que je réfléchisse à un traitement particulier pour lui.

Il chassa ses réflexions d'un geste et la contempla longuement. La lueur avide revint dans ses yeux. Il se saisit de son verre, le vida, et se rassit tout près de la jeune femme.

Sans raison consciente, elle s'écarta légèrement et, face à lui, brandit son verre comme barrière entre eux. Ses joues étaient encore vermeilles de la sensation vive qu'elle avait eue, voyant Géraden, d'être en train de commettre un acte honteux. *Dame Térisa mérite mieux*. Qu'avait-il voulu dire ? Il la connaissait trop peu pour parler d'elle ainsi.

Pourtant, la façon dont il avait prononcé ces mots

la touchait et elle avait envie de s'éloigner de celui qui à cet instant la pressait de ses assiduités.

— Cela me rappelle... murmura-t-elle, doucement, mais forte encore de l'audace toute nouvelle qu'elle se découvrait. Il a dit que vous ne croyiez pas à mon existence. Vous en souvenez-vous ? Vous avez répondu que vous pensiez que je n'existais pas avant d'être sortie du miroir. Voilà encore une chose qui m'échappe.

Elle soutenait le regard lourd du Maître. Le Maître qui s'exhortait visiblement à la patience...

— C'est-à-dire ?

— Je ne sais rien de l'Imagerie. Je n'y comprends rien mais j'essaie. Il est plus facile pour moi de croire qu'un miroir est comme une fenêtre. Il permet, d'un endroit, d'en voir un autre. Ou bien il ouvre d'un monde sur un autre. J'ai beaucoup de mal à envisager qu'un morceau de verre *puisse créer* ce qu'il montre.

Pourvu qu'il ne voie pas comme son cœur battait vite, comme sa poitrine se soulevait au rythme d'une respiration contrainte. Elle ne voulait pas qu'il devine combien cette question était importante pour elle.

Je vous en prie. Pensez-vous *réellement* que je n'existais pas avant que vous ne posiez les yeux sur moi ?

— Comme vous avez dû le comprendre d'ores et déjà, ma dame, c'est là la confusion fondamentale qui divise et affaiblit le Congrégat. Joyse a encore plus embrouillé le problème en insistant sur les aspects « éthiques » de la question comme, par exemple, de quel droit translatons-nous des Images hors de leur existence naturelle ? Mais c'est une considération annexe. La question ne peut trouver de solution tant que le point essentiel en reste inconnu. Un miroir est-il une « fenêtre » comme vous l'appeliez, ou les Images ont-elles été amenées à la vie par l'Imagerie elle-même, par l'acte de fabriquer et façonner le miroir ?

Il s'était considérablement rapproché de Térisa, presque allongé, et la retenait de son bras, si bien qu'elle ne pouvait battre en retraite. Le pouvoir qu'il exerçait sur elle se ravivait. Elle ne savait pas, avant, combien l'arôme délicat du clou de girofle était voluptueux. Elle ne put plus longtemps soutenir le regard du Maître, ses yeux descendirent jusqu'à sa bouche comme si, en dépit de ses hésitations et de son récent embarras, elle appelait son baiser.

— La véritable difficulté cependant, poursuivait-il, ne réside pas dans l'incapacité de comprendre, mais d'imaginer.

Il prit le verre des mains de Térisa, le posa plus loin. Sa voix se fit plus sourde et plus rauque.

— Pour être évidente, la vérité n'en est pas pour autant acceptable puisqu'elle est, comme vous le remarquiez, plus difficile à admettre.

Ses lèvres se posèrent sur celles de Térisa, l'embrassèrent légèrement ; une fois ; une autre. Là, elle répondit, comme si elle savait ce qu'elle faisait.

— Ma dame, souffla-t-il, il est clair que vous n'existiez pas avant de vous incarner par translation. Le verre est muet. Les miroirs dépeignent les Images. Ils ne transmettent pas les sons. Si vous êtes venue à nous d'un autre monde — il l'embrassa de nouveau — un monde à l'existence propre, comment se fait-il que nous parlions la même langue ?

A chacun de ses baisers, elle répondait de plus en plus ardemment.

— Puisque Géraden a créé le miroir qui vous a conçue, j'avoue mon admiration pour ses goûts en matière féminine.

Cette fois, il prit sa bouche et ne la quitta plus. Sa langue était avide et gourmande. Térisa était à moitié couchée parmi les coussins, étreinte, et tous ses sens se livraient à la jouissance de ce baiser, à la jouissance d'apprendre. C'était vrai : le miroir l'avait créée. Elle était libre. Peu importaient ses actes. Elle ne se rendit pas tout de suite compte qu'Erémis déboutonnait sa chemise, mais son baiser était si enivrant et sa main si habile qu'elle ne se sentit pas de l'arrêter.

— Maître Erémis, fit une voix, ma dame Térisa, aimeriez-vous vous restaurer ?

Erémis bondit sur ses pieds, les yeux étincelants de rage. Difficilement, Térisa s'extirpa des coussins et leva la tête vers Géraden.

Il était arrivé cette fois par une porte qui desservait la pièce adjacente, après avoir sans doute emprunté une entrée de service. Comme la fois précédente, son regard demeurait fixé sur le vide. Il portait un plateau de cuivre sur lequel étaient disposés un morceau de fromage, du pain et plusieurs grappes de raisin.

— Tandis que vous discutiez du destin de Mordant, fit-il d'un ton si volontairement nonchalant qu'il en devenait brutal, j'ai pensé que vous aimeriez vous sustenter. Le petit déjeuner est bien loin, précisa-t-il en traversant la pièce.

— Excrément de porc ! souffla le Maître en serrant les poings. C'est insupportable ! Dois-je verrouiller jusqu'aux portes de mes serviteurs pour vous laisser *dehors* ?

— Je vous l'ai déjà dit, répliqua Géraden avec déférence, je suis votre débiteur. Je m'efforce simplement de vous remercier.

Bien qu'elle s'en défendît, Térisa avait grande envie de rire. La seconde interruption de l'Aspirant n'était pas embarrassante ; elle était absurde. Maître Erémis la rendait grotesque par son envie manifeste d'arracher sur-le-champ, sous un si faible prétexte, le cœur de Géraden. Poli jusqu'à la caricature et tout à fait déplacé dans le repaire de séduction d'Erémis, Géraden lui fit se souvenir pourquoi elle l'aimait tant. Elle avait peine à adopter une attitude neutre.

Sans doute Erémis comprit-il qu'il s'enlisait car il se ressaisit et braqua un index accusateur sur Géraden.

— Je vous crois, Aspirant. Vous souhaitez me remercier. Mais vous *venger* serait peut-être un terme plus approprié. Vous me reprochez les rires qui ont accueilli au Congrégat ma proposition de vous donner la chasuble ; vous avez décidé de me remercier en me rendant fou.

» Écoutez-moi, mon garçon, poursuivit-il en s'efforçant d'adopter une façade plus calme. Je souhaite seulement que vous sortiez et me laissiez seul. J'ai été votre ami, quoi que vous en pensiez, mais vous risquez de vous priver de mon amitié si vous continuez à me tourmenter. Et mon inimitié ne vous laissera pas en paix.

Si Géraden perçut la force de la menace, il n'en parut point ébranlé. Sans regarder Térisa, il s'enquit, toujours avec déférence :

— Ma dame, souhaitez-vous que je vous laisse ?

La question la mit mal à l'aise, car elle ne savait répondre. Elle aurait voulu dire les mots qui lui fassent plaisir, mais son corps avait été si près d'apprendre le sens du mot « féminité » — pour Maître Erémis du moins, et peut-être pour elle — qu'elle ne sut prononcer une parole. Elle tremblait et ses jambes trop faibles ne pouvaient l'arracher du moelleux divan. Son désir n'avait pas battu en retraite.

— Êtes-vous aveugle, Aspirant ? murmura le Maître. *Tout* ce qu'elle vous demande est de la laisser seule.

Géraden parut près de perdre son contrôle et un spasme douloureux crispa un instant ses traits.

— Bien... Je m'en vais. Pardonnez mon intrusion. J'avais mal jugé.

Erémis acquiesça avec raideur et l'Aspirant repartit par où il était venu.

— Fou, marmonna le Maître. Il croit jouer impunément avec moi. Mais moi je ne joue pas. Sachez-le, ma dame, ajouta-t-il en se tournant brusquement vers Térisa. Je ne joue jamais.

Elle soutint son regard jusqu'à ce que les yeux lui brûlent. Si ses actes n'avaient plus d'importance, pourquoi cette souffrance soudaine ? Peut-être son désir était-il violent au point de la métamorphoser. Ou encore une part d'elle avait-elle envie de prendre la défense de Géraden. Quoi qu'il en soit, elle fut stupéfaite des mots qui franchirent ses lèvres, comme si elle avait eu l'habitude de juger ceux qui l'entouraient :

— Je peux comprendre pourquoi Géraden croit que vous jouez.

Sa remarque éveilla l'intérêt d'Erémis. Son expression interrogative était presque plus attirante que son intense désir.

— Vraiment ? Vous me stupéfiez, avoua-t-il, gentiment railleur. Qu'ai-je fait pour produire pareille impression ?

Elle réfléchit pour lui répondre avec pertinence, d'abord car elle goûtait la liberté de s'exprimer, ensuite car la question la flattait en reconnaissant une consistance à ses idées.

— Vous n'affectez guère de respect dans votre façon de vous adresser aux gens en privé, aussi vous est-il difficile de paraître sincère quand vous agissez respectueusement en public. Et vous n'êtes pas cohérent. Vous faites des choses... comme proposer Géraden à la chasuble, non parce que vous y croyez mais parce que vous aimez surprendre les autres.

Les yeux d'Erémis brillèrent avec humour.

— Pas cohérent, ma dame ? *Moi ?* Vous n'étiez pas présente lorsque fut envisagé le rôle de l'Aspirant dans la translation qui vous a conduite parmi nous. Vous n'avez pas entendu comme je l'ai toujours défendu, soutenu, avec cohérence. Alors, parlez-moi encore de mon incohérence... suggéra-t-il avec un plaisir évident.

— J'ai été surprise que vous choisissiez Maître Gilbur pour vous accompagner à la réunion du Perdon, fit-elle avec prudence. Il ne paraît guère vous apprécier.

Le rire d'Erémis la stupéfia. Un rire incoercible, énorme, comme si la jeune femme venait d'évoquer ce qui pouvait le plus lui faire plaisir. Il se rassit sur le divan, le dos renversé sur les coussins, les mains derrière la tête.

Quand son hilarité se fut apaisée, il saisit Térisa aux épaules et l'attira à lui pour l'embrasser.

— Une farce, ma dame ! s'exclama-t-il, très content de lui. Et dont le plus drôle restera secret. Je gage que tout le Congrégat fut aussi surpris que vous.

Seule la lueur calculatrice au fond de ses yeux l'empêchait à cet instant de paraître éhontément heureux.

— Aucun de ces idiots ne sait que ce n'est pas le Roi Joyse qui a sauvé Gilbur quand sa grotte s'est effondrée. C'est *moi.*

Térisa ouvrit la bouche. L'ordre de ses pensées laborieusement édifié au cours de l'assemblée du Congrégat volait en éclats. Erémis fondit sur elle, s'empara de sa bouche.

— Attendez, supplia-t-elle en s'arrachant à son baiser. Attendez. Je ne comprends pas.

Déposant de légers baisers sur ses paupières, son front, les coins de sa bouche, il l'allongeait sur les coussins.

— Quoi donc ?

— Maître Gilbur et vous travaillez donc ensemble. Vous aviez prévu toute la réunion. Vous jouiez un rôle. Pourquoi avez-vous prétendu être ennemis ?

— Parce que, ma précieuse, fit-il en l'embrassant entre chaque mot, ces imbéciles d'Imageurs ne m'apprécient pas du tout. Certaines idées se voient rejetées pour la simple raison que c'est moi qui les ai exposées. La vérité les aurait fait se retourner contre Gilbur. Le mensonge comme quoi le Roi Joyse l'aurait sauvé lui a donné la crédibilité nécessaire pour lui faire gagner le vote.

Térisa devenait languide sous ses caresses. Elle sentit ses doigts de nouveau sur les boutons de sa chemise.

— Pourquoi ? demanda-t-elle encore. Pourquoi voulez-vous ce champion ? Il est dangereux.

Erémis la regarda droit dans les yeux, avec un sérieux presque candide.

— Les armes et la guerre sont dangereuses. Le pouvoir est dangereux. Mais rien d'autre ne peut nous sauver.

» Vous ne connaissez pas le Perdon. Vous ne l'avez vu qu'au plus fort de sa rage. Il aime son peuple. Il est fier de Mordant — et de sa place dans le royaume. Après le refus du Roi de l'aider, il est prêt à toutes les extrémités pour sauver ce qu'il aime.

Elle crut vaguement avoir entendu frapper à la porte. Maître Erémis se raidit, mais le bruit avait été discret et ne se répéta pas.

— Tout comme moi, reprit-il. Je me moque des Maîtres car le don d'Imagerie n'est pas une garantie d'intelligence ni de courage. J'aime une certaine idée du Congrégat, qui réside plus dans sa potentialité que dans sa réalité. Je me battrais volontiers pour sa défense. Moi aussi, je me suis vu opposer un refus. Mon Roi me refuse son aide.

» Un ou deux mensonges ne me font pas peur pour acquérir l'appui dont j'ai besoin.

Elle ne fut pas certaine de ce qu'elle perçut dans sa voix, ou comprit dans son intonation. Sa manipulation du Congrégat était trop aisée ; trop évidente l'explication de ses mensonges. Mais sa proximité et sa force, son parfum et ses baisers étaient autrement plus persuasifs que la logique.

Les lèvres de Térisa lui répondaient aussi pleinement qu'elles savaient le faire. Il glissa la main sous sa chemise, lui emprisonna un sein en une caresse presque douloureuse. Son corps se tendit brutalement vers lui. La pointe de ses seins se dressa dans l'attente d'un autre contact. Alors, il écarta les pans du vêtement, dénudant complètement le torse de la jeune femme. Sa bouche abandonna la sienne.

— Ma dame, je ne me trompais pas, souffla-t-il. Vous êtes faite pour les délices d'un homme.

Et sa langue se mit à jouer doucement sur un mamelon durci.

Térisa aurait tout donné, tout risqué pour cet instant, pour qu'il ne s'arrête pas. Elle entoura de ses bras la tête d'Erémis pour la garder contre elle.

Son état de merveilleux étonnement l'empêcha de réagir quand elle vit Saddith entrer dans la chambre.

Comme Géraden, la servante s'appliquait à ne pas les regarder et arborait la mine la plus neutre.

— Maître Erémis...

Il bondit violemment du divan, les poings en avant, prêt à assommer pour poser ensuite les questions.

— Maître Erémis, cette intrusion est inexcusable, je le sais, enchaîna vivement Saddith, mais vous devez me pardonner. Je n'avais pas le choix. Vous n'avez pas répondu quand j'ai frappé à la porte. Ma dame, pardonnez-moi. Je n'ai pas le choix.

— Pas le *choix* ? fit le Maître qui avait ouvert les poings en la reconnaissant mais ne se départait pas pour autant de sa colère. Vous êtes une servante. La question de *choix* se pose-t-elle pour vous permettre d'entrer dans ma chambre sans y être invitée ?

— Je suis désolée, c'est impardonnable, insista-t-elle sans une once de contrition dans la voix. Mais l'on m'a ordonné d'aller chercher dame Térisa. Dame Myste souhaite lui parler... Elle est la fille du Roi, Maître Erémis. Je ne pouvais que lui obéir. Vous pouvez m'insulter ou me battre, conclut-elle sans crainte aucune à cette perspective, mais si dame Myste se plaignait de moi auprès du Gouverneur Lebbick...

— Vous auriez pu lui dire que vous ne saviez où trouver dame Térisa. Mais c'eût été trop espérer de vous, soupira-t-il avec résignation.

Il se tourna vers Térisa.

— Ma dame, vous devez partir. Les filles de Roi sont capricieuses... et le nôtre les laisse agir à leur volonté. Il n'est pas prudent de ne pas s'y conformer.

Il avait retrouvé tout son calme, ses yeux seuls laissaient filtrer une lueur sombre et meurtrière.

Térisa faillit pleurer de frustration — d'une crainte soudaine aussi. La férocité d'Erémis lui rappelait celle de son père. Elle oscillait entre l'envie de pleurer et celle de rire. Son soulagement était aussi vif que sa sensation d'abandon ou son inquiétude.

Parce qu'elle ne savait que faire, elle commença, sans dire mot, à reboutonner sa chemise.

10

Le dernier ambassadeur d'Alend

Encore tremblante, emplie d'une confusion qu'elle tentait de voiler, Térisa se leva pour suivre Saddith.

En ouvrant le verrou, Maître Erémis s'inclina devant elle, esquissant son sourire désormais familier où l'amusement se teintait de concupiscence ; il avait dominé ses récentes vexations et son regard seul, à l'éclat effrayant, en gardait le souvenir. Elle eut soudain peur.

La porte refermée, elle poussa un soupir de soulagement. Elle n'aurait pas aimé que Géraden fût responsable de cette troisième intrusion et encourût par là la rage du Maître.

Saddith pour sa part ne semblait nullement impressionnée par la colère d'Erémis. Au contraire, elle affichait sa satisfaction.

Térisa aurait aimé la questionner : pourquoi Myste la demandait-elle ? Comment se faisait-il qu'elle était arrivée juste à ce moment-là dans la chambre ? Mais à peine les deux jeunes femmes quittaient-elles le couloir conduisant aux quartiers du Maître que Géraden les abordait.

Il ne fit aucun effort pour dissimuler sa joie, sautillant comme un bambin.

— Saddith, tu es merveilleuse !

Il saisit la soubrette dans ses bras et la fit tourbillonner jusqu'à se cogner dans le mur et manquer de lâcher son fardeau. Alors, il déposa sur sa joue un baiser sonore et la relâcha.

— Je suis ton débiteur. A jamais ! Comment as-tu fait ?

Sans attendre de réponse, il se tourna vers Térisa tout piaffant. Celle-ci continuait à marcher. Quoi qu'il lût sur son visage, son allégresse s'en trouva vite étouffée. Mais, pour une fois, il ne s'excusa pas.

— Je sais que cela ne me regardait pas. Mais j'ai eu la certitude... Oh... nous avons déjà parlé de mes « certitudes ». Je vous ai avoué qu'elles se révélaient toujours fausses. Néanmoins j'agis comme elles me le dictent, je ne puis les ignorer. Et là j'ai eu la certitude que vous couriez un danger.

— Un danger, ah oui ? fit Saddith avec dérision. Vous interprétez mal vos « certitudes », Aspirant. Vous avez plutôt la certitude de vouloir dame Térisa dans votre lit, et ne supportez pas qu'un autre la prenne avant vous. Peut-être aussi, ajouta-t-elle, narquoise, avez-vous eu peur qu'après avoir goûté l'amour de Maître Erémis, elle ne s'intéresse plus au vôtre.

A ces mots, les yeux de Géraden s'emplirent de chagrin et il commença à rougir comme un enfant.

Térisa trembla de plus belle. Elle avait été si près... si près de ce qu'elle ne savait nommer, mais qui aurait été vital pour son être, son identité. Maître Erémis lui avait dit qu'elle n'existait pas. Et cependant sa façon de la toucher... Elle tremblait de la tête aux pieds.

— Myste ne m'a donc pas demandée ? fit-elle d'une voix incertaine. Vous avez tout inventé ?

— Certainement non ! s'exclama Saddith avec une indignation mutine qui réprimait un rire. Je ne suis pas menteuse, ma dame. Dame Myste a bel et bien exprimé le désir de s'entretenir avec vous. J'ai passé un temps fou à vous chercher avant de rencontrer l'Aspirant qui m'a dit où vous étiez.

— Mais il est aussi vrai, enchaîna Géraden, réconforté par le soutien de la soubrette, que Myste n'est pas du genre à exiger votre présence immédiate.

— Oui, elle ne sait vraiment pas ce que veut dire être fille de Roi, fit Saddith d'un ton dédaigneux.

— Si elle avait su où vous vous trouviez, reprit Géraden, dissimulant assez mal sa satisfaction, elle aurait insisté pour attendre que Maître Erémis en ait fini avec vous.

— Enfin, conclut la servante, il m'a crue. A l'avenir, il ferait bien d'être plus prudent dans ses projets.

Géraden ne put se retenir d'éclater de rire.

Saddith l'imita.

Chacun à leur façon, ils étaient si joyeux que la tension de Térisa se relâcha et qu'elle cessa de trembler. Elle aurait voulu rire elle aussi, elle sentait que cela l'aurait soulagée.

— Il était tellement en colère... Apparemment, il n'est pas accoutumé à la frustration. Oh, il avait l'air idiot.

Le mot d'*idiot* pour qualifier Maître Erémis interloqua Géraden et Saddith.

Accordant peu d'attention à leur route, les trois jeunes gens faillirent entrer en collision avec Maître Quillon.

Avec son manteau gris muraille et ses façons discrètes, il parut sortir de nulle part. Son sourire retenu ne dissimulait pas ses protubérantes dents de lapin.

— Ah, vous voilà, Aspirant. Venez avec moi. J'ai besoin de vous.

Térisa lui trouva un ton de mauvais augure pour Géraden.

— Maître, fit le jeune homme, j'ai terminé ma tâche aujourd'hui. J'avais l'intention cet après-midi...

— Justement, l'interrompit l'Imageur. Vous aviez l'intention de m'aider. J'ai décidé de conclure mes recherches avant que Maître Gilbur appelle son champion et que nous nous retrouvions tous mobilisés dans la guerre qui s'ensuivra, en étant priés d'oublier nos travaux personnels. Venez.

Il tourna abruptement les talons et s'éloigna.

— Maître Quillon ! protesta Géraden. La coutume veut qu'on laisse les Aspirants libres de leur temps lorsqu'ils ont rempli leur devoir.

Le Maître s'arrêta et la façon dont il montra les dents lui donna un air de sauvagerie lugubre. Ses yeux brillèrent froidement.

— Je vous en prie, Géraden. La fainéantise ne fait pas un Maître, mais le travail, seul. Comment apprendrez-vous si vous rechignez devant l'effort ? (Ses traits se durcirent.) Il ne s'agit pas d'une requête, Aspirant. Suivez-moi.

Il repartit d'un pas rapide.

Géraden jeta un regard de supplication et d'excuses vers Térisa.

— *Allez-y*, souffla Saddith. Ne soyez pas fou. Pensez à votre souhait de devenir Maître. Vous ne nuisez qu'à vous-même en désobéissant.

L'Aspirant grimaça, finit par acquiescer et emboîta le pas au Maître.

Saddith se prit de nouveau à rire, de lui cette fois, non sans gentillesse.

— Il a des qualités, ma dame, commenta-t-elle. Même sa gaucherie ne manque pas de piquant. Mais à votre place, je ne me soucierais pas de lui. Vous pouvez viser plus haut.

» Si vous êtes capable d'intéresser Maître Erémis, poursuivit-elle avec un sérieux qui confinait à la vexation, sans plus d'efforts que vous n'en faites, vous devez réellement viser plus haut. Prenez le Gouverneur Lebbick, par exemple. Vous le croirez à peine après avoir tâté de ses manières, mais il est d'une fidélité exceptionnelle. A présent que son épouse est morte, des suites d'une vilaine maladie, il a grand besoin d'une femme. Si je parvenais à attirer son attention, je vous jure que je ne resterais pas longtemps servante à Orison.

— Saddith, que dois-je faire ?

La question de Térisa était pressante, impulsive. Maintenant que Géraden était parti, elle brûlait de lui parler, de tout lui raconter, en dépit des ordres de Maître Barsonage. Qu'il éclaire pour elle le raisonnement de Maître Erémis. Ce n'était pas auprès de Saddith qu'elle trouverait la solution à ses problèmes.

— Je ne suis pas Imageur. Je ne sais rien des hommes...

Au souvenir des mains d'Erémis, de sa bouche, elle ajouta :

— Maître Erémis et Géraden se haïssent.

— Ma dame, répliqua Saddith d'un ton qui se voulait léger, à votre place je m'assurerais que Maître Erémis n'aille pas *me* haïr aussi.

Une fenêtre ouverte laissa passer une bouffée d'air glacé qui emplit le couloir. Térisa frissonna. Saddith se tut le reste du chemin.

Térisa s'attendait à ce que la servante la conduise vers la suite que dame Myste partageait avec sa sœur, mais elle se vit bientôt devant la chambre aux paons. Myste était venue chez elle.

Saddith échangea son badinage ordinaire avec les gardes qui ouvrirent la porte et les deux jeunes femmes entrèrent dans les appartements de Térisa. Myste était debout devant l'une des fenêtres. Le soleil hivernal mettait en valeur la couleur de ses cheveux, de sa peau et Térisa la trouva bien plus jolie qu'elle n'en avait jugé la veille en présence de dame Eléga. La fille du Roi gardait pourtant au fond des yeux le reflet désolé de l'hiver, comme si elle avait préféré être loin.

— Ma dame, fit-elle en saluant Térisa, lointaine mais souriante. Pardon... Térisa. Merci à vous d'être venue si promptement.

Elle conservait l'étrange agitation avec laquelle elle avait accueilli Térisa la veille, et la révélation que celle-ci n'était ni un puissant Imageur, ni une femme exceptionnelle chargée d'une mission secrète, mais simplement la secrétaire d'un hospice.

— J'espère ne pas vous avoir dérangée dans quelque activité d'importance. Je crains de n'avoir rien de particulier à l'esprit. Contrairement à Eléga, pour qui tout prend un caractère d'urgence. J'aspirais seulement à une conversation paisible.

Cet accueil étonna Térisa. Instinctivement, elle devinait que Myste était l'une des rares personnes à Orison à ne rien attendre ou exiger d'elle, l'une des rares avec lesquelles il ferait bon se lier de simple amitié. Et pour cela même, elle ne savait que répondre. Elle connaissait si peu l'amitié.

Heureusement Saddith vint à son secours, par un mensonge de son cru.

— Dame Térisa revenait chez elle quand je l'ai trouvée, ma dame. Elle avait assisté à l'assemblée du Congrégat et les Maîtres se séparaient tout juste.

» L'heure de déjeuner est déjà bien passée, continua-t-elle. Vous apporterai-je un repas ? Vous bavarderiez à loisir autour de la table.

Un moment, Térisa attendit que Myste réponde, elle était fille de Roi, puis elle se souvint qu'elle était dans ses appartements, que l'hospitalité lui incombait.

— S'il vous plaît, dit-elle. J'ai faim. Et vous ? s'enquit-elle auprès de Myste. J'ignore ce que Saddith pourra nous porter mais cela ne prendra pas longtemps.

Myste continuait à sourire, avec ce regard particulier, direct et à la fois rivé sur un lointain imaginaire, comme s'il traversait Térisa.

— Merci, vous êtes aimable.

— Je reviens vite, annonça Saddith.

Avant de sortir, elle jeta un coup d'œil vers Térisa, tel un avertissement. *Réveillez-vous. Un peu de tenue. Cette femme est la fille du Roi.* Puis elle disparut, tirant doucement la porte derrière elle.

Aux yeux de Térisa, la qualité de fille de Roi ne faisait aucune différence, si fort était son désir soudain, douloureux, d'avoir une amie en Myste. Elle qui n'en avait jamais eu.

Certes, elle avait connu des camarades dans son jeune âge, des compagnes de jeu avec qui échanger des chuchotements à l'école. Mais jamais ses parents n'avaient encouragé ces amitiés naissantes. Elle ne se rendait jamais chez ses amies, ni ne les invitait chez elle. Et les séparations s'étaient multipliées d'une institution privée à l'autre, où on l'expédiait davantage pour lui modeler le caractère que pour cultiver des affinités. Ou bien sa passivité constante et ses doutes avaient-ils creusé le gouffre qui sépare naturellement un être d'un autre ?

Elle refusait de laisser échapper cette opportunité.

Elle désigna gauchement deux sièges, puis se souvint de la carafe de vin posée sur un guéridon.

— Asseyez-vous, je vous en prie. Aimeriez-vous un verre de vin ?

Soudain, elle ne put supporter davantage sa maladresse empruntée, ses manières ridicules.

— Pardon, murmura-t-elle en laissant tomber le masque. Je saccage tout, c'est... si nouveau. Je ne crois pas avoir jamais eu un invité dans mon appartement.

Myste accepta cette affirmation.

— Vous vous débrouillez fort bien, assura-t-elle, si l'on considère le caractère extraordinaire de ce que vous vivez depuis trois jours. Vous avez quitté un autre monde pour vous retrouver précipitée dans un château plein de conflits, de machinations, de traîtrises. La moitié des êtres que vous rencontrez croient que vous allez les sauver de la guerre et du chaos.

On a attenté à votre vie. A votre place, je serais fière de me débrouiller à moitié aussi bien que vous le faites.

Sans raison, les yeux de Térisa s'emplirent de larmes, pour la compréhension inattendue dont Myste faisait preuve.

— Merci... J'ai si souvent l'impression de devenir folle. Tout le monde semble exiger quelque chose de moi et je ne comprends rien à ce qui se déroule.

Myste lui prit la main, l'entraîna vers un fauteuil et tira de sa manche un fin mouchoir brodé qu'elle lui tendit.

— Quelque chose d'unique vous est arrivé. Vous devez avoir l'impression que chacun conspire contre vous. De surcroît, vous avez assisté à la réunion du Congrégat et je doute qu'ils aient bien réagi quand vous leur avez affirmé ne pas être Imageur.

Térisa se sécha les yeux.

— Le Congrégat m'interdit de parler au Roi. Le Roi me défend de parler au Congrégat. Je n'ai le droit de m'adresser à personne. Et les Maîtres se battent les uns contre les autres. Et Maître Eremis...

Il m'a embrassée. Il a caressé mes seins.

— Le Gouverneur Lebbick m'en veut. Même Géraden veut faire de moi un Imageur.

Elle regarda le délicat mouchoir puis se décida à se moucher.

— Géraden... fit Myste d'une voix qui portait un sourire. Je ne peux en dire autant des autres, mais lui, vous pouvez lui faire confiance. Doutez de son jugement, bien sûr. Sa malchance est légendaire. Mais son cœur est fiable. Chacun sait que le Domne n'a pas de mauvais fils. J'aimerais être votre amie, Térisa, ajouta-t-elle après un silence.

Térisa la regarda. Elle n'eut plus l'impression que Myste voyait à travers elle. Au contraire, ses yeux fixés sur son visage ne reflétaient que franchise et bonté.

Elle détourna la tête pour ne pas laisser voir ses larmes. C'était trop de gentillesse et d'émotion pour elle. Avait-elle droit à des amis ? Elle évita de répondre sur ce point — et se méprisa de cette fuite.

— Vous avez meilleure opinion de lui qu'Eléga.

Myste sourit de nouveau, mais son regard était reparti vers le lointain.

— Sur bien des points, j'ai meilleure opinion qu'elle. Elle est fille de Roi et brûle de jouer un rôle important dans les affaires de Mordant. Elle ne pardonne ni à son père ni à son entourage tout ce qu'elle imagine se dresser entre elle et son droit naturel à comploter, manipuler, trahir, comme ont coutume de le faire les princes. Elle ne pardonne pas à Géraden l'erreur de jugement qui un jour les fiança. J'ai une plus haute opinion des femmes, poursuivit Myste avec sa douceur égale. Comme de ceux qui exercent le pouvoir à Orison.

Si son ton était gentil, rassurant, elle donnait cependant l'impression de parler en un autre lieu, de s'adresser à un autre être ; et sourdait derrière ses paroles une once d'envie, d'ardeur qui en atténuait la sincérité.

— J'ai meilleure opinion de moi-même.

Térisa fit mine de comprendre.

— Voilà ce que vous souhaitiez me dire ?

— Oh, non ! Ou peut-être, si. J'aimerais surtout ne

rien ignorer de vous. Vous êtes pour moi un plaisir et un émerveillement. Vous vous considérez comme une femme ordinaire et je vous crois mais... il m'est impossible de qualifier d'ordinaire une femme venue d'un autre monde, apparue à l'heure où l'histoire de Mordant gronde et menace. Si vous ne connaissez pas l'Imagerie dans votre monde, la translation a dû vous paraître extraordinaire.

» Moi, rien de grand ne m'est jamais arrivé. Je ne suis pas allée dans un autre monde. Je n'ai même pas quitté Orison ces dernières années. A quoi ressemble votre monde ? Comment y viviez-vous ? questionna-t-elle, pressante. Qu'éprouve-t-on à traverser le verre, et à découvrir l'univers métamorphosé ? A quoi vous servent les miroirs s'ils ne sont pas magiques ?

— Je vous en prie, une question à la fois ! protesta Térisa, charmée de la fascination heureuse de Myste. Nous n'avons rien de magique. Les miroirs... reflètent, c'est tout. Ils vous montrent exactement telle que vous êtes. Quand ils sont plats. Autrement, ils reflètent toujours ce qu'ils ont en face d'eux mais le déforment. Dans mon appartement...

Sa voix mourut. Elle ne l'avait jamais avoué à personne : « J'avais recouvert les murs de miroirs et j'étais certaine ainsi d'exister. » Piteusement, elle acheva sa phrase :

— J'avais beaucoup de miroirs.

— Vous devez être très sage, souffla Myste, ébahie.

— Sage ? Pourquoi ?

— Vous êtes capable de vous voir telle que vous êtes. Capable de voir tout exactement comme il est. Je n'ai pas cette vision. Et ceux qui me regardent posent sur moi les yeux de leur idée préconçue de ce que doit être une fille de Roi, ou une femme, et leur vue en est troublée. Personne ici ne voit les choses comme elles sont.

— Nous avons les mêmes idées préconçues, objecta Térisa. Et nous ne voyons que la surface des choses. Seule l'apparence nous importe. Peut-être, conclut-elle avec une légèreté délibérée, sais-je à quoi je ressemble mais je ne me connais pas pour autant. Et la précision de mon apparence ne m'aide pas.

Myste considéra cette dernière assertion avec un mélange d'humour et de déception.

— Alors, vous n'êtes pas sage ?

— Je crois n'avoir jamais rencontré un être sage.

A moins que l'inefficace vocation du Révérend Thatcher pût passer pour de la sagesse.

— Vous devez vous tromper ! s'exclama Myste en riant. Vous-même faites preuve de plus de sagesse que quiconque à Orison car vous n'avez pas été convaincue par ceux qui justement croient en leur propre sagesse. Vous savez la différence entre le visible et le caché et vous n'essayez pas de juger l'un par l'autre.

— Et vous appelez cela sagesse ? s'enquit Térisa gagnée par la gaieté de Myste dont le sourire lui rappelait celui du Roi. Le fait que je ne comprends *rien* ne joue-t-il pas contre moi ?

— Non, bien sûr. La compréhension pure incombe aux rois, non aux sages... ni aux femmes ordinaires. Et elle est bien trompeuse puisqu'elle dépend justement de ce qui ne peut être vu, ni su.

» Je vous l'avoue, Térisa, je préférerais qu'Eléga fasse preuve de moins de compréhension et de plus de sagesse. Vous êtes plus sage qu'elle.

Elles gardèrent un moment le silence, le temps de recouvrer tout leur sérieux.

— D'où vient votre sagesse ? reprit Myste. Parlez-moi de votre monde. Quels sont ses dangers et ses contraintes ? Comment passez-vous vos journées ?

Quelques minutes plus tôt, la question aurait glacé Térisa. Mais les manières liantes et aimables de Myste atténuaient la brusquerie de sa curiosité. Sans même savoir ce qu'elle allait dire, elle commença à raconter son travail à l'hospice.

Elle n'en avait jamais parlé à âme qui vive. Les mots se succédaient pour décrire son quotidien, le dénuement des gens qui venaient à l'asile, les locaux, l'aménagement, son travail, la machine à écrire, l'ennui, ses relations avec le Révérend Thatcher ; et les raisons pour lesquelles elle avait choisi cette tâche, dans l'espoir d'être utile, parce qu'elle pouvait accepter une maigre rémunération, parce qu'elle ne s'était jamais crue capable d'effectuer une tâche plus exigeante ou plus ambitieuse. Elle bavarda, jusqu'à mesurer le gouffre entre la banalité de ses paroles et l'attention charmée, captive de son interlocutrice. Myste buvait ses paroles comme à l'écoute d'un récit d'héroïsme et d'amour. Brusquement elle s'arrêta, s'excusa :

— Je suis désolée, je ne voulais pas...

— C'est un pur enchantement, soupira la fille du Roi, les yeux brillants. Je me répète mais... oh ! ce monde existe réellement ! Et vous y avez vécu.

— Si peu... et je n'y ai déjà plus ma place.

Le Révérend avait dû trouver quelqu'un d'autre. Et son père n'avait aucune raison de souhaiter son retour.

Tout agitée, Myste se leva, se mit à arpenter le salon.

— Justement ! Vous êtes une femme ordinaire, et vous dites que votre vie était la plus banale, pour courageuse et dévouée qu'elle m'apparaisse. Moi aussi, je suis une femme ordinaire.

» Fille de Roi, et alors ? Ce n'est jamais qu'un hasard de naissance. Pour effets apparents, je porte de beaux vêtements et je commande à des serviteurs ; comme effets cachés il n'y en a aucun. Oui, je suis une femme ordinaire — et c'est bien.

» Autour de moi, je ne vois que des gens mécontents de leur sort. Eléga se languit de l'action. Géraden se rend malheureux à espérer une place qu'il n'obtiendra jamais. La moitié du Congrégat rêve de se retirer dans la recherche pure. Les autres Maîtres aspirent à prendre le pouvoir. Le Gouverneur Lebbick avait dévoué sa vie à une femme et, de chagrin qu'elle ne soit plus, méprise maintenant toutes les femmes. Alend et Cadwal complotent contre la paix qui les a rendus plus opulents que toutes leurs guerres passées.

» Térisa, je ne trouve pas que la passivité de mon père soit une bonne chose. Je ne la *comprends* pas. Je suis assez sa fille pour savoir l'importance de la lutte et du risque. La passivité n'est pas satisfaisante. Mais l'on doit admettre qu'il n'est pas si terrible d'être ce que l'on est.

» Vous en êtes la preuve. Femme ordinaire, dites-vous, sans expérience, ni pouvoir, ni talent. Et pourtant votre vie n'est pas vaine. De grandes forces se disputent Mordant, et vous êtes impliquée dans ce combat. Il n'y a pas d'existence qui n'ait sa propre importance, pas de vie qui ne soit susceptible de rencontrer un jour la grandeur — oui, la rencontrer et la vivre.

Térisa resta sans voix devant tant d'exaltation. La *grandeur* ? C'était ridicule. Comment la *grandeur* l'effleurerait-elle jamais de son aile ?

Elle eut envie de sangloter plus violemment qu'elle n'avait pleuré de toute sa vie.

Par bonheur, Myste devina les ravages qu'elle semait et sourit, pour atténuer sa fiévreuse gravité.

— Au fond, Eléga me trouve folle, certaine que mes conceptions romantiques me rendront inapte à vivre, fit-elle un peu tristement. Mais mon père ne méprisait pas ce que je crois. Il ne m'en aimait que mieux et c'était entre nous une complicité... Jusqu'à ce qu'il change, conclut-elle durement, et qu'il devienne impossible de lui parler.

Térisa réprimait ses émotions. Mais était-ce encore nécessaire ? N'était-elle pas libre ? Le passé n'existait plus. Elle pouvait dire la vérité à Myste. Progressivement, elle se détendit.

— Moi, mon père n'a jamais changé. Il a toujours été ainsi.

— Passif ? Perdu ?

— Non, sourd à ceux qui lui parlent.

Elle ébaucha un sourire timide, craintif. Elle venait de critiquer son père et rien de terrible n'était advenu. L'amitié était peut-être possible, finalement.

— Parlez-moi de lui, invita Myste en s'asseyant près d'elle.

Ce fut l'instant que choisit Saddith pour réapparaître.

Comme prise en faute, Térisa se leva, brusquement, pour remercier la servante et l'aider à dresser la table.

Si Myste fut choquée par son attitude, elle n'en montra rien. Elle devinait sans doute que quelque chose d'important s'était produit en Térisa, qui exigeait une intimité. Elle ne chercha pas à poursuivre la conversation. Une fois Saddith sortie, elle fit mine de se réjouir du déjeuner et maîtrisa sa curiosité.

Térisa lui en sut gré et profita de ce répit pour orienter la conversation sur un terrain neutre. La finesse savoureuse de la viande roulée dans une pâte croustillante lui soufflait une question qui n'était pas loin de l'intéresser sincèrement : comment Orison parvenait-il à si bien nourrir ses nombreux habitants au plein cœur de l'hiver ?

Myste répondit en lui décrivant le système d'approvisionnement du château. Après des générations, des siècles, d'une économie fondée sur la guerre, par laquelle les puissants seigneurs luttaient pour le privilège de prendre, par la violence, ce dont ils avaient besoin, Mordant s'était vu, malgré l'abondance de ses ressources naturelles, réduit à la misère. L'une des actions les plus importantes du Roi Joyse avait été de remplacer la guerre par les échanges commerciaux. Il avait décrété Orison principal acheteur — et vendeur — de tout ce que produisait Mordant, ou de ce que nécessitait la vie dans le royaume. Tous les villages du Demesne et tous les Fiefs commerçaient avec Orison ; et Orison réinvestissait ses bénéfices en achetant les produits dont ses habitants avaient besoin. Ainsi sa richesse se faisait-elle le terreau de plus de richesses encore pour le royaume. Un système similaire fonctionnait pour les échanges avec Alend et Cadwal, qui avaient trop grand besoin des ressources de Mordant pour refuser de traiter avec le Roi Joyse. Et ces nouveaux profits étaient à leur tour réinvestis dans la terre et la société de Mordant. Au bout du compte, plus aucun des Fiefs ne connaissait l'indigence qui avait marqué le commencement du règne de Joyse.

Térisa ne comprit pas tous les détails mais apprécia l'explication de Myste. *Elle avait critiqué son père sans être punie.*

— Cela va vous paraître idiot, fit-elle quand la jeune fille eut terminé, mais je ne suis même pas sortie dehors pour voir à quoi ressemblait votre vie.

Myste posa sa fourchette et tamponna distraitement ses lèvres de sa serviette.

— Vous seriez surprise sans doute. Votre monde me paraît si étrange que le nôtre ne doit pas vous produire moins d'impression. Et nous sommes si sévèrement enjoints à...

Elle fut embarrassée.

— A ne pas vous révéler nos secrets. Votre capacité à admettre tout cela me... Oh, j'ai déjà dit combien vous m'étonniez.

» Comment est-ce, Térisa ? questionna-t-elle, plus pressante. La translation ? Je n'ai jamais franchi un miroir pour pénétrer dans un monde étranger. Une autre de mes "conceptions romantiques", admit-elle, veut que ce genre d'événement soit si important qu'il change les êtres qui l'endurent aussi bien que les lieux qu'ils découvrent.

— Non, assura Térisa qui se souvenait de sa

perception d'immensité, d'éternité temporaire, d'effacement. Je ne crois pas que cela m'ait changée.

Elle faillit ajouter « j'aurais préféré ».

— C'était comme... mourir sans douleur. Tout à coup, toute votre vie vous quitte, tout ce que vous avez connu, su, compris, tout ce qui vous a touchée ; vous n'existez plus, et il n'y a aucun remède. Que le chagrin, peut-être. Mais pas de souffrance. Ni physique ni... émotionnelle. Peut-être parce qu'un monde entier vient de prendre la place de celui que l'on a perdu. Comprenez-vous ? C'est l'unique raison qui fait que c'est supportable.

Myste répondit par un sourire vague, non qu'elle n'ait pas entendu mais comme si son écoute se teintait d'idées, de désirs qui lui étaient personnels.

— Je ne comprends pas vraiment. Eléga prétendrait que vos paroles n'ont pas de sens. La translation est un passage physique, rien de plus. Or, il y a dans vos paroles... ajouta-t-elle en serrant inconsciemment le poing, quelque chose qui a du sens pour moi. Peut-être la mort seule donne-t-elle un sens à la vie.

Je ne suis pas morte, s'insurgea intérieurement Térisa. Pas morte.

L'impossibilité de mieux s'expliquer la confina au silence.

— Térisa, reprit Myste d'une voix lointaine, vous me donnez beaucoup à réfléchir. Vous affirmez ne pas être sage mais j'ai rencontré bien peu de fous qui m'obligent à examiner de si près ma propre vie.

— Oh, ne m'en veuillez pas, je n'ai pas parlé à dessein...

Elle ne put s'empêcher de sourire.

Myste se mit à rire et Térisa joignit avec bonheur son rire au sien.

Elles étaient heureuses, telles des amies de longue date lorsque Saddith frappa et se montra dans la pièce, rouge et essoufflée comme si elle avait grimpé de nombreux escaliers en courant.

— Dame Térisa, fit-elle hâtivement, dame Myste, le Roi vous fait appeler. Il se prépare quelque chose. On requiert votre présence dans la salle d'audience. Tous les Seigneurs et grandes dames d'Orison sont convoqués.

— Voilà une nouvelle d'importance, Saddith, rétorqua Myste. Mon père n'a pas décidé d'une audience depuis plus d'un an. Que nous vaut cet événement ?

— Un ambassadeur vient d'arriver, ma dame. Un ambassadeur d'Alend... au cœur de l'hiver ! Il a dû lui en coûter, en temps, en hommes, en équipement. On murmure qu'il s'agirait du Prince Kragen en personne ! Qu'est-ce donc qui a pu obliger le fils unique du Monarque d'Alend à venir à Orison, dans des conditions si pénibles, et de si loin, quand tout Mordant sait qu'Alend désire la guerre, non la paix ?

Myste ne répondit pas à cette question.

— Il a demandé audience au Roi Joyse ?

— *Exigé* audience, ma dame. Du moins le dit-on.

— Et le Roi se plie à l'exigence du Prince, fit Myste. C'est bien. Peut-être même fort bien... Les affaires du royaume l'intéresseraient-elles à nouveau ? Térisa, allons, décréta-t-elle, moins rêveuse, nous ne devons pas manquer cela.

Grâce à la leçon d'histoire que lui avait dispensée

Maître Quillon, Térisa comprit l'importance de la nouvelle et suivit sans hésiter la fille du Roi.

C'était sans doute cela, être libre : critiquer son père et emboîter le pas à une amie, partager même son excitation sans avoir à se soucier des conséquences.

Au bas de la tour, Myste prit une direction qui était nouvelle pour elle. La partie du château où elles arrivèrent était plus vaste, plus ouverte : plus hautes les voûtes, plus larges les couloirs, plus usé le sol par les incessantes allées et venues de plusieurs générations de pieds. Les fenêtres, entre les arches de granit qui supportaient la voûte, laissaient pénétrer le soleil hivernal, qui inondait une multitude d'oriflammes multicolores flottant sur leurs hampes fichées dans la pierre ; sous ces bannières se tenaient des gardes immobiles, pique bien droite devant eux.

Dans ce décor austère, formel, nombre d'hommes et de femmes s'acheminaient dans la même direction que les jeunes femmes. Officiers de la garde, gens de haut rang, tous saluaient dame Myste avec respect ou amitié. La fille du Roi répondait avec une politesse distante, toute tendue vers ce qui allait advenir. Beaucoup de gens observaient Térisa et la façon dont elle était vêtue lui donnait l'impression désagréable d'être nue au milieu d'une foule.

Regardant autour d'elle, elle s'aperçut de l'absence de Saddith. Les serviteurs n'étaient apparemment pas conviés à l'audience. Dommage, Saddith l'aurait conseillée et soutenue.

La foule approchait d'une haute double porte et, celle-ci passée, Térisa devina que l'on se trouvait dans la salle d'audience.

Elle était semblable à l'intérieur d'une cathédrale. Les murs étaient couverts de lambris sculptés. Panneau après panneau, les fresques représentaient des scènes incompréhensibles pour Térisa et s'élevaient presque jusqu'au plafond. Leur bois brun assombrissait la salle mais donnait aussi l'impression d'une voûte plus haute et rendait l'atmosphère des lieux plus grandiose. La lumière n'était dispensée que par deux fenêtres étroites, haut placées à l'une des extrémités de la salle, par des bougies en abondance et des lampes à huile d'où s'échappait une fragrance épicée de bois de santal.

A l'opposé de la double porte, se trouvait érigé le trône du Roi Joyse, un grand siège d'acajou ouvragé, dressé sur une estrade haute de plus d'un mètre. Le sol était dégagé devant le trône, à l'exception d'un tapis étroit et épais, qui courait depuis l'entrée jusqu'à la première marche de l'estrade royale. Tout ce vaste espace était délimité sur trois côtés par des bancs sur lesquels prirent place les arrivants.

Les bavardages cessaient à l'entrée dans la salle. L'ambiance imposait silence.

Détaillant plus précisément les lieux, Térisa s'aperçut que le décor de la salle n'avait pas été conçu uniquement pour créer une atmosphère de respect. Un balcon courait sur les quatre côtés de la salle, au-dessus des lambris. Et là se tenaient des archers — les seuls gardes présents en sus des deux factionnaires à la porte et de deux autres de part et d'autre du trône. Térisa frissonna à l'idée des assassinats qui avaient pu se produire parmi les ancêtres du Roi avant que l'on adoptât cette convaincante protection.

Tant que ses gardes demeuraient loyaux, le souverain n'avait rien à craindre d'aucun visiteur.

Myste entraîna sa compagne jusqu'au trône, près duquel se trouvaient quelques sièges plus confortables que les bancs, réservés aux proches du Roi, conseillers ou favoris.

A la droite du trône, le premier fauteuil était occupé par le Gouverneur Lebbick. La lueur violente de son regard et le bandeau pourpre qui ceignait sa tête grisonnante lui donnaient un air fanatique.

Heureusement, Térisa ne fut pas invitée à s'asseoir auprès de lui ; les sièges suivants étaient réservés à ses officiers ; des Maîtres occupaient la plupart des autres, parmi lesquels Gilbur, Barsonage et Quillon. (Quillon ? Pourquoi n'était-il pas en train de travailler avec Géraden ?) Myste conduisit Térisa vers la gauche du trône, où elles rejoignirent Eléga et plusieurs hommes âgés, sans doute plus conseillers que courtisans. Myste les lui présenta par des titres qui sonnaient curieusement : « le seigneur du Commerce », « le seigneur des Finances Privées »... Ils écarquillèrent les yeux devant Térisa comme si elle venait de tomber de la lune.

Eléga fit preuve de plus d'enthousiasme.

— Je suis heureuse que vous soyez ici, chuchota-t-elle en invitant la jeune femme à s'asseoir près d'elle. J'ai craint que l'on ne vous trouve pas... ou que Myste juge que la convocation à une telle audience était sans importance. Kragen en personne, Térisa ! Le fils de Margonal, Monarque d'Alend, et Souverain des Baronnies d'Alend. Imaginez ! Il a parcouru toute la distance depuis Scarab au plus fort de l'hiver. La raison doit en être urgente et terrible. A présent, conclut-elle les yeux brillants, mon père est tenu de redevenir Roi, ou il perdra le peu de respect que lui voue encore Mordant.

— Il est notre père, il méritera toujours notre respect, murmura Myste, même si son esprit l'abandonne.

Eléga eut un sourire de dérision.

— Qu'il abdique en ce cas. Alors nous le respecterons toujours en tant que père même s'il a failli en tant que Roi.

Térisa remarqua la vive attention que leur portait Lebbick, comme s'il entendait et haïssait chacun des mots prononcés.

Tremblante de crainte face à son regard, elle ne remarqua pas immédiatement que la double porte avait été fermée.

Au balcon, les gardes tirèrent ensemble une flèche de leur carquois et la tendirent sur la corde de leur arc. Térisa serra le bras de Myste qui lui adressa un sourire rassurant.

Le Gouverneur s'était mis debout. D'un ton formel, d'une voix tranchante sans être forte, il requit l'attention de l'assemblée.

— Mes seigneurs et mes dames, vous avez été appelés en audience par Joyse, Seigneur du Demesne et Roi de Mordant.

Le Roi Joyse apparut alors, sortant de derrière l'impressionnante estrade, vêtu du même manteau de velours pourpre que lui avait vu Térisa. Ses cheveux blancs étaient tenus en place par le même serre-tête d'or ; mais sa barbe désordonnée montrait qu'il avait négligé de la peigner au matin. Il portait en sus une attache de brocard jetée sur l'épaule droite à laquelle s'accrochait un fourreau de cuir repoussé où était glissée une épée à double garde, au pommeau orné de pierres précieuses. Le poids de l'épée lui donnait plus frêle allure encore que lorsque Térisa l'avait vu, plus noyé dans son ample manteau. Il marchait très lentement.

L'Adepte Havelock le suivait.

Toutes les personnes présentes se levèrent et s'inclinèrent tandis qu'il gravissait l'estrade et prenait place sur le trône ; puis, répondant à un signal que Térisa ne saisit pas, toutes les têtes se relevèrent dans le silence le plus complet.

L'Adepte Havelock s'était déjà approprié l'espace vide devant l'estrade et s'était mis à danser.

Il sautait d'un pied sur l'autre, secouait la tête, gesticulait des bras, s'élevait en l'air pour y claquer des talons.

Son manteau défraîchi et loqueteux, sa chasuble tachée, ses pieds nus, et les touffes chevelues protubérantes sur son crâne lui donnaient l'air d'une épave humaine récemment tirée d'un caniveau. Son nez en forme de bec d'oiseau se dressait face à l'assemblée avec une véhémence que sa bouche de sybarite, ses yeux troubles rendaient folle.

Térisa faillit rire du spectacle, mais s'en abstint, heureusement. Tout le monde regardait Havelock — ou évitait de le regarder — avec un mélange de tristesse, de mépris et d'horreur.

— Salut au Fourbe du Roi, murmura amèrement quelqu'un, assez fort pour être audible.

Le Gouverneur Lebbick dardait un regard incendiaire sur l'Adepte. Même la tolérance de Myste faiblissait face aux gesticulations du vieux fou ; elle fronça les sourcils, se mordit la lèvre inférieure, et ses yeux brillèrent de colère ou de larmes contenues.

Qu'importait, il paraissait se réjouir de la réaction des témoins, ou s'en moquer. Il tenait à la main un encensoir d'argent à peine plus gros qu'un hochet d'enfant et le balançait pour s'entourer de fumée odorante. Bientôt, sa danse folle le mena tout près du premier rang des courtisans debout devant leurs bancs et il se mit à sauter devant chacun, épandant sa fumée jusqu'à les faire tousser. Et de clamer, comme une sorte de liturgie, une prière qu'il aurait formulée pour chacun :

— Le rut court les couloirs ! Les étoiles jouent à saute-contre avec le destin ! Douze bougies brillaient sur la table, douze pour les douze sortes de folies et de mystères ! Les femmes sont mieux vêtues nues ! Pissenlits et papillons. Nous ne sommes rien d'autre que pissenlits et papillons !

Le Roi Joyse avait pris place sur son trône et, les bras supportés par les accoudoirs, se tenait la tête à deux mains.

— Salut au Roi Joyse ! clama l'Adepte Havelock sans cesser de danser et de répandre sa fumée devant l'assemblée. Sans lui, la moitié d'entre vous seraient morts. Les autres seraient esclaves en Cadwal. Si tu es morte jusqu'à la taille, susurra-t-il à une jolie jeune femme, et vivante encore dans ta partie inférieure, tu resteras en service.

La femme pâlit, mais au lieu de s'évanouir gloussa nerveusement derrière sa main.

A cela l'Adepte arrêta de gesticuler, la dévisagea avec étonnement et indignation, de sa main libre se gratta une touffe de cheveux. Puis, avec un juron, il jeta l'encensoir par-dessus son épaule. L'objet en argent s'ouvrit en heurtant le sol et le bloc d'encens tomba sur le tapis.

— Ne prenez pas la peine d'en dire davantage, ma dame, fit-il avec hauteur. Je vois bien que je perds mon temps.

Il se détourna brusquement d'elle et se dirigea vers la porte par laquelle il était entré.

— Tu m'entends, Joyse ? hurla-t-il à l'adresse du Roi. *Je perds mon temps !*

Et il disparut derrière l'estrade.

L'assemblée était en état de choc. De toute évidence, les habitants d'Orison n'étaient pas encore habitués à ses manières. Si un ou deux rires fusèrent sur les bancs, ils furent vite étouffés. Barsonage avait perdu toute expression, Maître Quillon se couvrait les yeux de la main, un pli de hargne raidissait la bouche de Gilbur. Les yeux d'Eléga flamboyaient de colère. Myste était prête à pleurer.

Bientôt, derrière les parfums de santal et d'encens, Térisa sentit une odeur de roussi : le tapis fumait.

Le Roi Joyse avait encore rapetissé dans son manteau. Ses yeux étaient emplis de tristesse.

Le Gouverneur Lebbick fut le premier à réagir. Furieux, il quitta sa place et alla écraser d'un talon rageur la boule d'encens fumante. Ensuite, il fit face au souverain, les poings sur les hanches, plein de hargne.

— Peut-être connaissez-vous le sens de la petite comédie de l'Adepte, Seigneur Roi. Moi pas. Je préférerais souvent le voir *enchaîné*.

Cela dit, il retrouva le contrôle de soi et poursuivit, sans transition aucune :

— Seigneur Roi, le Prince Kragen a requis cette audience. Il dit venir en ambassadeur de son père Margonal, Monarque d'Alend. Est-il autorisé à entrer ?

Le Roi Joyse ne répondit pas immédiatement, soupira.

— Mon vieil ami est plus sage que moi, fit-il enfin. Tout ceci n'est que temps perdu. Mais puisqu'il doit en être ainsi, finissons-en. Faites entrer le Prince Kragen. Et asseyez-vous tous, ajouta-t-il. Vous m'épuisez.

Lebbick leva les yeux vers le balcon et acquiesça de la tête avant de regagner sa place.

Myste s'assit promptement, Térisa l'imita. Enfin, plus personne ne fut debout.

Eléga fut la dernière à obéir. Bien droite, elle dardait sur son père un regard qui semblait vouloir, par la force de sa volonté, le contraindre à se conduire comme elle le désirait. Il ne la regarda même pas ; elle finit par s'asseoir en marmonnant.

Les grandes portes s'ouvrirent. Une sonnerie de trompette se fit entendre et toutes les têtes se tournèrent pour voir entrer trois hommes.

Le Prince venait le premier, suivi de deux compagnons en retrait sur chacun de ses côtés. Il affichait une parfaite confiance, une assurance royale qui le rendaient immédiatement identifiable. Ses cheveux noirs bouclaient sous la lisière de son casque pointu ; sa moustache luisait comme si elle avait été cirée ; ses yeux noirs brillaient de vigueur. Contrastant avec sa peau basanée, son casque et sa cuirasse étaient d'un cuivre poli et étincelant. Une fine épée pendait à sa hanche. La soie flottant autour de ses membres provoquait le même contraste, parcourue dans son mouvement d'ombres et d'éclats lumineux.

Il avait bien l'allure d'un homme capable d'exiger audience auprès de quiconque.

A en juger par l'attitude moins belliqueuse et moins assurée de son escorte, Térisa supposa qu'il s'agissait de simples gardes du corps. Si le Prince ignora les archers au balcon, ses compagnons les remarquèrent.

Il s'avança assez près du trône pour montrer qu'il se considérait l'égal du Roi, mais pas au point de passer pour menaçant. Il fit une révérence, imité par ses compagnons.

— Salut à toi, Joyse, Seigneur du Demesne et Roi de Mordant. Je t'apporte les salutations de Margonal, Monarque d'Alend et Souverain des Baronnies, dont je suis l'ambassadeur.

A l'instar de son sourire, son ton était le plus courtois.

— De graves problèmes guettent notre monde. En ces temps périlleux, il convient que ceux qui règnent se consultent en frères pour faire face au danger. Mon père m'envoie à Orison pour demander beaucoup de choses — et en proposer d'autres qu'il espère dignes d'intérêt.

Le Roi n'acquiesça ni ne lui rendit son salut.

— Kragen, n'est-ce pas ? fit-il d'une voix dont le tremblement sénile pouvait passer pour de l'humeur. Je te connais.

— Nous sommes-nous rencontrés, Seigneur Roi ?

— Oui... Seigneur Prince, articula soigneusement Joyse d'un ton aigre. Tu devrais t'en souvenir. C'était il y a dix-sept ans. Tu menais plusieurs escadrons d'Alend pour protéger l'un de tes Imageurs. Quand je t'ai vaincu, j'ai dû te ligoter pour te faire admettre ta défaite... oui, et te bâillonner pour m'épargner tes insultes. Tu étais un chiot bien téméraire, Kragen. J'espère que les dix-sept années passées t'ont rendu plus sage.

Le Prince ne souriait plus. Ses hommes ne souriaient pas. L'un d'eux murmura des paroles que Térisa ne put saisir. Quoi qu'il en soit, l'ambassadeur ne se départit pas de ses manières suaves et confiantes.

— Merci de m'avoir rafraîchi la mémoire, Seigneur Roi. Je doute que je sois plus sage si j'en crois ma propension à oublier trop vite mes défaites. Pour cette même raison, je ne connais pas l'amertume. Toujours est-il que je préfère me présenter à vous en ambassadeur plutôt qu'en ennemi ; vous n'aurez ainsi nul besoin de me ligoter et me bâillonner pour vous garder d'un chiot trop téméraire.

Assis, les bras croisés, Lebbick grinça des dents à ces mots. Il donnait l'impression d'être prêt à sauter à la gorge du Prince.

— J'ai toujours pensé, répliqua lentement le Roi, qu'un chiot était plus dangereux qu'un chien adulte. Le chien a acquis de l'expérience. Le chiot n'en a aucune et on ne peut prévoir sa conduite.

Brièvement, une étincelle coléreuse flamba dans les yeux du Prince qui resta cependant impassible. Toute son attitude affirmait qu'il n'était pas près de faiblir.

— Seigneur Roi, avez-vous jamais chassé au chien ? C'est l'une de mes passions, et mon peuple ne me regarde pas comme un mauvais chasseur. Je puis vous assurer que ce n'est jamais le chiot qui vient à bout du cerf.

Les mains du Roi se crispèrent sur les accoudoirs.

— Parce que les chiens chassent en *meute*.

— Oh, Père, souffla Eléga.

L'indignation des compagnons du Prince devenait plus forte que leur sang-froid, ou leur bon sens. L'un d'eux porta la main à son épée ; l'autre tourna à moitié le dos au Roi pour murmurer quelques mots à l'oreille de Kragen. Mais le Prince leur intima silence et immobilité d'un seul geste de la main. Il était décidé à ne relever aucune offense publique.

— Seigneur Roi, vous semblez nourrir quelque inimitié à mon endroit... ou à l'endroit du Monarque d'Alend. Si c'est vrai, la dissiper pourrait être l'un des buts de ma mission. Je suis prêt à en discuter ouvertement, si vous le désirez. Mais une entrevue plus privée ne serait-elle pas préférable ? C'était l'objet de ma requête, si vous vous en souvenez.

— *Je* me souviens que c'était votre *exigence*, cracha le Gouverneur.

— Peu importe, fit le Roi comme s'il suivait une autre conversation. Je vous prie de m'excuser de vous avoir traité de chiot. Vous êtes devenu plus sage que vous ne l'admettez. Vous ressemblez en cela à votre père.

Le sourire du Prince revint.

— Je crains que vous ne méjugiez le Monarque d'Alend, Seigneur Roi. Il nourrit depuis quelques années de façon tout à fait ouverte une véritable fascination à l'égard de la sagesse. Ma mission en est la preuve.

— Le Monarque d'Alend, intervint Lebbick d'un ton acide, a causé plus de morts à Mordant que quiconque, à l'exception du Haut Roi de Cadwal. Venez-en au fait, Seigneur Prince, et laissez-nous juger par nous-mêmes de la sagesse de votre père.

Pour la première fois, le Prince détourna les yeux du Roi.

— Vous êtes le Gouverneur Lebbick, n'est-ce pas ? questionna-t-il sans cesser de sourire. Si vous n'adoptez pas une langue plus civile, je me verrai dans l'obligation de vous faire garrotter.

Térisa tressaillit. En dépit de ses manières polies, le Prince était très convaincant. Un murmure inquiet parcourut la salle. Les gardes crispèrent le poing sur leurs armes ; les officiers de Lebbick se tinrent prêts. Myste avait peur mais Eléga contemplait le Gouverneur ou le Prince — Térisa ne voyait pas où portait son regard — avec une admiration mâtinée d'envie.

Si Lebbick ne cilla pas, il eut dans les yeux l'éclat d'une violence démesurée. Lentement, il se leva, lentement se tourna vers le Roi, attendant un ordre, un mot.

De plus en plus enfoncé dans son trône, Joyse semblait devenir minuscule.

— Venez-en au fait, Kragen, fit-il avec lassitude. Je suis trop vieux pour rivaliser d'esprit avec vous jusqu'à la fin du jour. Lebbick, asseyez-vous. S'il est assez chiot pour attenter à quiconque ou à quoi que ce soit dans Orison, il connaîtra le sort qu'il mérite. Je vous fais confiance pour donner son foie en pâture aux corneilles.

Lebbick regarda Kragen, puis s'inclina en guise d'assentiment.

— Ce sera avec plaisir, murmura-t-il en s'asseyant.

Eléga soupira. Le soulagement et la déception se partagèrent les réactions de l'assemblée.

— Nous avons peu de raisons d'apprécier Alend, reprit plus sévèrement le Roi. Ma question est simple, Kragen : pourquoi êtes-vous venu ?

— Je vous répondrai aussi simplement, dit le Prince comme si rien ne s'était passé. Le Monarque d'Alend souhaite savoir ce qui se passe à Mordant. Il désire mettre un terme à la kyrielle de rumeurs et d'insinuations qui lui parviennent. Enfin... il veut proposer une alliance.

La nouvelle ne manqua pas de produire son effet. Incapable de se contrôler, Eléga se mit debout — comme le Gouverneur, et deux de ses officiers, et Maître Barsonage. Maître Quillon demeura bouche bée. Les murmures surpris volèrent jusqu'au plafond. La main devant la bouche, Myste dardait sur son père un regard empli de fièvre et d'espoir.

Térisa n'avait nulle raison de partager l'hostilité de Lebbick. Autant qu'elle puisse en juger, le Prince avait été le premier à prononcer des paroles sensées depuis le début de l'audience.

— Une alliance ? gronda le Gouverneur. Avec Margonal ? Déjection de bouc !

— Le Monarque d'Alend croit-il que nous avons perdu la raison ? demanda l'un des officiers.

— Mais si nous nous unissions contre Cadwal ? s'exclama un autre dignitaire. Le Haut Roi rassemble ses armées sur la rive du Vertigon. Le Perdon accorderait réflexion à cette idée.

— Une alliance ! protestait en même temps Maître Barsonage, presque avec frénésie. Une alliance contre notre ruine ? Seigneur Roi, vous devez accepter ! ajouta-t-il (et Térisa crut qu'il allait hurler ce qu'il pensait si fort : Acceptez pour que le Congrégat n'ait pas besoin d'appeler son champion !).

Plus doucement, mais avec une ferveur égale, dame Eléga disait :

— Vos paroles sont braves, Prince Kragen ! Vos actes sont valeureux !

Mais le Roi se tut jusqu'à ce que revienne le silence. Il n'avait pas paru surpris. A dire vrai, il semblait à peine intéressé. Ses traits étaient un peu raides, comme s'il réprimait un bâillement.

Quand l'effervescence s'apaisa, Lebbick et les autres s'assirent à contrecœur et tous les regards convergèrent vers le Roi.

Marmonnant, celui-ci se redressa sur son trône. Son serre-tête avait un peu glissé, laissant quelques mèches blanches tomber devant ses yeux.

— Une alliance, Kragen ? Après plusieurs siècles de guerre ? Pourquoi serais-je d'accord ?

— Seigneur Roi, je n'en ai pas la moindre idée, rétorqua l'ambassadeur d'une voix égale. J'ignore les faits. Mais les rumeurs qui nous sont parvenues tendent à prouver que vous seriez en péril. En un péril croissant. Aussi le Monarque d'Alend a-t-il songé à vous offrir son assistance.

— Et quel danger pense-t-il que nous courons ?

— Je répète qu'il ne s'agit que de rumeurs. Mais leur sens paraît clair, poursuivit-il en tournant les yeux vers les Maîtres. Il semblerait que quelques-uns — beaucoup peut-être — de vos Imageurs se seraient retournés contre vous.

— Impossible ! protesta Maître Barsonage. Vous devenez offensant, Seigneur Prince.

Le Roi Joyse ignora l'intervention du médiateur.

— Et qu'espère gagner le Monarque d'Alend grâce à cette alliance ?

— Votre confiance, Seigneur Roi.

Cela paraissait évident à Térisa.

Le souverain quant à lui afficha une totale incrédulité. Il se dressa sur son siège :

— Pardon ? Ma *confiance* ? Ne désire-t-il pas plutôt régner sur la moitié de Cadwal ? Ou encore, s'approprier quelques Imageurs ?

— Je vous l'ai dit, répliqua le Prince avec patience, le Monarque d'Alend a acquis de la sagesse. Il a compris que deux souverains alliés pouvaient accomplir ce qui serait autrement impossible. Certes, il souhaite faire profiter son peuple des ressources de l'Imagerie. Certes, il convoite la richesse de Cadwal ; il acquerrait alors ce qui manque tellement en Alend et non pas à Mordant. Mais il sait que ses souhaits ne se réaliseront pas sans la confiance. Et il faut un préambule à cette confiance.

» Il vous offre son soutien et ne demande rien en retour. Si ses projets peuvent espérer une suite, elle viendra naturellement lorsque sa coopération vous aura appris à le mieux connaître.

— Je vois, fit Joyse de nouveau tassé sur son trône. Cela explique sans doute pourquoi Margonal a rassemblé une forte armée aux frontières des Fiefs de Fayle et d'Armigite. Bien sûr, je ne fais allusion, moi aussi, qu'à des rumeurs...

— Alors vous avez dû également apprendre, rétorqua le Prince sans s'émouvoir, que le Haut Roi

Festten prépare un assaut massif contre vous. Sans doute... fit-il avec une pointe de sarcasme, espère-t-il profiter de votre faiblesse — je veux dire : du péril que vous courez — pour jeter à bas votre royauté, soumettre les Fiefs, et s'approprier l'Imagerie. Je pense que vous comprendrez, Seigneur Roi, que le Monarque d'Alend ne peut permettre pareille victoire à Cadwal. Que vous acceptiez ou non son alliance, il doit s'opposer au Haut Roi. En forgeant le Congrégat, vous avez créé une force qui ne peut être laissée à un vainqueur.

— C'est vrai, acquiesça le Roi. C'est vrai.

Pendant un moment, il fixa le plafond, bouche ouverte, se grattant la barbe comme s'il réfléchissait. Ses yeux se fermèrent. Oh non, songea Térisa, il va s'endormir ! Mais tout à coup il regarda le Prince et lui sourit.

— Seigneur Prince, dit-il avec plus de joie qu'il n'en avait manifesté depuis le début de l'audience, jouez-vous à saute-contre ?

La gorge de Térisa se serra, elle sentit la panique monter en elle.

— A saute-contre, Seigneur Roi ? Je ne connais pas cela.

— C'est un jeu, expliqua le souverain avec ardeur. Le plus instructif des jeux.

Avec une sorte de petit cri de joie, il frappa dans ses mains. Myste et Eléga l'observaient avec inquiétude et consternation.

Très vite, deux des lambris glissèrent sur les côtés, révélant une porte dans le mur. Elle était déjà ouverte et deux serviteurs la franchirent, portant une table de jeu. Deux autres suivaient avec les chaises.

Ils vinrent placer leurs fardeaux sur le tapis de cérémonie, à égale distance entre le Prince et l'estrade royale. Sous les regards effarés des seigneurs et dames, le jeu fut promptement disposé, puis les serviteurs s'éclipsèrent et les lambris se refermèrent.

Térisa sentit sa gorge se serrer davantage. Elle reconnaissait l'échiquier. Les jetons étaient disposés pour le début d'une partie.

— Oh, père, souffla Myste, ne tombez pas si bas.

Les joues d'Eléga s'étaient empourprées.

— Il est *fou*, dit-elle. *Fou.*

Le Roi ignora les réactions à l'entour et s'assit au bord de son trône.

— A première vue, il s'agit d'un jeu simple, qu'un enfant peut maîtriser. Pourtant, les subtilités en sont infinies. En résumé, cela consiste à forcer l'adversaire à gagner des batailles contre vous dans le but qu'il finisse par perdre la guerre. Jouerez-vous ?

Le Prince ne put dissimuler sa surprise.

— Je vous l'ai dit, je ne connais pas ce jeu. J'assisterai volontiers à une partie, si là est votre désir. Si, commenta-t-il légèrement, vous décidez de ne pas faire meilleur usage de notre entrevue. Mais je ne peux jouer.

— Bêtise ! décréta le Roi avec une note de dureté que Térisa ne lui avait jamais entendue. J'insiste. Saute-contre est une excellente jauge des individus.

— Je suis dans l'obligation de me dérober, répéta le Prince, une légère sueur commençant à perler sur son front. Seigneur Roi, j'ai passé près de trente jours dans la neige entre Scarab et Orison, car la mission de confiance dont m'avait chargé le Monarque d'Alend ne pouvait souffrir d'attendre la saison prochaine. Je n'aime pas l'idée de patienter un jour de plus. Néanmoins, je m'y plierai. Pouvons-nous nous retrouver demain, en privé ?

Le Roi Joyse balaya la tirade d'un geste de la main puis toussa pour s'éclaircir la gorge.

— Je serai aussi juste que possible. Je ne vous affronterai pas moi-même. Bien que je sois loin d'être l'égal de l'Adepte Havelock, j'ai trop d'expérience. Non, Seigneur Prince, poursuivit-il d'un ton plus tranchant, je n'ai pas eu l'occasion de vous voir vous battre depuis dix-sept ans. Votre force et vos possibilités me sont inconnues. Aussi vous regarderai-je affronter quelqu'un qui ne m'est pas plus familier.

Sans autre avertissement que la panique qu'elle avait senti monter en elle depuis un moment, Térisa entendit le souverain prononcer son nom :

— Dame Térisa de Morgan, aurez-vous la gentillesse de mettre le Prince à l'épreuve pour moi ?

Tous les regards volèrent vers elle. Elle sentit son visage s'enflammer. Elle leva les yeux vers le Roi. La peur lui donnait une vision aiguë au point qu'elle voyait chaque détail du vieux visage, la veine battante sous la peau translucide de la tempe, les yeux pâles d'un vieillard perdu, les cheveux en désordre qui lui donnaient un aspect un peu ridicule.

Cependant il souriait.

Et son sourire n'avait en rien perdu de son pouvoir. Il la rassurait, comme la promesse qu'il ne lui voulait pas de mal ; l'affirmation qu'elle avait trop grande valeur pour être maltraitée ; la certitude qu'elle s'acquitterait bien de sa tâche, quoi qu'il lui demande. Un sourire innocent et pur auquel elle ne résista pas.

Sans-même l'avoir décidé elle se leva et marcha vers le Prince.

Aux premiers pas, elle regretta de n'être pas demeurée assise. Elle comprenait trop bien la situation pour rester calme, et trop peu pour être certaine d'agir correctement. Et tout le monde allait la regarder. La fille de son père n'aurait jamais fait cela. Elle put à peine lever les yeux vers le Prince.

Ses yeux bruns demeuraient fixés au-dessus d'elle ; il paraissait se mordiller l'intérieur de la joue. Envolées son aisance et ses manières confiantes. Il ne sourit ni ne salua la jeune femme. Ses prunelles s'assombrirent à mesure que montait sa colère. Il était si tendu que Térisa imagina qu'il pouvait tirer son épée d'une seconde à l'autre.

Elle continua d'approcher puis s'arrêta à une distance qu'elle jugea raisonnable.

— Ma dame, clama le Roi comme s'il parlait de l'autre bout d'un tunnel, permettez-moi de vous présenter le Prince Kragen, Prince des Baronnies d'Alend et fils de Margonal, Monarque d'Alend. Seigneur Prince, voici dame Térisa de Morgan.

» Ma dame, je suis certain que le Prince vous laissera l'honneur de commencer.

De la main, il désigna la chaise face au Prince et à l'assemblée.

Le Prince se détourna du Roi.

— Ne perdez pas votre temps, ma dame. Je ne joue pas.

— Je crois que si, ordonna le Roi qui ne parut plus ni sénile ni innocent mais prêt à perdre sa royale patience. Ma dame, prenez place, je vous prie.

Térisa obéit, au comble de la confusion. Elle garda les yeux braqués sur l'échiquier, évitant de croiser le regard du Prince dont elle savait qu'il la réduirait en cendres, consciente d'être le centre de toutes les inquiétudes, de tous les doutes de l'assistance.

Mais après tout, elle n'était pas si démunie. Si le miroir l'avait créée, tout ce dont elle se souvenait, quant à elle-même, à son passé, n'était qu'illusion. Alors, elle était de ce monde. Elle avait été créée pour être là, y agir ; ce qu'elle aurait à accomplir ne pouvait donc être au-dessus de ses forces.

— Vous vous trompez, Seigneur Roi, répliqua Kragen, faussement calme. Je comprends, à présent. Quand je suis venu à vous en tant qu'ambassadeur de mon père et vous ai demandé audience, vous avez décidé de m'humilier. Vous avez choisi de me recevoir en public quand je souhaitais une entrevue privée. Et vous attendiez depuis le début de me confronter avec ce... ce *jeu*. Tout était prêt, attendant votre signal. Vous avez sans doute choisi dame Térisa de Morgan car, d'une façon qui m'échappe, elle rend la farce plus drôle. Franchement, Seigneur Roi, je suis surpris que vous ayez daigné m'entendre exposer ma mission avant de m'imposer cette comédie.

» Cela suffit. Je retourne en Alend informer le Monarque que vous ne souhaitez pas d'alliance.

— Vous ne partirez pas, fit le Roi, et ses mots brûlèrent la nuque de Térisa. Asseyez-vous et jouez.

— Non !

— Par mon épée, *vous jouerez !* Je suis Roi de Mordant et mes volontés sont des ordres !

Avant que le Prince ou ses gardes n'aient le temps

de réagir, sur un signe du Gouverneur Lebbick les archers levèrent leurs arcs, tendirent les cordes.

Toutes les flèches étaient dirigées sur Kragen.

— Trahison ! cria l'un de ses gardes qui eut cependant assez de bon sens pour ne pas tirer son épée du fourreau.

— Trahison, ah oui ? répéta Lebbick avec une satisfaction visible. Modérez vos paroles, ou vous irez nourrir les cochons.

Sans hâte, le Prince observa la salle, le balcon, les lambris, les bancs, les portes closes ; aucun moyen de fuir. Il fit de nouveau face au Roi. Son visage ne trahissait aucun sentiment. Dans l'assemblée, on se taisait.

Soudain, dame Eléga s'écria :

— Partez ! Tournez le dos à cette folie ! Vous êtes un ambassadeur, en mission de paix ! S'il vous fait tuer, la malédiction de tout Mordant le poursuivra jusque dans la tombe !

Le Prince ne la regarda ni ne parla.

D'un mouvement rapide, il s'assit à la table, face à Térisa, croisa les bras et fixa son adversaire d'un regard meurtrier.

Le Roi Joyse se taisait. Le Gouverneur Lebbick ricanait et se taisait. Maître Barsonage enrageait. Maître Quillon s'était fait assez petit pour ne plus être visible. Aucune des filles du Roi ne bougea. Personne ne vint en aide à Térisa.

Il lui revenait de sauver le Prince.

Sans lever les yeux sur lui, elle se concentra sur le damier. Des questions la harcelaient. Pourquoi le Roi fait-il cela ? Pourquoi ai-je obéi, moi aussi ? La panique la gagnait.

Les réponses se succédaient dans son esprit, sans sens réel. Le Roi se conduisait comme un être dépourvu de raison, un homme lunatique, et pareille humiliation rendrait la guerre avec Alend inévitable... Mordant ne pouvait se permettre une guerre... Cadwal rassemblait ses troupes... Maître Quillon avait répondu à ses questions... Et Géraden lui avait montré dans un miroir d'horribles monstres surgis de nulle part, envoyés pour mettre les hommes en pièces...

Si son passé n'existait pas, qu'avait-elle à perdre ? Après une longue hésitation elle bougea son premier pion.

Aussitôt, le Prince Kragen l'imita, déplaçant son jeton symétrique au sien. La sueur coulait sur son visage.

Elle hocha la tête et sa tension se relâcha quelque peu. Bien sûr, ne connaissant rien du jeu, que pouvait-il faire d'autre ? Il était à sa merci.

Comme le lointain appel des cors, l'idée lui vint qu'il existait une issue à ce dilemme.

Elle bougea un autre pion.

Kragen l'imita.

Vite, pour ne pas faiblir, elle bougea un troisième pion. Il l'imita encore.

Au bout de plusieurs coups, elle fut à même de se tourner vers le Roi Joyse. Son cœur palpitait comme si elle venait de prendre un grand risque.

— C'est une impasse.

Le Roi faillit s'étouffer de rage. A moins qu'il ne fît semblant et jubilât intérieurement, elle ne sut dire.

Le Prince saisit l'occasion pour se lever, s'incliner avec ironie devant le souverain.

— Je vous remercie, Seigneur Roi. Il s'agit effectivement d'un jeu fort instructif. Une excellente jauge des individus. Le Monarque d'Alend sera très heureux de l'apprendre. Avec votre permission, je vais me retirer. Je crains que le voyage depuis Scarab m'ait épuisé. J'ai besoin de me reposer.

Il fit signe à ses gardes du corps, qui s'inclinèrent à leur tour. Puis il se détourna et marcha vers les portes.

Le Roi Joyse dissimula difficilement son agitation.

— Allez prendre du repos, s'il le faut, fit-il tel un enfant désenchanté. Vous êtes plus chiot que je ne le croyais.

Si le Prince tressaillit et se raidit, il ne s'arrêta pas pour autant. Toute l'assistance le regardait, bouleversée par la promptitude avec laquelle son offre avait été refusée. Les portes furent ouvertes et il disparut hors de la salle.

Avant que quiconque réagisse, Eléga était debout, le regard en feu. Son cri résonna sous la voûte :

— Père, vous me faites *honte* !

Et elle courut après le Prince aussi vite que le lui permettait sa lourde et longue robe.

Nul ne parla. Nul n'osait.

Doucement, le Roi poussa un soupir. Des deux mains, il remit ses cheveux vers l'arrière et replaça son serre-tête d'or. Puis il se gratta la barbe.

— Cela m'attriste, murmura-t-il, comme inconscient de cette foule qui l'entendait. J'ai toujours été si fier de toi.

Il se leva non sans peine de son trône et d'un pas chancelant entreprit de descendre l'estrade, puis de la contourner pour gagner la sortie.

— Oh, Père, s'exclama douloureusement Myste avant de le suivre.

Térisa aurait dû être fière d'elle-même. Elle avait connu une sorte de victoire. En dépit de cela, Myste avait du chagrin et Eléga était furieuse ; et le Roi Joyse quittait son trône plus diminué encore qu'il n'y était monté. Térisa restait avec un sentiment de vide, une impasse en son cœur.

Le souvenir des cors s'était enfui.

11

Quelques journées oisives

Térisa aurait eu du mal à retrouver son chemin jusqu'à ses appartements, cette partie d'Orison ne lui étant pas familière, mais le Gouverneur Lebbick n'avait pas l'intention de la laisser seule. Dès que l'assistance commença à se disperser, bruissant encore de son étonnement, il désigna un garde pour escorter la jeune femme.

Si la route lui parut longue, elle finit par se retrouver dans la chambre aux paons, porte verrouillée, tranquille pour réfléchir aux derniers événements.

De sa fenêtre, elle s'étonna de découvrir un ciel clair au-dessus des toits d'Orison sur lesquels la neige avait pris des teintes roses et dorées tandis que le crépuscule déjà assombrissait le sol et les vallonnements lointains. Le temps avait filé et l'après-midi s'achevait. Un moment, Térisa s'attarda à contempler le couchant, charmée de le voir doter Orison de ces couleurs de conte de fées : la vieille pierre sombre enfouie dans l'hiver et l'ombre, qui dressait ses tours et ses toits vers les ultimes éclats du soleil comme vers l'espoir ou le rêve. A présent, elle se souvenait du son du cor. Elle subit l'envie douloureuse de quitter le château, non pour retourner à l'illusion de sa vie passée, mais pour courir Mordant à la recherche des forêts et des collines où elle pourrait entendre les chasseurs ou les musiciens clamer la joie et la passion dans le froid hivernal.

Comment l'augure avait-il su pour les cavaliers de son rêve ?

Bien sûr, une réponse se présentait d'évidence : si elle était la création d'un miroir, un miroir également avait créé ses rêves.

Ce raisonnement ne lui fut pas d'un grand secours.

Elle avait tant à dire à Géraden. Quels que soient les sentiments qu'elle nourrissait à l'égard de Maître Erémis, Géraden était le seul à qui elle faisait confiance pour l'aider à décider du comportement à adopter.

Car il fallait prendre une décision, engager une action. Le Roi Joyse marchait vers sa propre destruction, sur une voie autrement plus dangereuse que la passivité qu'on lui prêtait. Elle savait maintenant qu'il n'était nullement passif. En refusant de renforcer les défenses du Perdon, comme en humiliant le Prince Kragen, il travaillait activement à la ruine de Mordant.

Il était clair que le royaume avait besoin d'un souverain assez fort pour dominer les circonstances, et assez intelligent pour prendre des décisions constructives. Pas le Gouverneur Lebbick, il était trop furieusement fidèle à son Roi. Non plus le Congrégat en tant qu'entité : en dépit de son pouvoir, il était trop divisé pour être efficace. L'Adepte Havelock ? Un fou. Maître Quillon ? Elle ignorait ses motivations mais elle ne l'imaginait pas menant la lutte pour la survie de Mordant.

Restait Maître Erémis.

Géraden n'aimerait pas cette perspective, certes, mais peut-être parviendrait-elle à le convaincre. Et en secondant le Maître, elle aurait peut-être la chance de passer plus de temps auprès de lui.

Cette idée ramena la sensation vive de sa bouche sur ses seins. Elle frissonna. Saddith le lui avait assuré : *N'importe quel Maître me dira exactement ce que je souhaite — si je formule un souhait de sa connaissance.* Et elle avait ajouté : *Il en irait de même pour vous, si vous le vouliez.* Pourquoi pas ? Elle n'avait ni l'expérience ni le talent de Saddith, mais Erémis la trouvait désirable.

Personne ne l'avait jamais trouvée désirable auparavant.

Quand le soleil eut disparu derrière l'horizon, que le château se fut empli d'ombre, elle alla se servir un verre de vin et le savoura comme elle savourait les idées qui lui venaient.

Un peu plus tard, Saddith lui porta le dîner. La servante avait envie de parler : les rumeurs les plus folles couraient Orison au sujet de l'audience du Prince Kragen et lui étaient bien parvenues mais elle brûlait de connaître la vérité. Térisa se découvrit trop fatiguée pour se livrer à un juste compte rendu. Les événements de la journée avaient eu raison de ses ressources émotionnelles, et ses rêveries autour de Maître Erémis l'invitaient à un doux sommeil. Après quelques mots d'excuses à moitié sincères, elle congédia Saddith. Elle dîna, avala un autre verre de vin, se dévêtit, rangea ses vêtements dans l'armoire qui ne dissimulait pas la chaise et alla au lit.

Elle s'endormit très vite...

... et fut réveillée par un martèlement lourd et insistant sur du bois. Des rêves dont elle ne se souvenait pas embrumaient son esprit : elle fut certaine qu'il s'agissait de ses habits frappant à la porte de l'armoire, suppliant pour sortir, pour être dissociés des fallacieux jupons, des mensongères robes qui lui avaient été prêtées pour la ravir à elle-même, la corrompre. Il y avait là quelque chose d'absurde mais elle ne savait quoi.

Le martèlement se répéta. Au bout d'un long moment, elle comprit qu'il ne venait pas de la bonne armoire.

Mais de celle où donnait le passage secret.

Elle fut d'abord tentée de se laisser reprendre par la fatigue, le sommeil, pour ne pas répondre. A ce rythme-là, elle ne se reposerait jamais. Tout le monde à Orison passait-il sa vie à se glisser dans les chambres des autres ?

— Ma dame ! entendit-elle appeler par une voix étouffée.

Autant qu'elle le sache, seuls Maître Quillon et l'Adepte Havelock avaient connaissance de ce passage.

Si les coups se répétaient, ils pouvaient alerter les gardes.

— D'accord, marmonna-t-elle en repoussant ses couvertures. J'arrive.

Heureusement, le feu s'était éteint et la température de la pièce avait baissé, ce qui lui fit prendre conscience qu'elle était nue. Elle se dirigea vers la première armoire, prit ses vêtements, les enfila. On continuait à frapper.

— J'arrive, répéta-t-elle aussi fort que possible.

Dès qu'elle eut enlevé la chaise, le panneau s'ouvrit. Grâce à la clarté dispensée par la lampe du visiteur, elle n'eut aucun mal à reconnaître Maître Quillon en la personne de celui qui franchit le barrage des vêtements et fit irruption dans la chambre.

— Vous avez le sommeil lourd, ma dame.

— Pardon, fit-elle sans chercher à paraître sincère. Je ne suis pas encore habituée à voir des gens faire irruption dans ma chambre en pleine nuit.

— Je préférerais dormir moi aussi, mais il y a des choses plus importantes.

Le nez du Maître frémissait de colère. Sa frénésie, la fièvre qui couvait dans son regard ne convenaient guère à sa face placide de lapin.

— Avez-vous vu Géraden depuis l'audience du Prince Kragen ?

Il était inquiétant. L'imminence d'un danger glaça soudain l'atmosphère.

— A-t-il disparu ?

— Non. Pourquoi aurait-il disparu ? Je veux seulement savoir si vous lui avez parlé à un quelconque moment de la journée depuis que je vous ai vue.

— Que se passe-t-il ?

— Ma dame, *lui avez-vous parlé ?* insista durement le Maître.

— Non, répondit-elle, sur la défensive. Je ne l'ai pas vu. Je ne lui ai pas parlé. Mais que se passe-t-il ?

Quillon la dévisagea un moment avant de pousser un soupir.

— Bien. C'est bien.

S'il parut plus détendu, son regard ne se départit pas pour autant de sa fièvre.

— Ma dame, vous avez entendu beaucoup de choses au Congrégat. Et je gage que vous en avez appris encore plus de la bouche de Maître Erémis. Vous ne devez pas parler de cela à Géraden. Vous ne devez *rien* lui dire.

— Quoi ?

La peur lui serra le ventre. Elle s'était endormie avec la hâte de le voir, de passer le lendemain avec lui, de tout lui raconter.

— Pourquoi ?

Il est le seul à qui je puisse parler !

— Parce que, articula lentement le Maître, c'est la seule façon de le garder en vie.

— *Comment ?*

— Tant qu'il reste ignorant, ses ennemis ne courront pas le risque de s'exposer en le tuant. Si vous lui dites ce que vous savez, il agira en conséquence. Alors il deviendra trop dangereux et devra être éliminé.

— Éliminé ?

Il lui sembla que la faible clarté vacillait autour d'elle.

— Pourquoi en voudrait-on à sa vie ?

— Ma dame, vous devriez comprendre que votre présence ici ne peut être un accident. Vous avez été translatée par un miroir qui n'aurait pas dû pouvoir être utilisé dans ce but. Comment cela s'est-il produit ? Ni une erreur ni une bévue ne peuvent l'expliquer. Vous insistez sur le fait que vous n'en êtes pas responsable. Alors, qui l'est ?

Brusquement, Maître Quillon fit volte-face et rentra dans la penderie. Ses derniers mots parvinrent étouffés à Térisa :

— Vous êtes quelqu'un d'important, ma dame, mais Géraden l'est davantage.

Elle demeura un moment stupide devant la porte du passage refermée, dans la seule lumière des braises. L'idée que la vie de Géraden dépendait de son silence était si grave qu'elle avait envie de pleurer. Écartant les vêtements, elle atteignit la porte dérobée, la fit glisser sur le côté.

Maître Quillon était un peu plus bas dans l'escalier. Il se tourna au bruit qu'elle fit. L'inclinaison de sa lampe projetait des lacs d'ombre dans son regard.

— Ma dame ?

— Qui sont ses ennemis ?

— Si nous le savions, nous saurions les empêcher de nuire.

Il se détourna aussitôt et reprit sa descente. Sa silhouette dansait comme une marionnette.

— Qui sont ses amis ?

L'écho des pas du Maître ne lui donna pas de réponse.

Quand elle ne distingua plus le bruit de ses sandales sur la pierre et ne perçut plus le halo de lumière, elle sortit du passage secret. La porte refermée, elle l'assura de nouveau avec la chaise.

Au bout d'un moment, elle regagna son lit.

Le lendemain matin, elle avait au moins pris une décision.

Elle ne parlerait pas à Géraden.

Malheureusement, cela ne lui serait pas aussi aisé

qu'il pouvait sembler. Son désir de se confier était puissant et elle savait qu'il serait blessé par son silence.

Il fallait qu'elle l'évite pendant un temps, pour le protéger.

Elle se leva tôt, en dépit de son inexpérience prépara le feu dans les cheminées, prit un bain malgré le froid. Puis, défiant l'incommodité de vêtements nullement prévus pour être enfilés sans aide, elle batailla avec une robe discrète, gorge-de-pigeon qui, elle l'espérait, lui permettrait de se fondre avec les murailles du château.

Son intention était de requérir Saddith comme guide pour un tour complet d'Orison. Cette occupation comme son espèce de camouflage lui donneraient un jour de répit pour réfléchir.

Une fois vêtue, laborieusement, elle n'eut pas à attendre longtemps son petit déjeuner. Ce matin-là, Saddith était encore plus piquante qu'à l'ordinaire.

— Vous semblez heureuse, lui dit Térisa. L'effet d'une autre nuit avec votre Maître, ou avez-vous trouvé encore mieux ?

— Ma dame, protesta Saddith en battant des paupières, je suis aussi chaste qu'une vierge. Plus exactement, corrigea-t-elle avec un sourire, aussi pourchassée que la plupart des vierges rêvent de l'être.

Riant de sa plaisanterie, elle se mit à dresser la table.

Tout en mangeant, Térisa lui soumit son idée de faire le tour d'Orison ; elle acquiesça immédiatement.

— Mais d'abord, précisa-t-elle en posant un œil critique sur sa maîtresse, il nous faut un peu rectifier votre tenue. Si votre intention était de donner l'impression d'avoir passé la nuit dans votre robe, à lutter pour votre vertu, c'est très réussi. Franchement, ma dame, vous devriez me laisser vous aider pour ce genre de choses.

— C'est vraiment si raté ?

Un regard sur sa robe la convainquit de la véracité des dires la servante. Elle avait voulu se dépêcher pour éviter Géraden. Elle commit l'erreur de se livrer aux mains de Saddith. S'il ne fallut à cette dernière que quelques minutes pour redonner quelque éclat à sa tenue, c'en fut assez pour que l'on vînt de nouveau frapper à la porte.

Le cœur de Térisa se serra. Non, elle n'était pas prête. Faudrait-il mentir à Géraden ? Elle n'en supportait pas l'idée.

Saddith n'avait nul soupçon du dilemme de sa maîtresse ; d'un pas dansant, elle quitta la chambre et alla ouvrir.

— Aspirant Géraden, quelle surprise. Venez-vous me payer en retour mon aide d'hier ? Il nous faudrait un peu plus d'intimité. Ou avez-vous l'intention de m'écarter en me préférant dame Térisa ?

Le rire de Géraden parut un peu forcé.

— Allons, Saddith, tu peux trouver mieux que moi. Tu *as* trouvé mieux. Moi, tout ce que je puis faire est de demander à voir dame Térisa. Est-elle libre ?

— Géraden, gronda la soubrette avec une sévérité moqueuse, aucune femme n'est *libre*.

Rieuse, elle regagna la chambre où Térisa l'attendait.

— Ma dame, l'Aspirant Géraden sera bien meilleur guide que moi pour vous faire explorer Orison. C'est un homme, même s'il est gauche, facilement mal à l'aise, et simple Aspirant. Je vous abandonne à lui.

Non, essaya de protester Térisa, je vous en prie. Mais Saddith filait déjà hors de la chambre. Une dernière répartie à Géraden et elle referma la porte derrière elle.

Un moment Térisa demeura dans la chambre, stupide, regrettant de ne pas savoir jurer. Mais il fallait se décider à bouger. Géraden allait s'avancer dans le salon et la voir. La tête basse, comme lorsque son père la présentait aux jeunes gens aux dents de loups qui, espérait-il, le débarrasseraient d'elle par un mariage de raison, elle passa au salon.

Le sourire de Géraden faillit abolir toutes ses bonnes résolutions. Il parut si heureux de la voir qu'elle eut envie de tout lui raconter sur-le-champ. Elle ne put que se forcer à lui sourire en retour.

— Je suis désolé de n'avoir pu venir vous voir hier, commença-t-il. Je ne sais pas ce qui est passé par la tête de Maître Quillon. Il n'est pas déraisonnable d'ordinaire. Il m'a emmené dans son atelier pour me faire broyer du sable. Ce travail est tellement servile et idiot que même les tout jeunes Aspirants n'y sont pas contraints. Puis un messager est venu pour annoncer que le Prince Kragen demandait audience au Roi Joyse. J'ai cru que cela allait me sauver. Maître Quillon n'espérait quand même pas que j'allais broyer son sable en un moment pareil.

» J'avais raison, comme d'habitude, grimaça-t-il. J'ai dû cesser de m'occuper du sable. A la place, il m'a donné des instructions pour effectuer le mélange de teintures le plus complexe que j'aie jamais vu, et cela de trois manières différentes. « Dans un but expérimental ! » De nombreux Maîtres ne laissent jamais aux Aspirants une tâche aussi délicate. Et cela fait des années qu'*aucun* Maître ne m'a donné ce genre de travail. J'hésitais entre lui en être reconnaissant ou me trancher la gorge.

» Toujours est-il que je n'ai pu en terminer avant minuit. D'ailleurs, je ne suis pas certain d'avoir bien réussi. Et je suis passé à côté des grands événements.

Térisa eut la bouche plus sèche que du papier.

— Vous devez en avoir entendu parler.

Il hocha la tête, lentement. L'étrangeté des manières de la jeune femme refroidissait son exubérance.

— Avez-vous réellement joué à saute-contre avec le Prince Kragen ?

Incapable de le regarder, elle alla à la fenêtre. Le ciel clair de la soirée précédente n'était plus. A présent, de bas nuages, lourds et gris comme les pierres du château, pesaient sur les collines de leur ombre plombée. Paysage aussi morne que la robe qu'elle portait et que son état d'esprit du moment.

— Oui.

— Stupéfiant ! (Il siffla entre ses dents, admiratif.) Et il ne connaissait pas le jeu. Comment vous êtes-vous arrangée pour mener la partie à une impasse ? C'est très impressionnant. Le Monarque d'Alend devrait vous accorder un titre pour avoir ménagé son honneur avec une telle délicatesse. A en croire les rumeurs, poursuivit-il d'un ton plus sombre, ce fut là le seul acte sensé au milieu du désastre. Si le Roi Joyse jouissait d'une once de votre bon sens, il nous resterait quelque espoir.

Oh, Géraden. Se haïssant pour ce qu'elle était en train de faire, elle profita de ses ultimes paroles pour échapper — tout au moins momentanément — aux inévitables questions.

— Mais c'est bien le problème, n'est-ce pas ? Il n'a aucun bon sens. Autant que je puisse en juger, il n'a organisé l'audience que dans le but de s'amuser du Prince. Il *veut* la guerre avec Alend.

Enfin, elle se força à revenir vers lui, malheureuse de devoir le tromper.

— Pourquoi lui restez-vous fidèle ? Peut-être fut-il autrefois un grand roi — je l'ignore. Mais il ne l'est plus. Pourquoi ne l'abandonnez-vous pas ?

Elle s'exprimait comme si la veille elle avait été capable de se dérober au sourire du Roi, comme si aujourd'hui encore elle saurait s'y refuser.

L'éclat blessé dans les yeux de Géraden lui donna envie de fuir dans la chambre pour y cacher sa honte, la tête sous les oreillers.

— C'est pour cette raison que les Maîtres ne vous font pas confiance, conclut-elle piteusement. Car vous restez loyal et nul ne comprend pourquoi.

— C'est ce qu'ils vous ont dit ? rétorqua-t-il. Ils ne me font pas confiance car je tiens encore à servir mon Roi ? Je croyais que c'était parce que je n'avais rien fait de bien de toute ma vie.

Bouleversée, Térisa se détourna, alla poser son front sur la vitre glacée. Ne pas lui parler ? Ne pas lui dire la vérité ? Comment y parviendrait-elle, même pour lui sauver la vie ?

— Je suis désolé, l'entendit-elle affirmer, chagriné par sa réaction. Je ne voulais pas m'exprimer ainsi.

C'est simplement que la question est douloureuse pour moi. Mais j'ai la certitude que...

Il se tut. Elle attendit.

— De quelle certitude s'agit-il cette fois-ci ? finit-elle par demander.

Comme si les mots lui étaient arrachés par la force, il répondit :

— J'ai la certitude qu'il sait ce qu'il fait.

— Oh, Géraden ! s'exclama-t-elle non sans irritation. Déclarer la guerre à Alend serait donc *sage* ? Est-ce vraiment une bonne réponse aux problèmes de Mordant ?

— Non, admit-il. Je vous ai déjà dit que mes certitudes étaient toujours trompeuses mais que je ne savais les écarter.

Après une nouvelle hésitation il poursuivit :

— Je ne vous ai pas raconté ma première rencontre avec le Roi.

Pensant savoir ce qui allait venir, Térisa s'était retournée vers lui et lui proposa de s'asseoir.

— Non, merci, fit-il, lointain. J'ai passé trop d'heures hier courbé sur un mortier, j'ai encore mal au dos.

Il se mit à faire lentement les cent pas devant elle.

— Je devais avoir onze ou douze ans à l'époque, et je n'avais jamais quitté la maison. Oh, il n'était pas une parcelle du Domne où je n'avais galopé ou travaillé, suivant mes frères, ou effectuant les tâches que l'on me confiait... ou essayant d'éviter quelques corvées, précisa-t-il avec un sourire. Je me moque de ce que l'on dit mais le Domne est le plus beau des Fiefs, particulièrement au printemps, quand fleurissent les pommiers, les cornouillers, quand à perte de vue les vallons se couvrent de fleurs ; et j'adorais les explorer, jouer dans des lieux comme le Poing Fermé, galoper à la vitesse du vent sur le flanc des montagnes.

Il eut un soupir ravi.

— Mais Houseldon était le centre de ma vie. Mon père, le Domne, préfère sa demeure à tout autre endroit, sa famille à toute autre compagnie, même si certains l'ont baptisé le plus cher ami du Roi. Presque chaque année il partait accomplir quelque tâche pour le Roi Joyse ou Mordant et emmenait avec lui au moins deux de mes frères. Ce fut ainsi qu'Artagel découvrit son talent pour le combat, ce qui ne se serait jamais produit s'il était resté à la maison. Moi j'étais toujours trop jeune pour partir. J'étais le bébé de ma mère, bien sûr. Et quand elle mourut, Tholden, mon frère aîné, et son épouse me prirent sous leur aile comme s'ils pensaient que je ne grandirais jamais.

» D'une certaine façon, il est difficile d'expliquer pourquoi je n'ai pris aucun trait de mon père. Tholden, tout au contraire, lui ressemble au point que lorsqu'il deviendra Domne, les cerisiers chéris de mon père ne verront pas la différence. Minik et Wester — le plus beau de nous tous — lui ressemblent aussi. Et la seule raison pour laquelle je ne compte pas Stead est qu'il est trop occupé à courir tous les jupons du Fief pour assumer sa part de tonte. Vous ai-je dit que notre famille élevait des moutons ? Nous faisons toutes sortes de cultures et d'élevages, comme tous les Fiefs, mais notre laine et nos étoffes sont réputées, fit-il avec fierté. Dès que mes frères s'aperçurent combien j'étais maladroit, je ne fus plus autorisé à participer à la tonte. Je fus donc chargé de garder les troupeaux, et un été je passai tellement de temps comme berger que je devins capable d'appeler chaque mouton par son nom dans un rayon de plusieurs lieues !

» Mon père est de ces hommes animés de passion et qui la communiquent aux autres. Il peut encore tondre un mouton d'une seule pièce, de façon si régulière qu'on pourrait presque utiliser la laine telle quelle. Ses yeux brillent quand il voit une nouvelle semence monter en herbe, une récolte mûrir. Il adore la compagnie de ses fils comme s'ils étaient les êtres les plus extraordinaires au monde. Il se débrouille même pour apprécier mes rares qualités... Lorsque je retourne chez moi, je passe les cinq premiers jours à m'émerveiller de ma chance et à me demander pourquoi j'ai quitté Houseldon.

Géraden haussa les épaules, grimaça.

— Les cinq jours suivants, je me demande comment annoncer au Domne que je dois repartir. Peut-être est-ce parce que je ne l'ai jamais accompagné dans ses voyages. J'attendais son retour et celui de mes frères et passais la saison suivante à écouter les récits de tout ce qu'ils avaient vu et fait. J'étais comme Nyle en cela. Il est presque aussi jeune que moi. Lui aussi est beaucoup resté à la maison. Quand Artagel faisait son apprentissage dans les armées de Mordant, à chaque passage, Nyle et moi le considérions comme un visiteur royal... nous l'assommions de questions.

» Peut-être est-ce parce que la Reine Madin et ses filles restèrent avec nous plus d'un an quand j'avais cinq ou six ans. Je crois que le Monarque d'Alend et le Haut Roi Festten avaient décidé de livrer une contre-attaque désespérée pour défendre leurs

Imageurs et le Roi Joyse craignait qu'ils ne s'en prennent à sa famille pour tenter de l'abattre. Toujours est-il qu'Eléga et moi, qui avions à peu près le même âge, étions d'excellents compagnons de jeu. Même, ajouta-t-il avec une affection évidente, quand être fille du Roi lui montait à la tête au point que je ne savais plus que faire. Je l'en admirais. J'aimais quand elle racontait ses histoires de guerre et de pouvoir, même quand elle s'érigeait en sauveur du royaume un peu plus souvent qu'il n'est crédible pour une fillette de cinq ans. Jeune comme je l'étais, elle me donnait envie de courir le monde comme je courais les monts et les vallées du Fief.

» Ou peut-être encore étais-je simplement fasciné par l'amitié de mon père avec le Roi.

» Quelle qu'en soit la raison, je ne fus jamais satisfait à l'idée de devenir fermier ou berger.

Il se tut soudain, regarda Térisa.

— Pardon. Je suis bien long. Je tenais seulement à ce que vous compreniez quel genre d'enfant j'étais quand j'ai rencontré le Roi Joyse.

— Ne vous excusez pas. Cela n'a rien d'une digression à mes yeux.

Elle était soulagée d'éviter ses questions, et charmée par son récit. Son enfance lui paraissait tout aussi étrangère que l'étaient Mordant et l'Imagerie. Mais elle l'attirait, comme un merveilleux conte de fées.

— Vous êtes trop aimable, ma dame. Bref, c'était il y a treize ans environ. Mordant jouissait d'une paix relative car l'Adepte Havelock n'était pas encore prêt à affronter l'ArchI-Mage Vagel, et le Roi Joyse effectuait une tournée dans les Fiefs pour préparer les jours d'après la guerre. Après le Termigan, il vint dans le Domne.

» Ce jour-là, j'étais en train de récolter le blé dans un champ proche de Houseldon. J'étais bien loin pour mon goût mais j'avais choisi un champ à flanc de colline d'où je pouvais apercevoir la route. J'étais si excité que je regardais à peine où je balançais la houe. Le temps que le Roi et sa suite se montrent enfin sur la route, j'avais saccagé la moitié du champ.

» Je ne m'en préoccupai pas. Dès que je les aperçus je jetai la houe et me mis à courir.

» Il y a une palissade autour de Houseldon, principalement pour éloigner les bêtes, et, pour mon malheur, il y avait aussi une souille à cochons entre moi et la porte la plus proche. L'un de mes frères, saisi par un besoin d'initiative, avait jeté un tronc d'arbre par-dessus la souille pour faire un raccourci. Je m'y engageai... et vous devinez la suite.

Il eut une grimace pour se moquer de lui-même.

— Mais cette mésaventure ne m'arrêta pas. Je *devais* absolument rencontrer le Roi aussi vite que possible. C'était la chose la plus urgente de ma vie. Je parvins devant la maison en même temps que lui et les siens : la Reine Madin, Eléga, Torrent et Myste, l'Adepte Havelock avec sa chasuble malmenée, le Gouverneur Lebbick suivi d'une poignée de gardes, deux ou trois conseillers et quelques serviteurs. Voyez, je me souviens de tout. J'arrivai au moment où ils descendaient de leur monture. J'avais des noyaux de cerise dans les cheveux, des écorces d'orange sur mes vêtements, des peaux de melon accrochées à mes semelles et je ruisselais de boue.

» Tout le monde se mit à rire, à l'exception d'Eléga

qui se mit en colère, mais le Roi et mon père restèrent impassibles. Le Domne déclara : « Seigneur Roi, voici mon plus jeune fils, Géraden », comme s'il ne m'avait jamais autant aimé qu'à cet instant-là. Alors, le Roi me fit signe de m'approcher, malgré ma saleté posa les mains sur mes épaules et les serra. « Tu me plais, fils, dit-il. Viens à Orison dans quelques années. Vous avez déjà un guerrier dans la famille, et Artagel est assurément doué pour les armes. Toi, tu seras Imageur.

De nouveau, Géraden s'arrêta, fit face à Térisa.

— Il me rendit plus heureux que je ne l'avais jamais été. Et je ne peux oublier cela. Je ne lui suis pas tout à fait aussi obéissant que je le devrais, sinon je ne vous parlerais pas, mais il est mon Roi et je continuerai à le servir dans la mesure de mes moyens.

Il se mit à rire, de lui-même.

— Voilà la meilleure explication que je puisse vous fournir. Questionnez-moi encore et ma faconde ne vous laissera pas une chance de me raconter votre journée passée.

Une douleur vive traversa Térisa.

— J'aime entendre parler de votre famille, assura-t-elle, incapable de soutenir son regard. J'avais proposé à Saddith de me faire visiter Orison. Je commence à étouffer dans cette pièce, ajouta-t-elle, se haïssant pour sa duplicité.

— Je serais heureux de vous montrer Orison, fit aussitôt Géraden. Après mon labeur d'hier, j'ai moi aussi besoin de m'échapper. Mais cette assemblée du Congrégat est trop importante pour être discutée en public ; avec la chance qui me caractérise, quelqu'un nous entendrait. Racontez-moi ce qui s'est passé hier après mon départ. Nous sortirons ensuite.

Térisa saisit la première réplique qui lui traversa l'esprit.

— Êtes-vous certain de ne pas vouloir plutôt entendre parler de Maître Erémis ? Vous étiez bien empressé à nous déranger hier...

Si elle s'essayait à la plaisanterie, l'échec était flagrant. Elle crut entendre sa mère déguisant derrière un ton badin des paroles destinées à blesser.

Géraden s'assombrit.

— Avais-je tort, ma dame ? s'enquit-il, un peu raide. Maître Erémis vous veut-il donc du bien ?

Elle ne savait que répondre. Elle avait trop honte d'elle-même. Elle parla doucement, comme si elle s'excusait.

— Savez-vous ce qu'il a fait ? Il m'a prouvé que je n'existe pas. Ou que je n'existais pas avant que vous me trouviez dans le miroir. Vous devez m'avoir créée, d'une façon ou d'une autre.

Cette assertion le mit en colère.

— Il *vous* a convaincue de cela ? *Vous* ! La démonstration ne devait pas manquer d'intérêt. Qu'a-t-il dit exactement ? Quel argument a-t-il utilisé cette fois ?

— Le langage, répondit-elle, surprise et effrayée par sa réaction. Les miroirs ne translatent pas les sons.

Elle répéta confusément les paroles d'Erémis.

Géraden leva les bras au ciel, marcha nerveusement jusqu'à la fenêtre pour y fixer le paysage d'hiver d'un regard furieux.

— Ce fils de bâtard, ragea-t-il. Pourquoi agit-il ainsi ?

Il fit brusquement volte-face.

— Tout cela n'est que ramassis de vagues suppositions, et il le sait. L'argument est intéressant mais il ne *prouve* rien.

Elle le dévisageait, muette.

— Il existe au moins une autre explication. La translation change les choses. C'est une part de sa magie. La langue parlée n'est pas le seul problème. Quand j'ai passé la tête dans le miroir du champion, je n'ai pas eu de problème pour respirer l'air ambiant. Or, ce monde-là a certainement un air différent du nôtre. Pourquoi un miroir créerait-il des paysages différents, des êtres différents, des créatures différentes... et non une atmosphère différente ? Cela n'a aucun sens. J'avais été modifié par la translation de façon à pouvoir respirer. Et si ces gens n'avaient pas décidé de m'abattre sur-le-champ, j'aurais pu parler avec eux.

» Je ne peux le prouver, bien sûr. Mais ce n'est pas la question. Le problème est que Maître Erémis vous a présenté comme imparable un argument qui ne l'est pas, et qu'il y a au moins une autre explication possible.

» Ce n'est pas l'amour qui le fait vous parler ainsi.

Sa conclusion sonna dure, implacable. Il ne se rendait pas compte que Térisa en face de lui s'était figée.

Le passé était donc réel ? Elle ne pouvait lui tourner le dos et aller de l'avant, comme si elle avait un rôle à jouer et le droit de le jouer ? Ici n'était pas sa terre, son pays ? Alors ses actes devenaient importants, graves. Elle avait peut-être commis une erreur en prenant un risque pour le Prince Kragen contre le Roi Joyse. Une erreur aux conséquences terribles.

Elle entendit à peine Géraden qui poursuivait :

— Il a une raison d'essayer de vous convaincre que je vous ai créée. Il veut quelque chose de vous, fit-il amèrement. Coucher avec vous, certes, mais je ne parlais pas de cela. Si c'était aussi simple, il n'aurait pas besoin de vous impressionner de la sorte.

» Que s'est-il passé, ma dame, après que j'ai quitté le Congrégat ? Qu'ont-ils décidé ?

Elle l'entendit à peine, puis les mots la heurtèrent. Toute couleur déserta son visage.

— Décidé ? répéta-t-elle.

Même son désir de le protéger était peut-être une erreur. Devait-elle faire confiance à Maître Quillon ? Ou alors, ne fallait-il pas que Géraden meure, qui représentait peut-être — elle n'en connaissait pas assez sur ce monde pour le savoir — un danger pour Mordant ? Elle ne comprenait pas suffisamment ce qui se passait autour d'elle pour trouver les bonnes réponses. Une faiblesse inouïe l'envahit, sa vision s'obscurcit et ses genoux ne la soutinrent plus.

Géraden franchit soudain la distance qui les séparait, la prit aux coudes, la secoua sans ménagement.

— Térisa ! cria-t-il. Qu'ont-ils décidé ?

Elle ne tenait plus debout. S'il la laissait, elle s'effondrerait. Très vite, étrangement, elle s'aperçut que la fièvre et l'urgence de Géraden lui redonnaient force. Il courait infiniment plus de risques qu'elle-même. Maître Quillon avait raison sur ce point : Géraden était trop passionné et déterminé pour rester sauf. Elle ne pouvait le laisser tuer, donner à ses ennemis un prétexte pour l'abattre.

Mais alors qu'elle se redressait, reprenant son équilibre, elle comprit qu'il n'y avait pas d'issue. Elle ne pouvait le laisser tuer, ni davantage lui mentir. Jamais elle ne mentirait à un homme qui la regardait ainsi. Quand bien même elle n'aurait pas existé auparavant, ce seul instant l'eût rendue réelle par la façon dont Géraden la dévisageait, à la fois furieux de sa conduite et la suppliant de lui répondre.

Elle libéra ses bras de son étreinte.

— Ils m'ont ordonné de ne rien vous dire. Ils m'ont dit que si vous appreniez ce que le Congrégat s'apprêtait à faire, vos ennemis vous tueraient.

Une totale stupeur se peignit sur le visage de Géraden.

— Me tuer... ? Moi ? Quels ennemis ? Pourquoi... ? Et vous... ? Ils vous l'ont ordonné... ? Qui sont... ?

Les questions se bousculaient, inachevées, désordonnées.

Mais aussi vite, par un extraordinaire effort de volonté, il se reprit.

— Je vous plains, murmura-t-il. Vous savez quelque chose que j'ignore, vous savez aussi que j'ai besoin de le savoir mais vous pensez que cela me coûterait la vie. Et si je vous affirme n'avoir pas d'ennemis — je ne peux même pas *l'imaginer* — vous ne saurez plus à qui vous vouer.

Elle hocha la tête. S'il continuait, elle allait se mettre à pleurer.

Ce qu'elle vit alors la stupéfia au-delà de toute limite. Rien dans le manque d'amour de la part de son père, ni dans la faiblesse du Révérend Thatcher, ni dans le désir de Maître Erémis ne l'avait préparée à voir un homme balayer ainsi sa détresse et lui donner par un sourire le plus beau cadeau du monde.

— Vous savez, Térisa, faire le tour d'Orison me paraît une excellente idée.

Il faisait face au péril, une lueur de joie dans les yeux. Elle s'aperçut vaguement qu'il l'appelait enfin par son prénom.

— J'aimerais vous faire visiter le château. Je ne connais pas les passages secrets dont tout le monde parle, mais le reste m'est familier.

Elle était si soulagée, si heureuse de son attitude que, sans réfléchir, elle vint vers lui, le prit aux épaules et l'embrassa sur la joue.

Le plaisir du jeune homme fut si vif qu'elle se mit à rire.

Ils riaient encore un moment après lorsqu'ils quittèrent la chambre aux paons.

La visite fut beaucoup plus longue qu'elle ne s'y était attendue. A dire vrai, il fallut plusieurs jours pour la mener à bien. Si Géraden n'avait jamais été admis dans les secrets du Congrégat, il connaissait par contre ceux du château, savait narrer l'histoire de chaque bannière à l'entrée de la salle d'audience (toutes avaient appartenu à des chefs militaires vaincus par le Roi Joyse). La plupart des hommes et femmes d'un certain rang ne le reconnaissaient pas ou ne le saluaient qu'avec un amusement qui confinait au dédain, mais chaque garde, femme de chambre, gâte-sauce, cuisinier, balayeur, échanson, armurier, apprenti, plombier, tailleur de pierre et marchand, du recoin le plus sombre aux combles éventés du château, le saluait avec amitié, que ce fût à lui-même ou à sa famille que s'adressât cette chaleur. Et il était face à eux absolument semblable à lui-même : joueur comme un chiot, maladroit à se prendre les pieds dans les escaliers, à heurter les murs, à faire tomber les objets, à leur tomber lui-même dessus avec une gaieté qu'aucune raillerie ne désarmait. Sa chaleur, sa droiture, son humour contrebalançaient cependant son don pour les désastres et lui gagnaient chez tous une affection indissociable d'un certain respect.

Après plusieurs heures, au bord de l'épuisement mais décidée à ne pas le montrer, Térisa se préoccupa de savoir combien de temps son compagnon pouvait rester éloigné de ses devoirs d'Aspirant.

— Tant qu'ils ne me trouvent pas, répliqua-t-il en riant, ils ne peuvent me donner d'ordre. Ni me punir.

Le sujet étant ainsi clos il emmena la jeune femme dans les immenses et chaudes cuisines où l'on préparait les repas d'Orison, ou bien était-ce (très vite, elle ne s'en souvint plus) dans l'un des maints endroits où les habitants du château venaient s'attabler entre deux tâches, ou encore dans quelque labyrinthe de couloirs et de salles de pierre aussi compliqué et peuplé que les coulisses d'un grand hôtel. Les lieux étaient d'une propreté remarquable. Aussi bien là où les passages étaient fréquents que dans les vastes remises où étaient entreposées d'extraordinaires réserves (par ordre et sous contrôle du Gouverneur Lebbick, pour qu'Orison ne soit jamais en proie à la famine).

Tout au long de la visite, Géraden bavarda agréablement. Il finit pourtant par demander à sa compagne pourquoi elle ne posait pas davantage de questions.

— Je crois avoir été assez clair : nul ne me dictera plus ce qui est bien ou non en ce qui vous concerne, expliqua-t-il d'un ton qui se voulait détaché. Je suis prêt à vous dire tout ce que vous désirez savoir.

Elle comprit qu'il essayait de cerner ce qu'elle savait déjà, et de découvrir par qui elle l'avait appris.

Sa proposition la laissa frustrée. Parce qu'elle ne voulait trahir ni Quillon ni l'Adepte, et parce que la pensée de ce dernier lui rappelait l'ArchI-Mage Vagel et sa cabale, elle le pria :

— Parlez-moi du Bras-Vif du Haut Roi.

La question était si curieuse que Géraden s'arrêta de marcher et la regarda.

— Gart ? Où avez-vous entendu parler de lui ?

— Oh... Un des Maîtres l'a mentionné. Ils discutaient de Vagel et de Cadwal.

Un trop long moment Géraden continua à la dévisager, puis, heureusement, qu'il crût ou non à son explication, il se remit en route. Comme fréquemment, sa réponse fut d'abord très loin du cœur de la question.

— Cadwal est un étrange pays. Grâce à l'importance de sa flotte, il a plus de contact avec le reste du monde qu'Alend — et que nous, qui n'en avons aucun. Le commerce leur fournit des richesses comme vous n'en verrez jamais ici. Mais la richesse n'a d'autre fonction qu'acheter de la nourriture, du plaisir, ou de la puissance. Ils reçoivent de nous les denrées alimentaires à des prix raisonnables — du moins, recevaient, jusqu'à ce qu'ils se livrent à des razzias sur les terres de Perdon. Ils préfèrent aujourd'hui le commerce des brigands. En ce qui concerne la puissance, ils n'en ont plus guère depuis que le Roi Joyse a érigé Mordant et le Congrégat. Reste donc le plaisir, que Cadwal achète *largement*.

» Par ailleurs, le pays est une terre de désolation : roches, déserts, et les régions où l'eau ne manque pas sont dévastées par des vents capables de vous décoller la tête. Semblables conditions de vie forgent les hommes à la dureté, enseignent à ceux qui leur survivent la force et la cruauté.

» L'étrange tient dans la façon dont Cadwal allie plaisir et rudesse.

Géraden réfléchit un moment avant de s'expliquer :

— Le Bras-Vif du Haut Roi est son champion traditionnel, son garde du corps doublé d'un assassin. Il est censé être le meilleur combattant du pays, la quintessence de la force et de la cruauté produites par cette terre aride. Tout Cadwal aime à dire que les postulants qui ont échoué à la fonction de Bras-Vif étaient si forts malgré tout que Carmag fut érigée sur leurs ossements. Ils n'offrent pour récompense au plus grand guerrier de leur pays ni la richesse ni le pouvoir — ni même la liberté. Seulement le plaisir. Le plaisir, et la chance d'être tué pour avoir servi le Haut Roi — ou lui avoir déplu.

» Curieusement, pouvoir et richesse en Cadwal furent de tous temps inféodés aux plaisirs. Le Haut Roi Festten n'a pas un seul ancêtre, dans les dix générations qui l'ont précédé, qui ait vécu sous une tente dans le désert, ou ait eu à résister aux vents qui décapitent les rocs, ou ait risqué sa vie au tranchant d'une épée. Malgré cela, sa façon de gouverner Cadwal fait ressembler, en comparaison, le Monarque d'Alend à notre médiateur du Congrégat. Autant que je le sache, le Haut Roi n'a jamais voulu établir sa suprématie sur Mordant que pour s'économiser le coût des biens de première nécessité ; il posséderait ainsi plus de richesses à dédier au plaisir.

Porté par son exposé, Géraden en oublia de s'étonner que Térisa l'écoutât sagement, sans le questionner. La jeune femme se fit la réflexion que le Roi comme le Congrégat avaient de bonnes raisons de taire ce qu'ils savaient aux étrangers. Si elle avait été la complice du Bras-Vif, cette visite d'Orison se fût révélée des plus instructives. Le deuxième jour de leur périple, Géraden lui montra l'impressionnant réservoir qui recevait la pluie, la neige, ainsi que l'eau d'une petite source et les conservait pour l'approvisionnement de tout le château. C'était là le genre d'information qu'un ennemi n'eût pas manqué d'utiliser.

Cette constatation accrut sa gratitude à l'égard de l'Aspirant. Si elle se savait inoffensive, il n'en avait aucune garantie. Sa confiance même équivalait à un risque.

L'idée commença à s'insinuer dans son esprit que c'était bien mal le remercier que lui celer des secrets. Mais elle ne voulait pas l'exposer au danger.

Le troisième jour, il ne se montra pas pour la suite de la visite. Au lieu de cela, il lui fit porter un message pour l'aviser que Maître Quillon l'avait de nouveau réquisitionné. Térisa se surprit à regagner son lit et à dormir la majeure partie du jour.

Mais elle ne rêva que de Maître Erémis et la nuit suivante la trouva agitée, incapable de goûter le repos. Au matin, elle espéra le retour de Géraden.

S'il ne se montrait, elle risquait de partir à la recherche de l'homme qui l'avait embrassée si intimement, et de lui confier ses interrogations.

Où était-il ? Pourquoi la laissait-il seule ? Ne voulait-il plus d'elle ? Était-elle si fade qu'elle avait déjà perdu tout intérêt pour lui ?

Heureusement, Géraden vint frapper à sa porte peu de temps après qu'elle eut fini son petit déjeuner. Il lui apportait un épais manteau en peau de mouton et une paire de bottes similaires aux siennes.

— Aujourd'hui, nous montons sur les remparts, annonça-t-il sentencieusement.

Mais le plaisir se lisait dans son regard, et dès qu'elle fut chaudement vêtue et chaussée, il l'invita à sortir avec une révérence moqueusement courtoise.

Térisa avait déjà pu juger qu'Orison ne possédait pas d'autre périmètre de défense que ses murs. La même pierre en composait l'extérieur et l'intérieur ; mais elle en découvrit ce matin-là l'épaisseur extraordinaire. D'un créneau à l'autre, les remparts étaient assez larges pour permettre le passage de convois de ravitaillement, assez hauts pour protéger les archers des traits adverses, assez massifs pour résister aux catapultes et aux béliers ennemis ; les passages y étaient nombreux, ainsi que les magasins à provisions, et les salles de gardes. Elle se souvint de l'image d'Orison aperçue dans l'un des fragments de verre de l'augure, du trou qui en brisait l'uniformité, et de la fumée noire aux allures de mort qui en sortait. Quelle force, quelle arme serait assez puissante pour avoir raison de la solide muraille ?

Depuis les remparts, Géraden la conduisit jusqu'au sommet crénelé de la tour où se trouvait sa chambre.

L'air était aussi coupant que du verre à pareille hauteur et la bise lui mordait sans pitié le visage. Si les nuages noirs des jours passés avaient disparu, l'étonnante clarté n'en rendait le froid que plus vif. La neige accumulée sur les créneaux et dans le coin des passages était vieille et laide, que les rares caresses du soleil avaient gâtée mais non pas happée. Le souffle des respirations se condensait en épaisses volutes de brume ; Térisa frissonna et croisa les bras dans les grandes manches de son manteau. Elle ne proposa pas pour autant de rentrer, elle n'avait jamais eu l'occasion d'embrasser si bien les alentours d'Orison.

La position du soleil lui permit de vérifier que le long rectangle du château s'étirait bien du nord-ouest au sud-est. Géraden et elle se tenaient au sommet de la tour la plus à l'est. Les marques boueuses sur la neige dessinaient le tracé de la route qui s'échappait des portes depuis le mur nord-est jusqu'au carrefour situé à une portée de flèche du château, d'où partait la route sud vers la rivière Vineuse et le Fief de Tor (Géraden le lui avait expliqué deux jours auparavant) ; une autre, parallèle à la rivière Vineuse, conduisait au nord-est vers le Fief de Perdon ; la troisième allait au nord-ouest vers l'Armigite. La rivière, avait assuré Géraden, pouvait être aperçue en saison plus clémente, mais la neige et la glace la perdaient l'hiver dans le creux des collines. Il s'agissait du même cours d'eau que celui qu'elle avait vu dans le miroir plat, qui jaillissait de l'étroit défilé du Poing Fermé. Il prenait sa source au cœur du Domne, traçait la limite entre le Tor, le Termigan et l'Armigite, courait sur une partie du Demesne à la lisière du Perdon, pour finir par séparer les régions nord et sud de ce dernier Fief et aller se jeter dans le fleuve Vertigon, à la frontière de Mordant.

Étonnant, songea Térisa, comme ce paysage était paisible où, dans le verre du miroir avec Géraden et Maître Erémis, elle avait assisté à l'attaque contre les hommes du Perdon. Sous ce ciel clair, ouvert, il était difficile de croire aux monstres sauvages, à la mort violente. Et si ces horreurs n'existaient que dans les miroirs ?

Elle retint peu de choses de son exposé, elle dévorait les environs du regard. Orison dominait les collines enneigées des alentours immédiats, mais plus loin, celles-ci devenaient plus hautes, plus montagneuses. Des arbres bordaient chacune des routes après le carrefour ; mais les coteaux aux alentours du château étaient si nus que Térisa devina que les arbres y avaient été coupés. Géraden lui confirma son impression : le Gouverneur Lebbick tenait à avoir de l'espace pour entraîner ses hommes, et Orison avait toujours préféré voir l'ennemi approcher, sans lui offrir le couvert de la végétation. Les bois étaient bien là, mais tenus à distance — aussi larges, noirs et secrets que ceux de son rêve. Et les routes qui disparaissaient semblaient galoper vers des lieux que le lointain rendait merveilleux.

Emmenez-moi dans le Domne, avait-elle envie de demander. Conduisez-moi dans le Termigan, l'Armigite, le Fayle. Emmenez-moi loin d'ici. Mais il faisait trop froid ; la neige était trop épaisse. Et elle n'était pas le Prince Kragen ou l'un de ses hommes ; elle n'aurait su voyager dans ces dures conditions. Ce fut en voyant approcher un groupe de cavaliers sur la route sud qu'elle se souvint qu'elle n'était même jamais montée à cheval.

Géraden observa les arrivants, les yeux plissés sous la bise.

— Sable et poudre ! souffla-t-il. On dirait bien le Tor. Le Tor en personne. Il n'est pas venu à Orison depuis que j'y vis. Certains affirment qu'il est trop gros pour voyager, je le crois surtout trop vieux. Il a au moins dix ans de plus que le Roi Joyse. S'il s'agit de lui, que vient-il faire ici ? A cette époque de l'année ?

Tandis qu'il parlait, le froid envahit Térisa jusqu'au cœur. Elle se dirigea vers les escaliers. Le Perdon tenait la promesse faite à Erémis.

Mais l'un des Maîtres n'avait-il pas dit — ou sous-entendu — que le Tor serait incapable d'effectuer ce voyage ? Pas assez de temps... Une trop longue distance...

Géraden la dépassa, il courait vers les marches.

— Dépêchons ! cria-t-il par-dessus son épaule. C'est bien le Tor ! Il a une litière avec lui !

Une seconde elle se figea, *une litière* ? Puis elle suivit son compagnon.

Si Géraden sautait une marche sur deux, elle ne pouvait faire de même avec sa longue robe. Arrivé au premier palier, voyant cela, il s'arrêta pour l'attendre. Puis, de la même allure ils reprirent la descente.

Elle avait eu très froid, elle eut soudain très chaud et fit une pause pour ôter son manteau. Géraden avait peine à contenir son impatience. Elle s'excusa de ce délai et ils repartirent.

Ce fut à cet instant qu'il manqua une marche, poussa un cri, et plongea la tête la première dans les escaliers.

— Géraden !

Il était accroupi à quatre pattes quand elle arriva près de lui. Il secouait la tête, apparemment sonné, cherchant à distinguer le haut du bas. Elle le prit par le bras, essaya de l'aider à se relever.

— Vous vous sentez bien ?

Debout, appuyé sur elle, il mit quelques secondes à retrouver son équilibre.

— Ne vous inquiétez pas. Si cela ne m'arrivait pas au moins une fois par jour, j'oublierais qui je suis. Venez. J'ai trop été tenu à l'écart ces temps-ci, je ne veux pas manquer cela.

Il repartit avec plus de prudence, ses pas devenant plus assurés au fil des marches.

L'air s'était réchauffé et redevint froid tout à coup comme ils arrivaient au niveau du grand portail, ouvert mais gardé, qui donnait sur l'immense cour intérieure. Des bruits de bottes et de fer résonnèrent dans le château. Des gardes accouraient, se déversant dans la boue de la cour, se précipitant vers les portes. Le Gouverneur ne tarda pas. Ses ordres criés étaient plus coupants que l'air glacé, tandis qu'il se dirigeait lui aussi vers l'entrée.

— Remettez votre manteau, chuchota Géraden.

Quand elle fut couverte, il l'entraîna dans la cour.

Dès les premiers pas, elle s'enfonça jusqu'aux chevilles dans la neige boueuse, elle grogna d'abord à l'idée d'abîmer ses si belles bottes puis dut se contenter, à chaque pas, de ne pas les y laisser prisonnières.

Ils se trouvaient dans la partie sud-est de la cour, la plus dégagée, là où plusieurs escadrons de cavalerie auraient pu manœuvrer sans problèmes. Les étals du bazar et les chariots des paysans étaient entassés dans la partie nord-est, avec les tentes des marchands et des gardes chargés de maintenir bon ordre et décence.

La porte extérieure du château, faite de poutres aussi épaisses que le tronc d'arbres centenaires et renforcée d'énormes ferrures, était levée, comme tous les jours. Au cours de leur promenade, Géraden avait montré à sa compagne les treuils gigantesques qui hissaient la porte jusque dans l'intérieur de la partie supérieure de la muraille. Devant les jeunes gens, le Gouverneur Lebbick ordonnait ses hommes en haie d'honneur pour accueillir le Seigneur du Fief de Tor. Une trompette jeta quelques notes. Géraden et Térisa s'approchèrent aussi près que possible de l'endroit où s'arrêteraient les chevaux des nouveaux venus.

Les cavaliers approchaient, en une lente procession. Tous étaient vêtus de noir. L'haleine des bêtes formait des nuages argentés dans l'air glacé ; leur harnachement était noir également. Et noirs les rideaux de la litière liée à quatre des selles des montures. L'homme qui venait en tête cachait son visage sous un capuchon noir et était enveloppé dans un manteau de même couleur.

Sa silhouette était si énorme que Térisa se demanda comment son cheval supportait pareil poids.

Il guida ses cavaliers vers le Gouverneur Lebbick et s'arrêta juste au milieu de la haie d'honneur. Ses hommes l'imitèrent, quelques pas en retrait. Les montures semblaient prêtes à fléchir.

— Salutations, Seigneur Tor, fit le Gouverneur, non sans sa brusquerie coutumière, les épaules raides comme s'il avait supporté à lui seul tout le poids de l'hiver. Vous êtes le bienvenu à Orison. Quelle que soit la raison d'un tel voyage à pareille époque, bienvenue.

Lentement, le Tor se débarrassa de ses gants et souleva son capuchon, découvrant les fins cheveux blancs qui parsemaient son crâne pâle, son visage aux traits ronds, couleur de pomme de terre cuite, ses yeux tristes. Ses grosses joues avaient visiblement souffert du froid.

— Je veux voir le Roi, répondit-il d'une voix rauque.

Térisa perçut la crispation passagère sur le dur visage de Lebbick.

— Seigneur Tor, le Roi Joyse a été averti de votre arrivée. Il est occupé par certains problèmes en ce moment, expliqua-t-il sans bien cacher son dédain pour les « problèmes » en question — sans doute le Roi jouait-il à saute-contre. Mais je suis certain qu'il vous recevra très vite.

Les nuages dans le ciel avaient la teinte des pierres tombales. Le froid semblait tout figer dans ses serres. Un long moment, le Tor ne bougea ni ne parla. Ses yeux eurent aussi peu d'expression que ceux d'un aveugle. Puis, avec un effort visible, il passa la jambe par-dessus le col de sa monture et posa pied à terre. Les gardes restaient silencieux. Le bruit des mors des chevaux agités se mêla au crissement de ses bottes dans la neige comme il se dirigeait vers la litière d'un pas chargé de tout le poids des ans.

Il en écarta le drap pour prendre dans ses bras une longue forme noire. S'il paraissait trop faible pour soutenir ce dont il venait de se charger, le serrant contre son ventre, il parvint cependant à l'amener jusque devant le Gouverneur Lebbick.

— Voici mon fils aîné. Je veux voir le Roi.

Le Gouverneur ne put cacher son désarroi.

— Votre fils, Seigneur Tor ? Oh, quelle terrible perte. (Et Térisa se souvint que ce genre de perte était familier au gouverneur.) Tout Mordant prendra part à votre peine. Comment est-il mort ?

— Son visage a été dévoré par une espèce de loup comme ni Mordant ni Cadwal ni Alend n'en ont jamais connu, répondit le Seigneur avec une passion soudaine. Voulez-vous voir sa blessure, Gouverneur ?

Il fit mine de brandir le corps inerte vers le Gouverneur mais son énergie mourut aussitôt.

— Je veux voir le Roi, répéta-t-il, du même ton morne.

— Ce n'est pas possible, rétorqua Lebbick avec une douleur visible. Le Roi Joyse n'est pas encore prêt à vous recevoir.

Un murmure parcourut l'escorte du Tor. Combien de temps ces hommes avaient-ils chevauché pour venir montrer au souverain le fils massacré de leur Seigneur ?

Tout à coup, Géraden quitta Térisa. Traversant la cour boueuse comme si aucun accident ne pouvait cette fois l'entraver, comme s'il avait oublié son penchant à trébucher, il alla droit vers le Tor. Son côté fringant et brouillon, son exubérance enfantine l'avaient abandonné. Le vent qui torturait ses boucles châtain découvrait un profil aux traits décidés, durs, sûrs de leur autorité.

Ignorant le regard furieux du Gouverneur, il s'adressa au Tor :

— Seigneur Tor, je suis Géraden, plus jeune fils du Domne. Au nom de mon père et de toute sa famille, recevez l'expression de ma peine. Le Roi Joyse va vous recevoir sitôt qu'il saura ce qui vous a mené à lui.

— Géraden, menaça Lebbick d'une voix sourde, vous vous oubliez.

— Nullement, Gouverneur, rétorqua le jeune homme avec autorité. Si vous me méprisez, le jour n'est pas venu où vous pourrez mépriser le Domne. Je parle en son nom. Et en son nom, je réclame la responsabilité de conduire le Tor au Roi Joyse, et tant pis si le poids de celle-ci m'écrase.

Le Tor se taisait. Il restait là, son fils dans les bras, incapable d'exprimer autrement sa douleur que par cette supplique d'être reçu par son souverain.

Un pli mauvais étira la bouche de Lebbick ; il serra les poings.

— Essayez, jeune chiot, convint-il enfin. Ce genre de geste est aisé à ceux qui ne mesurent ni leur devoir ni les conséquences de leurs actes. J'ai pour mission de m'assurer que le Roi Joyse est obéi et je le fais car je le dois.

Son poing martelait les mots sur sa cuisse. Puis il s'écarta, ordonna à la haie d'honneur de faire de même. Géraden vint aider le Tor à porter son fardeau et le guida jusqu'à la porte la plus proche. Une douzaine de gardes les suivirent en bon ordre.

Térisa leur emboîta le pas à son tour.

Le Gouverneur l'arrêta d'un geste rude.

— Non, ma dame. Les choses vont assez mal pour ne pas exiger votre participation. Je n'exposerai pas mon Roi à une femme d'allégeance aussi douteuse que la vôtre.

Haussant la voix, il ordonna à deux gardes de reconduire dame Térisa de Morgan à ses appartements.

Elle fut tentée de lui résister bien qu'elle ne se soit jamais opposée à quiconque et eût même été incapable d'en émettre l'idée si elle avait pris le temps de réfléchir. Elle souhaitait aller avec Géraden, faire quelque chose pour le Tor si c'était à sa portée. Mais le regard de Lebbick l'en dissuada. Un regard outragé, excédé, et qui semblait l'accuser, elle, de susciter cette violence capable de le conduire jusqu'à la folie.

Elle se tourna vers les hommes chargés de l'accompagner, et se laissa prendre en charge. Tandis qu'elle les suivait, extrayant avec difficulté ses pieds de la boue de la cour, elle entendit derrière elle le Gouverneur saluer raidement la suite du Tor, offrir aux cavaliers l'hospitalité d'Orison. Puis il prit la direction qu'avaient empruntée le Tor et Géraden.

Revenue dans sa chambre, ses bottes nettoyées à grand-peine et mises à sécher dans la salle de bains, elle comprit que le Tor n'était, de toute évidence, pas venu à Orison suite à quelque convocation du Perdon. Enfin, il était là, et sa présence donnait un point à Maître Erémis.

L'Imageur se révélait pour la jeune femme source de rêverie et de malaise tout à la fois. Son absence donnait naissance en elle à une douleur et une peur secrètes, mais elle préférait penser à lui plutôt que se laisser envahir par le souvenir du Tor, ce vieil homme obèse trébuchant dans la boue, son fils mort dans les bras, les yeux voilés par le chagrin. A la mort de sa mère, Térisa avait osé pleurer, et son père l'avait giflée pour qu'elle cesse. Et puis il s'était soûlé, à sa connaissance pour la première et dernière fois de sa vie. Ensuite, il avait commencé à amener des femmes chez lui comme si son épouse n'avait jamais existé. Oui, elle préférait franchement penser à Erémis.

Une heure ou deux s'écoulèrent avant qu'elle ne prenne conscience de la nervosité qui la tenaillait dans l'attente de Géraden. Elle se surprit à arpenter le tapis et les dalles de pierre. Il viendrait sûrement lui raconter ce qu'il s'était passé. Il avait affronté Lebbick. Elle n'avait pas depuis longtemps vu une telle force en lui.

Il ne tarda plus. Avant le déjeuner, elle entendit frapper à la porte, alla ouvrir. C'était lui.

Il ressemblait à un petit enfant, les yeux encore gonflés d'avoir pleuré et la mine si perdue qu'elle eut envie de le prendre dans ses bras.

Elle n'osa pas. Une vie entière d'inhibition ne lui avait pas appris à aller vers autrui.

— Oh, Géraden, put-elle seulement murmurer. Que s'est-il passé ?

Le jeune homme essaya en vain de se composer une attitude.

— Je l'ai conduit au Roi, fit-il d'une voix blanche. Être fils du Domne sert au moins à cela. Mais le Roi Joyse n'a pas...

Les mots s'étranglèrent dans sa gorge, qui lui faisaient trop mal. Prenant soudain conscience des gardes qui l'observaient, il chuchota :

— Je vous en prie, Térisa. Je ne peux pas parler de cela ici, sur le seuil.

— Oh, je suis stupide. Entrez vite. Je n'avais pas l'intention de vous laisser dehors.

Elle lui prit la main et l'invita dans le salon.

Si elle n'avait pas été si timorée et si Géraden n'avait pas été si occupé à lutter contre lui-même, ils se seraient étreints. Mais il semblait intouchable dans sa détresse, et elle dut se détourner pour fermer la porte. Géraden resta planté au milieu de la pièce, les bras repliés, les poings serrés contre son cœur.

— Oh, Géraden, Géraden, appela-t-elle doucement.

— Je ne sais pas ce qui se passe, fit-il d'une voix hachée, tentant visiblement de retenir quelque chose au fond de lui-même. Je jure que je ne comprends pas. Ce ne fut pas difficile de le conduire jusque là-bas. Il m'a suffi d'ignorer les gardes à la porte quand ils ont annoncé que le Roi était occupé. En pareilles circonstances, ils n'allaient pas empêcher le Tor d'entrer par la force.

» Le Roi Joyse et l'Adepte Havelock étaient en train de jouer à saute-contre. Vous l'aviez probablement deviné. Quoi d'autre, s'exclama-t-il amèrement, aurait pu l'empêcher de recevoir l'homme qui le mit sur la route de la royauté ? Il n'a pas paru s'offusquer de notre intrusion. Quand j'ai pris la parole, il a quitté son jeu pour nous accueillir. Et il a souri... ce sourire qui donne envie de s'agenouiller devant lui... de faire tout ce qu'il veut...

» Puis il a vu ce que portait le Tor. Je lui ai dit de qui il s'agissait. Pendant quelques instants, j'ai cru avoir bien agi. Pour une fois dans ma vie, j'avais *enfin* fait ce qui convenait.

» Le Roi a paru recouvrer sa force d'antan.

Soudain, il fut plus grand, plus large, les yeux brillants. « Comment cela s'est-il passé ? » a-t-il demandé. Le Tor ne pouvait parler. « Imagerie, ai-je dit. Une espèce de loup étrange. » Et j'ajoutai, poussant mon avantage : « Regardez son visage. »

» Le Roi a soulevé le drap, poursuivit Géraden en frissonnant. Ce qu'il y avait à voir était terrible. Ce l'eût été plus encore si le corps n'avait été gelé par dix jours de voyage dans l'hiver.

» Quand le Roi a vu cela, il a paru se dresser en lui-même, il a pris le corps des bras du Tor, il a levé la tête comme s'il allait hurler. La douleur semblait l'avoir frappé en plein visage. J'ai pensé qu'enfin... *enfin*... il allait se mettre en colère et agir.

» Je me trompais.

Géraden ne faisait plus aucun effort pour cacher sa peine.

— Havelock a choisi cet instant-là pour déclarer : « Joyse, c'est ton tour », comme s'il ignorait notre présence dans la pièce.

» Et le Roi Joyse s'est effondré.

» Ses traits se sont déformés et il a commencé à pleurer, doucement, presque sans bruit. « Oh, mon vieil ami, a-t-il dit. Pardonne-moi. Pardonne-moi. » Et puis il est tombé à genoux, il ne pouvait plus porter le corps.

Géraden pleurait lui aussi, les épaules secouées par les sanglots, les mains serrées contre sa poitrine.

— Aussi délicatement qu'il le pouvait, il a posé le fils du Tor au sol ; il est resté un moment courbé devant le mort. Puis... il s'est relevé, articula péniblement Géraden, et il est retourné à son jeu. Ensuite, il n'a plus répondu à rien. Il n'a donné aucun ordre pour les funérailles, aucune réponse aux questions. Peut-être avait-il oublié que nous étions là. Il déplaçait ses jetons. J'ai vu qu'il renforçait les positions de Havelock.

» Le Tor n'avait toujours pas soufflé mot. Il était pétrifié, blessé au point de ne pouvoir articuler une syllabe. J'ai cru qu'il allait tomber. Non, il a rassemblé ses forces. « Mon fils est mort » a-t-il dit, comme si le Roi avait omis de remarquer ce détail. « Est-ce là le mieux que tu puisses faire ? »

» Le Roi ne répondait toujours pas. L'Adepte a dit : « Fermez la porte en sortant. »

Géraden frissonna.

— Le Gouverneur Lebbick nous a fait sortir. Deux de ses hommes ont dû entraîner le Tor de force. Je lui ai été reconnaissant de nous arracher à ce lieu...

Il porta les paumes à ses yeux pour refouler ses larmes, son chagrin, sa faiblesse. Quand il regarda de nouveau Térisa, ses yeux étaient rouges et perdus, tout courage l'avait déserté. Son talent à engendrer les désastres le brisait. Elle ne disait rien, elle avait mal, pour lui, pour le Tor, pour le Roi.

— Lebbick avait raison, reprit-il. Il eût été préférable que le Tor ne soit pas reçu. Je n'ai fait que le rendre plus malheureux.

— Je suis désolée, souffla Térisa qui se détesta de ne savoir l'aider, le réconforter.

Mais elle ne pouvait rien pour lui, que dire « je suis désolée ».

Plus tard dans l'après-midi, seule à broyer du noir dans sa chambre, elle vit par sa fenêtre un autre groupe de cavaliers arriver sur la route.

Ceux-ci étaient plus nombreux que la suite du Tor,

d'allure plus militaire. Une trompette annonça leur entrée au château. Le Gouverneur Lebbick forma une haie d'honneur semblable à celle qui avait accueilli le Tor, puis tout le monde se dispersa. Elle ne savait toujours pas quelle décision prendre.

— Avez-vous entendu, ma dame ? déclara Saddith le soir même, en portant son dîner à Térisa. Le Fayle et l'Armigite sont arrivés à Orison. Tous deux ont demandé audience au Roi, et tous deux se la sont vu refuser.

Fière de son information, venue, aurait-on dit, de quelque source secrète et haut placée, la soubrette précisa :

— On dit que le Fayle apporte un message de la Reine Madin et de dame Torrent. Malgré cela, le Roi ne l'a pas reçu. Si ce que l'on raconte est vrai, il a pris stoïquement la rebuffade. Contrairement au Seigneur d'Armigite. Je l'ai entendu. Il arpente les couloirs du château pour exprimer son indignation à qui veut l'entendre.

Elle eut un rire étouffé.

— Je suis encline à douter de sa virilité, ma dame.

Saddith partie, Térisa se trouva forte d'une décision. Le Roi ne souhaitait pas recevoir les Seigneurs des Fiefs, pas même un message de son épouse. Il était allé trop loin. Maître Erémis avait raison. Mordant ne pourrait être sauvé que si quelqu'un d'autre prenait la situation en main.

Elle irait le trouver, lui parlerait, lui dirait ce qu'elle savait.

Il n'était pas impossible qu'elle ait à lui raconter ses conversations secrètes avec Maître Quillon et l'Adepte Havelock. Non pour les trahir, mais pour l'aider.

Elle prit cette décision dans un désir de bien agir. Elle refusait de rester passive le restant de sa vie. Sa présence ici n'avait pas grand sens mais puisqu'elle *était* là, elle devait s'efforcer d'aider de son mieux. Pour Géraden autant que pour Mordant. L'Aspirant était trop inhibé et blessé dans sa foi en son Roi, et ne voyait rien au-delà de son antipathie pour Erémis. Il était aveugle au seul fait qui paraissait clair à Térisa : Maître Erémis était le seul homme capable d'unifier le Congrégat et les Seigneurs contre les ennemis de Mordant.

Mais elle ne pensait ni à Géraden ni même à Mordant quand elle parvint à sa décision. Uniquement à la façon dont Erémis l'avait embrassée et caressée.

Elle se leva tôt le lendemain, à l'issue d'une nuit agitée. Elle se baigna, lava et sécha ses cheveux. Elle n'eut aucun appétit devant le petit déjeuner que lui apporta Saddith et demanda à la servante de l'aider plutôt à passer la tenue qu'elle avait soigneusement choisie la veille : une robe de soie mauve qui moulait ses jambes, et dont le décolleté profond mettait sa gorge en valeur. Puis elle congédia Saddith pour le reste du jour, affirmant son intention de le passer avec dame Myste.

Saddith cligna de l'œil devant ce mensonge évident, sourit pour marquer son approbation et s'envola prestement vers ses propres affaires.

Seule, Térisa s'attarda encore dans sa chambre. Elle refusait de reconnaître qu'elle hésitait, arguant pour elle-même qu'elle n'attendait qu'une heure plus décente. En vérité, elle avait perdu sa confiance de la veille. Maître Erémis était pour elle trop... expérimenté, trop habile, trop puissant. Géraden l'avait accusé d'essayer de la manipuler. Il avait bel et bien manipulé le Congrégat. L'explication qu'il lui en avait fournie n'était qu'à moitié satisfaisante. Et puis, il ne semblait plus très intéressé par elle.

Elle tint bon face à ses doutes et quitta sa chambre en milieu de matinée.

Elle ignora le garde qui sifflota discrètement à son passage.

Au bas de la tour, elle connut une seconde de panique, incertaine du chemin à prendre pour gagner les quartiers des Maîtres. Elle n'avait pas fait suffisamment attention la première fois. Et elle eut l'impression qu'un homme la suivait...

Elle se retourna trois ou quatre fois en route. Il semblait s'évanouir dès qu'elle cherchait à le regarder. Mais elle eut le temps de voir qu'il était grand, fort. L'ample manteau gris qui cachait ses vêtements et son visage ne dissimulait pas le bout de la longue épée qui pendait près de sa botte.

Cependant, il ne ressemblait pas à celui qui l'avait attaquée. Il n'était pas vêtu de noir. D'ailleurs, il finit par se désintéresser d'elle. Au bout d'un moment, elle ne l'aperçut plus.

Cette inquiétude évincée, elle s'attacha de nouveau à trouver son chemin.

Ses excursions avec Géraden l'aidèrent. Quand elle eut retrouvé la partie d'Orison réservée à l'usage des Maîtres, il ne lui resta plus qu'à localiser la porte en bois de rose à l'effigie de celui qu'elle cherchait.

Dès qu'elle fut devant, elle leva la main pour frapper... arrêta son geste. Elle respirait trop vite, trop fort. Il fallait d'abord qu'elle retrouve son calme. La sculpture sur bois était réellement extraordinaire. Les yeux d'ivoire semblaient tout voir et la bouche promettait des plaisirs ambigus. Il était bien trop fort pour elle. Si elle avait une once de bon sens, elle admettrait qu'elle devait s'éloigner, ne pas prendre ce risque.

Elle ne frappa pas. Mais sa main, guidée par sa seule obsession, descendit vers la poignée de la porte, la tourna avec moins de bruit que n'en faisait son cœur battant.

Dans l'entrebâillement, elle reconnut la chambre somptueuse, exactement telle qu'en son souvenir. Les couleurs lui sautèrent au visage, le tapis écarlate, le tissu bleu des meubles, les rideaux jaunes. Elle vit les urnes de cuivre, les lampes à huile parfumée. Elle vit les tapisseries galantes. Elle vit le divan...

Maître Erémis s'y trouvait, qui heureusement n'avait pas le visage tourné dans sa direction. Il était allongé, toute son attention dédiée à la femme couchée sous lui. Les muscles longs et fins de son dos et de ses fesses nus se contractaient et se relâchaient au rythme de ses mouvements.

Les jambes féminines étaient nouées autour de ses hanches, les bras autour de son torse. Des gémissements montaient de la gorge de la femme.

Ses vêtements étaient éparpillés au sol. Térisa les reconnut mais elle n'avait pas besoin de cette confirmation.

La femme n'était autre que Saddith, sans erreur possible.

Elle avait vu une scène semblable un jour. Ses parents occupaient des chambres séparées. Après la mort de sa mère, elle avait pris l'habitude de se réfugier dans la chambre de celle-ci, de s'y retirer comme si, morte, sa mère était devenue une présence plus réconfortante que de son vivant. Bien sûr, elle n'en avait rien dit à son père ; il n'était pas censé savoir qu'elle était là lorsqu'il y amena une de ses maîtresses pour lui faire l'amour sur le lit de la défunte. Térisa avait regardé un moment avant de comprendre.

Elle ferma doucement la porte et, le cœur douloureux, regagna ses appartements. Veillant à ne pas la déchirer, elle se débrouilla pour se débarrasser de la robe de soie mauve, passa ses anciens vêtements, puis gagna la fenêtre pour contempler le paysage torturé par l'hiver.

Elle n'avait pas bougé quand, presque au soleil couchant, un autre groupe de cavaliers approcha du château, comme celui qu'elle avait vu la veille dans l'après-midi. Il était plus important que la suite du Tor et d'allure moins funèbre. Une fois encore, la trompette retentit. Une fois encore, le Gouverneur forma la haie d'honneur. Quand les hommes mirent pied à terre, Térisa crut reconnaître le crâne chauve du Perdon. Mais elle ne put en être certaine.

12

Ce que les hommes font avec les femmes

Térisa ignorait comment faire face à Saddith. Heureusement, les anciennes habitudes vinrent à son secours quand la servante lui porta le dîner. Elle répondit à son bavardage de la façon neutre, passive qui avait caractérisé ses relations avec ses parents ; elle se para de sa non-existence comme on passe un manteau, ainsi rien en elle n'attirait l'attention ni ne troublait le flot du verbiage de Saddith. Elle fut ainsi capable de ne rien montrer en réaction aux allusions satisfaites et à la gaieté de la soubrette, comme d'évincer ses indiscrétions pleines de sous-entendus quant à son emploi du temps de la journée.

Sa propre indifférence la stupéfiait. Comment se rendrait-elle compte si une émotion de quelque importance s'emparait d'elle ?

Malheureusement elle ne renoua pas impunément avec ses habitudes. La sensation de s'effacer se lova de nouveau en elle. Une mauvaise nuit l'attendait — et sans miroir pour se défendre.

Après que la femme de chambre eut débarrassé la table et fut sortie, elle prit un autre bain, usant du froid de l'eau et du chaud du feu pour se créer l'illusion d'une réalité physique. Puis elle passa un long temps à réarranger méticuleusement les lampes dans la pièce en essayant de susciter un reflet sur le verre des fenêtres. Mais la nuit noire au-dehors se refusa obstinément à lui renvoyer son image.

Elle eut envie d'abandonner, de se laisser aller aux conséquences. Mais cela faisait des années qu'elle livrait ce combat. Elle n'était pas assez folle pour croire que Maître Erémis ait pu la guérir, que sa caresse sur son corps pût lui donner ce dont elle manquait. Alors pourquoi perdait-elle son temps à se lamenter et à souffrir à cause de lui ? Pourquoi...

... se mit-elle à trembler au milieu de la pièce, le cœur en déroute, simplement parce que l'on venait de frapper à la porte ?

Elle connaissait la réponse. Ce soir, Maître Gilbur et Maître Erémis devaient se réunir avec les Seigneurs des Fiefs.

Elle ne put continuer à ignorer le martèlement insistant. Rassemblant tout son courage, elle alla ouvrir.

Maître Erémis était là, souriant.

La façon dont il la regardait n'avait pas perdu son pouvoir, qui balaya soudain la sensation d'effacement, la rendit réelle face à lui... réelle pour lui. Qu'importait qu'il ait fait l'amour avec Saddith. Ses yeux gardaient leurs promesses brûlantes. Qui d'autre saurait l'embrasser avec ce mélange d'ardeur, d'habileté, d'allégresse ?

Et si elle perdait tout intérêt pour lui, elle aurait toujours la ressource de le ramener à elle en lui disant la vérité sur l'Adepte Havelock et Maître Quillon.

— Je ne veux pas venir, fit-elle, mue par un réflexe défensif.

Il entra dans la chambre, rieur.

— Vous le devez, ma dame.

— Pourquoi ? Je n'ai rien à voir avec tout cela.

Son regard et son sourire lui procuraient une sensation d'ivresse.

— Vous vous trompez, fit-il, plus grave. Vous devez m'accompagner pour démontrer ma bonne foi. Vous n'avez pas conscience de la mauvaise réputation que le Roi Joyse a donnée aux Imageurs. Soit nous sommes ses créatures, honnêtes dans la seule mesure où lui se montre honnête, soit nous sommes restés fidèles à Cadwal ou Alend et trahirons un jour, soit encore nous sommes la source du péril sur Mordant. On nous considère ainsi car le Congrégat fut créé plus par la force que par la volonté générale. Je dois persuader les Seigneurs de m'accorder leur confiance, donc leur prouver mon honnêteté vis-à-vis d'eux. Votre présence sera la démonstration de ce que le Congrégat a tenté jusqu'à présent — et de ce que nous avons l'intention de tenter à l'avenir.

» Ma dame, cela vous concerne tout à fait. Sans vous, je ne parviendrai à rien et... conclut-il, de nouveau joyeux, tous mes efforts pour sauver Mordant auront été vains.

Ses mains jouaient nerveusement avec le bord de sa chasuble.

Elle se souvenait de ses mains. Elle avait goûté leur savoir-faire. Le cœur battant, elle faillit répondre : « D'accord, je viendrai avec vous. Si après vous m'emmenez dans votre chambre. » Les mots furent si proches de ses lèvres qu'elle en fut étourdie. Après avoir dégluti plusieurs fois, elle ne put que hocher la tête.

— Je savais, ma dame, dit-il en lui offrant son bras, pouvoir compter sur votre compréhension.

Les gardes l'arrêtèrent à la porte. Ils voulaient savoir où il emmenait dame Térisa de Morgan. Ordres du Gouverneur Lebbick. Une fois de plus, elle prit vaguement conscience que cette question n'était jamais posée à Géraden. Erémis répliqua acidement que lui et quelques autres Maîtres la conviaient à un petit souper dans les appartements du médiateur. Puis il l'entraîna, la tête haute.

L'intervention du garde l'avait visiblement agacé. Ils parcoururent les couloirs, montèrent et descendirent des escaliers. Térisa trébucha en reconnaissant l'homme au manteau gris. Mais il disparut aussitôt ; elle n'eut pas le temps de le désigner à son compagnon. Avec un sourire d'excuse pour sa maladresse, elle se remit en marche. L'homme en gris ne se montra plus.

Si le Maître ne rasait pas les murs, il fit pourtant bien attention à emprunter un chemin détourné de façon à induire en erreur les gardes qu'ils croisaient. Il devint cependant évident qu'il n'emmenait pas la jeune femme vers les quartiers des Maîtres, ni vers le laborium. La partie du château où ils descendirent par des passages compliqués et de plus en plus humides ressemblait plutôt à celle où demeurait l'Adepte Havelock, au cœur des fondations de la bâtisse. Un moment, Térisa fut troublée par l'idée étrange que Maître Erémis pouvait être en relation avec Quillon et l'Adepte. Les couloirs se succédaient, froids, peu passants, mais toujours éclairés. Des lanternes étaient accrochées aux murs à intervalles réguliers. Les pièces derrière les portes closes semblaient être inhabitées comme si, les années s'écoulant, et avec l'extension de la forteresse, les anciens occupants étaient montés de quelques étages vers des sphères moins humides et moins sombres. Les bottes du Maître écrasaient la glace de petites flaques d'eau gelée ; on entendait résonner des gouttes d'eau tombant sur le granit.

Elle frissonna de froid et s'efforça d'enregistrer le parcours pour ne pas se perdre au retour.

Tout à coup, une ombre noire se profila contre le mur. Térisa tressaillit. La plus proche lampe était à plusieurs mètres et la pénombre rendait la silhouette aussi monstrueuse et dangereuse que celle d'un ours.

Maître Erémis eut un petit rire ; Térisa reconnut un crâne chauve, d'épais sourcils, une énorme moustache. L'homme était enveloppé dans une fourrure de la couleur de l'ombre. Sans doute étaient-ce les épaulières de son armure gardée sous son manteau qui lui donnaient cette allure bestiale.

A présent, Térisa distinguait le renfoncement d'où avait surgi le Perdon qui, sans doute, guettait la venue de l'Imageur.

— Ils sont tous là, Maître Erémis, dit-il, et son souffle se condensa dans l'air froid. Même ce chien bossu que vous affirmez indispensable de supporter pour rassurer le Congrégat. Vous n'êtes pas ce que l'on appelle ponctuel. Pourquoi avoir amené la femme ?

Térisa ne pouvait voir qu'un côté de son visage dans la lumière de la plus proche lanterne, mais l'œil qu'elle voyait la fixait intensément.

— Seigneur Perdon, vous concevrez qu'il n'est pas facile d'organiser en secret ce genre de réunion, rétorqua Erémis avec une douceur qui fleurait le sarcasme. Lebbick a l'œil à tout, du moins le croit-il. Nombre de mensonges plausibles peuvent tomber dans une multitude d'oreilles. J'expliquerai la présence de dame Térisa.

— Vous ferez bien, Maître Erémis, fit le Perdon et son regard quitta enfin Térisa pour s'attacher au visage d'Erémis. Quand vous m'avez convaincu de la nécessité de cette rencontre, j'ai promis de rassembler les Seigneurs aussi vite que possible. Or envoyer des messages puis attendre les réponses sur de telles distances et en cette saison aurait pris quinze jours pour le moins. Vous m'avez assuré que ce serait fait plus rapidement. Je dois avouer ne pas vous avoir cru. A présent, je m'étonne de votre succès.

Stupéfaite, Térisa faillit intervenir : *quinze* jours ? Il nous a dit *six*. Il a assuré le Congrégat que vous aviez promis la réunion dans *six jours*.

La main de l'Imageur sur son bras lui ordonna le silence.

— L'Imagerie est parfois utile, commenta-t-il, énigmatique.

— Sans doute. Et sans doute aussi le leur expliquerez-vous. Mais vous devez me répondre sur ceci : je suis troublé de voir le Tor parmi nous.

— Troublé, Seigneur Perdon ?

— Oui, Maître Erémis, fit rudement le guerrier. Je ne lui fais pas confiance en l'occurrence. Il a été trop constant auprès du Roi. Je n'avais été d'accord pour le convoquer que parce que je le croyais trop vieux

— ou trop gros — pour faire le voyage. Sa présence m'inquiète.

Erémis haussa un sourcil.

— C'est *vous* qui m'inquiétez maintenant, Seigneur Perdon. Je commence à croire que ce n'est pas du Tor que vous vous méfiez. Mais de moi.

Le Perdon ne cilla pas.

— Cela m'embarrasse fort, poursuivit Erémis avec un soupçon de colère. Quand vous avez parlé de quinze jours, je savais que ce serait moins, car le Termigan était déjà en route pour Orison. J'ai un miroir plat qui me montre sa demeure à Sternwall, et je l'avais vu en partir.

» Quand le Tor est arrivé, je n'ai pas hésité à l'inclure. Nul ne vous a donc parlé, Seigneur ? Le Tor lui-même ne vous a-t-il pas expliqué sa présence ? Il est venu pour quêter une réponse de notre brave Roi à la mort de son fils aîné tué par une vile manifestation d'Imagerie. Et le Roi a refusé d'entendre même sa requête, comme il a refusé audience au Fayle et à l'Armigite.

» Le Tor aime ses fils, conclut Erémis. Je crois qu'il sera notre allié à présent.

— Bien, murmura le Perdon. Bien. (Il s'était détourné et son visage était à présent complètement dans l'ombre.) Il fut l'ami du Roi pendant quarante ans, mais peut-être le chagrin le rendra-t-il amer. Il faut courir ce risque.

— Seigneur Perdon, fit sèchement le Maître, vous m'avez déjà reproché mon retard. Entrons, voulez-vous, pour ne pas froisser davantage nos alliés, sinon nous risquons de ne plus en avoir aucun.

Les yeux du guerrier flamboyèrent dans la pénombre. Il posa le poing sur la poitrine de l'Imageur.

— Faites attention, Maître Erémis, murmura-t-il. Je suis le Seigneur du Fief de Perdon. Je n'apprécie pas la manipulation... encore moins l'abus de confiance. Et je soupçonne les mêmes principes chez mes pairs.

Il se détourna et partit dans le couloir à grands pas, ses talons claquant sur la pierre.

— Un jour, fit Erémis d'un ton songeur, il faudra apprendre à ce téméraire Seigneur à être plus mesuré dans ses menaces.

Presque involontairement, comme si la question lui était extorquée, Térisa demanda :

— Pourquoi avez-vous menti au Congrégat ? Vous avez dit que le Perdon avait eu l'initiative de cette réunion.

Le Maître porta le doigt à ses lèvres.

— Je vous ai déjà expliqué, ma dame, chuchota-t-il, que plusieurs des Maîtres ne m'apprécient ni ne me font confiance. Ils n'ont accepté le risque de cette rencontre que parce qu'ils l'imputaient à l'honneur du Perdon et non à mon intelligence. Maintenant, ne dites plus un mot jusqu'à ce que vous soyez de nouveau en sécurité dans votre chambre.

La tenant toujours par le bras il l'entraîna à la suite du Perdon.

Ils suivirent l'écho du bruit de ses bottes jusqu'au-delà d'un carrefour. Là, de la lumière filtrait par une porte entrebâillée. Elle n'était pas gardée, comme si les Seigneurs s'étaient toujours crus en sécurité dans Orison. Le Perdon la franchit, et Térisa entendit des voix sourdes le saluer. Un instant plus tard, Erémis entraîna sa compagne à son tour dans la lumière.

Arrivés là il lui lâcha le bras et la poussa légèrement de l'avant. Elle eut l'impression qu'il se reculait, qu'il se servait de sa présence pour créer une sorte de diversion.

La pièce était aussi dépouillée qu'une cellule de prison et à peine plus grande. Plusieurs lampes étaient disposées sur une longue table de bois brut qui occupait plus de la moitié de l'espace, que de larges chaises achevaient d'encombrer.

Térisa repéra immédiatement Gilbur assis au bout de la table, l'air acide et renfrogné comme s'il venait d'échanger des insultes avec l'un des participants.

Le Perdon était encore debout mais les autres s'étaient installés. Elle reconnut bien sûr le Tor, à côté de Maître Gilbur. Échappé aux griffes du froid glacial de l'extérieur il avait retrouvé figure plus humaine malgré des yeux un peu troubles et un teint jaunâtre. Devant lui se trouvait une énorme carafe de vin.

Face à lui, Térisa vit un homme qu'elle identifia pour l'Armigite, à cause de la description de Saddith. La douceur de son visage le faisait paraître plus en chair qu'il n'était en réalité, et son expression était allègre : ses cheveux étaient artificiellement brunis et pommadés en boucles savantes ; la richesse de ses vêtements avait quelque chose de féminin. Il était le seul homme dans la pièce à paraître plus jeune qu'Erémis ; de toute évidence, il avait hérité de son Fief sans le conquérir dans les guerres de Mordant.

S'il était armé, comme les autres, sa lame semblait essentiellement décorative.

Son voisin formait avec lui un étonnant contraste : on l'aurait dit taillé dans le roc. Chacun de ses traits, de ses regards, de ses gestes même avait quelque chose d'aride, de tranchant, comme façonné à coups de masse. Sa peau était presque incolore, ainsi que ses yeux et ses sourcils.

Il s'agissait sans doute du Termigan, se dit Térisa en constatant qu'il n'était pas assez âgé pour être le père de la Reine Madin. Le Fayle était plutôt celui qui lui faisait face, assis à côté du Tor. A peu près de l'âge de celui-ci. Maigre et long, les cheveux rares et blanchis, il aurait pu avoir l'allure la plus sinistre si ses yeux n'avaient été si bleus, brillants et perçants. Sa façon de se tenir, raide, les bras croisés, correspondait bien à l'image de stoïcisme décrite par Saddith.

A l'exception de celui du Tor — qui n'avait d'yeux que pour sa carafe — tous les regards étaient braqués sur elle. Celui du Fayle ne trahissait rien de ses pensées, mais le Termigan la dévisagea avec indignation, l'Armigite avec mépris, et Maître Gilbur avec sa hargne coutumière.

Nul ne se proposa pour les présentations. Dès que l'Imageur se montra derrière Térisa, le Perdon prit la parole :

— Maître Erémis va nous expliquer la présence de cette femme.

Ses sourcils rouges comme les poils de ses oreilles étaient hérissés de colère.

Il prit place près du Termigan.

— J'espère bien, grogna Gilbur. A quel tour d'adresse allez-vous vous livrer, Erémis, pour nous faire avaler cela ?

Face à cette hostilité massive, Térisa se sentit rougir jusqu'au front. La sueur lui coulait le long des tempes. Comment était-elle devenue la cheville ouvrière des plans de l'Imageur ? En quoi les buts que poursuivait Erémis à travers cette réunion pouvaient-ils s'articuler autour d'elle ?

— Ma dame, asseyez-vous, fit-il d'un ton assez peu courtois.

Il lui désigna la chaise proche du Fayle, prit place lui-même en bout de table, à l'opposé de Gilbur. Sa finesse, la houppe de ses cheveux noirs coiffés en arrière, le plat de ses joues contrastant avec son nez épais lui donnaient plus que jamais l'air d'un oiseau exotique. Malgré la situation Térisa l'avait rarement vu aussi peu sérieux. Seule la lueur dans ses yeux contredisait la grimace narquoise de ses lèvres. Il croisa lentement les mains sur la table dans un effort pour paraître plus grave.

— Mes Seigneurs, commença-t-il en les regardant l'un après l'autre, tout n'est qu'une question de temps. Si nous n'avions pas été poussés par l'urgence, je n'aurais pas pris une décision sans vous en avertir et sans votre consentement. L'hiver peut encore durer trente jours, ou même cinquante. Mais le dégel peut aussi commencer dans dix jours. Dans dix jours, l'armée considérable de Cadwal peut se mettre en marche contre nous. Et quelques jours seulement ont passé depuis que notre sage souverain a jugé bon de repousser la proposition d'alliance d'Alend, en ayant soin d'humilier l'ambassadeur pour sceller son refus. Les forces de Margonal suivront de près celles du Haut Roi.

— C'est exact, intervint l'Armigite avec une amertume enfantine. Si le Roi Joyse m'avait accordé audience, je lui aurais appris que l'armée de Margonal se rassemble à moins d'une demi-journée de marche du Pestil. Mes chefs militaires affirment qu'ils ne pourront lui résister. Quand Alend décidera d'attaquer, je serai balayé. Et le roi a refusé de m'entendre !

Il aurait poursuivi si Erémis n'avait repris la parole.

— Il y a pire que les armées : l'Imagerie. Et l'Imagerie n'attend pas le printemps. Tout Mordant déjà est assailli. D'étranges loups ont déchiqueté le fils du Tor. Des goules harcèlent les villages du Fayle. Des bandes de lézards voraces saccagent les greniers du Demesne. Des puits de feu sont apparus dans le sol de Termigan, presque jusqu'à l'intérieur des fortifications de Sternwall.

Le Termigan hocha la tête.

— C'est la raison de ma venue. Je suis soldat et n'ai pas d'arme contre ces feux.

— Le temps nous manque, mes Seigneurs, conclut Erémis. Voilà pourquoi je me suis permis de faire ce que j'ai fait.

Il marqua une pause.

— Continuez, Erémis, gronda Gilbur. Qu'avez-vous fait au juste ?

— J'ai convié quelqu'un à notre réunion.

Avant que quiconque réagisse, il appelait par-dessus son épaule.

— Seigneur, vous pouvez entrer à présent !

Térisa resta bouche bée devant le Prince Kragen et ses deux gardes.

Si l'on en croyait son attitude, sa confiance n'avait

pas battu en retraite. Il ne portait plus son casque, son bustier en cuivre et son harnais brodé. Son vêtement de soie noire rendait sa peau plus mate encore ; sa moustache brillait. Mais il conservait une solide épée à la hanche. Ses gardes du corps étaient armés plus pour le combat que pour l'apparat.

L'Armigite blêmit. Le Termigan recula bruyamment sa chaise et se leva, dégageant son épée. Maître Gilbur parut au bord de l'apoplexie. Le Tor but une gorgée à même sa carafe et rota.

— Voilà qui est surprenant, commenta le Fayle d'une voix qui évoquait un craquement de feuilles sèches. La demi-mesure n'est pas votre fait, Maître Erémis.

— Avez-vous perdu l'esprit ? lança le Perdon à l'adresse de l'Imageur. Je vous ai averti que nous ne souffrions aucune manipulation. Vous voudriez que nous recevions le fils du Monarque d'Alend dans nos réunions secrètes ?

L'un des gardes du corps se plaça entre le Prince et le Termigan. Son maître l'arrêta avant qu'il puisse tirer son épée.

— Mes Seigneurs, écoutez-moi, pria-t-il avec un geste d'apaisement. Vous êtes surpris — mais nullement menacés. Je suis reconnaissant à Maître Erémis de m'avoir offert l'opportunité de vous rencontrer. Après le traitement que m'a infligé votre Roi, je m'apprêtais à quitter Orison. Mais cela eût été le garant de la guerre entre Mordant et Alend. Or, le Monarque d'Alend désire sincèrement la paix. Son souhait le plus cher est de s'allier à Mordant contre les périls que représentent Cadwal et l'Imagerie. Voilà pourquoi je me suis laissé convaincre par

Maître Erémis de rester à Orison, fort de la promesse qu'il m'avait faite d'avoir une chance de m'entretenir avec vous.

» Mes Seigneurs, le Roi de Mordant a refusé l'alliance, mais celle-ci ne serait pas moins efficace avec les Seigneurs de Mordant.

— Alend est mon ennemi, clama le Termigan, en brandissant son épée. Trop de mes frères et de mes amis ont été tués par Alend pour avoir défendu leur liberté. Je n'avais pas compris, Maître Erémis, que vous nous aviez réunis pour fomenter une trahison.

— Oh, *trahison,* par exemple ! protesta l'Armigite, comme si cette idée avait froissé sa délicatesse. Pour ma part, je suis ravi de rencontrer le Prince Kragen sur des bases amicales. A qui va votre loyauté, Seigneur Termigan : au Roi Joyse ou à Mordant ? Vous savez ce qu'a fait notre Roi — et ce qu'il n'a pas fait — pour répondre à notre appel. Je qualifierais de *trahison* le fait de s'entêter à lui obéir. Mordant est une cause plus juste et de plus grand prix, ajouta-t-il pieusement.

— Seigneur Termigan, reprit Kragen, vous devez comprendre la position du Monarque d'Alend. Comme je l'ai dit, son désir de paix est sincère et fort. Nous avons goûté la paix depuis que vous avez si puissamment œuvré pour notre défaite... et nous avons appris que la paix était préférable à la guerre. Mais votre Roi ne s'est pas contenté de cette paix. Il a créé le Congrégat.

» Mes Seigneurs, le Congrégat représente un grand danger. Tant que votre Roi en tenait les rênes, dans un but pacifique, nous pouvions en supporter la menace. Mais maintenant votre Roi est devenu faible.

Mordant essuie les attaques d'Imagerie... sans que l'Imagerie ne serve à sa défense. Comment l'expliquez-vous ? Soit votre Roi est devenu fou et ne se soucie plus de défendre ce qu'il a si durement et patiemment conquis. Soit il est fou au point de lancer le Congrégat contre sa propre terre, rassemblant pendant ce temps les forces...

Gilbur voulut protester mais la voix du Prince couvrit la sienne :

— Les forces qui lui permettront, le moment venu, de nous détruire tous !

— *Mensonge !* cria Gilbur en tapant du poing sur la table. Bien sûr que le Roi Joyse est fou. Mais il n'utilise *pas* le Congrégat ! Par les couilles du bouc de l'ArchI-Mage, nous ne sommes *pas* cause du péril !

Le Prince Kragen ne réagit pas au ton offensant du Maître.

— Parlez pour vous, Maître Gilbur. Et en ce qui vous concerne, je le crois. Le désir du Congrégat de participer à cette réunion augure bien de son honnêteté. A mes yeux, Maître Erémis a également prouvé sa droiture en nous rassemblant tous — et en obtenant du Congrégat la permission de nous révéler les intentions des Maîtres pour la défense de Mordant. Malheureusement, cela ne change rien. Votre Roi est devenu faible. De ce fait Cadwal aspire à s'approprier le Congrégat. Et donc Alend doit lutter. Nous ne pouvons permettre que tant d'Imageurs deviennent une arme dans les mains du Haut Roi.

» Seigneur Termigan, vous avez perdu beaucoup dans la guerre qui nous a opposés. Nous aussi avons beaucoup perdu. Mais Mordant et Alend perdront bien plus encore si Festten devient maître du Congrégat.

— Bien dit ! se réjouit l'Armigite. Bien dit !

Le Perdon braquait un regard perçant sur Erémis.

— Vous êtes plus avisé que je ne le croyais, fit-il enfin, doucement. Si j'avais su combien votre esprit est pénétrant, je serais venu vous consulter plus tôt.

Les yeux de l'Imageur brillèrent mais il ne se permit pas de sourire.

L'argument du Prince avait contraint le Termigan à s'apaiser. Il abaissa son épée et demeura figé dans ses pensées.

Soudain, le Tor cogna sa carafe sur la table.

— Oh, asseyez-vous, Seigneur Termigan. Tous ces éclats de colère m'épuisent. Poursuivons, que nous apprenions un peu quelles autres surprises nous attendent.

— Avant de continuer, fit sèchement le Fayle, peut-être Maître Erémis daignera-t-il expliquer la présence de cette femme ?

Le cœur de Térisa battit à nouveau précipitamment.

Le Termigan remit son épée au fourreau et s'assit avec brusquerie. Ses yeux de pierre ne regardaient personne.

— Oui, Maître Erémis. Expliquez-vous. Vous exigez trop de nous, et trop vite.

Maître Erémis ouvrait la bouche mais le Prince Kragen le devança.

— Mes Seigneurs, elle a nom dame Térisa de Morgan. Je ne sais rien d'elle et pourtant je suis son débiteur. Au cours de l'audience avec votre Roi, elle fit son possible pour m'épargner l'humiliation. Pour cela, elle a la gratitude d'Alend.

Il s'inclina devant la jeune femme. Puis, d'une voix tout à la fois douce et menaçante, il précisa :

— Mes Seigneurs, je vous demande de la traiter avec respect.

Maître Gilbur ricana.

Le Tor posa sur elle un regard aviné.

— Vous étiez avec ce fils du Domne, Géraden, fit-il d'une voix pâteuse. A mon arrivée.

Ses yeux s'emplirent de larmes, qu'il essuya rageusement, puis il s'adossa à sa chaise, posa les mains à plat sur la table.

— Recevez ma gratitude, à moi aussi. Le Prince Kragen et moi veillerons à ce que vous soyez respectée.

Puis il glissa sur le côté comme s'il avait perdu conscience.

— Vraiment très touchant, murmura l'Armigite sans lever les yeux sur Térisa. A quoi allons-nous assister ensuite ? Aux demandes en mariage ?

Les autres Seigneurs paraissaient plutôt près à se ranger à l'avis du Tor qu'à celui de l'Armigite et ne relevèrent pas le sarcasme. Au lieu de cela, ils reportèrent leur attention sur Maître Erémis.

— Je la respecterai d'autant mieux que je saurai pourquoi elle est ici, fit le Termigan.

— Mes Seigneurs, répondit Erémis avec un large geste, je vais vous le dire. Mon Prince, acceptez de vous asseoir.

— Merci.

Kragen tira la chaise entre Térisa et le Fayle.

— Vous permettez, ma dame ? murmura-t-il en posant sur la jeune femme un regard brillant.

Il n'attendit pas pour autant son acquiescement. Elle remarqua que ses mains bien manucurées portaient malgré ce soin des cals sur les paumes et sur les doigts.

Ses gardes se placèrent derrière lui.

— Elle vous a été présentée, reprit Erémis. J'ajoute qu'elle est venue à nous par Imagerie.

Nul ne réagit à cette annonce ; peut-être était-ce l'évidence.

— Vous en savez sur elle autant que moi — hormis quelques détails...

Il ne put retenir une œillade gaillarde qui fit rire l'Armigite, mais qu'il évinça bien vite.

— Elle ne révèle rien. Elle n'a nul talent apparent pour l'Imagerie. Je l'ai amenée afin que vous compreniez ce que le Congrégat avait fourni comme effort pour répondre au besoin de Mordant... et vous apprendre ce que nous nous proposons de faire à présent.

» Mes Seigneurs, notre dilemme est le vôtre, et nous ne nous aveuglons pas sur sa nature. Mordant est en grand danger et le Roy Joyse a perdu la raison. Nous avons donc fait ce que font toujours les Imageurs en un tel moment. Nous avons consulté un augure.

» Il nous a fallu du temps. Il n'est pas simple de créer le verre spécifique aux augures. Cependant, ce fut fait. Nous avons brisé le miroir obtenu, et agi en fonction de ce que nous y avions lu.

» Je ne vous ennuierai pas avec de longues explications. Il vous suffit de savoir que l'interprétation d'un augure est toujours difficile. A première vue, celui-ci montre le péril de Mordant. Il montre un être étranger de grande puissance. Il montre des scènes de victoire. Un lien semble se dessiner entre l'être de puissance et le plus jeune fils du Domne, Géraden.

» Il s'est avéré que l'être de puissance existait aussi dans l'un des miroirs les plus admirés de Maître Gilbur.

L'intéressé posa un regard de défi sur l'assistance.

— Nous parvînmes à la conclusion, poursuivit Erémis, que cet homme serait le champion qui sauverait Mordant... s'il était correctement translaté. Et nous tombâmes d'accord — non sans longs débats — qu'il reviendrait à Géraden d'effectuer la translation.

Il désigna Térisa.

— Voici le résultat. La translation de Géraden a échoué d'une façon que nous ne savons expliquer.

Il s'arrêta pour savourer l'effet de ses paroles sur les visages soudain perplexes des Seigneurs.

— Je connais ce Géraden, marmonna le Tor en s'agitant sur sa chaise. Un gentil garçon. Le vrai fils de son père.

Il bâilla et porta de nouveau la carafe à sa bouche.

Après un silence, l'Armigite laissa libre cours à son indignation :

— Voulez-vous nous faire croire, Maître Erémis, que Mordant sera sauvé par cette... cette *femme* ?

— Non, Seigneur Armigite, intervint le Fayle de sa voix sèche, fragile et cependant autoritaire. Maître Erémis n'attendrait pas cela d'un homme qui n'a ni femme ni filles. Il veut nous faire comprendre la décision qu'a prise le Congrégat suite à la translation de dame Térisa.

— Exactement, Seigneur Fayle, commenta l'Imageur qui, en dépit de son expression sévère, s'amusait de toute évidence de l'embarras de l'Armigite. J'espère en effet que la vue de dame Térisa vous fera comprendre pourquoi nous jugeons bon à présent de tourner le dos à la première interprétation de l'augure.

» Bien qu'il y apparaisse à deux reprises, nous avons décidé de nous passer de l'assistance de Géraden. Maître Gilbur effectuera la translation dès que vous le souhaiterez.

Térisa eut l'impression que la pièce devenait plus froide. Mais... pensa-t-elle... mais ce n'était pas ce que le Congrégat avait décidé. Maître Erémis allait trop loin.

Le Tor ronfla bruyamment. Les autres Seigneurs se montraient plus attentifs. Le Termigan fixait Erémis. L'Armigite avait la bouche ouverte. Le Prince Kragen détaillait l'expression de ses voisins. Le Fayle remuait les lèvres, comme s'il se parlait à lui-même. Dans le silence, on entendit craquer le cuir des bottes des gardes.

Tout à coup la situation se modifia du tout au tout pour Térisa. Malgré ses manières étranges, Erémis avait le don de la convaincre. Elle comprenait à présent : il s'efforçait de forger une alliance, en essayant de mettre les trois forces en présence — les Seigneurs, le Congrégat et le représentant d'Alend — en position de ne pouvoir lui opposer un refus. Ne possédant ni la force du Roi ni même l'autorité du médiateur du Congrégat, il était obligé de recourir à ces ruses subtiles. Mais son but n'en demeurait pas moins de sauver Mordant.

Soudain, le Prince Kragen tapa de la paume des mains sur la table.

— Bravo, Maître Erémis ! Votre audace et vos ressources forcent mon admiration. Vous nous offrez l'union d'Alend, des Seigneurs de Mordant et du Congrégat. Je n'aurais pas cru qu'il existât un homme assez hardi pour formuler pareille proposition... ni assez intelligent pour la rendre possible en nous rassemblant.

— Oui, Maître Erémis est audacieux et plein de ressources, acquiesça sourdement le Fayle. Notre récompense en nous alliant serait de pouvoir nous servir du champion du Congrégat comme s'il était nôtre.

— Vous parlez d'un « être de puissance », fit brusquement le Termigan et si ses yeux ne laissaient rien paraître, son ton suggérait un certain dégoût. Qu'est-ce donc exactement ?

— Un moment, Seigneur Termigan, insista le Fayle. J'avais la parole.

Le Termigan se tut.

— Arrêtez-moi si je me trompe, Maître Erémis, poursuivit le Fayle en dardant sur l'Imageur des yeux bleus d'oiseau de proie. Le Roi Joyse n'a-t-il pas interdit toute forme de translation qui priverait son objet de sa propre volition ?

— En effet, aboya Gilbur. Plus notre besoin d'Imagerie est pressant, plus il s'efforce de nous paralyser.

— Sait-il que votre champion sera amené ici malgré lui ?

Erémis eut un geste presque dédaigneux.

— Seigneur, c'est là l'une des nombreuses raisons qui nous ont fait nous réunir en secret... Notre sage souverain ne lèvera pas le petit doigt pour défendre Mordant. Mais il détruirait Orison pierre à pierre pour empêcher une translation prohibée. La dernière fois que nous lui avons obéi, fit-il en désignant Térisa, voilà quel fut le résultat.

— Je vois, admit le Fayle. Excusez mon interruption, Seigneur Termigan.

— Pour ma part, déclara le Perdon, je suis favorable à tout ce qui empêchera les bouchers de Festten de franchir le Vertigon. J'ai juré d'envoyer au Roi Joyse mes morts et mes blessés si j'étais attaqué... et je le ferai.

L'Armigite avait l'air pris de nausées.

— Parlez-nous de cet « être de puissance », répéta le Termigan.

— Pourquoi ? fit rudement Gilbur. Il est annoncé par l'augure. Nous devons l'avoir avec nous.

— Il a des armes qui crachent un feu destructeur, expliqua cependant Erémis. Son armure le protège de toute attaque. A le voir se battre, nous ne pouvons même pas imaginer comment une armée pourrait lui tenir tête. Il sera certainement plus fort que les loups, les goules et les lézards. Les fosses de feu ne l'atteindront pas. Il saura combattre la vile Imagerie à sa source même.

— De mieux en mieux, fit le Prince Kragen en souriant. Et quelle *est* cette source, Maître Erémis ?

— Je crois, fit l'Imageur endiguant difficilement son excitation, qu'il s'agit de l'ArchI-Mage Vagel.

Le Tor renifla, leva la tête, regarda autour de lui, finit par se lever lourdement.

— Mes Seigneurs, je vais retrouver mon lit. Je me fais trop vieux pour ces petites réjouissances.

— Ne partez pas, mon vieil ami, protesta gentiment le Fayle. Vous devez nous aider à prendre une décision.

Le Tor battit des paupières.

— Quelle décision ? Je n'en ai aucune à prendre. Je ne retournerai pas à Marshalt. Je suis *vieux*, vous dis-je. Ces questions ne sont plus de mon âge. Si le Roi Joyse a l'intention de détruire Mordant, je serai à ses côtés pour l'aider. Je serai auprès de lui jusqu'à la fin. Il me mérite, fit-il avec un curieux petit rire.

Sa lourde masse se mit en marche vers la porte, titubante.

— Mon fils disait toujours que j'étais un idiot et un lâche de ne pas lui avoir donné plus de deux cents hommes quand il posa le pied sur la première marche de la royauté. Aujourd'hui, mon fils est mort. Je n'aurais pas dû être si prudent.

Il quitta lentement la pièce.

— Le Tor a raison, fit l'Armigite, à la surprise de Térisa. Nous devrions tous aller nous coucher. Pareille décision ne se prend pas à la hâte.

Une fine sueur perlait sur sa lèvre supérieure.

— Et si nous étions découverts ? Si le Gouverneur Lebbick nous surprenait ? Nous avons besoin de temps, de réfléchir avec soin. D'ailleurs, je n'aime pas les décisions, conclut-il avec autant de dignité que possible.

Le Perdon répondit avec rudesse.

— Seigneur Armigite, votre père se retourne dans sa tombe à vous entendre. N'a-t-il donc livré tant de sanglants combats contre toutes sortes d'ennemis... — il glissa un regard vers le Prince Kragen, — que pour léguer son Fief à une moitié d'homme qui n'aime pas les décisions ?

L'Armigite rougit mais sa nausée l'empêcha de parler.

— Mes Seigneurs, reprit le Perdon, le Fief d'Armigite est bordé à l'est par le Perdon, à l'ouest par le Fayle et le Termigan, au nord par Alend. Nous sommes assez nombreux. L'Armigite ne peut s'opposer à nous. Il nous permettra de décider pour lui.

Il y eut un long silence. L'Armigite était au supplice. Le Perdon regardait fiévreusement ses auditeurs.

— Soyez plus explicite, suggéra le Fayle. Quelle décision proposez-vous ?

— Je propose l'union que nous offre Maître Erémis. Je propose que nous dressions ensemble un plan de campagne, contre Cadwal aussi bien que contre toutes ces attaques d'Imagerie. Ignorons le Roi Joyse. Dès que le Prince Kragen aura eu le temps de préparer ses forces, assura-t-il comme s'il entendait déjà sonner les clairons de la bataille, les Seigneurs des Fiefs marcheront avec lui et le champion du Congrégat, pour la pérennité du royaume.

Maître Erémis se tenait raide, essayant de ne pas sourire. A l'autre bout de la table, Gilbur s'était couvert le visage de ses mains.

— Voilà qui est éloquent, Seigneur Perdon, commenta le Termigan sans approuver ni railler. Je suis considéré comme un homme dépourvu d'affection. Je n'attends rien de vous, mes Seigneurs, ni du Roi. Mais Termigan est mon Fief. Il est mien depuis les profondeurs de ses mines de cuivre jusqu'aux étendues de ses champs de froment et jusqu'aux hauteurs des tours de Sternwall.

» Dites-moi : quand Cadwal sera vaincu, et l'Imagerie endiquée, et le Roi Joyse privé de sa couronne, qui régnera sur Mordant et sur le Termigan ? Qui aura autorité sur mon Fief ?

Le Prince Kragen répondit avec une surprenante promptitude :

— Dame Eléga.

Eléga ? songea Térisa avec stupeur.

— Elle est la fille aînée de notre Roi, son héritière de droit. Et j'ai eu le plaisir de lier connaissance avec elle ces derniers jours. Elle comprend mieux les arcanes du pouvoir que vous ne l'imaginez. Et elle n'est pas fille d'Alend.

— Une femme ? gémit l'Armigite qui cherchait visiblement à se recomposer quelque stature. Puis vous l'épouserez et Margonal régnera sur nous tous.

Les yeux du Prince brillèrent dangereusement, mais il ne s'abaissa pas à répondre. Au lieu de cela, il s'enquit auprès du Termigan :

— Vous paraît-elle acceptable, mon Seigneur ?

— Mes Seigneurs, intervint le Fayle. Ceci doit cesser.

Il avait pour la première fois décroisé les bras et posé ses maigres mains veinées de bleu sur la table. Tous les regards convergèrent sur lui. Il avait l'air las, vieux et pourtant sa voix traduisait sa fermeté.

— J'en ai assez entendu. Si vous acceptez cette alliance, vous devrez compter sur mon opposition. Le Fayle se battra pour le Roi. Vous devez comprendre que je suis le père de son épouse, ajouta-t-il d'un ton d'excuse. La Reine Madin est une femme extraordinaire. Et quel que soit mon choix, j'aurai à me justifier auprès d'elle.

— Les femmes, les femmes ! s'exclama le Perdon en se levant avec fureur. Mordant doit-il courir à sa ruine parce que vous n'êtes pas capable de tenir tête à votre propre fille ? Ou parce que le Prince Kragen est amoureux d'Eléga ? Ou parce que Maître Erémis — il tourna sa redoutable moustache vers Térisa — désire mettre dans son lit cette créature d'Imagerie ? Que nous importe ! Mordant se ronge tandis que nous discutons de ces frivolités. Nous devons...

— Non, Seigneur Perdon, l'interrompit le Termigan sans élever la voix. Vous ferez ce qu'il vous plaira, mais vous agirez sans moi. Le Fayle est trop poli pour exprimer ses pensées. Je n'ai pas sa courtoisie. Il se terre quelque piège derrière tout cela. Le Prince a trop vite donné son accord. Je *connais* le Monarque d'Alend. Quand il aura refermé la main sur Mordant, il ne la rouvrira plus... à moins que dame Eléga n'ait déjà accepté d'agir en son nom.

Il se leva à son tour.

— Concluez l'alliance qui vous plaira. Je n'ai confiance ni en Alend ni en un Imageur.

Il sortit brusquement de la pièce.

Nul ne parla ni ne bougea pendant un moment. La déclaration inattendue du Termigan avait choqué tout le monde. Térisa voyait avec horreur se fissurer les plans de Maître Erémis. Il avait l'air prêt à éclater de rire. Elle en conclut qu'il était furieux.

— Une dernière chose, fit le Fayle qui s'était lui aussi levé. Maître Erémis, Maître Gilbur, vous ne devez pas translater cet être de puissance.

Maître Erémis leva un sourcil. L'Armigite glissait

sur sa chaise comme prêt à disparaître sous la table à la première alerte. Mais le Perdon faisait face au Fayle.

— *Et pourquoi donc ?* hurla Gilbur avec rage.

— Vous violeriez les commandements du Roi. Et plus... vous violeriez la fonction initiale du Congrégat. Vous ne devez pas le faire.

— Ce dessein était celui de Joyse, non le nôtre ! rétorqua Gilbur. Nous ne laisserons pas un vieux gâteux nous dicter notre devoir.

Il frappa si violemment la table que la carafe laissée par le Tor tomba et se brisa sur le sol.

— *Nous avons bien l'intention de survivre !*

— Alors, murmura le Fayle tristement, je devrai dévoiler vos intentions à mon Roi.

Térisa fut prise de panique à voir s'envoler en fumée tous les espoirs de Maître Erémis.

Le Prince Kragen était debout avec ses gardes.

Le Perdon fixait le Fayle par-dessus la table.

— Avez-vous l'intention de nous trahir, Seigneur Fayle ?

— Non, Seigneur Perdon, répondit celui-ci avec une peine évidente. Je ne dirai rien de cette réunion. J'ai seulement l'intention d'empêcher les Imageurs de trahir leur Roi.

Il quitta la pièce avec tout le poids des ans sur ses épaules maigres. Il n'avait pas l'air ridicule bien qu'il se fût dressé contre des hommes qui étaient plus jeunes, plus forts, plus fringants. Térisa s'étonna de le trouver admirable. Sa loyauté l'émouvait. Elle imagina Géraden applaudissant la sortie du vieillard.

Quand le vieux Seigneur fut parti, Erémis renversa la tête en arrière et poussa un étrange cri d'oiseau.

— Oh, modérez-vous, Erémis, gronda Gilbur, furieux. Je vous avais prévenu. Ces *Seigneurs* ont oublié toutes les leçons du passé pour ne se souvenir que de leur méfiance envers les Imageurs. J'ai dit depuis le début que nous devions agir de notre côté et laisser les Fiefs se défendre seuls.

— Oui, Maître Gilbur, acquiesça Erémis. Vous m'aviez en effet averti. A maintes reprises.

Repoussant soudainement sa chaise, il s'adressa d'une voix pressante aux derniers hommes présents, oubliant l'Armigite :

— Seigneur Prince, Seigneur Perdon, veuillez m'excuser. En dépit des conseils de Maître Gilbur, je n'avais pas prévu cette issue pour notre réunion. Nos pairs préparent d'ores et déjà la translation du champion. Nous devons les rejoindre avant que le Fayle ne réveille le courroux du Roi. S'ils étaient pris en flagrant délit d'une translation interdite, je crains que notre aimable souverain ne redonne quelque actualité à la sentence d'exécution.

» Seigneur Prince, pourriez-vous veiller à ce que dame Térisa regagne ses appartements ?

» Venez, Gilbur, acheva-t-il sans attendre la réponse.

Les Imageurs sortirent rapidement, Maître Gilbur suivant aussi vite que le lui permettait son dos tordu.

Térisa resta sans mouvement sur sa chaise. Comment osait-elle admirer le Fayle qui, avec le Termigan, avait ruiné les espoirs de Maître Erémis pour la survie de Mordant ? Et pourquoi la translation était-elle déjà commencée ? Le Congrégat avait accepté d'attendre l'issue de la réunion...

— Dommage, Seigneur Prince, disait l'Armigite, que se soit évaporé tout le courage nécessaire pour conclure cette alliance... Je ne serais pas contre le fait de discuter un accord privé. Je vous demanderais protection contre d'éventuelles représailles et en échange, je...

Sa voix mourut. Nul ne lui prêtait attention.

— Seigneur Prince, fit le Perdon d'un ton rigide, je vous prie de pardonner cet échec... et l'insulte. Je puis seulement vous assurer que Maître Erémis et moi avions les meilleures intentions. Il n'est désormais pas prudent de nous attarder ici. Puis-je m'occuper à votre place de dame Térisa ?

— Inutile de vous excuser, Seigneur Perdon, répliqua le Prince qui n'était pas si bouleversé que Térisa s'y serait attendue. Il est vrai que ma mission rencontre peu de succès. Franchement, je ne vois pas que Mordant et Alend évitent maintenant la guerre.

Il lança une œillade de velours à Térisa et lui sourit.

— Mais peut-être ma chance va-t-elle tourner. Je suis le débiteur de dame Térisa et me ferai un plaisir de la raccompagner.

— Qu'il en soit comme vous le souhaitez.

Le Perdon s'inclina devant le Prince, jeta son manteau sur ses épaules et sortit.

Presque aussitôt, l'Armigite se rua derrière lui comme s'il craignait d'être abandonné. Elle l'entendit héler le Perdon, mais ne perçut pas de réponse.

— Ma dame, êtes-vous prête ? s'enquit le Prince Kragen. Il n'est en effet guère prudent de nous attarder davantage.

Elle ne sut interpréter son sourire, qui lui rappelait celui de Maître Erémis. Il semblait pourtant que le Prince fût plus diplomate, plus habile à cacher ses sentiments ; son assurance le parait d'un véritable masque. Elle se leva avec déférence, elle avait appris ce genre de manières avec son père et d'autres hommes sûrs d'eux-mêmes. Il recula sa chaise et lui offrit son bras ; un garde les précéda, l'autre les suivait quand ils quittèrent la pièce.

Le froid était tangible dans le couloir, comme les bruits d'eau.

— Avez-vous assez chaud, ma dame ? s'enquit doucement le Prince. Vous n'êtes guère couverte.

Elle aurait dû murmurer une réponse diplomatique mais les mots ne lui en vinrent pas. Elle n'était plus si docile que la petite fille d'autrefois. Pour se défendre, instinctivement, elle questionna :

— Connaissez-vous réellement Eléga ?

Elle devina son tressaillement. Il garda le silence un instant puis précisa, poliment :

— Ma dame, l'on a coutume de me donner mon titre.

— Seigneur Prince.

Il eut un rire bref qui résonna dans le couloir humide.

— Merci. Oui, j'ai eu le grand plaisir de faire la connaissance de dame Eléga. J'ai eu beaucoup de loisirs depuis ma débâcle face au Roi Joyse.

Les bottes des hommes écrasaient bruyamment les petites flaques gelées. Près des lanternes, Térisa voyait son souffle se muer en vapeur froide.

— Alors, pourquoi vous intéresser à moi ? interrogea-t-elle, inconsciente de sa hardiesse.

Il prit de nouveau un temps pour répondre.

— Ma dame, si une autre femme m'avait posé cette question, j'aurais mieux su lui répondre. Ignorez-vous que votre visage et votre silhouette éveilleraient l'intérêt de n'importe quel homme ? C'est peut-être le cas. Je soupçonne cependant votre question d'avoir un autre sens.

» Si vous n'êtes pas une coquette, si votre question n'était pas destinée à me séduire, je vous répondrai avec franchise. Je suis très impressionné par dame Eléga. Le Roi Joyse ne connaît pas sa chance d'avoir une telle fille.

Térisa ne put réprimer un soupir de soulagement.

Devant, le garde marqua une légère hésitation puis repartit de son pas régulier.

Une impression de froid vint saisir la jeune femme au travers de sa chemise.

— Peu de gens de Mordant comprennent bien, je crois, poursuivit le Prince sans logique apparente, que le gouvernement d'Alend n'est pas héréditaire. Quand mon père mourra, je ne prendrai pas forcément sa suite sur le trône de Scarab. Le nouveau souverain sera désigné par concours parmi tous ceux qui postuleront.

» Cette méthode a préservé la confédération des Baronnies d'Alend. Les barons restent loyaux à Scarab car ils savent qu'eux ou un membre de leur famille aura toujours une occasion de gagner le sceptre.

» Ce concours n'est pas formel, bien sûr. Il a simplement évolué. Au départ, c'était une épreuve de brutalité. Celui qui massacrait, empoisonnait, ou terrifiait suffisamment ses rivaux jusqu'à les soumettre, devenait Monarque.

» La paix a néanmoins ses avantages et, comme je l'ai répété, le Monarque d'Alend s'est rendu à certaines sagesses. Les prétendants au trône n'ont plus à ourdir dans l'ombre horreurs et meurtres. Ils sont publiquement reconnus et tenus de rivaliser au service du royaume. Ils doivent, autrement dit, prouver qu'ils sont de taille à régner. Un vieux fou de baron, ajouta-t-il avec un rire, poussa son fils de l'avant ces dernières années... se chargeant lui-même en secret d'éliminer tous les opposants. Son fils prouva son attachement au royaume en traînant son père en justice. Il connut un succès remarquable.

» Ma dame, cette mission est mon épreuve. Les espoirs que je nourrissais s'amenuisent. Vous pouvez sans vous tromper, je le crains, gager que je ne serai pas le prochain Monarque d'Alend.

Il s'efforça d'adopter un ton plus gai.

— Mais nous parlions de dame Eléga. Je vous ai raconté cela pour vous faire comprendre que, si elle était fille d'Alend, le trône ne lui serait pas interdit. Je la crois capable de rivaliser avec les plus puissants.

Le garde de tête hésita de nouveau. Cette fois, il marqua un arrêt. Le froid se referma comme un poing sur le cœur de Térisa. Elle crut entendre un bruit... une sorte de glissement de cuir qui lui rappela le frôlement d'une épée dans son fourreau. Le Prince dégaina sa lame. Il eut juste le temps de crier aux gardes de veiller sur Térisa.

Et l'obscurité attaqua.

Plusieurs hommes jaillirent d'un passage latéral. Cinq, six... Leurs manteaux volaient autour de leurs épaules. Leurs tenues de cuir étaient si noires qu'il était difficile de les voir. La lumière des lampes se reflétait sur les lames nues.

Ils foncèrent droit sur la jeune femme protégée par le Prince et ses deux gardes.

Les épées s'entrechoquèrent dans l'étroit passage. La violence de l'assaut voila la vue de Térisa. Elle vit la tête de l'un des gardes se décoller de son cou, rouler négligemment à terre puis un paquet de sang chaud lui gicla au visage, et le garde mort tomba sur elle, l'écrasant contre le mur.

Glissant dans le sang et la glace, elle s'effondra sous le corps inerte.

Le Prince reculait devant deux assaillants. Il était fort et habile à l'épée mais ses ennemis étaient aussi de fines lames. Il faisait difficilement face à leurs coups redoublés. Ceux-ci, portés à deux mains, le forçaient à reculer le long du passage.

L'un des attaquants s'écroula, transpercé. Le second garde du corps restait debout — difficilement. Il tenait un bras serré sur une plaie à son flanc et de l'autre jouait de son épée devant son assaillant.

Dans un mouvement imprévisible, l'ennemi lui jeta sa cape sur la tête.

Puis Térisa ne vit plus rien. Plus rien que la silhouette noire qui fondait sur elle, l'épée prête à frapper.

La lumière éclaira son visage, un nez en lame de hache, un sourire sauvage, des yeux brillants, jaunes comme ceux d'un chat.

Il essayait à nouveau de la tuer.

Cette fois, elle ne lui échapperait pas... et elle ne savait toujours pas pourquoi il voulait sa mort, cela n'avait aucun sens.

— Arrêtez !

Le cri immobilisa son agresseur, se répercuta dans le couloir. Il se retourna pour faire face à celui qui avait crié.

— Se battre à cinq contre trois est une preuve de lâcheté, fit la voix nonchalante. Mais même un lâche ne s'en prendrait pas à une femme.

Luttant contre la brume qui envahissait son regard, Térisa vit l'homme au manteau gris sortir de la pénombre et s'avancer.

L'éclairage ne lui permettait cependant pas de distinguer ses traits. Il avait l'épée à la main, sur les lèvres un sourire qui n'adoucissait pas l'éclat batailleur de ses yeux.

L'un des assaillants tira son épée du corps du garde aveuglé par une cape et rejoignit l'homme aux yeux jaunes. Celui-ci le renvoya d'un geste renforcer ceux qui luttaient contre le Prince.

Noir contre gris, l'ennemi de Térisa et l'inconnu se firent face.

Ils restèrent un instant immobiles.

— Il ne me déplairait pas de savoir qui vous êtes, fit plaisamment l'homme en gris.

L'homme en noir éclata de rire et se rua sur lui.

Des étincelles jaillirent du contact des épées. Les coups résonnaient. L'homme en noir alla cogner le mur puis s'élança de nouveau, comme s'il était insensible à la douleur. Il essaya de lancer son manteau sur son adversaire, mais celui-ci déjoua la ruse. Les épées se heurtaient sans relâche en une joute sauvage ; attaque, feinte, retrait, les corps virevoltaient en une danse heurtée. L'homme en gris souriait toujours mais sa concentration était totale.

Térisa s'imagina saisissant l'épée de l'un des gardes morts, se ruant dans la bataille pour sauver le Prince Kragen ou l'homme en gris. Mais elle ne bougea pas, demeurant couchée sur la pierre froide et humide, les mains serrées sur les tempes, terrifiée par ce spectacle de violence dont elle se savait la cause.

Pourquoi en voulait-on à sa vie ? Elle n'en avait pas la moindre idée. Qu'avait-elle fait pour mériter cette haine ? Ou mériter d'être défendue ?

L'homme en gris se mouvait vite et avec grâce , son épée semblait vivante dans ses mains. Les étincelles rejaillissaient autour de lui et de son adversaire. L'espace d'un battement de cœur, il bloqua la lame de l'ennemi à la garde et, du revers de la main, frappa l'homme en noir au visage. Celui-ci chancela.

Sans précipitation, l'assaillant de Térisa fit dévier l'assaut suivant. De sa main gantée, il se saisit de la lame de l'homme en gris, assez longtemps pour se rapprocher de lui et lui donner un coup d'épaule à la poitrine.

L'homme en gris vacilla vers le sol. Il se retrouva un genou à terre, parvint à parer un assaut brutal, se remit debout. Il continuait à *sourire.* Mais son adversaire avait seul vaincu Argus et Ribuld. La sueur coulait de son visage. La lumière révélait une lueur désespérée au fond de ses yeux.

Des pas de course se firent entendre dans le couloir. Il commit l'erreur de détourner les yeux pour savoir s'il s'agissait d'une nouvelle menace.

L'homme en noir en profita pour projeter sa lame vers son ventre, si vite que le coup était imparable.

Il le para.

Mais l'effort lui coûta son équilibre. Le coup suivant, s'il l'évita, le fit chuter sur le dos.

Une fraction de seconde, il fut aussi impuissant que Térisa.

Alors le Prince Kragen s'élança vers l'homme en noir, faisant haut tournoyer son épée sanguinolente.

Le Perdon était seulement un pas derrière lui.

L'homme en noir jeta un regard de haine pure et jaune vers Térisa.

Un instant plus tard, il reculait. Ses mains et son épée formèrent des gestes étranges.

Sans avertissement il disparut, avant que meurent les échos du combat ; et il aurait pu n'avoir jamais été là.

Le Perdon resta bouche bée. Le Prince en lâcha son épée de stupeur. L'homme en gris se relevait, humant l'air comme s'il pensait y retrouver la trace de son adversaire.

Frissonnante, Térisa fit un effort pour se redresser.

Kragen était à bout de souffle, au bord de l'épuisement, mais il alla voir ses hommes. Quand il découvrit l'un d'eux décapité il serra un poing sur son cœur et la douleur crispa son visage.

— Ils étaient mes amis, fit-il d'une voix rauque. J'étais votre débiteur, ma dame. Mais je crois à présent vous avoir payé ma dette.

— Les porcs ! cria le Perdon. Qui étaient-ils ? Comment ont-ils su que nous serions là ?

Recroquevillée sur elle-même, Térisa vit son sauveur essuyer son épée et la rengainer, puis il s'accroupit près d'elle pour l'aider à se relever. Il avait un joli sourire, un sourire qui se voulait rassurant. Mais ses traits étaient forts, décidés. Il lui rappelait quelqu'un. Ses yeux étaient voilés par quelque trouble.

— Ma dame, je suis Artagel. L'un des nombreux frères de Géraden. Il m'avait demandé de veiller sur vous. Je crains de m'être bien mal acquitté de ma mission.

» De toute évidence, grimaça-t-il, on en veut vraiment à votre vie.

L'odeur du sang qui avait éclaboussé ses vêtements était si forte que Térisa s'évanouit.

13

Égarement de bonne foi

Quand elle revint à elle, Térisa fut un instant désorientée. Une partie d'elle-même était debout, l'autre partie à l'envers, on la tenait fermement à la taille, pliée en deux.

— Nous avons été trahis, déclara le Perdon. Vous voilà dans une position ambiguë, Seigneur Prince. Peut-être le mot « alliance » n'a-t-il pas le même sens en Alend qu'ici ? Quoi de mieux pour semer la dissension dans Mordant que d'éclabousser de sang une réunion sans précédent entre les Seigneurs des Fiefs et les Maîtres du Congrégat ?

— Seigneur Perdon... commença le Prince Kragen d'une voix dangereuse.

— Et si nous ne sommes pas assez forts pour nous défendre nous-mêmes, reprit le Seigneur, vers qui pourrions-nous nous tourner pour quérir de l'aide, sinon vers Margonal et vous ?

— Deux de mes amis sont *morts* ! rétorqua le Prince qui commençait à perdre sa patience diplomatique. Si j'avais voulu semer la dissension dans Mordant, j'aurais fait tuer l'un des *Seigneurs*, non l'un de *mes hommes* ! S'il vous faut à tout prix trouver des traîtres, je vous conseille de regarder vers vos pareils. Qui a intérêt à ce que les Fiefs ne s'unissent pas contre leur Roi ?

— Justement, Seigneur Prince, aboya le Perdon. Qui ?

— Un Seigneur qui espère devenir directement Roi, sans déloyauté envers Joyse. Le Tor n'a pas l'intention de retourner à Marshalt. La Reine Madin a eu tout le temps de forger un lien indestructible entre son mari et le Fayle. Est-il inconcevable que la route vers le pouvoir soit plus courte si elle ne passe pas par l'union des Seigneurs avec Alend et le Congrégat ?

Térisa avait le buste renversé vers l'arrière, les mains abandonnées contre la pierre froide du mur. Pourtant un bras solide lui maintenait toujours la taille, la nuque.

— Vous sentez-vous mieux, ma dame ? demanda Artagel.

C'était lui qui la tenait. Il l'aida à se redresser et elle se sentit capable de se soutenir seule. La regardant intensément il relâcha sa taille. Elle se souvint s'être évanouie. L'odeur du sang demeurait sur elle, épouvantable, mais elle savait maintenant l'endurer. Elle aspira profondément, chassa de son visage une mèche de cheveux.

— Oui, je crois que cela va. Merci.

Artagel lui sourit avant de se tourner vers les deux hommes en colère.

— Une autre hypothèse est que vous ayez été trahis par un Imageur, suggéra-t-il.

— J'aimerais le croire, répliqua le Perdon qui semblait regarder Artagel comme son égal. Or, seuls

Maître Erémis et Maître Gilbur connaissaient le lieu de notre réunion. Et celle-ci eut lieu à l'initiative d'Erémis. S'il avait eu pour but de nous diviser, il aurait opté pour un moyen plus direct. Il suffisait qu'il nous laisse agir par nous-mêmes. Je ne puis parler si positivement de Gilbur, ajouta-t-il après une seconde de silence.

— Quant à moi, fit le Prince Kragen, j'ignorais cette ressource de l'Imagerie. N'est-il pas vrai que ce genre de translation nécessite un miroir plat ? Et n'est-il pas vrai que la translation à travers un miroir plat rend fou ? Qui a pu réussir l'exploit dont nous venons d'être témoins ?

Ils ne s'étaient pas encore adressés à Térisa. Elle n'était pas certaine qu'ils sachent qu'elle les entendait. Mais ce fut elle qui répondit :

— L'ArchI-Mage Vagel.

Les trois hommes se pétrifièrent.

— Maître Erémis en a parlé, grogna enfin le Perdon. Mais qui dans Orison, ou dans Mordant, serait assez fou ou assez vil pour s'allier avec ce monstre ?

— Regardons de plus près, mes Seigneurs, suggéra Artagel.

Il précéda le Perdon et Kragen auprès de l'un des agresseurs morts. Térisa les suivit, revoyant avec horreur le sang gicler. Artagel retourna l'homme sur le dos et elle tressaillit en apercevant la blessure béante à son ventre. Malgré cela, elle resta pour voir le jeune homme écarter le manteau afin d'examiner le visage et l'armure du mort.

Sa cuirasse était d'un cuir si épais et si noir qu'elle-même n'aurait su la détailler comme le faisait Artagel. Il désigna le cuir à l'endroit du cœur de l'homme.

— Là.

— Je n'ai pas vos yeux, maugréa le Perdon. Quoi donc ?

— Ce sceau. Je l'ai déjà vu.

Il se redressa. Son visage était aussi dur que la pierre environnante.

— Cet homme est de Cadwal. Ce signe prouve qu'il est aux ordres du Bras-Vif du Haut Roi.

— Gart ? s'enquit Kragen, incrédule. *Ici ?* Est-ce lui avec qui vous vous battiez ?

— J'ignore avec qui j'ai croisé le fer. Qui qu'il soit, il m'a vaincu. Mais cet homme est l'un de ses Aspirants. Les autres aussi, sans doute.

— Entrailles et charogne ! gronda le Perdon. Un Aspirant du Bras-Vif !

— Mais *ici* ? insistait le Prince. Comment ont-ils pu entrer dans Orison ? Ils n'ont pas pu passer par les portes. Le Gouverneur Lebbick n'est pas si aveugle.

— Ils ont dû venir comme nous avons vu repartir leur chef, songea Artagel à voix haute.

— Ce serait l'œuvre de Vagel ? insista le Prince Kragen, consterné. Pourquoi avons-nous cru à sa mort ?

Le Perdon n'avait pas réponse à cela. Depuis que Lebbick avait été mentionné, il jetait de vifs coups d'œil de part et d'autre du couloir.

— J'ai une question plus pressante. Tenons-nous à ce que le Gouverneur nous trouve ici à son arrivée ?

— Pensez-vous qu'il va venir ? s'inquiéta Kragen. Ne sommes-nous pas loin des oreilles du garde le plus proche ?

— C'est ce bellâtre mou d'Armigite, expliqua le Perdon avec un mépris venimeux. Quand nous avons entendu les bruits de la bataille, j'ai couru par ici, lui... dans la direction opposée, hurlant au meurtre. Il a dû s'égarer, sinon le Gouverneur serait déjà ici. En tout état de cause, nous avons très peu de temps.

— Il m'interrogera quoi que je fasse, réfléchit Kragen. Mes hommes sont morts. Mais s'il ne me trouve pas sur les lieux, il ne pourra m'impliquer dans ce massacre.

Sa décision fut rapidement prise.

— Seigneur Perdon, Artagel de Domne... je vous dois la vie. Mais je ne reste pas auprès de vous ; ce serait nous donner à tous trois des allures de conspirateurs et de traîtres. Ma dame, au revoir.

Il ramassa son épée, la remit dans son fourreau et partit en courant. Le bruit de ses pas mourut bientôt.

— Je vous laisse à mon tour, déclara le Perdon. J'ignore quel rôle jouera cette femme dans notre destin, mais je ne risquerai pas une accusation de trahison pour la protéger.

Il s'éloigna à son tour, marmonnant le nom de Cadwal et jurant.

Térisa regarda Artagel. La lueur était revenue dans ses yeux. Il souriait de nouveau. En réponse à son regard, il s'inclina avec humour devant elle.

— Pour ma part, ma dame, je n'ai rien à cacher. Quoi qu'il advienne, tout Orison pensera que j'ai quelque chose à voir avec ces nombreux cadavres. Voilà les nuisances d'une réputation... J'ai meilleure opinion de Lebbick que beaucoup de gens, mais il n'y a aucune raison que vous finissiez votre nuit à l'écouter vous aboyer dans les oreilles. Partons, voulez-vous ?

— Merci. Je ne serais pas de taille à lui tenir tête. Il ne m'aime pas beaucoup.

— C'est ridicule.

Elle se sentait un peu faible. D'un geste tout amical, Artagel glissa son bras sous le sien, l'enlaça et marcha à son pas tout en bavardant gaiement.

— Je connais bien notre brave Gouverneur. Il n'insulte que les gens pour qui il a de l'affection. Et quand il vous aime beaucoup, il devient proprement ordurier. Sa femme — qu'elle repose en paix — était le seul être dans tout Orison qui ait pu lui arracher à la fois civilité et affection.

A peine parvenaient-ils à la lanterne suivante qu'ils perçurent des bruits de course.

Artagel ne s'en émut pas. Toujours souriant, il guida sa compagne dans un couloir latéral. Il trouva un autre chemin sans difficulté, où ils ne rencontrèrent aucun garde, et Térisa fut surprise de la rapidité avec laquelle ils parvinrent au pied de la tour où elle logeait.

Elle avait retrouvé ses esprits. Artagel lui avait sauvé la vie et lui épargnait maintenant un douloureux interrogatoire du Gouverneur Lebbick, au cours duquel elle aurait dû mentir et mentir et mentir pour protéger Maître Erémis, le Prince Kragen et les Seigneurs. Tout cela parce que Géraden le lui avait demandé. Il serait temps bientôt de manifester un tant soit peu de gratitude.

Elle manquait d'imagination pour le remercier suffisamment. Une préoccupation lui demeurait à l'esprit. Ils n'avaient croisé âme qui vive mais les gardes à la porte de sa chambre ne manqueraient pas de remarquer ses vêtements souillés de sang.

Au pied de l'escalier, elle s'arrêta et se dégagea du bras d'Artagel.

— Je peux continuer seule maintenant, fit-elle un peu timidement. Nous avons eu de la chance jusqu'à présent ; je ne crois pas que vous souhaitiez être vu avec moi.

Artagel haussa un sourcil amusé.

— Vraiment, ma dame ? Certes, votre tenue manque un peu de propreté mais je ne choisis pas mes amis sur ce genre de mésaventure. Si c'était le cas, ajouta-t-il en riant, le pauvre Géraden serait le dernier sur ma liste.

Son sourire était désarmant, et son assurance que n'avait pas entamée le combat avec l'homme en noir, mais elle insista :

— Ce n'est pas ce que je voulais dire. Les gardes vont remarquer mes vêtements tachés et quelqu'un pensera bien qu'une femme couverte de sang n'est pas étrangère aux hommes trouvés morts dans un couloir désert. Si l'on vous voit avec moi, vous serez impliqué. Je sais que vous ne vous en souciez guère. Mais vous devriez. Comment vous justifierez-vous devant le Gouverneur ?

Il n'était pas du tout convaincu. Lebbick ne l'inquiétait pas. Et elle ne pouvait lui demander de mentir, ni pour elle ni pour Maître Erémis. Elle avança un nouvel argument.

— Savez-vous comment il a traité Géraden la dernière fois que votre frère m'avait pourvue d'une protection ?

Artagel daigna enfin réfléchir.

— Vous marquez un point, ma dame. Géraden a vaguement essayé de m'expliquer pourquoi il ne faisait pas confiance aux gardes mais je n'avais pas compris que la hargne de Lebbick était derrière tout cela. A votre avis, s'agit-il des ordres du Roi ou de la façon dont le Gouverneur les interprète ?

Il haussa les épaules.

— Géraden a toujours eu l'esprit plus subtil que moi. Est-il vrai que les gardes ne vous demandent rien quand vous quittez votre chambre avec lui ?

Térisa frissonna. Elle n'avait donc pas rêvé. Les gardes traitaient bel et bien Géraden différemment de ses autres visiteurs. Elle hocha la tête.

— Cela n'a pas grand sens, commenta Artagel, l'humeur plutôt sombre. Mais nous comprendrons bientôt, sans doute. Outre sa maladresse, c'est là le principal défaut de Géraden, je veux dire l'impatience. Finalement, si vous n'y pensez pas trop, tout finit par prendre un sens.

Souriant de nouveau, il ajouta :

— En l'occurrence, vous avez raison. Je ne tiens pas à lui attirer davantage d'ennuis. Je vous abandonne ici. Je garderai un œil sur vous, précisa-t-il plus gravement. Je prends très au sérieux l'inquiétude de mon frère. D'ailleurs j'ai eu la preuve qu'il avait raison. Le Bras-Vif du Haut Roi entraîne mieux ses Aspirants qu'autrefois. Si vous avez besoin de moi, je ne serai jamais bien loin.

Avec un salut empreint de grâce et d'humour, il prit congé.

— Reposez-vous bien, ma dame.

Elle souriait en le regardant s'éloigner. Cependant, constater qu'elle était seule, qu'elle avait froid, raviva son alarme.

Les hommes en noir pouvaient apparaître n'importe où, n'importe quand.

Elle serait seule face au Gouverneur Lebbick.

Elle eut la tentation de s'asseoir sur une marche et de ne plus bouger mais elle se força à gravir l'escalier jusqu'à sa chambre.

Les gardes ne la virent pas venir sans étonnement, ni sans inquiétude.

— Allez-vous bien, ma dame ? Avez-vous besoin d'aide ? s'enquit l'un d'eux.

Elle évita de croiser leurs regards.

— Non, merci. Je vais bien, oui, répondit-elle fermement.

Elle entra chez elle sans trop de hâte, verrouilla la porte puis courut s'assurer que l'entrée du passage secret était toujours bloquée.

Ces précautions prises, elle ôta ses mocassins et se débarrassa avec dégoût de ses vêtements. Le sang séché sur sa peau lui était insupportable. Elle se baigna, s'aspergea longuement d'eau glacée, prémices au courage dont elle allait avoir besoin. Puis elle lava énergiquement ses habits et les mit à sécher devant le feu.

Elle avait bien l'intention d'être prête quand le Gouverneur Lebbick se montrerait.

Pourtant elle ne pouvait s'empêcher de trembler.

Il vint tôt le lendemain matin, ménageant un intervalle tout juste poli après qu'elle eut pris son petit déjeuner. Un lâche instinct lui avait soufflé de mettre la modeste robe gorge-de-pigeon pour paraître plus vulnérable, moins passible de traitements brutaux...

Lebbick arborait comme à l'ordinaire les symboles de sa fonction : le bandeau pourpre, enserrant ses courts cheveux gris, l'écharpe pourpre sur l'une de ses épaules. Mais il n'avait pas besoin de ces signes extérieurs pour emplir la pièce d'une aura d'autorité et de force.

— Ma dame, commença-t-il d'un ton aussi subtil qu'une barre de fer, je pense que vous avez bien dormi après vos aventures de la nuit dernière.

Elle était décidée à mentir mais le courage lui fit défaut face à la colère sous-jacente du Gouverneur.

— Quelles aventures ? hasarda-t-elle.

Elle se maudit de sa faiblesse, mais peut-être celle-ci jouerait-elle en sa faveur au bout du compte.

Pour l'heure, Lebbick n'avait nulle compassion pour la faible femme.

— Ne jouez pas les effarouchées avec moi, ma dame. J'ai beaucoup de défauts mais j'ai oublié d'être complètement stupide.

— Je ne joue pas les effarouchées, protesta-t-elle.

Effectivement, il ne s'agissait pas d'une comédie. Si elle s'écoutait, elle se ruerait dans la chambre pour s'y cacher sous le lit ! Ou alors elle dirait toute la vérité !

— Je suis sortie avec Maître Erémis, je suis revenue seule. Nous n'avons eu aucune aventure. Demandez-le-lui.

— Ma dame, reprit Lebbick avec une lassitude que démentait son regard violent, je n'ai pas goût aux circonlocutions ce matin. Quoi que vous ayez fait, ma nuit a été plus longue que la vôtre. Et mon lit était froid quand j'y suis retourné. Faites-moi la politesse d'être honnête.

Sa résolution vacillait. Certes, elle s'était fait maintes promesses... mais y était-elle tenue ? Son père ne lui avait pas appris à être forte.

— Je *suis* honnête, protesta-t-elle sans grande conviction, tremblant déjà à l'idée de sa réaction.

Elle ne tarda pas.

— Balivernes ! Vous n'avez pas dit un mot de vrai depuis votre arrivée. Par les étoiles, femme, vous me répondrez ! L'Armigite a déboulé en braillant des quartiers abandonnés près des fondations... où il n'avait nulle raison de se trouver, soit dit en passant... criant qu'on s'y battait. Évidemment, il n'avait aucune idée de l'identité des adversaires. Il a des fruits pourris à la place du cerveau. Néanmoins, il fallait vérifier ses dires, et je me suis rendu sur place. J'y ai trouvé deux hommes morts — les gardes du corps du Prince Kragen, étrange coïncidence — et assez de sang pour me croire sur un champ de bataille. Mais pas d'explication.

Térisa eut l'esprit paralysé. *Deux* hommes morts ? Ils auraient dû être six. Quatre hommes de Cadwal. Elle fut sur le point de crier : « Je suis désolée, ce n'est pas ma faute... *Où sont passés les quatre de Cadwal ?* »

Heureusement pour elle, Lebbick poursuivit :

— J'ai interrogé le Prince Kragen. Il s'est justement indigné que *quelqu'un* ait tués ses hommes. *Quelqu'un,* a-t-il affirmé, voulait déclencher la guerre par cette provocation évidente à l'égard d'Alend. De surcroît, les deux hommes étaient ses *amis.*

Il serra les poings. Il était clair que par ce *quelqu'un* le Prince Kragen voulait faire allusion au Roi Joyse.

— Ma dame, je sais comment obtenir la vérité d'hommes de son genre. Quelques vieux outils de torture ont été conservés. Malheureusement, il est ambassadeur, je ne puis le toucher. Vous, c'est différent...

Le cerveau de Térisa s'éclaircit. Non qu'elle eût moins peur, mais l'urgence l'obligeait à penser vite et bien. Il manquait quatre cadavres. Quelqu'un les avait fait disparaître. Vraisemblablement de la même façon qu'avait disparu son agresseur à l'arrivée du Perdon et après que ses quatre acolytes eurent été abattus. De ce fait, le Gouverneur Lebbick ignorait que des hommes de Cadwal étaient entrés dans Orison. Il n'avait pas le premier mot de la vérité. Maître Erémis était sauf. Artagel était sauf. Si ses nerfs ne craquaient pas...

Son ton était presque paisible quand elle demanda :

— Vous avez donc l'intention de me torturer ?

Il ne répondit pas directement et sa voix jaillit comme un jet de vitriol.

— Après ma discussion avec le Prince Kragen, imaginez ma surprise quand j'ai appris que vous étiez rentrée *seule* de votre souper avec Maître Erémis et le médiateur du Congrégat... seule et couverte de sang.

Il frappa du poing sur sa cuisse.

— Espérez-vous me faire croire que les deux gardes du Prince Kragen se sont entretués pour rivaliser de mérite à vos yeux ? Ou devrais-je admettre que vous passiez *par hasard* dans cette partie du château, que vous avez découvert *par hasard* deux corps au milieu de ce dédale de couloirs, et que *par hasard* vous avez glissé et chuté dans leur sang encore chaud ? Non, ma dame. Vous avez seule regagné vos appartements et n'avez rien dit à personne quand, en toute logique, vous auriez dû avertir le premier garde venu. Vous avez donc un secret, une chose à cacher. Et je le découvrirai.

Ses mots qui tombaient comme des couperets éveillèrent la colère au cœur de Térisa. Combien de sarcasmes était-elle censée endurer ?

— Vos gardes ont pu se tromper. L'ombre les aura abusés. Ou peut-être dormaient-ils à moitié. Je n'étais pas couverte de sang. Je ne suis pas allée là-bas. Je ne sais pas de quoi vous parlez.

La conclusion de sa tirade lui donna envie de pousser un cri de joie victorieuse.

Pourtant, ce fut comme si ses paroles n'étaient même pas parvenues à Lebbick. Baissant la voix jusqu'à n'en faire plus qu'un crissement âpre, il déclara :

— Je suis Gouverneur d'Orison et commandant des forces du Roi de Mordant. Vous êtes-vous demandé comment je suis parvenu à cette position ? C'est très simple. A mi-chemin de ses guerres pour la liberté de Mordant, le Roy Joyse me trouva prisonnier dans le camp d'une garnison d'Alend, près de la frontière du Fief de Termigan. J'étais à peine plus qu'un enfant alors mais je venais de me marier... depuis une dizaine de jours. Nos familles étaient des fermiers et des paysans du Termigan, et l'on se marie tôt là-bas. J'étais donc un époux de dix jours, sur lesquels j'en avais vécu six prisonnier derrière une palissade. Le commandant de la garnison était passé par ma ferme, avait remarqué ma femme. J'avais été assez fou pour résister, on m'avait emprisonné.

» Je ne fus pas maltraité. On ne me fit aucun mal, précisa-t-il, les dents serrées, la gorge nouée. Je fus simplement contraint d'assister aux traitements variés qui furent infligés à mon épouse, par le commandant aussi bien que par ses hommes.

» Le Roi Joyse surprit la garnison. Nous fûmes libérés. Quand le Roi vit le zèle avec lequel je me vengeai du commandant, il me donna un poste où je serais en mesure de déployer ce même zèle à bon escient. Et comme je montrais grand talent pour cette tâche, je montai rapidement en grade.

» Aujourd'hui, il a perdu la tête, poursuivit Lebbick d'une voix qui n'était plus qu'un murmure, et je me fais un devoir de préserver sa vie et son pouvoir pour le jour où il guérira et aura besoin de tout ce qu'il m'a confié. Ne me racontez plus de mensonges, ma dame. Si vous ne me dites pas la vérité de votre plein gré, je vous l'arracherai.

Térisa avait la gorge sèche.

— Le Roi vous a dit de me laisser tranquille.

— Ma dame, ma patience connaît des limites face aux ordres d'un fou. Mon Roi était en pleine possession de ses moyens lorsqu'il me nomma Gouverneur et commandant. Et j'ai l'intention de continuer à assumer mes responsabilités.

De façon étrange il l'émouvait et l'effrayait à la fois. Mais Térisa était au-delà de la peur ou de la sympathie. Elle devait se défendre.

— Je n'en doute pas, répliqua-t-elle en s'efforçant de faire preuve d'une colère égale à la sienne. Mais je crains que vous n'ayez hérité du sens moral de ce commandant de garnison. Je vous ai dit ce que j'avais fait. Avant de m'accuser de mentir, vous devriez vous assurer que je n'ai pas dit la vérité. Regardez mes vêtements, ils sont propres. Demandez à Maître

Erémis. *Demandez-lui !* Ou bien avez-vous décidé qu'il mentait lui aussi, sans prendre la peine de l'interroger ? Vous vous facilitez la tâche en harcelant la personne la plus faible que vous ayez trouvée. Donnez-vous donc un peu de peine, et les choses vous apparaîtront sous un angle différent.

Elle se tut, retint son souffle.

Un voile de douleur passa dans les yeux du Gouverneur.

— En voilà assez, ma dame, fit-il lentement. Quand vous aurez souffert comme ma femme a souffert, je vous permettrai ces allégations. D'ici-là, vous n'en avez nul droit. Vous êtes l'ennemie de Mordant et du Roi Joyse ; vous n'avez pas le *droit.*

Je sais, je ne voulais pas... faillit-elle balbutier piteusement. L'envie de céder, de tout dire la rendait folle. Curieusement, elle se contint.

— Non, je ne suis l'ennemie de personne, parvint-elle à articuler. Pas même la vôtre. Nous avons une chose en commun, je ne suis qu'un spectateur. Je n'ai rien à voir avec tout cela.

Les mâchoires de Lebbick se crispèrent, ses yeux s'assombrirent, et elle crut qu'il allait la frapper assez fort pour lui fendre le visage. Il n'en fit rien. Il était plus dangereux que cela. Il savait utiliser sa propre colère.

— A votre guise, ma dame. Je parlerai à Maître Erémis et je confronterai vos versions des faits. Je *persuaderai* ce veau d'Armigite de me conter chaque détail de sa petite fable. J'interrogerai chaque garde d'Orison qui a pu rencontrer les hommes du Prince Kragen... ou qui vous aura vue en compagnie de Maître Erémis. J'ai déjà étudié les lieux du massacre. Ces deux hommes n'ont pu perdre tout ce sang à eux seuls, et quatre personnes au moins ont marché dedans avant qu'il ne sèche. L'une des empreintes est de la taille d'un pied de femme.

Pour que sa menace soit encore plus claire, il leva la main vers la joue de Térisa comme pour la caresser, suspendit son geste en fermant vivement le poing.

— J'obtiendrai la vérité. Peu m'importe comment.

Tournant brutalement les talons, il quitta la pièce. La porte claqua derrière lui de toute la violence qu'il saurait mettre en œuvre contre la jeune femme. Si Maître Erémis ne savait le convaincre, elle serait à sa merci.

Elle avait cependant tenu la promesse qu'elle s'était faite. Elle avait détourné Lebbick de la vérité. Il y avait encore de l'espoir pour Mordant. Elle, la petite Térisa Morgan qui de sa vie n'avait pas une seconde eu confiance en elle, avait *agi.* Son cœur se gonfla de joie, elle eut envie de chanter, de courir ouvrir la fenêtre pour crier au-dehors, au monde qui grouillait au-dessous d'elle, à la cour boueuse, aux toits enneigés, aux cheminées fumantes, aux patrouilles de gardes : « Je l'ai fait ! J'ai menti au Gouverneur ! » Cette fantaisie la surprit si fort qu'elle éclata de rire.

Les coups frappés à la porte ne mirent pas fin à son hilarité.

— Entrez ! cria-t-elle gaiement.

C'était Maître Erémis.

Géraden était avec lui.

L'Aspirant arborait la mine la plus déroutée ; il ignorait ce qu'il faisait là. Térisa fut heureuse de le voir. Même si elle ne pouvait lui narrer son exploit, elle était libre de lui sourire et s'y livra avec un plaisir inaccoutumé.

Géraden lui rendit son sourire malgré un embarras évident.

Maître Erémis, quant à lui, arborait l'air le plus renfrogné du monde, comme pour cacher une joie secrète.

Refermant vivement la porte, il marcha droit vers la jeune femme. Son excitation était contagieuse, elle sentit tous ses nerfs vibrer à l'unisson, prêts à éclater.

— Le Gouverneur, murmura-t-il d'un ton pressant. Il était ici. Pourquoi ?

Elle eut l'impression qu'une main se refermait sur sa gorge.

Elle sut à l'instant ce qu'il cherchait à savoir : qu'avait-elle raconté à Lebbick de leurs activités nocturnes ? Elle se demanda comment lui répondre. Géraden l'observait, étonné et inquiet de sa confusion. Elle ne devait rien lui révéler, sinon il serait en danger.

Soudain, Erémis la saisit aux épaules et la secoua violemment.

— Dites-le-moi ! s'écria-t-il, furieux. Pourquoi Lebbick était-il ici ?

Il exerçait un tel pouvoir sur elle que, l'espace d'un ou deux battements de cœur, elle eut envie de lui dire : « Pourquoi m'avez-vous laissée hier soir ? Pourquoi ne m'avez-vous pas emmenée dans votre chambre ? » Mais là n'était pas ce qu'attendait l'Imageur. Et Géraden les écoutait. Il ne méritait pas qu'elle lui fasse mal. Elle soutint comme elle le put le regard étrange du Maître.

— Il ne sait rien, fit-elle.

— Rien ? Alors que faisait-il ici ?

L'étreinte de ses mains se relâcha.

La tension de Térisa s'accrut, jusqu'à frôler la peur. Une nouvelle incertitude s'ajouta à toutes celles qui la déchiraient. Et si Maître Erémis ignorait ce qui s'était passé à l'issue de la réunion ? Alors, elle devrait lui révéler que les hommes du Bras-Vif avaient le pouvoir d'apparaître et de disparaître d'Orison. Cela non plus, elle n'avait pas le droit de le dire devant Géraden.

Celui-ci continuait à la dévisager. S'il souffrait de comprendre qu'Erémis et elle partageaient des secrets dont il était exclu, ce sentiment était secondaire face à l'inquiétude réelle qu'il éprouvait pour la jeune femme.

— Les gardes lui ont dit que j'étais sortie avec vous, expliqua-t-elle avec une feinte nonchalance. Le fait que je sois revenue seule a éveillé sa curiosité.

Le Maître l'observa, cherchant à déceler la vérité derrière ses paroles. Puis il la lâcha, se détourna et se prit à rire comme s'il ne s'était jamais tant amusé de sa vie.

— Sa curiosité ? aboya-t-il. Ce vieux débauché ! Je parierais cher qu'il était plus que « curieux » mais attiré par l'odeur de luxure, oui !

Son hilarité mit les jeunes gens mal à l'aise. Térisa avait honte d'elle-même. Heureusement, l'Imageur revint à des préoccupations plus sérieuses.

— Bien, les étoiles nous ont souri, reprit-il avec hâte. Je suis certain que le Fayle a parlé avec le Roi Joyse, ce qui signifie donc que le Roi n'a rien dit à Lebbick. Soit notre illustre souverain a perdu jusqu'à la compréhension, soit il ne l'a pas cru, soit encore il s'avère incapable de prendre une décision. Profitons du temps qu'il nous laisse pour agir.

Il se rua vers la porte.

— Les Maîtres se rassemblent, lança-t-il par-dessus son épaule. Venez.

Elle ne réagit pas. Tout allait trop vite. Elle éprouvait encore une honte obscure et n'avait pas dit à Erémis tout ce qu'il avait besoin de savoir.

D'ailleurs, pourquoi le Congrégat se réunissait-il avec une telle urgence ? L'Imageur ne l'avait-il pas arrêté dans la translation du champion la nuit précédente ? Que s'était-il passé depuis ?

Mais le Maître n'était pas disposé à attendre.

— Amenez-la, cria-t-il à Géraden depuis la porte.

Et il disparut. L'Aspirant posa un regard perdu sur la jeune femme, et murmura, pressant lui aussi :

— Térisa, que se passe-t-il ?

— Je ne peux pas vous le dire. Pourtant je voudrais, c'est trop lourd à porter. Et je ne sais pas pourquoi il a ri de cette façon, ajouta-t-elle pour le rassurer. Je n'ai pas passé la nuit avec lui.

Il détourna les yeux. Elle le crut encore peiné puis comprit qu'il ne cachait que son soulagement. Quand il revint à elle, son visage était clair et détendu.

— Nous devons y aller, risqua-t-il en réprimant un sourire. Il m'a dit de vous « amener »... je ne resterai pas longtemps Aspirant si je commence à désobéir à des ordres aussi simples.

— D'accord, fit-elle, allégée d'un poids. J'ignore ce que prépare le Congrégat mais nous n'aurions aucun intérêt à nous attirer des ennuis.

Heureuse de son sourire béat, elle prit le bras qu'il lui offrait et tous deux partirent sur les traces d'Erémis.

Dans le couloir, Térisa regretta de n'avoir pas mis ses mocassins, autrement plus chauds et confortables que les délicats souliers que lui avait conseillés Saddith. Cependant elle ne jugea pas indispensable de retourner les chercher.

En quittant la tour, ils retrouvèrent Maître Erémis dans le couloir principal en train de parler avec quelqu'un. D'abord, sa stature cacha l'interlocuteur à Térisa puis elle le reconnut.

— Voici Artagel, murmura Géraden. L'un de mes frères. Je l'ai prié de garder un œil sur vous... une protection supplémentaire. Je vous le présenterais si nous n'étions pas si pressés.

Ses mots troublèrent Térisa. Ainsi Artagel ne lui avait rien dit de la nuit passée. Sans doute alors n'en avait-il parlé à âme qui vive. Il s'avérait de plus en plus certain que Maître Erémis n'avait pas entendu parler de l'attaque nocturne contre elle.

Artagel était nonchalamment appuyé à un mur, souriant, sa large épée pendant à sa hanche. Il semblait se moquer poliment de ce que venait de lui dire l'Imageur.

— Artagel, Artagel, se lamentait sourdement ce dernier. Je croyais que nous étions amis.

— Moi aussi, fit Artagel dont le sourire devenait une insulte. Mais Géraden m'assure que vous n'êtes pas son ami... en conséquence de quoi, je ne suis pas le vôtre.

Le Maître tourna un regard indéchiffrable vers l'Aspirant puis revint à son frère.

— Le laissez-vous toujours choisir pour vous vos amis ?

— Toujours ! s'exclama le guerrier avec un rire clair. Il est mon frère.

Le Maître se tut un moment, ne bougea pas. Il tournait le dos à Térisa et celle-ci ne voyait qu'Artagel, remarquant que son air d'assurance espiègle le faisait ressembler à Géraden. Erémis s'éloigna brusquement.

— Géraden se trompe, conclut-il en partant. Je suis plus son ami qu'il ne le croit.

Artagel haussa les épaules et s'adressa aux deux jeunes gens sans les regarder.

— Il voulait m'engager. Il pense avoir besoin d'une protection. A Orison, qui plus est. Je me demande bien ce qu'il craint.

— Ses amis, probablement, suggéra Géraden.

Le sourire s'élargit sur les lèvres d'Artagel.

— A propos d'amis, savais-tu que Nyle était ici ?

— Non, s'exclama Géraden, surpris.

— Je l'ai rencontré par hasard. Il n'a pas paru très heureux de me voir, mais j'ai réussi à lui faire avouer qu'il était là depuis huit ou dix jours. Je n'ai pas la moindre idée de ce qui a pu le pousser à faire le voyage en cette saison. Il prétend avoir eu besoin de s'éloigner de Houseldon un moment.

— Voilà qui ressemble à tes expéditions. Il se cache, réfléchit Géraden à voix haute. Sinon, je l'aurais rencontré. Crois-tu qu'il ait des ennuis ?

— J'y ai pensé, répondit Artagel en quittant son appui au mur. Vous devriez filer. Maître Erémis ne m'a guère l'air patient aujourd'hui. Ma dame.

Il s'inclina devant Térisa et traversa le couloir dans la direction opposée au laborium.

— Il a raison, acquiesça Géraden. Dépêchons.

Térisa le suivit aussi vite que le lui permettait son encombrante robe ; son cerveau était en pleine tourmente.

— Nyle n'est-il pas un autre de vos frères ? s'enquit-elle au bout de quelques instants. Pourquoi viendrait-il ici sans chercher à vous rencontrer ?

Il haussa les épaules et détourna les yeux, comme si la question lui était douloureuse. Elle s'empressa d'en poser une autre.

— Qu'est-ce que les « expéditions » d'Artagel ?

Ce sujet eut l'heur de ne pas provoquer de réaction imprévisible.

— Je ne vous ai pas raconté ? Artagel affirme qu'il est trop paresseux pour être soldat dans l'armée régulière. La vérité est qu'il déteste recevoir des ordres. Aussi accomplit-il des sortes de services temporaires pour le Gouverneur Lebbick. Quand il en est d'humeur, il se porte volontaire pour quelque mission. Le Gouverneur l'envoie aux quatre coins de Mordant — probablement en Alend et Cadwal aussi, mais personne ne le dit à voix haute. Il est revenu voilà quelques jours après avoir arrêté un contrebandier qui vendait nos récoltes aux intendants de l'armée du Haut Roi.

» Dès que je l'ai su ici, je n'ai pu m'empêcher de lui demander de l'aide. Vous ai-je dit qu'il est la plus fine lame de tout Mordant ?

Térisa lui jeta un regard de sympathie, et de sollicitude, qu'il ne remarqua heureusement pas. Son frère était peut-être le meilleur bretteur du royaume mais l'homme en noir était plus fort que lui. L'idée qu'Artagel pouvait être vaincu par quelqu'un capable de disparaître et d'apparaître à volonté dans Orison lui fit froid dans le dos. Après avoir traversé la salle de bal abandonnée, ils parvinrent bientôt aux abords du laborium. Ils descendirent l'escalier qui menait vers les profondeurs des anciens cachots. Quand ils le rejoignirent, Erémis et un autre Maître pénétraient dans la salle de l'assemblée. Les gardes en faction n'avaient pas l'air de se soucier de la légalité douteuse du sujet de cette réunion impromptue.

Les jeunes gens pénétrèrent à leur tour dans la salle austère. Deux ou trois autres Imageurs arrivèrent puis la porte fut fermée, verrouillée. Les Maîtres prirent place sur les bancs. Térisa était maintenant capable d'en reconnaître une bonne partie. Tous les visages connus étaient présents. Mais Quillon n'était pas là... Si. Là-bas, ramassé sur son banc, à moitié incliné vers le sol, il avait l'air de dormir.

Il était le seul à ne pas regarder Géraden, Térisa et Maître Erémis. Tous les autres les dévisageaient avec désarroi, curiosité ou indignation.

Les lampes à huile et les torches jetaient leur lueur dorée et mouvante sur les faces des Imageurs et leur faisaient les yeux brillants, les joues creuses, spectrales.

L'attention de Térisa fut attirée au centre du carré délimité par les bancs. Elle reconnut là, sur l'estrade de pierre, le haut miroir du champion.

L'Image avait changé : le vaisseau spatial n'y était plus. Mais Géraden n'avait-il pas expliqué que les miroirs cernaient les lieux, non les êtres ? Le vaisseau était-il parti ou se trouvait-il hors du champ de vision ? Le paysage désolé, lui, ne s'était pas modifié. Le soleil mourant jetait ses éclats sanglants sur le désert de roches et de glace.

Les silhouettes de métal étaient rassemblées au centre de l'Image... et luttaient pour leur vie.

Des jets de flammes noires les assaillaient, venus de toutes parts. Trois ou quatre corps calcinés, aux formes de chair et de métal disloquées, fumaient encore au sol. Les survivants s'abritaient comme ils le pouvaient derrière les rochers et répliquaient aux flammes noires par le feu nourri de leurs armes.

Le champion était reconnaissable parmi eux. Ses gestes commandaient le tir de ses compagnons ; son large et puissant fusil lorsqu'il donnait de la voix refaçonnait le paysage alentour, lui infligeant de larges déchirures.

Une atmosphère de désespoir pesait sur lui et ses hommes et, pour la première fois, Térisa pensa que lui aussi pouvait être vaincu.

Ce spectacle provoqua chez Maître Erémis des sentiments différents.

— Excellent ! s'exclama-t-il en se frottant vigoureusement les mains. Qu'il ait une existence autonome ou qu'il soit la création du verre, il ne se plaindra pas de notre translation.

— Maître Erémis, vous vous avancez, protesta le médiateur.

Planté solidement à côté du miroir, les poings sur les hanches, il avait le visage convulsé de fureur ; la crainte qu'il avait nourrie à l'égard de la proposition de Maître Gilbur s'était apparemment muée en colère.

— Votre arrogance est offensante. Vous nous convoquez de toute urgence, faites venir le miroir du champion, et, une fois de plus, amenez Géraden sans notre permission... comme si tout était déjà décidé.

Or, rien n'est décidé. Vous deviez nous représenter à la réunion des Seigneurs des Fiefs ; vous ne nous dites pas quelle en a été l'issue, non plus ce qui s'y est dit... quelle position ont adoptée les Seigneurs. Nous ne déciderons rien tant que nous n'aurons pas entendu un rapport complet, de votre bouche et de celle de Maître Gilbur.

» Aussi, dame Térisa n'a pas sa place ici. Rabaissez un peu vos présomptions en les renvoyant, elle et l'Aspirant.

— Qui parle de présomption ? grogna la voix gutturale de Gilbur. Il s'agit de survie, non de présomption. Nous devons agir ou mourir. Cessez un peu de vous dérober à la réalité, Barsonage. Qu'importe la femme. Mais regardez Géraden !

Sa large main désigna l'Aspirant.

— Géraden au-pied-fol ! Géraden le désastreux ! Mais il n'a jamais été stupide. *Regardez-le.*

Géraden paraissait inconscient de toutes les attentions dirigées vers lui. Il rongeait sa lèvre inférieure et était absorbé dans les plus sombres réflexions.

— Où voulez-vous qu'il soit si ce n'est ici ? Vous venez déjà de lui livrer toutes les informations dont il avait besoin. Dans un instant, il aura compris l'importance de ce que nous préparons... et courra chez le Roi pour l'avertir. Ici, au moins, il ne nous nuit pas.

Comme pour renforcer la vérité des dires de Gilbur, Géraden fit brutalement face à Térisa. A cet instant, nul autre qu'elle n'existait dans la salle.

— Voilà donc ce que vous deviez me taire ? murmura-t-il. Ils ont décidé d'appeler le champion. Et Maître Erémis a rencontré les Seigneurs des Fiefs.

Mais ils attendaient l'issue de cette réunion. Maître Erémis devait proposer un genre d'alliance... Le Congrégat et les Seigneurs contre le Roi Joyse, n'est-ce pas ?

Elle ne pouvait l'aider. Le danger se resserrait autour de lui et elle était impuissante à l'écarter.

— Je dois le prévenir.

Si vite qu'elle n'eut pas le temps de le retenir, Géraden se précipita vers la porte la plus proche.

Mais Maître Gilbur, avec une vélocité étonnante, se rua à ses trousses. Il le frappa si violemment par-derrière que l'Aspirant alla heurter un pilier, tournoya sur lui-même et s'effondra au sol.

L'Imageur le saisit au col et le remit sur pied sans ménagement.

— Non, jeune chiot ! Tu en sais déjà trop. A présent, tu vas tout savoir.

Un filet de sang coulait le long de la tempe de Géraden ; le choc avait laissé une trace rouge sur la colonne de pierre. Il lutta désespérément mais la poigne de Gilbur était puissante. Il finit par s'immobiliser, soumis.

Térisa était en rage contre Gilbur, même si elle estimait que Géraden avait tort.

— Je regrette, fit-elle à l'intention du jeune homme.

— Ce n'est pas votre faute, répliqua-t-il sourdement. Quelqu'un vous a dit que je serais tué si j'apprenais ce qui se tramait. Qui qu'il soit, il est le seul coupable.

Térisa jeta un œil rapide autour d'elle. Maître Quillon n'avait pas levé la tête. Mais Erémis manifesta une sincère surprise.

— On ne lui a pas menti, Géraden, fit-il en reprenant très vite son masque intelligent et soucieux. Vous ne me croirez pas... mais je vous ai amené ici pour vous sauver la vie. Puisque vous ne pouvez plus sortir, vous vivrez.

Il s'adressa aussitôt à l'ensemble des Imageurs.

— Maîtres, si vous daignez tous vous asseoir et me prêter l'oreille, je vous dirai ce qui s'est passé au cours de la réunion avec les Seigneurs des Fiefs... et pourquoi nous devons, sans plus tarder, translater notre champion.

Ses manières autoritaires firent comprendre à tous la gravité et l'urgence de ses paroles.

— Très bien, Maître Erémis, maugréa Barsonage, les dents serrées. En cela, je suis d'accord avec vous. Mais j'attends plus amples explications.

Le visage crispé, il abandonna l'estrade à Erémis.

Les autres Maîtres l'imitèrent. Térisa s'empressa de rejoindre Géraden. D'une poigne sauvage, Gilbur les assit tous deux sur un banc.

— Maîtres, commença Erémis, la situation est assez simple.

Sa voix pourtant douce allait chercher des échos jusque dans les recoins les plus éloignés de la salle.

— Notre réunion avec les Seigneurs des Fiefs s'est conclue sans résultat car les Seigneurs ne nous accordent pas leur confiance. Ils croient que nous servons le Roi Joyse et n'aspirons qu'à les faire tomber dans un piège. Ou alors ils redoutent que nous n'œuvrions que pour nous-mêmes et les utilisions pour nos buts personnels.

— Et l'on accuse Maître Erémis d'arrogance !

s'exclama l'un des plus jeunes Imageurs. Les Seigneurs ne sont-ils pas de la dernière arrogance ?

Aussi doucement qu'elle le put, Térisa glissa quelques mots à l'oreille de Géraden :

— Ne vous inquiétez pas. Le Roi sait déjà.

Il la regarda, la bouche grande ouverte.

— Bien sûr, poursuivait Erémis avec sarcasme, la discussion en elle-même n'eut rien de simple. Je dois avant tout vous avertir que je m'y montrai plus « présomptueux » que vous ne le croyez. En constatant l'échec de sa mission d'ambassadeur, je me permis d'inviter le Prince Kragen à cette réunion.

A cette nouvelle, plusieurs des Maîtres tressaillirent. Le médiateur eut pour Erémis un regard furieux mais ne l'interrompit pas. Celui-ci avait à présent toute l'attention de l'assemblée.

— Non que j'accorde a priori ma confiance à un envoyé du Monarque d'Alend, mais il affirme désirer la paix. Et je suis certain qu'il désire nous préserver de Cadwal. Aussi ai-je considéré que sa présence ne nuirait en rien et, à l'inverse, pouvait nous permettre de forger une alliance encore plus solide que celle du Congrégat et des Fiefs.

— Le Fayle lui a dit, souffla Térisa à son compagnon. Non pas au sujet de la réunion, mais du champion.

— Alors pourquoi... ?

Il avait oublié de baisser la voix et les Maîtres lui jetèrent un regard noir ; la poigne de Gilbur, tirant sur son col, l'étrangla un peu plus.

— Pourquoi ne fait-il rien ?

— Vous vous surpassez, Maître Erémis, intervint

Barsonage visiblement calmé. Vous êtes présomptueux, certes, mais non dénué d'intelligence.

— Voilà où le bât blessait, soupira Erémis. Ils étaient en effet mal disposés mais non à cause de la présence du Prince Kragen. En vérité, je crois qu'ils lui auraient prêté attention si je n'avais pas été là. Leur haine d'Alend est moins vive que leur méfiance envers les Imageurs.

Plusieurs Maîtres exprimèrent leur surprise. D'autres ruminaient leur colère. Erémis leva la main pour réclamer le silence.

— Je ne veux pas être injuste. Le Prince lui-même était très intéressé par notre proposition. Le Perdon l'était aussi, encore plus vivement. Mais les autres... L'Armigite ne sait même pas qu'il a un cerveau et le Tor était trop plein de vin pour se servir du sien.

— Comprenez-vous ? chuchota Térisa pour Géraden seul. Voilà pourquoi Maître Erémis n'a pas le choix.

Le regard du jeune homme était voilé par la peine. Apparemment plus il comprenait, plus il souffrait.

— Je crois que le Termigan aurait pu se laisser convaincre en d'autres circonstances, continuait Erémis. Avec le Perdon, cela aurait pu constituer une base sur laquelle construire. Mais tout fut gâché par les préjugés violents du Fayle à l'encontre de l'Imagerie.

— Le Fayle ? releva Maître Barsonage. Il a la réputation d'être un homme raisonnable.

Maître Quillon avait à présent dressé la tête et ses petits yeux brillaient d'un vif intérêt.

— Oh, il est *raisonnable,* commenta Gilbur, si l'on peut qualifier de raisonnable l'attitude qui consiste à rejeter toutes nos propositions pour l'unique raison que nous appellerions notre champion sans l'approbation du Roi Joyse.

— Êtes-vous sérieux ? s'insurgea un autre Maître. Pourquoi pensait-il que vous vous réunissiez en secret ? Pourquoi a-t-il accepté votre invitation si l'aval du Roi lui est si précieux ?

— Pour nous espionner, accusa Gilbur. Je ne vois pas d'autre raison.

— Est-ce vrai ? s'enquit le médiateur, troublé.

— Oui, assura Erémis. Il a avoué son intention d'aviser le Roi Joyse... de façon à prévenir tout exercice soi-disant illicite de notre jugement ou de notre volonté...

Oubliant un instant Géraden, Térisa s'inquiéta. Cela ne s'était pas vraiment passé ainsi ? Mais si ! Plus elle s'efforçait de se souvenir, plus elle épousait les vues de Maître Erémis et de Maître Gilbur. Seule sa réaction personnelle face à la dignité du Fayle l'avait induite en erreur.

— Alors pourquoi, demanda Maître Quillon, le Roi ne fait-il rien pour prévenir notre acte ?

Soudain furieux, Erémis se tourna vers l'homme à tête de lapin.

— Me demandez-vous de vous expliquer *ses* décisions ? Si j'en avais le talent, je serais aussi capable de sauver Mordant tout seul !

— Inutile de chercher à comprendre, intervint un Imageur qui n'avait pas encore pris la parole. Il nous faut agir... avant que Lebbick et ses hommes n'arrivent.

Le front de Géraden s'assombrissait de plus en plus.

— Très bien, conclut Maître Barsonage en se levant lourdement, comme si une défaite pesait sur ses épaules. J'ai tout admis. J'admets aussi l'urgence. Soyez clair, Maître Erémis. Que proposez-vous ?

L'Imageur se tourna vivement vers le médiateur, les yeux étincelants, vibrant d'une tension que Térisa ne sut interpréter.

— Je propose de translater immédiatement notre champion.

Barsonage hocha la tête, garda un moment le silence.

— Pourquoi ? demanda-t-il enfin.

— Pour prouver notre bonne foi, rétorqua Erémis comme s'il avait depuis longtemps préparé sa réponse. On ne nous fait pas confiance sous le prétexte que nous ne nous préoccupons que de nous, que nous n'agissons que dans notre propre intérêt. Ou que, instrument dans les mains du Roi, nous avons égaré notre esprit en même temps qu'il a perdu le sien.

Il leva la voix et celle-ci résonna comme un son de clairon avant la bataille.

— Nous n'avons d'autre moyen de convaincre que d'agir seuls et de façon désintéressée pour la défense de Mordant. Ce ne sera qu'en nous opposant nous-mêmes au mal que nous prouverons que nous sommes dignes de confiance, dignes de devenir des alliés.

Voilà qui aurait suffi à lui donner tous les suffrages. Térisa était convaincue, conquise par sa passion. Mais Maître Gilbur renchérit :

— De surcroît, nous devons considérer l'hypothèse que le Prince Kragen et les Seigneurs se soient rendus à la réunion dans un dessein différent de celui que nous leur prêtions. Nous sommes les créatures de Joyse. Ils nous considèrent comme un instrument et se sont attachés à manœuvrer chacun pour nous *posséder*. Ils nous prennent pour des objets et non pour des hommes ! cria-t-il en tendant les poings vers le ciel.

» Nous n'avons ni épées ni soldats, poursuivit-il d'une voix sourde et terrifiante. Nous ne pourrons jamais nous protéger d'eux *à moins de leur montrer notre puissance.*

Dans le silence qui suivit ses paroles, chacun put entendre les coups frappés à la porte. Cela ressemblait au pommeau d'une épée ou au bout d'une lance s'abattant sur le bois. Chacun put entendre :

— Au nom du Roi, ouvrez !

Une fraction de seconde, Térisa se demanda pourquoi le Roi avait changé d'avis et décidé d'agir.

Géraden s'était dressé. *Le Gouverneur !*

— Gouverneur Lebbick ! hurla-t-il. Brisez la porte ! Arrêtez-les !

Il essaya de se lever. La main de Gilbur le retint par le col et son poing s'abattit sur son crâne. Son corps s'affaissa, ses yeux se voilèrent.

Térisa était pétrifiée. Tout arrivait en même temps. Le Roi Joyse avait pris une décision. Le plan de Maître Erémis risquait d'échouer. *Géraden était blessé.*

La plupart des Imageurs s'étaient levés et s'apostrophaient rudement. Maître Barsonage s'était rassis. Toute force ou volonté l'avait déserté ; il avait l'air hagard.

— Que ce soit fait, murmura-t-il. Ou alors nous cesserons d'exister.

— Gilbur ! hurla Erémis et un sourire de triomphe dévoila ses dents. Allez-y !

Maître Gilbur lâcha aussitôt Géraden et se précipita vers l'estrade et vers son miroir.

Certains Imageurs applaudirent, d'autres ne dissimulèrent pas leur inquiétude, tous s'écartèrent de son chemin, et qui près des murs, qui derrière les piliers, se tinrent le plus loin possible du miroir et de la porte à laquelle cognait toujours Lebbick.

Maître Erémis céda la place à Gilbur et alla prendre la sienne sur les bancs, saisissant Géraden et Térisa de ses mains fermes, de façon qu'ils ne puissent s'échapper.

Ils se trouvaient face au miroir. Géraden ne suivait plus ce qui se passait — ne pouvait même pas redresser la tête. Mais Térisa avait une vue parfaite de l'Image.

De sa formidable main, Gilbur toucha le cadre du miroir jusqu'à ajuster l'angle de vision sur le champion. Un autre mouvement et l'homme de métal emplit tout le cadre.

A la porte, les coups étaient devenus réguliers, lourds. Térisa entendait le bois gémir et craquer mais les traverses de fer qui le liaient étaient solides et refusaient de céder aisément.

— Maître Barsonage ! cria le Gouverneur entre deux coups. Imageurs ! Par les étoiles, j'ouvrirai cette porte !

Maître Gilbur regarda Erémis.

— *Translatez-le !* lui cria celui-ci.

Il ne tenait plus ses prisonniers. Géraden remua, secoua la tête. Gilbur posa ses deux mains puissantes sur le cadre, comme s'il s'apprêtait à arracher de force le champion de son monde par-delà le verre. Sa voix gutturale prononça des paroles que Térisa ne comprit pas.

— Il faut l'arrêter, murmura Géraden.

Il était d'une faiblesse extrême. Il bascula par-dessus un banc, parvint à se mettre debout et avança vers Gilbur en trébuchant.

Térisa s'étonna qu'Erémis ne l'arrête pas, constata qu'il ne la tenait plus...

Sans réfléchir, elle enjamba le banc devant elle et suivit Géraden.

Il était trop tard. S'il n'avait pas été étourdi par le coup de Gilbur, il aurait compris qu'il n'avait pas le temps d'atteindre le miroir.

Devant lui, le verre s'obscurcit et le champion en jaillit.

Son armure le rendait immense. Sa tête n'avait pas de visage, ne présentait qu'une surface réfléchissante dans une espèce de heaume. Sa combinaison métallique était noircie et déchirée en deux endroits où s'ouvraient des blessures, d'où s'échappait encore une âcre odeur de fumée. Il se mouvait avec difficulté.

Mais son redoutable fusil était prêt. Comme il reprenait son équilibre sur l'estrade, il braqua le canon sur la poitrine de Géraden.

Térisa jeta les bras autour du jeune homme. Il était si faible, étourdi encore, qu'il chuta en avant, entraîné par l'élan de sa compagne.

Le premier coup passa au-dessus d'eux. Les Maîtres crièrent. L'un d'eux, du moins, cria.

Alors qu'elle tentait de se relever, Térisa vit le

doigt de métal se crisper sur la détente. Elle était face au canon.

Mais le champion releva soudain son arme formidable et le coup partit droit vers le plafond.

Un éboulement de pierres déferla sur la salle.

L'homme de métal lâcha d'une main son arme, saisit Térisa à la nuque et la contraignit à se coucher sur le corps de Géraden.

— Restez là.

Sa voix semblait sortir d'un mégaphone et s'avérait cependant peu audible dans le tonnerre de pierres brisées qui s'abattaient autour d'eux.

— Je ne m'attaque pas aux femmes.

La seconde d'après, il faisait feu de nouveau.

Le plafond entier s'effondra.

14

Hors les décombres

Le Gouverneur Lebbick avait conscience qu'il était en train de se fissurer à l'intérieur de lui-même. Certes, tout à Orison allait de mal en pis ces temps-ci, mais le sens de sa vie s'effritait lui aussi.

Les spéculations hasardeuses du Congrégat le contraignaient à faire face à toutes sortes de crises à la fois. Mais il ne s'agissait encore que de symptômes au devant desquels il s'avançait avec un sourire rapace. Seule son épouse — et peut-être le Roi Joyse — l'avait suffisamment connu pour savoir combien ce sourire était mauvais signe. Aux autres, il apparaissait sans doute comme un homme dans son élément, avide des conflits, des désastres qui fournissaient une soupape, une justification à sa rage. Seule sa femme et ses plus vieux amis auraient pu deviner la férocité particulière de son présent sourire.

Mais son épouse était morte, misérablement, emportée par une longue et douloureuse maladie qui l'avait minée, tailladée sans répit, lui déchirant les poumons. Près d'un an avait passé depuis sa disparition et Lebbick souffrait à la folie de son absence.

Comme il souffrait d'être laissé à la dérive par son Roi.

Joyse avait refusé d'entendre le Fayle. D'une façon ou d'une autre, il empêchait tout acte vital, anéantissait tout espoir.

Le Gouverneur serra les dents, durcit son sourire et s'efforça de ne plus y penser. Le Roi Joyse était sa raison de vivre. Les passions sur lesquelles reposaient les fondements de Mordant, les idéaux qui avaient présidé à la création du Congrégat, voilà de quoi était fait le sang dans ses veines, l'air qu'il respirait. Il était le bras du Roi. Le Roi l'avait sauvé...

Pour aujourd'hui *refuser d'entendre le Fayle.* Le Roi allait-il tout laisser mourir ainsi, Mordant, sa passion, ses grands desseins ? Alors que Lebbick recueillait tout cela dans ses bras, refusait de le laisser partir, de laisser cette vie s'échapper à jamais.

Non, il ne fallait plus y penser. Il avait bien d'autres chats à fouetter.

Cette femme.

Il la maudissait. Elle était au cœur de tout ce qui menaçait Mordant, quand bien même il ne savait découvrir les trames de sa méchante œuvre. Elle était la cause de tout ce qui arrivait à Orison et à Mordant.

Et elle lui nouait la gorge d'un désir douloureux qu'il n'avait plus ressenti depuis les temps où sa femme était dans l'éclat de sa beauté.

Cette pensée-là, aussi, il fallait la chasser. Il ferait son travail, s'y cramponnerait jusqu'à découvrir les arcanes du mal.

Pour commencer, il devait faire face à la dernière catastrophe provoquée par ces Imageurs écervelés.

Sa tâche avait l'avantage d'être à la fois dramatique

et subtile. Tous ces événements finiraient par révéler le lien qui les unissait.

En premier, dans le temps sinon en gravité, il y avait le problème des deux cadavres, les hommes du Prince Kragen.

Ils avaient bien été tués pour quelque raison. Et tout ce sang n'avait pas coulé de leurs seuls corps, qui d'ailleurs n'était pas répandu à la place où il les avait découverts gisants.

Et cette femme était revenue dans ses appartements souillée de sang.

Une bande de soldats renégats — ou pire — se trouvait dans Orison. Ils étaient habiles et assez nombreux pour tuer deux gardes du corps bien entraînés et escamoter seuls leurs morts ou leurs blessés. Ils avaient des amis pour les cacher. Cette femme avait partie liée avec eux. Et leur but était de déclencher une guerre entre Mordant et Alend. Ou pire.

Cela attisait d'autres questions. Qu'était-il advenu de l'homme en noir qui avait tenté de la tuer la nuit de son arrivée ? Il s'était aisément échappé. Pourquoi n'avait-il pas fait une autre tentative ?

Qu'allait-il se produire ensuite ? Un attentat contre le Roi ?

Et le Roi Joyse *avait refusé d'entendre le Fayle.* Le vieux Seigneur avait essayé de l'avertir des intentions du Congrégat. Sans recours devant l'obstination du Roi à ne pas lui prêter l'oreille, il n'avait pu qu'en référer directement au Gouverneur.

Ce qui soulevait la question de savoir comment le Fayle avait eu vent des projets des Imageurs. Il avait tout bonnement refusé de répondre quand Lebbick le lui avait demandé.

Par contre, Lebbick savait qui était responsable de la stupide défiance du Congrégat à l'égard de l'interdiction de Joyse de translater les êtres contre leur volonté — il savait du moins qui blâmer. Il avait contraint le Fayle à lâcher un ou deux noms. Mais ceux-là attendraient. Le résultat de la translation posait un problème plus immédiat.

Apparemment, pour se défendre d'Alend et de Cadwal, les Imageurs avaient choisi une sorte d'homme de guerre découvert dans l'un de leurs miroirs — un soldat puissant, fortement armé, sauvage. A quoi s'étaient-ils attendus au juste en arrachant pareil guerrier à son monde ? A une courbette docile ? A une humble offre de service ? Ils avaient de la chance qu'il se soit contenté de pulvériser le plafond de leur salle de réunion, au lieu de les massacrer un à un comme ils le méritaient.

A en juger par la façon dont il s'était frayé une route pour s'échapper du laborium, en se ménageant une trouée dans l'épaisse muraille nord-ouest d'Orison, il était assez puissant pour semer la mort parmi des populations entières. A dire vrai, Lebbick avait d'abord craint que le formidable soldat, avant de poursuivre son chemin, ne se retourne pour tenter de raser le château. Si cela avait été le cas, le Gouverneur n'aurait eu d'autre choix que de réquisitionner les Imageurs pour la défense. Pris par surprise, ni ses hommes ni ses armes n'étaient en place pour soutenir un siège.

Le champion s'était heureusement éloigné d'Orison sans s'arrêter, trébuchant et zigzaguant dans la neige, tel un animal affolé par la chasse. A le regarder, Lebbick avait d'ailleurs pensé qu'il devait être blessé.

Restaient deux problèmes majeurs, dont aucun n'était la brèche béante dans le mur nord-ouest. Bien sûr elle était énorme et il serait urgent de la combler. Mais auparavant, il fallait se lancer à la poursuite du champion, savoir où il allait pour contrôler ses actes et l'arrêter. Il avait pris la direction de la région la plus peuplée du Demesne qui le mènerait à Batten et au cœur du Fief d'Armigite.

Pour l'heure, Maître Quillon s'était attaché aux pas du Gouverneur et le harcelait de sa frémissante face de lapin, hurlant que la femme et Géraden gisaient sous l'éboulement de pierres.

Lebbick serra les dents.

— Vous les croyez encore vivants ?

— Qu'en sais-je ! Mais en tout cas ils ne le resteront pas longtemps si vous ne les sortez pas de là !

Le Gouverneur réfléchit. Il manquait d'hommes pour, à la fois, poursuivre le champion et déblayer efficacement les décombres. Il faudrait du temps pour faire venir des renforts des camps situés dans les collines entourant Orison.

L'un de ces retranchements militaires se trouvait néanmoins assez proche de la piste apparente du guerrier.

Le Gouverneur Lebbick n'hésita plus. Il envoya quérir tous les gardes présents dans Orison, pour qu'ils se rassemblent dans la salle du Congrégat dévastée. Un autre soldat partit en courant vers la cour pour y sauter à cheval, dépêché auprès des détachements cantonnés autour d'Orison et porteur d'instructions précises. Puis Lebbick se tourna vers Maître Quillon.

— Ce ne sera pas rapide. Nous ne déblaierons pas le tout en quelques heures. Il faudra évacuer les décombres vers le haut, fit-il en regardant les positions relatives de la brèche immense dans le mur et des tonnes de pierres effondrées. Si cette femme et Géraden ne sont pas encore morts, ils suffoqueront bientôt. A moins que vous et le reste du Congrégat puissiez vous rendre utiles, pour une fois, ajouta-t-il presque sans malice.

Souriant sans s'en rendre compte, il s'éloigna.

Quillon alla trouver Maître Barsonage.

Le médiateur s'était réfugié près de l'une des portes en dehors de la salle. Ces portes-là avaient sauvé les Imageurs qui s'étaient instinctivement rapprochés d'elles au moment de la translation, ne sachant trop qu'attendre du champion. Deux d'entre eux seulement avaient trouvé la mort ; l'un abattu par le premier tir du guerrier ; l'autre écrasé sous un bloc de pierre. Tous les autres étaient vivants. Y compris Maître Erémis et Maître Gilbur, bien que nul ne comprît comment ils avaient échappé au désastre.

Maître Barsonage n'avait cependant pas l'air en excellente forme. Couvert de poussière, d'éclats de roche et de mortier — comme l'était d'ailleurs Quillon —, il évoquait une épave abandonnée. Yeux rougis et hagards, bouche ouverte, il restait assis, immobile, les mains serrées entre ses genoux. Peut-être souffrait-il d'une blessure cachée par la saleté.

— Barsonage ! aboya Quillon. Debout ! Il faut nous dépêcher.

Pendant un moment, le médiateur ne répondit pas,

les yeux perdus dans le vide. Mais l'agitation de Quillon devant lui finit par attirer son attention.

— Quillon, murmura-t-il d'une voix rauque. Je savais que c'était une erreur. Depuis le début. Nous n'aurions jamais dû translater un être de cette puissance. Mais il n'y avait pas d'alternative, n'est-ce pas ? L'augure... et tout le monde contre nous. Les Seigneurs, Cadwal, Alend, le Roi Joyse... Une erreur, répéta-t-il en laissant lourdement tomber sa tête.

— Qu'importe, trancha Quillon. Nous faisons tous des erreurs. Venez.

Le médiateur leva sur lui un regard d'incompréhension totale.

— Géraden et dame Térisa, expliqua Quillon, sautant d'un pied sur l'autre d'impatience. Ils sont en dessous !

L'expression du médiateur ne changea pas.

— Et aussi le miroir de Gilbur, réduit en poussière... Nous n'avons plus moyen de défaire ce que nous avons fait... Le miroir de Géraden a prouvé qu'il ne translatait pas normalement. Et se servir d'une autre Image reviendrait à tuer le champion et tout ce qui vit dans l'Image qui le recevrait.

— Les miroirs nous en préservent ! cria Quillon. Debout Barsonage ! Oubliez le champion. Nous devons secourir Géraden et dame Térisa ! Le Gouverneur Lebbick va faire ce qu'il peut, mais ce sera long. Il faut déblayer toutes ces pierres. *Il sera bientôt trop tard.*

Barsonage finit par comprendre.

— Ils ne peuvent pas être encore en vie, souffla-t-il. C'est impossible.

— Il le faut ! hurla Quillon à se briser la voix. Nous n'avons pas d'autre espoir ! *Venez !*

Il saisit avec frénésie le bras du gros homme et essaya de le soulever.

D'abord, le médiateur parut incapable de faire obéir ses jambes puis sa lourde masse se mit en branle dans un nuage de poussière.

— Je suppose qu'il faut essayer, marmonna-t-il. Même si c'est vain. Après cette catastrophe, comment prouverions-nous mieux notre bonne volonté ?

Quillon l'entraîna hâtivement vers les cellules reconverties où étaient entreposés les miroirs du Congrégat. Après quelque hésitation, le médiateur finit par choisir le miroir que Quillon avait en tête depuis le début : il représentait une étendue d'eau infinie, rien que de l'eau, à perte de vue. Fort comme un bœuf, le médiateur saisit seul le haut miroir et l'emporta dans la salle de réunion du Congrégat.

Il prit de la vitesse, porta plus aisément son fardeau. Ce fut avec autorité qu'il ordonna aux Imageurs que Quillon et lui croisaient, fuyant loin du lieu de la débâcle, de revenir sur leurs pas soutenir son action.

Les deux Maîtres atteignirent bientôt les décombres.

La bise glacée, le froid et la neige s'infiltraient sans retenue dans la salle dévastée. La montagne de l'éboulement s'élevait jusqu'à la moitié de la hauteur de l'ancien plafond : toutes les pierres granitiques de la voûte immense avaient été suivies d'une partie des étages supérieurs et de tous les débris qu'avait laissé derrière lui le champion en se frayant un passage vers l'air libre. L'amas de pierres était en bonne partie fait de granit taillé, des dalles des fondations, des monstrueux monolithes qui avaient formé le cœur du mur extérieur et des piliers, et de blocs plus petits dont les maçons s'étaient servis comme briques ! L'arme du champion avait réduit en poussière et en gravier d'énormes quantités de roche.

Maître Quillon comprenait à présent le problème de Lebbick. L'unique solution pour déblayer consistait à transporter les décombres hors des ruines vers le haut et par le trou dans le mur. Même avec l'aide de tous les miroirs d'Orison, la journée n'y suffirait pas.

L'endroit baignait dans un brouillard opaque : la poussière du saccage mêlée à la neige lourde qui commençait à tomber du ciel ouvert où s'amoncelaient d'épais nuages. Mais il pouvait distinguer gardes et domestiques qui arrivaient, et s'attaquaient aux décombres, armés de pelles, de pioches, de leviers.

Quillon reconnut Artagel au sommet de l'amas pierreux, qui s'activait tel un fou, à soulever et déplacer des blocs de roches aussi gros que lui. Ses jurons évoquaient des sanglots.

Aussitôt, Maître Quillon gravit la pente de l'amas vers le frère de Géraden. Encombré par le miroir, le médiateur suivait plus lentement.

Dès qu'il fut près de lui Quillon saisit le bras d'Artagel qui, sans un regard, le repoussa loin de lui. Une lueur de sauvagerie dangereuse hantait son regard.

— Laissez-nous la place, Artagel. Nous y arriverons mieux, protesta l'Imageur. Votre frénésie n'est pas d'un grand secours pour Géraden. Nous allons le retrouver, à condition que chacun n'agisse pas de son côté.

— C'est mon frère, gronda Artagel entre deux efforts.

Le Maître lâcha une obscénité qui sonna curieusement dans sa bouche.

— Je me moque qu'il s'agisse de votre mère, de votre père ou du rejeton bâtard issu de tous les actes de fornication dans l'histoire de Mordant ! Aidez-nous ou allez-vous-en.

Artagel serra rageusement les poings puis s'exhorta au calme.

— Montrez-moi, Imageur, fit-il les dents serrées. Montrez-moi si vous pouvez faire mieux.

Entre-temps, Maître Barsonage avait atteint le sommet de l'éboulement.

— Faites donc de la place, ordonna Quillon à Artagel.

Le médiateur et lui placèrent le miroir auprès d'un bloc énorme qu'Artagel avait tenté en vain de déplacer.

Quillon tint le cadre tandis que Barsonage murmurait les invocations qui avaient présidé à la naissance du miroir. Ils inclinèrent le verre...

... et le bloc de pierre se trouva translaté dans la mer.

Artagel resta bouche bée puis sourit.

Les Imageurs et de nombreux gardes arrivaient à la rescousse. Beaucoup de Maîtres apportaient eux aussi des miroirs. Parmi eux, Erémis. Quillon nota l'absence de Gilbur mais n'eut pas le temps de s'en préoccuper. Il donna des instructions aux gardes tout en déplaçant le miroir avec Maître Barsonage. On s'organisa rapidement en équipes autour de chaque verre. Quelqu'un lança une pelle à Artagel. Sur un signe d'assentiment du médiateur, le jeune homme commença à déblayer un chemin pour que l'on puisse approcher la glace d'un autre bloc de granit.

Tous les morceaux, les éclats assez gros pour briser un miroir passèrent dans l'Image et furent avalés par la mer. Si Maître Quillon s'en était soucié, il aurait vu jaillir les gerbes d'écume à chaque fois que l'eau engloutissait la roche.

Autour de lui, d'autres miroirs connus étaient à l'œuvre. Seuls deux d'entre eux étaient aussi grands que celui de Barsonage mais tous avaient été intelligemment choisis : aucun d'eux n'était plat, aucun d'eux ne montrait de lieu où l'apparition soudaine d'un bloc de pierre eût pu causer un dommage. Seule exception éventuelle, le verre dont se servait Maître Erémis avec l'aide empressée d'un jeune Aspirant. Il représentait une espèce de limace gigantesque et féroce, pourvue de dents à venin, d'yeux malins. Les gardes autour d'Erémis pelletaient les roches droit dans la face du monstre.

La créature grondait de fureur.

— Quillon ! s'écria Barsonage. Faites attention !

Aussitôt, l'homme à la tête de lapin revint à son ouvrage, aidant le médiateur à translater un autre énorme bloc.

— Y a-t-il une chance ? questionna Artagel. Une chance qu'ils soient vivants là-dessous ?

— Il le faut, affirma Quillon.

Il se cramponnait à la conviction qui le fuyait.

Térisa sut qu'elle était vivante.

L'air raréfié qu'aspiraient ses poumons était

chargé de poussière, et lorsqu'elle toussait sous le coup d'une âpre suffocation, des angles de roches pesaient sur sa poitrine, menaçant de lui écraser la cage thoracique. A chaque respiration, du sable lui balayait le visage, lui brûlait les yeux, qu'elle tentait de garder ouverts bien que cela lui fût de peu d'utilité dans l'obscurité totale. Et elle sentait le poids de l'éboulement peser sur elle, la comprimant lentement pour au bout du compte lui broyer la chair, lui briser les os. La pierre était chaude, embrasée par l'arme de feu du champion, et l'air si brûlant qu'il en était douloureux.

Elle se savait vivante sans comprendre comment.

Le champion l'avait jetée à plat ventre sur Géraden, elle n'avait plus rien vu, ignorant que l'homme à l'armure de métal, à l'arme puissante, debout au-dessus d'elle, l'avait en fait protégée de la chute des pierres. Les blocs tombaient sur lui pour rebondir, formant comme un rempart autour d'elle, les dalles les plus grosses étaient réduites en fin morceaux et en poussière, constituant un épais matelas par-dessus son corps et celui de Géraden.

Quand il s'était élancé pour se frayer un chemin de feu dans l'éboulement, Géraden et Térisa n'avaient pas reçu les pierres du plafond, mais celles qui avaient glissé des parois de leur alvéole, débris déjà pulvérisés par le feu du champion.

Elle respirait encore. Contre toute vraisemblance, il restait de l'air prisonnier dans l'amoncellement de pierres.

Cela n'allait pas durer.

Une pierre pointue glissa et vint peser davantage sur son dos. Elle essaya de lutter mais ses doigts seuls pouvaient encore remuer. Chaleur et poussière lui donnaient des haut-le-cœur à chaque inspiration. Une douleur qui ressemblait à la caresse brûlante d'une flamme s'infiltrait dans ses poumons, ses yeux, ses membres distendus. Mourir ainsi, lentement, éprouver instant par instant la croissance de la douleur, à mesure que les pierres pèsent, pèsent... jusqu'à la rupture de leur équilibre...

Quelque chose d'approchant lui était déjà arrivé. En colère contre elle, ses parents l'avaient parfois enfermée dans le placard. Nul ne répondait à ses cris, ses appels tour à tour timides et hystériques, avant qu'elle ne se soit calmée depuis longtemps. Et une fois — pour une peccadille ou une faute grave — elle s'était vue poussée au fond du placard et on avait jeté sur elle tout un tas de vêtements pour rendre sourde la maisonnée à ses cris.

Là, dans le noir, elle avait eu pour la première fois la sensation de s'effacer. L'obscurité, les vêtements la pressaient de toutes parts ; et, soudain, elle avait compris que sa détresse et sa panique n'étaient rien ; pas plus que la peur, l'asphyxie... que la porte close et la pile d'habits et le noir la rendaient irréelle. Pour la première fois, elle avait perdu sa réalité, senti l'existence la quitter pour le linceul des ténèbres.

Elle ne l'avait pas compris à l'époque — peut-être ne l'avait-elle jamais compris — mais cette réaction l'avait protégée, gardée des forces redoutables de l'obscurité et du désamour de ses parents.

Cette fois, pourtant, elle ne jouissait pas de cette protection. Son esprit menaçait de sombrer. Un désir fou de hurler lui torturait les entrailles. Mais l'air poussiéreux qu'elle aspirerait alors la déchirerait.

— Géraden, appela-t-elle dans un murmure rauque. Géraden, m'entendez-vous ?

Chaque mot la brûlait au fer rouge.

Non, bien sûr, il ne l'entendait pas. Elle était couchée sur lui, mais non de façon à l'avoir protégé. Et il s'était trouvé sur le dos, face à l'éboulement. Les pierres avaient dû lui broyer le crâne. Il devait gésir par-là... mais elle ne sentait rien sous elle d'assez doux pour ressembler à un corps.

— Géraden, Géraden.

Elle allait devenir folle.

Non, il existait un moyen. L'idée la traversa doucement, sans guère la surprendre. Elle pourrait s'effacer, maintenant. Se quitter elle-même, baisser définitivement les armes de cette lutte contre l'irréalité, et laisser les ténèbres l'emmener. Alors elle serait sauve. Vive ou morte, elle serait sauve car elle serait partie.

Dès que la pensée lui vint, elle sut que ce serait facile. Facile de se laisser glisser dans la brèche qui l'avait appelée tout au long de sa vie, s'offrant à la protéger... lui donnant la paix.

— Térisa ?

Son nom sonna douloureusement, si loin qu'elle crut avoir rêvé.

— Térisa ! répéta la voix blessée, faible, et entêtée à la trouver tout à la fois. Vous allez bien ?

Des sanglots montèrent dans la gorge de la jeune femme. A présent elle ne pouvait plus s'échapper. Il était là, avec elle. Elle était trop soulagée d'entendre sa voix. Elle devait rester.

— Térisa ? répéta-t-il, tentant d'endiguer sa

panique. Comment allez-vous ? Est-ce que vous m'entendez ?

— Géraden, je ne peux pas respirer. Je ne tiens plus.

Un nouveau poids lui comprima le buste.

— Essayez de ne pas respirer si fort. Détendez-vous. De l'air arrive de quelque part.

Elle ne savait localiser son murmure. Il lui paraissait atrocement loin et pourtant elle percevait sa détresse. Lui aussi se sentait peu à peu écrasé.

— Ils vont nous secourir. Il suffit d'attendre.

— Je ne peux pas !

Cet espoir qui venait contrer son unique chance de fuite la rendait folle.

— Je ne peux pas bouger. Mon dos est en train de se briser. Géraden !

— N'y pensez pas.

Sa voix s'infiltrait comme la poussière entre les pierres.

Comment ? Elle serra les dents pour ne pas hurler.

— N'y pensez pas, répéta-t-il avec plus d'autorité. Tournez votre esprit vers autre chose. Dites-moi ce qui s'est passé. Je ne me souviens de rien... après que Maître Gilbur m'a frappé. A-t-il translaté le champion ? Le Gouverneur l'a-t-il arrêté à temps ?

Un instant la surprise lui fit oublier sa panique. Il ne se souvenait pas... Il ignorait où il se trouvait et pourquoi !

— Térisa...

Ce ne fut qu'en percevant la note suppliante, urgente dans sa voix qu'elle comprit combien il dépendait d'elle. S'il la perdait, maintenant, lui aussi se mettrait à hurler.

Je ne peux pas. Je suis broyée. *Je ne tiens plus !* Laissez-moi partir. *Partir !* faillit-elle crier. Mais elle parvint à suivre son exemple, pensa à lui plutôt qu'à elle. Il ignorait même pourquoi il se trouvait enseveli vivant.

— Je vais essayer.

En quelques phrases hachées, elle lui décrivit le désastre causé par la translation de Gilbur.

Quand elle se tut, il jura puis retomba dans le silence. Mais avant que la peur la reprenne, elle l'entendit de nouveau.

— Cela prouve une chose. Vous êtes celle qui sauvera Mordant. Notre champion.

— Quoi ? De quoi parlez-vous ?

— Il restait possible que vous n'ayez été qu'un accident, que je me sois trompé et que Gilbur ait eu raison. (Les mots sortaient difficilement.) Désormais, nous savons que son champion ne va pas nous sauver. Vous devez être le vrai champion.

— Quelle folie.

Il lui semblait que sa colonne vertébrale volait en éclats, en très fines esquilles. L'air devenait de plus en plus irrespirable. *N'y pensez pas. Tournez votre esprit vers autre chose.*

— Rien n'a changé. Je ne suis pas Imageur. Je ne comprends rien. Maître Erémis est le seul qui puisse sauver Mordant.

Ses mots moururent. S'il était encore vivant... Il se trouvait juste derrière elle lorsque le champion avait jailli. Et si l'éboulement l'avait atteint ? S'il était mort ? L'angoisse la fit se contracter contre la pression des pierres. La roche anguleuse pesa davantage sur son dos.

— Maître Erémis, parvint à articuler Géraden avec dérision. Vous pensez qu'il peut sauver Mordant ? Si vous parvenez à me faire croire cela, vous n'avez pas besoin de l'Imagerie. Vous êtes déjà bien assez puissante !

Elle serra les lèvres pour ne pas hurler. Je ne tiens plus !

— Peut-être me direz-vous ce qui devait mettre ma vie en danger ? reprit Géraden devant son silence. Je tiens à comprendre pourquoi vous faites confiance à Erémis.

Elle crut entendre grincer ses dents.

— D'accord.

Je ne peux plus ! *Vous pouvez.* Sa voix était tout ce qui retenait les rocs de l'écraser.

Dans un effort de volonté, elle écarta de son esprit la douleur, la poussière, la chaleur étouffante, le poids de la pierre qui l'emmurait, et s'efforça de se redessiner mentalement le visage de Géraden... la ligne de sa joue, les boucles sur son front (*le sang coulant de sa tempe, la violence avec laquelle Gilbur l'avait frappé, ce bon visage broyé par les roches...* Non ! Pas cela ! Ne pense pas à cela), comme il était prompt à la joie, et prompt à la peine. Il était sa raison de tenir, de ne pas s'effacer. Se le figurer de la sorte l'aida à se rappeler ce qu'il lui demandait.

Sa pensée était désordonnée, parfois altérée, parfois absente sous la pression de la pierre. Elle parvint cependant à lui dire tout ce dont elle se souvenait. Elle lui raconta ce qu'il avait déjà deviné quant à la décision du Congrégat de translater son champion, ainsi que de dépêcher Maître Gilbur et Maître Erémis à une réunion avec les Seigneurs des Fiefs.

Erémis avait organisé cette rencontre. C'était Maître Quillon qui lui avait interdit d'en souffler mot à Géraden. *Vous pouvez.* La réunion secrète et son issue. Ce qu'elle se remémorait au sujet du Prince Kragen. L'attaque de l'homme en noir.

Quand elle eut fini, elle retint sa respiration un instant, espérant par là soulager la pression sur son dos. Ce fut en vain.

La réaction de Géraden la surprit.

— Alors, Quillon est un traître, murmura-t-il d'une voix encore plus distante, plus désespérée.

— Pourquoi cela ?

— Il vous a interdit de me parler car il savait que je préviendrais le Roi Joyse.

— Non...

La poussière devenait pierre dans ses poumons...

— ... Tous les Maîtres seraient alors des traîtres. Ils ont voté pour le champion *et* pour la réunion. Maître Quillon est simplement plus loyal envers eux qu'envers le Roi. Et il s'efforce de vous garder en vie.

Géraden, aide-moi.

— Il doit y avoir un traître au Congrégat, conclut le jeune homme d'un ton qui révélait une douleur croissante. L'homme qui vous a attaquée savait où vous trouver. Cela exclut les Seigneurs et le Prince Kragen. Ah ! cria-t-il sous le coup d'une nouvelle douleur.

Il poursuivit un moment plus tard, d'une voix plus aiguë.

— Même si Erémis les avait avertis de votre présence, aucun d'eux ne savait que vous existiez quand vous avez été attaquée la première fois. Le Congrégat seul était au courant. Et pour que cet homme se soit volatilisé... il s'agit d'Imagerie. Un Maître veut votre mort. Il sait que vous êtes celle qui peut sauver Mordant.

» Si ce n'est pas Quillon, ce peut être Erémis.

— Non.

Ce n'est pas ce que je voulais dire. Vous ne comprenez pas. J'ai besoin de lui. La roche pesa encore un peu plus. Elle crut sentir ses côtes commencer à céder. J'ai besoin qu'il m'apprenne qui je suis.

Il lui parut que l'air se rafraîchissait. C'était un progrès, même minime.

— Il essaie de *sauver* Mordant, ne le comprenez-vous pas ? Il s'efforce de trouver des alliés. De trouver les moyens de lutter. Puisque le Roi Joyse ne le fait pas.

— Non, je ne le comprends pas, répliqua Géraden, lointain. Ne trouvez-vous pas curieux qu'il vous ait emmenée à cette réunion ? Vous ne vous y attendiez pas. Comment l'homme en noir a-t-il su où vous attaquer ? Et pourquoi Erémis s'est-il éclipsé et vous a-t-il laissée ? Peut-être pour aller s'occuper des miroirs qui feraient apparaître et disparaître votre assaillant.

— Non, non.

En effet, vous ne comprenez rien. Poids. Poussière. J'ai mis la robe la plus déshabillée que j'ai trouvée et me suis rendue de mon propre chef dans ses appartements. Comprenez au moins cela...

— Vous êtes injuste, reprit-elle. Vous étiez avec lui ce matin quand il est venu me chercher. Vous avez vu comment il s'est comporté. Il ne savait pas que j'avais été attaquée.

» Il aurait fallu que tout soit prêt à l'avance. Or, n'ignorait-il pas comment tournerait la réunion ? Il espérait le succès. Il ne l'a pas sabotée.

— Le Fayle était présent, murmura Géraden. Il n'aurait en aucun cas transigé sur une utilisation de l'Imagerie. Chacun sait cela.

Térisa n'écoutait pas, toute concentrée sur ce qu'elle essayait de dire. Une chose importante... importante. *Vous pouvez.* Si elle survivait... et si Maître Erémis survivait... il faudrait qu'elle lui parle, qu'il sache que le Congrégat abritait un traître.

— Et comment aurait-il deviné dans quel appartement m'installerait le Roi Joyse ? La première attaque avait forcément été préparée, elle aussi. Or aucun des Maîtres ne savait que vous me ramèneriez à la place du champion.

Géraden toussa faiblement puis elle l'entendit souffrir de violents haut-le-cœur. Tout se brouilla dans son cerveau. Il allait être écrasé.

— Géraden ? Que se passe-t-il ?

Il ne répondit pas. Elle l'imagina frappé par Maître Gilbur, chutant, chutant sans fin, sa tête réduite en une bouillie de sang et d'os broyés. Une fois de plus, elle se débattit sauvagement dans son carcan de roches, sans espoir.

— *Géraden.*

— Je suis désolé, fit-il enfin, d'une voix plus claire qui la rassura. Je regrette de vous avoir fait peur. Les pierres continuent à glisser. Elles ont pesé sur ma gorge pendant un moment. Vous est-il plus facile de respirer ?

Elle ne comprit pas ce qu'il voulait dire. La poussière au contraire devenait de plus en plus épaisse, mais... oui, l'air était vraiment plus frais... nettement plus que les roches qui les recouvraient. Il était même... froid !

— Ils arrivent, dit Géraden. Ils viennent nous chercher. Nous allons être sauvés.

Incapable de se contrôler, Térisa fondit en larmes.

Une éternité s'écoula. Puis tout parut arriver simultanément. L'air se refroidissait bel et bien, qui retirait sa chaleur à la roche, qui allégeait la pression désespérante sur ses poumons. Mais il n'y avait pas d'autre changement sinon une recrudescence des glissements des pierres. Térisa connut un moment de panique ; chaque mouvement, même infime, menaçait de lui casser le dos. Elle ne parvenait pas à refouler ses sanglots. La proximité de Géraden l'aidait un peu. Et elle savait comment se cramponner quand tout semblait la quitter, l'effacer.

Et soudain, le poids sur elle s'évanouit. Elle perçut des voix ; d'autres pierres disparurent. Des mains balayèrent les derniers débris, la tirèrent des décombres avec une brutalité inquiète.

Elle pleurait toujours mais les larmes lui rendaient la vision, lavaient ses yeux de la poussière qui les emplissait. Elle y vit assez clair pour reconnaître Artagel qui tirait Géraden de l'endroit même d'où on l'avait sortie.

Maître Quillon la tenait, qui semblait pleurer lui aussi.

— Allez-vous bien, ma dame ?

Son souci était aussi merveilleux que la pression de ses bras autour d'elle, et le froid, et le grand air où tourbillonnait la neige, et la liberté de bouger !

Géraden étreignit son frère et toussa affreusement. L'essentiel était qu'il respirait. Il n'avait rien de broyé ni de cassé. La poussière cachait les traces de sang sur sa tempe.

Malgré le rideau de neige et de poussière, Térisa vit ce qu'il restait de la salle du Congrégat. Les portes étaient grandes ouvertes au-delà des piliers décapités. D'énormes blocs de roche jonchaient encore le sol. Au moins, une douzaine de Maîtres et de nombreux gardes, armés de pelles, de pioches, de leviers, s'activaient encore près de miroirs dressés sur les décombres.

Elle croisa le regard de Maître Erémis, qui s'éloigna aussitôt, pressé apparemment.

— Nous y sommes arrivés ! s'écria tout à coup Artagel.

Les pelles des gardes se levèrent et tous firent écho à ce cri de victoire.

— Nous avons commis une terrible erreur, murmura Maître Barsonage.

Derrière le masque de poussière, ses yeux étaient rouges d'épuisement. Il se tenait à un haut miroir que Térisa reconnut — la grande étendue marine. Les épaules du médiateur tremblaient.

— Nous n'aurions jamais dû prendre ce risque. Fous que nous sommes. Le Gouverneur Lebbick a lancé cinquante de ses hommes sur la trace du champion mais ils ne suffiront pas à la tâche. Encore, nous avons plus de chance que nous n'en méritons. Deux des Maîtres seulement ont trouvé la mort.

Il cita deux noms inconnus à la jeune femme.

— Et vous êtes vivante. Je vous en prie, pardonnez-nous, ma dame, acheva-t-il d'une voix sourde.

Nous avons été stupides... mais nous ne vous voulions aucun mal.

— Dites cela à Gilbur, répliqua Géraden en souriant et chassant de ses cheveux un nuage de poussière. S'il m'avait frappé un peu plus fort, il me brisait le cou.

Pourtant, les yeux du jeune homme restaient brouillés, incapables de fixer quoi que ce soit.

— Avec votre permission, ma dame, je crois que je vais m'allonger.

Avec une grâce étonnante, il glissa dans les bras d'Artagel, évanoui.

Un trou béant s'ouvrait dans le plafond et révélait les dégâts infligés au niveau supérieur, mais pire encore était le dommage causé au flanc de la salle, la brèche que le champion avait ouverte de son feu terrible pour se frayer un chemin hors des murs et fuir. La neige et le vent s'y engouffraient sauvagement. Déja les flocons blanchissaient les cheveux de Maître Quillon et posaient leur froid manteau sur les larges épaules du médiateur.

Géraden croyait qu'elle allait sauver Mordant.

Quand Térisa leva les yeux vers la neige, elle crut entendre le son lointain du cor.

15

Des idées romantiques

Térisa frissonnait. La température ne cessait de baisser — ou alors ce n'était que la réaction à tout ce qu'elle avait subi. Sa robe grise si confortable ne la réchauffait plus, couverte de poussière de granit, comme sa peau, comme ses cheveux qui semblaient un vieil écheveau de laine abîmée.

Elle n'était pas loin de s'évanouir à son tour quand quelqu'un lui tendit une grossière timbale de soldat, elle la crut pleine de vin et l'avala d'un grand trait.

C'était une sorte d'eau-de-vie. Un spasme contracta violemment sa poitrine. Quand elle eut cessé de tousser, elle se sentit néanmoins beaucoup mieux. Ses poumons étaient moins oppressés, ses yeux moins brûlants. Elle eut un peu plus chaud.

Géraden était toujours inconscient. Artagel l'avait allongé sur les restes des décombres ; un homme vêtu d'un pourpoint gris et de culottes bouffantes en coton l'examinait. Après avoir écouté son cœur, vérifié son pouls, il passa un linge humide sur son visage, remarqua la plaie à sa tempe et la nettoya ; puis il tira une fiole de sa sacoche de cuir et versa quelques gouttes de liquide entre ses lèvres.

— Il dort, déclara le médecin en se relevant. Il ne paraît pas sérieusement blessé. Qu'on l'alite pour qu'il se repose une heure ou deux. Ensuite, il faudra le réveiller, lui faire prendre un bain et le nourrir. S'il se plaint, ou s'il est difficile de l'éveiller, je reviendrai le voir.

Artagel acquiesça d'un hochement de tête et l'homme en gris se tourna vers Térisa.

— Etes-vous blessée, ma dame ?

Elle vérifia le bon fonctionnement de ses membres. Si elle se sentait anormalement raide et tremblante, elle ne souffrait d'aucune blessure ou fracture.

— Attendez-vous à des contusions ou des migraines, prévint le médecin. Mais si vous vous découvrez des maux plus graves ou des enflements, ou encore si vous souffrez de vertiges ou d'évanouissements prolongés, faites-moi chercher.

Il prit sa sacoche et partit.

Artagel souleva aisément Géraden dans ses bras.

— Prenez bien soin de lui, murmura Térisa.

Il lui sourit et s'éloigna.

— Venez, ma dame, fit Maître Quillon qui la soutenait toujours. Je vous raccompagne dans votre chambre. Vous aussi avez besoin de repos, d'un bain et de nourriture.

— Oui, soupira Maître Barsonage. Nous devons tous nous reposer. Et réfléchir au moyen de combattre ce champion. Nous n'avons plus d'arme contre lui maintenant que son miroir est brisé.

S'appuyant sur Maître Quillon car ses jambes ne lui obéissaient guère, Térisa se laissa emmener hors de la salle en ruine.

Dès qu'ils furent plus tranquilles, et plus au chaud

dans les couloirs qui menaient au laborium, elle osa poser la question qui l'obsédait.

— Géraden est-il hors de danger à présent ? Ses ennemis ont-ils encore une raison de le tuer ?

Le Maître hésita un moment.

— Ma dame, laissez-moi d'abord vous préciser que j'ignore ce que les ennemis de Mordant espèrent gagner par la présence du champion. J'ignore ce que *nous* espérions gagner... Je respecte les décisions du Congrégat car je suis Imageur... mais je n'ai pas compris celle-ci. Le champion apparaît comme un être dangereux, sans but, sans parti ni dessein. Tout porte à croire qu'il agira au hasard, nous aidant, ou aidant nos ennemis aussi bien.

» Quoi qu'il en soit, le danger pèse moins sur Géraden à présent. Si vous lui révéliez tout ce que vous avez entendu, que pourrait-il décider qui lui attirât les foudres de ceux qui en veulent à sa vie ?

» J'ignore, ma dame, la *raison* du danger qu'il court. Je ne sais ce qui le rend menaçant pour ses ennemis, aussi ne puis-je affirmer qu'il n'est plus en péril, puisque la raison inconnue en demeure.

Les paroles de Quillon firent frémir Térisa, mais elle les accepta. Elle avait besoin de faire fonctionner son cerveau. Puisque Quillon semblait enclin à parler, elle demanda encore :

— Pourquoi le Roi Joyse ne les a-t-il pas arrêtés ? Pourquoi a-t-il tant tardé à envoyer le Gouverneur Lebbick ?

L'Imageur s'éclaircit la gorge, mal à l'aise.

— Ma dame, le Fayle a tenté de prévenir le Roi, mais n'a pas été écouté. Le Gouverneur n'avait aucun ordre pour intervenir. Il a agi de sa propre initiative après que le Fayle lui a parlé.

— Pourquoi ? Je croyais que le Roi s'opposait à ce genre de translation. Je croyais que c'était l'une des raisons pour lesquelles il avait fondé le Congrégat... pour avoir tous les Imageurs près de lui et veiller à ce qu'ils n'effectuent pas de translations involontaires...

Maître Quillon eut un grognement exaspéré.

— Si j'étais en mesure d'expliquer les actions ou les inactions de notre Roi, Mordant courrait un danger bien moindre.

Ce fut la seule réponse qu'elle obtint de lui.

Pour arriver à la tour, ils durent côtoyer une foule curieuse, effrayée, tendue. Quand ils atteignirent la chambre aux paons ils virent que sa porte n'était plus gardée.

— Merveilleux ! maugréa Quillon en colère. Par les étoiles, voilà qui est parfait.

La confusion s'immisçait de nouveau dans l'esprit de Térisa. Réaction à retardement au choc qu'elle avait subi, mais qui promettait d'être violente.

— Qu'est-ce qui est parfait ? s'enquit-elle.

— Plus de gardes, expliqua l'Imageur en jetant de vifs coups d'œil alentour. Ils ont tous été appelés pour déblayer les décombres. Vous voilà sans protection. Si ce boucher qui en veut à votre vie s'en prenait maintenant à vous, vous seriez perdue.

Cela semblait important pour lui. Pourtant Térisa sentit que quelque chose n'allait pas.

— Comment êtes-vous au courant ? questionna-t-elle.

Quillon lui jeta un regard aigu. Son nez s'agitait.

— Ma dame, vous devez vous reposer. Et je vous suggère un bon verre de vin. Le seul problème est que vous vous trouvez sans protection.

Je ne l'ai dit à personne. Artagel non plus. Je suis certaine que le Prince Kragen et le Perdon se sont tus...

— Comment savez-vous que j'ai été attaquée hier soir ?

— Hier soir ? s'exclama l'Imageur dont la voix dérailla. Vous avez été attaquée hier soir ? Par le même homme ?

Elle ne sut que hocher la tête.

— Ruines ! Par le sable pur des rêves, pourquoi Lebbick s'évertue-t-il à entraîner ces tas de viande morte qu'il emploie comme gardes ?

Il s'efforça de recouvrer son contrôle et fit face à la jeune femme.

— Comment avez-vous survécu, ma dame ?

— Artagel m'a sauvée. Géraden lui avait demandé de veiller sur moi.

— Merci aux étoiles, soupira Quillon avec ferveur, pour les initiatives répétées de ce chiot impétueux. Pourquoi n'en avez-vous parlé à personne ?

Elle battit des paupières, incapable de comprendre son affolement. Et puis cela n'avait que trop duré ; elle n'aspirait qu'à s'allonger.

— A qui devrais-je faire confiance ? interrogea-t-elle pour couper court.

Un instant, l'Imageur parut aussi perdu qu'un lièvre traqué. Puis il secoua énergiquement la tête et se renfrogna.

— J'admets votre point de vue, ma dame. Vous ne vous trouvez pas dans une position facile. Un jour, tout ira mieux... si vous vivez jusque là. Rentrez dans votre chambre, conclut-il abruptement. Verrouillez la porte. Je resterai jusqu'au retour des gardes. Dès que je le pourrai, je vous enverrai votre femme de chambre avec de la nourriture et du vin.

Le brouillard s'entêtait à envahir l'esprit de Térisa ; elle posa sur lui un regard d'incompréhension.

— Allez, ma dame, fit-il plus gentiment en la poussant vers la porte. Vous avez besoin de repos et votre expression méfiante va finir par me devenir insupportable...

Elle obéit, touchée par son souci et son chagrin. Elle pénétra dans ses appartements et Maître Quillon referma la porte sur elle.

Une fois seule, elle perdit toute capacité d'agir. Elle oublia de fermer le verrou. Plantée au milieu du salon, elle regarda fixement la neige tourbillonner derrière les carreaux, les flocons réfléchissant la lumière de la pièce, innombrables grains de poussière lumineuse, mais, derrière, le ciel était noir, impénétrable comme la pierre.

Au bout d'un moment, Térisa s'aperçut qu'elle était couchée sur le tapis.

Elle était faible, souffrait d'un léger vertige, mais son esprit s'éclaircissait.

Se relevant prudemment, elle alla jusqu'à la carafe de vin. On l'avait de nouveau emplie. Elle remarqua également le lit fait, le feu entretenu... et mit un certain temps à se souvenir que de longues heures s'étaient écoulées depuis qu'elle avait quitté sa chambre au matin ; Saddith avait largement eu le temps de vaquer à sa tâche.

Parce que Maître Quillon le lui avait prescrit, elle se servit un verre de vin, l'avala, s'en servit un autre.

Le breuvage alcoolisé lui donna vite l'impression d'un plus grand détachement et de plus de solidité à la fois. Elle ne fut pas surprise ou inquiète quand elle entendit des voix derrière la porte.

— Comment est-elle ? demandait une femme.

— Calme, ma dame, répondit Maître Quillon.

— Je n'aime guère qu'elle soit seule, fit la femme non sans hésitation. Mais frapper pourrait la déranger.

— Essayez d'entrer, suggéra le Maître. Je crois qu'elle n'a pas fermé à clef.

— Merci, Maître Quillon.

Le loquet se souleva et dame Myste se glissa dans la pièce. Elle referma soigneusement la porte avant de se retourner et d'apercevoir Térisa.

La fille du Roi portait un lourd manteau couleur de vieille neige, bien trop chaud pour être gardé dans Orison. Tenu fermé par ses bras croisés, il la couvrait des pieds à la tête et la faisait paraître pour une femme qui chercherait à cacher quelque embonpoint pris soudain. Le rouge vif de ses joues, la fine sueur qui perlait à son front prouvaient qu'elle avait beaucoup trop chaud. Mais elle souriait, et ses yeux brillaient, semblant pour la première fois avoir trouvé un point précis sur lequel concentrer leur attention.

— Térisa, fit-elle vivement, vous avez l'air bien. Certes, vous avez besoin d'un bon bain, ajouta-t-elle avec humour, mais vous semblez en bonne forme. J'en suis heureuse. Tout Orison sait ce que vous avez souffert aujourd'hui et l'état où je vous trouve n'en est que plus stupéfiant. N'ai-je pas essayé de vous dire que vous étiez plus étonnante que vous ne le pensiez ?

Son plaisir et son amitié étaient évidents. Térisa apprécia de la voir. Plusieurs jours s'étaient écoulés depuis leur dernière conversation. Mais les paroles de Myste lui semblaient sans fondement. Elle s'entêtait à se juger ordinaire.

— Aimeriez-vous un peu de vin ? proposa-t-elle.

Le sourire de Myste s'élargit en un rire, puis elle recouvra vite son sérieux.

— Avec plaisir. Mais auparavant... vous devez accepter de me cacher.

— Vous *cacher ?* répéta Térisa sans comprendre.

— Seulement jusqu'à la nuit, précisa vivement Myste. Alors, je m'en irai et nul ne saura que vous m'avez aidée. Si vous refusez, je n'aurai pas le temps de prendre un verre de vin. Il me faudra partir en espérant que je saurai me dissimuler seule.

— Attendez... pria Térisa qui sentait la faiblesse la reprendre. Que parlez-vous de discrétion ? Maître Quillon vous sait déjà ici.

— A qui le dira-t-il ? Aux gardes ? A votre femme de chambre ? Les Maîtres ne confient pas ce genre de choses aux domestiques. Et si nous nous débrouillons bien, il ne comprendra qu'une fois que je serai loin. Alors, poursuivit Myste avec un peu d'embarras mais en soutenant le regard de Térisa, je vous prierai de mentir pour moi. Lorsque Maître Quillon dira ce qu'il sait... et que l'on vous demandera ce que je suis devenue... dites que je vous ai quittée peu après mon arrivée et que les gardes ne m'ont pas remarquée. Ou dites simplement que vous ignorez où je suis partie.

Térisa ! Je ne vous demanderais pas cela si j'avais le choix.

— Non, attendez, répéta la jeune femme. Je ne comprends rien. Où allez-vous ?

Myste allait répondre mais, d'un geste, soudain, imposa le silence.

Derrière la porte, elles entendirent la voix de Saddith.

— Comment se porte ma dame ? Je suis accourue dès que j'ai su qu'on l'avait secourue.

— Elle ira fort bien, répondit Maître Quillon. Mais avant de vous rendre auprès d'elle, appelez donc les gardes qui devraient être en faction à sa porte. J'ai d'autres chats à fouetter que rester ici jusqu'à la fin de l'après-midi. Et apportez du vin avec de quoi manger.

— Bien, Maître.

Sitôt Saddith éloignée, Myste eut un espoir de soulagement.

— Elle va revenir, assura vivement Térisa. *Où allez-vous ?*

La fille du Roi parut mal à l'aise, un peu triste... et pourtant ardente, brûlant d'un feu intérieur.

— Si je vous le dis, vous serez capable de m'arrêter. Promettez-moi de ne pas vous mettre en travers de mon chemin et de garder mon secret.

Térisa se figea. Elle avait l'esprit assez clair pour comprendre ce qu'on lui demandait : prière dont elle ne pouvait ni évaluer le poids ni prédire les conséquences. Elle hésita, ne sachant que dire.

Son silence attrista davantage Myste.

— Pardonnez-moi, souffla cette dernière. Je ne

devrais pas tant exiger de vous. Vous avez vos propres fardeaux à porter. Je m'en vais.

— Non ! protesta alors Térisa. Ne faites pas cela. Je ne dirai rien à personne. Je vous cacherai. Je souhaite simplement une explication. Les Maîtres ont translaté leur champion qui est devenu furieux. Géraden et moi avons été ensevelis vivants. Des gens sont morts. Les assassins apparaissent et disparaissent. Chacun complote et trahit son voisin.

Géraden pense que je vais sauver Mordant.

— J'ai l'impression que je vais voler en éclats. J'aimerais comprendre un tant soit peu...

A son soulagement, Myste eut de nouveau son sourire.

— Je serai heureuse de vous expliquer autant que je le peux. Mon cœur en sera soulagé. Si vous étiez Eléga, poursuivit-elle avec un sourire plus grimaçant, vous croiriez que j'ai perdu l'esprit. Elle qualifierait cela “d'idée romantique”... la pire de toutes. Mais j'espère que vous comprendrez.

» Me donnerez-vous un peu de vin ?

— Bien sûr.

Térisa emplit un second verre et le tendit à son invitée. Myste avait enfin ouvert son manteau et laissé tomber ce trop chaud vêtement.

Elle portait dessous une épaisse veste de cuir de coupe masculine, des pantalons de cuir également, et des bottes faites pour le voyage. L'ampleur anormale du manteau s'expliquait par les sacs — apparemment emplis de vivres — que la fille du Roi portait accrochés à ses épaules par de longues courroies. A sa ceinture pendaient des armes : une longue dague et un court poignard.

Elle demanda la permission de s'asseoir. Térisa acquiesça et prit place face à elle avec soulagement : ses genoux la portaient de plus en plus difficilement.

— Térisa, commença Myste après avoir avalé une longue gorgée de vin, je n'ai pas douté un instant que vous me viendriez en aide, que vous comprendriez. Mais je ne désire pas pour autant imposer à quiconque ma volonté. Je n'ai réellement pas le choix.

» Savez-vous qu'Orison fourmille de passages secrets ?

— Oui, fit Térisa sans réfléchir. Il y en a un dans ma chambre.

Myste eut son sourire étrange, son sourire adressé au lointain, à l'invisible.

— Vous n'êtes parmi nous que depuis dix jours et vous en savez déjà tant ! Je n'ai pas votre talent. Je pourrais demeurer des années en un lieu sans découvrir ce genre de chose. Eléga a un tout autre esprit. Lorsqu'elle avait douze ans, explorer les passages secrets était son activité favorite. Comme elle ne parvenait pas à y intéresser Torrent, c'était moi qu'elle emmenait le plus souvent.

» S'il avait fallu donner des qualificatifs aux trois sœurs que nous étions alors, on aurait dit d'Eléga qu'elle était intrépide ; Torrent, timide ; Myste, rêveuse. En un sens, je trouvais les passages secrets plus exaltants que ne les jugeait ma sœur. Elle dirait que je les jugeais très "romantiques". Mais je n'avais concrètement pas besoin d'eux. Connaître leur existence nourrissait mon imagination et cela me suffisait. Je commençai à négliger d'accompagner Eléga.

» Néanmoins, je les ai assez parcourus pour qu'ils me soient utiles aujourd'hui.

» Térisa, vous ignorez peut-être que tous les passages ne communiquent pas entre eux. Ils furent construits à des époques différentes, dans des buts différents. La plupart ne mènent qu'en quelques lieux d'Orison.

» La connaissance que j'en ai n'est pas exhaustive. La seule entrée que je connaisse pour emprunter le passage qui me conduira où je veux est celle de votre chambre. Voilà pourquoi je n'avais d'autre choix que de venir à vous.

Térisa faillit lui demander si elle désirait se rendre chez l'Adepte Havelock, mais elle se souvint que l'escalier croisait plusieurs chemins de traverse et se tut.

— Si je n'ai pas oublié, continuait Myste, et si je ne confonds pas imagination et mémoire, un tronçon de ce passage mène au laborium, près de la salle de réunion des Maîtres.

— Pourquoi aller *là-bas* ? s'exclama Térisa.

— De là, répliqua fermement Myste, je pense parvenir à quitter Orison sans être vue, par la brèche dans le mur. Je ne connais pas de porte dérobée sur l'extérieur et le Gouverneur Lebbick veille mieux qu'on ne le croit aux allées et venues par les passages publics. Si je suis reconnue, on me ramènera malgré moi, et j'aurai échoué.

» Certes, la brèche est surveillée, mais cette fonction est nouvelle pour les soldats. Ils auront à cœur de repérer l'entrée éventuelle d'ennemis, non le départ d'amis. Et si la neige continue à tomber, elle me protégera. Je crois pouvoir y arriver.

Le brouillard s'épaississait de nouveau dans l'esprit de Térisa. Elle avait besoin de dormir... Un bain, un repas, et dormir, dans cet ordre.

— Que voulez-vous faire ? articula-t-elle lentement, comme frappée de stupidité. Quelle tâche assez importante vous appelle au-dehors par ce temps ?

Myste n'hésita pas à lui répondre, d'un débit rapide et précis.

— Je veux retrouver ce pauvre homme égaré que les Maîtres appellent leur champion. Il a désespérément besoin *d'aide.*

— *De l'aide ?* s'exclama Térisa, choquée par cette idée.

Myste lui intima d'un geste de baisser la voix.

— Il aurait pu mettre le château à feu et à sang, poursuivit-elle dans un murmure, et vous croyez qu'il a besoin d'aide ?

Il a failli me tuer. Bien qu'il ait dit : *Je ne m'attaque pas aux femmes.*

— Il aurait pu, renchérit Myste. Il aurait pu nous tuer tous, mais il ne l'a pas fait. Cela ne nous éclaire-t-il pas sur lui et sur son éthique ?

— Bien sûr ! Il ne veut pas gaspiller ses forces avant de savoir où il est tombé... avant de savoir combien de gens il devra étriper pour rester en vie.

Myste fut prise d'une colère soudaine et se leva.

— Vous avez peut-être raison. Peut-être réserve-t-il seulement ses forces de destruction. Pensez-vous que les soldats du Gouverneur Lebbick lui enseigneront la civilité ? Non. Ils le pousseront au meurtre, au massacre, guettant l'occasion de l'abattre. S'il peut être contrôlé, ce ne sera que par un être incapable de lui faire du mal.

Dame Myste avait l'intention de s'expliquer plus avant mais des voix résonnèrent dans le couloir.

— Le Gouverneur Lebbick vous transmet ses excuses, Maître. Il regrette que vous ayez eu à jouer si longtemps le garde. Vous n'allez pas tarder à être relevé. Le ton de Saddith était impertinent et mensonger ; de toute évidence le lit de Maître Quillon ne lui paraissait pas nécessaire à son ascension sociale.

Elle frappa à la porte.

— Acceptez-vous de me cacher ? souffla Myste.

— Oui, mais je ne sais comment.

La fille du Roi ramassa son manteau, son verre.

— Faites-la entrer. Je vais dans l'une des armoires. Essayez de la retenir jusqu'à ce que les gardes remplacent Maître Quillon. Ceux-là ne sauront pas que je suis ici et ne s'attendront donc pas à me voir sortir. Surtout, conclut-elle fiévreusement, ne la laissez pas chercher des vêtements propres dans la chambre. Si elle me trouvait, elle parlerait.

Sans un bruit, elle disparut dans la pièce voisine.

Saddith frappa de nouveau. Térisa demeura un moment immobile. Il ne s'agissait plus cette fois de dire des mensonges mais d'orchestrer un subterfuge, et elle se sentait si faible...

L'idée que la servante pourrait la croire endormie et s'enquérir auprès de Maître Quillon l'affola. « Mais, dame Myste est avec elle », déclarerait alors l'Imageur. Et Myste serait perdue...

Elle contraignit ses jambes paresseuses à la soutenir jusqu'à la porte.

Quand elle eut tourné le verrou, Saddith entra, tel un navire glissant fièrement sur les flots. Elle tenait un plateau abondamment chargé.

— Cet homme pourrait se montrer un peu plus poli, clama-t-elle une fois la porte refermée, mais bien haut pour que Quillon n'ignore pas son mépris. Je n'ai pas besoin de ses conseils pour faire mon devoir.

Débarrassée de son plateau, elle observa Térisa et éclata de rire.

— Ma dame, vous êtes affreuse !

Ce cri du cœur lâché, elle s'efforça de montrer un peu plus de compassion.

— Ma pauvre dame, que c'est terrible ! Etre ensevelie comme cela... et retrouvée dans un état pareil, avec tous ces hommes autour... ! Une honte que votre robe ne se soit pas plus abîmée ; quelques déchirures bien placées auraient été les bienvenues pour vous donner une apparence plus émouvante... Enfin...

La servante retenait tant bien que mal son hilarité. Térisa la laissa babiller à sa guise, trop faible pour répondre. Elle ne savait que faire, mais sa faiblesse vint elle-même à son secours.

— J'ai besoin que vous m'aidiez, murmura-t-elle. Je meurs d'envie de prendre un bain mais mes bras retombent quand j'entreprends de me dévêtir. Et j'ai si froid...

Son appel à l'aide devait être assez convaincant car Saddith s'assombrit aussitôt, s'empressa.

— Oh, ma dame, pauvre dame. Appuyez-vous sur moi. Je vais vous aider à vous asseoir, vous ne devriez pas rester debout.

Elle guida Térisa vers un siège.

— Je vais faire chauffer l'eau puis nous ôterons cette vilaine sale robe et je vous baignerai.

Térisa s'abandonna aux soins de sa femme de chambre.

Celle-ci alla dans la salle de bains, fit couler de l'eau et revint portant le grand broc d'étain qu'elle plaça près de la cheminée, aussi près que possible du foyer. Elle rechargea le feu en bois.

— Il fait trop froid dans la salle de bains. Vous vous baignerez ici.

Elle replia le tapis pcur faire de la place, puis alla chercher le grand bassin de la salle de bains et le plaça devant le feu. Ensuite, elle entreprit de défaire Térisa de sa robe.

C'était la première fois depuis l'enfance que la jeune femme était dévêtue, lavée comme une invalide. Elle trouva étrange et indéniablement plaisant d'être assise dans le baquet près du feu tandis que Saddith lui versait l'eau chaude sur le corps, rinçait ses cheveux redevenus soyeux. Être propre, réchauffée compensait l'embarras où la jetait Saddith en se permettant de commenter à loisir son anatomie. Les bruits dans le couloir lui signalèrent sans ambiguïté le retour des gardes ; il s'agissait à présent d'empêcher Saddith d'aller tourner autour des armoires...

— C'est merveilleux, murmura-t-elle. Je crois que je vais me prélasser ici un moment avant de gagner mon lit.

Et vous pouvez filer, ajouta-t-elle mentalement.

Saddith hocha la tête.

— Je vous porte une robe de chambre.

— Non merci, s'exclama Térisa un peu trop vivement. Je n'en ai pas besoin. Le feu m'a bien réchauffée, il y a plein de serviettes et... je ne porte rien pour dormir, précisa-t-elle, honteusement pour faire bonne mesure.

— Ce n'est pas sage, ma dame, assura la servante. Et si vous changiez d'avis et décidiez de dîner avant d'aller vous coucher ? Non, non, il ne faut pas que vous attrapiez un coup de froid.

Avant que Térisa puisse l'arrêter, elle avait disparu dans la chambre.

La jeune femme se leva si précipitamment qu'elle faillit renverser le bassin et aspergea copieusement les alentours.

Saddith revint bientôt avec la robe de chambre de velours bordeaux.

— Qu'y a-t-il ? demanda sa maîtresse, le cœur battant à voir son expression soucieuse.

— Rien, ma dame, affirma Saddith sans se départir de sa perplexité. Je ne me souvenais pas avoir laissé ce vêtement sur une chaise ce matin en rangeant votre chambre.

Térisa faillit s'évanouir de soulagement. Myste était plus vive d'esprit qu'elle ne l'aurait cru.

— Je l'ai sortie moi-même, expliqua-t-elle d'une voix qui sonna lointaine à ses oreilles, quand je croyais être capable de me dévêtir seule.

— Vous ne devriez pas rester hors de l'eau sans vous sécher, la gronda la servante.

Calmement, Térisa se saisit d'une serviette.

La femme de chambre lui en noua une autre sur la tête tandis qu'elle s'essuyait le corps. Une fois sèche, elle se laissa poser la robe de chambre sur les épaules.

— Merci, vous pouvez disposer maintenant, déclara-t-elle sans s'embarrasser de subtilités. Je vais me débrouiller.

La soubrette l'observa un moment puis lui adressa un clin d'œil.

— Je crois avoir reconnu la voix de l'un de vos

gardes. Il a plutôt bonne réputation quand il s'agit de réchauffer le lit des dames. Si j'avais frôlé la mort comme vous, j'aurais hâte de reprendre goût à la vie...

Elle eut un mouvement de hanches suggestif et fit volte-face pour se diriger vers la porte.

— C'est le grand avec les yeux verts ! lança-t-elle avant de sortir.

Térisa se précipita vers la porte, la verrouilla. Elle allait courir dans la chambre mais Myste se tenait déjà sur le seuil, une expression distraite et rêveuse sur le visage.

— Nous l'avons échappé belle, souffla Térisa. Je vous admire d'avoir si vite et si bien réagi.

— Hmm ? fit Myste, l'esprit visiblement ailleurs. Oh, la robe de chambre...

Elle coupa court d'un geste vague.

— Térisa, je ne trouve pas très judicieux de garder cette chaise dans votre armoire.

— Pourquoi pas ? J'ignore où vont ces passages, je ne tiens pas à voir arriver ici n'importe qui.

Un sourire étira les lèvres de Myste.

— Je comprends votre point de vue. La précaution est tentante. Le seul problème est que cette chaise révèle à quiconque la voit que vous connaissez l'existence du passage. J'aimerais savoir d'ailleurs comment vous l'avez découvert...

Térisa retint sa respiration.

— ... mais vous ne me devez aucune explication. Espérons seulement que votre femme de chambre n'ira pas glisser ce qu'elle sait dans les mauvaises oreilles... Permettez-moi encore de vous rappeler que votre vie deviendrait plus difficile si le Gouverneur Lebbick découvrait ce siège dans votre armoire.

— Oh... vous avez raison.

Pourquoi ne songeait-elle pas toute seule à ce genre de détail ? Myste voulut aussitôt se montrer plus rassurante.

— Inutile de vous faire du souci. Votre domestique a déjà raconté partout ce qu'elle avait à révéler, et le Gouverneur Lebbick n'a eu aucun prétexte pour fouiller votre chambre.

— Je l'espère.

Elle essaya d'apaiser ses inquiétudes. Certes, Lebbick n'avait nulle raison d'entrer chez elle à son insu. Elle était probablement en sécurité. Elle sut secrètement gré à Myste de ne pas l'avoir plus longuement interrogée sur sa connaissance du passage.

Le bain lui avait fait grand bien et un plateau chargé de nourriture l'attendait. En le regardant elle se rendit compte qu'elle avait faim. Elle proposa à sa compagne de partager son dîner. S'attabler fut pour toutes deux l'occasion de reprendre la conversation là où elles l'avaient laissée.

— Vous me disiez donc que le champion avait besoin de votre aide, résuma Térisa. Voilà qui m'échappe : vous ne le connaissez même pas. En quoi son destin vous importe-t-il ?

La fille du Roi but une gorgée de vin avant de répondre.

— Je serais tentée de vous avouer simplement que mon cœur a saigné quand j'ai appris qu'il était blessé... et que la souffrance s'est muée en joie lorsque j'ai pensé pouvoir le secourir. La vérité n'est pas plus profonde mais je vais tenter de mieux m'expliquer.

» Imaginer qu'il a besoin d'aide n'est pas sorcier. (Son regard était fixé loin au-delà des murs de la pièce.) Pensez qu'il s'agit d'un guerrier, habitué à côtoyer l'hostilité de toutes parts. Soumettre et détruire, voilà ce qu'est sa vie. Et tout à coup, il se retrouve seul, sans explication, dans un monde aussi étranger que tous ceux qu'il a dû conquérir.

» Vous connaissez la grande question de l'Imagerie, à savoir : les êtres, les lieux, les créatures vus dans les miroirs ont-ils une existence propre ou font-ils partie intégrante du verre ? Le champion est-il un homme, qui mériterait alors de jouir des droits et du respect dus à tout homme ? Ou n'est-il rien de plus qu'un animal... un être pareil à un cheval, que l'on peut décemment, honorablement, priver de sa volonté ?

» Dans les deux cas, Térisa, il a besoin d'aide.

Tout à la fièvre de sa conviction, Myste s'était levée de table pour poursuivre son exposé en arpentant la pièce de long en large.

— S'il est un homme — comme l'affirmerait mon père —, alors ce que lui ont fait les Maîtres est abominable. Nous ne sommes pas en mesure de savoir s'il est un être bon ou non. Quand bien même il serait le plus vil tyran, il ne mérite pas d'être arraché à sa vie, à son monde, son foyer, sa famille, ses projets, pour servir sans nulle explication le caprice des Imageurs. Imaginez-le ! Il ne connaît personne ici, ne comprend rien à notre monde. Nous ne l'avons pas invité à partager notre lot. A ses yeux, nous ne sommes que des ennemis. Il nous combattra jusqu'à ce que les armes, les vivres et l'espoir lui manquent. Alors il mourra.

» S'il est un homme, sa mort sera un meurtre...

» S'il est moins qu'un homme, poursuivit Myste après un silence, un être comparable à un cheval ou à un chien de chasse, il est en droit d'attendre de l'aide. Le service que nous imposons aux animaux nous rend en retour responsables d'eux. En échange de leur servitude, nous les nourrissons, les abritons, les soignons, parfois leur donnons de l'affection. Celui qui ne traite pas bien ses bêtes n'est pas bien vu de ses semblables. Un champion, avec l'esprit, les besoins, les désirs d'un homme ne mérite-t-il pas autant de considération qu'une bête ? Même s'il n'existait pas vraiment jusqu'à sa translation, il est réel à présent ; il serait injuste de le pousser vers la mort pour la simple raison que, comme un animal, il ne comprend pas ce que nous attendons de lui.

Peut-être sa journée d'épreuves avait-elle mis Térisa trop à vif ; peut-être ses émotions se ruaient-elles en désordre à l'assaut de sa raison. Toujours est-il que son cœur palpita aux paroles de la fille du Roi. Elle fut heureuse de l'initiative de Myste, et heureuse de l'aider. Sa cause était juste. Cependant, comme pour obtenir une confirmation, elle demanda encore :

Tout cela est peut-être vrai, mais en quoi cela vous concerne-t-il ? Pourquoi vous croire tenue de quitter Orison secrètement et de vous lancer à sa poursuite par ce temps et à pied ?

Myste réfléchit un instant avant d'esquisser un sourire confus.

— Vous touchez là mon point faible, avoua-t-elle. Mes idées romantiques défient le bon sens. Cependant... fit-elle avec plus d'assurance, j'ai toujours pensé que les problèmes devraient être résolus par ceux qui les comprennent... que lorsqu'une difficulté se présente, celui qui la remarque se doit d'essayer de la résoudre avant de s'en débarrasser auprès d'autrui. C'est d'autant plus vrai aux yeux d'une fille de roi. Qu'est-ce qu'un souverain sinon un homme qui voit les problèmes et en accepte la responsabilité ? Et sa fille ne devrait pas agir de même ?

Les yeux aussi brillants et fiévreux que ceux d'Eléga, elle fit face à Térisa.

— Mais la vérité, conclut-elle presque dans un cri, est que je *veux* m'en aller. Je suis fatiguée d'attendre passivement que ma vie prenne un sens.

Sitôt cet aveu lâché, elle s'efforça d'adopter des manières plus paisibles.

— Romantique, oui, répéta-t-elle avec un rire embarrassé. Mais je n'affirmerais pas que j'ai été heureuse depuis cette terrible audience, depuis que mon père... vous a obligée à jouer contre le Prince Kragen. Quand ma mère et Torrent sont parties, je suis restée à Orison parce que je croyais y avoir un but. Je voulais être la dernière à soutenir le Roi et à le croire s'il décidait soudain de s'expliquer. Peut-être ne l'aurais-je pas aidé à résoudre les problèmes de Mordant, mais je lui aurais offert de bon cœur ma compagnie et mon soutien.

» Mais quand pour une... lubie... il s'est permis d'insulter l'ambassadeur d'Alend au point de déclencher une guerre... pour un *caprice*, Térisa ! et que j'ai couru après lui, il a refusé de m'entendre...

Myste endiguait de plus en plus difficilement son émotion.

— « Ma fille et ce Kragen s'apprêtent à me trahir » m'a-t-il crié. « Ils ont déjà commencé. Disparais. Je suis las de ma progéniture ! » Puis il m'a claqué sa porte au nez.

Un long silence succéda à ce douloureux aveu. Enfin, Myste haussa les épaules et ce simple geste parut la ramener à son agitation précédente.

— Je reste assez sa fille pour brûler d'agir là où s'en trouve le besoin. Et je *refuse* de rester pour le voir tomber de plus en plus bas.

Térisa répondit ce qu'elle put pour l'aider.

— Quand il est apparu, le champion a failli me tuer, raconta-t-elle lentement. Mais il a de lui-même arrêté son geste et m'a dit : « Je ne m'attaque pas aux femmes. »

Le sourire de Myste fut comme un rayon de soleil au cœur de la tempête qui harcelait Orison et l'ensevelissait sous une chape blanche.

La chute de neige s'affaiblit peu après le coucher du soleil. Myste ne voulait pas se risquer au-dehors par un ciel clair baigné de lune, et laisser des traces trop visibles dans la neige fraîchement tombée, aussi quitta-t-elle promptement la chambre de Térisa. Ses sacs de vivres remis en bandoulière sous son manteau, une petite lampe à huile à la main, elle ouvrit la porte du passage secret et se glissa entre les vêtements dans l'armoire.

— Soyez prudente, lui murmura Térisa. Si le Gouverneur Lebbick lançait ses troupes à votre recherche, nous aurions l'air stupide toutes les deux.

— Ne le laissez pas vous tourmenter, répliqua Myste presque gaiement. Il n'agit que par loyauté envers mon père. Je vous remercie de tout mon cœur, Térisa. Je crois n'avoir pas été aussi heureuse depuis des années.

— Que dirai-je à Eléga ?

— Rien, surtout, répondit la fille du Roi en

s'éloignant dans l'escalier. Surveillez-la. Et si elle a réellement l'intention de trahir le Roi, empêchez-la.

Et comment ? songea Térisa. Mais la question ne franchit pas ses lèvres. Myste était déjà loin.

Elle referma la porte du passage et sortit de l'armoire. Demain elle devrait voir Maître Erémis. Il faudrait qu'il sache comment il avait été trahi. Curieusement, la perspective de lui parler n'avait rien d'agréable ; elle préféra tourner ses pensées vers Myste.

Elle voulait croire qu'un jour elle aurait un courage semblable à celui de la fille du Roi.

Dès qu'elle fut couchée, elle sombra dans un profond sommeil.

Elle fut éveillée tôt le lendemain matin par le son du cor.

Il surgit, enveloppa le lit, comme un appel jailli de ses rêves, lointain et douloureux. Trop avide pour prendre garde au froid qui régnait dans la chambre à cause des feux éteints, Térisa se rua hors du lit et, nue, chercha la source de cette musique.

L'appel recommença.

Ce n'était pas celui dont elle gardait le souvenir. Non, il s'agissait d'une sonnerie de trompette, la même mélodie solitaire qui avait accueilli les Seigneurs des Fiefs à Orison.

Cela éclairci elle prit conscience du froid, mais gagna pourtant la fenêtre pour observer la cour boueuse.

La trompette se fit entendre de nouveau, qui saluait le départ des Seigneurs un à un. Térisa vit le Fayle et sa suite passer la porte, suivis du Perdon, tandis que le Termigan faisait tourner bride à son cheval pour s'éloigner de la haie formée par les soldats de Lebbick. Puis venait l'Armigite, flanqué de ses gardes et courtisans — de deux ou trois femmes également. Peut-être ses maîtresses.

Venait en dernier le Prince Kragen.

Ainsi il partait lui aussi. A l'exemple des Seigneurs, il était resté seulement le temps nécessaire pour évaluer les conséquences de la décision du Congrégat. Abandonnaient-ils tous Orison qui n'était plus la forteresse d'autrefois, qui n'était plus en état de soutenir un siège... ni même l'assaut du mauvais temps ? Le Prince Kragen partait-il préparer cette guerre que fuyaient les Seigneurs des Fiefs ?

Quel serait, en fin de compte, le coût de la translation du champion pour Mordant ?

Le froid de la pierre contre ses bras et ses seins fit frissonner Térisa. L'enchaînement des événements s'accélérait. Elle crut percevoir une note menaçante, sauvage, un avertissement dans la façon dont la trompette salua le Prince Kragen à l'instant où celui-ci recevait la raide inclinaison de tête du Gouverneur Lebbick puis gagnait la porte, suivi de son escouade de gardes.

Tremblant violemment, elle abandonna la fenêtre.

Son premier geste fut d'enfiler sa robe de chambre et de la serrer contre elle ; ensuite, elle s'occupa de ranimer et de recharger les feux. Les flammes gourmandes sur les bûches abondamment fournies la réchauffèrent bientôt.

Elle avait faim. Il était trop tôt pour que Saddith lui portât son petit déjeuner, aussi décida-t-elle de s'habiller puis de demander à l'un des gardes en faction de lui envoyer sa femme de chambre avec de quoi se restaurer.

Lasse de ce qui restait pour elle des sortes de déguisements, elle revêtit ses propres vêtements plutôt qu'une robe, mais... où étaient donc ses mocassins ? Étrange. Quand les avait-elle portés la dernière fois ? La nuit précédente ? Oui, lors de la réunion nocturne des Seigneurs. Mais où étaient-ils passés ?

Saddith les aurait-elle pris ?

Le front barré d'un pli soucieux, elle acheva de se vêtir, chaussa ses escarpins et alla déverrouiller sa porte.

Elle reconnut vaguement les gardes, sans doute avaient-ils déjà été de service au même poste récemment. Ils la saluèrent et l'un d'eux s'enquit de ce dont elle avait besoin.

— Pourriez-vous appeler ma femme de chambre ? Je voudrais mon petit déjeuner.

— Bien sûr, ma dame. Oh, l'Aspirant Géraden était ici voilà un moment, ajouta-t-il après un silence, quêtant de vos nouvelles. Je ne serais pas surpris de le voir bientôt revenir. Lui dirai-je que vous êtes prête à recevoir de la visite ?

— Oui, merci.

La porte refermée, elle sourit. Géraden devait bien se porter si son frère et le médecin le laissaient s'enquérir de la santé des autres. Elle regagna la fenêtre pour contempler la cour animée où s'affairaient les domestiques, les soldats, les marchands, leurs premiers chalands.

On frappa bientôt mais avant qu'elle ait eu le temps de répondre, le Gouverneur Lebbick se montrait dans la chambre et claquait la porte derrière lui.

Il s'arrêta au centre du tapis, la fixant, un bras serré derrière son dos, l'autre raide contre sa hanche. Sa mâchoire, ses épaules étaient crispées de colère.

— Ma dame, fit-il d'un ton presque paisible, vous avez fini de me mentir.

A sa propre surprise, Térisa ne cilla pas. Elle lui avait déjà fait face, elle saurait recommencer.

— Je serais venu plus tôt si je n'avais pas été occupé, fit-il sur le ton de la conversation. Ce que j'ai à vous dire sera désagréable à vos oreilles, néanmoins voici...

» Je venais vous interroger de nouveau hier quand le Fayle me trouva et me confia ce que préparaient ces Imageurs nuisibles. Ensuite, j'eus évidemment à organiser les secours pour vous tirer, Géraden et vous, des décombres. Je dus veiller à la protection des Seigneurs, du Prince Kragen, énonça-t-il avec une moue dégoûtée, et du Roi lui-même, au cas où ce *champion* se retournerait contre nous. J'eus à expédier mes hommes à sa poursuite pour éviter qu'il ne sème partout de nouveaux désastres. Dans la mesure où je savais où était Erémis, je n'avais pas à me soucier de lui. Mais j'ai consacré des heures précieuses et des hommes valeureux à la recherche de Gilbur.

» Je me doute que vous en connaissez d'ores et déjà le résultat. Néanmoins, je viens vous l'annoncer.

» Gilbur a disparu. Envolé purement et simplement, comme s'il pouvait user des miroirs plats à sa guise. Les Seigneurs sont partis. Dans la mesure où ils croient fous les Maîtres, ils ne tiennent pas à rester auprès de leur Roi. J'ai dû laisser s'en aller le Prince Kragen ; il était venu en *ambassadeur*...

Il grimaça, découvrant des dents qu'il semblait envisager d'enfoncer dans la chair vive de sa victime.

— De surcroît, le champion est en liberté.

— En liberté ?

Le Gouverneur n'avait fait nulle allusion à Myste, ne prononçait aucun des mots qu'elle attendait. Pourquoi revenait-il l'interroger ? Comment Maître Gilbur était-il parti ?

— Que voulez-vous dire ?

— Je veux dire, ma dame, fit Lebbick d'une voix coupante, que mes hommes ont échoué. Certes, ils n'étaient que cinquante, mais deux cents n'auraient pas mieux fait.

» Oh, ils l'ont retrouvé bien sûr. Il n'a pas d'ailes sur son étrange armure. Je le suppose blessé d'ailleurs. Aussi auraient-ils dû pouvoir le contenir. Je ne leur avais pas ordonné de se battre, je ne voulais pas le provoquer. Je souhaitais simplement qu'il reste à la même place en attendant que nous décidions de son sort.

» Or sa translation fut parfaitement planifiée. Gilbur et Erémis ont dû y travailler de longue date, précisa-t-il sans endiguer davantage sa rage. Mes hommes le localisèrent, l'arrêtèrent mais à peine avaient-ils eu le temps d'envoyer ici un cavalier, qu'ils se virent attaqués. L'air s'ouvrit devant eux et un chat de la taille d'une petite *maison* leur sauta dessus.

Il était étrange de voir comme la colère soutenait le Gouverneur, comme si elle avait été la pitance dont il se repaissait.

— Une bête de cette taille aurait commis des ravages dans n'importe quelles circonstances, ma dame. Mais celle-ci... *celle-ci* répand le feu sur tout ce qu'elle touche. La chair, le fer, rien ne lui résiste, et elle eut raison de mes hommes comme d'un troupeau impuissant. Deux d'entre eux seulement en ont réchappé. Ils l'ont laissée alors qu'elle dévorait les corps calcinés. Grand bien m'a pris de ne pas envoyer deux cents hommes ; je ne puis me permettre d'en perdre autant.

» Depuis, poursuivit-il plus calmement, je me suis rendu sur les lieux du carnage. Les traces dans la neige permettent aisément de voir que le champion et ce chat de feu sont partis dans des directions différentes. Ils ne nous ont pas fait la faveur de se détruire l'un l'autre. Nous voilà dorénavant face à deux abominations au lieu d'une.

Térisa frissonna jusqu'au tréfonds d'elle-même. Cinquante hommes. Et c'était là-bas qu'avait couru Myste. *Myste est là-bas !* faillit-elle crier.

Mais cela s'était produit dans l'après-midi et Myste n'avait pas quitté Orison avant le soir. Il y avait de fortes chances pour que le champion comme le chat de feu soient tous deux hors d'atteinte pour elle.

— C'est terrible, parvint-elle à articuler après avoir calmé sa respiration. Seulement, je ne comprends pas ce que cela a à voir avec moi.

— Ma dame, vous en êtes d'une certaine façon responsable.

Elle ouvrit la bouche pour se récrier mais il ne lui en laissa pas le temps.

— J'ai suivi votre conseil hier matin, après que vous êtes sortie avec Maître Erémis et Géraden. Je me suis « donné un peu de peine ». J'ai fouillé votre chambre.

Térisa découvrit qu'elle s'était réfugiée contre un

mur pour se soutenir, pour empêcher ses genoux de se dérober sous elle.

— J'ai découvert une chaise dans votre armoire, annonça-t-il avec satisfaction. Et ceci...

La main derrière son dos se découvrit, brandissant les mocassins.

— Vous avez pu nettoyer vos vêtements, poursuivit-il. Mais sur ces souliers en cuir... impossible de faire disparaître les traces de sang des semelles.

A cet instant, l'on frappa à la porte.

— Entrez ! cria durement Lebbick.

La porte s'ouvrit et Géraden apparut.

Le regard de Térisa vola vers lui et son cœur se gonfla à la vue de son sourire, de la lueur de plaisir dans ses yeux. Elle se sentit respirer, se dit que cette simple présence saurait la sauver. Par sa foi au Roi Joyse, Géraden se rangeait dans le camp du Gouverneur, contre elle, et pourtant elle ne douta pas qu'il la soutiendrait, la secourrait, quoi qu'il advienne.

L'instant d'après néanmoins, la gaieté du jeune homme se mua en alarme. Il salua le Gouverneur, Térisa, en quelques mots qui recélaient une interrogation.

— Est-ce accidentel, Géraden, s'enquit Lebbick, ou venez-vous ici dans un dessein précis ? Êtes-vous avec elle dans tout cela ?

— Dans quoi ? questionna l'Aspirant.

Le Gouverneur l'observa un moment, puis souffla d'un ton amer où perçait presque une note de déception :

— Non, je ne peux y croire. Vous êtes capable de n'importe quoi par manque de jugement, par simple aveuglement. Mais vous ne trahiriez pas votre Roi.

Le Domne vous arracherait la peau à coups de fouet si vous essayiez.

— Êtes-vous en train d'accuser dame Térisa de trahison ?

Géraden parut un peu effrayé de sa témérité mais tout à fait décidé.

— N'est-ce pas fâcheux ? Je veux dire que dame Térisa n'est pas sujet du Roi. Il n'a nul droit sur elle. Comment le trahirait-elle ?

Le Gouverneur reporta son attention sur la jeune femme. Celle-ci soutint son regard, attentive surtout à masquer combien elle avait besoin du secours de Géraden.

— Pourquoi êtes-vous ici, enfant ? demanda sourdement l'accusateur sans regarder celui auquel il s'adressait.

— Le Congrégat a décidé d'une commémoration funéraire ce matin pour les deux Maîtres tués hier, expliqua vivement Géraden. Dame Térisa y est attendue.

— En d'autres termes, fit Lebbick de la voix la plus dure, les Maîtres doivent se concerter quant au sort d'Erémis et de Gilbur et tiennent à ce que nul ne le sache. Vous leur direz, poursuivit-il sans laisser Géraden répondre, que dame Térisa ne viendra pas. Elle est en état d'arrestation. Vous pourrez lui rendre visite aux cachots quand je l'aurai interrogée.

Bouleversée, Térisa lança un appel muet vers Géraden. Il était pétrifié. Un fol instant, elle crut qu'il allait protester... peut-être se jeter sur Lebbick pour la défendre.

Il n'en fit rien.

— Je le leur dirai.

Il se détourna et gagna la porte qu'il referma derrière lui.

Géraden ! Il l'abandonnait à la colère du Gouverneur.

Géraden ! Alors qu'elle avait besoin de lui, il partait.

Ses genoux menaçaient de la laisser choir. Elle sentit tout courage la quitter comme l'eau qui s'échappe d'une carafe brisée. Elle avait été tellement *certaine* qu'il était son ami...

— Je vois que j'ai enfin obtenu votre attention, commenta malicieusement Lebbick. Oui, je vous arrête. A défaut de mieux, vous êtes accusée d'avoir participé au meurtre des gardes du Prince Kragen.

Oh ! Pourquoi était-elle venue en ce monde, pourquoi avait-elle laissé le sourire, et la fièvre de Géraden, et ce bref mais stupéfiant éclat d'autorité, la persuader de commettre cette folie ? Elle n'avait aucune justification pour penser qu'elle avait un rôle à jouer, qu'elle pouvait influer sur le sort de Mordant.

— Je vais vous enfermer dans la cellule la plus sombre... où courent les rats les plus gros... et je vous y laisserai pourrir jusqu'à ce que vous me disiez la vérité.

Chacun trahissait son voisin. Elle n'était qu'un pion minuscule dans la grande trame de complots et d'intérêts obscurs. Elle n'avait nul moyen de se défendre. Et elle n'avait personne à trahir car personne n'était à ses côtés.

— Si vous souffrez de la solitude, vous pourrez toujours bavarder avec votre amant. Erémis occupera la cellule voisine de la vôtre. Si j'ai les coudées franches, vous l'entendrez hurler.

Cette assertion coupa court à sa propre détresse. Erémis ? Erémis était arrêté ? Oh, c'était affreux, pire que son propre sort. Il fallait qu'il soit libre. Mordant avait besoin de lui. Surtout maintenant, quand le champion avait emporté tout espoir, quand les Seigneurs avaient quitté Orison pour regagner les Fiefs.

— Je souhaite que vous compreniez votre folie, dit-elle comme si une parfaite étrangère parlait à sa place. Je n'ai rien fait, je ne fais jamais rien.

— Vraiment ?

L'ironie de Lebbick était épaisse comme du sang.

— Vous accomplissez décidément des merveilles, reprit-elle sans mesurer le danger dans lequel elle s'enferrait. Je dois être la seule personne dans tout Orison réellement innocente. Et Maître Erémis est probablement le seul qui ne mérite pas d'être sous les verrous.

— Tripailles de veau ! jura le Gouverneur. Vous agacez ma patience, ma dame.

— Qui n'a jamais été très grande.

Un instant, il la regarda en silence, presque surpris ; et dans ce silence elle comprit qu'elle faisait exactement son jeu. Le sourire menaçant de Lebbick le lui rappela. Mais trop tard. Elle lui fournissait les armes propres à attiser sa colère.

— Non, acquiesça-t-il doucement. Je n'ai jamais eu beaucoup de patience.

Son sourire était du venin. La brève audace de Térisa se mua en panique. Instinctivement, elle tenta de reculer mais elle se trouvait déjà contre le mur.

— Certes, comme vous me le faisiez remarquer, je manque de preuves. Hier, j'ai été trop occupé pour questionner le Fayle ou l'Armigite. Quand ils ont insisté pour partir ce matin, je n'ai pu les retenir.

» Je ne suis pas pour autant stupide.

» La nuit où mes hommes, avertis par l'Armigite, ont trouvé les gardes du Prince Kragen, le Fayle a eu je ne sais comment connaissance des intentions d'Erémis et de Gilbur de translater leur champion. Cette même nuit, vous quittiez vos appartements avec Erémis... et reveniez seule, couverte de *sang*. Bien sûr, railla-t-il cruellement, vous êtes innocente. C'est en toute innocence que vous avez nettoyé vos vêtements et essayé d'effacer tout indice qui aurait pu vous impliquer dans la mort des deux gardes du corps. C'est en toute innocence que vous m'avez menti, et en toute innocence que vous avez *oublié* que vos souliers vous trahiraient.

Il brandit devant elle les mocassins maculés.

— Par quelque stupéfiante coïncidence, tous les Seigneurs, à l'exception du Domne, se trouvaient ici cette nuit-là. Comme le Prince Kragen, ambassadeur d'Alend. Le lendemain, le Congrégat s'empressait de translater son champion avant que j'aie le temps d'intervenir. Et quand mes hommes tentaient d'arrêter ce champion, voilà qu'il était secouru par une autre manifestation d'Imagerie.

» Que suis-je censé déduire de tout cela, ma dame ? Devrais-je être impressionné par la pureté de votre innocence ? Ou par la sincérité des motivations de votre amant, ma dame ?

Il donnait à ses propos la saveur la plus cruelle, et s'en délectait. Chaque mot qui franchissait ses lèvres était terrifiant.

— Je vais vous dire ce que je conclus de tout cela.

D'abord, il est évident que la translation était depuis longtemps préparée. Les miroirs ne naissent pas en une nuit, bien que je ne sache pas quand ils ont fabriqué celui-là, murmura-t-il pour lui-même. Où est le miroir responsable de cette translation ? Dans la mesure où Erémis et Gilbur sont ceux qui ont parlé au Fayle — et dans la mesure où Gilbur a disparu — il est évident que ce sont eux les responsables.

» Mais que s'est-il passé pour que l'on retrouve deux morts et assez de sang pour en soupçonner cinq ou six autres ?

» Quelle que soit la réponse, ma dame, il y a eu trahison. Soit Erémis et Gilbur ont rencontré les Seigneurs pour comploter contre Mordant au moyen de leur champion, le Prince Kragen les a espionnés, puis a été surpris et ses deux gardes sont morts en le défendant. Soit Erémis et Gilbur se sont rencontrés avec le Prince Kragen, et les Seigneurs les ont surpris en train de fomenter un complot contre Mordant ; dans cette hypothèse, les deux gardes sont également morts en défendant leur maître. Dans les deux cas, le Fayle est venu me trouver car les intentions de Gilbur et Erémis l'effrayaient.

» Comment puis-je expliquer la quantité de sang... ou l'insuffisance de cadavres ? La chaise dans votre armoire m'a fourni la solution. Les hommes qui se battirent pour vous et *moururent* ont été emmenés par un passage secret.

» A dire vrai, cette chaise m'a beaucoup éclairé. J'ai compris comment vous aviez survécu la première nuit quand on vous attaqua. Vos alliés... je veux dire, les alliés d'Erémis... vinrent à votre secours par ce passage puis retournèrent ensuite se cacher.

L'horreur gagnait Térisa. Il était si près de la vérité !

— En temps ordinaire, reprenait le Gouverneur, j'aurais jugé que vous n'étiez pas depuis assez longtemps à Orison pour commettre tant de méfaits. Erémis est peut-être le plus grand fornicateur de Mordant, mais même les femmes ont besoin d'un certain temps pour atteindre à cette dégradation. Or, vous avez eu plus de loisirs que je ne le pensais... tout le temps où je vous croyais en sécurité, enfermée dans votre chambre.

» Qu'en dites-vous, ma dame ? Quel mauvais génie vous pousse ? Ou existe-t-il une troisième explication ? Un crime pire encore ?

Il s'était approché d'elle, lui crachait sa rage au visage. Elle tressaillit mais soutint son regard, hypnotisée par sa fureur.

— Quel est votre intérêt ? Les violences amoureuses d'Erémis vous sont-elles une récompense suffisante ? Ou avez-vous d'autres desseins ? L'ArchI-Mage vous a-t-il envoyée ici pour nous détruire ?

Jetant de côté les mocassins, il la saisit par les bras, lui broyant les chairs.

— Qui se bat pour le Roi, ma dame ? N'y a-t-il que des traîtres ?

Non, laissez-moi, ce n'est pas ma faute, je ne sais de quoi vous parlez !

Il la secoua comme s'il voulait lui briser le cou.

— *Pourquoi n'avez-vous pas utilisé le passage secret pour regagner votre chambre ?* Ainsi, vous auriez été sauve. Nul ne se serait douté que vous étiez impliquée dans le meurtre des deux gardes.

— Parce que le passage ne conduit pas là-bas !

A son cri succéda le silence, un silence où le sang bouillonna à ses oreilles, où Lebbick la contempla avec une expression de triomphe.

— Voilà un début, ma dame, murmura-t-il, les dents serrées. Où mène-t-il alors ?

Elle ne pouvait le lui révéler, exposer à ses coups Maître Quillon, l'Adepte Havelock, Myste ! Elle en avait déjà trop dit.

Cette fois, elle puisa le courage de le défier. Ce fut Térisa et non quelque étrangère audacieuse qui répondit :

— Je ne mérite pas d'être traitée de la sorte. Si votre femme était vivante, elle aurait honte de vous.

La panique qui s'ensuivit en elle lui donna le vertige. L'éclat de folie qui traversa le regard du Gouverneur la paralysa. Et les mots qu'il prononça lui parurent une langue inconnue :

— Merci, ma dame. Je ne m'étais pas autant amusé depuis que le Roi Joyse me permit de punir ce commandant de garnison.

Ce fut à travers un voile d'appréhension qu'elle le vit lâcher ses bras, se reculer, lancer le dos de sa main vers son visage.

Instinctivement, elle baissa la tête, leva les bras devant elle.

Bien que dévié, le coup eut assez de force pour la jeter au sol. La douleur monta dans sa gorge, ses oreilles. Elle eut l'impression qu'elle allait devenir aveugle ; tout ce qu'elle discerna fut la silhouette de Lebbick qui contemplait sa main comme si elle appartenait à quelqu'un d'autre.

Au-delà de sa souffrance, elle entendit, distinctement :

— Que suis-je en train de faire ?

Puis on frappa à la porte.

— Disparaissez ! hurla Lebbick.

— Pardonnez-moi, Gouverneur, fit la voix d'un garde. Ordre du Roi.

— Le Roi ? répéta-t-il au bord de l'apoplexie.

— Il veut parler à dame Térisa. Je suis chargé de l'escorter jusqu'à lui. Il exige sa présence immédiate.

La voix narguait la rage de Lebbick.

— Elle est en état d'arrestation. Elle devrait déjà être au cachot.

— Gouverneur, je suis chargé d'annoncer à dame Térisa qu'elle est libre.

Lebbick lâcha un cri rauque, étranglé.

Des mains rudes saisirent Térisa à terre, la remirent sur pied. Au bout d'un moment, elle reconnut les mains de son bourreau.

— Un jour, ma dame, siffla-t-il, ma chance viendra. Et ce jour-là, vous ne m'échapperez pas.

Il laissa le garde la soutenir.

16

Qui sont vos amis

La douleur allait et venait dans sa tête mais elle eut assez de clarté d'esprit pour sentir le garde qui la soutenait et pour se rassurer. L'on était venu à son secours, et c'était très agréable. Autrement plus agréable que la solitude désespérée qu'elle avait connue un moment plus tôt.

Mais comment le Roi Joyse avait-il eu l'idée de l'envoyer chercher ? Comment avait-il su qu'il fallait la secourir ?

Comment savait-il qu'elle était arrêtée ? Elle-même savait si peu de choses, qu'elle restait ébahie de tout ce que savaient les autres.

— Vous sentez-vous mieux, ma dame ? s'enquit le garde.

Elle perçut le soulagement, l'inquiétude dans sa voix. L'image de Myste lui traversa l'esprit. Myste... n'avait-on pas encore remarqué son absence ? Elle oublia dans ce souci la question du garde. Celui-ci la secoua doucement.

— Comment vous sentez-vous ?

Elle revoyait clair, à peu près, bien que les formes lui apparaissent tordues. L'angle entre le sol et les murs paraissait faux. Le seuil de la porte n'était pas horizontal. Bien sûr elle était folle. Cela ne la dérangeait pas, au contraire, cette sorte d'égarement l'aidait à supporter la douleur qui battait sous son crâne.

— Ma dame ? insistait le garde de plus en plus inquiet.

— Savez-vous... articula-t-elle difficilement, savez-vous pourquoi il m'a frappée ?

— Non, ma dame. Je n'étais pas là.

Il avait un bras passé derrière le dos de la jeune femme, une main posée sur son épaule.

— Il m'a frappée parce que je l'avais insulté.

Elle eut soudain envie de rire. Ou de pleurer. Elle l'avait insulté, *elle,* Térisa Morgan. Cela méritait bien d'être frappée. Peut-être.

— Oh, j'ai si mal à la tête...

— Venez par là, ma dame.

Précautionneusement, le garde la guida vers une chaise puis lui tendit un verre de vin. Elle l'avala goulûment ; elle sentit des lances lui percer le cerveau, mais au bout d'un moment le martèlement s'apaisa sous son crâne.

— Merci, souffla-t-elle.

Oh, comme elle avait envie de se reposer. Mais elle n'en avait pas le loisir, il y avait une raison, mais laquelle ? Ah, oui.

— Vous disiez que le Roi demandait à me voir ?

— Oui, ma dame. Nous nous rendrons chez lui dès que vous serez capable de marcher.

Elle le regarda et lui sourit. Elle ne se souvenait pas l'avoir déjà vu. Il était relativement jeune, doté d'un fin visage et d'yeux graves... peut-être pas l'homme qu'il fallait pour porter un message qui rendrait furieux le Gouverneur Lebbick. Pourtant, il avait parfaitement exécuté ses ordres ; et elle lui savait gré de sa courtoisie.

— Autant y aller, fit-elle. Marcher me fera du bien.

Le garde hocha la tête et l'aida à se remettre sur pied avant de lui offrir son bras. Elle s'y appuya et tenta quelques pas. La douleur sous son crâne diminuait de plus en plus. Incroyable. A en juger les apparences, il était donc possible de survivre à la fureur d'un homme tel que Lebbick. Un homme comme son père. Elle y croyait à peine.

Elle se laissa guider jusqu'à la tour qui abritait les appartements royaux. Le temps d'arriver à la porte du Roi, elle avait retrouvé un esprit à peu près clair et serein.

Les gardes en faction lui ouvrirent sans poser de question et l'annoncèrent. Visiblement elle était attendue. Elle se retrouva bientôt dans la pièce richement décorée où le Roi se livrait à ses parties de saute-contre.

A la lueur des bougies dans les candélabres et les appliques murales de cuivre, les lambris blonds offraient un doux contraste avec l'épais tapis bleu et rouge, faisant ressortir les sculptures et les incrustations de bois clair. Un chambranle ornementé surplombait l'âtre. Une partie de saute-contre était entamée mais personne ne jouait.

— Seigneur Roi, déclara fermement le garde, voici dame Térisa de Morgan.

Il se retira avec son collègue et la porte fut refermée. Le Roi ne réagit pas. Il était vautré dans un fauteuil aux accoudoirs dorés, la tête renversée sur le haut dossier, les jambes allongées sur un pouf ventru. Son manteau de velours pourpre le couvrait comme un linceul, qui tendait à devenir presque aussi loqueteux que celui de l'Adepte Havelock. Un rouleau de parchemin était déployé sur son visage ; ses bras pendaient de part et d'autre du fauteuil et les articulations noueuses de ses doigts effleuraient presque le sol. Sur celui-ci traînaient d'autres parchemins, certains déroulés, certains noués par une cordelette.

Le Roi ronflait. Chacune de ses respirations soulevait le rouleau de papier rigide.

Le Fourbe du Roi n'était pas là. Par contre, Géraden et le Tor tenaient compagnie au souverain.

Térisa sursauta en les voyant.

— Ma dame, fit le Tor, c'est un plaisir que de vous revoir.

Il débordait de son siège. Ses mains rondes se cramponnaient à une carafe de vin, à croire qu'il ne pouvait s'en passer. Ses cheveux clairsemés pendaient tristement de son crâne pâle. Mais son ample robe noire était propre ; ses joues rebondies soigneusement rasées. Bien que troubles, ses yeux semblaient moins hagards que lors de leur dernière rencontre.

Géraden sourit devant la surprise de la nouvelle venue, mais très vite son visage exprima la plus profonde détresse. Il bondit de son siège et s'approcha de Térisa pour effleurer légèrement sa joue meurtrie.

— Ce bâtard sans scrupule... il vous a frappée. Je suis désolé. C'est ma faute. Je ne pensais pas qu'il irait si loin. J'espérais agir assez rapidement. J'ai couru... couru...

— Assez, jeune Géraden, intervint le Tor en fixant

sa carafe d'un regard morose. Vous êtes fils du Domne, un peu plus de dignité.

— Que faites-vous ici tous deux ? murmura Térisa qui avait l'impression d'être devenue idiote.

— A peu près rien, répliqua le Seigneur comme si elle ne s'était adressée qu'à lui. Le Roi a un vin fort appréciable, un feu qui ne l'est pas moins. Je ne demande rien de plus.

» Après ce séjour dans les fondations du château, maugréa-t-il en fronçant le sourcil, je me sentais presque aussi froid que mon fils. J'ai eu envie de me réchauffer... et pourquoi ne pas partager un dernier pichet avec mon vieil ami le Roi de Mordant... Ai-je fait savoir que je ne le quitterais pas ? Eh, c'est dit. Pourtant, il a refusé de me voir. Voilà qui est fâcheux, très fâcheux.

Il sourit, contre toute attente, mais d'un sourire qui n'atteignit pas l'infinie tristesse de ses yeux.

— Il m'a sous-estimé. Je me suis assis devant sa porte et me suis mis à hurler. Non pas un petit hurlement poli, déférent. Non, non, un hurlement à donner des frissons à la mort.

— Vraiment ? s'exclama Géraden, égayé malgré lui.

Le Tor acquiesça d'un signe de tête.

— Il est heureux que les miens n'aient pas assisté à cela. J'aurais encore baissé dans leur estime. Néanmoins, j'ai eu gain de cause.

Il jeta un coup d'œil vers le Roi endormi.

— Une fois dans la place, je ne l'ai pas laissé me donner congé.

Térisa ne comprenait goutte à ce récit. Elle secoua la tête pour s'éclaircir les idées, mais cela eut l'effet inverse. Elle rêvait de s'asseoir, de s'allonger. L'image du Tor portant son fils dans la cour boueuse ne lui laissait pas de répit, ni l'attitude du Roi devant le deuil de son vieil ami.

— Tous les autres Seigneurs sont repartis, fit-elle. Pourquoi restez-vous ?

— Esprit de revanche, grimaça-t-il. Toute ma vie, expliqua-t-il d'une voix rauque, je fus hanté par le regret de n'avoir pas donné à Joyse tout mon soutien quand il en avait besoin. J'aurais pu passer pour avisé, prudent... s'il avait échoué. Or il réussit, faisant de moi à jamais un ingrat aux yeux de tout Mordant. Je veux me venger de cette faute qu'il m'a fait porter.

— Je ne comprends pas, hasarda Térisa.

Le Tor plaisantait-il ?

— Le Roi a besoin d'un chancelier, un homme plus capable de donner deux ordres cohérents que ce fou d'Imageur. Tant que je resterai assis là, conclut-il en frappant des mains les accoudoirs de son siège, et m'exprimerai comme si j'y étais autorisé, je serai obéi. Qu'il le souhaite ou non, le Roi Joyse n'est plus un souverain passif. Soit j'agirai en son nom, soit il agira pour m'arrêter.

Les yeux de Géraden brillèrent de plaisir, mais Térisa fut plus lente à comprendre. Elle avait cru que Géraden l'abandonnait à Lebbick, or...

— Vous donnez des ordres au nom du Roi. Quant à vous, poursuivit-elle en se tournant vers l'Aspirant, vous vous êtes précipité ici pour demander au Roi d'arrêter le Gouverneur Lebbick.

Géraden fit un signe affirmatif. Elle observa le Roi.

— Voulait-il réellement me voir ?

Avec cette méticulosité propre à une trop grande

absorption de vin, le Tor coula un œil tout autour de la pièce, comme s'il guettait des espions.

— Non, souffla-t-il en portant un doigt à ses lèvres. Mais il n'aurait pas manqué de le faire s'il avait eu sa tête. Il dormait, aussi ai-je pris la liberté de décider en son nom. Le jeune Géraden a raison, notre brave Gouverneur ne devrait jamais avoir autorité quand il s'agit de femmes.

Térisa ouvrit plusieurs fois la bouche sans qu'une syllabe n'en sortît. Elle avait tant à questionner. Qu'espérez-vous faire ? Oh, Géraden, je suis désolée ! Croyez-vous réellement qu'il vous laissera tranquille après cela ? Mais là n'était pas l'important. L'important était que Joyse réagisse, retrouve la souveraineté, dévoile ses véritables intentions.

— Je suis heureuse de ce que vous avez fait, fit-elle sincèrement. J'avais besoin d'être secourue.

Le Tor lui adressa un clin d'œil lugubre.

— Voyez, dit-il à Géraden. Ma vengeance porte déjà ses premiers fruits.

— Mon père raconte maintes histoires sur vous, mon Seigneur, rétorqua Géraden. Je ne trouve pas qu'elles vous rendent justice.

Térisa pour sa part n'en avait pas terminé. Elle se tourna vers le jeune homme. Et parce qu'elle s'était découvert le courage de proférer des mensonges — même des insultes — elle puisa le courage de dire la vérité.

— Pardon. Quand vous êtes parti, j'ai cru que vous m'abandonniez. J'aurais dû savoir qu'il n'en était rien.

Le regard de l'Aspirant se fit plus aigu, ses épaules se redressèrent.

— Effectivement, répliqua-t-il d'une voix un peu agressive. Vous auriez dû le savoir. Je me serais coupé une main plutôt que vous laisser à votre sort.

Il se rendit vite compte de sa sécheresse et se radoucit.

— Je suis heureux d'avoir fait ce qu'il fallait, pour une fois. Mais, je vous en prie, ne le comptez pas à mon actif, le fait est trop rare.

— Taratata, Géraden, intervint le Tor, vous vous nuisez à vous-même.

Il leva sa carafe vide et la balança devant lui jusqu'à ce que l'Aspirant trouve une bouteille pleine et verse du vin dans le flacon.

— Votre difficulté est fort simple : vous n'avez pas encore découvert vos véritables capacités. En tant que chancelier du Roi, je dispense gratuitement mes conseils à tous. Les hommes d'épée font de piètres fermiers ; votre frère Artagel ne me contredirait pas. Laissez tomber l'Imagerie. Un fils du Domne ne devrait pas consacrer sa vie à amuser les Imageurs.

Géraden s'assombrit, non de colère mais de peine.

— Je le ferais si je le pouvais, fit-il d'une voix saccadée qui alla droit au cœur de Térisa. Je suis une cause de déception pour ma famille. Je sais cela. Mais je ne puis... je ne peux pas abandonner.

Le Tor examina son carafon comme s'il tenait à éviter le regard du jeune homme.

— Au moins, vous êtes le fils de votre père. Puisez dans cela votre réconfort. Lui aussi est entêté. J'ai entendu le Roi Joyse dire un jour qu'il préférerait se briser la tête contre un mur plutôt que discuter avec le Domne.

Térisa songea qu'Artagel, s'il avait été là, aurait farouchement nié être déçu par son frère.

Un ronflement inopiné du Roi attira leur attention à tous trois. La tête chenue glissa un peu sur le côté et le parchemin qui la couvrait s'en alla rejoindre les autres sur le tapis. Battant des paupières, le souverain ramena les mains sur sa poitrine et fit jouer ses doigts comme pour les dégourdir.

— Le Domne, murmura-t-il à l'adresse du plafond. Une mule. Plutôt me briser la tête contre un mur.

Dans un effort pour se redresser, il saisit les accoudoirs de son fauteuil, mais il parut trop faible, ou prisonnier encore de rêves où le retenait un demi-sommeil.

— Seigneur Roi, appela Géraden qui vint l'aider.

Le vieillard passa sa main tremblante sur son visage. Sa peau ridée, ses yeux délavés trahissaient une vulnérabilité qui serra le cœur de Térisa. Il n'avait rien d'un homme pervers ou diminué par quelque folie douce qui l'empêchait de défendre son royaume ; il apparaissait plutôt comme un invalide, frêle, perclus d'arthrite, rogné par les années, un homme seul qui avait perdu ceux qu'il aimait et se cramponnait sans grand succès à un reliquat de raison.

Pourtant quand il vit la jeune femme, quand ses yeux se fixèrent sur elle et qu'il la reconnut, il répondit à sa pitié muette par un sourire pur, une joie sans mélange.

Voilà de qui dame Myste tenait son sourire de grand soleil. Térisa s'efforça de ne pas succomber ; elle en fut incapable. S'il avait continué à lui sourire de la sorte, s'il n'avait rien fait pour troubler ce qu'elle éprouvait à cet instant, elle aurait fait n'importe quoi pour lui.

Malheureusement, il parla.

— Ma dame, venez-vous me proposer une partie ? Comme c'est aimable à vous. J'ai justement un problème... enchaîna-t-il en désignant son damier, qui défie mon pauvre cerveau.

Si vive fut sa déception qu'elle dut tourner la tête pour la cacher.

Le Roi Joyse se leva de son fauteuil avec une vivacité surprenante qui révélait plus de force dans ses jambes que dans ses pauvres bras amaigris.

— Havelock l'a préparé pour moi. Si je l'ai bien compris — ce qui n'est pas toujours aisé — il a jadis trouvé une solution. Voici ses notes...

Il poussa du pied l'un des rouleaux de parchemin qui gisaient sur le tapis.

— Incapable de trouver moi-même l'issue, j'y ai jeté un œil, cherchant...

Il suspendit sa phrase, à croire qu'il avait oublié ce qu'il voulait dire. Son regard glissa sur le Tor et sur Géraden, interrogatif, comme s'il ne se souvenait plus très bien de qui ils étaient. Il renoua avec le fil de ses pensées en fixant de nouveau Térisa.

— ... cherchant sa réponse. Sans succès, je le crains. Vous pourriez peut-être me souffler d'autres idées.

Le souvenir de sa partie avec le Prince Kragen n'était pas pour mettre la jeune femme à l'aise. Le Roi l'avait contrainte à cette situation par son seul sourire. Plus jamais elle ne se retrouverait dans un tel mauvais pas.

— Je suis désolée, fit-elle, hésitante. Je n'étais pas venue pour cela. Le Tor... avança-t-elle en espérant que le Seigneur lui pardonnerait de l'avoir mis sur la sellette. Le Tor m'a fait amener ici par l'un de vos gardes.

— Ah, mon vieil ami le Tor, s'exclama Joyse avec une affreuse grimace. Voilà un histrion dans cette mascarade qui défie les prédictions...

Sa voix montait, descendait, comme s'il hésitait entre un ton de déclaration officielle et un ton de confidence.

— Qui aurait pu prévoir qu'il se sentirait contraint de m'infliger ses services... après toutes les indignités que je lui ai fait endurer ? Voilà qui n'est pas dans la règle, marmonna-t-il sans regarder le vieux Seigneur. C'est assez pour me rendre fou, ma dame.

— Seigneur Roi, déclara le Tor d'une voix calme et déterminée, je ne doute pas que vous compreniez que je n'agis nullement par charité.

Le Roi l'ignora.

— Quoi qu'il en soit, poursuivit-il en s'efforçant de recouvrer sa sérénité, nous avons tous notre fardeau à porter. Moi, c'est le jeu de saute-contre... et ce problème m'éreinte. N'y jetterez-vous pas un coup d'œil pour moi ? Je crois que vous y comprendrez quelque chose. Je vous en prie... acheva-t-il tandis que ses yeux se plissaient d'une joie secrète.

Malgré elle, Térisa s'approcha du damier.

Oui, le Roi avait raison en lui prêtant quelque compréhension : les jetons étaient placés exactement comme elle les avait laissés à l'issue de sa partie avec le Prince Kragen. Une impasse. De qui était-ce le tour ? Seuls les blancs pouvaient faire avancer la partie. Les rouges achèveraient de la mettre en impasse.

— C'est aux rouges de jouer, fit le Roi sans qu'elle l'eût questionné.

— Je vois, murmura-t-elle. Il n'existe pas d'issue. L'Adepte Havelock aura voulu plaisanter.

— Oh, je ne crois pas. Il n'a pas ce genre d'humour. Il existe une solution, j'en suis certain. Simplement, je ne la trouve pas.

Térisa secoua la tête. Le jeu de saute-contre ne présentait aucun intérêt à ses yeux. Il fallait se tirer de ce mauvais pas.

— Je n'ai pas joué depuis des années. Tout ce que je vous suggère est de recommencer une partie, en évitant d'arriver à ce cas de figure.

Joyse lui adressa de nouveau son radieux sourire.

— Ma dame, j'aimerais que la vie fût si simple.

Sous l'influence de sa joie étrange, elle crut tout à coup saisir le but de l'Adepte Havelock.

— En ce cas, essayez cela.

Sans réfléchir à deux fois, elle saisit le bord de la table de jeu et l'inclina, d'un côté, de l'autre, juste assez pour que les pions glissent de leurs cases. En quelques secondes l'impasse s'était transformée en chaos.

Rieuse, elle se tourna vers le Roi.

Lui ne trouva pas drôle cette solution. Ses yeux qui fixaient le jeu s'emplirent de larmes et toute sa fragilité parut le recouvrir comme un manteau.

— Je persiste à croire que l'Adepte Havelock plaisantait, expliqua hâtivement la jeune femme. Aurait-il cet humour-*là* ? questionna-t-elle en désignant le jeu.

Le Roi ne parut pas l'avoir entendue.

— Je vous prie de m'excuser. Je n'avais pas l'intention de vous troubler. Il ne s'agit que d'un jeu.

— Pour vous, fit Joyse, une lueur métallique dans le regard. Pour moi, c'est la différence entre la vie et la ruine.

A pas lents, vacillants, il regagna son fauteuil. Le voir s'asseoir douloureusement fit mal à Térisa comme si elle était cause de sa faiblesse.

— Seigneur Roi, intervint Géraden, vous sentez-vous bien ? Puis-je vous être de quelque utilité ?

Le souverain tourna lentement son pâle regard vers l'Aspirant.

— Je remarque que vous n'avez guère obéi à mes ordres, fit-il d'un ton acide. Je vous avais clairement signifié de ne voir ni ne parler à dame Térisa, de ne pas répondre à ses questions. Appelez-vous obéissance votre attitude ? J'attendais plus de loyauté de la part d'un fils du Domne.

Son accusation gifla Géraden.

— Seigneur Roi, répondit-il, endiguant son émotion, j'aurais obéi à vos ordres si je les avais compris. Or, ils n'avaient aucun sens pour moi.

» Vous avez perdu tout intérêt pour Mordant. Vous avez insulté le Prince Kragen, assez violemment pour susciter une guerre avec Alend. Vous avez laissé le Congrégat translater son champion alors que le Fayle vous avait prévenu. Nul allié ou ami ne nous est superflu. Je n'ai pas l'intention de traiter dame Térisa en ennemie.

Le Roi parut trop épuisé, trop vieux même pour garder sa tête droite, mais son regard ne se déroba point.

— Avez-vous terminé ?

Géraden aspira profondément.

— Non, Seigneur Roi. Le lendemain du jour où vous m'aviez ordonné de ne pas parler à dame Térisa, je l'ai conduite au miroir par lequel elle avait été translatée, dans l'intention de la reconduire dans son monde.

Il s'interrompit, tendu à l'extrême. Térisa attendit comme lui qu'explose la fureur du Roi. Elle n'aurait pas été surprise qu'il fasse appeler Lebbick. Le Tor s'était redressé lui aussi, prêt à intervenir.

Mais Joyse se contenta de soupirer. Affalé dans son fauteuil, il laissa son menton tomber sur sa poitrine.

— L'on vieillit si vite, murmura-t-il. Cela aurait dû arriver quand j'étais jeune. J'étais assez fort alors...

Que se serait-il passé ? eut envie de demander Térisa, doucement, gentiment. Mais Géraden, blessé par l'accusation du Roi, avait hâte de se justifier.

— J'ai tenté de la ramener dans son monde car je crois, comme vous, à la réalité et à l'autonomie de ce que nous voyons dans les miroirs. J'estime qu'elle mérite d'être libre de nous quitter quand elle le voudra. Si j'avais su que vous laisseriez les Maîtres translater leur champion — si j'avais su que vous tourneriez le dos aux idéaux qui avaient présidé à la création du Congrégat... j'aurais mis plus d'acharnement à la reconduire.

Ses paroles ne sonnaient nullement comme une accusation, mais comme une supplique, un appel.

— Pourquoi avez-vous fait cela ? Le champion a failli nous tuer. Il a éventré le mur nord-ouest, assez pour laisser passer des armées par la brèche. Autant inviter Alend et Cadwal à nous assiéger. Et il est toujours là, dehors, prêt à abattre quiconque se mettra en travers de son chemin.

Et Myste est partie, songea Térisa. Votre fille. Elle le cherche.

— Seigneur Roi, le Fayle a essayé de vous avertir. Pourquoi ne l'avez-vous pas écouté ?

Le souverain ne daigna pas regarder l'Aspirant et garda le silence un long moment.

— Car je n'ai pas jugé utile de le faire, avoua-t-il enfin, avec une note d'amertume douloureuse. Vous jugez-vous plus qualifié que moi pour prendre les décisions ? Je me battais pour construire Mordant et le Congrégat bien avant que vous soyez assez âgé pour tomber dans une souille à cochons.

Géraden rougit de s'entendre rappeler ce souvenir mais ne répliqua point.

— J'ai laissé faire les Maîtres car je n'ai pas choisi de les empêcher d'agir. D'ailleurs, poursuivit sourdement le souverain, Erémis a été arrêté. Voilà de quoi vous rendre heureux. Lebbick emprisonnera Gilbur dès qu'il le retrouvera. Les coupables seront punis. Que voulez-vous de plus ?

— Je veux *comprendre*, s'écria Géraden.

— Tout doux, jeune Aspirant, conseilla le Tor. J'ignorais que le Domne avait des fils au crâne si dur. Vous n'êtes pas stupide. Il paraît évident que notre Seigneur Roi ne *souhaite* pas que vous compreniez.

— Mais *pourquoi* ? protesta le jeune homme. Je ne suis qu'Aspirant et ne deviendrai jamais un Maître. Quel mal causerais-je si je comprenais ? Qui blesserais-je ?

Le Tor haussa ses énormes épaules et, parlant à moitié dans sa carafe, demanda :

— Comment ai-je obtenu audience auprès du Roi ?

— Vous êtes resté à hurler derrière sa porte jusqu'à ce qu'il vous reçoive, répondit Géraden, pris de court.

Le Roi émit un discret ricanement.

— Vous ne me convaincrez pas de votre stupidité, grimaça le Seigneur avec dégoût. Je persiste à penser que vous n'êtes pas idiot. Comment ai-je obtenu audience lors de mon arrivée à Orison ?

— Je...

Il ouvrit la bouche, puis la referma sans avoir rien dit.

— Jeune Géraden, scanda le Tor, le Roi ne désire pas que vous compreniez. Je vous suggère de retourner dans vos appartements et de vous cogner la tête contre les murs jusqu'à faire éclater votre crâne obscur, que le soleil y pénètre un peu...

— Oui, allez, renchérit le Roi. Je suis las de constater combien mes sujets respectent peu leur souverain.

Géraden se tourna vivement vers Joyse, un éclat de rage au fond des yeux, et Térisa y lut une urgence dangereuse. Il semblait en avoir perdu toute sa maladresse.

— A dire vrai, je suis habitué à ce genre de traitement, fit-il. J'étais chez moi le plus jeune et mes frères prenaient rarement le temps de m'expliquer les choses. Il est toujours mieux que j'essaie de comprendre par moi-même, conclut-il avec un calme où sourdait une menace. Ma dame, demanda-t-il à Térisa sans quitter le Roi des yeux, venez-vous avec moi ?

— Elle reste ici, répondit Joyse. J'ai à lui parler.

Ah, songea l'intéressée qui ne sut si elle devait en éprouver soulagement ou inquiétude.

— Je vous verrai plus tard, promit-elle à Géraden.

Après avoir hésité, le jeune homme quitta la chambre royale fort d'une passion, d'une détermination nouvelles dans son regard.

Après son départ, le Tor soupira, avala une longue rasade de vin puis se cala dans son siège comme s'il s'apprêtait à faire une petite sieste.

Térisa se tourna vers le Roi Joyse.

Certaine de savoir ce dont il voulait l'entretenir, elle avait bien l'intention de profiter de cette opportunité. Elle était furieuse. Le Gouverneur Lebbick l'avait frappée. Le souverain s'entêtait à faire souffrir Géraden. Maître Erémis était sous les verrous. Oh, elle était réellement en rage.

Sa voix trembla quand elle prit la parole.

— Vous saviez que Maître Erémis avait été arrêté. Le Gouverneur Lebbick vous informe de tout. Vous saviez donc qu'il allait également m'arrêter, et vous l'avez *laissé* s'en prendre à moi de la sorte. Si le Tor n'était pas intervenu, je serais au cachot en ce moment.

» Je me souviens vous avoir entendu dire que je pouvais fort bien être un puissant Imageur — une sorte d'ambassadeur — qu'il fallait me traiter avec respect. Appelez-vous cela du respect ?

Le Roi leva les yeux vers elle, se carra un peu dans son fauteuil pour être bien en face d'elle. Ni la pétulance ni l'amertume n'éclairaient plus son expression. Ses traits étaient assombris de toute la gravité douloureuse de l'âge ; Térisa en fut bouleversée.

— Ma dame, questionna-t-il doucement, où est ma fille ?

Elle ne s'était pas trompée. Son pouls battit plus vite. Au moins, il lui restait quelqu'un, quelque chose à cacher. Tant qu'elle ne trahirait pas Myste, elle serait importante. Elle en fut effrayée mais se cramponna à cette chance.

— Quelle fille ? Vous en avez plusieurs.

Elle guettait l'indignation, la colère. Mais non, le Roi garda son calme. Longtemps, il l'examina de ses yeux pâles et voilés puis il lui désigna une chaise face à lui, de l'autre côté de la table de jeu.

— Asseyez-vous, ma dame, je vous prie.

Elle hésita. Être debout lui donnait une force supplémentaire. Mais la tristesse de Joyse était aussi persuasive que son sourire.

Elle alla à la chaise, l'écarta du damier avant de s'y asseoir.

— Ma dame, reprit le Roi de sa voix mélancolique, ma fille Myste est partie. Où est-elle ?

La langue plus sèche que du parchemin, terrifiée, Térisa répliqua par une autre question :

— Seigneur Roi, pourquoi avez-vous laissé le Gouverneur Lebbick m'arrêter ?

La chaleur lui semblait étouffante dans la pièce. Une fois encore, un éclat brillant traversa les yeux du Roi qui fixèrent ceux de la jeune femme jusqu'à ce qu'elle se déclare vaincue, baisse la tête.

— Ne jouez pas à ce jeu avec moi, ma dame, murmura-t-il. C'est plus dangereux que vous ne l'imaginez.

Durant quelques secondes, cœur palpitant, ventre serré, elle fut prête à céder du terrain. Elle manquait de force. N'importe qui eût été plus solide qu'elle.

Comme elle l'avait déjà éprouvé face à Saddith, sa faiblesse et sa vulnérabilité étaient ses seules armes.

Mais reculer ne servirait à rien. Le Roi insisterait pour savoir où se trouvait Myste, et admettre de répondre, même de façon détournée à la question, serait trahir Myste, et perdre aussi tout avantage.

Surtout, elle avait trop de colère. Elle leva de nouveau les yeux vers le souverain.

— Je n'ai pas le choix. Géraden a tenté de me raccompagner chez moi, mais le miroir ne marche apparemment plus. Je ne puis que jouer. Pourquoi avez-vous laissé le Gouverneur Lebbick m'arrêter ?

Quelque chose changea dans l'expression du Roi, comme des nuages dont l'ombre se déplace sur un paysage. Son attention se fit plus aiguë, plus prudente.

— Ma dame, reprit-il, d'un ton caustique, presque impersonnel, savez-vous qui sont vos amis ?

Elle le dévisagea, surprise, se mordit la lèvre et ne répondit pas.

— Moi non plus, poursuivit-il, interprétant son silence pour une réponse. Vous laisser arrêter eût été le moyen de le découvrir. J'aurais voulu savoir qui tenterait de vous aider, de communiquer avec vous, ou viendrait intercéder auprès de moi. Mais bien sûr Géraden est intervenu, fort de son penchant naturel pour les bêtises... Je savais déjà que *lui* était de vos amis.

Cet argument stupéfia Térisa, qui éclairait d'un jour tout différent les actes et les motivations du souverain, qui donnait à croire qu'il se souciait de ce qui se tramait dans Orison.

— Attendez ! Vous insinuez que vous aviez *préparé* mon arrestation ? Que c'était un stratagème ?

— Halte, ma dame, ce n'est pas votre tour de jouer, c'est le mien. Où est ma fille ?

Térisa le considérait à présent sous un tout autre angle. Elle avait espéré lui tirer des informations sans en révéler elle-même, mais il était trop avisé pour céder à pareille tactique. Et puis cela n'eût pas été honnête, Myste était sa fille.

— Elle est venue me voir hier après-midi, répondit-elle prudemment. Dans ma chambre. Nous avons longuement parlé.

Il acquiesça d'un hochement de tête.

— Je m'en doutais, sans en comprendre la raison. Que venait-elle chercher auprès de vous ? Que vous a-t-elle dit ?

— Non, Seigneur Roi. C'est à mon tour.

Elle avait tant de questions à lui poser. Tant, qu'elle ne se souvenait pas de toutes, ne savait par où commencer... Mais elle ne voulait pas laisser échapper cette opportunité.

— Quand je quitte mes appartements accompagnée — par Maître Erémis, par exemple — les gardes demandent toujours où je me rends. Or quand je suis avec Géraden, ils ne posent aucune question. Pourquoi ?

Le Roi eut une moue dépitée, comme si elle venait d'avancer un jeton inintéressant.

— Vous devriez le comprendre toute seule. Je sais déjà que Géraden est votre ami.

Exact. Évidemment. La panique la saisit, elle ne réagissait pas assez vite, ne réfléchissait pas. Le Roi reprit, impatient :

— Vous parliez de ma fille, ma dame.

— Oui...

Ah, il fallait se montrer plus fine, plus intelligente. Elle fut tentée de quêter l'aide du Tor mais elle l'entendit qui ronflait.

— Pourriez-vous être plus précis ? fit-elle pour gagner du temps.

— Certainement, articula-t-il durement. Où est-elle ?

Bien, s'il le prenait sur ce ton... se dit-elle, de nouveau en colère.

— J'ignore où elle se trouve actuellement, répondit-elle d'une voix suave. Mais vous m'avez demandé ce qu'elle était venue chercher auprès de moi. Il se trouve que l'une des armoires de ma chambre abrite l'entrée d'un passage secret. Elle avait l'idée de l'emprunter.

Il hocha de nouveau la tête, comme si Térisa confirmait ses soupçons.

— Pourquoi ?

Que la colère était bonne conseillère ! Elle allait être cruelle mais tant pis. Ne l'avait-on pas maltraitée ?

— Seigneur Roi, la première nuit que j'ai passée ici, un homme a tenté de me tuer. Quand il se fut enfui, le Gouverneur Lebbick lança ses gardes à sa recherche. Or vous donnâtes des ordres pour la faire cesser. Pourquoi ?

Malgré son inexpérience, elle s'efforçait d'adopter un ton aussi dominateur que le sien.

Joyse hésita un instant.

— Parce que je ne voulais pas qu'on l'attrape, répondit-il enfin, avec vigueur.

— Que... ? Et pourquoi pas ?

— Je n'ai pas pensé qu'il était stupide au point de mener Lebbick à ses complices, ni lâche au point de parler si on l'arrêtait. Le seul moyen d'apprendre quoi que ce soit sur son compte et celui de ses commanditaires était de le laisser en liberté et d'attendre sa prochaine tentative. Êtes-vous satisfaite, ma dame ?

Il ne se départait pas de son ton impersonnel, neutre et tranchant à la fois, mais cette attitude semblait plus calculée que sincère.

— Pourquoi ma fille souhaitait-elle emprunter le passage secret ?

— Parce qu'elle désirait quitter Orison, scanda Térisa avec une force qu'avivait sans cesse sa fureur, son sentiment d'injustice.

— Quitter Orison ? répéta le souverain, blessé. Pourquoi ?

— A mon tour. Dans quel but m'avez-vous fait jouer à saute-contre avec le Prince Kragen ? Vous avez fait tout votre possible pour déclencher une guerre. Je n'ai pas apprécié d'être utilisée ainsi.

L'énergie, la violence avec lesquelles le Roi bondit de son fauteuil la stupéfièrent, comme s'il n'avait jamais connu ni le poids des ans ni la faiblesse. Il saisit Térisa par le col de sa chemise, la mit debout d'autorité.

— Voilà qui est intolérable ! Elle est ma *fille* ! hurla-t-il, les yeux emplis de larmes. Sa mère et l'une de ses sœurs m'ont quitté. Son autre sœur ne nourrit que mépris à mon égard. *Où est-elle allée ?*

En temps normal, Térisa aurait rendu les armes, trahi Myste par simple peur, toute colère envolée devant une autre plus forte. Ce ne fut pas le cas.

— Rejoindre sa mère, s'entendit-elle répondre sans fléchir. Elle aurait voulu rester loyale envers vous, vous aider. Mais vous lui avez brisé le cœur en insultant le Prince Kragen. Elle a été élevée en fille de *Roi,* non d'un petit tyran mesquin, avide de carnages et peu soucieux de son peuple. Elle...

Elle s'interrompit. Toute force avait déserté Joyse. Il la lâcha. Entre ses paupières douloureusement closes glissèrent des larmes.

— Si vous me mentez... fit-il d'une voix rauque. Si vous osez me mentir...

Sa voix tremblante et faible sonnait comme une prière. Titubant, il regagna son fauteuil, trébucha contre l'accoudoir, finit par se laisser tomber sur le siège, son manteau l'engloutit de nouveau.

— Ma fille, que t'ai-je fait ?

— Pourquoi avez-vous agi ainsi ? insistait Térisa pour que la peine du Roi ne lui extorque pas la vérité. Pourquoi m'avez-vous fait jouer contre le Prince Kragen ?

— Pour l'éprouver, répondit-il comme si ses paroles n'avaient même plus de sens pour lui. Comment lui faire confiance autrement ? Alend a été l'ennemi de Mordant des générations durant. Et il nourrit une rancune personnelle à mon endroit. Si sa mission avait été honorable, il aurait refusé de jouer. Il n'aurait eu aucune raison d'essuyer cette insulte au nom du Monarque d'Alend. Dans le cas contraire, cherchant à me flouer, il acceptait de jouer, pour ne pas risquer de me déplaire... ne pas risquer d'être jeté hors d'Orison avant d'avoir accompli sa tâche. Oh, ma fille...

Il se couvrit le visage de ses mains.

C'était donc vrai. Il savait ce qu'il faisait, ce qui se tramait autour de lui. Un frisson glacé parcourut Térisa. Joyse n'était ni ignorant ni sénile.

Il menait sciemment Mordant à la ruine.

La détresse du vieillard eut cependant raison non de ses craintes mais de sa révolte.

— Je suis désolée, fit-elle doucement. Je crois que cette partie-là est aussi dans l'impasse.

Le Roi écarta ses mains d'un geste rude ; elles tremblaient pourtant quand il les reposa sur ses genoux. Il ne regarda pas Térisa.

— Ma dame, reprit-il d'une voix calme, distincte, je vous suggère de réfléchir davantage la prochaine fois que vous aurez affaire à une impasse, avant d'en sortir en agitant le jeu...

Puis il la congédia en lui indiquant la porte d'un mouvement de la tête.

Elle vola plus qu'elle ne marcha vers la sortie.

Le Tor était réveillé, il dévisageait son Roi avec avidité. Comme la jeune femme passait près de lui, il lui fit un signe d'approbation.

Ce ne fut qu'une fois dans l'escalier que Térisa se demanda comment le souverain avait deviné que Myste s'était rendue auprès d'elle pour quêter son aide.

17

Térisa se lance dans l'action

Elle eut l'impression qu'une course folle se livrait en elle pour ne pas se laisser submerger par ses émotions, les conséquences, les implications de ce qu'elle venait de faire. Elle aurait tout donné pour abolir son mensonge au Roi Joyse. Elle lui avait fait trop mal. Les mensonges la cernaient de toutes parts. Maître Erémis ne lui faisait pas assez confiance pour lui dire toute la vérité. Le Roi lui avait peut-être lui aussi menti. Et la fausseté restait pour elle son arme unique, sa défense, quand elle aspirait à la fuir.

Elle avait dévalé les escaliers et s'apprêtait à entrer dans l'une des grandes salles quand elle prit conscience qu'elle ne savait quel chemin emprunter pour se rendre là où elle l'avait décidé.

Elle jura mentalement, sans conviction. La visite guidée de Géraden ne l'avait pas informée sur ce qu'elle avait à présent besoin de savoir.

Elle parcourut la salle du regard dans toutes les directions. Tous ces gens qui déambulaient devraient bien pouvoir la renseigner mais elle ne savait comment les approcher. Et que faisaient-ils tous là ? Elle reconnaissait les serviteurs, les artisans, les couturières, les maçons, les forgerons, les ramoneurs, les représentants de tous les petits métiers. Mais qui étaient ces seigneurs, ces grandes dames ? Myste lui avait longuement expliqué le rôle clef d'Orison dans les échanges économiques. Ces gens de haut rang se trouvaient-ils tous dans le commerce, les affaires, la finance ? Contremaîtres, comptables, inspecteurs du fisc, hommes d'affaires véreux, prêteurs, banquiers... Si c'était le cas, son père se serait trouvé là parfaitement à l'aise. Et lui n'aurait pas hésité à mentir au Roi.

Hésitant toujours sur la direction à prendre, elle finit par repérer Artagel.

Elle le vit la première, lui passait de profil. Mais elle n'eut pas même besoin de le héler. Il tourna la tête, la reconnut et vint vers elle.

— Ma dame, salua-t-il en s'inclinant, êtes-vous remise de vos mésaventures ? A votre place, j'aurais gardé le lit plusieurs jours.

— Appelez-moi Térisa, suggéra-t-elle pour écarter ce sujet.

La hâte la fouettait. Ce qu'elle avait en tête lui était encore plus étranger que la façon dont elle avait mené sa conversation avec le Roi Joyse. Si elle marquait une pause, faiblissait un instant, c'en serait fini de sa résolution ; elle ne serait plus jamais capable d'assembler les pièces du puzzle.

— Où se trouvent les cachots ?

— Je ne puis vous appeler Térisa, ma dame. Je risquerais d'en oublier que Géraden est mon frère. Je ne suis pas comme Stead... Géraden vous a-t-il dit que nous avions un frère doté d'un appétit insatiable pour les femmes ? Mais je ne suis pas davantage immunisé contre la beauté. Pourquoi donc cherchez-vous les cachots ?

Elle se souvint de la conversation entendue entre Artagel et Maître Erémis, hésita. Néanmoins, elle ne pouvait s'offrir le luxe de tergiverser.

— Le Gouverneur Lebbick a arrêté Maître Erémis, déclara-t-elle en faisant preuve de plus de détermination qu'elle n'en possédait. J'ai besoin de parler au Maître.

Artagel sembla surpris, elle le vit qui pesait toutes les réponses possibles. La surprise, la désapprobation, la curiosité se succédèrent sur son visage. Il opta pour une aimable raillerie.

— Je doute que Lebbick ait mis Erémis sous les verrous pour lui permettre de recevoir des visites galantes.

— Mais vous pouvez me conduire là-bas... si nous ne demandons pas sa permission au Gouverneur. Il suffit d'arriver aux cellules. Les gardes vous laisseront entrer, vous... acheva-t-elle gauchement.

Artagel parut plus circonspect.

— Peut être. Mais vous courrez de gros risques. Même si Lebbick ne vous surprend pas, il apprendra que vous y êtes allée. Je suppose qu'il existe une raison à l'arrestation d'Erémis. Vous apparaîtrez alors comme sa complice et moi de même. Quel bien en espérez-vous ?

Elle hésita. Lui fallait-il se justifier ? Le Roi savait pertinemment ce qu'il faisait. Il agissait à dessein. *Ma fille, que t'ai-je fait ?* Maître Erémis devait savoir cela. Il ne saurait agir ou réfléchir efficacement tant qu'il ignorerait contre quoi il se battait. Et il restait l'unique espoir de Mordant.

Non, décidément, elle n'expliquerait pas cela à Artagel, encore moins qu'à Géraden. Les fils du Domne étaient trop loyaux.

Elle tenta une réponse biaisée.

— Peut-être suis-je trop naïve mais je n'admets pas que ceux qui souhaitent sauver Mordant n'arrivent pas à se parler entre eux. Le Congrégat ne fait pas confiance à Géraden. Le Roi se méfie du Congrégat. Nul ne se repose sur Maître Erémis. Le Gouverneur Lebbick soupçonne tous et toutes. Et pendant ce temps, le royaume court à sa perte.

Elle fut heureuse de s'entendre parler avec tant de raison et de clairvoyance.

— J'aimerais essayer d'apaiser quelques-uns de ces conflits nuisibles. Je viens de m'entretenir avec le Roi Joyse. A présent, je voudrais parler à Maître Erémis. Je le crois la clef de tout.

Artagel l'avait écoutée en souriant d'émerveillement.

— Vous me stupéfiez, ma dame. Vous rendez tout si simple. Il doit bien y avoir une raison qui fait que personne ne l'a jamais tenté, mais allons, accepta-t-il en lui offrant son bras. Votre entreprise pourrait s'avérer drôle. Elle pourrait même réussir, essayons toujours.

Reconnaissante et en même temps effrayée par sa propre audace, elle se laissa guider jusqu'aux cachots d'Orison.

La prison n'était guère éloignée du laborium. Après la reconversion des cachots d'antan, le Gouverneur avait fait ériger un mur en maçonnerie entre l'ancienne et la nouvelle prison. Mais une atmosphère bien différente y régnait.

Chichement éclairé par des torches disposées à intervalles réguliers le long des murs, le triste lieu était oppressant, suintant d'une humidité que n'absorbait pas la paille pourrie répartie sur le sol. Térisa sentit au-dessus d'elle toute la masse d'Orison. Ils descendirent encore un escalier qui les mena jusqu'à la salle des gardes.

Là se tenaient ceux qui s'apprêtaient à prendre leur tour de faction ou qui en revenaient. Des tables pourvues de bancs grossiers évoquaient une taverne. Contre les murs s'alignaient quelques lits. Dans une large cheminée un maigre feu luttait sans succès contre l'humidité ambiante. A côté, un comptoir recelait viande et ale. La salle était aussi le lieu de passage obligé pour se rendre aux cellules, un arsenal de la citadelle ; en témoignaient de longs rateliers chargés d'épées et de piques, accrochés au-dessus des lits, à portée de main des gardes censés être toujours sur le qui-vive.

Malgré cet agencement guerrier, l'ordre et la discipline manquaient à l'appel — peut-être à cause de la fatigue des gardes qui la veille avaient déblayé les décombres ; ou bien parce que la prison n'était pas un point stratégique du château. Un homme était assis, en train d'aiguiser son épée avec la minutie studieuse d'une intelligence réduite. Les autres s'affairaient avec moins d'empressement à leur devoir. Trois soldats attablés avaient l'air d'avoir absorbé plus d'ale qu'il n'était raisonnable ; deux autres ronflaient en chœur sur leur grabats. Les derniers jouaient aux dés dans un coin avec plus de véhémence que de plaisir.

Artagel fronça les sourcils devant ce spectacle puis afficha un sourire insouciant. Ses yeux flamboyèrent tandis qu'il s'exclamait à la cantonade :

— Quelle belle collection de souillons et d'ivrognes. Je pourrais faire défiler ici tous vos prisonniers, en chantant, que vous ne les remarqueriez pas avant que le Gouverneur vous mette aux fers.

Les regards convergèrent sur lui, surpris, irrités ou stupides. Mais quand ils reconnurent le nouveau venu, les gardes renoncèrent à leur hostilité. On s'esclaffa, on grogna.

— Vrai ! fit l'un d'eux. Qui se soucie des prisonniers ? Mais essaie donc de faire passer la femme par ici.

— De toute façon, marmonna un autre, le Gouverneur ne vient jamais. Sauf quand il veut interroger Maître Erémis. Et en ce cas, nous sommes prévenus.

— Maître Erémis est notre seul prisonnier, précisa un troisième. C'est déjà dur... mais personne ne sait à quel point avant d'avoir passé toute une nuit à renvoyer les femmes qui viennent le voir. Je donnerais ma main gauche pour savoir comment il y arrive, conclut-il en détaillant Térisa sans vergogne, et en se frottant le bas-ventre de ladite main.

D'ailleurs, tous les gardes la fixaient maintenant.

Elle eut envie de faire demi-tour et de ne surtout pas revenir.

L'un des joueurs de dés se leva. Un brassard pourpre à son bras droit le désignait comme officier.

— Un peu de calme, espèces de lourdauds. A moins que l'âge ne m'abuse, je crois que la compagne d'Artagel n'est autre que dame Térisa de Morgan.

Elle n'est pas le jouet de Maître Erémis — le vôtre non plus.

Il s'inclina courtoisement devant la jeune femme.

— Otez ce pli soucieux de votre front, ma dame. Vous ne courez aucun danger. Artagel saurait sans peine émasculer la moitié de ces rustres avant qu'ils n'aient le temps de dégainer leur lame. Et le Gouverneur Lebbick donnerait l'autre moitié en pâture aux porcs pour les punir d'avoir porté la main sur une femme malgré elle.

Le capitaine redressa encore les épaules devant le sourire d'assentiment d'Artagel.

— Que puis-je faire pour vous ? demanda-t-il d'un ton plus officiel.

Térisa hésitait à répondre mais son compagnon vint à son secours.

— Dame Térisa visite Orison. Elle aimerait voir les cachots.

L'officier hésita et ses yeux se firent plus soupçonneux.

— Le Gouverneur n'aimerait pas cela.

— Le Gouverneur l'ignorera, précisa Artagel, le sourire plus carnassier.

Térisa sentit les hommes se figer autour d'elle.

— En l'occurrence, ce ne serait pas vous qu'il étriperait, mais *moi,* fit observer le capitaine.

— Probablement, renchérit Artagel qui semblait s'amuser de plus en plus. Mais vous aurez la consolation de n'essuyer que ses foudres et non les miennes... Celui qui dira à Lebbick que nous sommes venus n'aura pas cette chance.

Artagel et le soldat se mesurèrent un moment du regard. Peu à peu, l'expression du garde se teinta d'un sourire. Il finit par décrocher de sa ceinture un trousseau de clefs qu'il tendit au jeune homme.

— J'ignore pourquoi vous voulez parler à Maître Erémis et je ne veux pas le savoir. Simplement, ne le laissez pas fuir.

— Parler à Erémis ? railla Artagel. Vous n'êtes pas sérieux. Je préférerais m'allonger sur un nid de serpents.

— Terrible erreur ! plaisanta un garde. Il n'y a pas de femme dans les nids de serpents.

Tous les hommes s'esclaffèrent, à l'exception de celui qui aiguisait son épée, qui regarda autour de lui comme si l'on parlait une langue étrangère.

— Nous serons bientôt de retour, assura Artagel en faisant sauter les clefs dans sa main. En route, ma dame.

— Tueriez-vous vraiment celui qui nous trahirait ? demanda Térisa quand ils furent sortis dans le couloir qui menait aux cellules.

— Bien sûr que non, rétorqua-t-il d'un ton négligent. C'est ce qui nous protège. S'ils avaient réellement peur de moi, il s'en trouverait un pour parler.

Son affirmation manquait curieusement de conviction. Les nerfs tendus à craquer, Térisa aspira profondément l'air âcre et malsain de la prison. Pourquoi était-elle là au juste ?

Ah oui, pour parler à Maître Erémis. Lui dire ce qu'elle avait appris au sujet du Roi. Il saurait mieux comment agir, mesurerait mieux le véritable péril de Mordant.

Pour le revoir, aussi, tenter de comprendre ce qu'il était pour elle, et pourquoi sa simple évocation lui mettait les sens à vif.

Son cœur battait douloureusement tandis qu'elle se laissait entraîner par son compagnon le long d'un passage, puis d'un autre, jusqu'aux cellules.

Celles-ci n'étaient guère protégées, peut-être parce que toute la prison était en soi une forteresse. Niches creusées dans la pierre des fondations, les cellules semblaient des oubliettes, profondes de huit ou dix pieds et juste assez larges pour contenir une étroite paillasse ainsi qu'un point d'eau. De lourdes grilles enchâssées dans la pierre les séparaient du couloir, et l'on y accédait par des portes à barreaux lourdement verrouillées.

Les premiers cachots étaient vides : le Gouverneur n'avait apparemment pas eu l'occasion de mettre à l'ombre beaucoup de prisonniers au cours des dernières années du règne de Joyse. La lueur d'une lampe, un peu plus loin, révélait qu'une cellule au moins était occupée. Térisa et Artagel s'approchèrent, leurs pieds foulant bruyamment la paille humide. A leur passage, l'unique lanterne fit jaillir des niches alentour des ombres monstrueuses.

Avant d'être parvenus à destination, ils entendirent la voix de Maître Erémis.

— Surprenant. Je croyais rester seul plus longtemps. Il n'est pas encore l'heure du repas. A-t-on arrêté un autre innocent ? Le Gouverneur aurait-il enfin obtenu du Roi l'autorisation de me torturer ? spéculait-il, jovial. Ou me ferait-on l'honneur d'une visite ?

— Vous voilà en pleine forme, Maître Erémis, constata sèchement Artagel comme lui et Térisa atteignaient la cellule de l'Imageur. J'espère que cette bonne humeur a quelque raison d'être. Autant que je m'en souvienne, la dernière prisonnière de Lebbick fut exécutée deux jours après son arrestation. Une espionne de Cadwal, ai-je cru comprendre. Auparavant, il s'agissait d'un brigand, à qui l'on coupa les deux mains.

Au premier regard, le cachot semblait aussi vide que les autres. Une petite lampe à huile était suspendue au mur du fond, au-dessus du point d'eau, qui baignait de sa lueur une couverture en boule sur un matelas douteux, et révélait les traces de moisissure qui striaient la pierre froide. Maître Erémis était invisible.

Il était assis au bout du grabat, dans une ombre que n'atteignait pas le faible halo de la lampe, et où l'enveloppait encore son grand manteau noir. Térisa ne vit d'abord que l'éclat pâle de son visage et de ses mains, comme des taches claires sur le granit.

Il ne portait pas la chasuble jaune — soit qu'il l'eût ôtée, soit qu'on la lui ait enlevée.

— Ma dame, murmura-t-il d'une voix douce, presque intime en la reconnaissant. Je souhaitais que vous veniez.

Ces mots allèrent droit au cœur de Térisa, comme la clef de son être même. Nul autre, à l'exception de Géraden, ne lui avait jamais dit de tels mots ; et personne au monde ne lui avait parlé avec cette ardeur, cette passion, cette connaissance d'elle, qui l'hypnotisaient. En un instant, toutes les raisons qu'elle avait d'être là se modelèrent au ton avec lequel il avait dit *Je souhaitais que vous veniez.*

— Laissez-moi entrer, fit-elle à Artagel, sans réfléchir. J'ai besoin de lui parler.

Artagel posa sur elle un regard étrange mais son expression le dissuada de toute discussion. Il s'approcha de la grille avec un haussement d'épaules, essaya plusieurs des clefs avant de trouver la bonne. Enfin, il ouvrit et s'écarta.

Sans plus de bon sens que de timidité, Térisa pénétra dans la cellule de l'Imageur.

Artagel referma la porte.

— Je ne suis pas loin, fit-il d'un ton neutre, distant. Il vous suffira d'élever la voix pour que je vous entende. S'il tente quoi que ce soit à votre encontre, il sera mort en un clin d'œil.

Il s'éloigna de quelques pas dans le couloir.

Térisa ne lui accorda aucune attention, elle ne s'intéressait qu'à Erémis.

Celui-ci n'avait pas bougé de sa couche, ne disait rien, encore dissimulé par la pénombre. Elle s'approcha de lui, mais involontairement hésita.

Le lit était bas, pourtant la tête du Maître arrivait à peu près aux épaules de Térisa. Dès qu'elle fut assez près, Erémis l'attira entre ses genoux écartés et lui saisit la nuque pour incliner son visage vers le sien, prendre sa bouche en un baiser urgent. Un baiser au goût de vin et de désir.

La force de son étreinte, la fièvre de sa bouche achevèrent de faire oublier à Térisa la raison première de sa venue. Elle lui répondit autant que les enseignements qu'il lui avait déjà prodigués le lui permettaient, essayant de lui rendre la profondeur de son baiser. Un long moment s'écoula avant qu'elle reprenne pied dans la réalité, se souvienne que, sans l'avoir fomenté, elle se retrouvait dans le camp des opposants au Roi Joyse, que le destin de Mordant pouvait tenir à ce qu'elle allait révéler au Maître. Et qu'ils n'étaient pas réellement seuls.

Elle s'écarta légèrement de lui.

— Je ne suis pas venue pour cela, murmura-t-elle en reprenant son souffle.

— Non ? Pourtant cela me suffirait.

Il la tenait toujours entre ses genoux, ses bras. Il la lâcha d'une main pour défaire les boutons de sa chemise, reprit sa bouche et ses doigts experts écartèrent les pans de son vêtement, découvrant sa peau nue.

— Artagel va nous voir, protesta-t-elle sans conviction.

— Pas si vous vous taisez. Artagel est scrupuleux.

Sa main se glissa sous l'étoffe de la chemise, fraîche, insidieuse, et les seins de Térisa se gonflèrent d'un désir douloureux.

L'attitude du Maître, ses propres émotions ne laissaient pas de la troubler ; elle en perdait toute clarté d'esprit. Elle fit un nouvel effort pour s'écarter.

— Je viens de parler au Roi. Je suis immédiatement venue vous trouver.

Elle éprouva chagrin et soulagement tout à la fois quand Maître Erémis relâcha son étreinte.

— Un entretien avec le Roi ? Voilà un honneur que tout Orison et la moitié de Mordant vous envieraient. Que désirait donc le vieux gâteux ? souffla-t-il en lui caressant le sein. Lui reste-t-il encore une étincelle de vie pour convoiter ma place ?

— Le Gouverneur Lebbick était venu m'arrêter.

Elle aurait voulu s'expliquer clairement, avec cohérence, mais elle bafouillait, bredouillait.

— Le Tor et Géraden l'en ont empêché. Mais le Roi voulait de toute façon me parler. Il n'est nullement un vieux gâteux, assura-t-elle en retrouvant laborieusement quelque force. Il sait ce qu'il fait. Il agit à dessein.

Le visage du Maître ne trahit aucune réaction ; et pourtant, elle perçut sa tension soudaine. Lentement sa main s'abaissa, renonçant à la caresse.

— Ma dame, vous devez tout me dire. Commencez par le commencement. Pourquoi Lebbick avait-il décidé de vous arrêter ?

Il était donc magicien pour qu'elle se sente en sa présence plus forte, plus décidée. Sa confusion d'esprit battit en retraite.

— Pour la même raison qu'il vous a arrêté, je crois. Vous avez enfreint un ordre du Roi. Je le sais... mais je ne pense pas que ce soit là l'unique raison. Il a fini par arriver à la conclusion que nous nous étions réunis avec les Seigneurs des Fiefs et le Prince Kragen, et il nous soupçonne tous de trahison.

Si elle s'anéantissait, renonçait à toute volonté dans l'étreinte du Maître, elle ne fit cependant pas mention de Myste, ni des passages secrets, ni de Maître Quillon. Un instinct sourd la poussait à réduire ses révélations ; elle narra en détail l'attaque à l'issue de la réunion, deux nuits auparavant, le massacre qui avait conduit le Gouverneur jusqu'à elle, qui lui avait permis de tirer des conclusions à son encontre. Enfin, elle expliqua comment le Tor et Géraden lui avaient épargné la prison.

Il lui fallut ensuite poursuivre avec plus de prudence. Fort consciente d'être une piètre menteuse, elle déclara :

— Le Roi souhaitait me parler de sa fille Myste qui a disparu. Il croyait que je saurais où elle était partie. J'ai feint de lui répondre pour qu'il me parle en retour.

Pressée de s'éloigner de ces semi-vérités, elle lui fit part des réponses du Roi à ses questions.

Les réactions de l'Imageur se firent plus vives. A la faible lueur de la lampe, elle vit la surprise, la colère, l'excitation se succéder dans son regard brillant.

— Ce vieux boucher, marmonna-t-il, presque involontairement. Des ruses, et encore des ruses. J'en avais été averti mais je n'y croyais pas...

Sur ses traits se mêlaient calcul et émotion.

Il garda le silence un moment quand Térisa se fut tue. Bien qu'il ne l'ait pas lâchée, il parut à la jeune femme qu'ils se retrouvaient très loin l'un de l'autre.

— La lutte sera plus serrée que je ne l'avais escompté...

Il se souvint tout à coup de la présence de Térisa, l'approcha de lui pour la dévisager.

— Vous m'avez fait une belle faveur, ma dame, fit-il d'un ton détaché. Je me demande pourquoi. Je vous ai voulue et vous voilà mienne, poursuivit-il en l'enserrant plus étroitement. Aucune femme ne me refuse. Mais je serais bien fol de n'avoir pas remarqué que vous vous êtes amourachée de ce chiot de Géraden. Et vous risquez d'essuyer les foudres de Lebbick en venant ici. Pourquoi avoir fait cela ?

Elle avait donc agi comme il le fallait. Elle l'avait aidé. Cette certitude lui fit tourner la tête, l'affaiblit soudain ; elle était si prête à l'ivresse de l'amour qu'elle eut peine à répondre à la question de l'Imageur. Plus audacieuse, elle se serait penchée pour l'embrasser, et ce geste eût été une explication plus franche et plus sincère que les phrases les plus rationnelles. Or il exigeait des mots, des raisons.

— Le Roi Joyse agit dans un but précis, articula-t-elle doucement, en proie à des émotions contraires. J'ignore pourquoi... cela paraît insensé. Mais son refus de défendre Mordant est réfléchi. Quelqu'un doit lui résister. Vous êtes le seul qui paraisse en mesure d'agir, grâce à votre intelligence, à votre détermination. Tous les autres se contentent d'attendre que le Roi se réveille enfin et s'explique.

Le Maître demeura silencieux, insouciant des efforts de Térisa pour se garder de ses sens, de ses élans. Elle faiblit un instant, se reprit.

— Vous avez des ennemis. Il y a un traître dans le Congrégat. Vous avez été trahi.

Le visage d'Erémis se fit masque de pierre. Ses yeux cherchèrent à déceler quelque indice sur les traits de la jeune femme.

— Ma dame, murmura-t-il, sarcastique, vous n'êtes pas parvenue seule à cette conclusion. Qui vous l'a soufflée ?

Je vous en prie. Grâce à vous, je puis être sûre de moi. Vous pouvez faire de moi ce que vous voulez. Elle s'entendit à peine répondre :

— Géraden.

Mauvaise réponse. Elle sentit la colère raidir Erémis.

— Je comprends à présent, dit-il d'une voix cassante. Vous êtes plus amourachée que je ne le croyais. Bien sûr que *Géraden* croit à la présence d'un traître au Congrégat. Il *y a* un traître au Congrégat. Pourquoi vous l'a-t-il révélé ?

Il dardait sur elle un regard furieux. Néanmoins, sa flambée de colère se mua rapidement en surprise, avant que Térisa ait réagi, avant même qu'elle ait deviné ce qui suscitait cette rage.

— Ce fourbe fils de bâtard, murmura-t-il. Naturellement, il vous a parlé ! Dans l'unique but, à défaut d'un autre, que vous ne le soupçonniez jamais, lui, de servir le traître.

Térisa fut trop choquée pour parler. *Servir le traître... ?* Il fit soudain très froid dans le cachot, trop froid. Elle devait refermer sa chemise. Le Maître ne lui communiquait plus aucune chaleur. Artagel avait-il pu entendre ce qui venait d'être dit ? Probablement non : il aurait déjà tranché la gorge d'Erémis.

Géraden ?

— Ma dame, vous devez apprendre à faire preuve de plus de clairvoyance, soupira l'Imageur avec compassion. Je sais que le jeune fils du Domne vous attire. C'est fort compréhensible, vu qu'il vous a créée. Si vous n'étiez pas venue à moi de votre propre chef, je ne vous dirais pas tout cela. Je me contenterais de donner à votre corps ravissant l'amour qu'il mérite... l'amour pour lequel il est fait... et je garderais pour moi mes réflexions. Mais si vous souhaitez m'aider, vous devez mieux vous servir de votre esprit.

» Réfléchissez aux raisons que vous a fait valoir Géraden pour accréditer la présence d'un traître au sein du Congrégat, et ajoutez-les à ce que nous avons appris depuis. En sus de ses questions, je suppose que Lebbick n'a pas manqué de vous avertir que Maître Gilbur avait disparu. Ne vous semble-t-il pas, ma dame, qu'il serait, lui, le traître ?

Oui ! pensa-t-elle, toute sous l'influence de l'étreinte et du regard intense de l'Imageur. Non. Comment aurait-il prévu que je viendrais à votre réunion, et décidé le lieu de l'attaque pour translater les hommes en noir ? (Les translations par miroir plat ne rendent-elles pas les hommes fous ?) Pourtant ces arguments n'eurent pas grand poids dans l'esprit de Térisa. Gilbur était effectivement celui qui avait disparu.

— Je confesse, reprit sourdement Maître Erémis, n'avoir pas soupçonné sa traîtrise. Je lui faisais stupidement confiance à cause de sa supposée gratitude envers moi. Or, lorsque Géraden traversa son miroir, soi-disant pour quérir notre champion, et que ce fut vous qu'il ramena à la place, mes yeux s'ouvrirent.

» Ma dame, n'essayez-vous jamais de comprendre les mobiles qui me meuvent ? Ne vous êtes-vous jamais demandé pourquoi j'avais inclu Maître Gilbur dans notre réunion avec les Seigneurs quand il était clair aux yeux de tout le Congrégat que lui et moi nous rangions toujours dans des camps opposés ? J'essayais de le mettre en péril, de susciter chez lui un faux pas qui le pousse à se trahir. Et j'ai réussi...

» Le coût en fut plus grave que je ne l'avais prévu. Orison éventré. Le champion envolé. Moi-même arrêté. Et dépouillé de ma chasuble par ce rustre zélé de Barsonage qui avait à cœur de prouver au Gouverneur la bonne foi du Congrégat.

Il eut une moue dégoûtée avant de poursuivre son raisonnement.

— Ne vous êtes-vous jamais demandé pourquoi j'accordais tant de valeur à la vie de Géraden ? Je tenais à ce qu'il reste vivant, pour essayer de gagner son amitié, m'immiscer dans ses intrigues, étudier ses étranges capacités.

» Ne vous êtes-vous jamais demandé pourquoi j'avais tenté de le faire admettre comme Maître au Congrégat ? Certes, cela a dû vous paraître dépourvu de sens, quand bien même vous connaissiez peu Orison, ses factions, ses conflits. J'ai échoué sur ce point. Oh, j'ai gagné d'autre côté... j'appris comment notre bon Roi avait réagi lors de sa première rencontre avec vous. Cette information m'aurait aidé si j'avais eu la clef pour l'utiliser, poursuivit-il d'une voix qui devenait plus dure, urgente et autoritaire. Mais je n'ai pas atteint mon but ultime, qui était de resserrer un filet autour de Géraden... de le placer sur un piédestal d'où il serait vu, même par les fous qui ne le craignent pas, d'où ses secrets seraient révélés au grand jour, et où l'accomplissement de son rêve de toujours eût pu l'aveugler sur ses talents véritables.

— Non, protesta Térisa avec fermeté. Vos assertions n'ont aucun sens.

Elles lui faisaient surtout mal, la déchiraient.

— Quels talents ? Et qu'est-ce qui vous fait croire que lui et Maître Gilbur seraient complices ?

— Faites marcher votre cerveau, rétorqua Erémis les dents serrées. Gilbur a façonné le premier miroir qui montrait le champion. Ce fut lui qui apprit à Géraden à copier ce modèle, lui qui l'assista, supervisa toutes les étapes de la fabrication, depuis l'affinage de la plus fine poudre jusqu'au tamisage du sable idéal et au polissage du moule parfait. Il a forcément vu ce qui allait de travers, ce qui différait entre son miroir et celui qui vous a conduite parmi nous.

» Réfléchissez. Tandis qu'il travaillait à cet ouvrage, Géraden a fait preuve de dons jusqu'alors inconnus, de capacités qui lui permettaient de soumettre toutes les lois de l'Imagerie à son propre dessein... pouvoirs aussi grands dans leur domaine que la possibilité pour l'Archi-Mage de traverser un miroir plat en restant sain d'esprit.

» Gilbur a dû comprendre cela. Il en a été le témoin. Or, *il n'a rien dit.* Une chose exceptionnelle, fondamentale s'est déroulée sous ses yeux, qu'il a gardée secrète.

» Quelle conclusion en tirez-vous, ma dame ? Quelle conclusion *pouvez-vous* en tirer ? Oserez-vous maintenir que je me trompe ?

Non. Elle secoua lourdement la tête et son cœur chancela. Cette fois, elle ne pouvait le contredire. Par sa logique, comme par son magnétisme physique, il était trop fort pour elle. Si elle admettait l'hypothèse de la traîtrise de Maître Gilbur, elle se voyait forcée d'admettre tout le reste, l'enchaînement était d'une implacable logique. *Ce fut lui qui apprit à Géraden...* Pourquoi n'avait-elle pas pensé tout cela d'elle-même ?

Demeurait la possibilité, se débattit-elle faiblement, que Géraden fût son ami, qu'il lui veuille du bien. S'il était aussi ignorant et semeur de catastrophes que tous le croyaient... elle voulait se raccrocher au moindre espoir.

— Peut-être avez-vous raison, souffla-t-elle. Mais vous avez vu ce qu'il s'est passé quand il a tenté d'arrêter Maître Gilbur dans la translation du champion. Peut-être a-t-il été utilisé à son insu.

Elle commençait à avoir les tempes battantes, douloureuses.

— Peut-être a-t-il été induit en erreur alors qu'il façonnait son miroir, croyant effectuer une exacte copie. Comment aurait-il soupçonné Maître Gilbur de lui mentir ? C'est peut-être à Gilbur qu'il faut prêter ces dons exceptionnels, non à Géraden.

Maître Erémis secoua la tête et se rembrunit davantage.

— C'est concevable. A votre avis, pourquoi ai-je imaginé des subterfuges et non eu recours à l'action directe ? Je n'ai pas voulu prendre le risque de blesser quiconque serait innocent. Mais rappelez-vous deux choses, ma dame.

» La première est un fait. C'est Géraden qui figure à la place d'honneur de l'augure, non Gilbur. Il y a forcément une raison à cela.

» La seconde est une hypothèse. Comme il est concevable que Géraden ait été manipulé, il est également concevable que Gilbur et lui aient simulé un conflit pour cacher leur complicité, et par là laver Géraden de tout soupçon afin qu'il continue son œuvre mauvaise si Gilbur était forcé de prendre la fuite.

— Folie ! s'exclama Térisa avec une véhémence dont elle fut la première étonnée. Maître Gilbur a failli le tuer.

Et elle avait été ensevelie vivante avec lui.

— Foutaises ! tonna Erémis, de nouveau en colère. Gilbur peut fort bien n'avoir ni prévu ni provoqué cet accident. Il était concentré sur sa translation. Ma dame, n'insultez pas mon intelligence.

La pression de ses genoux se resserra sur les jambes de Térisa. Et aussi vivement qu'elle s'était enflammée, la jeune femme abandonna toute résistance.

— Je suis désolée. Je ne suis pas habituée à réfléchir de cette façon.

Ne me faites pas de mal. Elle ne distinguait plus ses traits, seulement la découpe de son visage contre le mur. Malheureusement, elle n'avait pas dit ce que l'Imageur voulait entendre. Son étreinte se fit un étau qui lui broya les chairs.

— Qu'attendez-vous de moi ? s'exclama-t-elle, saisie de panique.

Il s'adoucit mais ne la lâcha pas.

— En d'autres circonstances, murmura-t-il, je n'exigerais de ce corps que ce pour quoi il est fait. Mais j'ai besoin de votre aide. Voilà ce que j'attends de vous...

Il défit les derniers boutons de sa chemise, écarta les pans de l'étoffe, offrant entièrement à l'air froid et à son souffle chaud les seins, le torse de la jeune femme.

— Je veux que vous feigniez d'être amie avec le jeune Géraden. Je veux que vous le surveilliez pour moi, que vous guettiez tout indice de trahison ou de don, que vous décryptiez chacun de ses mots, de ses actes, de ses réactions qui pourraient me révéler son secret. Et surtout, ne lui dites rien. Ne lui dites pas que vous m'avez parlé. Faites jurer silence à Artagel, s'il le faut. Ne laissez personne soupçonner que nous sommes alliés.

De sa langue agile, humide, il se mit à exciter le bout des seins de la jeune femme, provoquant leur érection. Elle en perdit la tête de plaisir, se laissa aller contre lui, offerte à ses caresses, à ses baisers.

Il lui demandait de surveiller... de trahir Géraden. *Géraden !* Elle avait déjà douté de lui une fois aujourd'hui et il lui avait aussitôt prouvé sa foi. Il l'avait gardée en vie, saine d'esprit sous les décombres. Le simple fait de soupçonner son honnêteté lui paraissait une injustice flagrante. Ne méritait-il pas uniquement la confiance pour sa loyauté ?

Comment pourrait-elle le trahir ?

Mais comment ignorer les mobiles de Maître Erémis, son labeur pour Mordant, son ardeur ?

Tous deux essayaient de lui révéler qui elle était.

Sans cesser de la dévorer, de l'enivrer, de lui mettre le cœur à vif, Erémis murmura, sûr de lui :

— Vous êtes mienne. De droit et de fait. Quand vous penserez à un autre homme... ou quand vous serez prête à douter de moi... rappelez-vous ma bouche sur votre corps, et vous me resterez fidèle. Vous ferez ce que je vous demande avec Géraden.

— Oui... put-elle seulement répondre.

Toute la volonté dont elle disposait était déjà employée à retenir ses bras de l'enlacer, à rester passive sous ses baisers. Il eût été plus aisé de livrer sa passion maladroite aux désirs d'Erémis, mais le constat de sa propre soumission l'atterrait.

— Vous ferez ce que je vous demande, répéta-t-il comme on serine une litanie.

— Je le ferai.

— Quand je serai libéré... car je serai libéré, n'en doutez pas un instant. Si Lebbick ne reconnaît pas mon innocence, je me libérerai seul, en dépit de lui. Et libre, je viendrai vous trouver. Alors nous consommerons ces baisers et je prendrai complètement possession de votre beauté. Il ne sera pas une once de votre féminité que je n'exigerai — et pas une once de ma virilité que vous n'accepterez.

— Oui. Oui...

Sur le moment, elle eut le même désir que lui, malgré la nausée qui la gagnait.

— Maintenant, quittez-moi, conclut Erémis en la lâchant tout à coup. Vous ne me serez d'aucun secours si Lebbick vous trouve ici. S'il n'exerce pas son autorité jusqu'à vous emprisonner, il fera de son mieux pour s'assurer que nous n'avons nul moyen de communiquer l'un avec l'autre. Reboutonnez votre chemise et appelez Artagel.

Si brutal avait été son changement d'humeur et de manières que Térisa rougit de honte.

— Oui. Oui.

Pourquoi s'entêtait-elle à répéter cet assentiment comme une enfant stupide ? Son père avait toujours fait preuve d'un caractère changeant, sans qu'elle comprenne jamais pourquoi il passait si brusquement de la tolérance à la colère. Elle eut mal, sa fièvre retombée, et se détourna pour rajuster sa tenue.

— Artagel, murmura-t-elle d'une voix enrouée.

— Plus fort, ma dame, conseilla sèchement Erémis. Je doute qu'il vous entende.

Plus fort.

— Artagel, je suis prête.

Il veut que je trahisse Géraden.

Ombre mouvante, Artagel apparut derrière la grille, l'ouvrit.

— Ma dame.

Il lui offrit sa main, son bras. Elle sortit, sentant derrière elle le silence du Maître peser comme une muraille. Artagel referma négligemment la grille et l'entraîna dans le couloir, hors de vue de la cellule.

— Tout va bien, ma dame ? s'enquit-il quand il fut certain de n'être pas entendu de l'Imageur. Que vous a-t-il dit ?

L'inquiétude dans sa voix était si vive, si vraie — si semblable à celle de son frère — que Térisa vacilla sur ses jambes devenues faibles.

Nausée et honte. Désir et consternation. Maître Erémis avait raison : jamais elle n'oublierait la caresse de ses lèvres, de sa langue ; elle était sienne ; il ferait d'elle ce qu'il voudrait. Mais ce qu'il exigeait... ! Espionner l'être sur lequel elle avait le plus besoin de se reposer, l'homme dont le sourire lui réjouissait le cœur. Trahir...

— Térisa, insista Artagel d'une voix tendue, *qu'est-ce que ce bâtard vous a dit ?*

J'ai mal, avait-elle simplement envie de crier. Mais répondre ruinerait tout. Il était le frère de Géraden. Malgré sa sympathie, la lumière de son regard et ce demi-sourire meurtrier, elle ne pouvait lui dire ce qui n'allait pas. Il garderait un secret des inquisitions de Lebbick mais ne cèlerait rien à son frère.

Tout lui révéler serait trahir lâchement Maître Erémis, rétracter sa parole, son soutien, sa passion toute neuve, sans même avoir le courage de faire face à Géraden pour admettre qu'elle avait choisi son camp par faiblesse, qu'elle préférait son amitié à l'amour d'Erémis, sans autre raison qu'elle n'était pas assez brave pour agir autrement.

Ce fut avec effort qu'elle retrouva son équilibre, allégea le bras d'Artagel de son poids.

— Pardonnez-moi, fit-elle en écartant de son visage ses cheveux indisciplinés. Sans doute ne suis-je pas encore remise de mes déboires d'hier.

— Êtes-vous sûre qu'il ne s'agit que de cela ? Vous alliez mieux quand vous êtes arrivée ici. A vous voir, on dirait qu'Erémis a tenté de vous violer.

Il était si loin de la vérité qu'elle laissa échapper un éclat de rire. Ce rire incoercible, qui frisait l'hystérie, ne rassura guère son compagnon. Il faudrait qu'elle lui fournisse une explication plus consistante pour désarmer son inquiétude.

— Pardonnez-moi, répéta-t-elle, luttant contre cette hilarité déplacée. Je ne sais pas ce qui m'arrive. Je viens simplement de recevoir une leçon d'humilité. Je vous avais dit vouloir aider les gens à se parler entre eux... ce sera plus difficile que je ne le pensais.

Son rire artificiel mourut, elle fut au bord des larmes.

Artagel l'observa un moment, puis posa sa main sur la sienne, la resserrant contre son bras. Ils repartirent vers la salle des gardes.

— Ne vous inquiétez pas, ma dame. Il n'est jamais vain d'essayer. Seulement Maître Erémis n'est peut-être pas très prometteur en l'occurrence.

Le sourire du guerrier était trop féroce pour offrir une véritable consolation.

— Étiez-vous amis, lui et vous, avant que Géraden ne vous oppose à lui ? questionna Térisa pour détourner la conversation.

— Pas vraiment, répondit-il avec un haussement d'épaules. Je ne l'ai jamais apprécié mais je n'avais aucune raison pour cela, aussi gardais-je mon antipathie pour moi. Géraden comprend ces choses-là bien mieux que moi, ajouta-t-il en la regardant. Et il connaît Erémis, vous devriez le laisser vous en parler.

Elle fuyait son regard.

— Vous accordez pleine confiance à Géraden, n'est-ce pas ?

— Il est mon frère.

— Est-ce l'unique raison ?

— Non, ma dame, répliqua-t-il avec un rire léger. J'ai au moins deux raisons : l'expérience et le sang. Nous avons cinq autres frères et j'ai observé Géraden avec chacun d'eux.

Le visage d'Artagel s'assombrit soudain ; il se tourna vers Térisa, la contraignit cette fois à le regarder.

— Ma dame, Erémis vous aurait-il conseillé de vous méfier de lui ?

— Ce... ce n'est pas cela. Je ne crois pas que vous vous rendiez compte de la place unique que vous occupez dans Orison. Chacun vous fait confiance. Même Maître Erémis vous veut à ses côtés. Je vous demande pourquoi vous vous fiez à Géraden car j'essaie de *vous* comprendre.

Sa capacité à mentir, mêler au mensonge des bribes de vérité pour mieux cacher celle-ci, la stupéfiait, l'effrayait. Artagel crut apparemment à sa justification mais n'en resta pas moins hésitant, puis choisit de répondre sur le ton de la plaisanterie comme si sa question l'embarrassait.

— Les vies par trop réglées inquiètent, ma dame. Mon existence plus dissolue que toute autre m'attire la confiance de tous.

— Je n'avais pas envisagé le problème sous cet angle.

Et même si sa réponse n'était qu'une échappatoire, elle l'accepta, heureuse de l'avoir détourné de ses questions précédentes.

Une fois loin des cachots, revenue dans les vastes couloirs d'Orison, elle eut hâte qu'Artagel l'abandonne, pour ne plus avoir à lui parler, à cacher ses émotions. Mais il insista, à son grand dam, pour la raccompagner jusqu'à ses appartements. Elle ne put le quitter qu'au bas de sa tour et, sur un maigre merci, s'élança dans l'escalier.

Elle fuyait le danger qu'il représentait, le danger de se dérober à sa promesse avant même d'être sûre qu'elle avait eu raison de la faire. Elle avait dit oui à Erémis, oui, oui, oui. Or sa nausée gagnait du terrain. Artagel ressemblait juste assez à son frère pour qu'elle ait eu l'impression de faire les premiers pas vers la trahison, et ce que lui demandait l'Imageur ne lui semblait plus si évident, si vital.

Feignez d'être son amie.

Surveillez-le.

Ne lui dites rien.

Elle craignit de vomir avant d'arriver à sa chambre.

Devant la porte, l'un des gardes s'inclina raidement devant elle et lui annonça avec une courtoisie maladroite qu'un visiteur l'attendait.

Une seconde elle crut que ses jambes allaient se dérober. Ah non ! pas maintenant. Mais elle était lasse de ses faiblesses et puisa un semblant de force, de calme, dans la nausée qui l'assaillait. La tête droite, la voix posée, elle demanda :

— Qui cela ?

— Vous n'aviez pas interdit que l'on fit entrer les visiteurs chez vous, fit le garde, déconfit. Il s'agit de dame Eléga. Je ne pouvais pas laisser dehors la fille du Roi.

— Non, bien sûr, s'entendit-elle répondre d'une voix lointaine, vous avez bien fait.

Eléga, la fougueuse et impatiente sœur de Myste ! Elle n'avait pas parlé à l'impétueuse jeune femme depuis leur pénible déjeuner. A cette occasion, Eléga avait protesté : *Nous sommes des femmes, comme vous, et non des hommes assoiffés de pouvoir personnel. Vous pouvez nous faire confiance. Votre mensonge est inutile.* Et quand Térisa avait refusé d'abandonner sa prétention de n'être qu'ordinaire, la jeune femme avait semblé aussi mal à l'aise qu'elle-même l'était actuellement.

Que veut-elle cette fois ? se demanda-t-elle vaguement. Puis l'évidence lui apparut, et un afflux d'adrénaline parcourut ses veines.

Myste.

Elle s'aperçut avec confusion que le garde lui avait ouvert et qu'elle était restée plantée sur le seuil, tandis que les deux hommes, stoïques, faisaient tous leurs efforts pour ne pas remarquer sa distraction. Se reprenant, elle pénétra vivement dans le salon.

Eléga occupait la même place que Myste la veille, devant la fenêtre. Et, comme Myste, elle était belle. Mais d'une beauté que révélait le contraste entre l'éclat des lampes, du feu et le gris du soir tombant derrière les vitres, non la lumière du jour. Sa pâleur, ses courts cheveux d'un blond clair rehaussaient la lueur violette de ses yeux. Sa tenue recherchée, ses bijoux de reine ne convenaient guère à ses manières franches et brusques. Pourtant elle possédait l'âme et les instincts d'une souveraine.

Dès que la porte fut refermée, elle s'approcha de Térisa. Elle avait aussi une façon de regarder, urgente et violente, opposée à celle de sa sœur ; et cependant, chez les deux jeunes femmes, ces yeux posés sur le monde recelaient la fièvre de lendemains où tout serait possible.

— Ma dame... Térisa, j'espère que vous me pardonnerez cette intrusion, fit-elle sourdement. J'ignorais quand vous reviendriez et n'avais pas envie de vous attendre à la porte.

Térisa aurait aimé se pelotonner devant le feu pour réchauffer ses os glacés, boire du vin jusqu'à ce que s'apaise sa nausée et que disparaisse sa détresse. Mais elle devait faire face pour protéger Myste. Elle désigna d'un geste la carafe et les verres que Saddith avait eu le soin de renouveler.

— Vous joindrez-vous à moi ? J'ai grand besoin de me désaltérer.

Eléga acquiesça sans manifester un intérêt réel pour le vin. Elle accepta néanmoins avec grâce le verre que lui tendait son hôtesse.

Térisa avala le sien d'une rasade très peu conforme aux bons usages ou à la sagesse et le remplit une deuxième fois avant de s'asseoir près du feu sans songer à offrir un siège à son invitée. Elle avait si froid... Combien de temps était-elle restée dans la cellule d'Erémis, chemise ouverte ?

— Térisa, vous sentez-vous bien ?

La voix d'Eléga lui parvenait à travers une brume fiévreuse.

— Il arrive trop de choses que je ne comprends pas, murmura-t-elle. Asseyez-vous, Eléga, et dites-moi ce qui vous amène.

La fille du Roi parut livrer bataille avec des sentiments confus, contradictoires. Elle accepta un siège et se décida enfin.

— Térisa, où est Myste ? questionna-t-elle d'une voix douce mais ferme.

Troublée, la jeune femme en conclut aussitôt que le Roi Joyse avait d'une façon ou d'une autre percé son mensonge à jour.

— C'est votre père qui vous envoie ?

— Non, répliqua Eléga, surprise. Pourquoi le ferait-il ? Je doute même qu'il se soit aperçu de l'absence de sa fille. Et si c'était le cas, je refuserais de poser à sa place les questions que se doit de soulever un père. Je suis sa fille, mais il m'a soulagée de mes devoirs envers lui en se dérobant lui-même aux siens.

» Non, répéta-t-elle en écartant le sujet. Je vous le demande parce que j'ai peur. Ma sœur n'est ni très sage ni très réaliste. Ses rêveries l'éloignent fréquemment du bon sens. Je crains qu'elle ne se soit lancée dans quelque folle action. Térisa, où est-elle ?

Térisa se détourna vers le feu pour éviter le perçant regard violet. Ainsi son mensonge au Roi n'avait pas été découvert, c'était déjà un soulagement. Malheureusement, la question d'Eléga exigeait une réponse.

Plongeant les yeux dans les flammes comme si elle espérait y puiser de la force, elle murmura :

— De quoi avez-vous peur pour elle ?

— Je ne sais pas, avoua Eléga. Je la comprends si mal, Térisa. Elle préfère les rêves aux réalités. Je sais qu'elle est blessée, autant que moi, par ce qu'a fait notre père, surtout par l'humiliation imposée au Prince Kragen. Que le Roi de Mordant travaille activement à la guerre avec Alend est abominable, mais je n'ose penser de quoi Myste est capable dans ses égarements. Elle peut avoir quitté Orison pour toutes sortes de raisons plus folles les unes que les autres. Peut-être court-elle après le Prince Kragen pour tenter de le persuader d'oublier l'offense...

Eléga frôlait de si près la vérité que Térisa tressaillit.

— Pourquoi pensez-vous que je saurais où elle se trouve ?

Quand elle répondit, Eléga le fit avec prudence et neutralité, d'une voix distincte mais qui ne jetait aucun opprobre.

— D'abord, parce que nulle autre ici ne l'aurait aidée à réaliser quelque folle entreprise. Elle est la fille du Roi. Les habitants d'Orison la tiennent en trop haute estime pour la seconder dans un acte qui ne serait pas bon pour elle.

» Mais surtout... parce que j'ai bien vu l'écho que provoquait en elle votre insistance à vous déclarer femme ordinaire.

Térisa fixa le feu dansant et attendit.

— Ce fut pour moi un étonnement, admit franchement Eléga. Je considère que les êtres sont ordinaires ou exceptionnels selon qu'ils l'ont choisi. Oh, je sais que le don d'Imagerie, par exemple, ou le goût pour les affaires d'État ne relèvent pas de la seule volonté, fit-elle sans réelle conviction, et il est vrai que celle qui a le malheur d'être née femme doit, pour faire ses preuves, combattre les pires préjugés. Et pourtant, je crois qu'en fin de compte, je ne suis moi-même restreinte que par les limites de ma détermination, non par les hasards d'un don ou de la prédestination des sexes.

» Myste pense autrement, soupira-t-elle. Elle ne veut pas ouvrir les portes. Elle rêve que les portes s'ouvriront pour elle. Et elle vous regarde, Térisa, comme la preuve que dans *toute* vie — aussi terne et morne soit-elle, assez pour engourdir à jamais l'esprit — se trouve une porte de magie et de mystère susceptible de s'ouvrir, pour offrir la grandeur, même au dernier des hommes. En attendant, il incombe à chacun de se contenter de ce qu'il a...

Elle s'exprimait plus avec chagrin que dédain.

— Je n'ai aucune raison de croire que vous savez où elle se trouve. Pourtant, je le pense. Vous êtes une flamme trop vive pour que la pâle Myste sache y résister.

Térisa jugea cette vision de Myste si amère, si fausse surtout, qu'elle ne sut que répondre. A défaut de la convaincre, les idées d'Eléga lui paraissaient moins réalistes encore que celles qu'elle prêtait à sa sœur. Et cela l'amenait à se poser d'autres questions au sujet d'Eléga. Mais le moment était mal choisi. A l'instant, seule sa promesse à Myste importait.

— Elle est venue hier car elle souhaitait emprunter le passage secret dans mon armoire, confessa-t-elle.

Les yeux rivés sur le feu, elle devina plus qu'elle ne vit le violent tressaillement de son interlocutrice.

— Elle est passée par là pour éviter d'être vue ou arrêtée en quittant Orison. Elle allait rejoindre sa mère, conclut-elle dans un silence impressionnant qu'altéraient seuls le crépitement des flammes et le mugissement du vent.

Eléga se tut un long moment. Enfin, elle souffla, d'un ton de douce surprise, comme si elle venait de recevoir une révélation.

— Cela ne se peut pas.

Anxieuse, Térisa tourna le visage vers elle. Eléga s'était levée et ses yeux violets lançaient des éclairs, bien qu'elle affectât calme et domination de soi.

— Je crois qu'effectivement Myste a quitté Orison. Merci de m'avoir révélé le chemin qu'elle a emprunté, mais elle n'avait nulle intention de gagner le Fief de Fayle, Romish, de rejoindre la Reine Madin.

Térisa aurait aimé muer la détresse et la peur de son mensonge en saine colère. Mais la passion d'Eléga était telle, et sa réaction si surprenante, qu'elle ne le put.

— Elle était déçue par la façon dont le Roi s'était conduit avec le Prince, expliqua-t-elle prudemment. Elle ne supportait plus de rester là à le voir se miner et détruire Mordant, aussi a-t-elle décidé d'aller retrouver le reste de sa famille.

— Térisa... fit Eléga avec un geste suppliant qu'elle interrompit aussitôt, ne continuez pas. C'est sans importance, désormais. Mentir équivaut à exercer un pouvoir, et je me réjouis de vous voir le faire. Vous n'êtes nullement passive... vous ne vous contentez plus de vous dissimuler derrière le masque de la banalité. Vous avez choisi de prendre une part active au destin de Mordant. C'est un grand pas — j'espère que Myste l'a franchi, elle aussi — et je rends honneur à votre décision.

— Je ne mens pas, murmura Térisa, prête à fondre en larmes.

— Je vais tenter de vous persuader qu'il est inutile de chercher à me flouer, continua Eléga en secouant la tête.

Un instant, son regard se promena à l'entour, distrait, et comme si elle cherchait le meilleur argument. Or, cela parut comme une digression lorsqu'elle demanda :

— A votre avis, Térisa, quelle est la principale faiblesse d'Orison ?

— La réserve d'eau, répondit la jeune femme sans réfléchir.

— C'est-à-dire ? fit Eléga avec indifférence.

— Empoisonnez le réservoir et le château entier tombe.

Momentanément, bien sûr. La petite source souterraine fournissait un peu d'eau. Le ciel ouvert sur les canalisations collectrices en récolterait une bonne quantité s'il neigeait ou pleuvait à verse. Mais, durant quelques jours, au moins...

Pourquoi cette question ?

Souriante, Eléga revint s'asseoir, défroissa le tombant de sa robe. La brûlure de son regard fit frémir son hôtesse.

— Vous êtes à Orison depuis un certain temps maintenant, reprit très paisiblement la fille du Roi. Je crains que vous n'ayez pas vu la plupart d'entre nous sous leur meilleur jour. Quoi qu'il en soit, vous avez eu le temps de vous forger des opinions, peut-être de parvenir à certaines conclusions.

» Que pensez-vous de nous ? Existe-t-il un espoir pour Orison et Mordant ? Quelle est votre opinion sur le Roi Joyse ?

Agacée, Térisa fut tentée de répondre : *Non, je ne crois pas qu'il y ait un espoir. Pas tant que vous vous entêterez à vous conduire de la sorte.* Pourtant, elle sentait le danger sourdre partout autour d'elle ; ce qu'elle dirait aurait des conséquences non mesurables.

— Je le soupçonne de savoir ce qu'il fait, répliqua-t-elle avec prudence.

— Et le Congrégat ? la pressa Eléga avec un large sourire. Comment voyez-vous les Imageurs ? Ils nous ont mis dans un grave péril. Sont-ils honnêtes ? Ou plutôt devrais-je demander : sont-ils honorables ?

Térisa écarta la question ; elle n'avait nulle intention de discuter de Maître Erémis ou des idées de Géraden avec l'étrange fille du Roi.

— Certains paraissent honorables, d'autres pas. La plupart d'entre eux ne s'attendaient pas à l'attitude sauvage du champion, ajouta-t-elle.

— Et les Seigneurs des Fiefs ? poursuivit Eléga, mal satisfaite de cette réponse. Que pensez-vous d'eux ?

Son interlocutrice se figea d'inquiétude. Comment... ? Pour se donner une contenance, elle se leva et alla emplir son verre de vin. Comment Eléga savait-elle qu'elle avait rencontré les Seigneurs ? La pièce entière lui parut soudain pleine de menaces, comme si les murs en avaient été transparents, le plancher incertain. Eléga le savait car quelqu'un le lui avait dit. C'était simple. Ou parce qu'elle avait été mêlée à l'attaque contre Térisa. Ce n'était plus si simple. Mais là encore, il fallait que quelqu'un lui eût révélé l'existence de cette réunion. Qui aurait eu le mobile d'agir ainsi ?

Térisa crut sentir qu'elle avait atteint sa limite d'endurance. Eléga essayait de l'éprouver, mais dans quel but ?

Elle absorba d'un trait son verre de vin et fit face à la fille du Roi.

— Le Prince Kragen et moi nous sommes entretenus à votre sujet. Vous avez fait une conquête, il est très impressionné. Comment s'est-il exprimé, déjà ? Il affirmait que si vous étiez fille d'Alend, le trône ne vous serait pas interdit. Il a ajouté : « Je la crois capable de rivaliser avec les plus puissants. »

Eléga se leva à son tour, offrant à la jeune femme un sourire qui se fit, d'instant en instant, plus radieux.

— Térisa, vous me coupez le souffle. Est-ce là ce que vous appelez être une personne ordinaire dans votre monde ? On doit y être courageux au-delà de ce qu'il est possible d'imaginer. Vous commencez pour de bon à influer sur les événements. Je vous comprends. Et vous, me comprenez-vous ?

Térisa ne répondit pas, craignant de prononcer une seule syllabe.

— Térisa, la pressa Eléga dans un murmure. Je vous l'ai dit, il est inutile de vous cacher de moi, de prétendre davantage à la passivité... ou à l'ignorance.

La jeune femme se taisait toujours. Si Eléga perdit de sa fièvre, elle ne rendit pas pour autant les armes.

— Puisque vous avez mentionné le Prince Kragen... peut-être me direz-vous l'impression qu'il vous a faite ?

Avec effort, Térisa retrouva un filet de voix.

— Saviez-vous que la monarchie d'Alend n'est pas héréditaire ? Elle se conquiert. C'est la raison de la venue du Prince à Orison. Il s'efforce de gagner le futur trône d'Alend.

Elle étudia de près la réaction d'Eléga mais celle-ci ne trahit aucun sentiment.

— Je crois que cela lui tient plus à cœur que la paix, conclut-elle.

Pour réponse, les pupilles d'Eléga se dilatèrent insensiblement et son sourire parut se geler sur ses lèvres. La satisfaction étrange qui pourtant se peignit sur ses traits rappela à Térisa combien elle comprenait peu le véritable enjeu de la situation. Eléga lisait mieux en elle qu'elle-même.

— Vous ne croyez pas devoir me faire confiance ? murmura la fille du Roi d'une voix difficilement audible. Nous sommes femmes, vous et moi... dans un monde d'hommes. Nul ne vous veut plus de bien que moi-même, ainsi qu'à Mordant. Que dois-je faire pour vous en convaincre ?

— Dites-moi de quoi il retourne. Si vous voulez ma confiance, accordez-moi d'abord la vôtre.

Eléga hocha lentement la tête. Elle ne regardait plus Térisa et son sourire avait disparu.

— Vous êtes plus habile que je ne le croyais. Je regrette mais je ne puis vous faire confiance sans que vous ayez fait le premier pas. J'ai plus à perdre que vous.

Elle gagna la porte d'une démarche triste.

Troublée, frustrée, Térisa eut envie de lui hurler : mais *qu'est-ce* au juste ? Pourquoi auriez-vous plus à perdre que quiconque ? Mais elle ne le demanda pas.

— Dites-moi seulement une chose, lança-t-elle avant qu'Eléga fût parvenue à la porte. Pourquoi me soupçonnez-vous de mentir au sujet de Myste ?

Dame Eléga s'arrêta, la main sur le loquet, et un sourire, presque affectueux cette fois, comme elle en dédiait à sa sœur, adoucit son visage.

— Vous manœuvrez bien, Térisa, mais vous ne connaissez pas assez Mordant pour exercer un pouvoir sans risque. Vous ignorez d'évidence que ce que vous avez affirmé pour Myste est impossible. Romish est trop éloigné. Par cet hiver, il serait plus facile à une femme seule de reconstruire la muraille abattue du château que de traverser le Demesne et l'Armigite à pied. Vous ne me convaincrez pas que ma sœur a décidé de se tuer.

Elle sortit sur cette note de triomphe.

Térisa remarqua à peine son départ, tout au souvenir du Roi Joyse aux paupières closes sous lesquelles affluaient les larmes, abattu par l'angoisse que Myste soit en effet partie rejoindre sa mère. *Si vous me mentez,* avait-il quasiment supplié. *Si vous osez me mentir...* Il avait alors dû deviner lui aussi qu'elle ne disait pas la vérité.

Elle eut l'impression d'avoir un poids plus lourd qu'une pierre sur la poitrine. Elle eut envie de vomir, mais les mensonges, les intrigues, les douleurs qu'elle portait refusaient de la quitter. Elle alla prévenir les gardes qu'elle ne recevrait plus aucune visite pour ce jour, puis elle s'enferma, s'assit devant la cheminée et but plus de vin qu'elle n'en avait absorbé de sa vie.

18

Une petite conversation

Le lendemain, Térisa avait une migraine à se taper la tête contre les murs. Il lui semblait qu'une pression interne lui faisait éclater la boîte crânienne tout en lui broyant le cerveau. Sa gorge était sèche et brûlante, son ventre tumultueux.

Malgré cela, elle était moins déconcertée que la veille par sa conversation avec Eléga.

La fille du Roi et le Prince Kragen avaient dû contracter une sorte d'alliance. Eléga était au courant de la rencontre de Térisa avec les Seigneurs, certainement avertie par le Prince. Quant à ce qu'ils escomptaient, Térisa n'en avait pas la moindre idée mais se doutait que le Roi Joyse n'en éprouverait aucun contentement.

Et pour quelque raison, ils espéraient l'inclure, elle, dans leur projet.

Plusieurs fois, en buvant ses cinq ou six verres de vin, elle s'était surprise à ne pas voir d'un bon œil les actions d'Eléga. Le Roi Joyse persistait à ne pas lui rappeler son père. Il avait peut-être renoncé à exiger les preuves ordinaires de la loyauté de son peuple mais ne méritait pas pour autant d'être trahi par sa fille.

Aussi une question subsistait — restée sans réponse malgré les nombreux verres de vin et une nuit peuplée de mauvais rêves — une question douloureuse : qu'allait-elle faire au sujet de Géraden ? Ou de Maître Erémis ?

Dans les brumes de l'après-ivresse, les caresses de l'Imageur perdaient leur évidence, leur force de persuasion. Pourtant, ses arguments demeuraient imparables ; à dire vrai, ses raisons de douter de Géraden étaient plus fondées que la méfiance de l'Aspirant à l'égard du Maître... même si imaginer Géraden en traître lui paraissait encore une absurdité.

Maugréant, percluse, Térisa s'extirpa de son lit dont le désordre révélait son agitation nocturne. Les pièces étaient froides ; en verrouillant la porte elle en avait exclu Saddith et ne pouvait se souvenir d'avoir entretenu le feu plus d'une fois ou deux durant la nuit. Elle traversa la chambre glacée pour gagner la salle de bains. Là, elle but autant d'eau que son estomac le supportait. Puis elle revint au salon et tenta de ranimer une flamme sur les braises tièdes de la cheminée.

Dans son triste état, souffler sur les braises équivalait à se taper la tête contre un mur, mais pour rien au monde elle n'aurait reçu qui que ce soit pour recharger l'âtre. Elle ne s'estimait pas présentable. Elle s'entêta jusqu'à ce qu'une petite flamme vînt lécher le bois sec. Ensuite, elle prit un bain, se lava même les cheveux, s'habilla seule d'une modeste robe de Myste, un chaud fourreau de velours jaune. Ce fut seulement une fois prête qu'elle déverrouilla sa porte pour voir si Saddith lui avait laissé un plateau.

C'était bien le cas. Elle fut soulagée de voir que personne n'attendait d'être admis dans ses appartements, aussi put-elle tranquillement goûter à son porridge et boire beaucoup de cette boisson chaude qui ressemblait à du thé, au goût prononcé de cannelle et de pétales de roses. Ce fut alors que l'on frappa.

Elle alla ouvrir et se trouva face à Géraden.

Oh, merveilleux. Justement ce dont elle avait besoin.

— J'espère que je ne vous dérange pas, commença-t-il. Nous n'avons pas eu la chance de parler hier, or je voulais vous dire... Vous sentez-vous bien ? Vous paraissez malade.

Merci à Maître Erémis. La seule vue de l'Aspirant insinuait dans ses veines la pire angoisse, harcelait ses tempes battantes.

— C'est la robe, suggéra-t-elle d'une voix éraillée. Le jaune ne me va pas.

Elle essaya un sourire, plutôt une grimace, et invita le jeune homme à entrer.

— J'ai voulu vous voir hier, fit-il, une fois la porte close, mais les gardes m'ont dit que vous préfériez être seule. Je me suis fait du souci. Comment s'est passé votre entretien avec Maître Erémis ?

Elle fit un bel effort pour ne pas manifester son agacement.

— Ah... Artagel vous a dit.

— Il s'en serait abstenu, si vous n'aviez parue bouleversée au sortir de la cellule.

— Je suppose qu'il vous a tout raconté, répliqua-t-elle avec une amertume dont elle fut la première étonnée. (Depuis quand s'arrogeait-elle le droit de souffrir de la façon dont on la traitait ? Je pensais être capable d'accomplir... de changer le cours des choses. J'avais l'intention de vous convaincre d'œuvrer ensemble... Au lieu de cela, je me suis rendue ridicule.

Et je suis censée vous espionner, alors que vous êtes mon unique ami, alors que Myste est partie. De toute façon, vous êtes le seul qui se soucie de moi...

Non, elle ne le ferait pas. Elle en était incapable. La promesse de quelques baisers ne suffisait pas. Géraden lui était trop précieux. Elle l'observerait, oui, mais sans révéler à quiconque ce qu'elle apprendrait. A moins qu'il la contraigne par ses actes à se ranger à l'avis d'Erémis. Et cela serait sa propre décision. Qu'importait ce que lui offrait le Maître.

Cela résolu, elle se sentit mieux et décida d'avouer la cause partielle de sa mine défaite pour que Géraden ne souffre pas de se sentir exclu.

— J'ai trop bu hier soir, certainement pour noyer mes chagrins. La tête me cogne si fort...

— Cela m'est arrivé quelquefois, fit Géraden en souriant. Je ne sais toujours pas pourquoi j'ai cru que c'était là une bonne idée ! Peut-être parce que je ne supportais plus ma maladresse. Enfin, je suis désolé de ce que vous me dites, ajouta-t-il sans manifester un regret outrancier. Pour vous éviter cela, j'aurais préféré qu'il vous écoute. Térisa, je...

Il s'interrompit brusquement et ses yeux s'emplirent de larmes. Elle pensa qu'il était venu lui annoncer quelque terrible événement. Presque machinalement, elle alla à la porte et la verrouilla.

— Que se passe-t-il, Géraden ? demanda-t-elle en cherchant à déchiffrer le secret de ses yeux troublés.

— Rien, assura-t-il vite, trop vite. Enfin, vous avez survécu, n'est-ce pas ? Cela s'est bien terminé.

Il ne put continuer à afficher cette raillerie mensongère.

— Pardonnez-moi. Je suis réellement désolé. Après que nous avons été secourus, qu'on nous a tirés de dessous toute cette roche, Artagel me raccompagna jusqu'à ma chambre. Je bus pas mal de vin, moi aussi. Mais, une fois endormi, je fis le même rêve, plusieurs fois, toujours le même... Pendant un moment, je crus qu'il s'agissait d'un cauchemar. C'était le *pire*...

Il aspira profondément pour se ressaisir.

— Mais j'ai fini par comprendre que ce n'était pas un cauchemar. Je ne rêvais pas. Simplement, je me souvenais. Je me souvenais que vous aviez failli être tuée.

Oh, c'était tout ? Elle essaya de dissimuler son soulagement. Ce n'était pas si terrible.

— C'est à cause de moi, et de moi seul, que c'est arrivé.

Elle le dévisagea sans comprendre.

— Je vous ai amenée ici, expliqua-t-il tristement. Et je ne sais comment vous raccompagner dans votre monde. On cherche à vous tuer, à vous manipuler. Et le champion... Toutes ces épreuves sont de mon fait, sont ma faute. Quand j'ai vu le Gouverneur Lebbick vous harceler, j'ai eu envie de lui briser une chaise sur le crâne. J'aurais dû le faire. C'est ma faute s'il vous a frappée. Si quelque chose vous arrivait, j'en aurais le cœur brisé.

D'humeur plus légère, Térisa aurait éclaté de rire. Au lieu de cela, elle posa une main sur le bras du jeune homme, sentit les muscles noués sous sa paume.

— Géraden, protesta-t-elle, ce serait lui qui vous aurait massacré. Il cherche à ce qu'on le défie pour pouvoir écraser ceux qui se dressent devant lui.

Elle comprit, au regard qu'il lui lança, qu'il avait besoin d'une autre réponse. Personne, jamais, n'avait manifesté tant de souci, d'inquiétude envers elle. C'était étrange... cela lui était cher. Et il faisait des cauchemars à son sujet.

— Vous m'avez gardée saine d'esprit sous les décombres, quand vous étiez aussi mal en point que moi. Pire même. Maître Gilbur vous avait à moitié assommé. Mais vous avez malgré cela pu m'aider. Sans vous, j'aurais perdu la tête bien avant d'être secourue.

Elle aurait dû poursuivre, ajouter : « Vous et Myste êtes les seuls amis que j'ai jamais eus. Nul n'a été aussi bon pour moi. Je suis heureuse d'être ici. » Mais c'était trop embarrassant. Elle retira prudemment sa main amicale et préféra adopter le ton de la plaisanterie. Elle devait l'aider à son tour.

— Cela commence à bien faire, Aspirant. Je décide de vous surveiller à partir d'aujourd'hui. Si vous vous excusez auprès de moi plus d'une fois par jour, je vous bats !

— Vrai ? fit-il, hésitant à réagir par le rire. Je sais que je m'excuse souvent. Vous en feriez autant si vous causiez autant d'ennuis que moi à tout le monde. Vous êtes le seul sujet sur lequel je ne me sois pas trompé. Alors vous ne devriez pas avoir à supporter le contrecoup de mes bêtises.

Oui, il méritait mieux d'elle. Elle le regarda droit dans les yeux.

— Vous ne me causez aucun ennui. Vous me sauvez. Autant que j'aie pu le constater, les catastrophes qui se sont abattues sur Orison ne vous sont pas imputables. Vous êtes au contraire l'un des rares à tenter de les endiguer. Vous n'avez nulle raison de vous excuser.

Géraden soutint son regard non sans une once de méfiance. Quand il vit qu'elle ne détournait pas les yeux, il se détendit. Le chagrin déserta son visage, ses yeux se remirent à briller.

— Merci, murmura-t-il.

Térisa fut soulagée, sa migraine moins violente peut-être du seul fait d'avoir redonné joie à Géraden. Elle s'assit près du feu, désigna au jeune homme le plateau auquel elle avait à peine touché.

— Avez-vous pris votre petit déjeuner ? Ne vous gênez pas si vous avez faim.

Il secoua la tête. Il semblait réprimer une explosion d'exubérance, un désir de crier, de chanter ou de la serrer dans ses bras. Se déplaçant avec une prudence comique, pour ne rien faire tomber ni perdre l'équilibre, il déplaça une chaise et s'installa face à Térisa. Ses yeux brillèrent avec humour comme s'il se réjouissait d'une performance qu'elle n'aurait pas cru possible.

— De quoi le Roi souhaitait-il vous entretenir hier ? questionna-t-il.

La trêve était terminée. L'anxiété de nouveau assaillit Térisa. Toute aux événements plus récents, elle avait oublié de préparer une réponse plausible à cette inévitable question. Elle ne pouvait décemment pas le bouleverser, le blesser en lui avouant que le vieil ami de son père, le héros de son enfance, menait délibérément Mordant à la ruine. Et Maître Quillon lui avait bien fait comprendre que Géraden courait encore un danger, que ses ennemis mystérieux pouvaient encore lui faire payer de sa vie la connaissance de trop de choses. Ou bien Maître Quillon était-il parvenu aux mêmes conclusions que Maître Erémis, que Géraden lui-même était dangereux, indigne de confiance ? Les raisons d'Erémis étaient-elles si bonnes que cela ?

— Être congédié de cette façon ne me fut pas très agréable, poursuivit-il devant son silence, comme pour l'encourager. Je ne pensais pas que le Tor se rangerait à son côté... quoi que je n'aie nulle raison pour préjuger de ses actes. Je désire comprendre. Je voudrais que le Roi prononce de nouveau une parole sensée.

Térisa n'écoutait pas. La question était trop complexe pour qu'elle y réponde à la légère. Elle avait besoin de réfléchir, d'observer davantage. Elle répondit avec une brusquerie inconsciente :

— Oh, il avait envie de parler du jeu de saute-contre.

La migraine la reprenait.

— Eléga est venue me voir, ajouta-t-elle impulsivement.

— Quand donc ? s'enquit Géraden, voyant qu'elle ne poursuivait pas.

Elle essaya d'éclaircir ses pensées. Elle désirait aborder maints sujets avec Géraden. Celui-ci était relativement sûr pour débuter.

— Elle m'attendait ici quand je suis revenue de la cellule de Maître Erémis.

— Pour quelle raison ?

Elle hésita. Devait-elle confier cela à Géraden ? Oui, elle était lasse de trop de points d'ombre à porter seule.

— Dame Eléga essayait de m'entraîner dans une intrigue contre son père, articula-t-elle nettement.

Géraden fronça les sourcils.

— Quel genre d'intrigue ?

— Je ne sais pas exactement.

Elle lui narra du mieux qu'elle put le déroulement de leur conversation et ce qu'elle en avait conclu. Il eut l'air surpris quand elle mentionna le Prince Kragen mais ne l'interrompit pas.

— Voilà pourquoi je préférais ne pas recevoir d'autre visite, hier, termina-t-elle. Je ne voulais pas m'exposer à d'autres confidences de ce genre.

La croyait-il ? se demanda-t-elle devant le silence soucieux de Géraden. Plus elle gardait de secrets, plus elle énonçait de mensonges, plus elle avait besoin d'être crue, surtout lorsqu'elle disait vrai.

— J'ai toujours été inquiet à son sujet, fit-il enfin. Je la soupçonne d'être plus intéressée par ce que sont les rois que par ce qu'ils font ; par le pouvoir en tant que tel que par ce à quoi il sert. Elle est capable d'agir sans scrupules.

— Vous n'estimez donc pas que j'aie sauté à des conclusions hâtives ?

— Non. Pas après votre conversation avec le Prince Kragen. Entre-temps, ils sont certainement tombés d'accord pour vous approcher.

— J'aimerais bien savoir en quoi ils me jugent utile à leur cause, se plaignit Térisa. J'ai ce même problème avec tout le monde. Vous pensez tous que je *peux* faire quelque chose. Et pourtant je ne vous ai pas donné beaucoup de raisons d'espérer jusqu'à présent.

— Qu'allons-*nous* faire ? murmura Géraden. Le dire au Roi Joyse ?

— Croyez-vous qu'il nous écouterait seulement ? s'enquit-elle prudemment.

— Non, probablement, acquiesça-t-il. Et le Gouverneur Lebbick ?

Elle tressaillit.

— Je n'aime pas l'idée de lui parler. Je n'aime pas la façon dont il me traite. Certes, il agirait. Bien ou mal... mais Eléga saurait que nous lui avons tout révélé. Elle ne me ferait plus confiance et c'en serait fini de notre chance de découvrir ses buts réels.

L'Aspirant eut un sourire furtif.

— Pour quelqu'un qui se prétend incapable, vous me semblez bien déterminée à agir. Que suggérez-vous ?

Elle s'apprêtait à avouer l'absence de toute solution dans son esprit quand une idée la traversa, comme une inspiration.

— Vous pourriez demander à Ribuld et Argus de la surveiller.

Il cilla, surpris.

— Ils n'ont guère apprécié la dernière faveur que je leur ai demandée. Mais maintenant Artagel peut me soutenir. Ils seront sans doute d'accord... surtout s'ils parviennent à le faire sans éveiller les soupçons du Gouverneur. Si nous apprenions seulement comment elle compte communiquer avec le Prince Kragen, ce serait un premier pas. Je le leur demanderai, conclut-il en souriant. Il se peut qu'ils tentent d'en obtenir dédommagement de votre part, si vous voyez ce que cela veut dire. Mais le pire qu'ils puissent faire est de me dire non.

Térisa sentait son angoisse s'apaiser en même temps que sa migraine. Le sourire complice qu'ils échangèrent acheva de la rasséréner. Elle en profita pour aborder un autre mystère.

— A propos de ma conversation avec le Prince... qu'est-ce qu'un ArchI-Mage ?

— Je ne vois pas le rapport, fit Géraden avant de renoncer à répondre à sa question par une autre. Un ArchI-Mage est quelqu'un qui a dominé ce que nous considérons comme le summum de la translation : la possibilité de traverser sans dommage un miroir plat. Autant qu'on le sache, un seul homme y est parvenu. L'ArchI-Mage Vagel.

» En théorie, la difficulté est que la translation modifie son objet. Quand la translation implique un passage entre des mondes séparés — ou, si Maître Erémis a raison, entre notre monde et des Images qui y sont inconnues — les modifications qui s'effectuent sont appropriées ; par exemple, elles résolvent les problèmes de langue, de respiration. Or, si vous passez à travers un miroir plat, vous n'allez nulle part. Je veux dire que vous vous déplacez d'un endroit à un autre mais en restant dans le même monde. Aussi, aucun changement n'est-il nécessaire en vous. Mais le changement se produit immanquablement. C'est ce qui a rendu fou l'Adepte Havelock.

» Théoriquement encore, si vous regardez dans un miroir plat qui montre votre propre Image — autrement dit, un miroir qui serait dirigé sur l'endroit exact où vous vous tenez, donc où vous vous trouveriez vous-même en train de vous regarder — vous effectuez une sorte de cycle de translation, un passage simultané, un aller-retour entre vous-même et votre Image, qui vous modifie littéralement, sans vous conduire nulle part. Quelqu'un qui vous observe à cet instant ne verra aucune différence. Mais votre esprit se sera anéanti. Pas simplement dérangé... il aura été emporté.

» Je me demande encore comment j'ai survécu dans cette pièce où je vous ai trouvée. Je suis obligé de croire que les miroirs *sont* différents dans votre monde. Ou que vous êtes le plus puissant Imageur depuis la nuit des temps.

» L'autre point important est que la capacité à être un ArchI-Mage semble n'être rien d'autre... qu'une capacité. Ce n'est pas une maîtrise que l'on acquiert, mais un don avec lequel on naît. S'il s'agissait d'une connaissance, d'un savoir particulier, l'Adepte Havelock l'aurait dominé. Le titre d'« Adepte » n'a rien d'honorifique. Il l'a gagné en étant le plus doué de tous les Imageurs pour les translations, en pouvant surtout les effectuer avec des miroirs qu'il n'a pas lui-même façonnés. Dire que moi je ne suis même pas capable de faire une translation avec un miroir que j'ai fabriqué !

» Ai-je répondu à votre question ?

Térisa acquiesça.

— Alors, répondez à la mienne. En quoi cela a-t-il un rapport avec votre conversation avec le Prince Kragen ?

— Oh, pardonnez-moi. Je ne cherchais pas à être mystérieuse. Nous étions en train de parler quand l'attaque s'est produite. C'est ce qui m'a fait penser à l'ArchI-Mage.

Elle aborda le point essentiel de sa question.

— Quand Artagel examina les hommes morts — ceux qui par la suite ont disparu — il découvrit un insigne, un « sceau » comme il l'appela. Le sceau de Cadwal. Ces hommes étaient les Aspirants du Bras-Vif du Haut Roi. Quand ils attaquèrent, ils semblèrent surgir de nulle part, et quand ils furent tous morts, leur chef n'eut pas à s'enfuir. Il disparut, simplement.

» Sans doute sont-ils venus et repartis au moyen d'un miroir plat. Mais n'est-ce pas impossible ? Le Perdon et le Prince Kragen en conclurent que l'ArchI-Mage Vagel était impliqué, or ceci n'explique pas cela. Si passer à travers un miroir plat est une question de don et non d'entraînement, il faudrait que tous ces hommes aient été ArchI-Mages.

Et maintenant qu'elle y réfléchissait, comment Maître Gilbur avait-il échappé au Gouverneur ? S'il était concevable que l'homme en noir et Maître Gilbur soient alliés, alors il devenait possible que l'Imageur ait disparu de la même façon.

Pendant un long moment, Géraden la regarda sans parler.

— Vous savez, fit-il avec un rire bref, il y a une éternité, quand j'étais encore tout nouvel Aspirant, que je me croyais destiné à accomplir des choses glorieuses, ce genre de questions me tenait éveillé des nuits entières. Et je finis par échafauder une hypothèse qui n'est pas forcément fausse.

» D'abord, vous fabriquez un miroir plat qui se trouve représenter exactement l'endroit que vous avez désiré montrer.

Il haussa les épaules avec humour.

— Problème trivial pour l'Imageur que j'espérais devenir. Puis vous faites un autre miroir — normal, celui-ci — qui montre un monde essentiellement inerte ; aucun être vivant, humain ou animal, et de préférence nulle condition atmosphérique qui pourrait interférer avec ce que vous avez l'intention de faire. Ensuite, vous translatez le premier miroir dans le second et positionnez ce dernier de façon à ce qu'il se remplisse le plus possible de l'Image. Alors, si le premier miroir ne s'est pas modifié — et s'il est bel et bien possible d'effectuer deux translations en quasi-simultanéité — vous devez être capable de passer à travers sans perdre l'esprit. Ingénieux, n'est-ce pas ? conclut-il en riant.

— Oui.

C'était plus qu'ingénieux, pensait Térisa ; elle jugeait l'hypothèse brillante. Mais certaines implications...

— Il faudrait être deux, n'est-ce pas ? Un pour translater l'autre ?

— Non pour y aller. Mais pour revenir. C'est vrai de toute translation.

Par conséquent, si Maître Gilbur avait fui par le même moyen que l'homme en noir, Géraden était innocent. Tout le monde à Orison était innocent (Géraden, mais aussi Maître Erémis qui, depuis sa cellule, n'avait nul accès aux miroirs) puisqu'ils se trouvaient *ici* et non à l'endroit des miroirs. Ils n'avaient pas pu translater Gilbur.

— J'aimerais que nous découvrions ce qui s'est passé, fit-elle en frissonnant. Si votre hypothèse est juste, Maître Gilbur a certainement quitté Orison comme était venu l'homme qui m'a attaquée.

— Mais qui aurait effectué la translation ?

— Ce pourrait être Vagel. Cela se tient... si l'on admet qu'il existe un moyen de faire aller et venir des gens dans Mordant sans les priver de leur raison.

L'Aspirant leva vivement les mains au ciel.

— *Je* l'ignore. On a pensé pendant des années que l'ArchI-Mage Vagel était mort. Maintenant tout le monde le croit vivant.

» Mais vous savez, fit-il avec plus de fièvre, il existe un moyen de vérifier s'il y a eu ou non intervention d'Imagerie quand vous avez été attaquée. Il se pourrait même que l'on puisse vérifier mon hypothèse...

Térisa l'observa de près tandis qu'il s'expliquait. L'ardeur qui animait son visage le rendait de plus en plus séduisant.

— Il est évident que nous ignorons beaucoup de choses de l'Imagerie. Certaines apparaissent comme théoriquement possibles mais nous n'avons jamais eu le moyen de les mettre à l'épreuve. Par exemple, il est théoriquement possible qu'un Imageur pourvu d'un talent particulier puisse être sensible aux miroirs alors qu'il se trouve de l'autre côté, dans l'Image et non face au verre. Je veux dire que s'il se déplace en marchant dans un lieu qui est visible d'un miroir situé ailleurs, il pourrait être capable de le sentir, de savoir qu'il est dans une Image.

» Bien sûr, il faut admettre que l'Image existe réellement. Sinon, ce qui est visible dans un miroir plat ne serait qu'une copie du réel ; il n'y aurait rien à éprouver.

» Mais s'il est *capable* de le sentir, poursuivit Géraden qui s'était levé, ne tenant plus en place, alors il devient *aussi*, théoriquement, possible que ce même Imageur puisse effectuer une translation depuis l'autre côté. Comprenez-vous ce que cela signifie ? Il pourrait sortir de l'Image pour arriver où que se trouve le miroir.

Tandis qu'il parlait, le cœur de Térisa se mit à battre de plus en plus vite. L'enthousiasme la gagnait.

— Si vous avez raison, poursuivit-elle lentement, il n'est plus besoin de deux personnes. Maître Gilbur pourrait le faire seul. Il pourrait venir et quitter Orison à sa guise.

— Oui, acquiesça impatiemment Géraden. Mais là n'est pas le plus important. L'important est que ce soit *possible*.

Il agrippa les accoudoirs du siège de Térisa, se pencha vers elle ; leurs visages étaient tout proches.

— Et peut-être possible pour *vous*.

Malheureusement, il mésestima la distance entre leurs fronts, qui se rencontrèrent soudain avec un craquement sinistre.

— Oh ! Térisa, bredouilla-t-il, je suis désolé ! Je suis désolé, désolé !

Une main à son front, il tendit l'autre vers la jeune femme.

— Vous ai-je fait mal ? Pardonnez-moi.

Un bref instant, la pièce parut exploser de mille couleurs ; il sembla à Térisa que son crâne était un gong qui résonnait interminablement du coup reçu.

Mais le coup ne lui aurait pas paru si fort sans sa

migraine qui perdurait. Une fois qu'elle se fut assurée que sa tête n'avait subi aucun dommage, elle écarta la main de Géraden, se leva avec un équilibre incertain, les oreilles carillonnantes, et fit de son mieux pour lui donner un coup de pied dans les tibias.

Géraden la dévisagea comme si elle avait perdu l'esprit puis éclata de rire.

— Je vous avais prévenu, murmura-t-elle. Une seule excuse par jour. Vous n'avez pas droit à plus.

L'écho douloureux se faisait moins présent sous son crâne, elle parvint à rire elle aussi.

— Je ne suis pas un Seigneur ou un Maître avec lequel vous pouvez vous amuser.

Une véritable explosion d'allégresse et d'hilarité secouait Géraden.

— Je vous en prie, ne me faites pas rire, supplia-t-elle en se rasseyant laborieusement. Ma tête ne tiendra pas.

Il aspira profondément pour se ressaisir. Son rire éteint, il se rapprocha de Térisa, prit doucement son visage entre ses mains et embrassa tendrement son front blessé.

Elle crut, espéra brièvement qu'il allait prendre ses lèvres ; si elle n'avait pas eu la tête si douloureuse, elle serait venue à sa rencontre. Elle ne sut si elle était soulagée ou déçue quand il retourna s'asseoir.

— Térisa, reprit-il d'un ton calme, ce peut être possible pour vous.

Elle soupira, ferma les yeux, se massa la nuque.

— C'est bien l'idée la plus folle que vous ayez jamais eue.

— Pas vraiment. Ce n'est qu'une hypothèse, bien sûr. Mais après tout, vous voulez savoir pourquoi vous êtes ici... ce que vous êtes en mesure de faire. Nous ne vous apprendrons pas la fabrication des miroirs pour découvrir si vous feriez ou non un Imageur ordinaire. Les Maîtres sont jaloux de leurs prérogatives et contrôlent le laborium. Mais peut-être avez-vous une autre sorte de talent. Peut-être est-ce la raison pour laquelle je fus amené à vous, envers et contre toutes les règles de l'Imagerie. Nous devons tenter de le vérifier. Qu'avons-nous à perdre ?

Les paupières de Térisa se soulevèrent pour révéler un regard dur.

— Vous êtes sérieux, à ce que je vois. Vous pensez que l'on peut éprouver, vérifier... ?

Il hocha ardemment la tête.

Peut-être avez-vous une autre sorte de talent. Soudain, sa migraine perdit de son importance.

— J'ai presque peur de vous demander comment.

Géraden apaisa comme il le put son agitation. Ses yeux brillaient de tous leurs feux.

— J'espère que vous comprenez que je n'en sais pas beaucoup plus que vous. Il ne s'agit que de théorie. La plupart des Maîtres ne s'y intéresseraient même pas. Tout ce que nous avons à faire est de nous rendre au lieu où vous avez été attaquée. Et dans les alentours, il vous suffira de vous déplacer lentement et de vous concentrer sur ce que vous ressentez.

— Que serais-je censée éprouver ?

— Qui sait, répliqua Géraden, inconscient apparemment de la crainte confuse qui gagnait son interlocutrice. Ce sera sans doute subtil. Peut-être une légère sensation de tiraillement ? L'impression que quelque chose se trouble devant vous ? Ou une sorte de vertige ? Que vous ne ressentiez rien ne prouvera rien. Vous avez ou non un don. Il y a eu ou non intervention d'Imagerie. Nous nous trouverons ou non au bon endroit. Mais si vous éprouvez quelque chose... Voilà qui serait intéressant, conclut-il en endiguant son agitation. Acceptez-vous d'essayer ?

C'est la chose la plus stupide que vous ayez jamais dite, faillit-elle répliquer. Cessez de me faire perdre mon temps. Elle crut presque entendre la voix de son père prononcer ces mots durs. Et derrière, la voix plus fluette de sa mère qui aurait dit : « Les petites filles ne font pas ce genre de chose. »

Et si Géraden avait raison ?

Qu'il se trompe n'aurait aucune espèce d'incidence, mais s'il avait raison... elle ne serait plus jamais la même.

— Ce n'est pas aussi simple, je ne suis pas certaine de retrouver le lieu exact, murmura-t-elle. Je n'y suis allée qu'une seule fois et j'avais l'esprit distrait.

— Le problème n'est pas insoluble, assura doucement Géraden. Nous pouvons demander à Artagel de nous aider. Il se souviendra de l'endroit exact. Térisa, qu'avez-vous à perdre ?

Moi-même, eut-elle envie de répondre. Qui je suis. Mais cela lui parut par trop mélodramatique. Pourquoi prenait-elle cela tant au sérieux ? Au demeurant, le traitement contre la migraine s'avérait idéal ! Que s'encombrait-elle de peurs sourdes et non fondées ? Prête à une réponse décisive, elle fit face à Géraden.

L'expression du jeune homme l'arrêta net ; il la contemplait comme on regarde quelqu'un prêt à risquer sa vie, comme si, par quelque empathie extraordinaire, il avait pénétré au cœur de ses peurs.

— Je vous aurais raccompagnée dans votre monde si j'avais pu, fit-il d'une voix rauque. Vous le savez.

Elle lut dans ses yeux qu'il lui avait déjà ravi sa première existence, qu'il lui demandait à présent de risquer la conscience minuscule, fragile qu'elle avait d'elle.

— Oui, je sais, rétorqua-t-elle en essayant de sourire, et ne recommencez pas à vous excuser. Allons, l'exercice me fera du bien.

La joie évidente du jeune homme la fit presque rire.

Ils trouvèrent Artagel dans un couloir non loin de la tour. Térisa s'en étonna, se demanda si c'était là le lieu d'observation privilégié de son garde du corps.

Artagel prit avec humeur leur projet comme leur requête.

— Dame Térisa ne se souvient *pas* de l'endroit exact, alors remercie ta bonne fortune, fit-il d'une voix tranchante. Aurais-tu laissé ton cerveau sous les décombres ? Ou as-tu *oublié* un détail : qu'elle fut attaquée par les hommes du Bras-Vif, qu'il est même possible que Gart en personne ait été parmi eux ? Je n'aime pas envisager qu'un bretteur de moindre qualité m'ait donné tant de fil à retordre... Qu'avez-vous prévu si elle se trouvait à nouveau attaquée ? Les prierez-vous gentiment de s'éloigner ?

— Pas exactement, rétorqua Géraden, sans s'émouvoir de la colère de son frère. Je crois que je leur demanderai de t'attendre. A vrai dire, il y a peu de chances qu'ils attaquent. Ils ne seront pas prêts. Ils ne savent pas ce que nous nous apprêtons à faire... et je gage qu'ils ne passent pas *tout* leur temps à guetter dans le miroir l'apparition hasardeuse d'une victime. Nous serons en sécurité.

Malgré lui, Artagel se laissait fléchir.

— Tu es trop intelligent pour œuvrer pour ton bien. Mais je n'ai rien de mieux à faire ce matin, poursuivit-il, sa colère évanouie.

Il offrit son bras à Térisa, sourit malicieusement à son frère et entraîna la jeune femme, laissant Géraden sur place. Celui-ci ne put que courir à leur suite, une grimace affectueuse sur les lèvres. La camaraderie joueuse des deux frères confortait Térisa et lui fit penser qu'elle agissait bien.

A revenir aux passages désaffectés et humides qui parcouraient les fondations d'Orison, elle ne fut plus si sûre d'elle. Le lieu ne lui évoquait pas des souvenirs particulièrement chers. Non plus le rythme régulier, obsédant des gouttes d'eau suintant des murs. Il y avait assez de lanternes le long des couloirs pour permettre à Artagel de retrouver le chemin, mais leurs reflets éloignés dans les flaques et les traces d'eau sur le sol donnaient à la pierre un aspect malsain. L'écho de leurs pas chassait le silence le long de passages sombres, d'embranchements inexplorés, et elle fut bientôt persuadée qu'on les suivait. Ici n'entrait jamais la lumière du jour et il semblait que la moisissure même se fût changée en glace. A chaque fois qu'elle et ses compagnons brisaient de leurs pas de petites flaques gelées, celles-ci craquaient comme du bois dévoré par le feu.

Et si Géraden avait raison... si par quelque hasard étrange, elle possédait le don qu'il soupçonnait...

Elle s'agrippa plus fortement au bras d'Artagel qui,

croyant sans doute qu'elle avait froid, entoura ses épaules d'un pan de son manteau gris.

— Celui qui a fait ce miroir, souffla Géraden, fut très chanceux ou très talentueux. Il est difficile d'imaginer que quelqu'un ait *accidentellement* façonné un verre qui montre cette partie d'Orison. D'un autre côté, il n'est pas aisé de concevoir comment il aurait pu le fabriquer délibérément. Même les meilleurs Maîtres cherchent pendant des décennies avant d'obtenir le résultat qu'ils souhaitent.

— J'espère que vous savez ce que vous faites, murmura nerveusement Térisa. Je n'aime pas cela du tout.

— Lui, si, probablement, la rassura Artagel. Vous n'avez à vous inquiéter que lorsqu'il a l'air de dominer la situation.

Géraden ne répondit pas à la moquerie.

— Qui entretient ces lanternes ? questionna-t-elle au bout d'un moment.

— Des domestiques.

— Mais pourquoi ? Cet endroit n'est-il pas complètement abandonné ?

— Non pas *abandonné*. J'ai entendu dire que beaucoup de ces pièces humides, froides et sombres servent à entreposer le vin. Si nous savions lesquelles, nous pourrions mourir heureux. Et je sais que le Gouverneur utilise certaines parties des fondations pour l'entraînement de ses hommes, particulièrement en hiver. D'ailleurs, je pense qu'il hait l'obscurité. Il dépêcherait une seule fois par an des serviteurs ici pour entretenir la faible lumière, quand bien même nul n'en profiterait.

Penser au Gouverneur ne lui apportait aucun réconfort.

— Sommes-nous encore loin ?

— Nous sommes presque arrivés. Lebbick a dû faire laver le sol, sinon nous verrions le sang.

S'il affichait de la nonchalance, Artagel, elle le vit dans ses yeux, n'en était pas moins aux aguets.

Il avait raison. Après une douzaine de pas, Térisa reconnut les lieux.

— C'est ici.

Elle chuchotait. Savoir que les miroirs ne transmettaient pas les sons ne l'empêchait pas de redouter l'écoute d'oreilles inamicales. C'était bien là. Elle percevait presque le souvenir tremblant de sa peur face à l'homme en noir.

— Oui, acquiesça Artagel. Vous étiez là, poursuivit-il en l'entraînant et en la plaçant le dos à l'un des murs.

Puis d'une voix qui parut aussi sinistre que son visage dans le faible éclairage, il désigna les places de chacun dans le combat.

— Nous nous battions ici. Le Prince Kragen et le Perdon arrivèrent de ce côté à notre rescousse. Je ne suis pas certain, fit-il en s'adressant vivement à son frère, que tu aies bien compris que ce bâtard m'a vaincu... qui qu'il soit. La dernière fois que cela m'était arrivé, j'étais beaucoup plus jeune que tu ne l'es aujourd'hui.

Le front de Géraden brillait, comme s'il transpirait en dépit du froid.

— Je suis sûr que tu auras une nouvelle chance contre lui, murmura-t-il. J'espère seulement que ce ne sera pas aujourd'hui. J'aurais du mal à te secourir.

Mais ce n'est pas ce qui nous préoccupe pour l'heure. Nous devons trouver le point exact de translation. S'il existe. Par où sont-ils arrivés ? demanda-t-il à Térisa.

Elle ferma les yeux. Elle marchait avec le Prince Kragen. Ils parlaient d'Eléga. Un garde du corps les précédait ; le second les suivait. Elle avait entendu un frôlement — le glissement d'une épée dans son fourreau ? Puis les hommes avaient surgi à l'avant. Le cuir noir de leur armure les rendait quasiment invisibles. Seules leurs épées nues accrochaient le faible éclat des lampes.

— Par là, fit-elle.

Elle rouvrit les yeux et s'aperçut que son index désignait un sombre couloir latéral qui rejoignait en diagonale celui où ils se trouvaient.

— Bien, rétorqua Géraden, tout bas comme si lui aussi craignait d'être entendu. Allons voir.

Son souffle laissa une nuée de vapeur froide tandis qu'il marchait.

Artagel avait sorti son épée. De sa main libre, il invita Térisa à suivre Géraden avec lui.

Le passage latéral apparaissait comme un trou noir qui absorbait vite la faible lumière venue du couloir principal.

— Préférez-vous attendre que j'aille chercher une lampe ? suggéra Artagel.

— Surtout pas, dit Géraden. Si un miroir montre cet endroit, nous serions immédiatement aperçus.

Artagel acquiesça. Il avait garde de faire avancer Térisa entre le mur et lui pour la protéger au mieux d'une attaque éventuelle.

— Concentrez-vous, fit Géraden par-dessus son épaule. Le point de translation peut se trouver n'importe où. Efforcez-vous de le sentir. Oubliez tout et essayez.

— Concentrez-vous aussi, chuchota-t-elle d'une voix un peu étranglée. Je ne suis pas seule à ignorer mes talents.

— Tout juste, admit-il après un instant.

Artagel sourit à la jeune femme, sourire qu'elle distingua à peine dans l'obscurité.

Tout ceci est idiot, se disait-elle. Ils étaient trois adultes présumés... et pourtant ils avançaient dans le noir à la recherche d'un point hypothétique où l'air, la pierre, ou autre chose, provoquerait chez l'un d'eux une réaction imprévisible et hasardeuse. Nous avons dû perdre la tête. Si quelqu'un avait bondi près d'elle en criant « Bouh » elle aurait hurlé.

Cette idée lui donna envie de rire.

Cela eut le don de la distraire un instant. Soudain, une sensation de froid, légère comme une plume, et tranchante comme une arête de métal, la toucha droit au ventre.

Avant qu'elle puisse réagir, émettre même un avertissement, un homme sortit du mur. Son corps était lourd et raide comme pierre lorsqu'il heurta Térisa, la projetant contre Artagel.

— Retour à la lumière ! cria Artagel en lui prenant le bras.

Tout à coup, la sensation de froid s'évanouit.

Elle ne s'aperçut pas de la différence.

Elle tituba, retrouva l'équilibre. Où était Géraden ? Chaque muscle de son corps aspirait à la course ; elle se retourna à temps pour voir Artagel pousser Géraden derrière elle et maintenir en respect du bout de son fer la menaçante silhouette.

Elle courut de toutes ses jambes vers le couloir principal.

Géraden fut plus rapide encore. Dès qu'il l'eut rattrapée, il la poussa vers le halo de la première lampe, jusqu'au mur contre lequel elle était tombée, attendant que l'homme en noir la tue. Ils firent ensemble volte-face pour guetter Artagel.

Celui-ci déboucha à reculons du passage, l'épée toujours brandie entre lui et la figure d'ombre. Non, ce n'était pas un seul être : Térisa en vit deux. Trois. Quatre. Ils progressaient lentement, massivement, nullement impressionnés par la lame d'Artagel.

Quatre. C'était affreux. Quand ils arrivèrent dans la lumière, il apparut qu'ils ressemblaient bien à des hommes. Ils possédaient des têtes, des visages, des membres d'hommes, des corps d'hommes aussi, comme le révélait leur nudité. Leurs bras étaient tendus comme pour une étreinte.

Mais leurs yeux étaient morts. Et sous leur peau remuaient des formes de la taille d'une main... masses qui ne pouvaient être des muscles.

Cependant, ils ne portaient aucune arme. Et leurs mouvements embarrassés donnaient à croire qu'Artagel les contiendrait aisément.

Il recula dans la direction opposée aux jeunes gens, tentant d'entraîner les créatures. Son sourire de guerrier manquait à l'appel. Derrière un masque de perplexité, son regard se dilatait d'horreur.

Les quatre hommes l'ignorèrent. Sortis du passage latéral, ils marchèrent vers Térisa et Géraden.

Artagel cria pour faire diversion. Ils l'ignorèrent

encore. Ils auraient pu être sourds. A pas pesants, ils progressaient vers une cible unique.

Dans un effort pour les attirer, Artagel frappa. Son épée voltigea, flamboya, et s'abattit sur le poignet de la silhouette de tête, avec une telle force que Térisa tressaillit en s'attendant à voir tomber la main au sol.

Mais la main ne tomba pas. Il n'y eut pas une goutte de sang. Au lieu de cela, la peau autour de la plaie s'écarta, pour découvrir, à la place de ce qui aurait dû être des os, un insecte pareil à un monstrueux cafard.

La peau se flétrit ; l'insecte sauta du moignon au sol.

Ses antennes goûtèrent un instant l'air, il fit marcher ses mandibules, puis il se précipita vers Térisa et Géraden.

Au même moment, un deuxième insecte surgissait du poignet de la créature. La peau se flétrit encore davantage comme si la blatte à l'intérieur avait été tout ce qui la maintenait vivante.

Térisa aurait hurlé s'il lui était resté de la voix. Le monstre était plus rapide que ne l'avait été son hôte étrange ; Géraden poussa un cri, la saisit par le bras pour tenter de l'emmener ; curieusement, il lui restait dans la poitrine un souvenir du froid qui l'avait transpercée juste avant l'assaut, et elle avait grand mal à respirer.

A l'instant où le deuxième cafard se laissait tomber au sol, un troisième sortit du bras mort.

Incapable de détacher les yeux de cette atroce vision, Térisa se laissa tirer par son compagnon. Elle reconnut la répulsion dans les yeux d'Artagel alors qu'il levait de nouveau son épée.

Sa lame s'abattit à la base du cou de la silhouette la plus proche de lui, la fendant jusqu'au milieu du torse. Le coup suivant, rapide, vint frapper de l'autre côté, s'enfonçant entre les côtes.

Il n'y eut pas davantage de sang. L'homme ne tomba point.

La poitrine éventrée comme une cosse, il gardait la tête droite, dirigée devant lui ; ses jambes continuaient à se déplacer lourdement tandis qu'il suivait les autres silhouettes... et des douzaines et des douzaines de cafards émergeaient de sa poitrine et de son ventre ouverts.

Ils se bousculèrent un moment les uns les autres, cherchant à reconnaître une odeur, puis ils se ruèrent vers Térisa et Géraden à la vitesse d'un jet de sang.

Tout à coup, la tête de la silhouette éclata, dispersant un nouveau nid de blattes. Et ses jambes parurent s'égarer, qui vacillèrent, heurtèrent la muraille, s'écroulèrent enfin au fur et à mesure que d'innombrables et énormes cafards surgissaient de sa taille, de ses hanches, de ses cuisses.

Il ne resta bientôt plus de l'homme que ce fourmillement d'insectes monstrueux.

Térisa entendit Artagel pousser un cri désespéré, un hurlement de dégoût.

— Courez, Térisa, lui hurla Géraden.

Le résultat de l'attaque d'Artagel l'avait figée, elle ne s'était pas rendu compte de la vitesse des cafards.

Le premier insecte atteignait déjà le bas de sa robe.

Elle se retourna, courut de toutes ses forces, mais après quelques foulées, elle ne put s'empêcher de s'arrêter, de faire face à nouveau, pour voir...

Artagel avait laissé tomber son épée. Livide, le visage tordu d'horreur, il se précipita sur l'une des silhouettes encore en marche, se baissa et lui saisit les chevilles, tira autant que sa force le lui permettait.

L'homme s'écroula, lentement, lourdement, sans violence, comme un arbre qui s'affaisse.

Quand il toucha le sol, le coup ouvrit tout entier son corps, et tous les insectes prisonniers du carcan se libérèrent ensemble.

Ils envahirent le couloir d'un mur à l'autre. L'éclat des lampes se reflétait sur leurs carapaces noires. Tapis vivant, mouvant, aux mille antennes dressées et vibrantes, ils cherchaient de leurs mandibules la chair de leurs victimes.

Térisa se remit à courir.

Géraden la suivit.

— Nous pouvons les devancer. Ne vous arrêtez pas !

— Jusqu'où ? cria-t-elle, la poitrine en feu. Combien de temps parviendrons-nous à courir ?

Elle suffoquait de peur, de froid.

— Assez loin, assura Géraden, les poumons brûlants.

Elle s'arrêta sous une lanterne, regarda en arrière. Ils se trouvaient à vingt ou trente pieds du premier cafard. Le couloir tout entier frémissait de cette menace entêtée, sauvage. Au-delà, la première silhouette qu'avait frappée Artagel achevait de libérer ses derniers occupants. Celle qui restait debout progressait avec le torrent monstrueux.

— Géraden ! hurla Artagel. Dis-moi ce que je dois faire !

— Je n'en peux plus, fit Térisa d'une voix hachée, cherchant à retrouver un souffle. Si nous continuons, nous ne ferons que les entraîner dans Orison.

Géraden lui jeta un regard d'angoisse pure.

— Il faut nous battre, s'entendit-elle articuler, sans que sa voix reflète la panique qui la paralysait.

Géraden parut prêt à s'effondrer puis, poussant un cri inarticulé, il bondit vers la lampe.

Insensible au métal brûlant qui lui arracha la peau des mains, il la jeta sur les insectes.

La lampe éclata dans une gerbe d'huile chaude et une douzaine des créatures prirent feu.

Elles flambèrent instantanément, proies de flammes vives comme des torches. Il ne resta bientôt d'elles que quelques carapaces carbonisées...

... et une vapeur noire qui s'éleva dans l'air, se répandant à forte allure.

Cela sentait l'acide et la viande à moitié décomposée ; l'odeur âcre s'infiltra dans la gorge et les poumons de Térisa, comme un poison. Un spasme lui serra la poitrine, si violent qu'elle ne put même pas tousser.

Le couloir était plongé dans la pénombre à présent mais elle vit les cafards progresser encore, passer sans ralentir sur les cadavres. Il fallait courir, *courir*...

Elle en était incapable. La vapeur affreuse l'anéantissait.

Les bras de Géraden se refermèrent sur elle ; il était secoué de haut-le-cœur, il trouva la force de l'entraîner d'un pas titubant, désespéré.

Au bout de quelques mètres, il s'arrêta pour voir si elle pouvait avancer seule. Elle chercha à respirer, le spasme se relâcha quelque peu dans sa poitrine torturée. S'appuyant sur son compagnon, elle parvint à progresser de nouveau avant de se retourner.

Juste à temps pour voir Artagel se précipiter avec une lanterne prise sans doute dans la direction opposée, et la jeter à la tête de la dernière silhouette debout au milieu de l'atroce contingent.

Il ignorait le danger qu'il courait ; il était trop loin pour avoir vu ce qui était arrivé à Géraden et Térisa. Elle ne put lui crier de faire attention, sa gorge brûlée laissait à peine filtrer un murmure. Les insectes s'enflammèrent... et les exhalaisons noires de leur combustion assaillirent Artagel aussi sûrement que s'il recevait un coup d'épée au ventre.

— Artagel ! coassa Géraden. *Artagel !*

Alors, devant ce spectacle, la peur de Térisa se mua en colère, en rage froide. Ce fut elle cette fois qui prit le bras de Géraden, l'entraîna.

— Venez, fit-elle d'une voix qui ressemblait à un grincement.

L'air glacé du couloir commençait à apaiser la brûlure que lui avait causée la noire vapeur.

Devant, le passage se séparait en forme de T. Il parvenait davantage de lumière de la branche droite que de la gauche.

Au carrefour, elle vit que la lanterne la plus proche se trouvait sur la droite. Alors elle lâcha Géraden. Les cafards étaient après elle. Ils avaient dû venir par le même miroir que l'homme en noir. C'était à elle qu'ils en voulaient.

— Prenez la lampe, ordonna-t-elle. Je vais les entraîner.

Géraden demeura bouche bée, immobile.

— *Allez-y !* fit-elle pressante. Je vais les attirer. Vous suivrez. Et avec chaque lampe que nous dépasserons, vous en tuerez un peu plus. Faites seulement attention de ne pas respirer la vapeur.

Il comprit enfin et se dirigea vers le couloir de droite, quelques pas devant les monstres.

Térisa recula et prit le couloir gauche.

Malheureusement elle s'était trompée. L'essaim tout entier suivit Géraden. *Géraden !*

Sa colère se mua en horreur et en incompréhension. Toute force la déserta ; elle porta les mains à sa bouche et des larmes emplirent ses yeux.

Géraden ignora le danger avant d'avoir atteint la lampe, l'avoir décrochée et s'être retourné. Alors, il vit le flot qui se ruait sur lui. Une seconde il fut paralysé. L'effarement gomma toute expression combative de son visage. Ses mains se baissèrent, comme s'il allait lâcher la lampe.

Térisa vacilla tant elle était faible, tomba à genoux sur le sol glacé, dans une flaque gelée qui mouilla sa robe. Elle demeurait recroquevillée quand elle entendit Géraden crier :

— Térisa ! Allez chercher de l'aide !

Elle le regardait, le regardait sans plus rien entendre, l'appelait de tout son désespoir muet, quand l'Adepte Havelock apparut près de Géraden et dirigea un rayon lumineux sur la horde.

Il semblait que le vieil Imageur fou se fût trouvé à dessein dans le couloir. Une lueur de démence dansait dans ses yeux mais ses mouvements ne trahissaient rien de sa frénésie coutumière ; ils étaient adroits et sûrs, presque calmes.

D'une main, il saisit Géraden au col et l'écarta ; de l'autre, il braqua son faisceau lumineux sur les cafards grouillants.

Térisa était au-delà de la stupeur ; aussi eut-elle le détachement nécessaire pour reconnaître l'arme de l'Adepte : le même petit morceau de miroir dont il usait comme d'une lampe et grâce auquel il lui avait sauvé la vie. Maintenant le rayon était plus vif, plus brûlant, pareil à un feu. Plus puissant que l'huile des lampes, il incendia les insectes. Ils brûlèrent instantanément, dans des craquements et des éclatements sinistres.

Puis la vapeur noire et âcre envahit le couloir, si épaisse que la lampe de Géraden en fut obscurcie. Seule restait vive dans cette nuit soudaine la lueur du miroir de Havelock, tandis qu'elle balayait le sol, et que les cafards mouraient par centaines.

Au dernier moment, Térisa pensa à retenir son souffle.

Le temps lui parut infini où le rayon lumineux arpentait vivement, méthodiquement le sol du couloir pour anéantir jusqu'au dernier insecte. Certes, les créatures s'offraient à la mort en continuant à progresser, entêtées, vers Géraden. Aucune ne rebroussait chemin pour fuir. L'Adepte n'en était pas moins méticuleux à les traquer une à une de son arme lumineuse. Térisa faisait des vœux afin que Géraden et lui aient assez de raison, de présence d'esprit, pour ne pas respirer.

Puis la vapeur devint assez épaisse pour voiler même le rayon de l'Adepte. L'air se mit à lui brûler les yeux ; encore agenouillée elle baissa la tête jusqu'au sol. Le froid des dalles sur son front attisa sa conscience et l'aida à ne pas respirer.

Soudain, quelque chose lui toucha l'épaule.

Elle crut qu'un cafard l'avait atteinte, se recula prête à crier. L'Adepte Havelock était debout près d'elle, vêtu comme d'habitude de son manteau piteux, de sa chasuble maculée. Sa lumière jouait sur le plafond, éclairant tout le couloir.

Il paraissait un fou dangereux. Ses yeux divergents saillaient de leurs orbites, ses rares touffes de cheveux se dressaient en désordre sur son crâne. Le sourire de ses lèvres épaisses était lubrique. Sous la barbe de quelques jours qui couvrait ses joues, sa peau paraissait cramoisie.

Térisa se mit à tousser à l'instant où le vieux fou, reprenant souffle, toussait à son tour. Des larmes jaillirent de ses yeux, qui d'un coup parurent moins saillants, et le rouge de son visage s'atténua.

— L'air devient plus tolérable, constata-t-il d'une voix rauque. Je vous sais gré de l'avoir goûté pour moi.

Géraden apparut. Il avait souffert lui aussi, ses yeux étaient rouges et il respirait avec difficulté, mais il était debout.

— Artagel, s'exclama-t-il, une fois rassuré quant au sort de Térisa.

Il partit dans le couloir, courant, toussant.

— Artagel ? questionna l'Adepte. Est-il lui aussi tombé dans ce piège ?

Il avait un œil paillard, l'autre sain et sérieux, séparés par son nez en bec de faucon.

— Derrière, articula-t-elle, prête à vomir. Il a tenté de nous secourir. La vapeur a eu raison de lui.

— Couilles de bouc !

Sur ce juron, l'Adepte partit à son tour dans le couloir. Peu désireuse de rester seule, Térisa se releva et le suivit tant bien que mal. Ils rejoignirent bientôt Géraden. Le jeune homme ne les remarqua point. Il était assis à terre, serrant la tête d'Artagel contre lui.

Le visage de celui-ci n'exprimait que douleur, et ses yeux levés vers le plafond semblaient aveuglés. Mais il respirait.

Si grand fut le soulagement de Térisa qu'elle se mit à pleurer. L'Adepte s'accroupit près de Géraden, posa une main sur son épaule.

— Allons, Géraden. Porte-le si besoin est. Je ne tiens pas à rester près de ce point de translation. Qui sait quelle autre surprise nous réserve Vagel ? Je préfère vous conduire en un lieu où vous serez saufs.

Géraden étreignit plus fort son frère et ne bougea pas. Térisa se demanda s'il avait entendu l'Adepte.

— Je crois que j'ai du vin, reprit doucement l'Imageur. Cela devrait l'aider. Horreur et couilles, enfant ! s'écria-t-il, perdant tout à coup patience. Si vous êtes de nouveau attaqués, je ne serai pas forcément capable de vous défendre.

Géraden ne remuait toujours pas. Mais Artagel hocha la tête comme s'il comprenait. Quand Térisa lui prit le bras pour le relever, il fit un faible effort pour l'aider.

Géraden essuya rudement ses yeux du revers de la main et bougea enfin, redressant son frère avec Térisa.

— Allons, répéta Havelock en s'éloignant d'un pas décidé.

Les deux jeunes gens le suivirent, supportant Artagel. Celui-ci était encore incapable de marcher mais respirait de mieux en mieux. Térisa se dit qu'il vivrait.

Désorientée, elle ne vit pas où les conduisait l'Adepte. Bientôt, il les guida dans un passage latéral qui menait vers une solide porte de bois. Elle ouvrait sur ce qui ressemblait à un cellier. La pièce était pleine de caisses et coffrages plus ou moins délabrés. L'Adepte la traversa jusqu'à une autre porte, dissimulée dans une sorte de niche.

Si elle paraissait ordinaire d'un côté, de l'autre elle était bardée de traverses et de serrures qui évoquaient une porte de prison. Havelock la referma derrière ses compagnons puis passa de nouveau devant eux pour les précéder dans un autre couloir qui déboucha rapidement dans un désordre de miroirs.

— Le Roi Joyse les a quasiment tous confisqués au cours de ses guerres, expliqua-t-il en gagnant un autre couloir. Après la création du Congrégat, il en rendit quelques-uns mais en garda davantage. J'aurais aimé qu'ils me soient d'une quelconque aide.

Le spectacle fit un instant oublier à Géraden sa détresse. Mais l'Adepte filait hors de la pièce, avec l'unique source de lumière, et les jeunes gens le suivirent.

Après deux ou trois virages, autant de corridors, une autre porte, ils se retrouvèrent dans la grande pièce carrée où Térisa avait écouté Maître Quillon lui narrer l'histoire de Mordant.

Rien n'avait changé en ce lieu, qui semblait toujours la salle d'études d'un homme ayant perdu l'esprit. Maintes lanternes sur les murs et le pilier central éclairaient les nombreuses portes qui ouvraient sur les passages secrets d'Orison.

Peut-être était-ce le contrecoup du choc mais Térisa fut traversée par l'étrange pensée que l'Adepte Havelock ressemblait à une araignée. Cette chambre était le cœur de sa toile ; les passages secrets ses fils. Géraden, Artagel et elle étaient pris. Que complotait l'Adepte ?

Il disparut derrière le pilier. Géraden et Térisa installèrent Artagel dans l'un des sièges devant le damier. La poitrine du jeune homme se soulevait toujours d'un souffle tuberculeux, douloureux à entendre, mais il avait repris assez de forces pour observer le lieu où il se trouvait.

— Il vit ici ? réussit-il à articuler.

— On le dirait, répondit Térisa qui ne tenait pas à avouer qu'elle était déjà venue.

— J'aimerais savoir ce qu'il fait avec tous ces miroirs, murmura Géraden.

La peur, la fatigue et l'étonnement lui donnaient un regard fiévreux.

L'Adepte Havelock revint bientôt avec un grand flacon.

C'était la première fois que Térisa avait l'occasion de bien l'observer. Il émanait de lui une impression de hâte réprimée, comme s'il résistait à quelque accélération interne. Ses mouvements étaient délibérés, étroitement contrôlés. Mais ses yeux se livraient à un incessant manège, d'un côté à l'autre sur un rythme précis, de plus en plus vite...

Il tendit le flacon à Artagel.

— Bois tout. Tu lui trouveras un goût horrible ; j'y ai ajouté un baume pour soigner ta gorge. Assure-toi qu'il l'avale, fit-il soudain à l'adresse de Géraden. Et quand il ira mieux, fais une partie de saute-contre avec lui.

Il désigna le damier vide de jetons.

— Vous avez besoin d'entraînement tous les deux. Moi j'ai à parler à dame Térisa.

Il la prit aussitôt par le bras et l'entraîna de l'autre côté du pilier central.

Il ne parla pas immédiatement. Ses yeux roulaient de plus en plus vite dans leurs orbites et cela, ajouté aux reliquats nauséabonds de la vapeur noire que Térisa percevait encore, donnait à la jeune femme la nausée. Une grimace tordit la bouche lippue du vieillard, comme s'il réprimait un sourire. Il leva lentement ses bras décharnés et les croisa sur sa poitrine.

Derrière le pilier se faisaient entendre d'affreux bruits de déglutition. Le breuvage devait être terrible en effet.

Face à l'Adepte, Térisa eut envie de hurler, pour échapper à ce regard vertigineux, échapper aux responsabilités. Mais le fou lui avait sauvé la vie, ainsi qu'à Géraden. Il devait avoir une raison pour l'entraîner ici, elle se devait de profiter de l'occasion pour en savoir plus. Elle avala péniblement sa salive pour parler.

— Vous n'êtes pas si fou qu'on le croit.

— Oh ! Si ! s'exclama-t-il dans un éclat de rire. Il ne s'agit que d'un moment de lucidité. Quillon vous a dit que j'en avais parfois.

Sa main noueuse sortit de dessous son bras et il brandit un index osseux vers elle.

— L'important, murmura-t-il d'un ton pressant, est que vous ne posiez aucune question. *Aucune.* C'est déjà assez difficile.

La ronde de ses yeux devenait de plus en plus affolante et violente. Térisa ouvrit la bouche, la referma. De toute évidence, il avait besoin qu'elle l'aide. Mais comment si ce devait être sans le questionner ? Était-elle censée deviner quelque chose ? Devait-elle simplement dire quelque chose ?

— Je ne vous ai pas encore remercié de nous avoir secourus, risqua-t-elle prudemment. J'ignore comment l'ArchI-Mage ou qui que ce soit a pu nous tendre ce piège. Si vous n'étiez pas intervenu...

Elle frissonna, incapable de conclure sa phrase.

— Vagel ! gronda l'Adepte. Je lui arracherais le cœur si je le trouvais. Mais il n'est pas bon pour moi de m'enflammer, poursuivit-il. Ce ne fut qu'une coïncidence. Notre première chance depuis longtemps. J'ai vu ces créatures autrefois... une seule fois alors que je faisais partie de la cabale des Imageurs réunis par le Haut Roi Festten autour de Vagel, à Carmag. J'ai vu leur œuvre, mais jamais le miroir dont elles sortaient.

» On disait qu'elles étaient pareilles à des chiens de chasse. Si vous translatez dans le monde de ces insectes un objet porteur de l'odeur de celui que vous voulez atteindre, ils deviennent fous. Sans pouvoir toutefois être directement translatés. Ils oublient l'odeur et attaquent la première proie qu'ils trouvent. Aussi faut-il leur donner des corps vivants pour abri.

Ses paroles éveillèrent une vision si précise dans l'esprit de Térisa qu'elle fut au bord de l'évanouissement.

— Ils dévorent à leur guise leur chemin dans ces corps, s'y reproduisent, et ensuite peuvent être translatés sans perdre l'odeur.

— Ils auraient dévoré Géraden, murmura-t-elle faiblement.

Prise de nausée elle porta la main à sa bouche.

— Et quiconque se serait trouvé sur leur chemin, précisa l'Adepte, qui semblait recouvrer son calme. Voilà pourquoi je dis que nous avons eu de la chance. Si Géraden ne s'était pas hasardé tout près du point de translation, ces créatures l'auraient cherché dans tout Orison. Qui sait combien de victimes elles auraient faites.

Luttant contre l'atroce image de Géraden au corps envahi par les monstres, Térisa voulut poser une question. Heureusement, elle se reprit à temps pour ne pas lui donner de forme interrogative.

— Il est heureux que vous vous soyez trouvé là.

Le désir poignant la tenait de dire *J'ai vu les cavaliers de mon rêve dans l'augure. Géraden pense que je suis Imageur.*

— Je vous ai dit que j'étais fou, rétorqua l'Adepte avec un soupçon d'agacement, mais je ne dis pas que je suis stupide. Il est évident que Vagel a des projets avec ce point de translation, poursuivit-il avec un sourire qui découvrit ses dents jaunes. Après s'être échiné à le mettre au point, il nc va pas le laisser inutilisé. Je l'ai plus ou moins surveillé depuis que vous en avez parlé à Quillon... le lendemain du jour où Gart passa pour tenter de vous tuer.

— Gart ? s'exclama-t-elle malgré elle. Le Bras-Vif du... ?

Un spasme de fureur tordit les traits du vieillard. Il ferma les yeux. Et dans un élan apparemment indépendant de sa volonté, ses poings se portèrent à ses tempes. Elle vit qu'il retenait son souffle.

— Pardonnez-moi, chuchota-t-elle fébrilement. Oh, je regrette. J'ignorais qu'il s'agissait de Gart, je...

Elle se tut.

— Bien sûr, c'était Gart, reprit Havelock en rouvrant les yeux.

Muscle par muscle, dans un suprême effort de volonté, il retrouva sa contenance. Sa bouche grimaça de nouveau.

— L'alliance entre Vagel et Festten existe toujours. Cadwal veut votre mort plus encore que ne la désirent Alend et ce traître de Prince.

Plus ses manières étaient calmes, rassurantes, plus ses yeux se livraient à leur danse folle. Il essaya de sourire, sans succès cette fois.

— Vous vous demandez sans doute pourquoi je vous ai amenée ici. Je ne peux pas vous répondre. Quand bien même je le saurais, cela n'aurait probablement pas de sens. Mais je veux vous entretenir du Roi Joyse.

Térisa accepta le changement de sujet du mieux qu'elle put et attendit qu'il poursuive.

— Vous savez que la relation entre l'Imagerie, l'augure et le destin est une intéressante question philosophique.

Son ton était paisible à présent, que ses yeux s'entêtaient à contredire. Ses manières tenaient de nouveau de l'araignée.

— Avant que naisse Joyse, j'étais celui que d'aucuns appelaient « l'Imageur favori » du prince de Cadwal qui régnait sur Orison et le Demesne, tyran insignifiant mais jamais à court de cruautés. Je désespérais de voir cette nuit prendre fin. Aussi m'efforçai-je d'arranger un augure pour la naissance annoncée.

» Par dommage, je ne parvins pas à façonner un miroir plat qui montrât la chambre où devait naître l'enfant. Le mieux que je pus obtenir fut l'Image d'une colline en dehors d'Orison... colline qui est aujourd'hui *à l'intérieur* du château. Elle forme le soubassement de la tour où Joyse a ses appartements.

» A l'époque, mon miroir refusait de montrer plus loin que les écuries où le prince nous autorisait à loger nos chevaux galeux.

» Certes, j'aurais pu attendre que naisse l'enfant, et qu'il grandisse assez pour se rendre seul aux étables. Mais, je vous l'ai dit, le désespoir me rongeait. Aussi, par une nuit noire, peu après sa naissance, enlevai-je le petit Joyse de son berceau pour le conduire aux écuries. Là, je pris le risque de le laisser seul sur une botte de paille et courus à mon laborium pour travailler à l'augure.

» Il prit froid et faillit en mourir... mais j'obtins ce que je désirais.

De là où il se trouvait, l'Adepte ne put voir Artagel et Géraden se glisser derrière le pilier. Térisa leur jeta un coup d'œil pour se rassurer quant à la santé d'Artagel et leur intimer silence, puis elle reporta son attention sur l'Imageur.

— C'était un augure remarquable, inhabituellement lisible sur certains points, et terriblement obscur sur d'autres. D'un côté, il montrait clairement Joyse devenant Roi par ses seuls offices. De l'autre, il ne révélait rien de ce qui conduirait l'enfant au trône. Il ne montrait pas les batailles qu'il livrerait par la suite, les victoires qu'il remporterait, les décisions qu'il prendrait. Aussi l'augure ne fut-il pas de grande utilité tout au long du chemin. Le mieux qu'il nous donna fut une petite confirmation quand le résultat d'un des actes de Joyse — comme la création du Congrégat — se révéla après coup exister clairement dans les morceaux de verre.

» Je vais mieux me faire comprendre. Joyse devait apparemment devenir Roi sur ses vieux jours, *après* qu'une brèche inexplicable eut éventré la muraille d'Orison.

Térisa ouvrit de grands yeux, Artagel et Géraden retinrent une exclamation de stupeur. Havelock eut un haussement d'épaules. Elle fut certaine que le vieil Adepte essayait de lui dire quelque chose de pressant, qu'elle n'était pas en mesure de saisir.

— A l'époque, l'idée qu'il me faudrait attendre qu'il soit un vieil homme me découragea — au point que je faillis oublier d'aller le sauver du froid des écuries. Depuis, j'ai eu beaucoup de temps pour m'interroger sur ce qui avait failli. Avais-je falsifié mon augure en ne le laissant pas se révéler dans des conditions naturelles ? L'acte même de briser le miroir de l'augure influait-il sur le cours des événements ? Ou existait-il d'autres possibilités que celles montrées par le verre ? Le Roi Joyse avait-il changé seul son propre destin en se montrant plus fort — ou plus faible — qu'il ne l'aurait été s'il n'avait pris froid cette nuit-là et frôlé la mort ?

» Nous serions tirés d'affaire si nous savions répondre à de telles questions.

Il marqua une pause, le temps de devenir un être absolument différent ; il détendit son attitude rigide et se gratta sans cérémonie. Toute la dignité, l'autorité dont il venait de faire preuve disparurent. Son manteau paraissait assez crasseux pour abriter des poux ou autre vermine ; peut-être la démangeaison était-elle insupportable. Il reprit derechef sa position raide, bras croisés.

— Je vais vous dire ce qu'il y avait d'autre dans l'augure. Si vous me promettez de ne le révéler à personne. Jamais jamais jamais, scanda-t-il au rythme hallucinant où roulaient ses yeux. Jamais jamais jamais.

L'effort qu'il soutenait pour se garder lucide le faisait transpirer en dépit du froid ambiant.

— Ses filles y figuraient. Bien sûr, j'ignorais alors qu'il s'agissait de ses futures filles. Aujourd'hui, c'est évident. Vous ne devinerez jamais ce que faisait Myste.

Une lueur malicieuse passa dans ses yeux. Térisa s'enfonçait les ongles dans les paumes pour rester calme. Elle eut vaguement conscience de l'agitation de Géraden au bord de son champ de vision mais ne s'y attarda pas.

— Non, vous ne devinerez pas ! aboya Havelock comme si elle venait de le contredire ou de l'insulter. C'est pourquoi je vais vous le dire.

» Je la vis, fit-il d'un ton sarcastique, en compagnie d'un être doté d'une étonnante ressemblance avec le champion de Gilbur. Elle avait l'air de le supplier de ne pas la tuer.

Térisa devait s'être montrée plus solide, plus résistante qu'elle ne l'avait cru. Comment, autrement, cette panique soudaine l'aurait-elle envahie après tout ce qu'elle avait déjà traversé ? Havelock savait où était partie Myste. Le Roi Joyse aussi, peut-être.

Et s'il l'avait toujours su ? *Elle avait l'air de le supplier de ne pas la tuer.* Myste !

— L'a-t-il tuée ? demanda-t-elle avec terreur. A-t-elle fait tout ce chemin pour trouver la mort ?

Mais ce fut comme si l'Adepte Havelock ne l'entendait plus. Alors qu'elle répétait sa question, Géraden surgit près d'eux.

— Myste est avec le champion ? Est-ce pour cette raison que nul ne l'a vue récemment ? Le Roi Joyse le sait-il ?

Le visage empreint d'une rage soudaine, l'Adepte se tourna vers Géraden, prêt à le frapper. Et, aussi vite, son geste se transforma en pirouette, et il se mit à tournoyer, battant des bras comme un vieux volatile. Quand il s'arrêta, il parut prêt à se déchaîner contre Géraden, mais éclata de rire et sa voix jaillit, allègre.

— Connaissez-vous la différence entre un Aspirant et un Adepte ?

L'air chagrin, Géraden le dévisagea.

Avec une solennité sinistre, l'Imageur fou porta l'index à ses lèvres et les fit rouler comme joue un bébé.

— Vous me suivez ? fit-il malicieusement à l'adresse de Térisa. C'est le nombre des lettres ! Six pour Adepte, huit pour Aspirant. Deux lettres de différence !

Son rire puéril cessa aussitôt qu'il vit la consternation sur ses traits.

— Les femmes ! gronda-t-il. Celui qui inventa les femmes leur donna des mamelons à la place d'une cervelle. Par le bouc chenu de l'ArchI-Mage ! N'allez pas vous étonner que Mordant en soit là !

La gorge de Térisa se noua tout à coup de douleur. Il était si valeureux... et si perdu.

— Pauvre homme, murmura-t-elle. Je suis désolée.

Mais nul regret n'aurait su faire revenir l'esprit de l'Adepte. Il lui lança une dernière œillade, claqua des lèvres et prononça d'un ton définitif :

— Crotte de mouton.

Lorsque Artagel fut assez solide, lui et ses deux compagnons retrouvèrent leur chemin jusqu'aux passages publics d'Orison.

— Tu ferais mieux de parler de tout cela au Gouverneur Lebbick, suggéra sombrement Géraden tandis qu'ils marchaient. Il faut qu'il sache où se trouve ce point de translation. Et s'il reste une chance que Myste soit encore en vie, que nul n'ignore qu'elle est avec le champion. Il est sans doute trop tard mais il faudrait prévenir les hommes qui le traquent.

Artagel acquiesça et les quitta. Il progressait d'un pas raide, comme si toute sa poitrine était encore éprouvée, mais il avait à présent seulement besoin de se reposer.

Tremblant à la perspective de se trouver seule, Térisa pria Géraden de lui tenir compagnie dans ses appartements. Il resta avec elle une partie de l'après-midi, ayant soin de lui faire conversation sans jamais mentionner les sujets trop brûlants : il lui parla de sa famille, lui narra maintes anecdotes de la vie dans le Fief de Domne. Rassérénée par son aimable bavardage et le récit de ses chers souvenirs, elle se sentit capable d'aborder enfin les terribles événements qu'ils venaient de vivre.

Malheureusement, ce fut à ce moment-là qu'il fut

appelé : l'un des plus jeunes Aspirants l'avait trouvé et le sommait de retourner à ses devoirs négligés.

Le reste de l'après-midi fut sinistre pour Térisa. Et la soirée promettait d'être pire encore quand, à son grand soulagement, elle s'aperçut que la fatigue avait raison d'elle, et qu'elle n'était plus capable de garder les yeux ouverts. Bénissant cette lassitude, elle alla se coucher.

A l'issue d'une nuit peuplée de rêves qui l'avaient fait s'éveiller en hurlant, Térisa vit Saddith faire irruption dans la chambre aux paons pour claironner gaiement que Maître Erémis venait d'être libéré.

— En êtes-vous certaine ? la pressa sa maîtresse, le cœur battant à tout rompre. Pourquoi le Gouverneur Lebbick l'a-t-il laissé sortir ?

Quand je serai libéré, avait dit le Maître, *je viendrai vous trouver.* Comme par magie, les événements de la veille perdirent soudain de leur acuité. *Il ne sera pas une once de votre féminité que je n'exigerai.*

Saddith jubilait.

— Je ne sais pas tout, ma dame. Il semble que le Gouverneur ait ordonné le silence à ses hommes. Mais la rumeur court, poursuivit-elle en baissant la voix, qu'Orison a été hier attaqué par l'Imagerie. Maître Erémis était emprisonné car on le soupçonnait d'être responsable de ces choses. Or, il n'a pu lancer l'Imagerie contre le château depuis sa cellule. Il n'existe donc aucune preuve contre lui, et même notre sévère Gouverneur ne peut garder prisonnier un innocent.

Térisa préféra ne pas s'attarder sur l'évident plaisir de Saddith. Ses propres espérances suffisaient déjà à lui troubler l'esprit, assez pour qu'elle écarte le souvenir de la servante gémissant sous les assauts du Maître. Non, elle se remémorait la caresse des lèvres et de la langue d'Erémis sur ses seins — la façon dont il l'avait convaincue de trahir Géraden... Elle attendit impatiemment que disparaisse la soubrette.

Elle désirait si fort le Maître qu'elle craignait de lui opposer son refus de se liguer avec lui contre Géraden. Elle eut mal à la tête du conflit qui l'agitait. Dès que Saddith fut sortie, elle se rua dans la salle de bains, se baigna avec soin, se prépara. Mais pour se vêtir, elle s'obligea à choisir la robe la plus terne, comme si elle se voulait la moins attirante possible. Maître Erémis. Géraden. Elle les désirait tous deux, et de façon si différente qu'elle ne savait faire face à la criante contradiction de ses élans.

Or, Maître Erémis ne vint pas.

Elle avait espéré découvrir enfin qui elle était. Mais aucun des hommes qui la revendiquaient ne lui avait donné de réponse. Elle avait pris le risque d'accompagner Géraden au point de translation de Vagel, sans autre résultat que cette sensation de froid aigu, tranchant au ventre — sensation vaine. Et elle avait toujours su que Maître Erémis pouvait avoir toutes les femmes qu'il voulait.

Apparemment, elle ne comptait pas parmi elles.

Pour cette raison peut-être, simplement parce qu'elle ne pouvait l'avoir, elle se découvrit un désir terrible de lui.

FIN DU PREMIER VOLUME

Composition IGS.
Impression Société Nouvelle Firmin-Didot
à Mesnil-sur-l'Estrée, le 2 janvier 2005.
Dépôt légal : janvier 2005.
Numéro d'imprimeur : 71393.

ISBN 2-07-031765-X/Imprimé en France.

130598